始于 ○
归于 ○
世事浑茫
人生如梦

原象史
YUAN XIANG SHI

大解 / 著

作家出版社

始于0

归于0

世事浑茫

人生如梦

0

北方有一个小山村，由于居住在河流的转弯处，就随便取了个名字，叫河湾村。河湾村里有几十户人家，祖祖辈辈都住在山弯里，种庄稼，娶媳妇，生孩子，死，此外别无他事。村里有一个老人，种了一辈子庄稼，老了，实在干不动了，就跟家人商量，说，你看，我都这么大岁数了，除了吃，也没什么用处了，要是没什么要紧的事情，我就先死了。这个老人的心思，主要是想睡觉，他觉得死后睡得更踏实。他的这个请求，显然不合情理，家人没同意，他就没死成。后来他活到两百多岁，成了村里最老的人，人们都尊他为长老。村里有什么重要的事情，人们都去问长老，他是村里的精神领袖。

河湾村是一个稳定的小世界，安静而神秘。由于山高水深，交通不便，村里的人们安于耕种，很少外出，因此，对外面的世界一无所知。村里最大的交通工具是一辆木轮的马车，但是拉车的却是牛或者驴，人们从来没有见过马。马车也从来没有走出过村子，只是用于在山弯里拉土或石头之类。村里的路，崎岖颠簸，马车只是个摆设，平时不常用。

马，在人们的想象里，是一个传说。

村里有几个年轻人，对马的兴趣越来越浓。一天，他们去找长老，是请求，也像是告知，说，我们要去远方，去看看马。

看马？

是的。我们想去看看马，到底长什么样。

死前能回来就行。

长老显然是答应了。长老答应的事，其他人就不好阻拦了。几个年轻人得到了允许，开始打点行装，约好了日期准备出发。准确地说，是四个年轻人，两个二十岁出头，两个不足二十岁。

长老说，年轻人想出去走走，就让他们去吧。

这是村里最大的事情，从古至今，这个安静的村庄里，只有长老年轻的时候出去过一次，但是他走得不够远，也没有见到马。因此，当几个年轻人提出去看马，他就欣然同意了。他觉得这几个年轻人敢于去远方，有出息。

出发那天，全村的人们都出来相送。长老坐在村头的大石头上，白胡子梳理得干净整洁，好像是从体内抽出的丝。长老说，你们到了远方，要给我们报个信。四个年轻人都说，一定的。说完这句话，他们感觉自己做出了重大的决定，脸上露出了自信而坚定的笑容。

在送行的人群中，有一个害羞的小姑娘躲在大人背后，像是在笑，脸上却偷偷地流出两行清澈的眼泪。

* * *

四个年轻人都有自己的名字，辈分也不同，为了方便称呼，他们约好了，按年龄划分，最大的叫老大，依次为老二、老三、老四。老四不足十七岁，个头却是最高，老大个头也不矮，有些偏瘦，看上去却也结实。

在乡亲们的目送下,他们上路了,为了轻装简行,每人身上除了一个布袋行囊,别无他物。路上所需吃用,随遇而安,听天由命。当他们绕过山弯,向北行去,渐渐消失在人们的视野中,村里人还在议论着,久久不肯散去。

四个年轻人上路比较轻快,第一天翻山越岭,走了几十里,路上遇到山里人家,天晚暂且住下。人们听说他们要去远方看马,都很佩服,愿意管他们吃住,尽量提供方便。四个年轻人也都懂得礼数,付给主人吃住费用,都被婉言谢绝。无奈之下,他们只好感恩称谢,领了主人的情义。

到了第十天,四个年轻人已经走了很远,路上经历了许多事情,但还是没有见到马。有人说,往北走,然后向西,大约几个月时间,就可以看见云彩升起的地方,云彩的下面,有马。他们说得很模糊,也都是传说,他们也没有人亲眼见过马。

有一个人读过书,会写"馬"字,就用一根木棍在地上写了一个"馬"字,他写得有些象形,下面的四个点像是四条腿,但是怎么看都像是一头驴。老大说,这不是一头驴吗?那个读书人说,是马,据说马和驴长得相似,只是比驴大很多,并且背上有两个翅膀。老大信了,点头称是,老二老三老四也都点头称是。

这时,他们突然想起临走时长老嘱咐的话。长老说,你们到了远方,要给我们报个信。四个年轻人面面相觑,老大说,我们已经走了十天了,虽然还没有见到马,论路程来说,也算是到了远方了,我们应该给长老报个信。我们答应的事情必须做到。可是谁能给我们捎信呢?这么远的路程,如果不是专程去送信,是无法传送信息的。

他们找了许多人,这些人也都没有去过远方,送信真的成了一个问题。可是,信是必须要送的,答应的事情,必须做到。他们发愁了。无奈之下,老四说,我回去送信。老大老二老三说,你回去送信，然后再回来追赶我们，怕是路途遥远追不上。老四说，你们不要耽搁时间等我，你们继续走，你们能够见到马，我也就安心了。我回去送完信，然后重新出发，我年龄最小，有足够的时间追赶你们。

事情定下来以后，老四就回乡报信去了。他走的时候，老大老二老三在路口相送，依依惜别。

老大老二老三继续赶路，一路风尘仆仆，劳累不堪，却始终信心满怀。大约又走了十多天，又遇到了必须兑现报信这个诺言，老三承担了此任，回乡报信。老大老二在路口相送。老三说，我回到村里，报完信后，重新启程，回来追赶你们。说完各奔前程，开始了方向不同的奔波。

如此又走了十多天，到了更远的远方，据说离马已经不远了，老二承担了回去报信的任务，临别时，老大拱手相送。老二说，你继续往前走，不要等我。我回到村里后，重新出发，回来追赶你。两人相别以后，各奔前程。

剩下老大一人，不停地走，远方似乎一直在前面。他走了很多天，终于在草原上见到了人们称之为马的动物。

在辽阔的草原上，一群类似驴但是比驴高大英俊的动物，在悠然地吃草，有时在草原上奔跑，动作优雅飞快。

老大走近放牧者，说，我从很远的地方来，专程来看马。

牧人指着马群说，这就是马。

老大愣愣地看着，怎么也不敢相信，这就是传说中的马？在他心里，这些被称作马的动物，除了高大英俊，似乎没有什么特别之处。路上遇到的那个读书人说过，马的背上有一双翅膀，而眼前这些动物，都没有翅膀。没有翅膀，还能算是马吗？

他还是觉得读书人说得对，真正的马应该有翅膀。

牧人不再解释，继续放牧。

老大陷入了沉思，也陷入了苦闷。难道马就是这样的？他想，我从老远的地方赶来看马，我必须要找到真正的马，否则我对不起自己的苦心，也对不起四个人的奔波，回去也无法向长老和乡亲们交代，毕竟人们对我们寻找马，充满了期待。

　　我要继续走下去，我要找到背上有翅膀的马。他自语着，给自己信心和勇气。

　　他继续走，经过了无数个日月，经年累月，他不再年轻，甚至明显老了，直到有一天，他步履蹒跚，脚步沉重，感觉到疲劳。他望着远方，依然认为，只要走下去，就一定能够看见有翅膀的马。

　　他在走，最早回乡报信的老四，回到村里向长老和乡亲们报送了消息，又重新出发，去追赶老大老二老三去了。当老四匆匆赶路时，途中遇到了回乡报信的老三。又过了很多天，老四又在途中遇到了回乡报信的老二，老二说，老大正在向北方行走，据说离云彩升起的地方不远了。二人相别以后，老二继续赶路回乡报信，老四去追赶老大，行程艰难，但心怀希望，也不觉得劳累。

*　　*　　*

　　老大继续往前走。他心里的马，渐渐成为一个固定的形象，在他看来，除了他心里的马，其他的都不是真正的马。他坚信这样的马是存在的，只是人们没有找到而已。

　　又经过了不知多少岁月，他终于倒下了。

　　那是阳光明媚的一天，他走在辽阔的草原上，地上的野花静静地开放，天上飘着淡淡的白云。他走着走着突然看见远方的白云里有一批白马在奔驰，准确地说是在飞翔，那白马的背上分明长着一双翅膀。他看见了真正的马。他望着那片白云，慢慢地幻化着，弥漫着，又把白马掩藏起来。看着眼前发生的这一幕，他站在地上不敢动了，心都不敢跳了，生怕这一切瞬间消失。他想起了这么多年的寻找，虽然历尽艰辛，都是值得的。他还想看个仔细，看清楚了，才能辨别马的真伪，才能准确地回乡告诉长老和乡亲们。老二老三老四都回去报信了，唯独他还没有回去过，他要在看见了真正的马之后，回去报个准信，用嘴说，用手比画，让人们知道马的形状和奔跑的速度，不，是在天上飞翔的姿态。他开始反思，难怪人们没有看见过马，难怪人们把类似驴的动物称作为马，因为人们没有见过真正的马，今天，他见过了，他真的感觉自己死而无憾了。就在他感觉自己死而无憾这一刻，他的两腿有些发软，眼前忽然一黑，扑通一声倒在了地上。

老大看见了马之后，身体突然垮掉，再也撑不住了。就在他倒下的一刻，他的身影从地上忽的一下站起来，离开了他的身体，独自向前走去，向那片白云的方向走去。

多年以后，老二老三老四都到了云彩升起的地方，沿着老大走过的路，走到了老大倒下的草原，但是没有看见老大，不知他去了哪里。他们猜测，老大一定是去了更远的远方。尽管他们也都老了，还是要走下去，老大都走了，我们不能不走。

他们商量后决定，老二和老三继续往前走，去远方，但是远方在哪个方向，他们也无法确定，只有走下去才能知道。老四回去报信，把这里发生的一切告诉长老和村里人，因为村里人还在挂念着他们。其中有一个流泪的小姑娘，自从第一次送别后，就不再生长发育了，至今还是那么小，她不想长大，她暗恋着老大，她怕自己长大了，老大回来后就不认识她了，所以就停留在十二岁，看上去还是个小丫头。而长老不怕老，他越老越精神，越老胡子越长，如今已经拖到地上，走起路来飘飘忽忽，像是从脸上垂下的一道瀑布。

又过了很多年,老四回乡报信,告诉人们远方发生的一切,然后重新启程,继续赶路去追赶老二和老三。由于越走越远,回乡报信所需的路程越来越漫长,老四走到半路就倒下了,他始终没有看见过真正的马,但是为了寻找马,他无怨无悔地奔波了一生。他倒下的地方比较偏僻,无人知晓,多年后他融化在土壤里,地面上开出了一片小白花。

在寻找老大的过程中,老二和老三也分开了,老三回去报信,老二继续走,去找老大。年深日久,他们走了不知多少路,始终没有见到老大,这时寻找老大已经成为他们唯一的目的,慢慢地把看马这件事忘记了,最后一点也想不起来了。

又不知过了多少年,老二和老三也分别倒在了路上,无人再回去报信。河湾村发生了许多变化,原来年轻的人们都已老去,有的已经过世,村里新生了许多孩子,这些孩子也都慢慢长大,变老。人们已经忘记了早年的事情,偶尔有人提起往事,会说起很久以前,有四个年轻人去远方看马的事,都觉得是个神话。有人去问长老,长老肯定地回答,是有这件事,不信你们可以去问问那个永远也长不大的小女孩,人们去问小女孩,小女孩也证实了确有其事,当她说起老大时,脸上微微泛起了红晕。

尽管长老和小女孩都说确有其事,人们还是半信半疑,不敢相信这是真的。有一天,河湾村的几个老人坐在村口的石头上聊天,谁也没有注意,从北方飘过来一片白云。第一个发现这片云彩的是那个永不衰老的小女孩,因为自从送别四个年轻人后,她就经常望着北方,期盼他们回来。准确地说,是期望她所暗恋的老大回来。

与往常一样,她在村口望着北方,发现了天上有一片白云不同寻常。她看见这片白云里有一个比驴高大英俊的长有翅膀的白色动物，向河湾村的方向飘来。她虽然不能确定这一切是不是真的，但是她本能地喊了一句：马！

随着她的喊声，人们顺着她手指的方向看去，一匹白马扇动着雪白的翅膀，从白云里飞奔而出，姿态优美飘逸，马背上还骑着一个透明的驭手。当它飞过河湾村上空时，人们惊讶地发现，那个透明的驭手正是传说中去远方寻找马的老大。真的是他回来了，他骑在飞翔的马背上，已经没有身体，他只剩下一个灵魂。

0

河湾村是一个古老的村庄。起初，青龙河沿岸的村庄并不多，村庄也很小，人们依水而居，有的村庄只有几户人家。年深日久，人们不断地生儿育女，老房子住不下了，人们不得不再搭建一些茅草屋，随着人口逐年增多，慢慢地，那些人群聚居的地方就有了村庄的模样。

青龙河沿岸，有些村庄似乎不是人们修建的，而是自己从地上长出来的，不知不觉间，说不定哪个山弯里就冒出了炊烟，不用细看，那里一定是有人居住了。总是这样，旧人渐渐隐去，土地上又长出一茬又一茬新人。山野间，凡是有人居住的地方，就有小路向外延伸，当你认为小路到了尽头时，会有另一条小路与其连接，或者分出岔子。有人试图同时走上两条小路，结果由于分心而误入迷途，回来的时候两眼迷茫，目光涣散，仿佛是在梦游。

有那么一些年，河湾村里梦游的人比较多，人们踩出来的小路也比别处多，而且交叉错乱，像是一团乱麻，没有头绪，有的小路过于弯曲回环，几乎通向了不可知处。一时间，人们无所适从，不知走哪条路可以通向村外，也不知从哪条路归来，才能回到此生。茫然持续了很长时间，幸亏村里的长老经历多，找到办法，把那些纷乱的小路清理掉了。实际上，长老对此也是束手无策，他是去梦里请教他的爷爷，才得到一种办法：通过用火烧来辨认小路的真伪。原理很简单，凡是原来的小路都是土路，遇到火烧后只是痉挛一下，抽缩并不多，而梦游者踩出来的小路都是虚幻的，遇火就会融化。这个办法虽然有些粗暴，甚至是毁灭性的，但却非常有效，很快就解决了小路纷乱的问题，恢复到常态。如果人们耐心一些，找几个细心的人，像抽丝剥茧一样，完全可以把那些虚幻的小路一条一条抽出来，这可好，经过这么一次火烧，那些虚幻的小路算是彻底被烧死了，再也没有复活的可能性了。

多余的小路被清理掉以后，短时间内人们有些不太适应，走路的选择性突然消失了，只剩下一条道可走，变得非常单调，有的人走在路上，甚至感到了久违的孤独。长老说，过些日子就适应了。果然，人们慢慢就适应了，就是闭着眼睛也不会走到别的路上去，因为没有别的路可走。就像人们出生以后，谁也别想活着回去，就这一条路，走两百多年也是一生，出生后立即死掉也是一生，而且没有回头路可走。

这里所说的两百多年，说的就是长老。说起来，长老的一生算是赚了，他已经两百多岁了，还依然健康，村里大大小小的事情，他都参与，人们请他拿主意，他若想不出办法的时候，就做梦去问他的爷爷，如果他的爷爷也不知道的事情，他的爷爷会去问他爷爷的爷爷，以此上溯，无穷无尽，总会有人经历过，总会有人想出办法。因此，长老就是河湾村的灵魂人物，没有他和他的先人不知道的事情。

有人问长老，青龙河对岸的小镇一共有多少人？别看这个问题很小，很现实，却把长老给难住了，他抓耳挠腮，说不出一个准数。有人问，第一个来到河湾村这个地方，并且在此居住的人是谁？别看这个问题非常遥远，长老却能说清楚。他说，最早来到河湾村的不是一个人，而是一家人。当时，这个流浪的家庭走到河湾村时，天色已晚，他们已经疲惫不堪，见此地宽敞，河流在侧，北山如卧，相对背风，就停脚歇息。他们用石头在地上搭起一个临时的炉灶，开始埋锅做饭，等到月亮出现时，黑夜已经完全覆盖了山谷，一家人席地而卧，身上盖着星空，身下铺着大地，他们是第一批在河湾村的土地上做梦的人。

　　最早在河湾村居住的人，天是屋顶，地是铺，你说他们的房子大不大？

　　长老说起这些时，眉飞色舞，仿佛在述说自己的亲身经历。他说，后来，这家人就不走了，在此搭起窝棚，定居下来。多年以后，他们的后人又搭建了一些窝棚，一个村庄也就渐渐形成了。

　　后来，青龙河两岸陆续出现了许多人，有男人，有女人，女人的身体里还有人。人们在太阳下面劳作，在月亮和星星下面睡觉和做梦，不断地生死繁衍，依水而居的村庄渐渐多起来。有些村庄又大又胖，周围聚集了许多树木，有的村庄只是聚集了一些石头，还有的村庄外围全部是空气，一直扩散到天上。

　　长老说话的时候，雪白的胡子飘拂着，他曾经把这些胡子全部剪掉，可是没过多久又重新冒出来，仿佛他的身体里有吐不尽的丝。人们走在村庄的里面或者外面，有一种做梦的感觉，好像天空是个巨大的透明体，无论是谁，一旦被笼罩，就会深陷其中。因此山河不再挣扎，人们也安心地听从上苍的安排，服从于自己的命运。

　　长老说，有太阳的时候，我们就晒太阳，没有太阳的时候，我们就晒月光，月亮也隐藏起来的时候，我们就睡觉，或者在星光下说话。如果星星也熄灭了，我们就点灯，梦游，到人生的外面看看，能回来就回来，回不来的，就留在外面。

长老说得非常轻松，好像河湾村是一个随意出入的开放的世界，而实际上，由于小路的单一和卷曲，很少有人能够走到远处去，总有一些说不清的东西阻止人们走到人生的外面。因此，河湾村留住了许多人，活到一百多岁的老人并不鲜见，有的人已经活到两百多岁了，依然不知何时是个尽头，想死都死不了。就是死了，也不过是在村庄的外围重新聚集，论辈分依次躺下睡觉，除非天空塌下来，一般情况下不会被叫醒。

没有死者参与的村庄，不是一个完整的村庄，顶多算是一个临时的驿站。当祖先们进入土地，在地里扎下了根子，人们才能稳固下来，在此安心劳作和生育，否则仅仅依靠小路和麻绳，很难把一个村庄固定在土地上。同样，没有灵魂参与的生活，也不是完整的生活，只能算是活着。

凡是灵魂出入的地方，必有神参与其中。人们知道神的存在，狗也知道。狗的叫声是有说道的，常言说，紧咬人，慢咬神，不紧不慢咬鬼魂，狗用叫声告诉人们它所看见的一切。其实，人也有这种通灵的能力，只是时间非常短暂，而且是处在婴儿时期。那时，即使你看见了神和灵魂也无法说出，因为那时你还没有学会说话。在婴儿时期，人的头顶上有一个松软的骨缝，那就是人的第三只眼睛，也就是人们所说的天眼。这只天眼什么都能看见，甚至可以看见前世和来生。但是，老天爷只是对人开了一会儿天窗，很快就关闭了，因为他不想让人们知道太多，他只是让你在既不懂事也不会说话的时候看一眼，然后迅速忘记，等你长大了，会说话了，你的这个骨缝已经弥合，天眼早已关闭了，你只能用剩余的两只眼睛看世界。因此，你所看到的世界，是个不完整的世界。

河湾村的人们都知道自己的缺陷，也不埋怨。人们遵守着古老的风习，安分守己地活着，不该看的不看，不该说的不说，不该忘记的也都慢慢忘记了。人们已经习惯了这样的生活，过着梦一样的日子，凡事听天由命，似乎不再需要记忆，也不用对未来做太多精心的谋划。年深日久，人们有些麻木了，脸上没有太多的表情。有的人目光闪烁，眼睛像是两条鱼在脸上游动，看似充满了灵性，却很难看透别人的内心。有的人眼如深潭，却只能储存泪水，无法沉淀自己的倒影。长老也说不清他到底看见了多少事物，他说，我的眼神不好了，有时把阳光看成是月光。有时他误以为自己是先人，其实他还活着，只是有些旧了。他说话的时候，能够明显感到身上松弛的皮肤已经打褶，就像是穿了一件宽松的真皮内衣。

长老不在意自己的衰老，也不再计算自己的年龄，因此，他的岁数，是人们估算的，没有一个确切的数字。有时他坐在村口的大石头上，捋着胡子说，河湾村的每一块石头，都比我老。但是，他到底老到什么程度，只有他的爷爷知道。他的爷爷只在他的梦里出现，别人只是听说，却无法看见。

人们能够看见的，是村庄里的茅草屋，是不断生出的孩子，是弯曲的小路，是路边一再返青又枯黄的荒草。当村里升起炊烟，从远处来的风，又飘向远处，没有人知道未来会发生什么样的事情。人们活在当下，偶尔回望一下历史，但也看不多远。人们忘记了太多的东西，包括自己的童年岁月，包括做过的梦，梦里见过的人，都已经模糊。只有村庄，在青龙河两岸顽固地存在着，仿佛是不断生长和死亡而又一再复活的人类遗址，承载着人们的生存史和心灵史，包括死亡，包括新生，也包括灵魂的往来和神的眷顾。

0

河湾村离小镇有八里路,中间隔着一条青龙河。河湾村与北极星之间,隔着无数个星星,具体有多远,谁也说不清楚,但却有着密切的关联。河湾村的人都知道,晚上睡觉要把门关严,不然北极星的光会钻过木门的缝隙或窗户的破洞来看你。小镇也经常发生这样的事情,人们对此习以为常,但也有些担心。

每天早晨起来,人们在胡同里见面打招呼时,都要问一下:

夜里北极星来过吗?

来过。我没理它,后来它就走了。

我也是。

人们相互问候一下,也就是图个心安,并不能阻止北极星继续来探望。如果哪一天北极星真的不来了,村里人反倒有些不安。夜里,总会有人起来,扒着门缝或窗洞往外看,心想,北极星没来,不会有什么事情吧?

人们担心的不是自己,而是天上发生了什么事情。

每当这时,整个河湾村的人都睡不踏实,男人们都要起来观望几次,心里惶惶不安,甚至有人去小镇报信,或者接到小镇来人的报信,相互提醒一下。毕竟两地相距不远,有很多熟人或亲戚。

人们在夜晚见面,并不需要确认对方是谁,见面后窃窃私语,然后转身就走,不能回头。据说回头会看见不祥的东西,因为人们真的不回头,所以也就没有人真正见过那不祥的东西到底长什么样,只是传说而已。

一天夜里,两个相互报信的人在路上相遇了。两人并不熟悉,也不问对方是谁,见面就小声说话。一个说,北极星没来。另一个说,来了一会儿,又走了。两人不再多说,然后各自转身,头也不回地走回自己的村庄。

报信人回到村里后,人们就可以安心睡觉了。人们之所以相互报信,不是为了自己,而是担心别的村庄。

如果赶上阴天,北极星隐藏在云层后面,整个夜晚都不出来,会有无数个村庄沉浸在惶惶之中,每个村庄都有人在出走,在相互报信,一时间,整个北方的村庄之间都有人在相互报信,并互问平安。

有一年夏天,天空阴云密布了七七四十九天,北极星一次也没有出来,有人传言,说北极星死了。这个消息一传出,整个河湾村的人都哭了,人们一打听,说小镇的人们也在哭,整个北方的人们都在哭。没有北极星,人们的生活也能继续,可是人们就是忍不住,觉得那么好的一颗星星,说没就没了,不哭出来心里憋屈。

这时,人们觉得北极星真是一颗好星星,除了发光,从来没有给人们添过什么麻烦。人们开始怀念北极星扒着门缝前来看望时那细微的光芒。有人甚至把盼望北极星的心情编成了小曲,低声哼唱,歌声悠远而悲凉,仿佛不是人唱出来的,而是从遥远的北方飘过来的。听着这歌曲,人们遥望着北方,泪眼迷离,轻轻摇晃。

阴郁的日子,总会有结束的时候,不知从什么时候起,天上的云彩慢慢变薄了,先是出现一两颗星星,后来出现一片,再后来,天空豁然开朗,满天都是星斗,而且又大又亮,有的星星甚至大于鸡蛋。

北极星出现了,仍然在最北方。它没有死。人们看到北极星，就像见到了久久思念的亲人，心想，你可来了。你再不来，人们都生活无望了。

人们奔走相告，说，北极星来了，北极星来了，北极星真的又来了。人们相互转告时，脸上带着欣喜和幸福的表情。人们都走出了家门，站在方便的地方，向北方眺望，目视着北极星，甚至不愿眨眼，生怕它再一次从天空里消失。

一连数日，河湾村的人们晚上不睡觉，看着北极星，也不觉得累。人们认为，这是生命中最幸福的事情。

小镇也是如此，据说他们还因为眺望北极星，专门搭建了一个台子，请百岁以上的老人坐在台子上观望。他们还在地上竖起一根木杆，上面固定住一个木牌，专门指向北极星的方向。后来，人们就把北极星所在的位置，尊为正北方。

北极星出来以后，人们开始注重夜晚的生活，白天似乎成了可有可无的时光。因为白天的星星太少，只有一个，由于光芒太强烈，没有人敢凝视。而夜晚是丰富的，高大的天穹上，镶嵌了数不清的星星，每一颗星星都对应着一个人，虽然人们并不知道哪一颗星星是属于自己的，但是敏感的人们可以隐隐地感知到，天空中有一个与自己命运相关的事物。

有了北极星，有了满天星斗，人们心里就有了底，知道自己并不是孤立的一个人。人们有家人，有朋友，有亲戚，有附近村庄的人，有相互之间的关联，即使不常往来，心里也有挂念。

0

月亮都出来了，船工还没有收工。船工依然戴着他的特大草帽，即使天上早已没有了太阳，出于习惯，他也不会摘下来，仿佛这个草帽是他身体的一部分。人们过青龙河的时候，老远就会看见一个大草帽，然后才能看见草帽下面有一个人。

船工很少在夜里摆渡，一般情况下，黄昏以后，船工就收工了。船工把一根铁棍深深地砸进河岸的泥土里，然后把拴在船头的缆绳牢牢地固定在铁棍上，小木船就在河边的水面上漂浮着。赶上月圆的晚上，会有人趁着月光赶路，船工就要晚一些收工，甚至夜里也要摆渡。

在山村，月亮是老天爷赐给人们的天灯。没有月亮的日子里，倘若在夜里赶路，人们就只能依靠星星，虽然星星的光亮很小，但总比没有强。

船工坐在船上，心想，今天去小镇赶集的人比较多，会有回来晚的人，我再等等。船工也不是毫无目的，他知道白天里谁乘船过河了，谁还没有回来。倘若有人耽搁了时间，很晚才回来，到了河边却发现船工已经走了，不光是失望，还可能耽误了重要的事情。

船工想起来了，木匠去小镇赶集，还没有返回。他必须要等到木匠回来，摆渡他过了河，他才能放心回家，圆满收工。

船工是摆渡世家，他的爷爷的爷爷就是一个摆渡人，几代人都在青龙河上摆渡，到了他这里，已经说不清是第几代了，附近村庄的人们需要过河，需要一条船，因此，摆渡不仅是他的一个营生，也是一份责任。

船工常年摆渡，常年在船上，没有时间种地，因此也就不种地了，专职负责摆渡，人们过河，不收取任何费用。虽然船工摆渡分文不取，附近村庄的人们也不亏待他，到了秋后，家家户户都会送给他一些粮食，有了就多给一些，没有就少给一些，不给也无妨，并不影响人们继续过河。人们送给船工粮食，是为了保证他有吃的，吃饱了有力气摆渡。

船工坐在船上，等待着过客，现在可以明确地说，他是在等待木匠一个人。木匠不出现，他决定一直等下去。他理解木匠，知道他是个忙人，经常去小镇做活，很晚才回来。上午过河的时候，船工还特意问了一句木匠，今天回来吗？木匠说，晚上回来。

现在就已经是晚上了，说不定木匠正走在路上。

这时，月亮已经在天上，洒下柔和的月光，平缓开阔的青龙河两岸变得朦朦胧胧，微风从河面上吹过，木船在水面上漂浮着，有点微微的晃动。一天的摆渡，船工也有些疲倦了，但是木匠不回来，他就必须等。他想起多年以前，他的木船出现了破损，是木匠给补的，至今都不漏水。再往前推，他的这条木船是木匠的父亲打造的。打造木船非常费工费力，需要一个月的工夫，木匠的父亲没有收取分文工钱，还说，你们摆渡不也是不收工钱吗？我打造一个木船不也是应该的吗？后来，船工把人们送给他的粮食，分了一些给老木匠，老木匠只是象征性地收下一点才算了事。

老木匠是如此，老木匠的儿子，也就是现在的这个木匠，也是如此。

船工等得久了，渐渐有点困意，就把草墩垫在船里的间隔处，他斜靠在草墩上，大草帽扣在头上，说是扣在头上，实际上是扣住了整个上半身，闭上眼睛迷糊一会儿。他这一眯眼不要紧，顺势就睡着了。说实话，在这样明月朗照、微风和煦的晚上，河水在船底下面流动，水面上漂浮着银子般的月光，他完全可以躺卧在船上做一个诗意的梦，但是，船工早就对此习以为常，没有觉得这个夜晚有什么特殊，就是一个有月亮的夜晚而已。这不常有的事吗？青龙河不是一直这么流淌吗？几千年前就是如此，几万年后大概也是如此吧。

船工什么也没想，渐渐睡着了。等他醒来的时候，发现月亮已经偏西，也就是说，他在船上睡了一大觉，时间已经到了后半夜。他睡蒙了，回想自己为什么睡在船上，过了好一会儿，他想起来了，他是在等待木匠过河。

　　这时，随着月亮偏西，夜色渐渐暗下来，青龙河在朦胧的月光斜照下反射着幽暗的波光，远处起伏的山脊隐隐约约，更加深了夜晚的宁静。船工对于夜晚的河流，没有什么感觉，虽然是一个人在船上，也没有丝毫的寂寞和恐惧。因为这一切他太熟悉了，船就是他的家，他的大部分时间都在船上度过，河湾村里那个简陋的茅草屋，倒像是他偶尔歇脚的地方，仿佛一个临时的驿站。

　　他想起木匠过河时说过，晚上回来，可是到现在还没有回来，怎么回事呢？木匠是个守信的人，他说回来，就一定会回来，我必须等。木匠一定是遇到了事情，脱不开身，我必须等，不然木匠过不了河，会着急的。

　　船工坐起来，继而站起来，把大草帽戴在了头上，手里握着插杆，站在船头上，向小镇的方向眺望。夜色迷蒙，除了淡淡的月光，他什么也没有望见。

　　木匠一直没有出现。船工有些担心了。

　　快到天亮的时候，终于盼到了一个人影，船工想，终于还是来了，我这个夜晚没有白等。

　　等到人影近前，船工急不可耐地喊了起来，木匠啊，你怎么才回来，我都等你一夜了。人影靠近河边时搭话了，说，船工啊，我不是木匠。

　　啊？你不是木匠？那你是要过河吗？

　　人影说，我不过河。

　　那你来干什么？

人影说，我是来给你捎个口信，木匠今天不回来了，他本来是要回河湾村，可是小镇上一个老人突然过世了，临时忙不过来，我们把木匠留下来连夜做棺材。木匠忙忘了，等到想起要回家过河这件事，已经是后半夜了。怕你在船上等他，我就来报个口信，告诉你，他今天不回来了。

人影一口气把话说完，船工也没有搭话。等到人影转身走了，船工才回过神来，冲着人影喊了一声：知道啦！

船工得到木匠不回来的消息，心里的担忧瞬间就放下了。他嘴里嘟囔着，自言自语地说，我就知道木匠是个守信的人，他肯定是太忙了，忘了回家过河这件事。想到这里，船工长出了一口气，冲着月亮和空蒙的夜空，突然粗声大气地吼唱了起来，歌词大意是：黑夜就要过去了，黑夜啊你要去往哪里？船工只会唱这么一句，据说这句歌是多年前一个路过的读书人唱过的，他只学会这么一句，也不经常唱。

船工的歌声可能是跑调了，也可能是他根本就不适合唱歌，声音粗粝、沙哑，除了突兀和难听，没有一点荡气回肠的感觉，声音很快就被夜空吸收，消失在空荡的河谷里，只有天上的一颗星星闪了一下，算是回应，而月亮，那个肥胖的家伙，停在西山上空，看上去几乎一动不动。

船工戴着大草帽，站在船上，回身望着小镇的方向，忽然想起来，刚才那个捎口信的人影非常空虚，好像不是一个真人。船工无论如何也不会想到，那个模糊的影子，竟然是小镇里突然去世的那个老人的灵魂。人们都太忙了，顾不上，只能由死者亲自来报信。

0

木匠家的油灯突然灭了,于是他摸黑找到火柴,把油灯重新点燃,拿起来轻轻晃了晃,听到灯壶里发出液体晃动的响声,说明灯壶里面还有油;然后仔细查看灯芯,灯芯不算短,显然没问题;他又走到门口,门缝里也没有凉风呼呼地吹进来,可以肯定,也不是风吹灭了油灯。到底是怎么回事呢?油灯突然跳动了几下火苗,然后就灭了,让他感到纳闷。

在河湾村,油灯是夜晚的神明之光,谁家的灯亮着,就说明这家人还没有睡觉。一般情况下,一家人会围坐在灯下拉家常,夜深了就熄灯睡觉,没有人点灯熬油到半夜,主要是嫌费油。如果遇到邻居来家里串门,就多坐一会儿,也不会聊到很晚。

夜晚,人们经常坐在村口的大石头上乘凉或聊天,有月亮和星星就好,人们不再需要别的光亮,但是在家里就不同了,如果一家人不点灯,黑灯瞎火的,人们就会以为这家人已经睡下了,就不会有人去家里串门。

现在还不到睡觉的时辰,整个村庄的灯火都亮着,唯独木匠家的灯火突然熄灭了,而且重新点燃后又灭了,这不是小事情,必须找到原因。

木匠来到了长老家门口,见长老家的灯还亮着,进院前咳嗽了一声,表示有人来了,使个声响。长老听见咳嗽声就知道是木匠来了,木匠进屋后也没有坐下,开门见山地说,我家的油灯突然跳了几下就灭了,重新点着后又灭了,不知是怎么回事。长老问明原因后说,莫不是与星光相撞了?你回去后看看放灯的位置，窗子是不是有漏洞，灯光可能与哪颗星星相对了。木匠说，这个我没有注意，我回家看看。木匠说完就回去了，长老也没有挽留。

河湾村有几十户人家，大多数是茅草房，木匠家也是。木匠有手艺，有能力翻盖瓦房，但是他认为茅草房的屋顶厚实，冬天比较温暖，夏天也凉快，就迟迟没有翻盖房子，他坚持认为茅草屋好。河湾村的茅草屋很多，窗子都不大，每年过年的时候用纸糊一次窗户，窗户纸经不住风吹雨淋，到不了夏天就破洞百出，漏进星光也是正常的事情。

正如长老的猜测，木匠回到家后，站在油灯的位置，透过窗洞，正好看见一颗星星往里窥望。他找到一块破布堵住那个窗洞，随后再点灯，油灯就不再熄灭了。

第二天晚上，在村口的大石头上乘凉的时候，木匠告诉长老，说，昨天夜里我回家后确实发现一颗星星在油灯的对面，我堵上窗洞就好了，灯就不再灭了。长老说，星星是天上的灯盏，油灯是人间的灯火，都是神明之光，最好不要相对，如果相对了，火苗较弱的那个就会熄灭。

木匠说，我以前还真不知道，原来还有这么一说。

长老说，只要是发光的东西，都怕相对。有一次村里来了一群狼，人们在村边点燃了一堆干柴，火焰蹿起一丈多高，狼被火光吓跑了，但是由于火光太大，天上那些与火光相对的比较小的星星，烧死了很多。

烧死了很多星星？

是的，确实是烧死了很多，后来有些大星星又生出了一些小星星。星星也是有老有小，太老的星星也会死去，跟人间差不多。

木匠一边惊讶，一边点头称是。其他乘凉的人们不了解长老和木匠聊天的前因后果，也插不上话。

这时三婶也坐在大石头上，正在跟别人聊天，听到长老说到了星星，她就仰头往夜空望了望，正好看见两颗流星，一前一后从夜空划过，她惊讶地喊了起来，看呀，那里有两颗流星，一个在追另一个。

木匠看见三婶惊讶的样子，跟了一句，说，那是男的在追女的。

三婶说，你追过几个女的？

木匠说，我倒是想追你来着，但是没你跑得快，追不上。

人们看见木匠和三婶斗嘴，一阵哄笑。

笑过之后，长老说，那两颗流星不是在相互追赶，而是在一同赴死。

说到这里，人们都沉默了。人们听说过，天上掉下一颗流星，地上必死一个人。天上同时划过两颗流星，看来要有两个人一起死去，会是谁呢？

这个夜晚，人们是在担心中度过的，因为不知道谁会死去，而且是两个人，怎能不让人担心。

木匠回到家后，躺下却睡不着。后半夜，他听到了狗的叫声，有点不放心，就披衣起来，走到户外。他走到院子里，感觉夜空似乎比往常亮很多，就下意识地仰头望了一眼天空，他惊讶地发现，有一群星星在他头顶上方的天顶上聚集，处在这些星星中间的一颗星星，光亮有些发红，还一闪一闪的，特别像是油灯的火苗。

这时，狗的叫声逐渐停下来，河湾村陷入一片寂静。他再次仰望夜空，夜空更静。那些无声聚集的星星，似乎全部变成了灯火，燃烧着微弱的火苗。他想起长老曾经说过的一句话，说天上也有人居住，只是不知那里是谁的村庄。

据说，天上的村庄添人进口的时候，灯火才会聚集，而人间正好相反，有人离世的时候，人们才会聚集灯火，为死者送行。

0

三婶正在地里干活，忽然发现天空倾斜了，原本是飘浮在天上的云彩顺着倾斜的天空向下滑动，就像河面上的浮冰。

平时，天空是平坦的，无论山坡怎样歪斜，天空都不会跟着歪斜，所以人们说老天是公平的。如果老天也不公平了，歪了，那就没有公理可讲了。

三婶担心天上的云彩向一个方向滑动，越聚越多，会加重天空的歪斜。她赶紧回到村里找长老，正好赶上长老坐在村口的大石头上，就紧忙地跟长老说，不好了，天歪了。长老说，不要怕，我也看到了。长老说，可能是南方的土地干旱了，需要下雨，而云彩又贪恋北方的凉爽，不愿意去南方，每当遇到这样的情况，天空就会微微倾斜，让云彩顺势滑下去，南方的云彩堆积多了，就会下雨。

听到长老这么一说，三婶就放心了。

长老还说，为了让云彩滑动，天空会微微倾斜，但是天空不会过度倾斜，因为过度倾斜就会翻过去，你想想，要是天翻了会是什么结果，那麻烦可就大了。

三婶看着长老，说，什么麻烦？

长老说，天空要是翻过来，就会造成天空的背面朝下，那些住在天上的人，岂不是都要掉到地上？

三婶一听，拍了一下大腿说，坏了，我的小儿子就住在天上，他要是掉下来，还不得再摔死一次啊。

三婶的小儿子是小时候淘气上树，在树上遇到蛇，掉下来摔死的，当时三婶是个胖婶，自从她的小儿子摔死后，她哭了一年多，把身体里的水分哭干了，皮肤松弛像是一个倒空粮食的布袋。后来，一个仙女告诉她，说她的小儿子死后去了天上，在天上还当了一官半职，过得挺好的，三婶也就放心了，不再哭了。她感觉自己的小儿子死后还这么有出息，甚至还有了几分骄傲。后来，三婶想开了，又采纳了郎中的偏方，让她多喝水，她就使劲喝，补充水分。还有，村里的二丫经常去天上的云彩里采集露珠，送给三婶，当做药引子，三婶经过调养，身体慢慢得到了恢复，又变回了一个胖婶。

　　三婶担心天空翻过来，她的小儿子会从天上掉下来，也是人之常情。毕竟她的小儿子是摔死的，如果再摔死一次，三婶肯定受不了。长老说，一般情况下，天空不会翻过来。他用手指着南部天空说，你看，云彩虽然是轻飘的东西，但是聚集太多的话，天空也会承受不住，天空不会翻过来，倒是有坍塌的可能。

　　三婶这才想起来，很久很久以前，河湾村西北部的天空确实曾经坍塌过一次，幸好一个死去多年的老人从坟墓里出来，帮助人们把天空补好了。如果天空再次坍塌，总不能还去请那个死去多年的老人出来帮忙吧，他已经帮过人们一次了，不能老是麻烦他。他在坟墓里沉睡，每叫醒一次，会很多年睡不着，失眠是很痛苦的事情。三婶着急了，看着长老说，倘若天空再次坍塌，那可如何是好？

　　长老看见三婶着急的样子，就安慰她说，这不还没坍塌嘛，云彩堆积多了就会下雨，等到雨下没了，天空也就不沉了，一般情况下不会坍塌。

　　三婶听长老说不会坍塌，终于松了一口气，说，只要天空不翻过来，我就不怕。

这时，二丫挎着篮子从三婶身边经过，看见三婶和长老在说话，就停了下来。二丫说，我早晨去云彩上采集露珠，不料云彩都走了，我只采了半篮子。三婶凑过去，伸手从二丫的篮子里抓起一把露珠，说，这些露珠又大又圆，又透亮，真好，我们二丫真能干。二丫得到三婶的夸赞，笑了一下，说，我在云彩里遇到一个特别大的露珠，太大，没敢采。长老问，多大？二丫用手比画了一下，有这么大。三婶说，你比画这个，有西瓜大小。二丫说，是，也就西瓜大小吧。长老一听就愣住了，说，丫头，那不是露珠，那是一个雷，幸亏你没有采摘。二丫一听，感到有些后怕，说，以后再遇到这么大的露珠，我就躲远点，真要是采到一颗雷，炸了，还不得把天炸个窟窿。

二丫的这句话，把长老提醒了。多年前河湾村西北部天空塌陷，虽然补好了，但是一直没有找到原因，人们感到莫名其妙，好好的天空，怎么就塌了呢？莫非是雷把天炸坏了？长老恍然大悟，似乎找到原因了，原来是这么回事！

长老用手捋着雪白的胡须，如释重负地长出了一口气。三婶也似乎有所醒悟，突然用手拍了一下二丫的肩膀，说，二丫，你这一句话，解了人们多年来的一个疑惑，你不会是个仙女吧？

二丫说，三婶就会夸人，然后她淡然一笑，挎着篮子走了，回家了。

这时，长老和三婶不约而同地望着天空，看见云彩继续向南方滑动，西北部天空露出了蔚蓝的底色，直到后来，天空里不再有一丝云彩。长老说，倾斜的天空很快就会恢复平静，不，是恢复平坦，老天也有歪斜的时候，但是大多数时候还是公平的。

长老几乎说出了至理名言，让三婶佩服。三婶正在佩服的时候，突然一拍大腿，说，哎呀，我忘了一件事，二丫前几天送给我一篮子露珠，我一直盛在簸箕里，忘了晾晒，趁着今天天气这么好，我回家晾晒一下。说完，三婶就急急忙忙地走了。

长老说，露珠娇嫩，不能长时间暴晒。三婶已走出老远，不忘回了一声：哎，知道啦。

看到三婶走远了，长老也似乎想起了一件事情，急匆匆地回家。过了一会儿，长老手里攥着一颗黄豆粒大小的发光的石头，找到二丫，看见二丫正在晾晒她刚刚采来的露珠。二丫看见长老到来，就迎过去，问，长老找我有事？长老说，昨天夜里，我乘凉回家的路上，捡到一颗掉在地上的星星，你看，这么小，大白天还在发着光，多好看呀。二丫说，呀，这颗星星真好看，是送给我的吗？长老说，星星是天上的东西，我们凡人消受不起，你下次再去云彩上采集露珠的时候，辛苦你顺便再往天上走一走，把这颗小星星送回天空。二丫说，您放心，我明天就去。

二丫接过长老手里的星星，放在自己的手心里，感到这个发光的小星星，有点微微烫手，心想，真不愧是天上的东西，这么透明，还会发光。

送走长老后，二丫继续晾晒她的露珠。这些刚刚采集的露珠，一颗颗非常浑圆透亮。二丫看到这些透明的露珠，一不小心，手里的星星滚落到露珠里面，星星与露珠混淆在一起，几乎无法分辨。

二丫在露珠中仔细寻星星的时候，突然发现篮子里的露珠都发光了，自从星星落入露珠里面以后，所有的露珠都像是小星星，都在发光，闪烁着晶莹的光芒。这时，她的眼前忽然一亮，感到身上有些微微的灼热，周围的空气完全透明，仿佛整个天空都在包裹着她，像是透明的蓝色琥珀包裹着一个美丽的昆虫。在清澈的空气里，她有点儿被阳光融化的感觉。她发现今天的太阳格外明亮，照在这些发光的露珠上，仿佛是太阳在哺育自己的孩子。

二丫抬头看太阳，感觉太阳又大又亮，浑身散发着毛刺，而平静的天空一片蔚蓝，薄如一层纸，耳朵好的人，甚至能够听到天空背面传出的脚步声。

0

河湾村北部的山坡上有很多桑树和花椒树，桑树上直接结蚕茧的历史已经过去，自从一棵歪倒的桑树上吊死过一个人以后，桑树上就不再直接结蚕茧了，即使偶尔结几个蚕茧，也不是像往年那样黏在树叶上，而是悬挂在枝头上，只有一根丝线连着，像个吊死鬼，人们嫌晦气，没人愿意采摘。

养蚕和采桑的多数是女性，她们心细，了解蚕宝宝的习性和成长过程，适合养蚕。自从一个老太太临死前吃了很多桑叶，然后吐丝把自己织在一个硕大的蚕茧里，人们就拜她为蚕神。这个老太太没有死，她的家人发现后把她织的蚕茧剥开，从里面出来一个新鲜白净的新人。这个破茧重生的老太太名叫张刘氏。这件事对河湾村的妇女和姑娘们影响不小，好像养蚕能够成神，可以通过吐丝织茧获得重生。即使修炼不到，至少有蚕神保佑，养殖的蚕宝宝也很少意外死掉，河湾村因此获得了很多收益。

采桑叶虽然不算很辛苦，但也并不像人们想象的那样富有诗意，妇女或姑娘们背着花篓上山去采桑叶，一般都是结伴而行，几个人在一面坡上，各忙各的，偶尔搭句话，聊些家常，也不多说。传说中的唱山歌，从未有人听见过。河湾村的女人似乎不会唱歌，哭或者骂人倒是有过。女人不敢多哭，眼泪是珍贵的东西，流出去多了，人会变得干瘪。比如说三婶吧，是一个胖女人，因为她的小儿子从树上掉下来摔死了，她哭了一年多，把体内的水分哭干了，整个人渐渐瘦下去，像是一个松垮的布袋，幸好她后来多喝水，又恢复了原样。骂人也不好，据说有一个女人因为骂街而当即变丑，后来道歉，几年时间才慢慢恢复过来。

养蚕的女人必须保持身体干净，夏天溪水长流，女人们要经常在河水里洗浴，如果有月亮，她们的身体就微微透明，如果天上只有星星，她们就小声说话，尽量掩藏身体的秘密。如果溪流里突然传出笑声，隔着夜色人们也能知道，那一定是姑嫂之间在嬉闹。身体干净的女人养的蚕也干净，看上去光鲜，当蚕宝宝逐渐长大，变得微微透明，离吐丝织茧就不远了。因此，洗浴也是女人们的必修课，把自己洗干净了，说话的声音似乎也变得水灵，笑声也好听了许多。

在河湾村，作茧自缚的蚕神张刘氏，家里开的染房远近闻名，她能够在布匹上染出蓝花和白花。谁也没有料到，染了一辈子布的一个老太太，最后竟然吃桑叶，吐真丝，把自己织在了一个硕大的蚕茧里。她有两个儿子，没有女儿，她非常羡慕有女儿的人，于是她认养了北山上的一棵桑树为女儿。她经常上山给她的桑树女儿浇水，她与桑树女儿的感情不亚于亲生母女，所以她吃下桑叶，吐丝结茧，也在情理之中。

蚕神的老头名叫张福满，是个泥做的老头。他的体重超过常人几倍，体内有许多根须，而体表却非常粗糙，由于他的身体不能沾水，皮肤显得干燥，上面有许多裂缝，好在他每过一段时间就用泥巴填堵一次裂缝，身体并无大碍。张福满只能干一些粗活，无论多忙，他都不能参与染布，一旦遇水，他的身体就会融化。他也不能参与采桑，桑叶上有露水。他这个人也并不是只有缺点，他也有许多优点，比如他力大过人，憨厚泥实，体内有说话的回声等等，都是常人所不备的。

人们上山采桑之前，都要在心里默默地拜一下蚕神，顺路的，要往张刘氏的家里望一眼，有机会与张刘氏说话的，都要搭句话，以求她的保佑。张刘氏也不觉得自己有多么神奇，她说，我就是馋了，想吃点桑叶，我就吃了，然后我就睡着了。我是在不知不觉中吐丝织茧的，我并不知道自己做了什么。她说这些经历时非常轻松，仿佛在讲述一件最平常的事情，而在别人听来，却觉得很神奇，甚至希望自己也织一个茧。

张刘氏说，也许是我的女儿让我吃桑叶织茧的，我在梦里见过她。

她所说的女儿，就是那棵桑树。

她的经历让许多女人羡慕，有条件的妇女们也都认了桑树为女儿。不是所有的女人都适合认领桑树为女儿，比如，子女多的女人不能认，没结婚的姑娘也不能认，因为人的子女是有定数的，结婚以前，提前认桑树为女儿，会影响子女的数量。因此，有的姑娘盼着自己早点结婚生子，有了孩子，就可以认养桑树为女儿了。可是有一点让人费解，为什么要把桑树认作女儿，而不是儿子？关于这些，张刘氏也说不出道理，她说，我没有生育女儿，我想有个女儿，就认了桑树为女儿，没想那么多。

张刘氏真的没想那么多，但是别人却是有意为之。自从张刘氏成为蚕神以后，北山上的桑树都被人们认领为女儿了，也就是说，每棵桑树都有自己的母亲，有的桑树由于长得好看，甚至有两个母亲。

在母亲们的照料下，北山上的桑树长势很好，叶子尽量长得又大又嫩，等待人们的采摘。而那棵吊死过人的歪桑树，尽管是无辜的，却一直无人认养。由于无亲无故，或者是负罪感，这棵桑树慢慢干枯死掉了。后来，许多母亲都为此而愧疚，说，不是它的错，我要是认养它为女儿，它也许就不会死了。也有人说，死了也好，再投生吧，几年之后还是一棵桑树。想到这里，人们也就释然了，慢慢地，不再为此而自责。

有了这些幸福的桑树，河湾村的蚕宝宝们也吃得饱，长得胖，结出了大蚕茧。女人们由于有了桑树女儿，也增加了许多幸福感，因此也多了一些牵挂。尤其是孩子们，听说母亲认养了桑树为女儿，自己多了一个妹妹，或者几个妹妹，心里也都觉得幸福。有一次从来不会唱歌的张福满从北山上下来，哼着谁也听不懂的小曲，让人感到好笑，但又不敢笑，毕竟他的老婆是蚕神，人们从心底里对她充满敬意。

0

河湾村背后的山，叫北山，一般情况下，人们去天上，都是先登上北山的山顶，然后继续往上走，如果遇到云彩就绕开，没有云彩的话，就直接往上走，然后就到天空了。二丫经常去天上，她见到云彩也不绕开，因为她是去云彩里采摘露珠。铁匠也是走的这条路，他对云彩没有兴趣，他是直接去月亮上凿击透明的石头，装在布袋里背回，然后用月亮的碎片打制宝刀。

去天上已经是习以为常的事情，去的次数多了，村里人就不再议论了。人们对远方的向往主要集中在山的外面，有人说，山的外面的外面的外面的外面的外面，是一片平原，平原上有许多村庄，村庄的外面就是大海，大海的外面还是大海。

人们只是传说，河湾村没有一个人见过大海，因此对大海充满了向往，也流传着许多传说。有一首歌谣非常有意思，说，海没底，天没边，牛没上牙狗没肝。牛和狗都是常见的家畜，有没有上牙和肝，没有人求真，好像也不值得议论，人们认为谈论大海才是有价值的话题。

铁匠说，我在梦里见过大海，感觉大海的波涛比北山还要高，吓死我了。

铁匠说这些话的时候，眼睛看着人们，等待人们的赞许和同情。实际上他根本就没有做过这样的梦，他纯粹是胡编的，因为人们都谈论过大海了，唯独他还从来没说过大海，他觉得自己再不说点什么，就不配做一个河湾村人了。

人们坐在村口的大石头上，看着铁匠夸张的表情，不知如何接他的话茬。还是三婶嘴快，说，你做梦的时候是前半夜还是后半夜？铁匠说，是后半夜，梦醒后就听见鸡叫了。

铁匠是在三婶问话后立刻回答的。看见三婶接过了话茬，铁匠就放心了。他最怕的是他谈到了大海，却没有一个人接话，或者绕过他的话题，直接谈论别的，那样，他会很尴尬，不知是继续说下去还是就此打住，把一个话题憋回去。

三婶看着铁匠，说，鸡叫以后就算是后半夜了，后半夜做梦不准。

铁匠见三婶这样说，心想，我为什么不说是前半夜呢？可是话已经说出口，当着众人的面，不好再改口了，他只好硬着头皮编下去，说，也许是前半夜？反正我吓醒的时候，就听到了鸡叫。

长老听见铁匠和三婶的对话，坐不住了，此时，需要他以长者的身份站出来做出判断了，凭着自己两百多岁的年龄，他觉得自己有资格说出有分量的话。长老说，鸡叫以前是半夜，是一天的终点，也是新一天的起始，因此，半夜属于前半夜的最后时刻，也可以说是后半夜的开始。

长老的话，显然给铁匠留下了回旋的余地，也就是说，他的梦有可能是准的。

长老说话的时候，铁匠和三婶在认真倾听，其他人坐在大石头上，都不吭声，像是一些可有可无的影子。

铁匠感觉到长老是在肯定他的梦，于是继续往下说，以后我再去月亮上的时候，注意往下面看看，说不定能够看见大海。

三婶说，你以前没有往下看过？

铁匠说，看了，下面的山太多，就跟我梦里见过的大海的波涛是一样的。

三婶说，你能看清楚？

铁匠说，月光毕竟不是阳光，我看得不是很清楚，有点恍惚。

铁匠说这话的时候很谦虚，给自己留了一些余地，以便在三婶追问的时候，随时可以转弯。

长老说，我爷爷的爷爷在梦里见过大海，那时候大海还很浅，有人在海里弯腰洗头发，还有人从遥远的地方走到海边，只为了从海里取走一滴水。

三婶说，这人也真怪，大老远的去海边，只取走一滴水，要是我，至少取走一瓢水。

铁匠说，瓢不好端，路人看见了，怕是以为你是个讨饭的。

三婶说，你还说我呢？你去月亮上不也是背着一个破布袋吗？我看还不如一个讨饭的。

长老说，我爷爷的爷爷都是前半夜做梦，过了鸡叫就不再做梦了。我也想做一个有关大海的梦，可就是做不成，以后铁匠再梦见大海的时候，最好把我也带上。

铁匠说，长老别取笑我了，你爷爷的爷爷在很早以前就梦见过大海了，我到前几天才梦见大海，而且当时看得还不是很清楚，哪有资格带领长老去远方呢？

三婶说，铁匠打铁还行，做梦就差远了。现在你还用拳头打铁吗？

铁匠说，平时都是用锤子，只有打制宝刀的时候才使用拳头。

三婶说，你不是从月亮上采来了透明的石头吗？我听说你在用月亮的碎片打制宝刀？

铁匠伸出了自己的拳头，在三婶的眼前晃了一下，说，打铁还需拳头硬。

长老说，别晃拳头了，别碰了三婶。

铁匠说，打死我也不敢碰三婶，我还等着三婶做梦时带我去看大海呢。

三婶说，我没你那么有福气，我做梦不是干活就是挨累，没有见过一次大海。

长老说，不是每个人都能梦见大海，我爷爷的爷爷也只梦见过一次。那时候人们躺下就能做梦，月亮从窗外经过，非常安静，从不打扰人们的梦境，不像如今，月亮上经常传出叮叮的凿击声。

三婶说，都怨铁匠，以后少去月亮上采石头吧，我也听到过月亮上传来叮叮的声音，然后就睡不着了。

铁匠说，我去月亮上采集石头时，都是尽量轻手轻脚，没想到会影响三婶睡觉，真是不好意思。

长老说，既然铁匠说到月亮了，我再嘱咐你一句，你再去往月亮上时，一路上千万别碰掉星星，我爷爷的爷爷曾经说过，天上的每颗星星都对应着地上的一个人，倘若把星星碰掉了，地上的人即使不死，也会失去灵魂。我爷爷的爷爷还说过，天上的东西不能少，地上的也不能少，世上所有的事物都是有定数的。据说，自从有人从大海里取走了一滴水，大海就因为少了这滴水，变得不再充盈饱满，总感觉缺少了点什么。

这时，坐在大石头上的影子似的人们，终于有一个说话了。

说话的是三寸高的小老头，他说，我有点渴了，我需要一滴水。

人们一直谈论着重大的话题，突然三寸高的小老头来了这么一句，把大家都逗笑了。大家都笑的时候，人们才意识到，是一群人坐在大石头上，而不只是两三个人在聊天。

三婶说，你只要一滴水的话，最好跟二丫要，她从云彩上采摘的露珠，最解渴。如果她送你红色的露珠，你最好别吃，那是从晚霞中采集的，比火焰还红，吃了不解渴，还容易上火。

三寸高的小老头说，有没有发光的露珠？就像天上的星星一样？

三婶说，这个你可别问我，你问铁匠吧，他经常去天上，见的星星也多。

铁匠说，天上的星星也不都是星星，你以为它在发光，走近后用手一捏，竟然是软的，你想不到吧，有的星星竟然是一滴悬浮的露珠。

三寸高的小老头说，我就吃一颗星星就可以了。

人们又是一阵大笑。

铁匠说，别笑，这个世界上，什么事情都有可能。我说我梦见的大海，有北山那么高的波涛，你们不信吧？早晚有一天你们看到了就会信了。

正在人们说话的时候，二丫挎着篮子走进了村口，三婶第一个迎过去，说，二丫又去云彩上采摘露珠了？二丫说是。三婶说，我们二丫就是勤快。说着，她从二丫的篮子里抓起一把露珠，跟二丫商量说，三寸高的小老头渴了，他说只需要一滴水，要不送他一颗露珠？二丫说，选一颗最大的送他。三婶选出其中一颗，用手捏着走过去，塞进了三寸高的小老头嘴里，说，是二丫送你的。

三寸高的小老头吃下这颗露珠后，品了一下，说，有点咸。

他无论如何也想不到，他吃下的这颗露珠竟然是多年前长老的爷爷的爷爷梦见的那个人从大海里取走的那一滴水。

0

老虎一旦闯入梦里，最好的办法不是逃跑，也不是被它吃掉，而是跳下悬崖，一下子惊醒，醒来后你会发现自己还活着，而且并没有从悬崖上掉下来摔死，而是安静地躺在自家的土炕上，只是吓出一身冷汗而已。

三寸高的小老头坐在村口的大石头上，给人们讲述着自己在梦里遇到老虎的应对办法，好像他的经验值得推广一样。他讲述的时候看了看，除了长老在认真听，其他的人都在抿嘴笑，而且有点嘲笑的意思。他摸了摸后脑勺，觉得还有讲下去的必要，但是故事基本上已经结尾，再讲下去也只能是胡编了。这时三婶的插话解除了他的尴尬，三婶说，追你的是一只母老虎吧？

三寸高的小老头说，没看清是不是母老虎，反正它嗷的一声大叫，向我扑过来，我就从悬崖上掉下来了，然后就惊醒了。

人们从抿嘴的无声微笑终于变成了哈哈大笑。

三寸高的小老头虽然已经老了，但仍然是一个三寸高的小老头，几十年没有过一点变化，他没有什么惊天动地的事迹，只有一些梦分享给人们。他在月光下讲故事，即使提高了嗓音，也不会有多么大的声音，因为他太小了，你想想，一个三寸高的小老头，能有多大的动静。月光照在他身上，几乎没有多少阴影。实际上，别人的阴影也非常模糊，毕竟月光是朦胧的，整个村庄都是模模糊糊的，就像在梦里。

三婶轻轻地用手把三寸高的小老头捏起来，放到大石头上的一个较为平坦的地方，说，你还是坐在这里比较安全，不然你在梦里没有掉下悬崖，讲故事的时候倒是有可能从石头上滚下去。人们看到三婶的举动，又是一阵笑声。

三寸高的小老头刚刚在平坦的地方坐稳，就对三婶说，三婶啊，我感觉我梦见的那个母老虎，长得跟你有点像，要不你给大家讲一个故事呗？

三婶一听，冲着三寸高的小老头嗷地叫了一声，大声地说，小老头啊，你这个小老头，我就是一只母老虎，现在我就一口吃了你。

人们又一次大笑。

三寸高的小老头立刻求饶说，别，别，好三婶，你就是把我吃了，我身上也没有多少肉，要不你吃木匠吧，他身上肉多。

木匠坐在大石头上，朦朦胧胧地感觉自己睡着了，恍惚听到人们在说笑，但又不知道大家都说了些什么。这时有人捅咕一下木匠，说，嘿，木匠，三婶要吃你了。

木匠从似梦非梦中醒来，愣了一下，这才意识到自己是坐在村口的大石头上，一群人正在说笑话。他只听到最后一句是吃你了，就愣头愣脑地说，啊？喊我吃饭了？

人们听到木匠说出这样的话，忍不住又是一阵大笑。木匠不知道人们在笑什么，也莫名其妙地跟着笑了起来。其中一个人笑得前仰后合，差点把三寸高的小老头压在身下，还是三婶眼疾手快，把三寸高的小老头抓起来放到别处，否则非把他压扁不可。

三寸高的小老头感激三婶，说，还是三婶好，以后我再梦到母老虎追我的时候，我就喊三婶，三婶就会来救我。三婶说，你想得美。

可能是人们的笑声惊动了村口水塘里的青蛙，突然月光里传来了青蛙的叫声，呱，呱，呱，呱，最早是一只青蛙在叫，后来许多只青蛙也跟着叫，叫声有点凌乱，而且声音大小不一，粗细不匀，似乎有老有小，就像是大石头上乘凉的人们，有老人，有孩子，也有三婶这样粗声大气的女人。在月光里，青蛙的叫声虽然比较热闹，但绝不烦人，因为它们的叫声非常单调，也听不出有什么具体的含义，只是给安宁的山村夜晚增添了一种声音而已。人们觉得，有青蛙叫的夜晚，才是宁静的夜晚，否则万籁俱寂，倒是让人感到不安。

木匠沉浸在刚才的似梦非梦中，还没有真正苏醒，说刚才我可能是睡着了，如果不是三婶喊我吃饭，我还真是醒不了。

人们听到青蛙的叫声，本来已经转移了注意力，没想到木匠又来了这么一句，大家又是一阵哄笑。

这时，长老咳嗽了一下，实际上他发出声音，是为了清理一下嗓子。人们知道长老要说话了，都静了下来，等待他说话。平时在村口乘凉，大多是长老讲故事，人们坐在大石头上静静地倾听。没有月光的时候，人们就摸黑听，有月光的夜晚人们就看着他听，毕竟长老已经两百多岁了，人生阅历丰富，随便讲点什么都有意思。

长老看到人们都静下来了，就说，你们说到老虎，让我想起了一件事。从前西山后面的一个山洞里确实住过一只老虎，我在梦里还骑过那只老虎。当时我骑着那只老虎在山上奔跑，后来老虎长出了翅膀，飞到了天上，我从来没有上过天，居然骑在老虎的背上，在天上飞，当时我吓坏了，怕从天上掉下来。真是越怕什么就越来什么，最后我真的从老虎的背上掉了下来。

人们听到长老说他从天上掉下来，也没有惊讶，因为他讲的是梦里的事情，不必担心。

长老接着说，我一下子从天上掉下来了，跟三寸高的小老头的结果一样，不管掉进多么深的深渊，最后都是掉在自家的土炕上，醒来一看我还活着。

三寸高的小老头问，那只老虎也掉下来了吗？长老说，我从天上掉下来后，老虎并没有掉下来，而是继续在天上飞，后来不知去了何处。自从我做了这个梦以后，西山后面的那只老虎就再也没有出现过。

长老说到这里，故事就讲完了。这时，人们都不知不觉地转头看着三婶，三婶看到人们都在看她，忽然慌了，说，看我干什么，我又不是那只老虎。

人们看着三婶发愣的样子，又笑了一次。

伴随着人们的笑声，水塘里的青蛙也掀起了一次高潮，起劲地叫着，仿佛这时寂寞，就不配叫做青蛙似的。月亮也似乎明亮了许多，月光下的河湾村传来了狗的叫声。人们仔细听着，狗的叫声非常缓慢，叫一声之后，过了好久才叫下一声。长老说，狗的叫声这样慢，可能是神来到了河湾村，我们都回家吧，回家后赶紧做梦，运气好的人，说不定就会梦见神。

于是人们从大石头上慵懒地缓慢起身，在月光下散去。他们并不知道自己就是神的亲戚，在人间生活，也在人间慢慢老去。

0

这是人们经常提起的一个事件，夏天的一个夜晚，河湾村的人们正在酣睡，忽然听到天上传来沉闷而巨大的坍塌声，仿佛有什么东西从天上掉落下来，砸在了地上，人们感到惶恐，纷纷出门查看，结果惊讶地发现，西北部天空塌了，辽阔而黑暗的夜空缺损了一角，从这缺损的地方透出天光，比白昼还要明亮。

漆黑的夜晚突然明亮，人们感到惊诧，不敢相信这是真的，但确实是真的，而且这光亮从塌陷的天空一角泄漏下来，一直这么亮着，山村的夜晚变成了白昼。人们以为，这光亮不会长久，也许后半夜就消失了。人们纷纷回去睡觉，因为干了一天活计，也都累了，到了该睡觉的时候必须睡觉。

村里有几个年轻人，觉得问题非常严重，天塌了，难道不该去看看？到底是怎么回事？于是这几个人不约而同地向西北方走去，要去探个究竟。河湾村的西北部有一座高峰，登上山顶，离天也就很近了。由于有天光泄漏，黑夜明晃晃的，几个年轻人走了大约一个时辰，就到了山顶。

几个人聚齐后，一个高个子伸手一摸，就够到了天顶。这时他们才发现，天空并不是人们想象的那样深邃而辽远，而是非常薄的一层纸，也就是人们常说的幕布，铺在上面，非常脆弱，甚至一捅就破。星星也都是贴在幕布上的，并不牢固，很容易掉落，难怪人们经常看见流星滑落，原来是贴得不结实所致。

这次天空塌陷，也不是一朝一夕所致，从塌陷的边缘可以看出，有些裂痕已经非常陈旧，也许是年深日久破损了，也许是闪电雷击所致。总之，天空并不像人们想象的那样坚固。

几个年轻人在山顶上用身体搭起一个人梯，高个子站在人梯上，脑袋钻到了天空漏洞的上面，看见了天空背后的景象。他发现了天空背后的秘密以后立刻就失语了，从人梯上下来后就说不出话来，只能用手比画。但是人们不懂他比画的意思，都感到莫名其妙。其他人还想搭人梯继续探个究竟，被高个子制止了，他摆手不让人们再看，人们只好作罢，下山回村。

村里人并未真正睡去，得知几个年轻人去了山顶，人们纷纷起来，聚集在村口，等待他们回来。毕竟是天塌了，人们还没有经历过这样的事情，不知道如何面对，尽管议论纷纷，却一时间拿不出什么好主意。

这时人们想起了一个人，一个已经过世多年的老人，他曾经去过天上，给一个看不见的人送过信，说不定他会有办法。可是他已经死去多年，正在坟墓里呼呼大睡，肯定不愿意起来，如果不是万不得已，人们也不愿意打扰一个逝者的安宁。

人们想起这个逝者曾经留下一个木匣子，里面有一张字条，说不定会有什么用处。腿快的人很快就找到了这个木匣子，里面确实有一张字条，但是上面的字迹已经模糊，几乎消失了，仅有的一点隐隐约约的痕迹，也是无人可以辨认了。人们感到很失望。

这时几个年轻人也回到了村子，向人们述说着天空漏洞的情况，并对高个子的失语感到不安。一个矮个子年轻人说："我们几个人搭起一个人梯，让高个子踩着我们的肩膀，把脖子伸到天空的上面查看，不知什么原因，他看到以后就说不出话了。"

高个子年轻人很着急，嘴一直在说，但是却发不出声音。他不住地用手比画着，但是没有人知道他的动作到底是什么意思，只是隐约意识到事情的严重性。不知道接下来还会发生什么事情，心里都感到焦急而惶恐，却束手无策。

看到高个子年轻人失语后，怕再出现意外，人们就不敢再去查看天空。

有一个王姓老人说，还是我去吧。说完他就离开了人群，人们以为他去西北方，去天空塌陷的地方，没想到他向南走，人们莫名其妙地跟着他，怕出什么意外，也想看个究竟。

王姓老人来到村庄南部的一片坟地，在一个很大的坟堆前停住。他看见人们跟在身后，就让人们回去，别添乱，人们只好散去，不敢再节外生枝。

说是散去了，还是有人没有走开，躲在一处隐蔽的地方，看他到底要干什么。

躲在暗处的人们目不转睛地看着他，见他在坟堆前坐下，在独自言语，也不知他说了些什么。

大约过了一袋烟的工夫，人们看见两个人走出了坟地，王姓老人身边多出了一个老人，这个多出的老人是谁？是什么时候出现的？人们不得而知。只见两个老人边走边聊，向西北方向走去。

自从人们看见两个老人离开坟地以后，就没见他们回来。人们知道他们一定是在做重要的事情，并且与天空的塌陷有关，但也不好过问。

大约过了七天，天空的漏洞一直存在，却在明显缩小。

又过了七天，天空的漏洞又缩小了一些。

时间过去了七七四十九天，天空塌陷的地方完全消失，与从前一样了，夜晚恢复了黑暗，原来塌陷的地方，甚至还多出几颗星星。

起初，人们还以为是天空自己生长，破损的地方自动弥合了。后来人们发现，事情还真不是那么简单。因为那个王姓老人一直没有回来，与他一起走的那个老人，也没有回来。

村里的牧羊人路过坟地，发现了秘密。他神秘地说："以前，我每次路过坟地，总能听见里面的呼噜声，今天，少了一个人的声音，我就找原因，结果发现一个坟墓出现了漏洞，我仔细查看，里面睡觉的人不见了。"人们听说后去坟地查看，发现那个漏洞的坟墓，正是曾经给天空送信的那个老人的坟墓。

这时，人们又想起了那个木匣子，找到那张字迹消失的纸条，发现字迹又恢复了，上面清晰地写着：某年某月某日，西北部天空将会塌陷，不要恐慌，可前去坟墓里找我，不要客气。

至于说天空是如何修补的，也许永远无人知晓。那个高个子年轻人只是窥见了一眼天空上面的景象，就永远失语了，他一直在用手比画，却没有人理解他的肢体语言。也许天机不可泄露，老天从此封闭了他的语言。

这件事情以后，河湾村的人们对天空充满了敬畏，不敢亵渎，也不敢轻易冒犯。人们爱护天空，一旦发现太高的炊烟，立刻把它砍倒，生怕它长得过高，会把天空顶破。从此，去天上送信的人，也是轻手轻脚，绝不会把天空踩坏。

大约过了一百多年，从远方来了两个老人，村里没有人认识他们是谁。

人们传说，在很久以前，西北部的天空塌了，据说有两个老人去天上修补漏洞，一直没有回来。传说他们把天空补好后，忘了给自己留下回来的出口，永远留在了天上了。

两个老人相视一笑，说："没有出口，我们是怎么回来的？"

说完，他们相互又是一笑，比当年的笑容老了许多。

他们回来那天，河湾村阳光明媚，和风融融，人们在田间耕作，如同万古，没有人发现，西北部天空出现了轻微的波浪，像一匹透明的丝绸，发出清脆的抖动声。

0

铁匠夜里出来撒尿，看见月亮离西山还有两竿子高，心想，今天的月亮真大，该有西瓜大小了。就在他两眼盯着月亮时，这个明晃晃的大月亮，突然掉了下去，落在了西山的后面。按理说，这么大的一个东西突然掉下去，应该有巨大的响声，但是铁匠什么声音也没有听到，着实把他吓了一跳。铁匠想，天上不会出了什么事情吧？

铁匠觉得这件事情有些蹊跷，就摸黑找到了木匠，木匠也觉得奇怪，就和铁匠一起找到了长老。长老这时正在睡觉，他做了一个奇怪的梦，说是月亮从天上掉下去了，忽然从梦中醒来。长老想，这是怎么回事？难道天上出事了？

长老正在回想这个梦的时候，外面响起了敲门声，他的心里一惊，什么人大半夜的来敲门？他起身披上衣服，然后点燃油灯，用手护着油灯前去开门，发现敲门的是铁匠和木匠两人。隔着门槛，长老见铁匠和木匠有些慌张，小声地问，有事？

铁匠先开口说，有事。刚才我出来撒尿，看见月亮在天上，有两竿子高，突然掉下去了。

长老说，是亲眼所见？

铁匠说，亲眼所见，所以我觉得应该跟您说一下。

长老说，我也看见了。刚才我做了一个奇怪的梦，梦见月亮掉下去了，跟你看见的情形一模一样，看来月亮真的出事了。

这时长老手里护着油灯，跨出门槛，走到了院子里，往天上看，果然没有月亮。

经过一番讨论，长老认为，应该去找月亮，但是不要惊动村里的人们，就咱们三个人去找。

一番准备之后，三人出发了，长老手里举着一个松明子火把，铁匠和木匠手里也有火把，但没有点燃，路上要省着用。本来是打算悄悄出发，但是村里人还是知道了，人们纷纷起来，手举火把跟在后面，向西山的方向跟进。长老走在最前面，铁匠和木匠紧跟其后，其他人陆续跟随，路上形成了一条火把的长龙。

大约走了一个时辰，有的火把熄灭了，人们点燃了备用的火把，终于走到了西山的后面。有些人还是第一次来到西山的后面,平时没事,真的到不了这么远的地方。隔着蒙蒙夜色,人们发现,西山的后面还有西山,甚至还有许多山。人们来到一个山谷里的高地上,长老停下脚步,后面的人们渐渐聚集。

三寸高的小老头也跟来了,他虽然矮,但走路还是很卖力。他说,我在路上看见了月亮的碎片。

窑工接过话茬,说,你看见的不是月亮的碎片,是火把上掉下的松明子。

人们觉得窑工说得有道理,也都跟着说,我们在路上也注意观察,没有看见月亮的碎片。

正在人们议论的时候,铁匠有了新的发现,他看见山谷里有一片零零星星的光,至少有几十个光点,隐约在夜色里闪烁。长老止住了人们的议论,说,大家熄灭火把,待在这里别动,我和铁匠和木匠前去看看。

人们熄灭了火把之后,山谷里的光亮更加明显了。铁匠甚至认为,这些光点有可能就是月亮的碎片。他们三人摸黑前行,也不敢说话,生怕惊动了这些光亮。当他们越走越近,逐渐接近光亮时,发现这些亮着光点的地方,是一片村庄,那些光亮,是朦胧的灯火。

长老一行三人又返回到人们聚集的高地上,人们这才知道,他们来到了一个村庄附近。这时,三寸高的小老头又开始发表言论了,他说,看来月亮并没有摔碎,我在路上看见的也许不是月亮的碎片。人们感觉他这么快就修改了自己的观点,都笑了。窑工说,你还是离我远一点吧,别让我不小心把你给踩扁了。人们又是一阵笑声。

没有找到掉进西山后面的月亮,人们失望地返回到河湾村,一场虚惊之后,是深深的担忧。人们担心,月亮是不是从天上掉下来摔死了?

铁匠说，明明看见月亮掉进了西山的后面，怎么就找不到呢？他坚信自己没有看错。

长老也坚信自己的梦。

接近天亮的时候，人们回到了河湾村，有的人回到家里补觉，有的人干脆就不睡了，开始下地干活。一整天，人们在惶惶不安中度过，打不起精神来。人们为月亮而担心，因为月亮确实出过大事。有一年秋天，一条疯狗蹿到了天上，把月亮给撕开，吃下去一半。当时人们眼睁睁地看着疯狗撕咬月亮，月亮疼得直哆嗦，人们却没有办法救助，简直心疼死了。三寸高的小老头说，多么好的月亮啊，竟然让一条狗给糟蹋了。此后，每当月亮悬在高空，人们就担心，甚至暗自祈祷，月亮啊，小心点，千万别掉下来。可是，总在天上走，哪有不失足的时候，这不，它终究还是不小心掉下来了，掉到西山的后面。人们举着火把去找月亮，竟然连尸体都没有找到。

月亮摔死的可能性极大。

没有找到月亮，三婶都急哭了，二丫也哭了，许多女人都哭了。人们担心今后的夜晚不会再有月亮了，天上没有月亮，日子可怎么过啊。

幸好，太阳还在。太阳准时出来了，当它经过河湾村的上空时，人们感到，好在有太阳在，如果太阳和月亮都掉下去，人们就只能点灯过日子了，那就真的没法活了。

河湾村的人们在焦虑中度过了一整天，人们盼望着夜晚早点到来，夜晚来了，才能知道月亮是不是还能出来，如果月亮不出来，那就证明铁匠看到的景象是真实的，月亮有可能摔死了。

这个傍晚，炊烟早于往日升起，女人们早早就开始做晚饭，以便在饭后等待月亮出来。长老根本就没有吃晚饭，他的焦虑最重，吃不下饭，早早就坐在村口的大石头上，等待月亮出现。

黄昏过后，天色逐渐黑下来，长老的身边渐渐聚集了很多人。后来，几乎整个村庄的人都出来了，因为月亮毕竟关系到每个人的生存。当你在夜晚，渴望光的时候，结果光没了，出不来了，生活还有什么意思。今后还有谁，在危险的夜空为人们照明？是的，夜空里是有星星，星星也有光亮，但是星星的光亮太小，不过是一些撒在天上的芝麻，根本不管用。要想不用火把和灯火走夜路，只有西瓜大的月亮，才是最好的灯。

人们不全是出于自身的出行方便考虑事情，人们也从月亮本身考虑。月亮活了这么久，有生病的时候，有被疯狗撕咬的时候，有圆有缺，但是还从来没有死过，而且是人们不愿接受的摔死。人们无法接受这个现实，希望这不是真的。长老虽然坚信自己的梦，但是他还是希望那不过是一场梦，毕竟摔死和老死是完全不同的两种结果。他愿意月亮老死，老到光芒暗淡了，上不去天了，就是有人搀扶也走不动了，哪怕是整个夜晚月亮都在山巅上歇着，那也无妨，只要月亮还活着，人们心里就踏实。

人们越是盼望什么，什么就姗姗来迟，仿佛是对人们的一种考验，一种煎熬。人们望着东边，往常，月亮都是从一个山洼处冒出来，先露出一个边缘，然后慢慢地露出全身。今晚，它也应该是这样。人们有些等不及了，铁匠说，月亮再不出来，我就把胳膊伸到炉火里，到烧红为止。他说这话，人们相信。因为他给刀客打造宝刀的时候，就曾用拳头打铁。他打制的宝刀，所用材料就是月亮的碎片。人们这才想起来，铁匠跟月亮的关系。人们甚至觉得，自从铁匠使用月亮的碎片打制宝刀以后，月亮的光亮就不如从前了。想到这里，三婶嘴快，说，难怪月亮掉下去的时候，让铁匠看见，原来月亮的意思是，死给你看。

听到三婶这么说，人们开始了议论，一时间说什么的都有，铁匠受不了人们的埋怨，低下头去，仿佛自己是个罪人，趁人不注意，从人群中溜走了。

这时长老从石头上站起来，他看见了一些令人欣慰的迹象，东方的夜空在慢慢变化，似乎有光从地下升起。是的，世间最亮的光，都是从地下冒出来的，太阳是，月亮也是。星星不是，星星的光太小，不需要任何仪式，可以直接出现在夜空。

人们目不转睛地望着东方，希望远方山洼处泛起的白光，是月亮即将升起的标志。就在人们的观望中，铁匠高举着自己烧红的胳膊从远处走来。这家伙真狠，真的把自己的胳膊烧红了。赎罪也好，显能也罢，人们看见他通红透明的胳膊，都惊呆了。他举着这只胳膊，指向东方，指向那个泛起白光的山洼处。就在这时，一个闪着白光的圆球从山洼里一跃而起，突然跳出来，一下子跃起一竿子高。人们清晰地看到，这是一个月亮，一个巨大的月亮，真的出来了。人们感到惊讶，突然静下来，除了呼吸的声音，甚至连呼吸的声音都没有。人们只是看着，从不敢相信，到相信，一直不敢出声，人们都呆住了。

长老发出了一声叹息。

这时，人们才意识到，月亮没有死，月亮真的出来了。随后，人们爆发出一片欢呼。

人们担心的事情终于有了着落，月亮没有死，它又活了，跳出来了。从月亮跳出来的力度可以推断，昨晚的月亮可能不是掉下去的，很可能是跳下去的。有人猜测，它有这个能力，它一个纵身从高空中跳下去，落在了西山的后面，当人们举着火把去寻找它时，它早已回到了地下，睡觉去了。

月亮跳出来以后，铁匠的胳膊就变黑了，像一根铁臂。三寸高的小老头取笑他说，铁匠，你能用你的铁拳砸开石头吗？铁匠低头看了看小老头，说，你信不信，我一拳把你砸进地里去，小老头没敢接话，急忙躲到了远处。人们看见小老头滑稽的样子，爆发出开心的笑声。真的，河湾村的人们从来没有这样开心过。

0

　　河湾村有一个刀客，住在一棵孤树下。有一年春天，青龙河水断流了。就在河水断流的日子里，刀客从此路过，当他走到干枯的河床中心时，河床里突然出现了一股涓涓细流。刀客看见青龙河水如此之小，不禁哈哈大笑。正在他狂笑之时，这条细弱的河水从河底上忽然飘起来，像一条水做的丝带缠住了他的身体，尽管他学过缩身之术，还是无法逃脱。幸好船工及时发现了他，走过来劝说青龙河松开，刀客这才躲过一劫。

　　刀客被青龙河水缠绕，事出有因。传说他曾经在河水上试刀，一刀劈断了青龙河。当时有人看见他手起刀落，砍在河水上，青龙河疼得直哆嗦，身体扭曲和抽搐，都变形了。当时河水裂开了一个大口子，久久不肯弥合。以这个刀口为界，刀口以下的流水迅速逃跑，流向了下游；刀口上游的流水不敢往下流，停在了那里。青龙河水就这样断流了。人们感到非常惶恐，以为青龙河被刀客所杀，一刀砍死了。不料第二天，人们发现青龙河不治自愈，又开始了流动，河水上面只留下一道深深的伤疤。

　　刀客并不是故意刀劈青龙河，他只是想试一下刀法，没想到河水太柔软，经不住这一刀，构成了严重的伤害，直至当场断流。

　　关于那次断流，还有另外一种说法。说是一个巫师乘船过河，不小心把钥匙掉进了河里，为了找到钥匙，他把河水掀开了，他在河底找到了钥匙，但是河水却因此而受风，从此一病不起，日渐消瘦，最后成为一条水线，被路过的几头牛给喝干了。

青龙河断流以后，过去需要摆渡才能通过的地方，人们可以直接走过去，木船停在干涸的河床岸边，成了一个摆设。即使无须摆渡，出于习惯，老船工也要守护在船边，没事的时候就躺在木船里面，大草帽往脸上一扣，呼呼睡大觉。

说是老船工，实际上他并不老，也就四十多岁，上身不穿衣服，脚不穿鞋，皮肤黝黑，身体干瘦。由于他摆渡的时间太长了，人们就称呼他为老船工。老船工永远戴一个大草帽，他的大草帽不是一般的大，而是非常大，他躺在木船里，草帽可以盖住整个上半身。

船工和刀客见面也不客气，每次在船上相遇，刀客都带着刀，而船工戴着那顶标志性的大草帽。

刀客砍伤河流那天，船工也在场，并且劝阻过刀客，但是刀客出手太快了，劝阻的声音还没传到他的耳朵，刀已经落在了水面上。

起初，刀客的刀法非常稚嫩，连一个小旋风都无法劈开，更不用说砍伤一条河流。后来他拜过一个师傅，教他影子刀法。说白了就是拿自己的身影开刀，练习刀法。练到成熟，一刀就能劈掉自己的身影。身影掉了，还会再长出一个，似乎无穷无尽。而实际上并非如此，有一次他的身影被惊吓，缩回了体内，从此再也不敢出来了，他成了一个没有身影的人。人们见面跟他开玩笑，专门问他的短处，说，你的身影呢？他说，我的身影去小镇上的铁匠铺了，我在那里定制了一个刀环。人们知道他在瞎编，也不当真。

后来，刀客又拜了一个师傅，以水为泥，练习刀劈，这才引出了伤害青龙河的事故。

刀客的功夫，一时间成为人们的笑柄。

刀客住在一棵孤树下,一直到老,勤学苦练,最后成为一个没有对手的绝世高手。

且说他过河时被青龙河水缠住,并没有呼救,而是想法自救。他练习过缩身术,他自认为能够逃脱。当船工发现河床里有人被困时,刀客已经与河水纠缠了很久。这次纠缠不仅让他知道河流不能被伤害,而且还会报复。此后,他再也没有做过损害河流的事情。

刀客被河流纠缠以后,反倒给了他一个启示,使他的缩身术又有了新的长进。他后来练到极致,很窄的门缝,只要刀能插进去,他的身体就能侧身而过。他到底是怎么过去的,连他自己也说不清楚。据说他学习了水的柔韧性和伸缩性,化骨为水,无孔不入,任何绳索都无法捆住他。

刀客练成自救的绝世功夫那一天,船工正在青龙河上摆渡,与洪流搏斗,冒死拼命,救下了一船人。

那是夏天的一个上午,青龙河里洪水暴涨,河水浑浊,洪流中到处都是凶险的漩涡。木船上乘坐十余人,老船工在船尾摆渡,船头摆渡者是一个临时帮忙的小船工,也就十六七岁的样子。船至中游,小船工的木杆够不到河底,水太深了,也就是三四杆的工夫,船头被洪流裹挟而下,一下子失去了控制,向岸边的一个石笼直冲过去。危险就在眼前,木船一旦撞上石笼,必将船毁人亡。就在这生死刹那,只听老船工大吼了一声:

"别慌!我来!"

说时迟那时快,老船工几个箭步就冲到了船头,与小船工调换了位置。老船工使出了拼命的力气,猛力插杆,只是三五下就稳住了船头,木船被控制住,在离石笼不到一尺的地方,船划过去了。

一船人得救了,而老船工却口吐鲜血,蹲在了船上。

多年以后，刀客得到了一把透明的宝刀，是铁匠用月亮的碎片为材料，用拳头打制的。这把宝刀锋利无比，像月亮一样透明，并且永不生锈。

一晃几十年过去，刀客老了。老刀客带着他的宝刀去了远方，几十年都没有回来。他临走时路过青龙河，在岸边给青龙河郑重地下了一跪，一是拜别，一是道歉，一是感恩。他下跪的时候，船工正在摆渡，当时的天空阴云密布，天色暗沉，人们却看见青龙河水在发光，从内部透出明亮的光泽，仿佛河底有一轮正在升起的太阳。

0

一个陌生人向孤树的方向走去，立刻引起人们的警觉，消息传开后，人们议论纷纷，不知如何应对。

孤树是荒野上的一棵孤独的树，因为谁也不知道它是什么树，人们就根据这棵树的地理环境，叫它孤树。这棵树，树干不算挺拔，外表是光滑的白皮，树枝向上斜出，叶子很小，枝叶并不茂密。早年曾经有人试图把它砍倒，但是这棵树流出来鲜红的血液，把人吓坏了，再也没人敢动。

这棵树下，有一个茅草屋，由于无人居住，早已坍塌腐烂，成为一片废墟。人们很少经过那里，即使有人经过，也很少关注这棵树。

实际上，这棵树也并不是一直这样孤独，因为树下的茅屋里，很久以前曾经居住过一个孤独的老人。实际上这个老人也并不十分孤独，他每天在树下练习刀法，几十年如一日，风雨不停，他的功夫到了什么程度，他自己也不知道，因为找不到对手。河湾村的人们祖祖辈辈都是耕种的农民，虽然有人练习过一些简单的招式，但还够不成武艺，无人与他对等。没有对手，倒是让他觉得非常孤独。

一天，他写了一张字条，贴在孤树上，希望遇到一个快刀手，与他比武。他最大的愿望不是战胜对手，而是死在他所佩服的刀客手下。

一年又一年过去，他不知贴过多少张字条，也没有等来刀客。他继续在孤树下练习刀法。

又过去了许多年，他的刀法已经达到炉火纯青的程度。这个程度是人们猜测的，因为他没有遇到过对手，也就无法准确判断他的功夫到了什么地步。只有孤树知道，但是孤树不会说话，只是默默地站着，希望刀客早些到来。

时间长了，村里人渐渐忽略了他的名字，都称他为刀客。

刀客的刀法在提升，这是肯定的，什么事情也经不住几十年时间里从不间断的苦练，但是，他也在慢慢老去，这也让他有些焦灼。难道此生就遇不到一个刀客了吗？没有另外的刀客，如何验证自己的刀法？如果就这么老下去，老死，我的刀法岂不是白练了？

一天，人们从孤树下经过，看见树干上留下一张字条，得知刀客走了，他去远方寻找对手去了。他走后，孤树真的成了一棵孤独的树，没有人在树下居住，也很少有人从树下经过，孤树就那么孤独地站着，也有些老了。

不知过去了多少年，人们早已忘记了刀客这个人，按年龄他应该是百岁以上了，估计他是不会回来了。

河湾村是个安静的村庄，刀客走后，人们连议论的话题都没有了，人们相互见面，只是问候一句：吃了么？对方回答一句：

吃了。然后就再也无话可说了。你想想看，人们千百年居住在一个地方，整天见面，该说的话都说了，该做的事情，周而复始，春种秋收，永远也做不完。在耕种之外，一个练习刀法的老人，倒是一个例外。他走后，例外就没有了，只剩下了耕种和继续耕种，生生死死，无穷尽也。

就在人们逐渐淡忘刀客的时候，一天，从远方来了一个陌生人，看上去很老，但是看不出具体年纪，他的身上挎着一把刀。

这个人从远方来，见人也不过问，直接走向了孤树。

人们这才想起来，这个陌生人是不是来会刀客的？人们想起刀客，恍如隔世。可惜住在孤树下的老刀客已经出走了多年，如果他还在，两个刀客相遇，会有一场怎样精彩的比武交流，或是分出胜负，或者死于对手，或者成为朋友，都是一场可观的好戏。

人们感到，这个走向孤树的人不同寻常，因为许多年里，没有人专门去过孤树那里，仿佛那里是个遗迹。出于好奇，有腿快的年轻人渐渐跟了上去，随后传来消息，说这个从远方来的陌生人，自称是当年离家出走的刀客。

人们纷纷来到孤树下，前来看个究竟。年轻人只是听说过关于刀客的传说，但是都没有见过真人，无法判断他是不是真正的刀客。村里仅存的几个老人，见面后反复盘问，问他许多发生在早年间的事情，他都能回答。老人们最后终于确认，这个陌生人确实是当年出走的刀客。由于他出走的年月太久了，村里的老人们也都忘记了他的名字，恍惚记得他姓王，其他都想不起来了。老刀客自己也忘记了自己的名字，他觉得练习刀法才是重要的事情，名字并不重要，也没有必要记忆。

刀客回乡了，消息传开，一时间引来了人们的多种猜测，有人说他在远方遇到了真正的高手，战败了，差点死在外乡；也有人说他打遍天下无敌手,告老还乡了;还有人说他离开了孤树,没有气场了,功夫尽失,在外流浪了多年,再不回乡,就会死在他乡,变成孤魂野鬼。村里人说什么的都有,但是没有一句话是老刀客自己说的。老刀客回乡后,什么也没说,只是把刀挂在了树杈上,用手拍了拍孤树,好像是见面的问候。

老刀客在村里人的帮助下,在茅屋的原址上,用木头和茅草重新搭起了一座简陋的茅屋,暂时住下来。像多年前一样,他仍然每天坚持练习刀法,从不间断。此外,他还在孤树下挖了一个墓穴形状的土坑,人们不解,不知他挖坑有什么用。

一天,一个孩子从孤树下经过,窥见了一场精彩的绝世表演。

这是秋天的一个傍晚,天上出现了三层晚霞,河湾村升起了炊烟,下地干活的人们陆续往回走,黄昏还没有降临,整个村庄笼罩在温馨的气氛中。孤树下的老刀客,像往常一样,又开始了练习。他穿戴得非常整洁干净,在树下,茅屋旁,一片空地上,刀光闪闪。不知道的人还以为他是在独自练习,而实际上他是在比武。出走这些年,他走遍了整个北方,遇见了无数个刀客,都不是他的对手。他有一个最后的心愿,就是此生一定要死于一个刀客之手,如果是死于疾病,那将是他最大的遗憾。

为了实现这个最后的心愿,老刀客已经做好了充分的准备。万事俱备,只剩最后一场对决了。在晚霞的辉映下,老刀客在孤树下开始了一场绝世的比拼。他一生好武,以德为尚,从未伤过人。今天,他要展示一下自己的刀法,他不需要观众,也不必得到人们的理解和承认。

刀法到了极致,刀光也消失了,声音也消失了,甚至刀客自己都仿佛是一个多余的存在。今天,他出手非常重,非常狠,刀刀毙命,毫不留情。他认为手软了,就是对对手的蔑视和不尊重。他练习了一生,终于要与高手论高低了,他要找到那个能够战胜自己的人。他已经知道，这个人不是别人，正是他自己。

这是一次针对自己的决斗，胜负已经不再重要，重要的是这种方式，体现出无与伦比的高妙和精彩。现在，他比的不是术，而是心。他已经达到人刀合一的境界，最后拼的不是力，而是气。一种看不见的气，循环往复，围绕着他的心，在身体里运行。这种气，运行到圆融的程度，寻找的不是伤口，而是精神的出口。

今天，他把一生所练的绝招，都使了出来，又一一化解掉。而这些外在的招数，都已无法战胜自己。他寄望于刀，他的刀，就是他延伸的手臂，是杀器，也是气的运行终端，刀法的一招一式，体现的都是一个人的境界。

从傍晚到深夜，到月光暗淡，到黎明，他与自己的比拼，不分胜负。

他并不知道，他的这场厮杀引来了许多人，人们在暗中观看，不敢惊扰他，他也拼入了忘我的境地，甚至不知世上还有他人。

人们目不转睛地看着他。大约在日出之前，他使出了最后的一招。人们屏住呼吸，只见他运足了气，把刀抛出百米之外，这把旋转的刀在空中，以他为核心绕了三圈，并不落下，最后直奔他而来，不及躲闪，一下子削在他的脖颈上，他的头颅嗖的一下从躯体上脱离开来，飞出老远，直接落进了他事先挖好的墓穴里，他的脸部朝上，嘴里大喊了一声：

"好刀法！"

随后，他的躯干并未倒下，也不见流血，而是迅速出手，接住了这把刀，刀柄握在手里。他的躯体提着这把削掉了自己颈上头颅的刀，向墓穴走去。他虽然失去了头，但是躯体却走得非常稳健，他迈着大步，一手握刀，一手高高举起，为自己的刀法赞叹，伸出了大拇指。他走进墓穴边缘，一个纵身跳进坑穴里，然后调整好姿势，稳稳地躺在里面，与自己掉落的头颅吻合到一起，并把那锋利的宝刀平放在自己的身边，安静而满意地闭上了眼睛。

他闭上了眼睛，然后又慢慢睁开，看了看天空。他听到天空的晚霞后面，有人在呼喊他，他本能地答应了一声。

这时，在暗中围观的人们渐渐围拢过来，向孤树走近。人们小心翼翼地靠近他的墓穴，看见他仰面躺在里面，身上和头部没有一滴血迹，只见他的脖子上有一道伤口，已经愈合，只留下一道疤痕。

他的墓穴就在树下，紧挨着他的茅屋。

埋葬这位老刀客的时候，全村人都来了，人们忙前忙后，谁也没有注意，那棵几百岁的孤树，围绕树干突然裂出一道环形的伤口，鲜血从树干里面喷涌而出，溅了一地。

0

老刀客死于自我搏斗，杀死他的是一把透明的宝刀，这把宝刀是铁匠用拳头打制的，宝刀的材料不是钢铁，而是月亮的碎片。对此，铁匠也是毫不隐晦，当人们问到他时，就挥舞着拳头，坚定地说，对，是我打制的宝刀，就是用这个拳头打制的。有时，他还用手指着天上的月亮，说，宝刀的材料就是月亮的碎片。他说这话的时候，月亮也不反驳，甚至还要配合他闪耀一下。

0

三婶去小镇赶集，回来的路上，在青龙河边捡到一个身影，不知是谁丢下的，她就把这个身影叠起来，像是叠好一件旧衣服，带回了河湾村。

三婶捡到身影，并没有什么用处，回到村里寻找失主，她问过了许多人，人们都说自己没有丢掉身影。实际上不用问，人们站在阳光下，一看便知分晓。没有身影的人是孤单的人，同样，把灵魂露在外面也容易跟身影混淆，都不是正常的生命状态。

记得前年，铁匠的身影就曾经丢失过一次。当时，铁匠丢失身影后，也没往心里去，心想，不就是一个身影吗？有什么大不了的？没想到，没有身影还真是别扭，干什么都不对劲，总觉得有一种缺失。在丢失身影的那些日子里，铁匠走路都不沉稳，睡觉也不踏实。别看平时身影是个拖累，像个赖皮一样跟在主人的身前身后身左身右，忽长忽短的，若是真的丢失了身影，不仅身上缺了一件东西，还会影响人的心情。

让人没想到的是，这次三婶捡到的这个身影，还是铁匠的。

事情还得慢慢说起。昨天夜里，铁匠趁着月明星稀，一个人偷偷去青龙河边，看看还能否在河边的沙滩上再找到一些月亮的碎片。自从他多年前用月亮的碎片给刀客打造出一把宝刀之后，这个想法一直存在。当他到达河边时，正是皓月当空，风高夜静，是捡拾月亮碎片的绝佳时机。早年，月亮曾经掉下一块碎片，落在了青龙河边，如果还有小碎片的话，夜晚应该发光，很容易辨认。

铁匠心情激动,加快了脚步。可是他每走一步,他的身影就像贴在身上一样跟随一步,并且在沙滩上留下拖拉的痕迹。铁匠为了减少拖累,不留下太多踪迹,索性把身影撕下来,放在沙滩上,临走时带上就行了,回家后再用针线缝补即可。

铁匠是不是捡到了月亮的碎片,人们不得而知,他丢掉的身影,却被人认出来了。当三婶把这个身影拿给长老看时,长老当即就认出,这个身影是铁匠的,因为身影上面有许多小圆洞,一看就知道是铁匠打铁时溅出的火星烧出来的。别人的身影顶多是存在一些刮破的口子之类,缝补以后留下针脚,很少有圆洞。长老说,是铁匠的身影无疑,不信你去问问他。

三婶拿着带有漏洞的身影去找铁匠。

到了铁匠铺,三婶并不进去,而是站在外面扯着嗓门喊,铁匠,你出来一下。铁匠听到三婶喊他,假装忙着打铁,迟迟不出来。因为他听说三婶捡到身影这件事了,他猜到三婶的来意,更不敢出去了,他怕出去后,站在太阳下,有没有身影立见分晓,一定会受到三婶的嘲笑。

铁匠,你出来一下。

三婶继续喊铁匠。铁匠答应着,可是人却迟迟不动。

三婶看出铁匠的鬼把戏,大声说,你再不出来,我一把火把这个破洞的身影给烧了。

铁匠一听三婶说要烧掉身影,立刻嬉皮笑脸地从铺子里走出来,说,哪能呢,三婶那么好的人,不会干坏事的。三婶说,别夸我,我可不是什么好人。你看看,这个是不是你的身影?铁匠走近三婶,伸手接过身影,假装往自己的身上比画一下,说,看大小,像是我的身影。三婶说,别给我扯淡,你要说不是你的身影,我立即把他烧了,你信不信?铁匠笑嘻嘻地说,信,信,三婶说什么我都信。

三婶看见铁匠接过身影，笑着说，找点针线，把你的狗皮缝在身上，没有影子，看你怎么见人。

铁匠给三婶作揖说，好三婶，我缝在身上就是。

三婶把身影还给了铁匠后，如释重负一般哈哈大笑，扬长而去。

可是事情并没有就此完结。三婶没有注意到，铁匠走近她身边，在接过身影的那一刻，用脚踩住了三婶的身影，当三婶转身而去时，被铁匠死死踩住的身影无法跟随三婶，硬生生地从三婶的身上撕下来了。当时三婶只顾哈哈大笑，根本没有注意铁匠在暗中使坏。

三婶从铁匠那里回来，一路上总感觉有些不对劲的地方，但是不知道问题出在哪里。路上见到长老，长老问，把那个漏洞的身影送给铁匠了？三婶说，送给他了。长老说，那就好，那就好。

就在他们说话的时候，长老发现三婶站在太阳底下，却没有身影。长老睁大了眼睛，问三婶，你把铁匠的身影送给他了，那你的身影呢，怎么不见了？

三婶赶忙低下头，查看自己的影子，发现身边真的没有影子。她感到奇怪，咦？怪了，我的身影哪儿去了？莫不是丢在铁匠那里了？长老说，快去找找看。

三婶告别长老，立即转身，往铁匠铺那里奔去。她一路走一路找，没有发现自己的影子。她意识到，可能是递给铁匠身影时，铁匠动了手脚，但是想不起来哪个环节有问题。她想，反正与铁匠有关，他逃不了干系。到了铁匠铺，三婶并不进去，而是站在外面大喊，铁匠，你出来一下。铁匠听见三婶喊他，答应着，却假装忙着打铁，并不出来。

三婶见铁匠迟迟不出来，加大了嗓门，说，你再不出来，我把你的铁匠铺给烧了，你信不信？

铁匠知道三婶急了，忍不住嬉皮笑脸地从铺子里走出来。这时，铁匠已经把自己的身影缝在身上，同时，他把三婶的身影也缝在了自己的身上，他的身后有两个身影，像是身后长着一对翅膀。三婶见铁匠有两个身影，就知道是怎么回事了，但还是被铁匠的怪样子给逗得哈哈大笑，说，你个臭铁匠，我就知道是你使坏，不然我的身影怎么会到了你的身上？

铁匠看见三婶哈哈大笑，自己也笑了。铁匠说，三婶你看，我的两个身影怎么样？有了这两个身影，刚才我试了试，可以飞起来。三婶说，别磨蹭，立马给我摘下来，还给我。铁匠笑着说，三婶别急，我借你的身影用一下，用过就还你。三婶说，你又要干什么坏事？铁匠笑嘻嘻地说，瞧三婶说的，我干的都是好事，什么时候干过坏事？三婶说，倒也是。你要是干了坏事，我把你的好东西给你拧下来，你信不信？铁匠说，信，信，三婶说的我都信。

三婶站在铁匠铺前，铁匠也站在铁匠铺前，你一句我一句地斗嘴，阳光照在他们身上，铁匠的身后有两个身影，一张一合的，而三婶的身上没有阴影，像个孤寡的老太婆。

铁匠说，三婶听说过我曾经用月亮的碎片给老刀客打制过一把宝刀这件事吧？昨天夜里我之所以丢掉身影，是因为我去青龙河边，寻找月亮的碎片去了，但是我没有找到，却不慎把身影丢在了河滩里，让三婶给捡到了，我要谢谢三婶。今天我借三婶的身影用一下，是想着今天夜晚去一次天上，凿下一块月亮，再打制一把宝刀。

三婶听说铁匠要飞到月亮上去，而且还要凿下一块月亮，当即跟他急了，说，铁匠你记着，你去月亮上我不管，你想打制什么宝刀我也不管，你借用一下我的身影也不是不可以，但是，你若是把月亮凿坏了，我可不会饶恕你。铁匠说，三婶不用担心，月亮是可以自我修复的,天狗吃过月亮,小镇的石匠也曾经去月亮上采过石头,如今月亮不还是好好的吗?掉下一块,月亮还会自己长上。

三婶看见铁匠真有可能去月亮上去采集石头,她也知道铁匠说得没错,月亮确实能够自我修复,但还是尽力阻止他去。三婶说,你不就是要一块月亮的碎片吗?我给你。铁匠说,三婶真是开玩笑,你哪来的月亮碎片?三婶说,铁匠你小瞧我了,你找不到的东西,我未必捡不到。今天从小镇回来的路上,我就在青龙河边捡到一块透明的石头,你看看是不是月亮的碎片?铁匠说,真的?三婶说,真的,不信你等着,我去拿给你看。

过不多时,三婶回来了,风风火火地来到铁匠铺,铁匠等在门口,看见三婶松开手,露出掌心里一块透明的石头。铁匠接过来仔细查看,当即断定,这个小石头不是月亮的碎片,而是天上掉下来的一颗星星,虽然也是透明的,身上还发着光,但由于块头太小,只能打造一根针。

三婶没能劝阻铁匠,也没有要回自己的身影。当晚,铁匠还是如期飞往天空,飞到了月亮上。到了月亮上,铁匠突然改变了主意,没有敲击石头,而是从上面抱回了一只兔子。

铁匠回到河湾村后,人们并没有去看那只兔子,而是纷纷传说,铁匠是依靠两个身影飞到月亮上去的,其中一个身影是他自己的,另一个是三婶的身影。

0

河湾村的空气中出现了一种特殊的香味,可以肯定的是花香，但是什么花，人们一时间弄不清楚。人们纷纷猜测，有人去问长老，长老说，我活了两百多岁了，见过无数花朵，还真不知道这是什么花香。要不你们去问问三婶吧，她是女人，女人对花朵比较敏感，她兴许知道。于是人们去问三婶，三婶讳莫如深地眨巴着眼睛，用鼻子深深地吸进一口气，说，确实是花香，让我想想是什么花。三婶从晌午一直想到太阳偏西，人们眼巴巴地看着三婶，耐心地等待着她的答案，没想到她用手拍了一下自己的脑门，似有所悟地说，瞧我这记性，几天前我还记得是什么花来着，怎么今天就忘了，真的一点也想不起来了，要不你们去问二丫吧，她兴许知道。

三婶的答案显然不是让人满意。人们再也没有兴趣问下去了，因为三婶回想的时间太长了，耗去了人们半天的时光，如果二丫回想的时间更长，甚至超过一天或者两天，人们站在她对面，眼巴巴地等着，倘若二丫也说忘了，岂不是又白问了？

从三婶家出来，人们很失望，各自散去，在花香中吃饭，在花香中睡觉，不再追问这飘忽的香气到底来自于什么花。

二丫也闻到了空气中散发出来的香气，感觉这香气比较特殊，就去问三婶，三婶说，你来晚了，人们在我家里问过了，我想了一个下午，也没有想起是什么花，反正是花香。我让他们去问你，他们没问吗？二丫说，没有人问我，三婶都不知道是什么花，我怎么会知道。三婶说，二丫就是一朵花呀，我不知道的，你兴许知道。二丫看到三婶在奚落她，就说，三婶也是一朵花呀，就是有点蔫了，一朵老花。三婶一听二丫埋汰她，举起手就要拍打二丫，没想到二丫早就知道会挨揍，说完转身就跑了，身后听到三婶追打的笑声。

二丫回到家，感觉这飘满河湾村的香气，来得有些蹊跷。往年，一到春天，漫山遍野的杏花和桃花开满了山坡，但是花香却是淡淡的，没有这么浓郁。北山的一面山坡上有一片丁香花，到了仲春时节，丁香花开放，别看花朵很小，香气却非常浓郁。二丫想，空气中的花香莫非是来自于丁香？可是丁香花的味道我是熟悉的，不是这种香味。

二丫想去探个究竟。

次日早晨，二丫早早起来，挎着篮子去了北山，老远就看见开满了丁香花的山坡。到了近前，花香更加浓郁。二丫发现，并不高大的丁香树上，不仅开满了粉白的丁香花，还有一些枝头上开出了晶莹剔透的雪花。她想，已是春深时节，天又没有下雪，哪来的雪花？仔细看，这些雪花并不是从天上落下来挂在树枝上的，而是从枝条上自己发芽开放的，是真正的花朵。她不敢相信自己的眼睛，用手去摸一下试试，不料，这些一簇一簇开放的雪花，用手一摸当即就融化了。她继续触碰，依然是一碰就化，整个花朵瞬间缩成一滴露水，沾在枝条上，而且散发着奇异的芳香。

这些不可能的事情竟然活生生地出现在二丫的眼前，让她惊讶不已。她再次反复确认，这些雪花，确实是花朵，确实是枝头上自己长出来的，与其他花朵一样慢慢开放。还有一些尚未开放的花苞，乍一看仿佛是露珠，而实际上已经形成花瓣，即将开放。丁香的枝头开出了雪花，已经确定无疑。二丫睁大了眼睛，站在山坡上，一时间不敢相信眼前的现实。

二丫用手采集了几朵雪花，放在手心里，花朵随即融化，变成一颗颗晶莹的露珠。这些露珠在手上相互碰撞，却并不粘连在一起，依然保持着各自的圆满形状，并且散发出奇异的花香。

二丫找到了原因，飘进河湾村的花香，正是这些雪花的香气。

二丫经常去天上的云彩里采集露珠，没想到丁香花枝条上开出的雪花,也可以变成露珠,何不采摘一些带回去?

二丫采集了一些香气迷人的露珠,盛在篮子里。回到村里时,正好在村口遇到三婶采桑叶回来,两人碰到一起,总是三婶先开口。三婶说,小丫头,又去云彩上采摘露珠了?二丫说,你看看天上,有云彩吗?三婶说,没有云彩,那你去天上采集香气去了?三婶感到二丫身上有着扑鼻的芳香,就把鼻子凑近二丫的篮子闻了闻,惊讶地说,还真是让我说准了,二丫还真是采集香气去了,这不是露珠吗?怎么这么香?二丫假装说,香吗?三婶说,香。

二丫采集到一篮子散发香气的露珠,很快就传遍了河湾村,人们纷纷来到二丫家,争相目睹这一奇迹。二丫说,我像往常一样,去云彩里采集露珠,没想到今天晴朗,天上只有一小片云彩,这片云彩是由雪花构成的,我想,没有露珠,我也不能空手回去,那就采集一些雪花吧,没想到雪花装进篮子里后都融化了,变成了一颗一颗的露珠。

人们感到好奇,但是没有想到二丫在说谎,没有说出这些露珠是来自于北山上的丁香花。二丫是怕人们知道实情后都去北山采摘,会践踏了山坡,毁了丁香花。

三婶可不是好糊弄的,她早就看出二丫是在骗她,之所以没有揭穿二丫,是存有私心,她也想采集一些露珠。因为她的小儿子从树上掉下来摔死后,她在一年里哭干了体内的水分,她必须经常补水才不至于干瘪,多亏二丫经常送给她露珠做药引子,她的身体才渐渐得到了恢复。她想,如果我吃下带有花香的露珠,既补充了水分,还会浑身充满香气,岂不更好?

好奇的人们散去以后,二丫尝试着选出一些颗粒比较小的露珠吃下去,结果她的身体散发出花香,连呼吸都是香的。于是,她挑出一些颗粒比较大的露珠,盛在碗里,给三婶送去。三婶当即吃下去，随后浑身充满了香气。

三婶盯着二丫的眼睛，说，小丫头，你骗不了我，说，这些露珠是哪来的？二丫看出三婶的心思，也不想隐瞒了，说，只要三婶替我保密，我就告诉你实情。三婶说，好，我保证不说出去。于是，二丫一五一十地说出了采集这些露珠的过程，三婶听后，真的没有说出去，而是与二丫一起，挎着篮子去了北山。

后来的结果是，河湾村所有的女人都分到了二丫和三婶采来的雪花露珠，她们吃下去后，都浑身散发出花香，让附近村庄的女人们羡慕不已，但始终不知其秘密。

长老知道二丫和三婶一定是隐瞒了什么事情，但也没有追问。

此后，河湾村北山上的丁香花年年盛开，总有一些枝条上开出晶莹的雪花，它们的花苞看上去就像露水，盛开之后并不脱落，而是重新凝结成一滴露珠，其中包含着浓郁的香气。

0

当年，张刘氏吃下桑叶后，身体变得微微透明，在夜深人静的时候，她偷偷吐丝，把自己织在了一个硕大的蚕茧里。

人们传说，张刘氏的家人发现她织茧后，把她藏身的蚕茧剪开，从里面出来一个新人。

这些都只是传说，除了张刘氏的家人，没人能够证明她真的织茧，因此人们也就半信半疑，不敢确信。对此，张刘氏本人也是不置可否，当人们问起她的时候，她总是一笑了之，并不正面回答是或者不是。

张刘氏到底隐瞒了什么,一直是个谜。一天,人们看见她的耳朵是透明的,露在外面的手也是透明的。按理说,一个老太太,皮肤再好,也不会那样透明,攥在她手心里的东西,从手背都能看到里面是什么。另外,从外表上看,张刘氏也就三十岁左右,而实际上她已经将近七十岁了。从蚕茧里出来后,她简直是换了一个人。河湾村的女人们,没有一个不羡慕张刘氏的,都认为她是一个真正的蚕神。

蚕神张刘氏在河边洗衣服,二丫也在她的旁边洗衣服。二丫帮助她把洗好的衣服晾晒在河边的大石头上,在接衣服的时候,亲眼看见了张刘氏的手臂,是的,不仅仅是手指,她挽起袖子后露出来的手臂也是透明的。

二丫感觉到,张刘氏确实不是一个普通人,于是悄悄地问,到底吃多少桑叶身体才能透明?张刘氏看了看二丫,继续洗衣服,笑着说,吃饱了就会透明。二丫说,我也想试试。张刘氏说,要吃新鲜的桑叶。二丫说,我试试。

在河湾村,除了蚕神张刘氏,二丫也算是养蚕的高手了,二丫养的蚕宝宝吃了新鲜的桑叶后,长得又胖又长,等到快织茧的时候,个个都是半透明的。透明度好的蚕,织的蚕茧也大。二丫从小就养蚕,积累了不少养蚕的经验。

几天后,二丫挎着篮子去北山上采桑叶。平时,她采下桑叶后放在篮子里,这次她从树上采下桑叶后直接吃掉了。整个早晨她都在桑树上吃桑叶,吃饱以后她并没有回家,而是挎着空空的篮子走到了山顶,然后继续往上,去云彩里采集露珠。往常,她把采集的露珠放在篮子里带回家,而这次她一颗露珠也没有放进篮子里,而是直接吃掉了。

由于二丫不仅吃了桑叶,还吃了不少露珠,身体很快就出现了变化,这些变化远远超过了张刘氏。

还在云彩上的时候,二丫就感到自己的手变得微微透明,紧接着手臂也变得白皙,而且从里向外透出一种光泽,她挽起裤腿,发现小腿也有些微微透明。她想,看来张刘氏没有说谎,吃了桑叶后身体确实有变化。可是,让她想不到的是,随着她的身体渐渐透明,她的肤色在逐渐淡化,也就是说,她的白里透红的肤色变浅淡了,最后颜色完全消失,她的整个身体变成了一个无色透明的人形的露水。

这个结果出乎二丫的意料,让她惊讶不已,也生出一丝恐慌,心想,我不会死去吧。她赶紧活动一下手指,感觉手指还很灵活,她在云彩上试着走了几步,感觉身体也很协调,身体也没有疼痛之处。总之,二丫还是二丫,但已不是以前的二丫,她已经变成一个露水人。

回到河湾村的时候,二丫用树叶遮挡住自己的脸,尽量不让人们看见她已经透明。纸包不住火,二丫还是被人发现了,消息很快传开。人们好奇地去看二丫,但是没有找到二丫,有人说她去青龙河里洗浴去了,说她的身体跟河水一个颜色,即使她站在河水里,你也难以发现。还有人说,二丫本来就是水神的妹妹,这回终于还原为水了。这种说法值得怀疑,也没有根据,因为人们从未听说过水神有妹妹,只知道水神有一个媳妇,有一年闹饥荒,水神的媳妇从青龙河下游给河湾村赶来了鱼群,救助了不少饥饿的人,当时有人见过水神媳妇一面,是一个完全由水构成的人,其相貌与二丫完全不同。

人们议论纷纷,只有张刘氏一言不发,因为她知道二丫是怎么回事,是她告诉二丫吃桑叶的,但是没想到二丫吃下桑叶后会变成露水人。

人们没有找到二丫,她在人们去看她之前就走了。

人们说得没错,二丫确实是去青龙河了,确实是在河水里洗浴。自从她的身体变成露水以后,她发现了自己体内竟然有那么多的杂质,她想把自己洗得更干净一些,从里到外,变得更加纯粹和透明。她知道一个人无法做到一尘不染,但她还是想洗一洗,她在河水里洗了很久,仍然没有洗掉体内那些杂质。她并不知道,自己体内那些与生俱来的暗物质是灵魂的阴影。

0

二丫在吃下很多桑叶和露珠后,身体渐渐变得透明,成了一个露水人。她到青龙河去洗浴,是水神的媳妇最先发现的。

水神一直生活在青龙河里,水神的媳妇生活在另外一条名叫起河的河水里。起河的原名叫漆河,是因为水色青黑而得名,后来叫白了,就慢慢叫成了起河。青龙河和起河在一个叫做大汇合的村庄外面交汇。对于两条河流而言,汇流就是结婚。因此也可以说,水神和水神媳妇的结合是先在的姻缘,老天注定他们会交织在一起,具有相同的命运。

青龙河与起河汇流后形成的河流仍然叫青龙河。因为青龙河是一条大河,汇流后就随了大河的名字,就像男女结婚后生出的孩子跟随父亲的姓氏一样。

水神和媳妇到底有没有生出孩子,人们不知底细,但是他们有许多亲戚,人们是知晓的。河湾村的孩子们都有干妈,有的孩子认大石头为干妈,有的孩子认老松树为干妈,有的孩子认别人家的女人为干妈,还有许多孩子认青龙河为干妈。人们认为有干妈的孩子好养活,多一个母亲,就多一份关爱和照料。有的孩子甚至有好几个干妈。村子里,凡是有干妈的孩子都长得比较结实，很少得病，即使得病了也会很快好转，就是死了，也能够救活。

二丫就是青龙河的干女儿。二丫一岁那年病了一次，她的母亲把她抱到青龙河边，说，青龙河啊，我们家的二丫认你为干妈，你若答应了，就在我的眼前出现一个漩涡，你若不答应，就出现一个波浪，结果是青龙河的水面上出现了一个漩涡，显然是答应了，从此，二丫就多了一个母亲。

青龙河不只是沿河两岸许多孩子的母亲，她也有亲生的孩子，据说水神就是青龙河的亲儿子，因此从辈分上论，说二丫是水神的妹妹，也不算错。

二丫是青龙河的女儿，往远了说，二丫的母亲也是青龙河的女儿，吃下桑叶后吐丝结茧的蚕神张刘氏也是青龙河的女儿。细算起来，河湾村的许多女人都是青龙河的女儿，许多男人都是青龙河的儿子。若从青龙河的角度论辈分，河湾村里的老老少少，都成了平辈人。好在平时人们各论各的，仍然恪守尊卑，不会乱了辈分。

水神是青龙河的独生子，但他并不孤单，由于他的母亲青龙河有众多干儿子和干女儿，水神就多出了许多兄弟姐妹。水神的媳妇也一样，所有认起河为干妈的人们都是她的兄弟姐妹。

今天，二丫来到了青龙河里。

青龙河的女儿来到了青龙河里，当然是一个重要的事件。平时来青龙河里洗浴的人们，都是肉身，而今天的二丫是个透明体，她是第一个以水的质地和形态进入青龙河的人。

二丫的身体透明如水，是由于她从蚕神张刘氏那里讨来秘方，吃下桑叶和露珠以后，身体发生了质变，成为一个露水般透明的人。在河湾村，被人们尊为蚕神的张刘氏，是第一个发生身体变化的人。她曾经偷偷吃下桑叶，然后嘴里吐丝织茧，当她从硕大的蚕茧里出来后，身体就变成了透明的琥珀色。二丫的身体变化比张刘氏更加彻底，也更加透明，她完全成了一个水体。二丫的身体变化引起了人们的好奇，村里的人们纷纷前去观看，但是没有找到她，因为她为了躲避人们，已经来到了青龙河里。她来到青龙河，一是想在河水中隐藏起来，二是想在河水里洗浴，以便使自己变得更加纯粹和干净。她想，就算是体内的杂质是灵魂的阴影，经过不断清洗，总会变得干净。水神的身体不就是完全透明的吗？水神的媳妇也是完全透明的，我洗时间长了，也应该能够像他们那样透明。

　　二丫有这样的想法，也没错。但是她不知道，水神和水神媳妇身体的透明度，是无法模仿的，因为他们是真正的河流之子，没有经过人世的轮转，一直保持着河流的本色。真正的神，可以达到看不见的程度。人就不同了，人们生活在土地上，吃五谷杂粮，有七情六欲，受污染太多太久，已经渗透到身体内部，甚至灵魂也有了洗不掉的阴影。因此，人的身体不可能像水神那样透彻。

　　青龙河是干净透明的河流，她从不嫌弃她的儿女们，无论肮脏也好，邋遢也好，她都接纳。即使有人不是她的干儿子和干女儿，她也全部爱护和接纳。在所有的干妈中，青龙河是最美丽而又温顺的母亲，认她做干妈的孩子们，真是有福了。

　　水神的媳妇正在河流中驱赶鱼群时，忽然发现一个女子在水中洗浴，认出是二丫。因为每到夏天的夜晚，尤其是在月光下，河湾村的姑娘和媳妇们经常来河里洗浴，每到这时，水神避而远之，由水神的媳妇守护在人们身边，保护她们的安全。时间长了，她跟河湾村的女人们已经成了熟人，只是人们看不见她。人们知道水神和媳妇在暗中保护着她们，心怀感恩，有时说出来，更多的时候是不言不语，在心里默默感谢。

水神媳妇看见二丫，就赶到二丫身边，跟二丫一起洗浴。二丫看到水神的媳妇也没有惊讶，好像是早已熟悉的姐妹。

二丫知道水神的媳妇在她身边洗浴，感觉自己多了一个守护神，内心充满了踏实和安全感，放心地在河水里洗浴。等到天色将晚，二丫离开河流回家时，青龙河的水面上忽然站起一股水流，又在瞬间隐身在水里。二丫知道是水神媳妇在跟她告别，就摆了摆手，表示留恋和回应。

就在二丫摆手的时候，整条青龙河忽然飘了起来，在风中摆动。这时正好夕阳西下，金色的阳光穿透河水，把青龙河映射成一道飘浮在天空中的彩虹。二丫第一次看见如此辉煌的圣景，惊讶得说不出话来。她顿时感到，青龙河不是一般的河流，也不仅仅是许多孩子的母亲，她有可能是一条来自于天上的青龙，暂时栖息在地上。当青龙河飘落到地上，返回到原来的河床时，夕阳已经从远处的山巅上滚落下去，水面上的红色波光渐渐散去，暮色忽然笼罩了远近的河谷，黄昏降临了。

当二丫在月色中返回河湾村时，人们已经忘记了她的身体变化，似乎早已熟悉了她的纯粹和透彻，好像她从来就是一个露水人一样。

千百年来，人们就是这样，接受一切，又渐渐地忘记一切，仿佛天地万物从来就是如此。

可是，在这一天之内，二丫从身体到心理，都发生了巨大的变化。她在一天之内成功地完成了自己的蜕变，成为一个他人。经过了青龙河水的洗浴，二丫虽然没有彻底洗去灵魂的阴影，但是身体比此前还是透明了许多。她想起蚕神张刘氏透明的手指和胳膊，再看看自己的身体，觉得自己在吃下了桑叶后，又吃下那么多露珠，是多么及时和必要，不然她不可能如此透明。她已经超过蚕神好几倍。

0

　　夏日三伏以后,连续一个多月的闷热和潮湿,夜里人们很难睡觉,白天更睡不着,河湾村的人们都出现了记忆力减退的现象,表现最厉害的是长老。一天,他感到自己的记忆力有点恍惚,以前能够清晰记得的事情,渐渐模糊了,就像是一件事情的外面包裹着一层雾,看似还是那件事情,却想不起缘由和细节了,几天后,连这件事情都彻底忘记了。他感叹自己,毕竟老了,两百多岁了,有些事情忘了就忘了吧。

　　长老的记忆力在减退,而且一天比一天厉害。一天早晨,三婶在村口看见长老坐在大石头上,就问,长老看见二丫了吗?我找她有事。长老说,二丫是谁?我怎么不记得这个人?三婶一听坏了,长老怎么连二丫都忘了?二丫几乎每天都出现在他面前,他居然不记得了,看来长老是真的老了。三婶又问,长老你看,我是谁?长老仔细看三婶,说,你是铁匠。三婶一听,憋不住笑了,说,长老啊,我是三婶。长老说,三婶是谁?三婶说,行了,我不问你了,看来你是真不知道我是谁了。昨天还认识我,今天就成这样了,长老真是老糊涂了。

　　三婶离开长老,继续找二丫。她看见前面一个穿红衣服的女子在走路,就追上去问,你看见二丫了吗?红衣女孩回过头说,是三婶啊,你找我有事?三婶说,我找二丫,如果你看见她,就说我在找她。

　　这个身穿红衣的女子就是二丫。二丫心想,三婶今天这是怎么了?难道她不认识我了?明明已经看见我了,怎么还到处找我？二丫赶紧扶住三婶的胳膊，说，三婶啊，我就是二丫。三婶看着二丫说，不对，你是王老头。二丫一听，扑哧一声笑了，说，三婶真会开玩笑，我怎么成王老头了？三婶一本正经地说，别骗我，你不是王老头，你是李木匠。二丫说，坏了，一转眼的工夫，我又成了李木匠了。

　　三婶也失忆了。河湾村的人们都或多或少地失忆了。伏天还未过去，闷热仍在继续，有的人已经连续一个月没有正经地睡过觉了，躺在炕上睡不着，躺在树荫底下也睡不着，有的人刚刚睡着就被热醒，浑身冒汗。由于出汗过多，人们普遍都瘦了，喝下去的水都变成了汗水流出来，尿都少了，水还没有变成尿，就在半途蒸发掉了。

　　二丫可能是唯一的例外，因为她经常去天上的云彩里采集露珠，没有流失太多的水分，更主要的是云彩里比较阴凉，不像村庄里那样闷热。三婶曾经跟随二丫去天上，有一次还没到天上，走到半路就迷路了，差一点回不来，后来就不敢再去了。

　　随着闷热的延续，人们的失忆在加重，相互之间不再认识。有一天船工摆渡，到处寻找插杆，以为掉到青龙河里漂走了，没想到找了半天，却发现插杆就握在自己的手里。还有，蚕神张刘氏，错把她的老头张福满当成一个泥人（实际上他还真是一个泥人，张福满的哥哥张福全也是一个泥人，体重是常人的几倍，走路沉重，身上经常出现裂缝，用泥土涂抹后就会恢复平整）。还有，三寸高的小老头，也失忆了，他出去后忘记了自己的家门，三天后才找到。

　　随着失忆症的不断加重，长老已经不知道自己是谁了，他把自己当成了一个孩子，到处寻找妈妈，有时候还独自哭泣，认为人们故意不带他玩耍。有一天他把三婶当成了妈妈，但是三婶却不认为自己是个女人，她总觉得自己是一个盛放粮食的麻袋。

二丫听到后说，三婶的体形确实像是一个麻袋，粗，而且漏水，漏气。

二丫看见人们一个个都忘记了自己是谁，非常焦虑，期盼着夏天早点过去，人们能够睡一个好觉，尽快恢复记忆。再这样下去，不光是失忆，人们的消瘦也快到了极点，老人们走路都不稳了，有的人在风中摇摆，仿佛河底生出的水草。

二丫想，那年三婶的小儿子从树上掉下来摔死后，她一下子哭干了体内的水分，是二丫去云彩上采集露珠，送给三婶吃下，后来身体慢慢恢复，补充了水分，几年后恢复了原状。如今人们都失忆了，也都瘦得不像样子，要不再用露珠试一次？

二丫想到就开始尝试，她早出晚归，去云彩上采集露珠，给村里人吃。长老是见效最快的一个。长老吃了几天露珠后，就知道自己是谁了，还认出了二丫。随后三婶也认出了二丫。随着伏天过去，连续下了几天大雨，天气顿时凉爽了，有的人连续睡了几天几夜，醒来后感觉身体轻松，记忆恢复不少，再加上服用了二丫采集的露珠，人们的记忆都在慢慢恢复，有的人已经能够认出邻居了。

人们像是经历了一场大梦，渐渐苏醒后，并不知道自己曾经失忆，也不知道整个河湾村的人都经历了一场热病。人们只是觉得这个夏天太热太漫长了，但对自己是怎么熬过来的，却浑然不知。三寸高的小老头说，我就是觉得自己做了一个梦。铁匠说，我在梦里用拳头打铁，醒来后发现手是黑的。最可笑的是木匠，他在梦中以为自己是一根木头，于是出于习惯，想把身上多余的枝杈锯掉，结果刚刚锯了一下手臂就流血了，他一下子疼醒，醒来后发现自己是一个人。三婶说，你要是把身上的零碎都锯掉了，我就让铁匠给你打一个铁的零件安上去。木匠见三婶取笑他，说，别给我安上，还是三婶留着用吧。

渐渐地，河湾村有了笑声，人们开始下地干活，恢复生活秩序。长老也不再认为自己是一个孩子，他又恢复为一个德高望重的老人，白须飘拂，身体健康，看上去不像是一个两百多岁的人。

多日里，二丫每天去云彩里采集露珠，辛苦没有白费，不仅缓解了全村人的失忆症，还在采集的过程中结识了一个名叫七妹的仙女。七妹住在青龙河的对岸，她从天上采集露珠不是为了治病，而是把露珠倒进水池里，用露珠养殖月亮。每到月圆的夜晚，就会有一个男子去找她，在大槐树下与她约会。

二丫非常羡慕七妹，知道她的情况也不说出，为她保守秘密。说起来，七妹还是河湾村的亲戚呢，她有六个姐姐，其中一个姐姐就嫁给了河湾村，但是人们并不知道她的姐姐到底是谁，因为仙女有仙女的规矩，即使嫁给了凡人，也不能说出自己的身世。

苦夏终于过去。

暑气全消的一天，在长老的主持下，河湾村的人们在村口的大石头上给二丫开了一次隆重的表扬大会，表示对二丫的感谢。会议的形式不是夸奖，也没有礼品，而是全村人的眼睛都温和地看着二丫，对她行注目礼。

二丫对此很不适应，在众人的注目下，脸忽然红了，随后转身就跑。看着二丫转身跑开，全村的人们发出了开心的笑声。

朴实善良的河湾村人只知二丫采集的露珠救了人们，但并不知道那些圆满发光的露珠，乃是天水。

0

几场大雨过后，把地上的脏物冲刷得一干二净，河湾村像是洗过一样，散发出清新的气息。暑热散尽以后，天空不再有一丝云彩，达到了透明的程度，视力好的人，甚至可以看见天空的背面。

自从天上没有了云彩，二丫就专心养蚕，不再去天上采集露珠了。以前，她每天都要去北山上采桑叶，有时候赶上有白云飘过，她就顺便上去，在云彩里采摘一些露珠。前些日子，她听了蚕神张刘氏的话，吃下很多桑叶，后来又偷偷吃下露珠，身体就变成了纯净的露水。为了防止蒸发，如今她每天都要补充足够的水，以便保持身体的光洁和透明度，一旦她感到渴了，皮肤的弹性就会减弱，看上去显得有些暗淡。

成为一个透明的人，好是好，就是有些过于娇嫩。以前，身上扎个刺，顶多是流出一点血，随后自动止住，很快就会恢复，甚至不留伤疤。如今不同了，二丫已经不是从前的二丫，她真的变成了一个水做的人，走路稍微快一些，体内就会传出水声，倘若扎一个小刺，都有可能漏水。二丫对此没有在意，心想，做一个透明如水的人，有什么不好？倘若把灵魂的阴影也彻底洗净，说不定还会变得更加透明呢。

显然，二丫并不觉得变成一个露水人有什么不妥，她甚至觉得这是一种骄傲。有时候，她故意把袖子挽起来，露出透明的胳膊，女人们看了都很羡慕，还有人向她讨好，试图索要秘方。二丫微微一笑说，没有秘方，多喝水就行了。女人们回家后多喝水，身体确实增加了一些弹性，但是离透明还差十万八千里。

二丫喝的不是普通的水，她吃下桑叶后，又吃下很多采自云彩的露珠，必然加上偶然，才出现了意想不到的结果，身体透明了，蚕神张刘氏都没有达到如此透明的程度。蚕神只是吃下了桑叶，然后就吐丝织茧，把自己织在了一个硕大的蚕茧里。二丫比蚕神多吃了一种东西，那就是露珠。而天上的露珠，不是谁都能够采集的，据说只有见过仙女的人，才能走到天上去。

一提到仙女，人们忽然想起，二丫的身体这样透明，她不会是一个仙女吧？

很快，猜测演变成了推断，女人们展开了自己的想象。有人说二丫爱穿的红色衣服，以前没有这样红，因为她经常去云彩里，尤其是傍晚的火烧云，去的次数多了，时间长了，云霞就把她的衣服染成了红色。还有人说，二丫之所以能够走到天上去，是因为她是隐藏在人间的仙女，只是平时没有暴露出身份而已。

说归说，但是人们拿不出确凿的证据，都只是猜测和推断而已。

人们怂恿三婶，让她探探二丫的底细。三婶经常与二丫结伴去北山采桑叶，接触的机会多，两人之间也没有隔阂，说话很随便。比如三婶问，二丫什么时候找婆家呀？二丫说，到时候再说。三婶说，到什么时候？二丫说，到时候就知道了。

三婶和二丫的对话，往往毫无内容，也不可能有答案，只是相互逗趣而已。三婶的嘴不光用来吃饭和喝水，嘴里还有许多话，辛辣的话，风趣的话，脏话，什么都有，作为一个老太婆，她已经没有什么忌讳，想说就说，想骂就骂。三婶是一个心直口快的人，快乐幽默，爱开玩笑，但从不伤害别人，在河湾村里，她的人缘极好。

三婶说，二丫，你不会是仙女吧？

三婶终于憋不住了，直接问。二丫被她这么一问，还真愣住了，她不承认自己是仙女，但也拿不出证据证明自己不是仙女。二丫反问三婶，你说呢？

三婶一边采桑，一边与二丫聊天，两人一言一语的，不觉间到了黄昏，这时篮子里已经装满了桑叶，也到回家的时候了。就在她们将要返回时，二丫的胳膊被树枝划破，皮肤上划出浅浅的一道印痕。三婶听到二丫"哎呀"一声,问,怎么了?二丫说,没事,胳膊被树枝划了一下。三婶问,流血了吗?二丫说,没流血,流水了。三婶说,没流血就好。说完,三婶忽然醒悟,二丫现在已经是露水人了,流水不也等于流血吗?

三婶赶忙凑到二丫身边,看见二丫透明的手臂上,没有流血,而是在划痕上渗出了几滴透明的水珠。三婶问,疼吗?二丫说,不疼,没事的。三婶说,没事就好。

回家的路上,一路走一路说,三婶和二丫聊天而回,总是快乐大于劳累,这里暂且不提。单说二丫回家后,胳膊上的水珠擦掉以后,还会渗出新的水珠。到了晚上,借着油灯的光亮,她看见自己的手臂上,沿着划痕渗出了一串小水珠。这些水珠在灯光中,像是镶嵌在手臂上的一颗颗宝石,比云彩上采集的水珠还要透明和漂亮。这时,她不但不感觉到疼痛,反而感谢那棵树枝划破了自己的皮肤,不然,怎么可能看见自己的身体会分泌出这些神奇的液体?她看着这些渗出的水珠,舍不得睡觉。她就这样看着自己的手臂,点灯到天亮。

太阳还没出来,二丫早早走到户外。她来到村口的一块高地上,那里总是能够最先出现阳光。她想看看这些透明的水珠,在阳光下是什么颜色。

正如二丫所愿,没过多久,太阳就出来了。刚开始,是一束一束的红光在东山的后面向天空放射,像是展开的一面巨大的扇子,慢慢地,这个发光的扇子变成了一片明亮的橙黄色,又从橙黄演变成亮黄,最后,一个充满能量的闪着耀眼白光的太阳一跃而起,从山脊上跳出来,瞬间给远近的山河和村庄披上一层金光。二丫看见阳光像一场洪水从天空漫过来,瞬间淹没了河湾村。她站在高地上,在晨光中举起了自己透明的手臂,看见从划痕处渗出的露水,晶莹剔透,颗粒饱满,连成一串。

二丫的手臂已经渗出了无数颗水珠，随着水珠的一颗颗滴落，她的身体的透明度也在渐渐变淡，当她把体内的露珠都排出来，也就是说，她几天前吃下去多少露珠，就排出了多少露珠，直到一颗不剩。最后，她的胳膊的划痕上渗出了一滴红色的血液。她看见这滴血液在阳光下闪闪发亮，仿佛是从身体里生出的一颗液态的小太阳。

这时，二丫再看自己的身体，已经不再像露水那样透明，她不再是一个露水人，她渗出了全部露水之后，已经变回一个普通人。最后，她竟然从嘴里吐出一缕蚕丝，趁着没人，她又把蚕丝咽了回去。她知道蚕神是如何吐丝结茧的，她觉得现在还不是时候，但是到底是什么时候，她自己也不知道。

0

三婶家的炊烟倒了。别人家的炊烟都长得高大笔直，像是一棵参天大树，顶端蓬松，有着茂密的树冠，唯独三婶家的烟囱里冒出的炊烟，又细又歪斜，看上去就像是一棵歪倒的小树苗，可怜又滑稽，让人觉得好笑。

三婶倒是不怕人们的嘲笑，她是个爽快幽默、心胸开朗的老太婆，别人就是笑死了她也不会上劲。倒是炊烟倒了，让她有些纳闷。

最早发现这棵炊烟的是木匠，因此，炊烟的歪倒与木匠脱不了干系。三婶说，是木匠乘人不备，把炊烟的根部锯断了，炊烟就成了这样。木匠有口难辩，说，早晨我确实从你家门口经过了，我确实带着锯子，也确实拿着锯子对着你家的炊烟，用手这么比画了一下,但没有真的锯断。你想想看,你家的烟囱在屋顶上对吧？屋顶离地很高对吧？我又没有翅膀,不能飞上去对吧？怎么就一口咬定是我锯断的呢？

木匠无可奈何地笑着,为自己辩解。他说得似乎也有些道理,他只是拿着锯,站在老远的地方比画了一下,炊烟就歪倒了,说是他锯断的,确实有些冤。但是事实就摆在那里,也就是在木匠比画了一下之后,三婶家的高大的炊烟就真的断了,不是断了,而是当即倒在了地上,死了,消散了,后来冒出来的这棵又细又歪的炊烟,是重新长出来的炊烟的幼苗。

由于没有别的证人,木匠已经赖不掉了。木匠有过锯断炊烟的历史,因此,三婶家的炊烟歪斜,赖在他身上也是有原因的。有一年,河湾村西北部天空塌陷了一大片,塌陷的周边天空还有一些裂纹,如果不及时支撑,天空有可能继续塌陷。情况危急,急需要一些东西支撑住那些开裂的地方,否则后果不堪设想。可是,天空那么高,到哪儿去找合适的木头呢？无奈之下,木匠想出了一个主意,他从河湾村挑选出几棵高大的炊烟,锯断后运到天空塌陷处,多人合力,把炊烟竖起来,用炊烟支撑住天空。没想到这个办法还真管用,那些开裂的天空真的没有继续塌陷。后来的事情大家都知道了,一个死者从坟墓里走出来,用古老的秘方,帮助人们修补了天空,从此以后,天空没有出现再次坍塌。

还有一次,也是木匠干的。大约三年前,一大片晚霞飘浮到河湾村上空,觉得此地不错,不走了,晚霞与炊烟混合在一起,形成了彩色的烟霞,迷蒙而神秘。当时木匠正在干活,他要在木头上钻一个孔,他用的是古老的钻木方式,把木头钻黑了,后来木头冒出了火星,不小心把笼罩在河湾村上空的彩色烟霞给点燃了。最初是一小片烟霞起火,很快,整个天空的烟霞都燃烧起来，木匠引燃了一场天火。好在天火是一种假火，虽然熊熊燃烧，但是并没有热度，也不会烧毁村庄和山野。但是，那次天火，却把河湾村的炊烟都烧毁了，后来重新长出的炊烟都很细弱，经过几年时间才恢复到原始状态。

木匠见三婶赖上了自己，后来也就不辩解了，因为说了也没用。三婶只是跟木匠说一下，开个玩笑，并不真的计较这点小事。不就是炊烟歪了吗？歪就歪呗，也不影响烧火做饭，就是炊烟倒了又能怎样？

三婶和木匠正在说话的时候，长老走了过来，上前搭话。当长老得知缘由后，说，炊烟是可再生的东西，只要不是连根拔起就没事，还会长出新的。三婶问，那要是连根拔起呢？长老说，如果把根须都拔出来了，就很难再长出来了。木匠说，哪能呢？我就是用锯子比画了一下，没有拔出根子，你看，这不是长出新的炊烟了吗？

木匠用手指着三婶家的烟囱，让长老看炊烟。结果是，三婶家的烟囱里已经没有炊烟了，三婶出来好一会儿了，没有往灶膛里添柴，烟囱早就不冒烟了。再一看，全村的烟火都淡了，这时主妇们已经做好了早饭，早晨的炊烟告一段落。三婶、木匠和长老各自散去，回家吃饭。

木匠回到家后，心想，我在老远的地方比画了一下，三婶家的炊烟就倒了，难道真的是我伤害了炊烟？

吃完早饭后，木匠去小镇干活，给人做房梁。路过青龙河的时候，他拿出了锯子，在河水里比画了一下，做了一个拉锯的动作，没想到河水立即出现了一道伤口。木匠当场就惊呆了，心想，看来还真不能随便比画，没想到河水和炊烟都是这么脆弱，一碰就会受伤。

几天后，木匠从小镇回来，去找三婶，郑重地道歉，说，那天,确实是我伤害了你家的炊烟,我没有想到炊烟那么胆小和脆弱,我仅仅是在老远的地方比画了一下,它就倒了,也许是我锯倒的,也许是被我吓倒的。三婶说,没事了,现在已经恢复了,你看,这不是好好的?木匠一看,三婶家的炊烟虽然很细,但已经长高,不再歪斜,其顶端已经与其他的炊烟连在一起。这时,整个村庄的上空已经形成了一片缥缈的雾霭,显示出河湾村人烟兴旺。

就在三婶和木匠看炊烟的时候,忽然发现,远处的青龙河站了起来,弯弯曲曲地向天上流去,仿佛是飘向天空的炊烟。

木匠看着流向天空的青龙河,羞愧地低下头去,因为他发现,在河流边缘的一处地方,有他几天前锯开的伤口,至今还没有完全愈合。

0

河湾村是一个烟雾缥缈的村庄。

一个冒烟的村庄必定是人烟兴旺的村庄。早晨,谁家的烟囱还没有冒烟,说明这家人还没有起来做饭,肯定是个懒婆娘。一个懒婆娘会使家道败落,越过越穷。凡是早早就冒烟的家庭,都是勤劳的家庭,日子也都比较好过,家里的农具相对齐全,缝补有补丁,穿线有针,有的家庭甚至拥有两根针。

河湾村拥有两根针的家庭不在少数,村里的针,大多是铁匠打制的,铁匠打制的针,虽然粗一些,但结实耐用,几辈子都用不坏。但纺车就不同了,平时不纺线的时候,一般都会挂在屋梁上,如果不小心碰到了,容易掉下来,即使不会砸伤人,纺车的叶片也会摔坏。因此，修修补补的，木匠的活计总是干不完。

三婶家的纺车坏了。本来，她想趁着冬天夜长，在年底前纺完线，然后在开春前农活相对较少的这段时间里经布，然后上机，开始织布。她盘算得很周密，但是，纺车从屋梁上掉下来，叶片摔坏了，锭子也摔断了，她的如意算盘就打了折扣。锭子是纺车顶端的一根细长的铁锭，顶端是尖的，是纺车的核心部位，纺车旋转的最终目的就是使锭子转动。从棉花中拉出来的线，最终都要缠绕在锭子上。纺车摔坏了，三婶纺线织布的计划将要落空。

三婶知道，这个时节，家家户户的女人都在纺线，估计没有闲余的纺车，另外，借用别人家的纺车，一两天还可以，时间长了，会影响别人家纺线织布。

三婶要完成纺线织布的计划，不但要找木匠修理纺车的叶片，还要找铁匠重新打制一个锭子。想了就做，三婶分别找到木匠和铁匠，实施她的计划。

接到三婶的任务后，木匠从家里找出以前修理纺车时剩余的旧叶片，组装在三婶的纺车上，将就着还能用。河湾村所有的纺车都出自木匠的手艺，其尺寸大小有祖传的制度，相当于标准化，哪个部件坏了，两个纺车之间可以相互替换。而纺车的锭子就不同了，虽然锭子的大小也有制度，但是粗细还是有微弱的差别。再说，锭子是铁打的东西，断了很难接上。铁匠给三婶重新打制了一个新的锭子，然后打算把断裂成两截的锭子，分别打制成两根针，送给三婶。铁是难得的东西，一点儿都不能浪费。

铁匠把断裂的锭子拿在手里，反复查看，怀疑这个锭子不是自己打制的。凡是铁匠打制的锭子都是熟铁，也就是经过反复烧制和锻打的铁器，坚固耐用，即使打砸和摔落，也只能弯曲，不会断裂。而生铁则不同，生铁是铁水灌入容器后经过冷却形成的物件，没有经过烧制和锻打的过程，成物后坚硬而脆性，容易敲断。铁匠仔细观察，发现这个锭子根本不是铁的，可能是石头，也就是说，是用坚韧透明的石头磨制而成的。铁匠当年曾用月亮的碎片给刀客打制过一把宝刀，他知道月亮碎片的属性。

铁匠收下这个旧的断裂的锭子后，并没有打算把它接上，先放放再说。他用另外的铁，重新给三婶打制了一个锭子。送给三婶时，铁匠还解释了一下，说，我重新打制的这个锭子，比以前那个断裂的锭子粗一点儿，也长一点儿，保证好用。三婶接过锭子说，铁匠真勤快，这么快就打制出来了。铁匠说，必须快，不能耽误三婶纺线织布啊。三婶说，纺车的叶片已经修好了，锭子也有了，今天我就可以纺线了。

铁匠把新的锭子安装在纺车上，试了几下，一切妥当。临走时，铁匠说，你的那根断裂的锭子，我打算制作两根针，等我打制好后给三婶送来。三婶说，好啊，家里一下子添两根针，那我家里就有三根针了。三婶说这话的时候内心饱满，感觉自己是个富婆。

铁匠说，三婶啊，你的那个断裂的锭子，好像不是铁的，我感觉像是石头的。三婶说，你这一说我倒是想起来了，可不是嘛，说起来那还是多年前，那时候小镇的石匠还活着，有一天我去小镇赶集，在青龙河边的沙滩里，捡到一块透明的石头，那天正好在小镇上看到石匠，我就交给了他，让他给我磨制一根针，结果石匠看这块石头太好看，舍不得磨掉太多，就磨成了一根锭子。我记得早些年还是透明的，年头多了，沾的灰尘多了，就变成了黑不溜秋的样子。你看，我都忘了，瞧我这记性，我都忘了它是石头了，还以为是铁打的呢。

铁匠听三婶这么一说，更加证实了自己的判断，说，当年你捡到那块石头时，是不是还发着光？三婶说，当时是早晨，好像是有点微微发光。我记不太清了，反正是很透明。铁匠又一次说，我若是用它打制两根针，一定好用。三婶说，随你便，你本事大，做成什么都好。铁匠说，既然三婶同意了，那我就去做。

铁匠从三婶家回到铁匠铺，经过反复研究，判断这个断裂的锭子不是普通的石头，也不像是玉，而是月亮的碎片。他已经好久没有见过月亮的碎片了，为此他曾经在月光下偷偷去青龙河边，试图寻找一些遗漏的月亮碎片，但却无功而返，还把身影丢在了河滩里，被三婶路过时捡到了，三婶送给他时还嘲笑了他。如今，真是得来全不费工夫，三婶居然送了他月亮碎片磨制的锭子。

铁匠非常珍惜这次打制的过程，他小心地把其中的半截锭子放进炉火里，反复煅烧，证实了自己的判断，这个断裂的锭子不是玉。如果是玉，经过长时间的炉火煅烧，会碎裂。而这个半截锭子却越烧越红，丝毫不见裂纹。现在可以确定，它是月亮的碎片。

经过几天时间，铁匠终于把这个裂成两截的锭子，分别打造成了一长一短两根透明的针。铁匠用一块干净的布包裹好这两根针，给三婶送去。

早晨，铁匠趁着三婶还未外出，就来到了三婶家，给她送针来了。他看见三婶家的烟囱已经冒烟了，说明三婶已经起来，并且正在做饭，就在门口喊三婶。三婶听到铁匠在门口喊她，知道是送针来了，就大声答应着从屋里走出来，一边走还用手梳理了一下头发。

铁匠看见三婶出来，就把布包递给了她，说，三婶看看，我打制的针怎么样。三婶说，不用看也知道错不了。

三婶小心翼翼地打开布包，只见布面上别着一长一短两根透明发亮的针。三婶惊讶了一声，大嗓门说，铁匠真是好手艺，没想到断成两截的破锭子，经你的手，就变成了这样。铁匠说，三婶喜欢就好。

三婶从布面上抽出较长的一根针，在自己的头皮上划了一下，说，好针。

铁匠满意地笑了。他看见三婶手中的这根针，既有月亮的透明度，又有钢铁的坚韧，不禁暗自伸出了自己的大拇指。

三婶看见铁匠伸出了大拇指，笑着说，你这是夸这根针呢，还是自夸？铁匠说，是在夸三婶呢。三婶说，你夸我？鬼才信呢！说完，两人哈哈大笑。

0

二丫做了一个新的被子，里面用的不是棉花，而是云絮。

二丫家里并不是缺少棉花，她是觉得蓬松的云絮比棉花更柔软和轻飘，更适合做被子，于是做了尝试，果然不同一般，被子盖在身上就像盖着一片云彩，轻柔，舒适，还保暖，舒服极了。

二丫并不是一个发明家，是一次偶然事件，让她发现了云彩的用途。一天，她像往常一样，去天上的云彩里采摘露珠，正好赶上天空飘过来火烧云，在夕阳的照射下，晚霞变成了绚烂的橙红色，有的地方甚至出现了纯红色，云霞连成一片，非常壮观。当时她正在云彩里，居然从晚霞中采到了红色的露珠。临走时，她还撕下一小片晚霞披在身上，仿佛穿了一件红色的披风。当她回到河湾村时，正好在村口遇见三婶，受到了三婶的羡慕。二丫从篮子里抓起一把红色的露珠送给三婶，三婶看后说，天上还有这么好看的露珠？我还是头一次见到，你送我这么多，我愿意收下，但是没处放啊。要不这样，我先尝几颗，以后馋了再跟你要。二丫说，也行。于是三婶从篮子捏起几粒红色露珠放进嘴里，然后惊喜地说，有点甜。二丫说，三婶喜欢吃，改日我送你一碗。三婶笑着说，你穿着的云彩衣服就不要送我了，我一个老婆子，披在身上也不一定合适。二丫听出三婶话里的意思，是想要她披着的云彩，但是二丫不舍得送人，就顺着三婶的话说，是啊，既然不适合三婶，那我就不送了，还是我披着吧。三婶说，二丫披着彩霞，真像一个仙女了。

二丫披着晚霞回到家里，感觉有点累，也没有脱衣服，顺手把晚霞盖在身上，躺在炕上就睡着了。她还是第一次盖着云彩睡觉，醒来时感觉很舒适，于是她动了一个念头，何不用云彩做一个被子？

想好的事情就做。二丫去天上，选取最白的一片云彩，不撕扯，也不裁剪，而是直接把整片云彩带回了河湾村。当她从天上下来时，村里的许多人都看到了，还以为是天上飘下来一个仙女，手中拽着一片白云。

人们看见落在地上的仙女是二丫，也没有惊奇，因为她经常去天上的云彩里采摘露珠，人们一猜就知道是二丫。二丫也没有说从天上带回一片云彩做什么用，人们还以为她是用云彩纺线织布呢，因为人们见过青龙河对岸一个叫七妹的女子曾经用云彩纺出了比蚕丝还细的线，所以二丫用云彩纺线也是情理之中的事情。河湾村的人们听说云彩比棉花好用，只是出于习惯，还没有人真的去纺云彩。

对于养蚕缫丝和纺线织布样样都是能手的二丫来说，做一个被子是轻而易举的事情，也就是两块布中间夹着一些棉花而已。如今有了一整片云彩，事情就变得更简单了，两块布，中间夹着一片云彩，然后缝好四边，云彩被子就成了。被子是长方形的，而天然的云彩形状不规则，多余的部分剪掉就是，剪掉的云彩也不浪费，还可以撕扯和铺垫，做成一个褥子，这样有铺有盖的，晚上睡觉，整个人都睡在云彩里。

二丫做的这些事情，三婶都知道，但并不去效仿，她觉得自己老了，还是盖棉花被子心里踏实。另外，三婶还有一些想法没有说出来，她是担心身子底下铺着云彩，身上盖着云彩，万一睡觉时云彩飘起来，把她带到天空怎么办？醒来一看，人在天上了，怎么下来？二丫能够下来，她经常去天上云彩里，轻车熟路的，随意往来，而一个老太太就不同了，倘若从天上掉下来，摔死事小，让村里人笑话才是脸上挂不住的羞耻。

三婶给自己找好了理由，如果二丫劝她，她就这么说。其实二丫根本没有劝她，只是把做被褥剩下的一些云彩的下脚料，做成了一双鞋垫，送给了三婶。三婶垫在鞋里，穿上后感觉非常舒服，不但走路轻快了不少，还软绵绵的，有一种踩在云彩上的感觉。

三婶夸赞了二丫的手艺，然后说，你的那个晚霞披风呢？怎么没见你披着？二丫说，三婶记性真好，还记着那个披风。三婶说，我还没有那么老，才几天过去，怎么能不记得？二丫说，谁说三婶老了，三婶还有花心呢。三婶一听二丫奚落她，就用手轻轻拍打了二丫一下，说，死丫头，竟敢嘲弄我。二丫说，我是夸三婶还年轻呢，像一朵花。三婶说，二丫才是一朵花呢。

二丫看出三婶的心思，她对那件晚霞披风依然倾心，不然不会打听，二丫巧妙地转移了话题，没有直接回答三婶。二丫想，那片晚霞真的不适合三婶，尤其是那绚烂的色彩，披在一个老太太身上会显得滑稽。二丫说，三婶若是喜欢云彩披风的话，哪天我去天上，顺便给你带回一片云彩就是。三婶说，我老了，要不你给我带回一片黑色的云彩吧，红色和白色都不适合我了。二丫说，好，那就这么定了。

几天后，二丫真的给三婶带回了一片黑色的云彩。那天，二丫在天上走了很远，也没有找到一片黑云，红色的，橙黄的，灰色的，白色的，都容易找到，黑色云彩只出现在风暴的底部，很难遇到。二丫找到天黑也没有找到，回来的时候已经入夜，天上没有月亮，星星也很少。星星似乎被什么人撒网打捞过，比较大的和亮的都被人捞去了，只剩下一些微小的漏网的星星还在天上。正在二丫发愁时，她发现天上有一片云彩，由于没有多少光照，看上去一片漆黑。二丫高兴极了，真是得来全不费工夫，这不就遇到了黑色的云彩？！

二丫把整片的黑云带回河湾村的时候，已经入夜。二丫也不耽搁，连夜给三婶送去。当三婶见到黑色云彩时，显得非常兴奋，说，二丫真是厉害，不仅采到了黑色云彩，云彩上还带着星星。二丫一看，云彩上确实带着星星，说，三婶不说，我都没有注意，还真是有几颗星星。三婶说，是啊，这些星星虽然微小，但依然发着光，一闪一闪的，它们肯定以为自己还在天上呢。

二丫从三婶家回来后，脱衣睡觉，很快就进入了梦乡。夜里，做梦不是主要的事情，飞起来才是。二丫是在不知不觉间飞起来的，当她翻身醒来时，发现自己睡在天上，身上依然盖着被子，身下是云彩褥子。二丫知道自己是借助了云彩，飘到了天上，仍然吓了一跳，心想，倘若翻身，岂不会从天上掉下来？

二丫知道，天上的云彩，最终还会回到天上，不会在一个村庄里久留。她决定把被褥里面的云彩还给天空，于是她抽掉了缝在被褥边缘的线，把装在布里面的云彩掏出来，平铺在天空，让它重新恢复为云彩。二丫从夜空中回来时已经是后半夜。

早晨醒来后，二丫找到三婶，把自己在梦中飞天的事情告诉了三婶，三婶听后感到了后怕，说，幸亏你送我的黑色披风我还一次也没有用过,倘若是我飘到了天上,非摔死不可。我不敢披在身上了,你把它送回天空吧。二丫说,既然这样,我今晚就送回去。

二丫把三婶的黑色云彩送回天空时,看见云彩上携带的那几颗星星,发出了耀眼的光芒。借着这些星光,二丫看见三婶也在向夜空赶来,三婶是借助了云彩鞋垫的浮力,否则凭她的体重,不可能飞到天上。

0

夏天的夜晚,人们坐在井边或村口的大石头上乘凉,赶上有月亮的夜晚,就晒月光,没有月亮的夜晚,就晒星光,连星光也没有的夜晚,人们就不关心天空了,静静地坐着,或者有一句没一句地唠家常,讲故事。

晒月光比晒太阳要凉爽很多,而且不会伤害皮肤,还能让皮肤变白。赶上月亮变圆的夜晚,大一些的姑娘们都愿意出来晒月光,而小孩子们只顾玩耍,在月亮地里满街乱跑和尖叫,他们没有在意月光,却也得到了月光的照耀,晒月光和玩耍两不误。

比晒月光更爽的,是到河里洗浴。女人们去青龙河里洗浴,总是结伴而行,有时几个人一起去河边,她们不往河水深处去,只是在水浅的地方玩耍。她们在月光里脱去衣服,入水后相互嬉闹,仿佛洗浴是一场打闹的游戏。

你真白。

另一个指着对方的身子说,你更白。

然后是相互溅水和一阵尖叫。

月光落在这些光裸的女人身上，仿佛涂抹了一层梨花膏，泛着温存饱满的光泽。在月光里洗浴过的女人，皮肤会细腻而白皙，并且微微透明，即使穿上衣服，也会透出内部的光晕，仿佛体内隐藏着月亮。

正当女人们尽情戏水玩耍的时候，河对岸也传来了同样的笑声。青龙河本来就不宽，在朦胧的月光中，可以模糊地看见几个白色的女人在河里洗澡，同样的放肆，让青龙河多了几分醉意。

哎……

这边的女人喊了一声，悠长的声音又细又柔，仿佛一股清流飘过去。

哎……

对面的女人们也不示弱，应答了一声，声音水灵而甜美，像是在水里加了蜜。

河两边的女子们也不问对方是谁，相互应答着，仿佛不是在相互问候，而是在比谁的声音更甜美，当两边的女子们一齐喊起来时，往往会传来男人们的应答声。这时，女人们才知道，附近还有男人在洗浴，于是，都安静了，只是安静了片刻，女人们就会爆发出不一样的笑声，从笑声中可以听出慌乱和跑动的声音，女人们草草收场，笑着跑了，不闹了，洗完了，穿好衣服回去了。

洗浴的人们离开后，青龙河的水面上依然漂浮着月光，水流清浅的地方波浪急促，泛着柔和的白光，仿佛整条河流都是流动的白银。

洗浴的女人们回去的路上，经过村口，看见人们还在大石头上坐着乘凉，有的人会凑过去听一会儿，有的直接回家。整个河湾村浸泡在月光里，几乎没有太暗的地方，即使是墙角，也只是多一些阴影而已。

月亮悬在天上，像一个飘浮的气泡。月亮越是明亮，星星越小，几乎到了忽略不计的程度，就像天空需要一些点缀，随便撒了几粒芝麻。

夜深以后，人们懒洋洋地各自回家，村庄渐渐安静下来，狗也要睡觉了，只有通向村外的小路还在月光下，像一条懒惰的麻绳躺在地上。这样的夜晚，即使有梦游者离家出走，也不会走太远，小路会自动弯曲和环绕，把他领回到村里。

人们散尽以后，村口的大石头依然横卧在地上，沉稳而坚硬，它从不慌张，仿佛它是时光之外的事物。

山村渐渐进入梦境。洗浴过的女人会暗自发光，身体像温润的羊脂白玉，柔软而多娇。偶有凉爽的风带着月光从窗户飘进屋里，然后又飘出去，女人们也不避讳，仿佛原本就该如此。

这时，整个北方都晒在月光下，群山也都获得了姓氏，各安其所，河流也渐渐放慢了速度，一切都安静下来，耳朵好的人，可以听到辽阔的星空在天上飘移的声音。

当月亮变得越来越薄的时候，偶尔会有一个老人，莫名其妙地走到户外，用扫帚清扫地上的月光。人们已经习惯了，知道他在清扫，也不当回事，翻个身继续做梦。

0

一夜之间，河边的柳树枝条变了，突然梳成了许多条辫子，仿佛是经过梳洗打扮的小姑娘，让人感到好奇。

不只是一棵柳树，而是河边所有的柳树都梳辫子了，这就更让人好奇了。

人们纷纷传言，说是昨天有七个姐妹从这里经过，沿河而下，莫非是她们梳理的？也有人说，是柳树自己长成这样的，因为一个正常人的身高是无法梳理柳树的树梢枝条的，除非使用梯子，而树下根本没有架设梯子的痕迹，地上也没有留下脚印。还有人说，昨天夜里刮了一阵奇怪的风，把柳树的枝条拧在了一起，梳成了辫子。

有人去问长老，长老说，我活了两百多岁了，也没有遇到过这种事情，要不，我晚上做梦去问问我爹。

人们着急，说，要不你现在就做个梦吧，问问到底是怎么回事。

长老说，白天做梦不准，还是晚上吧。

第二天早晨，人们急不可耐地找到长老，问他夜里梦见了没有。长老说，梦见了，我在梦里看见我爹了，他说他也没有遇到过这种情况，他说他要去问问他爹，也就是去问我的爷爷，看我爷爷是不是经历过这样的事情。

人们一听，觉得这事没谱了，长老的父亲已经死去多年，他还要去问另一个死去更早的老人，假如更老的老人说，也要去问他爹，这样没完没了地问下去，恐怕也没有一个结果。人们对长老的回答有些失望，但也没有办法，凡是长老不知道的事情，再问别人，也不会有答案。

正在人们感到奇怪，到处追问原因的时候，有人报告消息说，河边柳树的枝条都松开了，所有的小辫子都解开了。

什么时候松开的？

好像是昨天夜里吧？也说不准。

河边有没有脚印？

有脚印，据说夜里有七个姐妹在河里洗浴和梳头，人们只看见了模糊的影子，也没看清楚到底是谁。

长老听说柳树的小辫子松开了,好像解除心里的一个结,松了一口气,说,既然解开了,就不用让我爹去问我爷爷了。

人们说,别问了,问了也不一定知道原因。

长老说,好,那我夜里做梦时告诉我爹,不用再问了。

事情到此似乎可以告一段落了,但是,这才刚刚开始,让人惊奇的事情还在后头。这些梳辫子的柳树在一夜之间都跑到了青龙河的对岸,而且又梳起了辫子。河对岸的村庄叫小镇,小镇的人们听说后,纷纷到河边看个究竟,也都觉得稀奇。

夜里,长老又去梦里找他爹,正想告诉他爹不用再问爷爷了,没想到他爹说出了一件事。他说,他活着的时候,遇到过柳树做梦,而且集体梦游,走到了河对岸。

长老说,柳树也会做梦?

长老的父亲说,是。所有的树都会做梦,而且梦游时会走路。

长老说,那柳树梳辫子是怎么回事?

长老的父亲说,会不会是柳树之间相互梳理?

长老长叹了一声,恍然大悟,说,有道理。

长老谢过了父亲,从梦里出来,也不顾夜晚,先去告诉铁匠,然后又去告诉木匠,然后铁匠和木匠再去告诉其他人,河湾村所有的人都知道了这件事。当人们好奇地来到河边时,发现这些去往河对岸的柳树又回到了原来的位置,松开了辫子,仿佛什么事情也没有发生。

这个夜晚,人们回到家里睡下后,长老却梦游了。他离开家,又回到了河边,先是在河边走了一段路,用手抚摸了每一棵梦游过的柳树,然后顺着河边小路继续往前走。在没有路的地方,他像一个影子一样忽然飘了起来,毫不费力地走到了空中。他还是第一次在天空里走路,虽然身体完全飘浮,有一种不太踏实的感觉,但是毕竟是走在天上,还是有些新鲜感。他想,既然来到了天上,就多走一会儿,说不定还能顺手抓住几颗星星,不然用什么证明我曾经到过天上?他毫无顾忌地走着,突然发现一个磨盘大小的月亮,挡住了他的去路。他意识到,既然月亮挡住了我,我就不能再往前走了,我应该回去了。这时他看见洒满月光的青龙河,河流两岸的村庄,都安静地躺在地上,唯独河边有些东西似乎在移动。他睁大了眼睛,仔细看,发现是那些柳树,对,正是他抚摸过的那些柳树,可能又开始梦游了。他在空中看见这些柳树先是凑到了一起,相互梳理枝条,然后又散开,排着队向河流的下游走去。当它们走到月亮偏西的时候,又按原路返回,回到了原来的位置,停下不动。

长老心想,月亮都偏西了,我也要回去了,倘若天亮以后我还留在天上,肯定会被人们看见,并且被人们嘲笑。

长老飘飘忽忽地回到了地上,走回家里,神不知鬼不觉地悄悄躺下,继续睡觉和做梦。

第二天,人们问长老,夜里做梦了吗?

长老说,做梦了,我还到天上转了一圈,要不是月亮挡住了我的去路,我就走到远处,不回来了。

人们围着长老,嘿嘿笑着,并不完全相信,但也不敢完全否定,因为长老经历的事情太多了,其神奇超乎人们的想象。

0

秋日的一天,长老从自家的田地里回来,当他路过村口的大石头时,忽然感到眼前一亮,好像太阳在他头顶上爆闪了一下,随后他就蒙了,忘了自己是谁,身在何处,究竟要去往哪里。

长老毕竟是两百多岁的人了，一时糊涂也算正常。好在他发蒙的时候，他的身影及时从地上站起来，走在了他的前面。这个平时看起来模糊的身影，此时变得非常清晰，而且有责任，有担当，引领着他往前走。

　　长老跟随影子走了很久，却发现并不是回家的路，而是走上了一条越走越远的路。他恍惚记得早年的一个夜晚，他曾经手举火把走过这条路。当时好像是去西山的后面找月亮。他似乎想起来了，是铁匠夜里出来撒尿的时候，发现悬在西山上空的月亮突然从天上掉了下去，那天夜里河湾村的人几乎倾巢而出，去西山的后面找月亮。对，当时走的就是这条路。

　　长老想起来了，那天夜里人们走了很远的路程，走到了西山的后面，在一个山谷里发现了一片灯火通明的村庄，但是并没有找到月亮，月亮可能摔碎了，也可能摔死了。人们回来的路上非常沮丧，以为月亮已经死了，不会再出现了，没想到第二天夜晚月亮又活了，从东山的后面一下子跳出来，明亮一如昨夜，让河湾村的人们激动不已。

　　想起那些遥远的时辰，长老觉得自己确实是老了，忽然有了一种地老天荒的感觉。人老了，往往会有一种孤独感，幸好还有身影在身边，而且身影站起来的时候非常果断，毫不犹豫地走在了他的前面。他觉得跟着影子走，心里非常踏实，根本不必问去向，也不问结果，放心地跟着走就是了。

　　一路上，长老跟着影子走，忆起了好多事情，甚至两百多年以前，他还未出生时发生在他爷爷身上的事情，他都回忆起来了。他并未觉得岁月有多么漫长，他感觉时间就像透明的空气，许多往事就在眼前，并没有多少流逝的痕迹，说不定还可以重复一次或者无数次。他越是这样想，越觉得历史清晰，有那么一会儿，他停下来眺望远方，几乎望见了山河起伏、人世沧桑的时空远景。他想，如果再年轻一百八十岁，凭他的视力，完全有可能望见创世的洪荒盛景。他想了很多，也眺望了好久，好在他的身影及时提醒他，把他领到了现实里，不然，说不定他的灵魂会走得更远，甚至被风吹散，消失在空旷和虚无之中，或是沉浸在泥土深处，也不是没有可能。

长老是河湾村的灵魂，甚至是北方的灵魂。他还是第一次跟随自己的身影走了这么远，他到底要走向哪里，他自己也不清楚，也不想知道。现在，他的身影与他的肉体已经互换了身份，他成了自己身影的一个随从。他想，这样也好，只管跟着走，不操那么多心。真正放下以后，他体验到了从未有过的轻松和自在，有一种融化和消失的感觉。

影子继续领着长老往前走，有那么一阵子，影子走得有点快，长老跟不上了，渐渐拉开了距离。长老看见路边有一块大石头，与河湾村口的大石头非常相似，正是一个休息的好地方，他觉得累了，应该坐下来歇一会儿了。继而，他仰面躺在了大石头上，闭着眼睛，体验阳光晒在脸上的那种通明透彻的贯穿感。他躺在大石头上，渐渐睡着了，后来，恍惚听到一群人的呼声。

听到人们的喊声，长老在似梦非梦中迷迷糊糊地睁开眼睛，发现自己躺在大石头上，周围都是河湾村的人，有木匠，铁匠，三婶，二丫，三寸高的小老头，窑工，蚕神张刘氏，铁蛋，张福满，张福满的两个儿子张文和张武，王老头，甚至连船工都来了，许许多多人，都围在他身边，看见他醒来，都在看着他，眼里还含着眼泪。他想，这是怎么回事？我不是跟随自己的身影去了远方了吗？我已经走了很远的路，并且躺在路边的大石头上睡着了，我怎么又回到了河湾村？

长老有些蒙了，不知道河湾村到底发生了什么事情，看到这么多人围着他，感到莫名其妙，于是问道，我是什么时候回到村里的？人们面面相觑，不知如何回答，还是三婶嘴快，说，你是刚才醒来的。长老说，我已经走了很远，不记得往回走，我是怎么回来的？

长老怀疑自己是否真的回到了河湾村，他赶忙起身，从大石头上坐起来，仔细观察人们，最后还是不敢确信是不是真的。他揉了揉眼睛，似乎没睡醒，略有一些疲惫，好像身体被人放了气，有点瘪下去的感觉。

人们围着长老，每个人的脸上都流露出一种悲中之喜。长老无论如何也不会想到，河湾村的老老少少聚集在一起，围绕在他身边，并不是来看他在大石头上睡觉，而是以为他死了。人们不断地呼唤着他，等待他醒来。长老这个两百多岁的老人，真的在人们的呼声中醒来了。

长老从大石头上下来，在地上走了几步。他感到意犹未尽，似乎还应该跟随影子继续走下去，因为他已经走到了西山的后面，又向前走了很远，到了不可知处。如果人们不叫醒他，他有可能走到永远的外面。

人们看见长老站了起来，一如往常，也就放心了。长老没有死，他只是躺在村口的大石头上睡了一觉，做了一个梦而已。

长老站在人群里，看见人们的身影，忽然想起了自己的身影，焦急地说，坏了，我一直跟在我的影子后面，我回来了，我的影子还没有回来，他走远了，不认识回来的路怎么办？

就在这时，人们看见村西方向，一个身影急匆匆赶来，遇到了风也不停下，这个身影连颠带跑，几乎是飘着向人群奔来。人们看见这个影子挤过人群的空隙，找到长老，然后紧紧地贴在他的身上。

人们看见长老失而复回的身影，依然是那样模糊而又柔软，贴在身上，仿佛是洗过无数次的一件旧衣服。

长老用手摸了摸自己的身影，说，你终于回来了。你走得太快了，我跟不上，差点走丢了。

0

长老的身影走到远方后又回到了他的身边，但是王老头的灵魂丢了好几天了，却至今还未找回，一直让人担心。

灵魂住在人的身体里。一般情况下，一个人的身体没有特别大的伤口和漏洞，灵魂不会跑到外面去，做梦的时候除外。有的时候，灵魂在梦中出走，到了很远的地方，而睡觉的人却突然醒来，灵魂来不及反应，无法在瞬间回到体内，就会造成丢魂现象。一个人的灵魂丢了，等于空有一个皮囊，走路都没有精神，做什么事情都魂不守舍，人们所说的失魂落魄，就是说这样的人。

王老头的灵魂丢了，但是他的情况比较特殊，他的灵魂不是在梦里走失的，而是硬生生地从身体的缝隙中挤出去的。

他去自家的地里割玉米秸，使用镰刀的时候，不小心把自己的小腿割破了一个小口子，流出了一点血。若是往常，他根本不会去管它，流血自己会止住，伤口过几天就会愈合。可是，这次王老头有点手欠，本来只是流出很少一点血，他用手捏住伤口两边的肉，用力挤了挤伤口。他的用意是想让伤口多流出一些血，用血给伤口消毒。这个想法没错，没想到他笨手笨脚的，用力过大，正巧这时他的灵魂也聚集在伤口上，笨拙加上巧合，他竟然把自己的灵魂从伤口给挤出去了。

灵魂到了身体的外面，甚至到了远方，并不是多么可怕的事情，招呼回来就是。通常，人们会在深夜子时招魂，招魂的办法也非常简单,让丢魂的人躺在炕上睡觉,当他进入到梦里的时候,由家里人捅破一个窗户纸,然后冲着窗户纸的漏洞,喊丢魂者的名字,说,某某某啊回来,如此连续招呼三遍,丢失的灵魂就会从窗户的漏洞钻进来,回到人的体内。

王老头的家人也这样做了,但是他的灵魂并没有回来。不是这个方法不灵验,而是他的家人不得法。原因是王老头的老婆粗声大气,嗓门过大,招魂的时候把王老头从睡梦中吓醒了,而他的灵魂本来已经回来了,正要从窗户的漏洞钻进来,却被巨大而凄凉的喊声吓跑了,而且跑得更远了。

子夜招魂的声音,有特殊的穿透力,会在夜色中传得很远。你想想看,深更半夜的,人们都已进入了梦境,整个村庄一片寂静,这时,突然爆发出瘆人的喊声,而且带有凄凉的回音,仿佛来自另一个世界的声音,被惊醒的人,无不内心发颤,惊悚不已,整夜都无法再入睡。往往这时,狗会突然狂吠,仿佛随时都会扑上去,而具体扑向哪里,扑向谁,狗也不知道。狗也是被喊声惊醒的,它们要对抗的不是一个具体的人,而是一种声音。凭狗的叫声可以推断,它们已经被这种喊声吓坏了,叫声都变形了,嗓子都喊破了。

平时,王老头是一个非常胆小的人,他的灵魂胆子更小,听到这种喊声后,本已回到家的灵魂,却被吓得落荒而逃,不敢再回去。

事情并非一筹莫展,招魂从来就不是一蹴而就,一次不行,还有第二次,第三次。如此三番五次,招魂的声音逐渐变小,变得悠长,仿佛是在劝说和安抚,多么胆小和委屈的灵魂也经不住亲人的呼喊,总会回到人的身体里。

但是,王老头的灵魂是个例外,它没有回到王老头的身体里,而是鬼使神差地回到了长老的身体里。长老有自己的灵魂,没想到从外面又来一个，两个灵魂在一个人的身体里，确实有些拥挤。

说来也是一次巧合，那天正当长老在村口的大石头上睡觉，灵魂去远处追赶身影去了，体内就出现了暂时的空虚，正当这时，从远处走来一个灵魂，乘虚进入了他的体内。长老还以为是自己的灵魂回来了，没想到来到体内的是王老头的灵魂。后来长老自己的灵魂也回来了，从此他体内就有了两个灵魂。

一个人的体内有两个灵魂，也并非不可，拥挤也不是不可克服，最主要的问题是两个灵魂会因为观点不一而引起不和，产生分歧，发展到最后会争吵甚至相互撕扯。对此，长老也很无奈，多次劝说王老头的灵魂，让他回到自己应该去的地方，怎奈他迟迟不肯离开，好像还有长期住下去的可能。

体内来了一位客人，容留一些日子，未尝不可，但是长期住下去，体内有两个灵魂，就有点过分了，假如再来几个灵魂怎么办？一个人的身体再好，也有吃不消的时候，何况长老已经是两百多岁的老人了，体内长期灵魂拥挤，是无法承受的。

由于体内的两个灵魂经常争吵，有时候影响到睡眠，甚至影响到说话。一段时间以来，长老经常说出两样的话，有时说法不一，甚至前后矛盾。长老陷入了焦虑，他希望王老头的灵魂早点回去，别在他的体内捣乱。

为此，长老找过王老头，王老头与长老的想法是一致的，愿意自己的灵魂早日回到体内，别再给长老添乱，怎奈他的灵魂不听话，就是不回去。

一连几天下去，劝说和招呼都没有结果。长老问明了王老头灵魂出走的原因，想起了一个古老的办法，说，既然你的灵魂是从伤口挤出去的，还得从伤口回去。现在，你的伤口已经愈合了，灵魂已经失去了回路，自然是无法回去。你看这样是否可以，你再忍痛一下，让你腿上的伤口重新裂开，我也在腿上割出一个伤口，然后咱俩把两个伤口挨在一起，让伤口对准伤口，给你的灵魂开出一条近道，我再用力挤压，你的灵魂就有可能回到你的身体里。"

长老的办法虽然古老，甚至有点残酷，但非常实用，使用此法，王老头的灵魂真的回到了他的体内。那是一天下午，长老和王老头都做好了准备，一个挤出别人的灵魂，一个接纳自己的灵魂。当长老在自己的腿上割出一道伤口时，王老头腿上那个早已愈合的伤口突然裂开，两个人的伤口都流出了鲜红的血液。当长老的伤口和王老头的伤口挨在一起时，长老感到体内有一股真气在运行，慢慢运行到腿上，最后他用力挤压了一下，感觉到一个灵魂从伤口出去了，同时，王老头也感到伤口处隐隐作痛，有一股真气从伤口进入到体内。

自从王老头的灵魂回到了自己的身体里，随后他就感到浑身都充满了精气神，气息饱满，恢复正常了。长老的身体里剩下自己的灵魂，也轻松了许多，体内不再拥挤和争吵，睡眠也恢复了正常，心情豁然开朗。长老腿上割开的伤口很快就愈合了，可是在愈合之前，长老并不知道，他的灵魂曾经从这个伤口偷偷出去过一次，好在时间不长，趁着伤口还未愈合，灵魂又从这个伤口回到了体内。

长老的灵魂不是一般的灵魂，而是神的兄长。这一点，长老自己都不知道，这也许正是他两百多岁了依然不死的原因。

0

月亮突然裂开了一道缝，这是什么天象？

最先看到这个天象的是王老头。这几天王老头在河湾村是被人议论最多的一个人。由于他收割玉米秸的时候割破了腿，在处理伤口时不慎把灵魂挤到了体外，后来在长老的帮助下，他的灵魂又从伤口钻进去，回到了他的身体里。人们说，王老头失魂落魄那几天，说话的声音都是模糊的，走路晃晃悠悠，好像一根随时都会倒下的木头。因此，王老头说的话，人们都是半信半疑，甚至当做笑话。

王老头说，我看见月亮裂开了一道缝。他说这话的时候，眼睛并不看着天空，而是直勾勾地看着长老。长老也不抬头，问，什么时候？王老头说，就是现在，裂开了这么宽的一道缝。长老见他用手比画的宽度，何止是一道裂缝！王老头说，现在月亮就在天上，就在我们的头顶上，现在还是开裂的，我真的没有说谎。长老说，真有这样的事？

关于月亮是否真有裂缝，长老和王老头的看法有些分歧，准确地说，是长老不太相信王老头说的话，不过也不敢轻易否定，因为月亮确实经常出事。记得很多年前，月亮曾经从天上掉下去一次，那次是铁匠发现的，月亮掉到了西山的后面，那天夜里，全村的人们都去寻找也没有找到，人们以为月亮摔死了，没想到第二天月亮又从东山后面跳出来了。还有一次，不，不是一次，而是两次，小镇的石匠曾经去月亮上凿过石头，还有铁匠凭借两个影子翅膀也飞到过月亮上。还有，就在前天夜里，人们在村口的大石头上乘凉时，看见月亮洒下了毛毛雨一样的光芒，把人们的衣服都淋湿了。

长老和王老头站在村口，交换着关于月亮的看法。此时凉风习习，柔和的月光从天上洒下来，落在他们身上，长老从身体内部分泌出一个清晰的身影，而王老头的身影有些虚缈和飘忽，看上去就像风中摇摆的树荫。这几天，虽然王老头的灵魂又从伤口回到了体内，但是他的身体似乎因此而漏了气，总有一些不太真实的地方，他说出的话，总感觉里面充斥着一些气泡。这是可以理解的，毕竟王老头的腿上曾经出现过伤口，有伤口就有可能漏气。可是话又说回来，谁的话里不夹杂着空气呢？人的嘴，本身就是一道古老的伤口，由于长期不能愈合，已经形成了一个深不见底的漏洞，每时每刻都在往外冒气，只是人们习惯了，不觉得这是一个问题。

王老头不认为他的话里含有空气，只是声音有些空虚而已。他依然坚持说，今天晚上的月亮真的裂开了一道缝，如果不及时缝上，裂缝有可能继续加大。他说话的时候，眼睛并不看着远处，也不看天空，而是看着脚下的身影。长老也是如此。有那么一阵子，他俩的眼睛互视着对方，仿佛只要凝视，内心的秘密就会通过眼神流出来。由于长老的身体里曾经居住过两个灵魂，他的目光已经具有了穿透肉体的能力，甚至一眼就能看清一个人的身体里有没有灵魂。

通过凝视，长老判断，王老头的灵魂确实回到了他的体内，也就是说，王老头是一个有灵魂的人。一个有灵魂的人，说话应该是可信的，即使话语里含有一些空气，也不会影响话语的真实性。长老想，也许王老头说的是真的，但若判断月亮是否真的裂开了一道缝，还需要亲眼看见才能得到证实，不能妄下结论。

王老头见长老半信半疑，就蹲在地上，顺手捡起一截干树枝，然后用树枝在地上画出了一个圆圆的月亮。他先是画了一个圆圈，然后在圆圈的中心部位画出一条直线，随后，他把这个圆圈用力抻开，于是，这个刚刚画出来的月亮就从中间的直线处撕裂开来，裂成了两个半圆形。王老头说，看，月亮就是从这个部位裂开的，裂开的缝隙可以伸进一个手掌。

王老头用树枝画完这个月亮，并且用力撕开后，自己也惊讶了。他从来没有画过月亮，没想到会画得这么圆，线条这么流畅，简直像是真正的月亮。他也没有想到，他稍一用力，这个画出的月亮就真的被他撕开了，而且是从中间的位置裂开，边缘是如此干脆而清晰。在明亮的月光下，他感觉自己画出的月亮，似乎有些微微发亮，莫不是还要发光不成？

长老看见王老头画出的月亮，裂缝确实有些宽，已经形成了分裂的两个半圆，沉思了一下，说，如果真是这样，确实需要缝补了。

王老头见长老还有些疑虑，就从地上站起来，看着长老，说，我还有一个好主意，来，你跟我来。他拉起长老的手，走到了村口的水塘边。村口的水塘是与青龙河连通的一片水域，有进口，有出口，是一个活水塘，里面居住着许多青蛙。听到有人走近，正在鸣叫的青蛙突然安静下来，纷纷跳进了水里。过了一会儿，晃荡的水面逐渐恢复了平静。

王老头说，平时，这个水塘里有一个月亮，今天应该还在。水面平静后，长老和王老头几乎同时看见了，水塘里确实有一个月亮，而且是从中间裂开的，分成了两瓣。

在事实面前，长老终于认账了，王老头说得没错。王老头看见长老认可了他，也感到非常得意，顺手抖了一下衣服的前襟，挺起了胸脯，露出骄傲的神情。他的衣服上没有尘土，他抖落的只是衣服上沾染的月光。

就在这时，长老仔细凝视水塘里的月亮，有一个重要发现，他看见月亮的旁边有一串模糊的脚印。这时王老头也看见了，说，莫非是当年的石匠留在天空的脚印？长老说，看来是有人去凿月亮了，不然月亮不会裂开。

长老和王老头在水塘边上，一边观看水里的月亮，一边猜测月亮旁边的脚印到底是谁留下的。正在他们议论的时候，水塘里忽然涌起了波纹,波纹平息后,两瓣月亮神奇地聚合在一起,重新组合成一个圆月,中间的裂缝弥合了,看上去没有一丝伤痕。

长老和王老头看到月亮复原为一个圆月,也就放心了。长老说,以后你再发现月亮有什么情况,请及时告诉我,我信你说的话。王老头说,长老信我,我比什么都高兴。

这个夜晚,两百多岁的长老和八十多岁的王老头在月光下谈论了很久,最终达成了共识,也通过水塘的倒影见证了月亮裂开和复原的奇迹,但是让人费解的是,他们始终没有抬头看一眼天空中那个真正的月亮。

也许,月亮也是一个伤口,不敢直视月亮的人必有内心的隐痛。

0

在青龙河对岸,与河湾村相对的村庄,名叫小镇。小镇里有一个编织苇席的老头,是个驼背人。准确地说,是他的腰弯了,几乎弯成了直角形。由于他的身体变形了,在青龙河东岸的小镇里,他是一个特殊的人。小镇每逢大集,驼背人都会出现在一个固定的角落里,卖他自己编织的苇席。关于他的驼背,有人说是整天蹲在地上弯腰编苇席,时间长了,就驼背了,还有说他一出生就是个弯曲的孩子,长大后只适合编苇席。

小镇的大集是阴历一六,也就是说,每逢初一,初六,十一,十六,二十一,二十六,都有大集,赶集的人不一定都买卖东西,有的人可能什么也不买,纯粹为了逛一趟。由于赶集的人多,集市上尘土飞扬,每个人的身上都沾染一身土。驼背人不怕土，据说他还经常吃土。人们传说，驼背人得了一种病，需要经常吃土，否则不仅更加弯曲，可能连命都保不住。当然，他吃的不是普通的土，而是从岩石缝隙中挖出来的一种橙红色黏土，这种土非常细腻黏软，只需在土中加少量的水和盐，便可直接做成又小又薄的土饼，然后放进灶膛里用火烧烤，等到外皮烤焦后即可食用。

有时候，驼背人背靠墙角，坐在草墩上，手里拿着一块土饼，如果有过路人对他的土饼感兴趣，他就掰下一小块让人尝尝。附近村庄赶集的人们大多吃过他做的土饼，每当人们夸赞他的土饼好吃时，他就笑笑，说，爱吃了，下次再来。

他的土饼，并没有给他带来额外的生意，因为人们对于苇席的需求是稳定的，家里的炕席不坏，人们不会因为吃了他的土饼而买下他编织的苇席。驼背人也不着急，总是安静地坐在那里，也不吆喝，等待愿者上钩。他把苇席卷成筒，用绳子捆扎好，竖在墙根下，排成一溜。有人来买时，他就把绳子解开，让人挑选，如果没人来买，他就坐在草墩上，看过往行人。人们看见他，都跟他打招呼，他就笑着回应。因此，赶集这天，不仅仅是买卖东西，也可以看成是与远近村庄人们的一次会面，令人心情愉悦。

驼背人编织的苇席，似乎永远也卖不完。谁家的炕席不坏？谁家不需要炕席？只要有人不断地出生，就有人来买炕席，尤其是孩子多的家庭，特别费，用不了五六年就必须更换或者修补一次，谁家的炕席破烂了，炕上露出了土坯，是有失体面的事情。

编织苇席的芦苇，也是永远也用不完的，割掉一茬，明年还会长出来新的芦苇。青龙河沿岸有许多湿地，湿地里长满了芦苇。到了收割季节，用镰刀收割芦苇是很危险的事情，容易被苇茬扎了脚。如果不是太着急，最好等到冬天，湿地上会结出厚厚的一层冰，人们站在冰上，用铁铲把芦苇从根部铲掉，既不浪费材料，也不至于扎脚。

有了用不完的芦苇，驼背人就有编织不完的苇席。苇席是否结实耐用，与芦苇的成熟度有关，更主要的是与编织的花纹和紧致程度有关。苇席有传统的花纹，不需要创新，因此学会编织一种花纹，一辈子也就够用了。

编织苇席，卖苇席，偶尔吃一次土饼，这几乎就是驼背人的全部生活。

由于生活的简单和重复，驼背人除了编织苇席，不再思考别的事情。对他来说，编织苇席已经烂熟于心，不用过脑子，即使闭着眼睛也能编织，绝不会出错。而做土饼更是一件简单的事情，上山挖一次黏土，足够吃半年以上。不是他吃不起土饼，而是不能多吃，土饼毕竟是土做的，吃多了，会拉不下来屎。因此，每隔十天半月吃一次，一次吃一两块，也就足够了。剩下的事情就是在集市上卖苇席，更不用操心，只需把苇席摆在集市的一个墙角，就会有人来买。

驼背人过的是单调而又无忧无虑的日子，只要有芦苇，只要还能够编织苇席，只要北山的石缝里还有黏土，只要在赶集时来来往往的人们跟他打招呼，只要人们愿意吃下他送给的土饼，他就心满意足，不愁日子难过。

秋天的一个下午，没有任何征兆，驼背人死了。人们看见他的时候，几乎认不出他是谁。因为人们发现这个死者是个高大挺拔的汉子，若不是他躺在苇席附近，若不是他的脸部特征，人们绝不会想到这个死者竟然是编织苇席的驼背人。与人们平时所见的弯腰弓背完全相反，他在生命的最后一刻挺直了自己身子，展示出一个男人的高大和帅气。

就在驼背人挺直身体的那一刻，细心的人们发现，青龙河两岸的芦花瞬时白了头，像一群白发苍苍的老人，在无风无雨的情况下，突然间全部从中间折断。有人说，这是整个芦苇荡在向驼背人行折腰礼，以表示对他的敬意。

由于驼背，驼背人一生未能娶到媳妇，因此也就无儿无女，村里人按照乡俗，共同出力安葬了他。出殡那天，好心的人们去北山的石缝里挖来了黏土，为他烧烤了一篮子土饼，放进棺材里，供他死后享用。掩埋时，棺材的底部和盖子上面，都铺了他生前亲手编织的苇席。最让人难忘的是，在驼背人的掩埋葬礼上出现了一个陌生的老人。这个陌生的老人身高不足一尺，慈眉皓首，脸上垂着雪白的胡须。他几乎是凭空而来，突然出现在人们眼前。他围绕着驼背人的坟堆绕了三圈，在坟堆上撒了三把土，然后在坟前凭空消失。

看到这神奇的一幕，人们惊呆了。人们纷纷传说，驼背人不是一个凡人，他是土地爷的后人，参加葬礼的那个白胡子老人就是他的先祖。还有人说，驼背人之所以弯曲，是用一生在向大地行折腰礼。

驼背人死后，小镇里仍然有人编织苇席，却不再有吃土饼的人。人们传说，芦苇是大地的毛发，可以无限轮回和生长，而土，是大地的身体，除了土地爷的子孙，其他人可以耕种和收获，却不配直接享用。

0

一天早晨，河湾村的上空来了一只鹰。这只鹰一直悬浮在村庄上空，既不飞走，也不落下来，仿佛死在了天空里。

人们的担心不是没有道理，天上毕竟是个危险的地方，曾经发生过月亮昏迷不醒的事件，也出现过云彩融化的先例，还有一次，天空的背面燃起了一场大火，把半个天空都烧红了。据说，那次天火是一个灵魂发生了自燃，引起了一场灾难。

最早发现这只鹰的人，不是平时起得比较早的木匠，也不是铁匠，也不是三婶，也不是二丫，也不是铁蛋，而是王老头家的一只公鸡。这只公鸡觉得在鸡舍里打鸣有些憋屈，见天已经大亮，干脆出来，在院子里转转，说不定还能遇到什么好吃的虫子。常言说，早起的鸟儿有虫吃，鸡也属于鸟类，对虫子一类的美食更是偏爱有加。正当这只公鸡在地上寻找虫子时，忽然抬头看见天空里悬浮着一只鹰。这只公鸡发现鹰后并没有恐慌，而是慢悠悠地走到王老头身边，用打鸣的方式告诉了王老头。

王老头抬头一看，一只鹰，死死地粘在天上，仿佛是贴在天空的一张剪纸。

公鸡没有慌，王老头慌了，去找长老，说，天上来了一只鹰，停在那里不动，不知是怎么回事，会不会死在了天空里，或者是一只鹰的灵魂？

长老毕竟是两百多岁的人了，经历的事情多，仔细看过后当场断言，这是一只真正的鹰，不是鹰的灵魂，它没有死，它是在喝风。

王老头说，喝风？

长老说，鹰喝风的时候会停在天上一动不动。

长老又说，它一定是在寻找什么。

这只鹰，确实是在寻找什么。

事情还得从铁蛋说起。大约三年前的一天，铁蛋去北山上采药，在青龙河西岸的一面悬崖上，发现了一个鸟窝，里面有两只鸟蛋。他发现这两个鸟蛋比普通的鸟蛋大很多，而且颜色发深，不知是什么鸟。按照平时的习惯，铁蛋会把鸟蛋掏走，回家煮了吃，但是这次他忽然想起一个坏主意，用鸡蛋换走一个鸟蛋。

一切都很顺利，铁蛋完成了他的恶作剧。他并不知道，他换取鸟蛋的这个巢穴，是一个鹰窝。当老鹰觅食回来时，发现窝里的两个蛋，其中一个变成了白色，而且大小也不一样。老鹰虽然有些疑心，但是鸡蛋毕竟也是蛋，还是得到了老鹰的容留。

没过多久，经过孵化的老鹰巢穴里，两只小鸟出壳了，这两个毛茸茸的小家伙，其中一个是鸡的孩子。而铁蛋换走的那个鹰蛋，并没有拿回自己的家里，而是偷偷放进了邻居王老头家的鸡窝里。

说来也巧，正赶上王老头家的老母鸡抱窝，发现鸡窝里多了一只颜色和大小都不一样的蛋，也没有多想，就继续孵化，结果，新出壳的小鸡中，有一个是鹰的儿子。

鹰的儿子，虽然在母鸡的抚养下长大，但仍然是一只鹰。而一只小鸡，在鹰的巢穴里长大，却依然是一只鸡。老鹰虽然怀疑自己生错了孩子，越来越觉得这个乳白色的小家伙像是一只鸡，但也不敢完全确信，出于母爱和天性，还是把它哺育长大。没想到这只小鸡刚学鸣叫的时候，不是发出鹰的凄厉声，而是无师自通，伸长脖子在老鹰面前打鸣。

铁蛋干的坏事太多了，偷换鹰蛋的恶作剧，很快他就忘了。他在忙于干别的坏事，不会把一件坏事记在心上。而鹰却不同，它一共下了两个蛋，无论经历什么，都不会分心，它的心里只有孩子，哪怕其中一个孩子是个公鸡。

公鸡毕竟是公鸡，即使在老鹰的抚养下，飞翔的能力也非常低下，无论如何刻苦训练，也飞不高，飞不远。而同窝兄弟已经在蓝天翱翔了，这个天生就不善飞翔的鸡的后代，让老鹰越来越失望，最后干脆放弃了培养的希望，任由它去。于是，这只在老鹰抚养下的公鸡，在血缘的引导下，神不知鬼不觉地走到了河湾村，找到了它的亲生妈妈，并且留在了妈妈的身边。几年后，它已经妻妾成群，成了王老头家的鸡群的掌门人。

老鹰抚养的公鸡回到了自己母亲的身边，而母鸡抚养大的小鹰，却不知飞到了何处。它是在一天早晨飞走的。那天，小鸡们在老母鸡的教导下，一起在地上练习刨土，学习如何从土里发现草籽和昆虫。小鸡们学得都很认真，唯独那只小鹰在远离小鸡的地方，练习扑打翅膀。小鹰已经练习了好多天了，它曾经飞到过树上，也曾经在天上停留过一会儿。那天，它试着试着就飞到了天空，而且越飞越高，飞出了河湾村，不一会儿就越过了北山，向遥远的北方飞去，之后再也没有回来。

这些事情，都是在鸡的世界里发生的，粗心的王老头没有注意，他根本不知道铁蛋做的这些事。他只知道家里新孵出的小鸡中，有一只颜色不同的小鸡，长相也有些异样，但没有想那么多。王老头的老婆和孩子们也都没有注意，他们不太关心鸡们如何生活，也不了解一群鸡中，哪一个善于钩心斗角，哪一个总是满腹心事。同样，在鸡的眼里，人们的生死也如过眼云烟，好像与它们关系不大。

王老头说，是我家的公鸡最先发现的，它看到天上有一只鹰，就告诉了我。

长老仰望着空中，重复说，也许它在寻找什么。

确实，这只鹰停留在空中，一定有它的用意。鹰不是普通的动物，它是人世与上苍之间的使者，依靠肉体而不是灵魂往来于天地之间，传递着不可名状的消息。

这只鹰，就是从王老头家的鸡群里飞走的那只鹰，如今，它已经在天空中遇到了自己的亲生父母，并且在远离父母的悬崖上建立了属于自己的巢穴，找到了自己的配偶，建立了自己的家庭，现在它已经是一个丈夫，一只独立健壮的征服天空的雄鹰。这次回到河湾村上空，是想看看它出生的地方，回忆一下它的幼年和成长历程。毕竟，它是在人的家里长大的鹰，是老母鸡的养子，是小鸡的兄弟。在鹰类中，它是唯一一个寄养在人的家里的孩子，它并没有因为自己的身世而埋怨过人类，甚至还有些庆幸，感觉到出生在充满了温馨的鸡的家里，是一种奇特的经历，是值得庆幸的事情。它想报答一下老母鸡的养育之恩，也想看看自己童年的小鸡弟兄姐妹们，但是它怕惊吓了它们，因为它如今已经是一只猛禽。

这只鹰在空中停留了很久，后来河湾村的人们都看到了，人们仰望着，都感到了惊奇，只有一个人从人群中偷偷溜走了，这个人就是铁蛋。铁蛋看到这只鹰后，脸刷地就红了，随后回到了自己的家里。而王老头家的那只大公鸡，由于是在鹰的巢穴里出生和长大的，看到天上的雄鹰，回想到自己的童年，突然挺起胸脯，迈起了阔步。毕竟它是在鹰的窝里出生的鸡，受到过鹰的教导和培训，也曾经飞过。如今，看见雄鹰在天上翱翔，激起了它飞翔的欲望。这只公鸡，在长老和王老头的面前，振开翅膀，一冲而起，直接向天空飞去。人们不知道这只公鸡的出生经历，也不知道它什么时候学会了飞翔，它飞到了高空，到了鹰的高度，甚至还能在空中盘旋。这只公鸡在天上与鹰会合的时候，公鸡发出了鸣叫，是那种悠长的鸡鸣，其中夹杂着一丝鹰唳的凛冽和凄凉。

王老头看见自家的公鸡在天上飞翔和打鸣，有点惊愕，不知不觉伸出了自己的大拇指。他忽然想起一个问题，问长老，鹰为什么要喝风？是渴了么？长老指着天上说，你去问问你家的大公鸡吧，它或许知道。

0

王老头正在高粱地里弯腰拔草，感觉到腰疼，就站起来，舒展一下身体，缓解腰疼，顺便仰头看一下天空。就在这时，正好赶上太阳突然爆闪了一下，天空中的光芒比平时亮十倍，他在瞬间两眼发黑，犹如从中午直接进入了深夜。他本能地闭上了眼睛，躲避这些刺眼的光芒，过了好一阵子，当他睁开眼睛时，看见四周的一切都是模糊的，一种灼烧感从头顶贯穿了他的全身。

太阳爆闪之后许多天，王老头身上的皮肤颜色渐渐变黑，有衣服遮挡的地方颜色淡些，露在外面的脸和手，皮肤又黑又厚，几天后就脱掉一层皮。尤其是他脸上的黑皮，整体脱落下来，相当于从脸上蜕下一个完整的面具。手上的皮脱落后，变成了一双人皮手套。蜕皮后的王老头，脸上的皮肤又白又嫩，看上去至少年轻了六十岁，仿佛一下子回到了二十几岁，人们见了他，完全认不出他是王老头，而是一个年轻的小伙子。

脸皮整体脱落后，王老头非常不适应，甚至感到几分羞耻。渐渐地，他的心理也发生了变化，见人就捂脸，觉得自己羞于见人，后来都不敢出门了。他知道这样不是长久之计，地里的高粱需要除草，山坡上的水渠里有了淤泥，需要加深，外面还有很多活计需要去做。倘若这张脸不再恢复了，就这样了，总不能永远不出门，一直闷在家里吧？

经过无数次思考，经过反复试验，他下定了决心，要走出去。他想，我王老头是一个堂堂正正的人，必须要得到人们的认可，我要让人们看到我，还是原来的王老头。于是，他把蜕下的脸皮拴上细绳子，戴在脸上，然后对着水缸里的水，照了照自己的脸，总体上看，大致还是原来的轮廓。

王老头戴着他自己的老脸皮，出现在了人们的面前。他哪里想到，这个脱落的脸皮，由于放置过久，变得更黑了，加上皮肤脱落后水分流失，脸皮已经明显萎缩，皱巴巴的，戴在脸上后显得十分苍老，看上去比两百多岁的长老还要老。如果单单看脸，他至少有一千岁开外。

王老头豁出去了，让人们说去吧，老就老吧，看上去一千多岁岂不更好？河湾村有谁活到过一千多岁？没有。我王老头靠一张脸做到了，如果我看上去真有一千多岁，还是一种福分呢。想到这里，王老头的心里坦然了许多，走路都精神了。

但是，一层面具贴在脸上，相当于二皮脸，闷热不说，弄不好还容易脱落，露出里面的真面目。一次，他低头干活的时候，又黑又厚的脸皮面具就掉了下来，上面沾了不少土。后来，没人的时候，他就把脸皮面具推到头顶上，既不挡脸，还能遮太阳，像是戴了一个人脸形状的帽子。

随着时间加长，王老头蜕皮后的脸，经过风吹日晒，已经不再像以前那样鲜嫩了，原来有皱纹的地方，慢慢地重新长出了皱纹。后来，他的脸色也逐渐恢复为正常的肤色，凭他长出的新脸，人们已经能够认出他是王老头。可以说，他已经完全恢复为以前的王老头，可以不戴面具了，但此时他已经尝到了戴面具的好处，他已经习惯了戴一个面具，有时候，他干脆就把面具戴在头顶上，当做帽子。

自从想开了以后，王老头心里这道坎就算是过去了。他坦然地走在人们中间，也不觉得戴着面具有什么不妥，仿佛原本就应该如此。

同样，王老头戴着脸皮面具的行为，也得到了人们的接受。人们并没有嘲笑或歧视他，久而久之，反而还有些令人羡慕。人们看到他戴着面具，既可以遮住脸，也可以当做帽子，岂不是一式两用？

一天，河湾村出现了一个与王老头完全不同的面具人。这个面具非常滑稽，眼睛弯曲，大头鼻子，嘴角上翘的一张大嘴，似乎在哈哈大笑。这个戴着面具的人，几乎是跳着出现在胡同里，在人们的面前耍了一会儿，逗得人们哈哈大笑。人们以为王老头更换了面具，没想到当他摘下面具时，竟然是一向顽皮的铁蛋。

王老头看见铁蛋戴着面具玩耍，就凑过去，摸了摸铁蛋的脸谱，感觉硬邦邦的，不像是脸上蜕下的皮，然后又伸手捏了捏铁蛋的脸，奇怪地问，你的面具不是从脸上脱落下来的皮？

铁蛋看着王老头，笑嘻嘻地说，我觉得你的面具挺好玩儿，也想有一个，但是我没有经过暴晒，脸上没有脱皮，怎么办呢？我想起一个老办法，找到一些陈年的榆树皮，然后把榆树皮捣碎，做成糨糊，晒到半湿半干后，就做了这样一个面具。你看怎么样？没你那个面具好用，也算可以吧？

说着，铁蛋重新戴好面具，然后学着王老头平时的动作，把面具往上一推，戴在了头顶上，说，你们看，我像不像王老头？

看见铁蛋顽皮滑稽的样子，人们又是一阵大笑。

王老头看见铁蛋学他，学得并不像，于是也把面具戴好，然后轻轻往上一推，说，看，这才是标准动作。

人们看见王老头给铁蛋做示范，又笑了一次。

河湾村里戴着人脸面具的人逐渐在增多，面部表情也不一样，有滑稽可笑的，有大头娃娃脸的，有十分苍老的，看上至少有一万岁，也有慈眉善目的，还有一个做成了长老的模样，白胡子垂到地上，总之，什么样的表情都有，但是没有一个面具是凶神恶煞的，因为人们不想吓人。平时，人们都把面具戴在头顶上，当做帽子，很少戴在脸上，因为即使戴在脸上，凭身材、穿着、走路姿势和说话声，人们也能认出这个人是谁。

直到春节过后的一天，人们都把面具戴在了脸上。

每到春节，青龙河两岸的人们都沉浸在欢乐的气氛中，村村都有秧歌队，河湾村也不例外。扭秧歌的大多是年轻人，腿脚利索，禁得住折腾。有的村是高脚秧歌，有的村是地跑，有的穿古装，有的就穿平时的衣服，有孩子，也有老人，总之是风格不同，老少不同，气氛却是同样的欢乐。

河湾村的秧歌队，全部戴着面具，是十里八乡的秧歌队中最有特色的一个。人们戴着各自不同的面具载歌载舞，其中有一张假脸，曾经是真正的人脸。这张脸虽然最像人脸，但是由于皮肤黝黑，而且面部皱褶太多，看上去比较难看。小镇上有一个读书人，看见这张脸后，就造了一个字，是一个人字偏旁，右边加上一个难看的难字——傩，也就是说，这个人长得很难看的意思。王老头不识字，还以为是在夸他。

后来，人们演唱地方戏曲时，偶尔也戴上面具，人们就把这种戴着特殊面具的戏曲叫傩戏，舞蹈叫傩舞。

王老头是最早头戴面具的人，但是他的面具是自然脱落的脸皮，并不属于艺术创造。如果追究人造面具的来源，应该属于铁蛋。而铁蛋也不知道傩字的含义，他只顾开心地玩耍，并未想到这是一种艺术创造。

在秧歌队中，当王老头和铁蛋目光相对时，两人都做了一些夸张变形的动作，引得人们哈哈大笑。

0

王老头去地里干活，回来的途中，想在一棵大柳树的树荫下休息一会儿，没想到他走到近前时，树荫突然挪移了，他追过去，树荫继续挪移，他继续追，树荫围着树干转起了圈，显然是这棵大柳树在跟他开玩笑。

不是每一棵树都爱开玩笑。蚕神张刘氏的干女儿是北山上的一棵桑树，从来不开玩笑，而且爱哭，渴了就哭，她一哭，蚕神就会梦到她，然后提着瓦罐去给她浇水。二丫的干妈是北山顶上的一棵大松树，从来不给二丫托梦。二丫有两个干妈，另一个干妈是青龙河，青龙河从来不渴，她有许多支流和细流，如果立起来，像是一棵透明的参天大树。

说起来，王老头也是青龙河的干儿子。他小时候多病，自从认了青龙河为干妈后，就得到了两个母亲的照顾，很快就健壮了，到了八十多岁也没有再生过病。

王老头追不上树荫，并没有埋怨大柳树，而是觉得自己的腿脚太笨了，连一个树荫都追不上。他想起几十年前，他曾经在这棵树下玩耍，也曾围着大柳树绕圈跑，那时是追人。如今，他认为自己连一个树荫都追不上了，难道说真是老了？

王老头不知道发生了什么事情，他只见树荫在躲着他，追了一阵没追上，也就不追了。随后，他突然抱住了树干，大树因为扎根太深，早已失去了逃跑的能力，措手不及，被他牢牢地抱住。这回，王老头赢了。

王老头终于坐在了树荫下。

他是一个与树木有着特殊缘分的人。

记得几年前,他从大柳树下经过,从地上捡到一根从树上掉落的干树枝,就拿到自家的地里,正好他做了一个吓唬小鸟的草人缺少支撑,他就把干树枝插进地里,作为草人的支柱。有了这个草人以后,小鸟抢吃粮食的时候就要小心翼翼,尽量避开这片土地。秋后,庄稼收割完了,草人还在田里,王老头忘了把它收起来。到了第二年春天,让他想不到的是,那根支撑草人的干枯的柳树枝,竟然发芽长叶,有望成为一棵柳树。

看见枯枝发芽,王老头就依了它,不再把它从地里拔出来,而是承认它是一棵树,还在它的根部培了一些土。经过春夏秋三季,这根支撑草人的枯树枝长高了一倍多,顶部已经长出了几个细小的枝杈,叶子虽然稀疏,但已经具备了一棵树的样子了。由于草人还捆绑在树上,远远看去,就像是一个草人发生了变异,从头顶上长出枝丫和树叶。

真是应了无意插柳柳成荫这句话,王老头随意捡到的一根枯树枝,经过几年的时间,竟然长成一棵枝繁叶茂的柳树,树上依然捆绑着草人。随着柳树的长高,草人高高地悬在树上,就像是一个淘气的孩子抱住了树干,下不来了。夏天除草的时候,王老头经常坐在树荫下歇息,尽管这个树荫不大,也不像大树那样招风,但他已经非常知足。毕竟一根枯枝重新复活,相当于他挽救了一个生命。有一次他做梦,梦见这棵树有意与他结拜为兄弟,他想,多一个兄弟也未尝不可,人家蚕神张刘氏还认桑树为干女儿呢,我为何不能接受一个柳树为兄弟?于是当场结拜,从此他的心里就多了一份牵挂。第二天,王老头去地里干活时,对着柳树喊了一声兄弟,这棵枝丫向上的柳树,当场就垂下了所有的枝条,变成了一棵垂柳。

此前,河湾村所有的人都从未见过枝条下垂的柳树,人们感到好奇，纷纷前去观看。人们都觉得这棵树不同于一般的柳树，下垂的枝条又细又长，在空中柔软地飘动着，非常好看。有人说，这棵柳树的树冠和枝条，像是一个女人在河边洗浴时散开的头发，于是有人当场就认这棵柳树为妹妹，还有人认她为女儿。说来也是，这棵树年纪还小，只能认作妹妹或女儿，有一天她老了，也许会有人认她为姐姐或者干妈。

王老头坐在大柳树的树荫下，想起了自己结拜的兄弟小垂柳。他想，若不是当年他从地上捡到一根枯树枝，也就不会有今天的垂柳。这棵垂柳是大柳树的孩子。既然这棵大柳树是垂柳的母亲，而他又是垂柳的兄弟，从辈分上论，他应该叫大柳树为干妈。王老头无论如何也没有想到，因为与一棵小树结拜为兄弟，他竟然与另一棵大柳树产生了连带性的亲属关系。他在无意之中变成了大柳树的干儿子。

想到这里，王老头忽然觉得自己与这棵大柳树的关系更近了一层，难怪刚才大柳树躲避着阴影，原来她是在跟我开玩笑，是在逗自己的干儿子开心。

王老头在大柳树下坐了很久，有那么一阵子，他真的变成了一个孩子，围着树干绕圈，还有一阵子，他变成了一块石头，坐在地上一动不动，树荫挪走了他也不动，那是他陷入了久远的沉思。当他重新恢复为一个老头时，已经是正午。

河湾村的人们陆陆续续从地里回来，路过大柳树的时候，王老头说，在树荫下歇一会儿吧，这棵大柳树是我的干妈。

这时，正好蚕神和二丫结伴从北山上回来，看见王老头坐在大柳树的树荫下，二丫说，我们路过垂柳的时候，看见草人跑了，不见了。

王老头听说草人跑了，立刻站了起来，向北望去，只见一个潦草的孩子在田野上奔跑，向北山的方向奔去，其虚幻的程度，仿佛一个奔跑的阴影。

王老头担心的不是草人跑向哪里,他是怕垂柳去追赶草人,一旦迷路了,很难再回到原地。

蚕神说,我的桑树女儿一到晚上就跑到别处去,到了早晨还会回来,不用担心。

二丫说,我家的草人也逃跑过,后来也是自己回来了,别处更孤单。

王老头说,自己能回来就好。

事实证明,蚕神和二丫都说对了,他的那个草人跑到北山顶上转了一圈,第二天又回到了原地,依然抱在树干上。他还从梦中得知,大柳树的前世果真是个母亲,是她在暗中用泪水浇灌,使一根插在地里的枯枝生根发芽并长成一棵垂柳。那棵垂柳也确实是一个女子,是从大柳树身上掉下的肉,其实她从未真正干枯,一旦遇到合适的土壤,她就能够复活。

王老头后悔了,埋怨自己竟然没能看出垂柳是个女子,如果早就看出这一点,或许就认她为女儿了,生活中也就多了一个闺女。不过他想,认作兄弟也不错,一个女兄弟,不就是妹妹么?

0

三婶和二丫走在去往北山的路上,她们一前一后,步子大小接近,好像两个叉子。

人腿的长度不一,走路的步子大小不同,但方向是一致的,都是朝着脚指头的方向走。为了顺应脚指头这个方向,人的脸也长在了前面,脸的后面,那么大的后脑勺上除了头发,没有一个器官。假如人的五官分布在头部的各个方向，就不利于行走和交流。

造物并未照顾事物的均衡性，该偏的，一直在偏。比如人体的结构，凡是重要的器官，都长在了身体的前面，而且都有硬壳或肋骨保护。人的肋骨相当于坚固的栅栏，护卫着里面的心肝宝贝。

草人除外。

准确地说，草人不能算是人，尽管他有可能变成一个真人。

看见三婶和二丫经过，不知是谁家的田地里有一个草人张大了嘴，冲着她们发出了喊叫，却没有一点声音。草人很难发出真正的声音，因为他的嘴太粗糙，一般都没有嘴唇。

真人的嘴，看似一个伤口，却是整个脸上最重要的地方，吃饭喝水，呼吸，说话呼喊，有时也可用来呕吐。嘴里的话，看似取之不尽，但也有说不出来的时候。三婶就曾经埋怨过自己的嘴，说，有一次我的一句话还没说出来就忘记了，怎么找也找不到了，我想，反正嘴就这么大，丢失的一句话，肯定还在嘴里，我就找啊找，后来终于找到了。找到这句话以后，我就赶紧把它说出来，怕是过一会儿又忘了。

三婶说得并非全对。还有一次，她的一句话没有说出，被人打岔，忘记在嘴里，后来无论如何也没有找到，因为嘴是一个无底的漏洞，这句话漏进了洞里，从屁眼儿溜出去了。无论多么好听的一句话，到了屁眼这个地方，只能变成一个屁，发出一个不同的声音。

三婶说，屁股这个东西，幸好长在了后面，多么好听的话变成一个屁，都是臭的。

三婶有她朴素的观点，她说不出太多的道理，只是从表面上理解一些事情，有时也能接近真理的边缘。

今天，三婶和二丫一起去北山上采桑叶，她们看见一个草人在呼喊，也没有停留。

三婶走在前面，她先迈出左腿，然后又迈出右腿，然后又迈出左腿，然后又迈出右腿，如此反复不停，随着两腿的交替迈出，整个人在向前移动，很快就走远了。二丫跟在她的身后，也是反复迈腿，前行的速度相差无几。人们靠两条腿走路，两腿一前一后交替，像是不断开合的一把剪刀，也有人说是像叉子。当人们说一个人像个神叉子似的，就是在形容这个人的两条腿走路风风火火，行走速度快，说明这个人非常能干。你想想，神的叉子，不停地叉地，效果该是如何。

迈腿这个动作看似简单，实际上难度很大，不信你朝着人脸后面的方向走一走试试，你就会举步维艰，很容易跌倒。尤其是上山的时候，你只能朝着脚指头和脸部的方向走，反之就会十分艰难，几乎寸步难行。三婶和二丫深知这个道理，同时也出于习惯，一直是朝着脸部所面对的方向走，很快就到了山坡，看见了桑树。

到了山上，三婶的嘴说，我采这棵树。二丫的嘴说，我离三婶不远，我采这棵小桑树。

在采桑叶的时候，三婶和二丫的嘴，只是说话，并不吃桑叶。在河湾村里，只有蚕神张刘氏和二丫吃过桑叶，张刘氏吃过桑叶后口吐蚕丝，把自己织在了一个硕大的蚕茧里，从里面出来后变成了一个新人。二丫吃过桑叶后又吃了许多露珠，变成了一个露水人，露水流出后她才恢复为常人。平时，三婶和二丫会吃一些桑葚，成熟的桑葚是黑紫色，像是毛毛虫。吃过桑葚的人，嘴唇会被染成紫色，但是并不影响说话。

三婶和二丫一边采桑叶，一边聊天，偶尔吃一些桑葚，体现出嘴的多用性。

三婶说，我有一句话，含在嘴里许多天了，一直想跟你说，但是怕你害羞，没敢说，没想到含在嘴里时间太长了，竟然融化了。

二丫说，三婶的舌头含在嘴里这么多年了，也没见融化，想跟我说的话，怎么就偏偏融化了？我不信。

三婶说，真的融化了。嘴太小，存不了多少东西，有些话还是存放在肚子里比较好。

二丫停下采摘，转过脸看着三婶，笑嘻嘻地说，难怪三婶的肚子那么大，原来是里面存有许多话，如果话太多胀得慌，就放几个屁呗？

三婶见二丫奚落她，也不示弱，笑着说，二丫的肚子那么小，是留着将来装小孩儿么？

二丫还小，还没找婆家，听三婶这么一说，羞得立刻脸红了，随后扭过头去不看三婶，嘴里却说，三婶太坏了，当心舌头也融化了。

三婶的舌头并没有融化，山下的一个草人却融化了。准确地说，是草人燃烧了。随着火焰升空，一个草人逐渐消失在空气里。

草人站在田地里，是人们用来吓唬麻雀的，不是用来燃烧的，除非它有了灵魂。据说，一个获得灵魂的草人燃烧融化后，会投生为真人，变成人间的一个顽皮的孩子。一般来说，草人投生的孩子，头发都比较凌乱，长得也比较草率，明眼人一眼就能认出来。

早年，河湾村曾经有一个草人，跑到了远处，被人捉住后送回到村里。

草人之所以容易被人捉住，与他的行走方式有关，因为他的腿没有分叉，逃跑时很容易被人认出来。草人很少有分叉的腿，因为人们扎草人的时候，嫌麻烦，只是把草捆在一起，草草了事，有个大致的样子就行，做得并不那么细致。一个草人顶多能活三五年，就会被风吹散。

三婶发现山下有一个草人在燃烧，凭方位，她大致能分辨出那是谁家的土地。她指给二丫看，二丫说，好像是蚕神家的草人。三婶也说，我看也是。

采桑回去的路上，三婶和二丫绕道，拐了一个弯，特意去那块田地看了看，没有找到草人，只是在地上发现了一些灰烬和燃烧剩下的半截木棍，还插在地里。

回到村里后，三婶和二丫没有直接回家，而是去了蚕神家，打探一下究竟。蚕神得知三婶和二丫的来意，也不隐瞒，说出了实情。

蚕神说，你们也知道，我家地里的那个草人已经逃跑过不止一次了，昨天我梦见他，他说想投生，做一个真正的人，而且已经选好了家庭，请我成全他。我问草人，怎样才能成全你？草人说，把他烧了就行。你们说，我能不成全他吗？

三婶和二丫也说，必须成全他。

蚕神说，于是，我选了一个好时辰，把这个草人烧了，因为他已经有了灵魂，我留不住他了。

蚕神说着，还抹起了眼泪。

三婶忽然想起几天前，她曾经在采桑叶的时候看见一个草人从她的身边经过，吓了她一跳。她记得非常清楚，那个草人是个大头娃娃，走路的时候腿不分叉，直接向前移动。还有，他张开的一张大嘴，似乎发出了空虚的喊声。

想到这里，三婶看了看二丫。

二丫说，你不会怀疑我也是个草人吧？

三婶说，哪能呢？我们二丫可是一个美女，长得多细致，草人可不是像你这样。

三婶说完，又看了看蚕神。

蚕神说，看我干什么？

三婶说，我想的是，这个草人到底会投生到谁家呢？

蚕神说，这个我可不知道，我梦见他的时候，他没说去谁家。

三婶说，他不说，早晚也会露出蛛丝马迹。

果不其然，三年后的一天，三婶看见一个大头娃娃在河湾村的胡同里跑动。这个孩子头发乱蓬蓬的，跑起来跌跌撞撞，边跑边喊叫，别的孩子发出尖叫，而他的嘴里发出的却是空虚的喊声。三婶一眼就认出来，这个孩子的前世是个草人。

0

河湾村飞来两只异样的花蝴蝶，这两只花蝴蝶不仅长得好看，而且巨大，是普通蝴蝶的几倍，单个翅膀比成人的巴掌还要大一些。它们上下翻飞，并不落在地上，也不落在花朵上，它们飞这儿飞那儿，似乎是在寻找什么东西。

有人说，二丫去云彩上采集露珠的时候，曾经见过这样的蝴蝶，当人们问到二丫的时候，二丫说，我确实在天上见过蝴蝶，但不是花蝴蝶，而是白蝴蝶。那天，我正在云彩里采摘露珠，看见远处有一片白云，忽高忽低，忽左忽右，一会儿飞向东，一会儿又飞向西，一会儿又飞向南，简直说不清它到底要飞向哪里。我很好奇，就借助一片云彩飘过去，结果发现，这片飘来飘去的白云不是一片真正的云彩，而是一群白蝴蝶。

人们见二丫只说白蝴蝶，并不提花蝴蝶，觉得她说不出什么究竟,就去问铁匠。铁匠说,我去月亮上采集透明的石头是在夜里,月光虽然明亮,但还是不如白天,我确实看见月亮上有两个东西在飞,但我没有看清是什么,也许是白蝴蝶?也许是蛾子?

铁匠也提到了白蝴蝶,并没有提到花蝴蝶,不免让人扫兴。

河湾村里,有人追着花蝴蝶看,有人追踪着花蝴蝶的来历,还有人忙着画下花蝴蝶的样子,打算用染色的蚕丝刺绣两只花蝴蝶。

在人们对花蝴蝶议论纷纷的时候,只有蚕神张刘氏没有参与其中,此时她正在北山上暗自吃桑叶。她觉得自己老了,距离上一次吃桑叶已经过去了许多年。那一次,她吃饱了桑叶,然后在夜里吐丝,把自己织在了一个硕大的蚕茧里,从里面出来后变成了一个新人。如今许多年过去,她的皮肤已经松弛,肤色也暗淡了许多,肌体上几乎没有多少透明的地方了。她认为,如果再不吃桑叶吐丝织茧,怕是牙齿越来越老化,到时候嚼不动桑叶,那就真的老了,没有再生的机会了,她必须试一试。

蚕神去北山吃桑叶之前,穿上了自己吐丝,自己纺线,自己织布,自己印染,自己裁缝的一件真丝衣服,衣服上印染的花纹是一片一片的桑叶。早年间,她曾经想在衣服上印染一对花蝴蝶,颜料都调制好了,配方也试验过了,一切准备就绪的时候,她改变了主意,因为她听说,花蝴蝶是仙女的表妹,是神的亲戚,她觉得自己高攀不起。

蚕神毕竟在河湾村生活太久了,沾染了太多的烟火气,有些时候也会露出一些俗气。比如她想印染花蝴蝶,实际上是长期以来心理上对于颜色的迷恋。她不满足于在布匹上印染蓝花,她想印染出更多的色彩。二丫曾经跟她说过,云彩上真正的仙女只穿纯白色的衣服,并不印染任何颜色和花纹。二丫还说,花蝴蝶只是仙女的表亲,并不是神谱中的正统。

二丫太小，她说的话，蚕神总是半信半疑，有时候看似在点头，实际上心里在想着别的事情。

正当蚕神在北山上吃桑叶的时候，花蝴蝶来到了河湾村，它们飞上飞下，引起了人们的注意。人们不知道花蝴蝶的来意，以为是来谁家走亲戚，还有人误以为它们是来向二丫讨要露珠，但从花蝴蝶的飞行轨迹看，它们意不在此。它们翩翩起舞，遇到花朵也不停留，而且略显匆忙，翅膀扇动的时候露出的花纹，竟然有些褪色的迹象。还有，这两只花蝴蝶一直飞在一起，从来没有分开过，仿佛中间拴着一根看不见的丝线。

事情就是这么神奇，有谁能够想到，这两只飞来飞去的花蝴蝶，是从蚕神的心里飞出来的？它们并不是真正的蝴蝶，而是一种幻觉！

蚕神毕竟是蚕神，她不是一个普通人。想在蚕丝衣服上印染一对花蝴蝶的愿望，一直隐藏在蚕神的心里，多年不曾泯灭。在她的心里，两只幻想的花蝴蝶早已成型，甚至已经在她的心里飞了很多年。平时，蚕神的心像蚕茧一样紧紧地包裹着，里面都是她保存多年的秘密。今天，她吃桑叶的时候，已经达到了忘我的程度，仿佛有人找到了织就她心结的那根线头，抽丝剥茧，一点点抻开，她心里那个隐秘的空间突然打开，里面隐藏了多年的心事，纷纷飞到了外面。花蝴蝶只是其中之一。

从蚕神心里飞出的花蝴蝶，翩翩起舞，来到河湾村，来到蚕神的家里，是想找到当年印染花蝴蝶的配方。因为年深日久，这两只藏在蚕神心里的花蝴蝶已经有些褪色，它们是想找到配方，加深一下翅膀上的花纹和颜色。

两只花蝴蝶并非徒劳，它们没有找到当年的配方，却享受到飞翔的快乐。此前，它们一直生活在蚕神的心里，今天第一次看见真正的人间，是如此洪荒而神秘。它们看见了由几十个茅草屋构成的古老村庄，村庄里生活着许多百年不死和死而复生的人们。它们愿意这样无拘无束地飞翔，如果天空允许，它们愿意飞到云彩上面，体验一下天地的辽阔。

幻觉的蝴蝶也是蝴蝶。这两只蝴蝶从河湾村的上空继续向上飞，真的消失在人们的视野里。它们在飞翔的过程中，遇到了白云，在云中接受了露珠的浸润和洗礼，身上的花纹被彻底洗掉了，露出了生命的原色。原来，它们根本不是花蝴蝶，而是两只洁白的蝴蝶。

这时，河湾村的人们依然不知道，这两只蝴蝶来自于蚕神的内心。

二丫和铁匠也不知道。

当这两只洁白的蝴蝶从天空回来那一天，蚕神早已织就了蚕茧并且破茧而出，羽化为一个带有翅膀的新人。有了翅膀以后，蚕神有了两个家，一个在人间，另一个在云彩上面。而这两只蝴蝶，依然住在蚕神的心里。此时，蚕神的心已经完全敞开，经常有两只洁白的蝴蝶飞进飞出，由于往返于天地之间而成为了天使。

0

夏天的一个晚上，河湾村的人们正在村口的大石头上乘凉，天上忽然落起了流星雨，把天空照得明亮，并发出砰砰落地的声响，根据方位和声音判断，这些流星落在了村庄外面的青龙河边。

以前，铁匠看见过月亮的碎片从天上掉下来，落在了青龙河边，捡到时还是透明的，后来一直没有褪色。三婶也在青龙河边的沙滩上捡到过流星，但不知是什么时候落下来的，捡到后也没有褪色，依然保持透明和发光，今天的流星也应如此吧。

眼见天上落下流星，而且就落在村庄的外边，人们坐不住了，有人提议说，我们应该去河边捡流星，但是人们只是说说，谁也没有擅自行动，人们都在等待着长老说话。长老也觉得这次流星雨难得一见，不妨去河边看看，即使捡不到流星，也是很有意思的事情。

长老说，去看看流星吧，我也去。

长老说完，人们就起身去往青龙河边。路过村口铁匠铺时，人们看见铁匠正在打铁，顺便叫上了铁匠。二丫走得快，把三婶和窑工落出一大截，铁蛋跟得比较紧，属于走在前面的人。听说要去捡流星，全村的人都出来了，有的人睡觉早，听到动静后，也都起来跟了去，就连平时很少晚上出门的蚕神张刘氏也来了，还带来了她的泥巴老头张福满。王老头还特意带了一个布袋，三寸高的小老头紧跟其后，不甘于落在后面。长老是走在最后的人，不是因为他太老了走不动，而是惯常如此，毕竟是夜里，人们都走在前面，他才放心。人们陆陆续续出村，穿过一大片杨树林，就到了河边的沙滩上。

月光下的青龙河，两岸平坦开阔，有光滑的卵石和柔软的沙滩。借着月光，人们看见河边已经有两人在行走，近前一看是船工和木匠。木匠去河对岸的小镇做活，总是回来很晚，船工必须等他回来，摆渡才算收工。天上下流星雨的时候，正赶上木匠在过河，船工和木匠毫无遮蔽地目睹了眼前发生的这场天文奇观。

到了河边，人们发现，沙滩上有零零星星的一些光点，每个光点大小不一，有栗子大小的，也有黄豆粒大小的，还有蚊子眼睛那么小的，都是透明的石头，都在发着光。人们还是第一次看见这么多落在地上的星星，走在前面的二丫已经捡到了几颗，由于烫手，只好放在沙滩上。她用几个卵石围成一个小窝，把捡到的流星放在里面。人们看见二丫这种办法好,也都用卵石做起了小窝,仿佛给流星安置一个临时的家。

人们都到了河滩里,长老这才放心了。长老虽然已经两百多岁了,也是第一次有这样的经历。此前,他听说他爷爷的爷爷的爷爷看见过流星雨,那次的流星没有这么多,也没有落在青龙河边,而是落在了西山的后面。西山的后面还有更高的西山,树林茂密,就是落下了流星,也很难发现和捡到。而今天的这场流星雨太密了,而且就落在青龙河边,而且落在沙滩上,都是相对完整的星星,每一颗都在发着光,真是上天赐给河湾村的礼物。

木匠和船工是最早捡到流星的人,木匠腾空了自己的工具箱,船工摘下了他的大草帽,翻过来正好装流星,只有王老头一个人带了布袋,他以为流星没有那么烫,就装进了布袋里,没想到竟然烧出了几个洞。如果二丫带来她的篮子,可能是最方便的,可惜由于走得匆忙,她没有带。

进入沙滩后,人们就分散开了,因为流星太多了,不大一会儿,青龙河沿岸的沙滩里就出现了一个一个的卵石做成的小窝,里面存放着宝贝蛋似的星星。

这时皓月当空,毛茸茸的月光洒在青龙河两岸,仿佛天上落下了透明的羽毛。

过了一会儿,河对岸的沙滩上也出现了影影绰绰的人影,小镇的人们也来河边捡星星了,隔着青龙河,有人向这边喊话,但是声音模糊,听不清喊的是什么。作为回应,这边也有人发出了喊声,能够听出是三婶在上游发出的声音,被掠过河面的清风吹得四散,本来是一句完整的话,却变成了零散的颗粒。一时间,人的叫声弥漫在空中,开阔的河流两岸呼应不断,天上和地上都是星星,仿佛洪荒初始,人类刚刚来到世上。

等到人们快要回去时,已经是后半夜。人们各有收获,二丫捡到了一颗红色的星星,铁蛋捡到了一颗蓝色的星星,蚕神捡到了一颗带刺的白色星星。王老头,木匠,铁匠,张福满,窑工,船工,老老少少都有收获。人们沉浸在兴奋和成就感之中时,长老正在寻找三寸高的小老头。这时人们才想起,三寸高的小老头不见了。有人说,刚到河滩时还见过他,还有人说,看见他捡到一颗核桃大的星星,他抱不动,坐在河边歇息。还有人担心,河边风大,怕是他被风刮跑了。

长老发出了喊声。长老的喊声似乎是从他的小腹中传出来的,仿佛是积累了两百多年的声音,沉闷而沙哑,却荡气回肠,听起来让人无由地悲伤。

三寸高的小老头没有回应,有的人已经哭了。

人们都喊起来。

长老把一颗星星捧在手心里,一边呼喊一边寻找,后来人们都手捧着星星,在沙滩上寻找三寸高的小老头。这时人们的寻找已经发生了根本性的变化,好像最初来到河边寻找星星,只是为了得到一颗散发着自然之光的灯盏,而得到这些灯盏的目的,就是用它的光,来寻找三寸高的小老头。

这时,月亮本来已经落到了西山上空,月光也逐渐变得暗淡,没想到这个古老的发光体,又原路返回到青龙河上空,而且又大又低,悬浮在人们的头顶上。

大约鸡鸣时分,人们隐隐约约地听到天上有声音,最初,人们还以为是三寸高的小老头在呼喊,仔细一听,原来是人们的喊声从天顶上反射回来,形成了遥远的回声。

三寸高的小老头一直没有回应。

这个夜晚,没有人知道三寸高的小老头的去向,连他自己也不知道他究竟去了哪里,等到他回到人们中间时,他的身体已经透明,明显可以看见,他的胸脯里,埋伏着一颗星星。

人们传说,他吃下了一颗星星。也有人说,他可能是星星之子,潜伏在人间,不定什么时候就会回去。这时人们忽然想起,人们都是正常身高,而他的身高只有三寸,确实不同寻常,也许他的身上真的隐藏着不为人知的秘密。

0

王老头从北山上捡回一个比草帽还大的蘑菇,颜色发红,质地坚硬,用木棍敲起来砰砰响。此前,河湾村的人们从未见过这么大的蘑菇,也没见过硬如木头的蘑菇,都不敢相信自己的眼睛,但是用手摸过之后,还是确信这个巨大的蘑菇,真是一个蘑菇。

好奇的人们问这问那,王老头一一回答,主要是问从哪里采到的巨大蘑菇,是不是还有别的蘑菇,是否还看见了别的什么。王老头说,没看见别的。他说话的时候,眼睛总是躲闪着人们的目光,好像隐藏着什么秘密。

王老头采到巨大蘑菇那天,二丫也在北山上,她只采了半篮子都不到的地瓜皮。如果她专心一些,不把时间用在别处,也许会多采一些,但是她遇到了红色的狐狸,不能不分心。当时她正专心看着地面,忽然间感到一个红色的东西在眼前一闪,她猛然抬头,看见了一个狐狸的尾巴,翻过山梁,消失在草丛中。

二丫已经不止一次见过红狐了,看见它从眼前经过,也没有惊讶和慌乱,而是紧走几步,看看它究竟去了哪里。正当她站在山梁上观望红狐的时候,看见漫天的云霞越过远方的山脊,向河湾村的方向飘移,其中一片云彩红得超过了火焰,仿佛是一群红狐在燃烧。她想,莫非刚才从眼前跑过去的那只红狐,是一片云彩?

由于红狐一闪而过,二丫也不敢确定她看见的究竟是红狐还是云彩,加上她穿的是红色的衣服,说不定是一种幻觉。有时候,她的注意力不集中,经常把自己伸出的袖子看成是一只红狐,有时候越过山脊的晚霞包裹住她,她就无由地发热,感到身体在燃烧。

二丫看到天色已晚,没有贪恋晚霞,很快就下山了,途中穿过一片松林,顺手采了几个蘑菇。她采蘑菇比较挑剔,太老的不采,老蘑菇虽然长得比较大,但是基本上已经废了,由于生长天数多,外表已经松垮,掰开后里面多数都有白色的蛆虫。而那些刚刚露头的小蘑菇,像一个个花苞,头顶的雨伞还未打开,属于蘑菇中的婴儿。这样的小蘑菇,质地鲜嫩,非常好吃,但是她总是舍不得采,她觉得这些蘑菇刚刚出生就被采走,等于断了它们年幼的生命。所以,二丫总会放过它们,让它们再长一两天,再成熟一些,到时候即使她不来采摘,也会有别人来采。

回村后,二丫看见村口聚集着一些人,原来是王老头采回一个巨大的蘑菇,引起了人们的围观。二丫没有把看见红狐的事告诉人们,因为她没有证据,她说了人们也不会相信,即使信了,也是半信半疑。她不像王老头那样证据在手,手里拿着巨大的蘑菇,你不信也不行。

二丫坚信,她没有看错。她确信从她眼前一闪而过的红色东西不是云霞,也不是自己伸出去的袖子。凭直觉她判断,红狐就住在她采地瓜皮的那座山上,而且可能不止一只。

接下来的几天里,二丫总是挎着篮子到那个山梁上去采地瓜皮,她想,如果有缘分,总会有机会再次遇见红狐。可是,许多事情往往是在你不经意的时候偶然出现,当你刻意去等待和寻找时，却徒劳无获。二丫也不例外，红狐没有再次出现，甚至连晚霞也不再飘过天空，即使有那么一些带点颜色的云彩，也不从河湾村经过，而是绕道别处，飘浮一会儿就变灰变黑了，或者就地解散，仿佛从来不曾存在过。

云彩的记忆力不会太久，即使被人捉住，事后还会出现在原来的地方，而红狐则是神秘的动物，只要被人看见一次，它就会搬家，以后永远不会再出现在那个地方。

那天，二丫看见红狐也是运气好。据说，红狐除了吃山上的野果，偶尔也换换口味，吃一些地瓜皮。当然，这些只是传说，并没有得到过证实。地瓜皮是一种菌类，又薄又小，呈片状或卷曲状，皱巴巴地贴在地表的扒网子上。扒网子是一种紧贴地面的网状植物，看上去只有细小的藤蔓，没有叶子，把地瓜皮从上面采下来，非常麻烦。别看地瓜皮长相难看，生长条件却很挑剔，只生长在靠近山梁的阴坡，既要有厚厚的扒网子作为铺垫，又要通风透光，还需要恰到好处的潮湿。雾小了滋润不足，不值得生长；雾大了变成小雨，地瓜皮会直接腐烂在地上。人们捡回地瓜皮后需要晒干，食用之前洗干净，泡在水里，让它逐渐膨胀，变大变厚，就像不规则的黑木耳，柔软蓬松，做熟后口感软滑，有一种泥土的香醇，是包饺子或者炒吃的好材料。地瓜皮这个名字，说是大地蜕下的黑皮还比较贴切，不知为什么中间夹着一个瓜字，实际上与瓜没有丝毫关系。

红狐吃地瓜皮，肯定是直接吃，估计不会像人那么娇气。但是红狐从来不吃蘑菇，因为鲜嫩的蘑菇表面有一层黏膜，滑溜溜的，据说这种黏膜状的东西，吃到了肚子里也是滑溜溜的，人吃了无法消化。人们捡回蘑菇后，必须经过晾晒才能食用。红狐生活在山野里，肯定比人有经验。

二丫在悄悄寻找红狐的几天里，王老头的大蘑菇丢了。

河湾村的人们不可能偷走王老头的大蘑菇，因为几百年来，河湾村从来都没有丢失过任何东西，人们谨守着古老的风习，即使穷得只剩下一粒米，也不会去偷别人的东西。

王老头丢了蘑菇，也没敢声张，他怕说出去，会伤害到河湾村的所有人。河湾村怎么会丢东西呢？当你在怀疑别人时，你自己的良心都会受到谴责。

但是，王老头的大蘑菇确实是不见了。他捡回大蘑菇后，怕是有毒，没敢吃，就在上面拴了一根麻绳，挂在前院的栅栏上，一直没动。他感到纳闷，那么大的一个东西，怎么就不见了呢？

一天，二丫发现了这个大蘑菇的去处。

那是大蘑菇丢失后的第二天，二丫照常去北山上采地瓜皮，她实际的用意是在悄悄寻找红狐的去向。她在山梁上靠近阳坡的一个陡峭的山岩下面，发现了一个大蘑菇。她走过去细看，蘑菇上还拴着麻绳。她惊讶了，这不是王老头捡到的那个大蘑菇吗？怎么会在这里？

就在二丫重新发现这个大蘑菇的时候，王老头也大概知道了大蘑菇的去向。那是丢失蘑菇的当天夜里，王老头睡得深沉，他梦见一只红色的狗在前院的栅栏前转悠，似乎在鼓捣什么东西，他也没在意，随后，他背起布袋去了北山，没想到在半路上遇见了那只红色的狗，嘴里叼着他捡来的大蘑菇，走在他的前面。他快步去追赶，没想到一脚踩空，从山上掉下来。他忽然惊醒，发现自己并没有摔死，而是做了一个梦，醒来后发现自己躺在自家的炕上。

王老头醒来后就去找大蘑菇，发现大蘑菇不见了。他回忆着梦里的情景，已经猜到了大蘑菇的去向。

当二丫在山梁上发现大蘑菇时，王老头也很快赶到了现场。两个人面面相觑，都没有说出是红狐干的。因为二丫一直保守着看见红狐的秘密，而王老头毕竟只是在梦里看见了一只红色的狗，他并不知道那只狗就是一只红狐。

王老头感觉到这个大蘑菇非同一般，不该属于自己，既然它已经被狗叼回到了山上，必定是有用意，他就打算不再捡回去了。二丫本来对大蘑菇就没有什么兴趣，她关心的是红狐的去向。

又过了几天，二丫再次去山梁上采地瓜皮，发现山岩下面那个大蘑菇已经不见了，地上只剩下一截麻绳。她不敢确定是不是那只红狐叼走了大蘑菇，但是她隐约感到，那个大蘑菇似乎与红狐有关。

二丫和王老头都不知道，那个红色的大蘑菇根本不是蘑菇，而是一个千年的灵芝，红狐已经祖祖辈辈守护了它上千年。

0

王老头背着布袋穿过杨树林，打算去青龙河边捡一些卵石，放进鸡窝里。他听说有一只母鸡孵蛋时，鸡窝里有一枚鹅卵石，并从卵石里面孵出了小鸟。他也想试试。

河湾村的外面有一大片杨树林，树林的外面是柔软的沙滩，沙滩的外面是大小不等的圆溜溜的卵石滩，再往外就是清澈见底的青龙河。在开阔的青龙河两岸，生活着许多鸟，最显眼的就是喜鹊，因为它们总是把窝搭在高大的树杈上，非常显眼。

树林里居住着多少只喜鹊，是可以统计的，一个窝就是一个家庭，几百个窝，就是几百个喜鹊家庭。一个喜鹊窝里至少有两只喜鹊，等到小鸟出窝了，一个喜鹊家庭就是五六只喜鹊，那么几百个窝，就可以算出来，整座树林有多少只喜鹊了。

常言说，林子大了什么鸟都有。与喜鹊相邻的地方，必有乌鸦，乌鸦是个神秘的种群，人们只见乌鸦飞，却找不到乌鸦的巢穴，因为它们把巢穴建在青龙河边陡峭的悬崖上，而那些悬崖，麻雀们很少去，只有鹰才能俯瞰。

王老头穿过杨树林的时候，正赶上喜鹊们在开会，一棵大树上聚集了几百只喜鹊，叽叽喳喳地争论着什么，当他经过树下时，受到惊扰的喜鹊轰然起飞，其中肯定是有些喜鹊正在拉屎，还没拉完就飞到了空中，高处飘下一些白色的鸟屎，差一点落在王老头的身上。

树林是鸟的家园，鸟有鸟的事情，也有鸟的秩序，王老头突然闯入，打扰了鸟群。说来也怪，喜鹊开会，应该没有乌鸦什么事情，可是一群喜鹊起飞的时候，乌鸦也跟着飞了起来。这些乌鸦好像是列席喜鹊会议的旁听者，处在喜鹊的外围，并不发言。乌鸦的叫声与喜鹊的叫声完全不搭调，说不到一起，因此乌鸦只是默默地旁听。受到惊扰的乌鸦并不像喜鹊那样飞很远，而是飞一下，表示一下礼貌，随后就落在附近的树上，或者落在地上，蹦跳着走路，时而停下来，观察着人的动静。

王老头只是从树林里经过，没有什么可怕的，河湾村的人，都是鸟的熟人，尤其是王老头这样八十多岁的人，更不会做出伤害鸟的事情。曾经有一次，一只胆大的乌鸦竟然落在王老头的肩膀上，王老头也没有惊讶，心想，不就是一只乌鸦嘛，也不沉，不过是想在我的肩膀上歇一会儿，歇就歇呗。

王老头的宽宏和慈悲在鸟群中是有口皆碑的，当他经过树林的时候，鸟们都在叫，从声音中可以听出来，肯定不是在骂他，但也听不出到底赞美了他什么。他不懂鸟语。

在漫无边际的杨树林中，麻雀也是庞大的物种，几乎不可计数。你千万不要以为麻雀只在屋檐之间飞来飞去，有一种麻雀，可以飞天那么高。你无法知道麻雀们飞到高空里去干什么，当它们穿越傍晚的浮光，成百上千地从晚霞中飞回来时，你能感觉到它们的空灵和高迈。每当成群的麻雀掠过高空时，总会有风从树林中忽然飘起，去迎接那些归来的翅膀，仿佛是在迎接神的特使。

这些发生在天上的事情，只有仰望者才可视见。

王老头背着布袋，在林中低头走路。他边走边留意路边的小草和裸露在地上的零散的鹅卵石。心想，这些光滑圆润的小鹅卵石，放在鸡窝里就能孵出小鸟？他总感觉有些不信。越是不信的事情，他越想试试。

杨树林再大，也会有尽头，不多时，他就走到了树林的边缘，望见了柔软干净的沙滩，靠近河边的地方，是卵石散落的开阔的河岸。河岸对面也是沙石混合的河滩，再远处是陡峭的悬崖，那是青龙河切割出来的绝壁，乌鸦就在那里的石缝中安家。乌鸦只在悬崖上居住和繁衍，但不在那里合唱。与悬崖相比，它们似乎更喜欢开阔而稀疏的树林。

王老头来到河边的沙滩上，如愿以偿地捡到了一些光滑的卵石，他还看见了漂浮在青龙河水面上的水鸟，以及游动在河边浅水处的透明的小鱼。

王老头的目的非常明确，捡到了一些小鹅卵石后装进布袋里，也没有在河边逗留多久，又按原路返回。当他再次穿过杨树林的时候，遭到了鸟群的阻拦。带头阻拦他的不是喜鹊，而是一群乌鸦，乌鸦的外围才是喜鹊，喜鹊的外围是麻雀和其他各类小鸟。这些鸟从树上和地面，立体性地拦住了他的去路。鸟们发出各种叫声，从尖厉的声音判断，它们确实是来拦路打劫的，有的在空中扑打着翅膀，有的在地上跳跃着，做出围攻的架势。一个平时受到鸟们亲和与尊重的人，竟然遭遇了群鸟的围攻，到底是因为什么？他从来没有见过这样的阵势，顿时有些慌了，心想，莫非我做错了什么事情？

王老头真的不知道自己做错了什么事情。他停下来，打开布袋，意思是向小鸟们解释一下，我没干什么坏事，我就是在河滩上捡了一些圆溜溜的鹅卵石，回去后打算放进鸡窝里。如果你们喜欢卵石，我可以给你们留下，我真的没有冒犯你们。为了证实自己，他把布袋里的卵石倒出来，让小鸟们看看。没想到，他抖落开布袋后，从里面滚落出来的并不是鹅卵石，而是一些鸟蛋。

王老头有些糊涂了，难道是自己老眼昏花了，把鸟蛋当成卵石装进了布袋里？难怪鸟们拦截他，原来是自己真的冒犯了小鸟。

他以为的鹅卵石，实际上是水鸟的蛋。

他捡走了水鸟下在沙滩上的蛋，等于抢夺了水鸟的孩子。

王老头仔细看后确信，他捡到的确实是鸟蛋。

这时，各种鸟的叫声都非常激烈，它们七嘴八舌地叫着，既有争辩和劝说，也有谩骂和恐吓，甚至还有尖声的呐喊。

王老头被鸟们堵在了林中的小路上。

王老头是一个善良的人，他知道自己无意中做错了事情，于是小心翼翼地把鸟蛋装进布袋里，决定立即返回河边，把这些鸟蛋送回原处。往河边走的时候，鸟群逐渐散开，给他让开一条路，同时所有的鸟都停止了鸣叫，树林里突然变得鸦雀无声，树叶也停止了扇动，云彩也停止了飘浮，一切都静止了，这时如果有一滴露水从草叶上滴落，都能传出轰鸣。

王老头背起布袋，把貌似卵石的鸟蛋送回到河边，小心地放在沙滩上，终于长出了一口气。回去的途中，鸟们迎接了他，明显可以听出它们的口气，温和又亲切，甚至还有道歉的意思。曾经落在他肩上的那只乌鸦，再一次落在了他的肩上，竟然说出：谢谢你。

王老头扭头看了一眼站在他肩上的这只黑色的乌鸦，顿时惊呆了，一只乌鸦，怎么说出了人话？这只鸟，谢过他之后就从他的肩上起飞，越过树林，朝着太阳的方向飞去了。

回到村里后，王老头述说自己的神奇经历，有人相信，有人不信。后来，人们传说王老头在树林里遇见了三足神鸟，这种神鸟有三条腿，平时住在太阳里，偶尔来到世上，只有大德之人才能遇见。还有人说，他遇见的这只鸟，既不是乌鸦，也不是三足神鸟，而是一种长相与乌鸦非常相似的鸟，名字叫做鹩哥。鹩哥会说人话。

当人们传说王老头的奇遇时，只有一只母鸡知道，她确实从一颗卵石里孵出了小鸟。鸡也属于鸟类，由于它们与人类共同生活在一起太久了，也学会了说几句简单的人话，比如母鸡下蛋后，为了引起人们的注意，总是要自夸一下，大叫道：个大，个大，个个大。人们听了也不以为然，甚至不把鸡当做一种鸟。

0

早年间，河湾村李家的一个姑娘嫁到了青龙河对岸的小镇上，在那里生儿育女，死后埋在了小镇旁边的一块坟地里，论辈分，她已经是许多人的祖先。如果不是有人梦见了她，人们早已把她忘记了。由于年代久远，村里的年轻人根本就没有见过这个人，只听说小镇上有些人是河湾村的老亲戚，但是到底是谁家的亲戚，已经无人能够说清楚。

长老认识这个嫁到小镇的姑娘，因为她跟长老的年龄相仿，出嫁那天，她是骑着毛驴被婆家人接走的，那天还下着小雪，接亲和送亲的人们走后,地上留下的杂乱脚印,很快就被雪花掩埋了。娶亲本来是一件喜事,但由于天气寒冷,雪花飘飘,山野荒凉,气氛上总有一种凄凉的感觉。如今长老已经两百多岁了,依然还能记得当时的一些细节,可见印象是多么深刻。

一天夜里,长老梦见了这个嫁出去的姑娘,还是当年那个年龄,还是结婚时的那套装束,还是阴天下雪,四野荒凉,她一个人骑着毛驴回娘家来了。看上去人还是那个人,不同的是,她骑着的是一头破烂的四处漏洞的纸扎的毛驴,在凛冽的寒风中走走停停,让人感到透骨的凄楚和悲伤。

梦醒后,长老睡不着了,心想,姑娘回娘家是好事,家有亲人,心心相念,谁不会想家呢?想家了就回来看看,看看父母,看看兄弟姐妹,看看熟悉的山山水水,在家里住几天,然后再回到婆家,继续过日子,生孩子,直到慢慢老去,直到有一天再也回不来了,死了,就埋在婆家的坟地里。可是,她竟然是骑着纸扎的毛驴回来的,而且是破烂的四处漏洞的纸毛驴,里面都露出了扎制的秫秸骨架和麻绳,看上去随时都可能散架。看到这些,长老不免心生悲戚,再也无法入睡。

长老披衣起来,走到屋外观看夜空,看到三星正当天顶,时间应该是子夜。长老知道,在鸡叫以前做梦,是要当回事的。也就是说,这个姑娘,骑着破旧的纸毛驴回到河湾村,应该是一种暗示,到底是什么意思,需要深思。

一个姑娘嫁出去,是家族血脉的延伸和流动,在生命扩展中形成的亲族关系,像撒在人间的一张网,每一个节点都牵扯着真实的骨肉。因此,人们在梦里得到的每一个暗示,都应引起足够的重视。在河湾村,每个人与另一个人都有着或远或近的血脉渊源,即使不是亲族,上溯几代人,也涉及远亲。因此,这个嫁出去的姑娘,也属于长老的亲人。

接下来的几天时间里，长老一直在琢磨这件事，也没理出个头绪。正当他为此郁闷不解时，老天下雪了，仅仅是半天时间，河湾村的茅草屋就被白雪覆盖，村外的原野一片洁白，远远看去，大片光裸的杨树林仿佛是画在原野上的笔墨，枝丫上挂着积雪，看上去有些不太真实。

在长老看来，越是不太真实的东西，越需要弄清楚。比如，他在梦里看见的纸扎的毛驴，毛驴身上的漏洞，是不是真实的？还比如，雪后，他去野地里看雪，突然望见西北方向的雪野上，有一匹白马在狂奔，尽管河湾村的人们从来没有见过真正的马，只是从传说中了解到马的形态和神韵，长老认为，雪地上奔跑的这个白色的动物，一定是马。这匹马，不会无缘无故地奔跑。

长老在雪地上眺望着，一阵风过后，远处奔跑的白马忽然消失了，不见了。他揉了揉眼睛仔细看，眼前一片白茫茫，根本就没有什么白马。他开始怀疑自己的眼睛，也许是自己老迈眼花了，也许是凉风掠过雪地时卷起了地上的积雪，形成了幻觉？他忽然觉得梦里看见的纸毛驴，也有些恍惚，如果这一切都是虚幻的，那么什么才是可信的？

就在长老怀疑自己时，雪地上的白马又出现了，而且离他越来越近，直奔他而来。这次，他目不转睛地看着，他确信这个奔跑的神物，确实不是风吹雪雾，而是真实的白马。当这匹雪白的马从他身边掠过时，他终于看清了，这个狂奔的家伙并不是一匹马，而是一头雪白的驴，身上还带着破洞，从破洞可以看出里面扎制的秫秸骨架和麻绳。

长老无论如何也想不到，是一头纸驴在雪地上狂奔，掠过长老的身边时，还用余光看了他一眼，那眼神里有空虚，有茫然，还有一种说不出的忧伤。

长老看见这头纸驴后，并没有大失所望，而是惊喜。这不是他梦里见到的那头纸驴吗？它竟然冲出了梦境，来到了真实的世界上。这头纸驴越跑越远，渐渐与远方的雪色融为一体，变成了一股流动的空气，疏散在风中。

长老可能是太老了，他已经分不清现实和梦境，到底哪一个更真实。在大雪过后的几天里，他看见村里的每头驴，身体都像是空的。每当这些驴从他身边经过时，他都要用手拍打一下，如果驴的身上没有漏洞，说明是真正的驴；如果身上出现了破绽，并且在拍打时发出了空洞的响声，他基本上可以断定，这是一头纸扎的驴，哪怕它正在呼吸和吼叫，哪怕它身上长着带血的皮毛，哪怕它在原野上踏雪狂奔。

在长老的眼里，世上的许多事情已经混淆在一起，无可分辨，并且一再重复着。有些事情看似真实，其实就是一场梦。有些说不清的梦境，却在现实中找到了真实的对应。到底应该相信哪一个，他也说不清楚。

有些事情，似乎就是为了验证人的梦境而存在和发生。大雪过后几天，河湾村的雪地还没有融化，天上又飘起了雪花，有点雪上加霜的意思，把人们踩出来的凌乱的脚印再一次覆盖。就在这天地白雪中，老李家的又一个姑娘出嫁了，也是嫁给青龙河对岸的小镇，新娘也是那个模样，也是骑着毛驴，甚至连名字都一样。似乎两百多年前的情景又重演了一次，长老也是站在雪地上，目送着接亲和送亲的人们渐渐远去，不同的是，当年他是一个年轻的小伙子，而今是一个白须飘拂的老人。

就在人们走远时，长老忽然醒悟，他想起来了，新娘所骑的这个毛驴，他似曾见过，而且至少三次：一次是两百多年以前，一次是在梦中，还有一次是在雪地上，它狂奔的时候从身体内部发出了风吹漏洞的声音。

0

河湾村来了一个满脸胡子的锔锅锔缸的匠人，在此之前几天，还来过一个不长胡子的磨剪子戗菜刀的匠人，算起来，河湾村已经几十年都没有来过外人了，因此他们的到来给村里带来了陌生的气息。

锔锅锔缸是一种传统的修补手艺，锅裂了，缸裂了，摔碎的盘子，裂开的碗，只要不缺肉，都能补。大胡子匠人挑着一副扁担，扁担一头是一个小火炉，用于熔化锡，修补锅的漏洞；扁担另一头是锤子，磨石，钻头，拉弓，小板凳等工具。常言说，没有金刚钻，别揽瓷器活。这种修补手艺靠的是镶嵌在钻头顶端的比小米粒还小的一粒金刚石，如果没有这个小东西，一切都是白扯，什么也干不了。

匠人来到村里，自然少不了围观的人。匠人巴不得有人围观，借此招揽生意，他坐在小板凳上，一边干活一边搭话，偶尔还用手抹一把胡子。三婶站在旁边围观了一会儿，看他的手艺还比较娴熟，问，我家的盆裂了，能补不？大胡子问，瓷盆还是泥瓦盆？三婶说，泥瓦盆。大胡子说，取来让我看看。

不多时，三婶抱来一个大泥瓦盆。这个泥瓦盆又厚又大，挨近边沿的部分有一道竖裂，盛粥的话肯定会漏水。匠人接过泥瓦盆看了看，说，能补。三婶问，多少米？匠人说，一碗米就行。三婶说，一碗就一碗。价钱谈好以后，三婶把盆子留下，说，等补好后我来取。

泥瓦盆虽然很大，裂缝也长，但是修补起来并不难，顶多就是多钻几个孔，多几个锔子。泥瓦盆的硬度低，也不费金刚钻，由于盆子大，拉弓也比较方便，钻孔也容易。钻头安装在一根木轴上，木轴的另一端是一个扁圆形的木饼，用于抵在匠人的肩部或胸部，然后把弓弦绕在木轴上，来回拉动，带动木轴转动，至于钻孔快慢，就靠钻头上那个金刚钻了。

正在匠人干活的时候，长老从旁边经过，看了一眼匠人，感觉有些面熟，似乎什么时候见过，但是在哪儿见过，一时间他想不起来。长老问匠人，以前你来过河湾村吗？匠人回答说，大约一百多年前来过一次。长老说，补天那次？匠人说，正是，那次是晚上来的，补完天空就走了。

长老想起来了，那年河湾村西北部天空塌陷，全村的人们都出动了，确实是来过一个大胡子的外乡人，帮助人们修补天空，补完后就走了，连名字都没留下，莫非就是这个匠人？为了确认，长老又问，那年补天的人，你还记得谁？匠人说，年代太远了，我记不太清，只记得一个死去多年的老人从坟墓里出来，帮助人们去补天，当时我就是他的助手。长老又问，据说那个死者留在了天上？匠人说，哪能呢？他回来了。当时他确实想留在天上，我一想，天空那么薄，怕他脚重，倘若再次踩坏了，还得修补，我就把他劝下来了。你不知道，当时不光你们这里的天空塌了，昆仑山的西面也塌了一片，我太忙，还要去那里。你不知道，天空看似很薄，钻孔却非常困难，再加上裂缝多，漏洞大，费了我好几个钻头。

经过一番盘问，长老确信，这个匠人确实是参与了当年补天的人。他说得没错，那个补天的死者老人又回到了他安居的地方，住在原来的坟墓里，又开始了长眠。他活着的时候就爱睡觉，死后就更不用说了，一睡就是多年。若不是天空塌陷，需要他的秘方，谁愿意叫醒一个贪睡的老人呢，何况他已经死去了多年？

确认这个锔锅锔缸的匠人就是当年参与补天的人以后，河湾村的老老少少都出来围观，弄得匠人有些不好意思，不住地用手摸自己的大胡子。别看他已经一百多岁了，胡子却是黑的，茂密却不长，脸部轮廓刚硬，看上去一点也不老，不细看，还以为他是个壮年人。

在河湾村，经历过补天的人已经所剩无几，毕竟一百多年过去了，村里的人们生生死死，已经换了许多新人。人们只是听老人们说，早年间曾经有过一次补天的过程，但是人们都不敢确信，还以为是个传说。如今人们看见了真人，就在眼前，不得不承认事实。看，他补天时使用的工具还在，他正在补一个泥瓦盆，接下来还要补一口裂纹的大锅，看他的样子，什么样的裂缝他都能修补，无论是天空还是地缝。

随着围观的人们越来越多，各家各户都拿出了需要修补的东西，有裂缝的锅，有破损的缸，有开裂的泥瓦盆，有盘子，有碗，最让人发笑的是，铁匠拿出了一块月亮的碎片，上面有一道裂痕，请匠人来修补。匠人说，铁匠不是在难为我吧？铁匠说，哪能呢，你帮助我们河湾村修补过天空，是我们全村的恩人，我怎么会难为你呢？匠人说，我补过天空，但是没有修补过月亮的碎片，没有把握。铁匠说，你试试看，我觉得你行。匠人说，那我就试试，不行的话，你可不要笑话我。

匠人心里有数，但嘴上比较谦虚，给自己留了一条后路，万一不成功，也不至于被人嘲笑。他不但修补过天空，还曾经修补过闪电，那才是最难修补的。闪电撕开的地方，裂缝深，而且弯弯曲曲，还需要随时躲避轰轰作响的雷霆。

匠人接过铁匠递给他的月亮碎片，看见上面的裂痕不大，而且碎片很薄，像是一块透明的玉石。他问铁匠，你若是不着急的话，我就先按收货的顺序，一个一个修补，修好了你再来取。

由于匠人收货太多，当天没有做完，就住在了河湾村，是长老把他请到了家里，管吃管住。当夜，他们聊起了许多遥远年代的往事，聊困了，长老就打起了呼噜。

匠人的心里一直想着白天里经历的事情，没有立刻睡着。他想，普通的锅碗瓢盆都好说，这个月亮的碎片需要认真对待。于是，他拿出那个碎片，在油灯下观看，依然透明，他拿到月光下比对，确实跟月亮的颜色和透明度完全一致。他觉得这个东西虽小，对他的手艺可能是个考验，他没有把握把它补好。

第二天一大早，匠人就起来开始干活。他决定先做这个月亮的碎片。让他想不到的是，这个又薄又透的小薄片，金刚钻竟然钻不动。这是他有生以来第一次遇到如此坚硬的东西，他意识到自己的失败。

接下来的几天里，匠人都是住在长老的家里，把河湾村的破锅裂碗都修好了，等到做完了所有的活计，匠人找到了铁匠，说，你的这个月亮碎片，我做不成。实话说，我的金刚钻，没有它硬。

铁匠也没有想到是这个结果，尽管有点失望，但也没有埋怨匠人，毕竟他们都是手艺人，不会相互为难谁。

匠人说，我有一个办法，不知是否可行，需要你的帮助。铁匠说，只要我能做的，我都会帮你。匠人说，你的这个碎片是从哪里得到的？铁匠说，是我从河边捡到的。匠人说，我想用你的炉火烧它，烧红了，烧软了，就有办法修补。铁匠说，以前我用月亮的碎片打制过宝刀，但是这个碎片，我烧不化。匠人说，我有一个办法，在炉火中加入月光，所谓的原汤化原食，是一个道理。

铁匠从来没有想过，匠人会想出这样一个不切实际的办法。既然他提出来了，那就试试。当夜，铁匠把月亮的碎片放进炉火中烧红，然后，匠人拿着大瓢，从铁匠铺的外面舀取月光，倒进通红的炉火中,一共舀了九九八十一瓢,都倒进了炉火里,加入了月光的炉火,渐渐由红色变成了黄色,后来又由黄色变成了蓝色,正在这时,有人走进来,端着一个大泥瓦盆,把满满的一盆月光倒进炉火里,这个突然闯进来的人是三婶。

铁匠也顾不上寒暄,看见火炉里明光一闪,像是一道闪电冲出了火炉,一股带着明光的清气在铺子里盘旋,随后又像一缕青烟,缩回到炉火中。这时,铁匠用钳子把炉火中烧制的月亮碎片夹出来,仔细一看,上面的裂缝已经弥合,整个碎片熔化成了一个月牙形,仿佛一个缩小的弯月。

这时,长老也赶到了铁匠铺。他知道匠人的心思,放心不下,就赶过来看看。看见他们做成了一件事情,也跟着高兴。

长老指着匠人说,看把你能的,什么都能做。我的脚后跟每到冬天就裂口子,你想想办法,要不你给我的脚后跟也锔上几个锔子?

三婶说,长老真会出题,你的脚后跟裂口子了,我的心里还有裂缝呢,能补不?

匠人说,让两位见笑了,世上的物件,我还有不能补的,哪里敢补人身上的裂缝?说实话,人心的裂缝最难补。

三婶说,看把你吓的,不让你补。

说完,几个人哈哈大笑。他们的笑声传到铁匠铺的外面,在月光中扩散出一圈圈的波纹。

0

铁匠从青龙河的冰面上走过去,听到脆生生的一声开裂声,他的脚下出现了一道裂纹。他并不害怕，因为他知道，尽管裂纹一直向两边延伸，过不多久，裂纹就会被下面的水重新弥合，冻住，然后在其他的地方出现新的裂缝。虽然冰面上裂缝很多，但人们尽管放心过河，河流并不因此真的裂开，也很少有人掉进水里。

河流的表面冻结成冰，冰面下面的水依然在流动，只是流速减慢了，有的地方甚至看不见流动。当你走在冰面上，会以为这是一条冻死的河流，而实际上它在暗自生长。水深的地方，往往封冻得并不结实，冰面的薄弱处经常往上漾水，形成新的冰层，新冰覆盖旧冰，层层加厚，河面就会不断拓展和加宽，看上去在逐渐发胖。

铁匠只是偶尔从冰面上走过，大多数时候是走木桥。

每到冬天，青龙河水量明显减少，河面变窄以后，河湾村的人们就在青龙河上架起一座临时木桥。木桥很简单，两排打进水下的木桩，支撑住桥面，桥面上铺着圆木，圆木上再铺上一层秫秸，然后在秫秸的上面铺上厚厚的一层土，过桥的人多了，桥面上的土就被踩得结结实实，看上去就像是悬浮在河流上的一条土路。入夏以后，在洪水来临之前，人们就把木桥拆掉，保存好搭桥的木头，以备来年再次使用。

有了木桥，船工不再摆渡。冬天，是船工一年中最悠闲的时光，有足够的时间休息，但是出于摆渡时间长了，他已经离不开河流了，平时不管有事没事，他都习惯性地到河边转一下，看一看青龙河。实在无事可做，他就看看木桥是否结实，冰面是否安全，如有薄弱之处，他就在存有安全隐患的冰面周围放上一些杂草之类，然后用水浇灌一下，以便使杂草冻结在冰面上，以此作为标记，走冰的人们看见了，就会小心地绕过这些危险的区域。

今天铁匠来到冰面上，不是来观看冰裂，也不是来听冰裂的声音,更不是为了寻找一个薄弱的冰窟窿掉进刺骨的河水里。他来河面上是为了凿下一块冰。

船工早就发现了铁匠的异常行为,看见他在冰面上凿击,就踩着光滑的冰面走过去,问,凿冰干什么?铁匠头也不抬地继续凿击,说,有用。船工又问,有什么用?铁匠说,打铁用。船工笑了,说,从来都是冰火不容,我还是头一次听说打铁用冰块。铁匠抬起头来,笑了一下说,真有用。

铁匠取走青龙河的冰块,是真的有用。有人说,铁匠在打造一把宝剑,把烧红的铁,放在冰块上淬火,经过反复锻打和淬火,宝剑会柔韧刚强,锋利无比。也有人说,铁匠用冰块淬火,只是一个借口,他真正的目的是想用冰块偷换月亮,然后用月亮打造一把透明的刀。

不管铁匠凿取冰块做什么用,船工都觉得这是对河流的一种伤害。一是他凿下冰块的地方,如果不是很快被冻住,就会形成一个冰窟窿,倘若不知情的人从上面走过,就有可能掉进河里。尽管冬天河水很浅,掉进河里也淹不死人,但至少会让失足者吓一跳,弄得一身冰水。还有,河流本来已经被冻得半死,再遇到铁匠那强有力的凿击,相当于在河流的身上切开一个伤口。

船工的担心是有道理的,果然不出所料,人没掉进冰洞里,月亮先掉了进去。那是一天夜里,船工怕铁匠趁着月光去凿冰块,就去青龙河上巡查,不料,他所担心的事情真的发生了。船工在河心部位发现了一个冰洞,他走到近处一看,冰洞里面果然掉进一个月亮。月亮是天上的神物,根本不会游泳,正在水里徒然挣扎,在寒冷的冬夜,如不及时解救,月亮很快就会被冻死,或者淹死。船工知道,要从水里捞出月亮,用手是不行的,用普通的渔网也不行,必须使用天网。可是,天网只是一个传说,谁也没有见过,更是无处寻找。

船工想到了长老，心想，长老或许有办法救出月亮。于是，船工趁着月色去找长老，路过村口铁匠铺的时候，他偷偷地往里望了一眼。他看见铁匠在连夜干活，正用钳子从炉火中抽出烧得通红的铁条，然后放在砧子上，用漆黑的拳头在打铁。船工听说过铁匠用拳头打铁，但从未亲眼见过，今日算是见识了这个奇迹。铁匠专注于打铁，没有注意到外面有人偷看。等到铁条从红色慢慢变黑，铁匠再次把铁条投入到炉火中，烧红以后抽出，然后再次用拳头锻打。当他把铁条放在墙角下的一块冰块上时，只见冰块刺啦一声冒出一股白烟，整个铺子里顿时充满了白色的水汽。铁匠被白色水汽呛了一下，咳嗽着从铺子里出来，到外面吸收一下冬夜的空气。

铁匠出来后看见船工站在门外，也没有惊讶，问，找我有事？船工也不隐瞒，说，刚才我看见你用拳头打铁了。铁匠说，我经常用拳头打铁，只要起落足够快，就烫不坏手。船工又说，我说的不是这个，我看见你用冰块淬火了。铁匠说，冰块是我能找到的最凉的水，只有用最凉的水淬火，才能打制出最坚硬柔韧的宝剑。船工说，我理解你了，我知道你在打制一种特殊的东西，但是你凿出的冰洞，月亮掉在里面了，出不来，快要被淹死了。铁匠说，那怎么办？船工说，我也不知道怎么办，我去问长老，顺路看到你在打铁。铁匠说，要不，我们一起去问长老。

船工和铁匠找到长老的时候，长老已经睡下。听到船工和铁匠在外面敲门，长老醒来，知道是发生了重要的事情，不然不会在夜里找他。当长老问明了缘由，穿衣起来，跟随船工和铁匠来到青龙河边，他们沿着冰面小心地走到河心，当船工寻找铁匠凿击的冰洞时，那个掉进月亮的冰洞早已冻得结结实实，除了四周留有一些冰碴外，已经不再有其他痕迹。

这时，长老忽然醒悟，说，我们一路走来，一直是月光明朗，说明月亮还在，我们还是在天上找找看吧。于是，船工和铁匠同时仰头，看见天顶偏西处，一个又胖又大的月亮正在望着他们。

船工看见月亮还在天上，说，月亮没有死，还在天上。铁匠长出了一口气，说，月亮没死，我就放心了。长老说，天上的月亮只有一个，地上的月亮无数个。我年轻的时候在一百里外的一个水坑里见过一个月亮，后来在一口井里也见过，可见地上的月亮不止一个。

正在长老说话时，只听见青龙河的冰面上发出了一声清脆的冰裂声，在夜晚，在空旷的青龙河上，这个开裂的声音非常突兀和惊悚，让人心慌。

长老说，我们还是离开冰面吧。就在他们撤离时，船工发现透明的冰层下面，一个月亮在他们前方的河底里移动。隔着冰层，每当他们追赶一步，冰层下的月亮就移动一段距离，他们无论如何也追不上这个月亮。当他们渐渐靠近岸边时，冰层渐渐发白，失去了透明度，走到河边的月亮也模糊不清了，最后只剩下一丝光亮，仿佛是月亮的游魂。

当他们三人离开青龙河很远时，铁匠忽然想起来一件事，说，你们先回吧，我还有事，说完就向青龙河走去。船工看见铁匠又返回青龙河，担心他又要凿冰，忙说，不行，我得跟随铁匠，不能让他再干傻事。说完，船工就去追赶铁匠。空旷的河滩上，只剩下长老一人，孤零零地站在月光下。

船工追上铁匠的时候，发现他跪在河边，正在给青龙河道歉，大概意思是，我打铁用了河里的冰块，如有伤害，还请母亲多多原谅。

这时，船工忽然醒悟，原来铁匠是青龙河的干儿子，跟我一样，我也是从小时就认了青龙河为干妈。于是船工也跪在了河边,喊了一声妈。他们两人同时喊妈的时候,却传出了三个人的声音,他们回头一看,长老也跪在河边,原来长老也是青龙河的干儿子。

0

冬去春来,岁月轮回,转眼又到了多雨的时节。每到这时,不光天上下雨,人们做梦都会梦见雨水。人们都说,梦见水的人一定是渴了。

王老头不是在做梦,他看见了真实的水滴,落在了青龙河里。

他看见的,是一个大水滴。

鸡蛋大的冰雹人们见过,巴掌大的雪花也不足为奇。传说,燕山雪花大如席,那种席子,说的可能是屁股垫,并不是炕席那么大,所以也不足为奇。但是,一个脸盆大的雨滴从天而落,却不是常有的事,一个人一辈子都不一定能够遇到,即使遇到了,你也不敢相信那是真的。

王老头就看见了这样一个大雨滴。

那天王老头去小镇走亲戚,路过青龙河的时候,正赶上天降大雨,他看见乌云下面悬挂的雨瀑中,有一个巨大的雨滴落在了河水里,溅起的水花至少有一丈多高,幸好这个雨滴落在摆渡船的下游,幸好船工背对着这个雨滴,不然会吓一跳,也有可能被吓死。

早年间,河湾村有一个老人就是被吓死的。当时那个老人正在专心走路,在没有一点心理准备的情况下,身边突然出现一个人,把他吓蒙了,几天后一直说胡话,人们从他的话语中能够听出来，那个突然出现在他身边的人，既不是人也不是鬼，而是他自己的身影。后来那个老人一直说，直到把话说没了，嘴里一个字都没有了，人就死了。他死后，有一句话从天空返回了回音，但是他没有听见。他死后拒绝了观看和倾听，即使听见了也不再回应。

王老头肯定不是这样。他看到巨大的雨滴落在青龙河里，没有被吓死，只是惊呆了一会儿，很快就恢复了。当时他走在沙滩上，离河边还有大约百步的距离，他感觉天空过于阴沉，有可能下大雨，他正在犹豫，是过河还是返回河湾村，这时大雨突然就落下来了。最早落下的是几个稀疏的雨滴，其中夹杂着一个特殊的大雨滴。这个雨滴到底有多大，王老头也是大致估算的，也许比脸盆大一些，也许小一些。当时，这个雨滴把青龙河的水面砸出一个深坑，几天时间都没有完全恢复，最后在那个地方形成了一个漩涡，远远看去，还是个坑。

青龙河的水面上有许多小漩涡，那是小雨滴砸出来的，水面上还有一些反光的小坑，是星光落下时留下的痕迹，这些漩涡大小不等，都漂浮在水面上，因其变动不居而难以捕捉。

青龙河是一条清澈的河流，它的最大特点是，河流本体没有阴影，而摆渡过河的人们却会在河水上面留下身影，而且很长时间不会消退。有时候人们问船工，谁谁这几天过河了吗？船工也有记不清的时候，他就看一下河面上留下的身影，回复说，他可能是过河了，因为时间有点长，水面上的身影有些模糊了，我也说不清了，要不你去问问王老头？王老头经常过河。人们去问王老头，王老头说，我也记不清了，要不你去问问长老？人们又去问长老，长老说，我已经两百多岁了，小时候的事情还能清晰记得，如今的事情反倒是记不住了，要不你们去问问船工？问题又回到了船工那里。人们问来问去，就是不去问问过河的那个人，因为那个人也许根本不存在。

在透明的时间里,许多事情并不透明,甚至是恍惚和模棱两可的,这使得王老头怀疑自己看见的特大雨滴是否是真实的,他生怕说出去会遭到人们的质疑和嘲笑。他努力回忆那天的天空,确认乌云是从河谷上游飘过来的,这一点可以确定。当他确认那天自己是否经过河边时,却产生了犹疑,他有些不敢确定自己是否真的到过河边,倘若这件事发生在梦中,就无法在现实中得到证实。日常生活中,许多事情是在梦里发生的,而梦是人体内部的活动,不会超出人的身体,正如一个人的疼痛,不会被另外的人所感知。

王老头在努力回忆,一点点剔除掉模糊的地方,最终排除了幻觉,确认大雨滴确实是落在了青龙河里,而且在水面上留下了一个大坑。当时他也确实走在河滩上,这也可以从船工那里得到证实。

一切都确认无疑之后,在一天晚上,当人们坐在村口的大石头上乘凉的时候,王老头当着众人的面,宣布了他的重大发现。当他说出自己的见闻时,并没有引起人们的关注,甚至连追问一句的人都没有。人们坐在大石头上,继续谈论着以前的话题,他的声音很快就散开了,消失在空气中,一点回声都没有。他觉得人们都太专注了,没有听到他说的话,于是又说了一遍,并且是在人们安静的时候,他提高了嗓音说的,他说出这句话以后,嘴都空了,嘴里没有留下一个多余的字。说完,他迫切而又静静地等待着人们的反应。人们依然没有反应。

王老头有些蒙了,难道说一个脸盆大的雨滴落在河水里,不足以引起人们的兴趣吗?难道说,连续说了两遍的一句话,人们都没听见吗?王老头开始怀疑,自己是否真的说出了声音,莫非这只是自己的一个想法,并没有真的说出来?

王老头看见人们没有任何反应，急得出汗了。他出汗，并不是浑身出汗，而是两只手的手心里各冒出了一滴汗，这两滴汗水在手心里越聚越大，最后形成了两个甜梨大的汗滴。他手捧着这两个汗滴，站在人们面前，高声说，看，就是这样的雨滴，但比这个大很多，有脸盆那么大。

人们继续着以前的话题，似乎没有人看见他，也听不见他说的话。王老头实在忍不下去了，他要让人们知道，他也有尊严，他说出的话，也应该被人倾听，并且得到应有的回应。他生气了，他想让人们知道，无视他的存在是什么后果。于是他再次高声说，这么大的水滴，你们都看不见吗？说完，他当着众人的面，喝下了自己手心里的这两滴巨大的汗水。

随着出汗越来越多，王老头感到极度的渴，喝下这两滴汗水后，更加渴了。他不仅身体缺水，还有一种心理上的饥渴，他渴望得到人们的回应和承认。这时，他忽然感到眼前一阵明亮，似乎一下子看清了许多事物。他看见坐在村口大石头上聊天的这些视而不见听而不闻的人们，并不是真实的人，而是一群影子。

王老头不敢相信自己的眼睛，心想，难怪他们听不见我说话，也看不见我，莫非这些与我相处了几十年的乡亲，都是幻影？难道长老也是幻影？船工也是幻影？河湾村里出出入入的人们都是幻影？他不信，他本能地摇了摇头，说，不可能，绝无可能。他看着这些影子坐在大石头上继续聊天，并没有理会他，仿佛他是一个不存在的人。看到这情景，他突然感到了自己的孤单和隔膜，仿佛自己不属于这个世界。他倒退着离开了这些人，然后转身奔走，离开了河湾村。他要找到证据，证明这个世界是真实的存在。他在月光下奔走，鬼使神差地走向了青龙河。

他想，如果此时天空落下一场大雨，雨中落下一个脸盆大的雨滴，他能一口喝下去。以他眼下的渴，似乎喝下整个青龙河，也不能解渴。

　　王老头在奔走中想了很多，他越走越渴，感觉快要撑不住了，再不喝水就要渴死了。当他看见月光中泛着白光的青龙河，内心中有了一饮而尽的渴望。他很快就可以喝到水了，他加快了奔走，他跑起来，他快要接近河水时，月光下的青龙河，朦胧的青龙河，忽然飘了起来，仿佛梦中升起的一缕炊烟。

　　王老头倒在了地上。

　　当他重新睁开眼睛的时候，河湾村已经换了几代人，村口的大石头还在，青龙河还在，河水上漂浮的漩涡还在，甚至当年落在河里的巨大雨滴还在。透过层层往事，他时常还能看见记忆中那些遥远年代的人们和似曾相识的幻影。

0

　　一片云彩由于飘浮时不小心，被山顶上的松树枝挂住了，挣脱不开，别的云彩都飘走了，唯独这片云彩一直挂在树上，像是谁家晾晒在树上的棉絮。

　　这片走不脱的云彩，是二丫采桑叶的时候发现的。她还以为云彩飘累了，在树上歇一会儿，没想到它一直挂在树上，引起了二丫的怀疑和担心。莫非是云彩死了？倘若一片云彩死了，会耷拉下来，无力地垂挂着，不会是这样，仿佛依然在飞翔，但就是飞不走。

　　二丫判断，这可能是一片活的云彩，可能是遇到了什么纠缠。她决定去山顶上看看，如果需要帮助和解救，她会尽其所能。

　　以往，也曾经发生过云彩挂在树上的事件，由于发现太晚，没有得到及时解救,结果死在了树上,等到人们前去救援时,已经晚了,云彩垂挂在树枝上,像是薄厚不均的棉絮,局部已经腐烂,几天后慢慢蒸发掉了。

河湾村是北面靠山,东南西三面环水的村庄,由于地势开阔,风云际会,每年都会发生一两次意外的事件。一次,大风把河边的杨树林全部吹弯,向一个方向倾斜,有那么几棵不服气的大树没有倾斜,但也吃了不少亏,树枝被折断,树叶被揪掉后抛到远处。还有一年初冬,先是下雪,随后下雨,然后下雪霰,最后直接下冰凌,经过几番雨雪,村前的大片树林里,没有一点积雪,而是结出了一层冰。雪后阳光出来,所有结冰的树枝都是透明的,整个树林像是另外一个世界的植物。由于树枝太光滑,有些鸟还像往常那样落在树枝上,结果根本抓不住树枝,从树上仰面摔下来,其状惨不忍睹,又让人忍俊不禁。

二丫虽然年龄不大,但也经历了不少。由于她经常去云彩里采摘露珠,对云彩的习性了解甚多。她知道什么样的云彩会下雨,什么样的云彩里有闪电和雷霆。还有一种云彩,五彩缤纷,异常绚丽,只在早晨和傍晚才会偶尔出现,里面的露珠都是彩色的。二丫曾经采摘过彩色的露珠,存放半个月都不会褪色。

二丫要去解救挂在树枝上的这片云彩,就停止了采桑,快步向山顶走去。她知道,早一会儿解救,云彩就多一些生存的希望。当她气喘吁吁地登上山顶时,发现这片云彩是她非常熟悉的一片云彩,而且是不止一次遇到。常言说,低头不见抬头见,真是应了这句老话,这不,二丫和云彩又见面了。

以往,二丫是在天上采摘露珠时,与这片云彩多次相遇,由于见面多了,也就熟悉了,它是一片悠然自得的云彩,很少隆起和塌陷,总是那么安静,平铺在天空,仿佛无事可做的一片闲云。如今,它还是以前的样子,只是挂在树上时间长了,也就没有力气了，看上去有些疲惫。二丫到达树下后，先是跟云彩打了一个招呼，云彩飘浮了一下，算是相互有了礼节。随后，二丫开始她的解救。

云彩看似轻飘，实际上也有体重，跟棉花差不多。解救云彩并不难，爬到树上，把缠绕在枝杈上的云絮松开即可。山顶上的松树，往往都长得很粗，但并不高，而且枝丫横出，伸出老远，层叠清晰，仿佛伸出的翅膀。如果不是地下有深深的根子，牢牢地抓住土地和岩石，凭它伸展的许多翅膀，松树是有能力飞起来的。如果真有一棵松树从山顶上起飞，也不要惊讶和担心，它一定会降落在更高的山顶上。

二丫跟云彩打过招呼后，开始爬树。对于二丫来说，爬上一棵老松树，约等于玩耍，很快就完成了。缠绕在树枝上的云絮，也不像蚕丝那样结实，松开也是简单的事情。只是一会儿的工夫，一切大功告成，云彩可以飞走了。

云彩被解救以后，飞了起来，在松树上方盘旋了一会儿，并没有飞走，而是跟在二丫身后，下山了。二丫看见云彩跟随她，也不劝解，跟就跟，反正是熟悉的云彩，跟着回到河湾村看看，也是正常的事情。

二丫从山上带回了一片云彩，引起了人们的好奇，纷纷前来观看，有的人还亲手摸了摸，感觉软绵绵的。平时，人们只能看见天上和山上的云彩，真正把云彩带到村庄里，还是少见的事情。人们围观这片云彩，七嘴八舌，议论纷纷，其中一个姑娘，把云彩裹在了自己的身上，仿佛披着一件棉絮做的衣服，像个仙女。

二丫介绍说，这是她早就熟悉的一片云彩，路过山顶的时候，被松树挂住了，解救后它就跟她下山了。长老看见这片云彩后也说，确实是一片老云彩，他小的时候曾经见过。人们掐指一算，长老小时候见过，也就是说，至少是两百多年前的事情了。人们得知这是一片老云彩，就更加亲切了，争着观看和抚摸。当天，二丫领着这片云彩，走遍了河湾村的每个家庭，仿佛是在走亲戚。

云彩飘到长老家的时候，还特意多停留了一会儿，长老认识它，而它并不认识长老，这次见面，它要加深一下印象。长老指着云彩说，我小的时候见过你。说完，长老就呵呵笑，仿佛见到了多年不见的老朋友。

云彩停留时间最长的地方，自然是二丫的家。它跟随二丫转了家里的每一个角落，前院，后院，菜园子，门口外的水井，甚至还飘到茅草屋顶的上空。这些地方，它曾经在天上俯瞰过，还从来没有这样近距离地看过，这次也算是看个仔细。

二丫领着云彩，仿佛这片云彩是她的表妹，村里人也像是对待一个远方的亲戚，热情而又和善。能够看出，云彩对于人们生活的羡慕，看样子，如果二丫执意挽留的话，它有长期住下来的可能。一个村庄里多一片云彩，不吃不喝的，也没有什么坏处，显然，人们也愿意它留下来。

但是，云彩毕竟是云彩，它不是二丫的表妹。

云彩是天上的神物，不可以在人间久留。二丫也知道，这片云彩早晚是要回到天上去的，挽留不住。果不其然，正应了人们的预料，当天晚上，从落日方向飞来一片通红的彩云，停留在河湾村上空，仿佛在寻找和等待什么。这片悬浮的云彩，比跟随二丫的云彩胖一倍，在夕阳的斜照下，边缘完全透明。

长老看见天上飘来的这片又大又胖的红色云彩，一眼就认出，这是跟随二丫的这片小云彩的妈妈，早年他曾经见过。

二丫也看见了。她看见这片通红的云彩在天上盘旋，预感到天意，肯定是来接这片小云彩的。这片跟随了二丫一天的云彩，虽然有些恋恋不舍，最后还是依依惜别，离开了二丫，飘上天空，跟随远来的红色云彩飞走了。

送别云彩后的当天晚上，二丫睡觉时发现，她几年前用云彩做的被子，里面突然变空了，只剩下一个空空的被套。二丫曾经两次用云彩做被套，第一次是她放走了被套里面的云彩，这次，被套里面的云彩是自己跑掉的，具体是什么时候跑掉的，二丫一概不知。

这时二丫猛然醒悟，她解救的这片小云彩，跟她下山来到村里走家串户，也许是别有用意。

0

天空并未下雨，王老头家的一块山坡地上，一条老水渠里却流出了清澈的水流。王老头是想清理一下水渠里的石头和杂草，以便下雨时确保排水畅通，没想到他掀动一块石头时，从石头下面突然冒出了一股水，而且连绵不断，形成的水流顺着水渠向下流淌。王老头想，可能是他偶然碰到了石头下面的泉眼，如果这股水一直这么流下去，不再断流的话，山坡下面的大片土地，都将受益，变成水浇地，粮食产量将会增加很多，对河湾村的许多家庭都是好事。

王老头回村后，把发现水泉的事首先告诉了长老，长老听后说，两百多年前，也就是我小的时候，那里曾经有过一个泉眼，水流长年不断，后来经过一次地动，整个村庄忽悠一下，村里的一口井忽然没水了，北山上的一个老泉眼也从此干枯了。后来，那块土地更换了几次户主，转到了你们王家门下。

长老说话时也不看王老头，而是对着北山的方向，捋着雪白的胡须，仿佛回到了往事里。河湾村的每一寸土地，每个人，每棵树，每一块石头，都在长老的心里。有人说，村里少一棵草，长老都能知道。在两百多年的时间里，长老只出过一次远门，去了一百多里的远方，回来后再也没有离开过河湾村。可以说，长老是在河湾村里慢慢变老的，山上的许多老松树，都没有他年龄大。松树从出生到衰老都一直站在一个地方，哪儿也去不了，而长老却到处转悠，熟悉村里的一切，包括许多死去多年的老人，如果需要，他随时都能叫醒。

　　长老跟随王老头，去北山看了泉眼，确实是在老地方。看来是一个沉睡的泉眼，经过两百多年的休眠，又重新苏醒了。

　　河湾村突然冒出一个泉眼，是个重要的事情，因为这件事关系到土地的浇灌和收成，人们听说后自然是高兴，纷纷去北山观看。为了保护这个泉眼，王老头在旁边放了几块石头，还把水渠加宽和疏通，便于流淌。这些都不在话下，现在要说的是，这个水泉出现没多久，泉水里居然出现了几条游动的小鱼。这些来路不明的小鱼，小如眼睫毛那么细长，浑身透明，如果不是趴在水上细看，你根本想不到水里还有几条小鱼。人们说，千年的草籽，万年的鱼籽。莫非是早年的鱼籽，遇水而生出了小鱼？

　　发现泉水里生出小鱼后，人们并不去考证它们的来路，而是惊讶它们的存在。河湾村处在青龙河边，对鱼类水生物并不陌生，只是佩服它们是如何来到山坡上，在一个小小的泉眼里生活。

　　自从北山上出现了泉眼，村里的一口干涸两百多年的老井也出水了，井底还时常出现云彩。有一朵云彩在井底停留了半天时间，若不是有人往井里扔了一块石头，把云彩吓得直哆嗦，说不定还要在井底停留更久。云彩跟风一样，都没有家，到处漂泊，如果它想在井里安家和居住也无妨，跟长老打个招呼就行。河湾村曾经留宿过锔锅锔缸的匠人，早年间还留宿过一个远来的和尚，当然也留宿过一些迁徙的候鸟，留宿一片云彩何须挂齿？

井底的云彩飞走以后没多久，河湾村上空来了许多云彩，在天上飘来飘去，有时拥挤，有时疏散，并不下雨。这些云彩像是有什么目的，当它们聚集在北山的泉眼上空时，其中的一片云彩突然发出了一声巨大而悠长的喊声。

云彩中蕴藏着闪电和雷霆，是正常的事情，但是一片云彩发出了喊声，而且是一声清晰地传遍了整个村庄的呼喊，不能不让人感到震惊。那天，人们都听到了这声巨大的喊声，从云层中传下来，在北山和河湾村上空回旋，那种荡气回肠的余音，带着凄楚和哀伤，让所有人都心生悲凉。

没有人知道一片云彩为什么会发出喊声，它喊过之后，天就下雨了。没有雷，也没有闪电，有人说，那天的雨是咸的，仿佛是天空的眼泪。

王老头也听到了云彩的喊声，但他是个木讷的人，对于山川草木的变化非常迟钝，对于泉眼里出现的小鱼也是毫不知晓。而长老则不同，他听到了云彩的喊声以后，久久不能平息。他想，这一声呼喊不同寻常，一定有来由。云彩是天上的神物，不会无缘无故地飘来，也不会无缘无故地呼喊。

当天夜里，长老做了一个梦。在梦里，他知道了缘由。

那些聚集在北山上空的云彩，确实不是普通的云彩，其中发出喊声的那片云彩，是泉水的母亲。也就是说，王老头刚刚发现的这个泉眼的真正源头，并不在山里，它的每一滴水，都来自于一片古老的云彩。从水渠里冒出来的那些清澈的泉水，都曾经在天空遨游，它们都是同一片云彩的孩子。

两百多年来，北山上这个因为地动而窒息的泉眼，并没有真正死去，而是蛰伏在山里，等待着新的机会。王老头翻动水渠里的石头,是偶然也是必然,这股泉水到了复活的时候,一碰就会醒来,重新流出。

云彩也是偶然路过北山的时候,发现消失多年的泉水又复活了,于是奔走相告,纷纷前来查看。当那片生养了这股泉水的云彩赶到现场时,抑制不住,突然爆发出撕心裂肺的喊声。这呼喊中有重逢的惊喜,有相见的悲伤,也有源自天地洪荒的古老的哀愁。

得知这股泉水的来龙去脉以后,河湾村的人们并没有按照常规给泉水立庙,而是感激天上的云彩,向天空致敬。每当雨后的天空出现彩虹,村里的人们就会聚集在一起,向天空行注目礼。而长老,这个村庄的灵魂,总要领着朝拜和祈福的人们穿过巨大的彩虹,仿佛穿越天地之门。

河湾村的人们,因为北山坡上的泉水而受益,土地收成见好。人们哪里知道,这股细小的泉水只是云彩的小儿子,而在遥远的远方,还有万里长的河流,正在大地上流淌,那浩荡的洪流永不止息,是云彩的长子。

0

雨过天晴之后,河湾村的东边出现了彩虹。一般情况下,彩虹都是顺着青龙河边升起,偶尔也有彩虹横跨在青龙河上,仿佛是跨越河流的一座桥梁。

跨越河流的彩虹,高大而绚丽,虽然看上去很空虚,实际上却非常结实,即使一百个人同时走在上面,也不会踩塌。结实归结实,但一般人不敢从彩虹上面走过,因为人们把彩虹看作是天地之门，只可从下面穿过，不可亵渎和踩踏。

传说很久以前，有一个冒失的莽汉不听人们的劝告，有路也不走，有船也不坐，非要从彩虹上面走过，结果他走到彩虹顶端的时候，一脚不慎掉进了河里，若不是船工及时搭救，非淹死不可。

船工常年在青龙河上摆渡，看惯了彩虹，也不觉得新奇。青龙河开阔的河谷里，有足够的伸展空间，因此经常出现巨大的彩虹，有时大彩虹的下面还套着小彩虹。据说看见两层彩虹的人，夜里做梦会飘起来。河湾村确实有人飘起来过，但靠的是两个身影形成的翅膀，绝不是因为看见双层彩虹，因此这个说法不靠谱，不足为信。

船工不太相信那些离谱的传说，他注重现实中发生的一切，并且随时关注着河流上下游的动向，一旦有人落水，他将及时救援。雨后，往往是事故多发的时段，河水上涨，彩虹升起，云开雾散之后，风也变得异常飘忽。这时候，倘若有冒险者走上彩虹，从上面掉下来，他不搭救，就只能靠水神搭救。倘若水神也不在附近水域，那就只能靠落水者自己的命运了。

水神住在青龙河里，他的身体完全由水滴构成，他的媳妇来自于附近的另一条河流，也是由水滴构成，他们在一个叫做大汇合的地方交汇结婚，汇合之后形成的河流仍然叫青龙河。他们守护着河流，就像是守护自己的身体，因为水神和河流乃是一体，有着共同的命运。由于船工常年在河流上摆渡，早已和水神结拜为兄弟。水神和船工的父亲也是结拜兄弟。水神和船工的爷爷也是结拜兄弟。水神和船工的爷爷的爷爷也是结拜兄弟。这样论起来似乎有些乱了辈分，但平时他们各论各的，并不会影响几代人的情义。

早年曾有人猜测，说彩虹的出现可能与水神有关。人们认为，雨水虽然来自天空，毕竟也是水，而且最终都汇集到河流里。人们的猜测似乎也有一些道理，而事实并非如此，水神从来不参与天上的事情。水神只在河流里生活，即使他看见有人在天上追赶云彩，也不制止，而对于落在河里的云影却悉心守护。每当有人在河里撒网捞鱼时不慎捞出了云影，他都要及时索回，不让人们带走，因为云影一旦晾晒就会萎缩甚至融化，成为废物。还有一次，有个莽汉试图挖出彩虹的根子，水神也没有制止，因为他知道彩虹根本就没有根子，而是从地下凭空长出来的，就是挖掘者浑身冒汗，累死了也没用。有时，彩虹会把一端的根子扎在河流里，每当遇到这种情况，水神就会高度警惕，预防发生危险事故。曾经有一次，来自上游的一条木船失控了，顺水漂下来，恰好撞在了处在河心的彩虹的根部，一个巨大的彩虹当场就坍塌了，彩虹的碎片落在河水里，溅起了彩色的水花。那天，幸好船工在彩虹的下游摆渡，没有出现砸伤事故。

　　水神和船工同属于青龙河，一个住在河流里，身体是透明的水滴集合体；一个在水面上摆渡，常年戴着一顶大草帽。船工的草帽用处很多，下雨的时候遮雨，晴天遮阳，躺在船上睡觉的时候遮脸。有一次，一个头戴光环的陌生人渡过青龙河，想用头上的光环换取船工的草帽，船工没有同意，他认为光环虽然好看，但是对于一个摆渡人来说，还是草帽更实用。

　　船工是一个平凡而散淡的人，物质需求甚少，而上苍赐予他的却非常多。人们过河的时候，他有摆渡的辛苦和快乐，没有人过河的时候，船工一个人待在木船上，整个宽阔的河谷就属于他一个人，整个天空都是他的屋顶，他觉得太奢侈了，其富有程度远远超过了自己的福分。

　　有了这种想法以后，船工把寂寞也视为安宁和幸福。有时，一整天也没有一个人过河，他独坐在木船上，或者他用巨大的草帽盖住脸和整个上半身,躺在木船上呼呼睡大觉,有时连影子都在沉睡。有时对岸的呼喊把他唤醒,有人要过河了,他就把船撑过去,摆渡过往的行人;有时是突如其来的雨点落在他的草帽上,砰砰的雨声把他唤醒。船工醒来后发现,大雨已经过河,雨点的脚印很小,在青龙河的水面上留下密密麻麻的小坑,而凉风总是先于大雨逃向远方,整个河谷里只剩下一条木船漂泊在水上。这时,船工总是头戴着一顶大草帽,蒙头蒙脑坐在木船上,像是一个大蘑菇。

阵雨来得突然,去得也快,雨后的彩虹几乎是在一瞬间出现在空中。船工曾经见过一个特别小的彩虹,比他的草帽略大一点,后来这个彩虹慢慢长大,变成了天空下面最大最辉煌的建筑,从这个彩虹下面穿过的,不仅仅是明亮的光束,还有一些恍惚的人影。

对于人影,船工并不陌生。多年前,船工曾经摆渡过两个人,他们中间,夹着一个人影,看上去就像是三个人。当他们下船后,船工发现,这两个人确实是三个人。还有一次,船上站着十几个人,但是木船却非常轻飘,仿佛船上没有人一样。摆渡到对岸以后,船工发现这些乘船的人没有一个是真人,都是影子。

当一群影子穿过巨大的彩虹时,船工远远地看着,也不惊讶,他知道这个宽阔的河谷里,有许多影子混杂在人们中间,有时他们也单独出行,在空气中奔走,发出呼呼的喘息声。这些影子是空虚的,你可以看见他们的轮廓,叫出他们的名字,说出他们的身世和家谱,甚至能够与他们交谈,但是却摸不着他们的身体,称量不出他们的体重,他们是不存在的。当这些不存在的人成群结队穿过高大的彩虹时,你不能无动于衷,你的心会怦怦乱跳,甚至会产生跟随他们奔走的愿望。事实上,许多人也真是这么做的,他们跟在影子后面,越走越远,越走越模糊,越走越轻飘,最后完全变成一个影子。没有人怀疑自己,也没有人怀疑这个世界,人们走到了远方,像空气一样融化在空气里。

当这些影子消失在远方的空气里,河谷变得更空旷,一切都变得虚幻,绚丽的彩虹架设在天空,仿佛是天空之门,也是消失之门。

0

长老把木匠铁匠石匠召集到一起,请他们琢磨一下,如何能够制造出一个计算时间的器物。以前,人们都是以鸡叫为依据来推断时间,夜里的头遍鸡叫是丑时,第二遍鸡叫是寅时,第三遍鸡叫是卯时,天大亮是辰时。夜里的鸡叫相对比较准时,很少有太大的偏差,而白天只能看太阳,倘若赶上阴天,没有太阳,人们就很难判断时间,因此制作一个测量时间的器物很有必要。

石匠来自于青龙河对岸的小镇,这里需要说明一下,这时小镇的石匠还没死。小镇离河湾村大约八里路,当他赶来的时候,木匠和铁匠已经先一步来到长老家里,坐在了土炕上。长老的家是一座茅草屋,屋子周围有木头栅栏,家里有农具,吃饭有瓦盆和碗,缝补有针线,而且家里有两根针,都是铁匠亲手打制的,这种条件在河湾村已经算是比较富裕的家庭了。长老之所以选择在家里聚会,而不是选择在村口的大石头上,是根据事情的重要性来考虑的,测量时间这件事情不是小事,需要密谋。

石匠赶来后,人就到齐了。长老表明了自己的想法,说,你们都是能工巧匠,你们琢磨一下,看看能否制作出一个测量时间的器物。

三个人听后都愣住了。木匠先开口说，如果打造一口棺材，或是做房梁和门窗之类，我都可以，甚至纺车和织布机也能做，但是要测量时间，我还真没想过，时间到底是啥东西？怎么才能捉住？捉住后放在哪里？这些都需要考虑。

木匠说完后，铁匠也道出了难处，说，平常我只是打制一些农具，镰刀、斧子之类，针那么小的东西也能做，甚至宝刀也不是不能做，只是耗费时间长一些罢了，但是要测量时间，我看还是离不开公鸡，要不我做一个铁公鸡试试？但是铁公鸡怎么能够发出叫声，这个还需要琢磨。

石匠虽然很少来河湾村，但对于河湾村的人，也多有接触。村里的石碾、石磨、猪槽子之类的石器用具，都是出自他的手艺。因此，他来到河湾村，坐在长老家的土炕上，也不觉得生疏。对于长老出的题目，他也有些面露难色，说，我平时干的都是力气活、粗活，整天跟石头打交道，只知道白天和黑夜，还真没想过时间这回事，什么是时间？怎样才能测量？让我想想。

长老觉得三个手艺人说得都有道理，测量时间确实不是一件简单的事情，不仅需要智慧，还需要胆量。人们对看不见的事物，充满了敬畏，何况时间是看不见摸不着的东西，其神秘程度超过任何事物。长老见大家都有些为难，说，这件事情不急，你们都想想，我也想想，也许我们想不出什么好主意，我们的子孙会想出来，子子孙孙，一直想下去，总有人在想这件事情，兴许就想出了办法。

听了长老的话，木匠、铁匠、石匠都点头称是。

测量时间不是一个简单的事情，做这件事情，首先消耗的就是时间。石匠来的时候是早晨，身影在西边，而且很长，回去的时候已经接近中午，身影转到了北边，而且缩短了很多。石匠发现，身影的长度和位置跟时间有关系，回去后他突发奇想，在一个废弃的碾盘中心轴上安装了一根石柱，然后在碾盘上刻出相对应的刻度，用这个石柱在碾盘上投下的阴影测量时间。这个碾盘和石柱只能在阳光下有效，阴天和夜里都没有阴影，测不准。

木匠回去后也动了心思，用木板做出了一把尺子，在尺子上刻出十二道格子，每个格子代表一个时辰，分别是子丑寅卯辰巳午未申酉戌亥，十二个时辰过完正好是一个昼夜。木匠这把尺子，把夜晚也算在了一个昼夜的轮回之中，起点和终点都是黑夜。这种看法揭示了一种常识，即世界一直处在永夜之中，人们所谓的白天，不过是永恒的夜空中出现了一颗亮星，把天地万物照得明亮而已。

木匠的这种说法，也得到了长老的认可。长老也发现了这种自然规律，认为白天也是深夜的一部分，只是天上有一颗星星太大太亮了，在它出没的整个过程中，光芒淹没了夜空中别的星星，把天地照得明亮。人们把这颗耀眼的星星叫做太阳。太阳出现的时候，天空是白亮的，人们就习惯性地把太阳起落的这个时间段，叫做白天，也就是白色的天空的意思。在白色的天空下，人们借着这颗星星的光，在地上走动和劳作，当这颗叫做太阳的星星落下去后，天空又恢复为原来的样子，依然是黑夜。

木匠做出的这把木头尺子，好处是材料普通，制作简单，携带方便，其尺度包含了一个昼夜的轮回；缺点是使用这把尺子时，刻度与时间的对应很难准确掌握，大多数时候还是依靠经验来判断，太阳当头的时候是正午，晚霞落下以后是黄昏，三星当顶的时候是子夜。因此，木匠做出的这把尺子，意义很重要，但是应用价值不大，不适合使用。

铁匠回去后，也是苦思冥想，始终围绕着鸡叫这个圈子转来转去，最后他做出了一个能够下蛋的铁公鸡。他的想法很好，让铁公鸡每过一个时辰就鸣叫一次，向人们报告时间，没事的时候还可以下蛋。铁匠做了许多尝试，用拳头打铁，甚至咬破手指，把鲜血滴在烧红的铁块上，但是由于铁的属性和制作手艺所限，他做出的铁公鸡无法鸣叫，下蛋也不规范，有时竟然下出三角形和正方形的鸡蛋，硬邦邦的，既不好看，也不能吃。此外，这只铁公鸡还经常当众欺负自家的母鸡，丝毫不顾廉耻。铁匠实在是看不下去了，觉得这只铁公鸡丢尽了他的脸面，于是就抓住它，趁着夜晚人们都在熟睡的时候，把它偷偷送进了一场梦里，只要今后不再梦见它，这只铁公鸡就无法从梦里出来。

铁匠的尝试以羞耻和不太失败而告终。他知道木匠和石匠都在干活，他想探查一下他们到底做到了什么程度。一天，铁匠去青龙河对岸找石匠，看见石匠正在一个大碾盘上雕刻线条和刻度，问明了缘由后，铁匠觉得安装在碾盘轴心的石柱有些笨重，就把他以前打制的一根大铁棍贡献出来，替换了石柱，铁棍的投影所对应的刻度立刻精确了许多。铁匠还建议石匠把这个大碾盘垫起一边，让它略微倾斜，便于铁棍投影。石匠听了铁匠的话，一一照做，果然效果有变。

长老作为这件事情的谋划人，想得最多，也更深远。他没有想出精算时间的办法，但是他根据月亮出现的天数，大概推断出了一个月的长度。他又通过一个月的长度，推断出一年的长度，并且大致推算出了自己的年龄，是二百五十六岁左右。

长老的重要发现，在于时间与自然的密切关系。他告诉人们，一个月并非是说天上有一个月亮，而是特指月亮运行的一个周期，是个时间长度。人们所说的一天，也不是说人们的头顶上有一个天，而是特指永恒的夜空里反复出现的一颗叫做太阳的星星所出没的一个周期，因此，一天，也是一个时间长度。

长老用天空和月亮来比喻时间的长度，得到了人们的普遍认可，因为这些时间长度所对应的都是常见的自然物，简单，恒在，也容易记忆。使用古老而恒定的天象来作为时间的参考单位，也符合人们对上苍的原始信仰，同时，也体现了人们对于天地造物的尊崇和依赖。

在长老思考天象时，木匠铁匠石匠也都在摸索和制作测量时间的器物，并且相互交流和改进，各自都有成绩。

后来，在一个模糊的时间和地点，长老又一次聚集了木匠铁匠石匠，也可能是聚集了两次或者多次，总之很不确切，他们还邀请月亮参加，有时整个星空也自愿参加和旁听，他们一次次讨论关于时间的话题，探讨时间的意义和测量手段。长老还经常深入到梦里，请教他的爷爷。他的工夫没有白费，他真的在梦中得到了他的爷爷的爷爷的暗示，提出了储存时间的设想，并且讨论了所用材料和制作工艺。他们有很多想法，也乐于去做，但是，有一些无法逾越的东西最终使他们的探索渐渐慢下来，停在了那里。有些事情发生得并非突然，甚至非常缓慢，以至于看不见演变的痕迹，却悄然改变着世间的一切。

事情也许从很早以前就开始了，也许是从一天晚上开始的。一天，河湾村的人们像往常一样，坐在村口的大石头上乘凉，天上的星星都在，月亮也在，月光中连成一片的茅草屋也都在，风也在，轻风来自于树林，树林外面的河流和远山也在，远山外面的群山，连接着更远处的群山和土地，也都在，长老坐在大石头上，木匠和铁匠也在，死去的先人们隐藏在地下，也都在，石匠也在，石匠在青龙河对岸的小镇里，他制作的大碾盘也在，一切都在，没有人察觉到时间在慢慢消失，而时间却真的消失了。时间不知去了哪里。这些影子似的人们被时间遗忘了，渐渐变成了一片精神遗址。而这些，人们浑然不觉，直到被旷世的灰尘完全覆盖，也没有人发觉世间最本质的变化，正是来自于那些看不见摸不着的隐秘的时间。倘若不是很久以后，一个名叫大解的后人通过文字发现了他们存在的线索和秘境，说出了他们的姓名和一些模糊的事迹，这些人可能会被时间的迷雾彻底淹没，仿佛从未存在，也永远不会被人提起。

0

蚕神张刘氏家的土地上，多种了两畦靛，打算秋后开染房。她嫌以前染布的花样有些过时，经过精心描绘，设计好了两种新的花样，尚未染出，就能看出比以前的花样好看。

除了染房在青龙河两岸出名，张刘氏吃下桑叶后吐丝结茧，把自己织在了一个硕大的蚕茧里，也让附近村庄里的女人们羡慕不已，因为她从蚕茧里出来后变成了一个新人。从此，人们就称呼她为蚕神。

开染房是个力气活，张刘氏的老头张福满也是家里的主要劳力，人们都说他是泥做的，他不光力气大，体重也是常人的几倍，拍胸脯时，肋骨里面会传出杂乱的蓬蓬的声音，而不是清脆的砰砰声，同时还会溅起呛人的尘土。从种种迹象看，他真有可能是泥做的。人们曾经看见过他揪下一片靛的叶子，塞进嘴里嚼碎了，没有吐出来，而是咽了下去，从此他的血管就变成了蓝色。据说他蓝色的血管里曾经流出过一滴红色的血，染在了布上，却变成了一朵蓝花。

靛的颜色确实具有多变性。靛是一种神奇的植物，低矮的植株，茂密的绿色叶子，成熟后采下叶子用大缸加水浸泡，再放入少量石灰搅拌，靛的叶子腐烂后会把水染成紫色，用这种紫色的浆汁染布，竟然会染出蓝色布匹。因此，靛的内部到底含有几种颜色，人们也说不清了。

河湾村的茅草屋里，挂门帘的不少，这些门帘大多是蚕神张刘氏印染的，蓝花朴素而沉着，非常耐看。据说二丫曾经用雨滴穿起过一些门帘，但是那种门帘太娇贵，虽然晶莹剔透，却很不实用，几天时间就干瘪脱落了，后来也没人效仿。二丫服气地说，还是蚕神印染的布门帘实惠耐用。二丫夸蚕神的时候，蚕神看着二丫，也不回应，内心却充满了暗喜。

二丫是村里养蚕和织布的能手，小小的年纪，已经具有丰富的经验。她看见蚕神家里多种了两畦靛，就跟蚕神说，等秋后，我想染两个枕巾，给我染些新的花样吧。蚕神也不说话，点头称是。

蚕神之所以不说话，是因为还没有到秋后，靛的叶子还没有长成，她不敢把话说满。因为她种靛的这块土地靠近青龙河边，有一年眼看就要收成了，却被一场大水给淹了，靛的叶子上挂满了淤泥，收成减半。还有一年，一场冰雹砸毁了许多庄稼，她种的靛几乎绝收，叶子所剩无几。事后她用手指着天空埋怨了几句，还引起了老天的不满，专门在她的头顶上打雷，吓唬她。

蚕神不是一个普通人，从她吃下桑叶那天起，她就从老年变回到年轻人，浑身微微透明，仿佛四眠的春蚕。实际上，在很早以前，她就曾经吃过桑叶，吐出了许多丝，并且用自己吐出的丝纺线织布，自己染色，做了一件真丝的衣服，衣服上印染的花样就是一片一片的桑叶。

蚕神是一个得天地灵气的人，受惠于天，也感恩天地。她很少埋怨老天爷，有人说她是老天爷的女儿，但是没有准确的证据，也都是猜测和传说而已。有一次，二丫直接问她，你到底是不是老天爷的女儿？蚕神支支吾吾，顾左右而言他，就是不正面回答。后来二丫也就不问了，因为她总是闪烁其词，根本不想说清楚。

关于蚕神的身世,她的老头张福满也不是很清楚。张福满只知道干活,家里的事情从来不操心,也不多问。蚕神让他干什么他就干什么,干完活就拍拍自己的胸脯,从肋骨里传出蓬蓬的响声,随之溅起浮躁的尘土。他似乎很享受身体发出的声音,有时他说话,体内还有一些微弱的回声,每当这时,他就静下来倾听,人们问他听到了什么,他就憨厚地笑笑,说,我也没听清楚。

张福满的耳道里面积垢太多,曾经长出过几棵小草,自从拔出小草后,他的听力就下降了,听什么都不太清楚。这件事也不能怨他,是蚕神拔的,蚕神也承认是她用力有些大,带出了耳朵里的一些泥土,损坏了他的听力,既然已经坏了,也没什么好办法,只能慢慢恢复吧。可是,几年过去了,还是没有完全恢复。有时蚕神喊他吃饭,他却听成了搅拌,便去搅拌染缸。有时蚕神喊他下地,他却听成了下跪,于是反驳说,给老婆下跪,你会折寿的。蚕神听了又气又好笑,说,你呀你,真是一个泥巴老头。

张福满的听力下降了,但是他的蛮力却一点也没有减少,甚至还增加了一些。有一次,有一条小河要逃跑,他硬是拽住了小河的尾巴,把它牢牢控制住,这条小河就没能够跑掉。当然,这只是传说,没人能够证实。还有人说,小河根本没想逃跑,只是像一条蛇甩了几下尾巴,就被他抓住了。最离谱的说法是,这条小河已经跑到了远方,是张福满抓着小河的尾巴给拖了回来,一路上,小河的肚皮都磨坏了。人们问张福满,是不是有这事,他挠挠自己的头皮说,我也记不清了。

凡是张福满记不清的事情,蚕神都记在心里。她采桑,养蚕,纺线织布,开染房,给四邻八乡的人们染布,从来都不含糊。她每过几年就要描绘一些新的花样,还曾经尝试染出绿色的花,后来她发现,绿色只能做叶子,世间没有绿色的花,只好作罢。在她使用过的染料中,还是靛的颜色最稳定,染出的蓝色花样也耐看,深受人们的喜爱。当二丫提出让她染出新的花样时,她早已心中有数,并且设计好了新的花样。

有些事情是努力的结果,有些创新是由于错误造成的,人们所说的歪打正着,就是这个理。有一次,蚕神刚刚把染好的布匹晾晒在木架子上,突然遭遇了暴雨,晾晒在院子里的布匹来不及收拾,全部淋透,相当于被水洗了一遍,染上去的颜色被雨水稀释,变得非常浅淡。没想到这种结果成就了一种新的颜色,也就是蓝色变浅以后,布匹变成了天蓝色,非常清爽而深邃,一时间成了人们争相印染的颜色。人们穿着这种天蓝色的衣服,仿佛把一片天空披在身上。尤其是女人的小头巾,天蓝色底子,上面透出白花,戴在头上,无异于头顶着一片开花的蓝天。

具有蓝天色彩的,不仅限于蚕神印染的布匹,青龙河也是。青龙河是清澈的河流,有时云彩飘累了,就在河水里歇一会儿,因为青龙河与蓝天是一个颜色。有一次,一个外乡人路过青龙河,他的眼神不好,差点把青龙河误认为是晾晒在地上的蓝色布匹。难怪张福满把一条小河拖走老远,莫非是他把小河也当做了布匹?

糊涂人总做糊涂事。张福满就是。蚕神说土地旱了,让他给靛浇点水,结果他听成了给她烧点洗脚水。还有一次,她让老头给二丫传话,说是她可以染白花了,结果他找到二丫,说她的钱白花了。二丫知道他肯定是说错了,也不埋怨他,反而笑他憨实。张福满对自己的错误从不知晓,总是笑呵呵地认真去做,越是荒唐,人们越觉得他可爱。

二丫对蚕神设计的新花样充满了期待,她甚至盼望蚕神家土地上这些正在生长的靛快点成熟,然后尽快染布。她曾经无数次想过，蚕神染出的新花样，印在枕巾上，会是什么样的花朵。有一次，她在想象中睡着了，她梦见蚕神正在给天空染花，醒来后发现天上并没有花朵，而是多出了一些鳞状的云片。可见，人们说蚕神是老天爷的女儿，虽无实据，也有一些线索，不然谁能在天空里染花，又让花朵变成白云？

第二天早晨，二丫找到蚕神，仔细端详她，越看越觉得蚕神不仅身体透明，而且比当年从蚕茧里出来时还要白皙许多。张福满看见二丫直愣愣地看着蚕神，也笑了，说，这丫头，是不是睡愣怔了？蚕神看着二丫说，我看也是。

这时，二丫看着蚕神，指着天空说，不管你是不是老天爷的女儿，反正我是决定了，我要拜老天爷为干爹。说完，二丫转身就走。二丫穿着一件红色的上衣，由于衣服已经旧了，有些褪色，看上去比大红要浅淡许多，正好与天空飘起的彩霞是一个颜色。

0

河湾村的茅草屋里生活着许多人，此外，村里还生活着牛、驴、羊、狗、猫、鸡、鸭子、耗子、黄鼠狼等多种动物，如果算上村庄附近的鹰、猫头鹰、喜鹊、乌鸦、麻雀、云雀、黑鹏、啄木鸟、鹨哥、叼郎子等鸟类，以及各种昆虫，其数量之多，不可计数。

河湾村的外部，还生活着一些死去的人们，他们安静地躺在坟墓里睡觉，一般情况下不会醒来，除非有特别要紧的事情必须请他们出场，人们才会打扰他们一下，请他们出面，大多数时候,他们都睡意沉沉,甚至永远不再苏醒。

除了死去的人们,还有一些看不见的灵魂和偶尔出现的影子,他们生活在另一种秩序里,很少与人们的生活交叉,他们也有生死,也有喜悦和悲伤。

有一天,王老头走到村口,听到空气中传来哭声,经过观望之后他发现,现场除了他没有别人。他曾经听祖先们说过,有时灵魂会哭泣,但是他从未亲自听见过。当他反复听到这哭声以后,他茫然了,他不敢相信自己的耳朵,他需要别人来确认。他截住了从他身边路过的木匠,说,你听,有人在哭。木匠站在地上,四下观望,既没有别人,也没有听到任何声音。王老头又说,你细听,是呜呜的哭声。木匠继续听,还是没有听到。王老头看见木匠毫无反应,有些失望,放他走了。

王老头已经八十多岁了,为人老实厚道,从来不会撒谎,他肯定是听到了什么声音,这一点可以肯定。但是这个哭声到底是从哪里来的,他也不清楚。他知道河湾村里不仅生活着人,还有许多家畜家禽和野生动物,它们也在生活。也许是什么鸟发出的叫声?也许是风声?也许是自己的耳朵出现了幻听?他开始怀疑自己,他不敢确信这个声音是否真的存在。

王老头听到的哭声,有些沉闷,有些恍惚,仿佛来自岁月的深处。这哭声并不清晰,甚至说有些厚钝和沙哑,却直接钻进他的心里,在他的胸脯里回旋,绕来绕去,难以消退。他想,这么大的声音,木匠怎么就听不到呢?他要等待别的过路人,进一步证实。

王老头等到了铁匠。他请铁匠细听,铁匠把手挡在耳朵后面,听了一阵,说,我听到了风声,呜呜的。王老头说,你确信是风声?铁匠说,我觉得是风声。王老头又问,不是人的哭声?铁匠又听了一阵,说,是风声。

王老头想,铁匠经常用拳头打铁,他的手又黑又厚,而且不知道有多厚的老茧,他把手挡在耳朵后面,听到的声音不一定准确。他不相信铁匠听到的声音。他能够区分风声和哭声。他也知道,山里有一种叫做姑姑沙的鸟,经常在仲夏时节鸣叫,发出类似老人的哭声,但是那种叫声忽高忽低,有些短促,明显带有鸟的忧伤,与人的哭声类似而不同。他确信,他听到的声音绝对不是那种鸟的叫声。还有一种鸟,人们叫它嘿呼,因为它的叫声像是一个人的恶作剧,嘿呼,嘿呼,尤其是四下无人的时候,突然听到一声嘿呼,挺吓人的。嘿呼只吓唬小孩子,成年人都知道这是鸟的叫声,也学着它叫,嘿呼,嘿呼,它就会飞走。

关于灵魂是否会哭泣,最有经验的是村里的长老。长老已经两百多岁了,经历的事情多,凡是他不知道的事情,他会去梦里请教他的爷爷,如果他的爷爷也不知道,他的爷爷就会去请教他爷爷的爷爷,如此上溯,一代代追问,总会有一个相应的回复。可以说,长老背后有一个庞大而悠远的祖先部落,而且这个群体绵延到古老的岁月,甚至可以穷尽人类的记忆,因此,他所不知,必有人知。王老头想,为什么不去问问长老呢?即使他没有听到过灵魂的哭声,或许他的祖先们听到过。

王老头找到长老时,长老正在院子里晾晒二丫送给他的从晚霞中采摘的红色露珠。王老头见到长老后也不寒暄,直接问,你听到过灵魂的哭声么?长老说,听到过。王老头喜出望外,这回终于算是问对人了,果然有人听到过。于是问,什么样的哭声?长老说,呜呜的哭声。王老头说,从哪里来的哭声?长老说,从自己的心里。王老头听后一下子蒙了,自言自语地说,难道说我听到的哭声来自于自己的内心?这怎么可能?

世上的事,没有什么不可能。王老头所说的哭声,除了他自己,没有另外的人能够听到。他排除了牛的叫声,也排除了鸟的叫声，凡是与其相似的声音，都排除了，他发现，这个哭声离他确实很近，也许真的在他心里。他开始怀疑自己，难道我听到的是自己的哭声？他记得自己小时候哭过，长大后就不哭了，他早已忘记自己哭泣的样子。他想看看自己哭的样子，听听自己的哭声。于是张开大嘴，尝试着哭一次，却发现自己无论如何也哭不出来，不但发出的声音不对，连哭的样子也不对，他发现自己已经不会哭了。他回忆了一下，早年间，河湾村的人们因为驱逐狼群，被狼的哭声所感染，曾经集体哭泣过，后来狼群改道不从河湾村经过，人们也就失去了集体哭泣的机会，他至少已经几十年没有哭过了，突然想哭，却已失去了哭泣的能力，也失去了那种让人心酸的悲伤的声音。

长老说，不会哭，也正常。很多人都不会哭了，你能听到自己的哭声，说明你心里还有悲伤，也许你的心里哭够了，也就不哭了。

王老头想，在这八十多年的时间里，无论遇到什么样的贫穷、艰难、困苦、挣扎，他都咬牙挺过去了，除了死，没有什么是过不去的坎。什么样的事，都没有哭的理由，哭也没用，那就不哭。也正因为如此，他已经几十年没有哭过了。他没有哭，并不等于内心积累的酸楚已经消失，随着年深日久，他沉淀在心里的悲戚不断积累和发酵，直到在一个无法自控的时刻，突然发出了自鸣。这种自发性的哭声往往有一个很小的起因，就像压死骆驼的最后一根稻草，他的悲伤超过了他自身的承受力，浑然不觉中，悲从心生，自然而溢。

王老头确认这哭声是来自于自己的内心以后，无论如何也想不起哭泣的缘由。他努力回忆，这些年是否做过什么亏心的事情，是否做事情不得体，得罪了邻里和乡亲们，是否伤害过与他一起生活在河湾村的大大小小的生命。他想来想去，终于想起一件事。前不久,他看见邻居家里的鸡窝里有一颗圆溜溜的卵石,竟然被抱窝鸡孵出了小鸟。他便去青龙河边捡拾卵石,也想试试,看是否能够孵出小鸟。没想到他捡到的不是卵石,而是真正的鸟蛋。尽管他走到半路就把鸟蛋送回了河边,还是在途中不小心碰碎了一颗。他当时就说了很多对不起小鸟的话,但他还是心中有愧,很长时间解不开这个疙瘩,也无法原谅自己的过错。还有一次,春天耕地的时候,他抽打了老牛一鞭子,当时老牛回头看了他一眼,老牛眼中流露出的不是怨怒,而是深深的悲伤。在很长时间里,他一想起老牛的目光,内心就有一种深深的歉意。同样是生命,同样都是干活,我为什么要抽打老牛呢?后来,他几乎不敢与那头老牛对视,他生怕看见老牛的目光。一天,他专门去给老牛道歉,给老牛下了一跪,恳求老牛原谅,没想到老牛看见他跪下了,老牛也跪下了,就像是结拜弟兄在相互跪拜。老牛没有他岁数大,他当场就拜老牛为兄弟,结拜之后,他和老牛都起身,四只眼睛对视,都流下了眼泪。但是,王老头没有哭,他觉得流泪不算是哭,只有放声大哭才是哭。

按照王老头的哭泣标准,来自于他内心的哭声,也不算是哭,只能算是呜咽。他最怕的就是呜咽,沉闷而压抑,让人难受。他检点自己一生中做过的错事,虽然有的已经非常遥远,却依然像是陈旧的伤疤,留下隐痛。也许正是这些郁结不开的陈年老账,积累在一起,在某个特殊的时刻,构成了摧毁性的最后一击,让他承受不住。在他精神垮掉那一刻,不等他开口,内心已经在哭泣,发出了呜咽。

王老头听到的哭声,原来是自己的灵魂在体内呜咽。

找到了原因以后,王老头的心里反而踏实了,他不再找人证实,也接受了这种发自身体内部的声音。一连几天,他体内的哭声一直在持续,最后停止于一个夜晚。他的灵魂在体内一次哭个够,哭完之后,他感觉身体轻松了许多,心里再也没有一点负担。原来,哭泣让人如此的舒服,他后悔在这八十多年里,为什么不多哭几次。

经过几天时间的哭泣,王老头终于找到了哭泣的感觉,于是他想放声大哭一次。一天,他一个人走进了村外的树林深处,看看四下无人,他放开喉咙,号啕大哭。他哭出了一辈子积攒的声音和眼泪,差点哭晕过去。哭完之后,他瘫坐在地上,背靠着树干,睡着了。等他醒来的时候,他的身边聚集了一群鸟,有麻雀,有喜鹊,有乌鸦,还有云雀、黑鹂、啄木鸟、鹦哥、叼郎子,还有白日里很少出现的猫头鹰,最让人感动的是,还有一只鹰,也站在鸟群里。它们鸦雀无声,等待着他的苏醒。当他慢慢睁开眼睛,看到眼前的情景时,感动得热泪盈眶,内心里突然爆发出忍不住的哭声。这一次他听得非常清晰,确实是灵魂在哭泣。

王老头走出树林,回村的时候已经接近黄昏,他听见树林外面有一头牛也在哭,凭声音判断,这是曾经被他抽打过的后来又与他结拜为兄弟的那头老牛。老牛的哭声和叫声很难区分,都带有隐忍和古老的哀愁。

长老曾经说过,老牛一旦哭泣,就会有另外的牛死去。它一生只哭一次,它从来不为自己而哭泣。

0

北山上的一棵桑树倒了,人们发现后告诉了蚕神张刘氏,因为这棵桑树是蚕神的干女儿。蚕神听说后放下手中的活计,赶紧奔赴北山。蚕神知道这棵桑树夜里经常梦游，跑到别的山坡上去，梦醒后总能回到原地。为此，蚕神非常担心，万一哪天它回不到原地，或者走远了，走丢了，回不来了，怎么办？这不，终于出事了。

到了北山，蚕神发现她的桑树女儿躺在地上，树干和树叶并未损坏，却裸露着根须。蚕神发现它的根须后明白了一件事，难怪这棵树经常到处乱跑，原来它的树根是两条腿的形状，每条腿的下部各有五个根须，仿佛五个伸长的脚趾。

根据桑树倒下的姿势和树干上擦破的一小片皮肤，蚕神判断，这棵桑树可能是夜里梦游时不慎摔倒的，身上没有什么致命伤，估计是摔蒙了，晕过去了，并未摔死。这棵桑树并不高大，自从蚕神认它为干女儿以后，它就不愿再长高了，一直保持着娇小的身材，仿佛自己真的是一个小姑娘。

蚕神看到桑树女儿摔倒成这个样子，又心疼又好笑，同时也自责，觉得自己没有照顾好它，如果经常嘱咐它梦游时多加小心，也许它就不会摔倒。蚕神把小桑树扶起来，扛着它，找到它原来的位置，然后把坑挖深一些，重新竖起来，埋土，浇水，临走时反复叮嘱它，至少在三个月的时间里，一步都不能移动。常言说，伤筋动骨一百天，必须好好休养，否则很难恢复。

小桑树并不是因为乖巧，而是确实伤了元气，树叶有些萎缩，休养了三个多月才逐渐恢复原状。在小桑树休养身体这段时间里，蚕神去看过它好几次，每一次都给它浇水施肥，再加上小桑树老老实实的，一直没有乱动，才得以恢复。

这件事，给了蚕神一次教训，今后要多关心小桑树，真不能疏忽大意。蚕神想起多年前，刚刚认桑树为女儿的时候，小桑树曾经溜走过一次，蚕神发现后，在桑树身上拴了一根红绳，另一头拴在树下的一块石头上，从此小桑树就无法乱跑了。这几年，拴树的红绳断了，蚕神也忽略了它的安全，觉得这么多年都没事，不会出事的，没想到它还是出现了意外事故。这倒是提醒了她，还用老办法，用红绳拴住小桑树。

蚕神使用的这个古老的办法，并不是她的发明，别人也用过。有一年，河湾村外的大片杨树林，整体向西南方向移动了半里地，如果不是及时发现，这片树林有可能集体逃跑。当时，人们都慌了，不知如何是好。人们去问长老，长老也没有经历过这样的事情，于是他去梦里问他的爷爷，他爷爷又去问他爷爷的爷爷，终于回话说，用红绳拴住树王。

拴住一棵普通的树容易，拴住树王却让人劳神费心。一大片树林，到底哪一棵是树王？是老树？是最高的树？是最粗的树？人们不知道哪一棵是树王，找到它是非常迫切的事情，因为这片树林依然在移动，如果不及时制止，有可能走向远方，甚至跑到河流的对岸去。

人们无法确认哪一棵树是树王。无奈之下，只好用红绳一棵一棵去拴，直到拴住一棵小树苗时，树林停止了移动。人们无论如何也没有想到，这棵不足一人高的小树苗，竟然是整片树林的树王。刚开始，人们还觉得有些奇怪，觉得这棵小树苗不配担当树王这个盛名，细看后才发现，这棵小树苗是在一个枯树根上发芽生长的，也就是说，它是有前生的树，是一棵老树枯死后从根部重新冒出的芽子。看样子，它不止有一生，从枯树根的腐烂程度看，它死过不止一次。一棵树死后，哪怕只有一片树皮还活着，它就有复活的可能性。

这次拴树王的经历，仿佛一次集体梦幻，事后的好长时间里，人们都不敢确信其真实性。有人说，当时树林并没有逃跑，也许是人们产生了错觉。还有人说，那天，天上的云彩飘得太快，在云彩里采摘露珠的二丫飘过树林上空时，往下看了看，还以为是树林在移动。人们说出了多种怀疑的理由，最没有证据的是，说是蚕神的干女儿小桑树在北山上乱跑，引起了山下整个树林的骚动。蚕神说，那天，我一直守在小桑树身边，我敢说，它一步也没有移动。人们信了蚕神的话，后来不再议论此事。

　　蚕神说的是实话。因为那天是小桑树的生日，蚕神一直守候在小桑树的身边，给小桑树过生日，没有看见它移动。实际上，说是小桑树的生日，小桑树也并不真的是那天生的，而是蚕神认养小桑树为女儿的纪念日。每年的这一天，蚕神都要陪伴在小桑树的身边，给它浇水和施肥，跟它说话，嘱托它，抚摸它，亲近它。自从小桑树有了蚕神这个妈妈，就多了一份亲人的关爱，长出的叶子都是嫩绿和繁茂的。

　　自从有了妈妈，小桑树做梦都是幸福的，但是做梦时到处乱跑也是事实。有一次它跑到了山坡的另一面，如果不是庄稼地上的一个草人及时发现并给它领路，它恐怕是无法回到原地的。后来，蚕神领情，给那个快要散架的草人重新捆扎，临走时还在它的脸上亲了一口，也算是对它做好事的一种表扬吧。再后来，草人直接去蚕神的梦里，有意拜蚕神为干妈。蚕神想，多一个草人儿子也无妨，相当于小桑树多了一个弟弟。想到这里，蚕神当场就认了这个干儿子。醒来后，她去找那个草人，两人见面时，她听到了草人发出了一句空虚的喊声。

　　从此，蚕神不仅是小桑树的母亲，也是草人的母亲。蚕神突然想起，她也有干妈，她很小的时候，就拜青龙河为干妈，她是青龙河的女儿。这么多年来，她一直以无边界的母爱对待她的孩子们，当她忽然想起自己也是一个女儿时，仿佛回到了遥远的永不复返的童年时光。

0

春天的土地干燥，起风的时候，经常刮起地上的尘土，有时两股逆向而行的风在一个地方相遇，互不相让，就会冲突骤起，相互扭打起来，形成一股旋风。在势均力敌的情况下，两股风在一个地方较量，谁也不会让谁，这时，旋风就会越长越高，越转越热闹，搅得周围的枯枝败叶都跟着旋转，甚至飞到天上去。如果风的一方后劲不足，在较量的过程中逐渐败下阵来，就会择机逃跑，而强势的风并不就此罢休，会一路追赶，而弱势的风会在败退的过程中试图招架，且战且退，于是就形成了移动的旋风。

王老头知道这些道理，但他总是添乱。每当他看见两股风打架时，王老头都会上前劝阻，而风根本不听他的话，越打越来劲，有时甚至把他围在旋风的核心，远远看去，好像是王老头在浑身冒烟和旋转，而实际上两股风都嫌他碍事，真的生气了，甚至对他出手，本来是一个普通的事件，却演变成了一场对王老头的群殴。

结果不用猜想，王老头从旋风里出来时，总是晕头转向，灰头土脸，狼狈不堪。回到村里后，人们见到他的惨样，不但不可怜他，还要埋怨他，说，你真是闲的，谁让你去劝解旋风了？人家两股风闲着没事闹着玩儿，你非要劝阻，结果越劝越热闹，你若不添乱，说不定人家早就和解了。

人们埋怨王老头的时候，他拍着身上的尘土，一点也不觉得委屈，还呵呵笑，说，几年前年我就劝开了一个旋风，我抱住了旋风的后腰，它就走不动了，慢慢就解散了。

王老头说起那年的经历，人们都笑了。因为那天，人们都目睹了他和旋风相遇的整个过程。那是早春的一个黄昏，土地还未耕种，河湾村西北方向来了一个大旋风，这个旋风至少有几十丈高，走起来摇摇晃晃的，向河湾村的方向奔来。每年春天，都有几个旋风来河湾村，转一阵就走，对土地和村庄并不构成伤害。也就是说，常来的那几个旋风，人们都熟悉，并且知道它们大致行走的路线，而那天来的那个旋风，是个陌生的旋风。人们都觉得那个醉醺醺的家伙有些来历不明，应该去盘问或阻止一下。那么谁出面去阻止呢？人们正在犹豫时，最不适合担当此任的王老头，走了出来。

王老头并不是一个勇敢的人，甚至说有些怯懦，他从来没做过什么惊天动地的事情。早年间，河湾村西北部的天空出现过一次塌陷，当时人们都去补天，王老头总是走在最后面，他生怕天空再次塌陷，会砸到他。他的胆子很小。做个不太恰当的比喻，人们的胆子普遍是土豆那么大，王老头的胆子顶多就是栗子大小。

王老头这个胆小的人，那天他之所以会出乎人们的意料，站出来，去拦截一个陌生的旋风，让人们另眼相看，也不是出于他的勇敢。按他自己的说法，那天，他看见那个旋风的核心里有一个模糊的人，像是他死去多年的爷爷。当时他被一种神秘的力量所吸引，不知不觉地就站出来，径直走向了旋风，就像一个无所畏惧的年迈的勇士。

也许，王老头真的被什么力量控制了，或者，他的爷爷真的在那个旋风的核心里，对他构成了吸引。在人们的目睹下，他向旋风走去，旋风也向他接近。人们看见王老头老远就张开双臂，像是要拥抱一个从远方归来的亲人。

在人们的眼里，似乎是王老头抱住了旋风的后腰，而实际上是旋风紧紧地抱住了王老头，不肯松手。后来王老头说，他没有在旋风中看见他的爷爷，而是被一种无法抵抗的力量卷入了旋风内部，在旋风的核心里，他听到了一种从未听过的声音，既不是呼唤，也不是哀鸣，而是类似空虚的叹息。他从旋风里出来后许多天，有些神志恍惚，耳边总感觉回旋着那种难以忘记的特殊的声音。

那天，王老头是以倒地不起而结束的，他被旋风转晕了。当人们赶过去时，旋风早已消散，王老头浑身都是尘土，脏兮兮地躺在地上。人们以为他死了，反复呼叫他的名字，没想到他笑嘻嘻地睁开了眼睛，就像刚刚睡醒一样。

王老头的壮举并非完全是个笑话，后来的事实证明，他对旋风的抵抗力，一般人无法达到。他真的可以抱住一个旋风，像是抱住一棵蓬松的树干，他也可以毫不费力地把一个旋风领进山弯里。人们传说，王老头曾经靠蛮力摔倒过一个旋风。还有人说，有些旋风一看见王老头就逃跑，生怕被他抱住，纠缠不休。有一次，王老头坐在村口的大石头上夸口说，有些旋风看似高大，实际上比炊烟还要虚弱，抱住它并不难。说完，他总是要笑一下，表示制服一个旋风，确实是很轻松的事情。

但是，有一件事情，差一点把王老头给难住。

去年夏天，大约有十多天的时间，村子里没有一丝风，村外的树林里也没有风，平时到处可见的风，不知去了哪里。人们说，可能是王老头制服旋风时，得罪了其他的风，所有的风都不愿来河湾村了。王老头听到这种说法后，感觉自己受了冤屈。他要找到风，把风领到村里来，以此来证明自己的清白。为此，他找了好多天，河边找了，没有，山洞里也找了，也没有，灯火的外围也找了，也没有，阴影里也找了，也没有。王老头纳闷了，难道说，风凭空消失了？

就在王老头苦苦寻找风时，人们在北山后面的一条山沟里，发现了风的踪迹。有人看见山沟里的一棵青草，叶子发生了轻微的晃动。消息传到王老头的耳朵时，他简直像是抓住了救命的稻草。

王老头去北山后面，找到了人们所说的那棵晃动叶片的青草，顺藤摸瓜地发现山沟底部，隐藏着许多空气，这些空气都不是本地的空气，从它们的颜色和气味可以判断，这些潜伏的空气来自于远方，是随时可以启动和奔跑的风。

找到了风的藏身之地，王老头并没有采用劝说的办法，也没有强迫驱赶，而是巧妙地引领这些空气，让它们自己起身，奔跑起来。他认为对待不同的风，要采取不同的办法。对于那些晃晃悠悠的旋风，可以适当粗暴一点，过于蛮横的，也可以一拳打倒在地；而对于怯生生地隐藏在山沟里的微风，也许不用费多大力气，也许一个眼神，一个动作，甚至轻轻的一声叹息，就可能会惊动它们，就像打扰一群睡眠的蝴蝶。

王老头想起来了，他曾经在旋风内部听到过一种类似叹息的声音，那声音非常特殊，伤人魂魄，让人久久不能忘怀。想到这种声音时，王老头不免心生感怀，本能地叹息了一声。没想到他的这一声叹息，竟然在空气中扩散开来，使周围的空气产生了轻微的震荡，进而引起了山沟底部的空气流动。当前面的空气顺着斜坡向下流动时，周围的空气随即坍塌，也跟着向下流动，填补前面的空缺，一场局部的风就这样形成了。在这股风的带动下，整个河谷的空气都跟着流动起来，有的地方由于障碍和拥挤，还在局部形成了旋风。不过这些旋风很快就解散了，服从于整个空气流动的大势。当王老头回到村里时，风已经刮了一个时辰，村庄外面的树林哗哗作响，仿佛是迎接他的掌声。

王老头不但找到了风的藏身之地，还把风引了出来，夏日的闷热消散了许多，人们当面夸奖了他。有人问他，你用什么法术招来了风？王老头仍然像往常一样呵呵地笑着，说，我哪有什么法术，我不过是轻轻地叹息了一声。人们感到新鲜，说，叹息？王老头说，是，就是叹息了一声。说着，王老头又发出了一声叹息，这一声叹息，在空气中扩散，河湾村的每个人都听到了，不知为什么，忽然引起了人们心中的伤感，平时悲伤比较多的人，甚至引起了内心回旋的风暴，情不自禁地抽泣起来。

王老头怎么也没有想到，他的一声叹息，会让人们如此伤心。他想起来了，他在旋风中听到的声音，不仅仅有叹息，似乎还有抽泣的声音。他还想起，在他很小很小的时候，他的爷爷曾经抽泣过。他不敢确信，几年前他所看见的旋风中心里，是否有爷爷的幻影，但他可以肯定的是，他在旋风中听到的声音，确实是叹息和抽泣混杂在一起的声音，其间或许还有一些摩擦音。能够同时发出这些声音的，不可能是一个人，至少需要一群人，甚至是一个族群。

0

人的嘴，是脸上用处最多的地方，看似简单的一道缝隙，张开就是一个洞口，人们每时每刻都能用到它，吃饭，喝水，呼吸，说话，亲嘴，哭，喊，骂人，咬人，嚼东西，打呼噜，都用到嘴。有人说吃饭是喂脑袋，如果具体到部位，应该说是喂嘴。嘴是一个无底洞，无论吃下去多少东西，都会漏下去。嘴吸进去多少空气，也要呼出多少空气，对于呼吸来说，嘴不是唯一的通道，有时鼻孔也能呼吸。鼻子的两个孔，开口朝下，悬在嘴的上方，倘若一个笑话憋不住，从鼻孔里冒出了鼻涕泡，嘴就是第一个受害者。鼻子可能还有别的用处，有待人们发现。倘若鼻子只是用来呼吸，那么鼻孔朝上长不是也能呼吸吗？但是不然，由于人是直立行走的动物，鼻孔朝上的话，下雨天就容易往里灌水。

一个人只能有一张嘴，如果有了两张嘴，就属于不正常。铁匠就有两张嘴。一个嘴在脸上，鼻子下方，这是一个正确的位置，另一个嘴长在了肚子上，是个错误的位置。准确地说，铁匠肚子上的这个嘴，只是类似嘴的一道伤口。铁匠打了几十年铁，难免被烫伤，只是这次他被烧红的铁块烫伤了肚皮，烫得比较深，留下一道类似嘴的伤口。由于伤口久久不能愈合，铁匠只好光着膀子，幸好是夏天，不穿上衣也无妨。

往年夏天，由于铁匠经常光着膀子打铁，身上的烫伤很多，星星点点的，也不碍事，很快就会恢复，因此他也不当回事。今年夏天的这个烫伤，是一块烧红的铁，粘在了肚皮上，属于深度烫伤，加上出汗和蚊虫叮咬，恢复很慢，伤口像是合不拢的上下两个嘴唇。

三婶是河湾村里最快嘴的人，心地善良，爱开玩笑，嘴上从来不饶人。平时，三婶和铁匠碰到一起，总要相互斗几句嘴，然后哈哈一笑，各忙各的去。三婶听说铁匠烫伤了肚皮，又是心疼，又是好笑，想去看看他。再说，她已经十多天没有见过铁匠了，不逗几句嘴，总觉得生活中缺少了什么，有点不过瘾。她听人说，用天上采集的露珠清洗伤口，恢复快，正好家里还有一碗露珠，是二丫从云彩里采摘来的，送给她当药引子，她近期没病，舍不得吃，就攒了一碗。三婶决定把这一碗露珠送给铁匠。

说做就做，三婶端着一碗每一粒都闪闪发光的饱满的露珠，来到了铁匠铺。

三婶听见铁匠铺里叮当响,知道铁匠正在干活,还未见人,就老远开口,笑着说,铁匠啊,我来看看你,听说你肚子上长了一个嘴,里面还长出了牙齿,是真的吗?铁匠正在铺子里光着膀子打铁,听见三婶的大嗓门,赶忙从铺子里出来迎接她。铁匠见三婶手里端着一个碗,笑着说,三婶来就来呗,手里还端着一个碗,莫不是有什么好吃的要送给我?铁匠说完,还用手抹了一下嘴,做出一副流出口水的样子,笑眯眯地看着三婶。三婶看见铁匠光着膀子,肚子上横着一道类似大嘴的伤口,心里一个激灵,不免有些心疼。但是三婶这个人是刀子嘴豆腐心,心疼归心疼,话里话外都带着刺,什么时候都不能忘了奚落人。三婶手指着铁匠的肚皮,啧啧了几声,说,哎哟哟,人们还真是没说错,铁匠的肚子上还真的长出了一张嘴。既然你身上已经有两张嘴了,就说点好听的呗?铁匠说,三婶喜欢听什么,我让肚子上的嘴跟你说。三婶说,还是你上边那张嘴好使,说话声音洪亮,放屁都好听。

三婶话音未落,也是赶上凑巧,刚好铁匠憋了一个屁,噗的一声放了出来,两人相视一愣,随后哈哈大笑。

笑过之后,铁匠接过了三婶手里的碗,端进铺子里,说,三婶对我真好,知道我渴了,还特意送一碗露珠给我吃。三婶说,你想得美,这是二丫送我当药引子的,我没舍得吃,是给你清洗伤口用的。铁匠说,伤口快好了,不怎么疼了,还让三婶这么惦记,真是有些不落意。三婶说,既然你这么不落意,那我就端回去。三婶假装做出夺碗的样子,往前跨了一步,铁匠赶紧说,不不,我爱吃,三婶送我的怎能不收下呢?三婶说,就是,身上长着两张嘴,不能吃才怪呢。说完三婶自己先哈哈大笑起来。

话说铁匠用了三婶送给他的露珠,清洗之后确实恢复很快,但是由于烫伤很深，最终还是在肚皮上留下一道深深的伤疤，其形状酷似人的一张嘴。有那么一段时间，三婶逗趣地叫他二嘴，铁匠说，你要是这么说，三婶的嘴怕也是不少吧？三婶一听，知道开这个玩笑让自己吃了亏，就红着脸跑了，以后再也没有叫过他二嘴。

铁匠的烫伤恢复以后，依旧打铁。实际上在烫伤最严重期间，他也照常打铁，从没有耽误过一天。河湾村的人们也没有觉得铁匠有多么坚强，因为人们都是这样，小小不言的毛病，一挺就会过去，何况是皮肉伤，大不了疼几天就是，总会好的。早年有一个放羊人，像是滚风草一样从山坡上滚下来，直接就摔死了，死了好几天，人们正在给他做棺材的时候，他又活了过来，复活后用别人的口音说话，就像是换了一个人。在河湾村人看来，死了的人也会活过来，实在活不过来的话，还可以重新投胎去别处，换一个身体和姓名再活一辈子，说不定还能换一个性别，体验不一样的人生。

铁匠不想换一个人生，他觉得这辈子打铁非常好，下辈子，他还想做一个铁匠，哪怕是肚子上再烫出一道伤口也无妨。他觉得那是一个特殊的记号，说不定还有什么用处。不仅铁匠有这样的想法，河湾村有很多人都愿意下辈子还在河湾村生活，还种原来的土地，还是原来的邻居和亲戚，死后，与先人们一样，在坟地里聚集。坟地是一个安静的地下氏族村庄，躺在那里的人们可以放心地呼呼大睡，没有特别重大的事情，一般不用起身。

三婶的想法跟大多数人不一样，她说她下辈子不想当女人了，她想当一个男人，当铁匠，也光着膀子打铁，哪怕肚皮上也有一个伤疤。她觉得身上有些伤疤，才是一个男人的魅力。她看见过铁匠用拳头打铁，那个攥紧的又黑又大的拳头，快速打在烧红的铁块上，其力度和速度，都是一个女人用尽平生的力气也做不到的。作为一个男人，就应该像铁匠那样，敢于硬碰硬，把硬邦邦的铁，制作成各种工具。三婶的想法，显然是对铁匠充满了羡慕。有一次，她当着铁匠的面说，要不下辈子咱俩换换，我当铁匠，你当女人行不？铁匠笑嘻嘻地说，不换。让我去采桑、养蚕、织布、烧火做饭，还生孩子，那我打铁的拳头岂不是白练了？三婶说，没事，下辈子还能用。

下辈子的事情，三婶说了不算。就是今生，她说了也不全算数。从她嘴里说出的话，夹杂着许多空气，还有一些字句在表述的过程中丢失了，意思不够完整。当然，所有丢失的字句，由于没有说出来，肯定还在她的嘴里，不定什么时候就会流露出来。有时候，她本来不想说话，嘴里剩余的句子却不自觉地随着口水流出来，让人以为是她的心里话，引起人们的笑谈。

在说话这件事情上，嘴是个重要的关口，一旦说出来，很难在空气中把声音收回来。早年曾经有一个善于奔跑的牧羊人，奔跑的速度超过了风，他曾经追回过几句话，但也不是每次都能成功。有时，一句话散发在空气中，变成了松散的颗粒，即使追回一些个别的字句，也非常零散，不够完整。有的话，说出的时间太长了，早已随风飘散，甚至飘到了星星的后面，你就是有再大的本事，也无法追回了。因此古人说，一言既出，驷马难追，你想想看，驷马都难追，两条腿的人，岂能追上？

铁匠说话，从来都是斩钉截铁，掷地有声。这与他打铁有关。有时他说错话了，后悔不及，就会警告性地用他那打铁的拳头，擂自己的胸脯，以示对自己的惩罚。但是自从肚子上有了伤疤以后，他就不敢擂胸脯了，因为有一次他擂自己胸脯的时候，肚子上的伤疤突然裂开，发出了撕心裂肺的喊声。铁匠被这突然出现的喊声吓蒙了，再看肚子上的伤口，仿佛一张大嘴正在吐血。

铁匠意识到事情的严重性，赶紧用手捂住肚子上的伤口，就像捂住一个正在呼喊的嘴巴。这个吐血的伤口所喊出的声音，来自于他的肚子里多年的积蓄，沉闷而压抑。这也与铁匠的性格有关，平时有些话无处可说，他就咽进自己的肚子里，没想到这些陈年的话语，一直沉积在体内，没有释放的出口，当他擂打自己的胸脯时，声音在体内震荡和回旋，引发了这些话语的暴动。这些没有说出的陈年话语，已经不再信任人的嘴，它们拥挤着，呼啸着，在他的体内回旋，最后终于找到一个开裂的伤口，喷涌而出。

0

铁匠肚子上的伤口最终还是弥合了，留下一个伤疤。同样是工匠，木匠整天斧子锯子不离手，却很少伤到自己。木匠的斧子非常锋利，按理说，砍手指总比砍木头省力气吧？但是木匠一次也没有砍伤过手指。

木匠的斧子一面硬，说的是木匠的斧子只有一面竖直的刃口可以砍削木头，另一面是斜坡，只用于磨刃口，却无法砍削东西。这是常理，不是什么重要发现。如果你看到一个人的身体两侧都长着身影，并且这个人还是个木匠，那才算是重大发现，你就可以走过去告诉他，嘿，你有两个身影。

木匠根本就不理会你的提醒，他对此也许习以为常，也许是出于傲慢，对你不屑一顾。假如提醒木匠的这个人是三婶而不是憨厚的王老头，三婶就不会善罢甘休，她会继续追赶，甚至会抓住和拖曳他的身影，反复提醒，直到木匠回应为止。

这些都是假设。此时铁匠正在打铁，木匠正在制作门窗，没有离开原地，身上也没有两个身影。三婶在山坡上采桑叶，正在忙，王老头在自家的地里清理水渠，他们三个人没有在一起，也没有相遇，因此这个假设有些冤枉了木匠，好像他是一个傲慢无礼的人。

木匠被假设以后，继续干活，没有注意到有人假设了他，而且凭空牵出一个爱管闲事的三婶，顺便还牵扯了老实憨厚的王老头。木匠正在使用他的一面刃的斧子砍削一根木头。他对木头的属性了如指掌。他不仅了解木头的硬度、纹理、韧性、疤痕，还能从外表看出木头的年龄和生长环境，是什么树，这棵树被砍倒了多少年，死后是一直躺着还是站着，其间挨过多少次雨淋，死后多久被剥掉了皮，如果没剥皮，树皮里面生了什么虫子，什么虫子会在木头里留下虫眼，什么虫子只在皮下打洞，留下花一样的纹理，等等等等，只要是木头，没有他不知道的。一次，他指着一根木头说，这根木头里至少隐藏着五十斤火焰，一斤灰烬，还有三四斤烟雾。木匠说话是有根据的，不信你就试试。

三婶是个不服气的人，一次跟木匠打赌，她输了。木匠指着一根木头说，这根木头里面藏着一个人。三婶不信，结果木匠用了几天时间，刀砍斧凿，去掉了木头上多余的东西，从里面救出一个人。这个人也许是从小就跟木头一起长大的，也许是藏猫猫时躲进了树干里，总之他的身体已经跟木头融为一体，救出来时已经晚了，他已经成了木头人。三婶看到木匠真的从木头里面凿出一个人来，当场就服气了，伸着大拇指说，木匠，你不会也是一个木头人吧？

怀疑木匠是木头人的，不光是三婶，还有王老头。王老头把木匠雕刻出来的木头人扛走，把他竖立在自家的庄稼地里，用来吓唬偷吃粮食的麻雀。王老头在地上挖了一个坑，打算把木头人埋在土里一部分，以便固定住他。没想到他正在挖坑时，木头人说话了，他说，你别挖那么深，太深了我的脚埋在里面不舒服，你要是把我埋死了，我孙子饶不了你。王老头说，你孙子是谁？木头人说，我孙子就是雕刻我的木匠。王老头和木头人，两人你一言我一语地聊了半天之后，王老头忽然醒悟，不对啊，这个木头人怎么会说话？

王老头想，也许我没有听到什么，只是自己心里想的，在挖坑的时候产生了幻听。他提醒自己，别想那么多，一个木头人，能说什么呢？他仔细看这个木头人，感觉很熟悉，特别像是村里已经过世多年的一个老人，也就是木匠的爷爷。王老头记得，他还很小的时候，这个老人曾经和他一起玩过藏猫猫，他记得这个老人隐藏在一棵树干的后面，当他慢慢接近那棵树，准备抓住他时，发现树干后面并没有人。人呢？明明是藏在树后面，怎么就没有了？当时他感到非常神奇，甚至怀疑那个老人会隐身。想到这里，王老头停止挖坑，直愣愣地看着这个木头人，越看越像，最后他对着木头人直接喊了一声，表爷。王老头怎么也没有想到，当年那个老人，那个表爷，竟然藏进了树干里，而且，王老头喊他表爷的时候，他清晰地听到木头人答应了一声。

王老头把木头人竖立在地上以后，埋好了土，用脚踩实，又用手推了推，虽有轻微晃动，但也算牢固了。他看着这个木头人，恭恭敬敬地给他鞠了一躬，又叫了一声表爷，但是表爷没有说话，而是笑眯眯地看着王老头，仿佛看着当年那个藏猫猫的顽皮的小孩子。

王老头想，木匠的爷爷，是我的老亲戚，论辈分我应该叫他表爷，有这样一个老人给我看护庄稼，我也就放心了。

王老头在回村的路上遇到了三婶，就把这件事情告诉了她。三婶说，你能确定木匠雕出的那个木头人是他的爷爷？王老头说，我看像。三婶说，木头人承认了？王老头说，我喊他表爷，他答应了。三婶说，木头人会说话？王老头说，是，说了。三婶说，说了几句话？王老头说，我们聊了半天。三婶惊讶地瞪着眼睛叫了起来，我的天啊！

三婶根本不信王老头的话，拽着王老头就走，要去看看那个竖在地上的木头人，走到半路，他们老远就看见一个身体有些略显僵硬的老人向他们走来，当他们相遇时，王老头发现，这个老人正是木匠雕出的那个木头人。王老头看见他，不假思索地喊了一声，表爷，你这是要去哪里？木头人看见王老头和三婶，也不惊讶，好像他们早就认识一样，坦然地说，我的脚后跟上有一个地方没雕好，我站在那里总感到有些硌脚，我回去找一把斧子修一修。

三婶这回信了王老头，她真的看见木头人说话了，而且声音清晰，面目和善，一看就是一个善良的老人。

王老头和三婶看着木头人，不再惊讶，也没有阻拦，就像这个老人一直生活在他们的身边，从未离开过村庄一样。望着他走去的背影，王老头和三婶同时发现，这个木头人的身体两侧，各有一个身影，就像是身上长着一对虚幻的翅膀。

王老头忽然想起，这个木头人的背影，越看越像是木匠的背影。

三婶也说，真像。

这些露在身体外面的东西，并非神奇，他的真正厉害之处是，这个看似普通的木头人，身体内部隐藏着几十斤火焰，以及来自泥土深处的闭环的年轮，而这些构成生命的元素，早已内化为他的骨骼和肌肉，隐含着沉默的激情和力量。这些内在的东西一旦遇到明火，他将突然释放甚至自燃，烧毁自身，连灵魂也不放过。

0

木匠去北山,想找一根硬木,他没有找到合适的木头,却意外地捉住一只狐狸,用绳子拴住带回了村里,拴在自家院子的栅栏上。人们听到消息后纷纷去木匠家里看狐狸,结果发现狐狸早已逃跑,绳子上拴着的只是一只狐狸的影子。

狡猾的狐狸已经脱身了。后来,就在人们的围观下,一只活蹦乱跳的狐狸的影子也从绳子上突然挣脱,从围观的人群缝隙中溜走了,绳子上只剩下一个空空的圈套。

看着这情景,木匠目瞪口呆,不知如何解释。

第一个嘲笑木匠的是三婶。三婶说,木匠啊,你把狐狸藏在哪儿了?不会是变成了狐狸精,你又娶了一个小媳妇吧?

人们听到三婶奚落木匠,说得如此风趣,都笑了起来。

木匠说,我在山上确实见过一只老狐狸,没敢捉,因为它已经变成了狐狸精,长得特别像三婶。

三婶说,我要是变成狐狸精,第一个就把你迷住,让你整天魂不守舍,颠三倒四。

木匠说,我相信三婶有这个本事,要不现在就变一下呗,我愿意被三婶迷住,一辈子都行。

三婶说,你想得美。

三婶说着话,眼神却在四处寻找,她不相信一个狐狸的影子能够自己逃跑,莫非影子也成精了?

事实摆在那里,三婶不相信也不行。人们都在现场,都在围观,眼睁睁地看着那只狐狸的影子挣脱了绳子,嗖的一下溜走了。

现在可倒好，狐狸跑了，连个影子也不见了，人们看着空空的绳套，又看看木匠，仿佛上了木匠的圈套，不知说什么好。就在这时，人们看到，这个曾经拴过狐狸也拴过影子的麻绳，系成圈套的绳扣突然开始蠕动，本来是系得紧紧的一个绳结，竟然自己松开了，绳子像是一条无辜的蛇，委屈地趴在地上。后来，这条绳子在地上开始弯弯曲曲地爬行。人们看到这条会爬的绳子，纷纷闪开，给它让出了一条路，眼看着它爬出了木匠家门口，爬出了胡同，出了村。后来，有好奇的跟踪者回来说，这条绳子爬上了北山。

这一切都发生在眼前，不可置疑的事实让人们见证了一场不可能的事件。看到这一切，三婶不再嘲笑木匠，木匠也不再分辩，人们都相信这条爬走的绳子，肯定是拴住过一只狐狸。

看到这一切，木匠却不敢相信自己的眼睛了，他也不敢确信这些是真实还是幻觉，他甚至怀疑自己，是否真的捉住过一只狐狸，是否真的去过北山。

木匠的怀疑越来越多，越来越远，他甚至怀疑自己是不是一个真人。他曾经用一根粗壮的木头雕出过一个真人大小的木头人，人们都说那个木头人像他的爷爷，可是背影却像是木匠本人。三婶见过那个木头人的背影，还曾经跟那个木头人聊过几句，听口音不像是外地人。有时木匠也怀疑他所雕出的那个木头人有可能就是他自己。

村里的王老头把木匠雕出的那个木头人扛走，竖立在自家的田地上，用他来吓唬偷吃粮食的麻雀。这里不再细说。且说自从拴住狐狸的绳子爬走以后，木匠找到了家里的所有绳子，用火烧绳头，用剪子剪绳头，都没有动静，也没有痛感，他认真检查，仔细确认，这些绳子确实是麻绳，而不是蛇。为了证实这些绳子确实是绳子，他还把一条绳子系在自己的腰上，露出绳头，故意在胡同里走来走去，可惜的是，没有一个人注意他的腰部，人们只看他的脸，只跟他的脸说话，准确地说，只跟他的嘴对话，仿佛其他的身体部位都是陪衬，不值得关注。

木匠所做的这些事情也不算白费心思，至少三婶在胡同里看见了他，说，木匠啊，你又在显摆什么呀？是不是又捉住了一只狐狸？木匠说，这几天我没去北山，没有捉住狐狸，却捉住了一条绳子，你看，我把它拴在了腰上。三婶说，还真是一条绳子。说着，她走近木匠身边，小心翼翼地试探性地用手摸了摸木匠腰上的绳子，然后立刻缩回去，她生怕这条绳子突然咬住她的手指。

三婶的担心不是没有一点道理，毕竟木匠拴狐狸的绳子真的爬走了，毕竟狐狸的影子也是在人们的围观之下逃走的，更别说早已逃脱的狐狸。对于这些令人费解的事情，三婶曾经暗自去找过木头人，木头人说，我是木匠雕出来的，凡是发生在木匠身上的事情，我都不能说出，或者早已忘记。三婶说，那你还记得你是谁吗？木头人说，我原来是一棵树，后来被人砍倒了，多年以后，我又被木匠雕刻了，现在，我被一个老头竖立在地上，除了东张西望，无事可做。

三婶从木头人嘴里，也没有问出什么秘密，倒是自己嘴里的话，说出去不少。好在这些话放在嘴里也没有什么用处，说出去以后，反而轻松了许多，一是给嘴腾出了空间，二是有些话在嘴里存放久了，会染上唾液的味道，说出来不好听。三婶感觉到，嘴里空了以后，呼吸都是顺畅的。

三婶从田里回来的时候，路过一条水渠，看见水渠边上有一个影子在活动，似乎在地上寻找什么东西，她仔细看，像是一个狐狸的身影。她好奇地跟随这个身影，不知不觉地上了北山，她恍恍惚惚地不知走了多久，等她回来的时候，发现人们都聚集在她的家里，焦虑地等待她归来。

三婶跟随一个影子，不知不觉走了好几天，人们都以为她失踪了，也许回不来了，正当人们快要绝望的时候，三婶回来了。她看到人们聚集在她家里，说，我在水渠边看见一个狐狸的影子，就追了一小会儿，没追上，我就回来了，你们是不是在等待我的消息？人们说，是在等待你的消息。三婶说，也没什么好消息，我只是追了一会儿，没追上，那个影子跑得太快了，难怪木匠的绳子拴不住它。

三婶和村里的人们说的根本就不是一回事，人们不知道三婶在这几天里到底经历了什么，回来后就说这样的胡话。而三婶也不理解人们的心情，依然说着她追影子的经历。她说，我不累，我就是追了一小会儿，大家放心吧，我还没老到跑不动的程度。

木匠看见三婶说出的这些不着边际的话，并没有借机嘲弄三婶，而是故意紧了一下腰上系着的麻绳，他是在故意显示一下，以此告诉人们，我腰上系的是一条真正的麻绳。可是谁也没有注意木匠的这个小动作，只有三婶看到了，三婶看到这条麻绳，突然拍了一下大腿，说，哎哟，瞧我这记性，我忘了一件事情，我在山上看见了从木匠家里爬走的那根麻绳，忘了捡回来，我现在就去。

三婶慌慌张张地转身就走，人们看见她的身后，似乎跟随着一个恍惚的影子，这个影子动作非常敏捷，从大小和特征上看，特别像是从木匠家里挣脱绳套逃跑的那只狐狸的影子。

0

北山是一座神奇的山。

一天，北山后面的一座山头失火了，来村里报信的是草人。

由于草人长得太潦草，草扎的头部和画上去的嘴巴都很粗糙，说话和呼喊都含糊不清，就像是空虚的风声，人们只能从草人着急的程度和比画的姿势判断，是北山的方向出事了。

草人来到村里后，首先找到的是长老。当时长老正在绳子上晾晒一片晚霞，这片晚霞是二丫从天上带回的几片云彩中的一片，她送给长老的时候云彩还小，经过几个月的时间，长老已经把它养大，变成了一片大云彩。长老看见草人气喘吁吁地跑来，必定有事，就说，别着急，慢慢说。可是蓬松缭乱的草人只会用手比画，根本发不出具体的声音，更不可能说话，经过一阵慌乱的比画之后，长老大概理解了草人的意思，是北山的方向出事了。

果不其然，人们跟着草人走，发现北山后面的方向冒出了烟雾，对应的天空也有些隐隐发红。最初，人们以为是天空出事了，毕竟河湾村西北部天空曾经塌陷过一次，虽然经过修补，也不一定牢固，存在再次塌陷的可能性。天空塌陷会漏光，而且边缘会有明显的裂痕，而这次不是，看上去天空是完整的，并没有出现漏洞，也没有开裂的痕迹，因此，长老当场就否定了人们的猜测，说，天空没事。

人们说，天空没事就好。

但是，天空没事未必就好，地上出事也是一件麻烦的事情。在草人的引领下，人们继续往北走，发现一个山头着火了。往年，河湾村附近也曾发生过小范围的山火，有的是人们扑灭的，有的是自己熄灭的。所有的火都有向上生长的属性，山火也是如此，它们围攻一个山头，像集体冲锋的勇士，所过之处寸草不留。火焰烧光了一切可以燃烧的东西之后，会把自己烧毁。所以，一场无法控制的山火，必将毁于它自身的烈焰。

长老说，你们年轻人眼神好的，快看看，有没有向下生长的火焰。人们眺望了一阵，回复说，都是向上的，没有向下的。长老说，那就好。没有向下生长的火焰，我就放心了。

长老放心了，但是草人依然放心不下，急得直跳脚。草人是草做的，对火焰有着过度的敏感，因为他一旦遇到火焰，那就是毁灭性的灾难。曾经有一个草人，在扑救一场山火时不幸引火烧身，临死的时候浑身通红，发出了救命的呼声，怎奈人们赶到他身边时，他已经所剩无几，最后变成了一堆灰烬。

长老安抚草人说，别急，这场山火是山上火，可烧的东西有限，烧不了多久。

果然，没过多久，山火就熄灭了。

人们佩服长老的预测，觉得他什么都懂。三寸高的小老头说，倘若我也活到两百多岁，我也会跟长老一样，懂很多事情。

这时人们才发现，三寸高的小老头也跟来了。由于身高的原因，即使他走在人群里，人们也很难发现他的行迹，常常是在他说话的时候人们才突然发现他在现场，一般情况下仿佛根本不存在。

人们回村的时候，三寸高的小老头和草人因为走路慢，都落在了后面。草人是一个假人，是一片农田的看守者，秋后庄稼收割完以后，他独自留在光秃秃的原野里，仿佛一个遗孤。如果不是他给人们报信，人们早已忘记了他的存在。

草人没有跟随人们进村，他走到村边就停下了脚步，然后转身往回走。他的家在田野，他要回到属于自己的土地，尽管此时土地已经荒凉。草人害怕寒冷，也害怕孤独，但是他已经无奈地习惯了这样的生活，并接受了自己的命运。

山火自己熄灭了，人们经历了一场虚惊。回村以后，长老发现，他晾晒在绳子上的云彩不见了，在村里一打听，听说二丫养殖的几片云彩也不见了。几片云彩同时不翼而飞，肯定是发生了什么事情，否则不可能这样约好了似的，几片云彩竟然在同一天消失。

事情还是与山火有关。草人向长老报信的时候，晾晒在绳子上的云彩就在现场。长老并不知道这场山火是由天火引起的，是一颗燃烧的流星落在山顶上，引起了一场火灾。天火引起的火灾，普通人是无法扑灭的。天火必须天来灭，只有云彩才能承担此任。

长老养大的云彩，听到这个消息后，不假思索地从绳子上飞起来，纠集了二丫养殖的几片云彩，立即飞往着火的山顶上空，合力下雨，浇灭了山火。

山火熄灭了，云彩也累死了，准确地说，是云彩耗尽了体内的液体，精疲力竭而死。云彩用生命报答了长老，或者说，也许是云彩命中注定有这样的一天，它们长大，发胖，等待的就是有朝一日，受命于天，献身于天。

而这一切，是在人们毫不知情的情况下发生的。人们远远观望山火的时候，由于距离太远，没有注意到云彩，也不知道云彩用生命熄灭了山火。

没有人告诉长老，这一天里到底发生了什么事情，后来，是他夜里睡觉的时候，从梦里得知了一些情况。是长老的爷爷在梦里说出了事情的始末，长老才恍然大悟。

长老醒来后就去找草人，他觉得应该谢谢草人。他想把草人领回村里，至少应该给他填充一些草，再捆扎结实一些，再描摹一下他的五官，让他的眉目更加清晰一些，如果他能开口说话，是最好不过的事情，但是从古至今，还没有一个草人说出过人话。

长老找遍了原野，也没有发现那个草人的踪迹。那个报信的草人到底去哪儿了？他问过三寸高的小老头，小老头说，那天，我们一起去看山火，回来的时候我和草人走在最后面，到了村边，草人就回去了，他说他要回到他的原野，但是具体去了哪里，我也不清楚。长老又去找二丫，二丫说，云彩丢了，我可以再采一些，草人丢了，可不好找，有一次我在山顶上看见过草人，他不会去山顶上了吧？

二丫的提示，提醒了长老。当人们去失火的山顶上寻找时，发现草人被烧得面目全非，昏倒在地。

没有人能够说清楚，这到底是怎么回事。

长老去梦里问他的爷爷，这回他的爷爷也不清楚，说得非常含糊，他说，云彩灭火后，又有一些柴草死灰复燃了，我看见一个草人从老远的地方跑到山顶，扑打了很久。他到底是烧死的还是累死的，还是没死，我也没看清楚。

长老的爷爷都说不清楚的事情，就不会有结果了，长老也就不再追问了。人们把昏睡不醒的草人从山顶上抱回来，在他身上添加了新的干草，重新用麻绳进行了捆扎，看上去仿佛一个新人。这个草人是否复活，人们也是说不清楚，据说有人见过一个草人在田野上奔跑，但是到底是不是他，人们都说距离太远，无法辨认。三寸高的小老头可能知道草人的下落，可是人们去问他的时候，他总是呵呵笑，并不正面回答人们的问题。据说他的心脏只有黄豆粒大小，里面却藏着很多不为人知的秘密。

0

一个模糊的身影路过河湾村。最早发现这个模糊影子的人是三寸高的小老头，他立即报告给长老，随后全村的人们都出来观看。果不其然，确实有一个模糊的人影在河湾村外面的土路上疾走，从走路的姿势看，是个成年男人的影子。一般情况下，人的身影都是摊在地上的，像是从土壤中渗出的污渍，而这个行走的身影直立在地上，而且走路的姿势坚定有力，没有丝毫的孤独感，仿佛他自己就是一个行走的人群。

　　这个影子迈着大步路过河湾村时，引起了人们的兴趣，出于好奇，村里几个腿脚快的年轻人快步去追赶这个影子，很快就出了村。人们望着他们远去，长老还冲着他们的背影喊道，追不上就赶紧回来。几个年轻人似乎听见了长老的喊话，其中一个人还回了一下头。不多时，这几个年轻人就追到了人们的视野之外，直到再也看不见了，人们也没有及时散去，继续议论着这件事。长老嘟囔着说，看来他们是走远了，也不知道什么时候回来。

　　几天过去了，追赶影子的年轻人也没有回来。人们传说，他们已经追到了远方。传说在不可知处的外面，有一个叫做远方的地方，没有方位，也没有具体的地点，却真实地存在着。远方不是一个具体的地方，却吸引了许多人的向往。有人说，即使你到达了远方，也不知道自己身在远方，因为前面还有更远的地方，显露出辽阔的边际。

　　关于这几个年轻人的消息，都是一些不可靠的传说，说这几个人在奔走途中，越走越热，越走越累，其中一人脱掉了外衣，走路轻松了许多，其他几个人也效仿他，脱掉了外衣，加快奔走。后来，他们脱掉了所有的衣服，最后把身影也脱掉了，而他们所追赶的那个奔走的影子越走越快，始终走在他们的前面，仿佛一个引导者。几个年轻人跟在影子后面，不问方向，也不问里程，一心一意地追下去，渐渐地，他们彻底变成了执念的追随者。他们对于自己到底要走向哪里，何时到达，能否到达，一切都不可知。

长老经常站在村外，望着他们走去的方向，等待着他们的消息。

多年过去了，河湾村发生了许多变化，人们渐渐忘记了这件事，甚至是否真的发生过追赶影子这样一件事情，都变得恍惚。

又过了很多年，村里不断有人出生，也相继有人过世，随着日月轮回，细心的人们发现，天空老了，土地也老了，周围的山河依然卧在原地，也老了。长老也老了，他已经两百多岁了，雪白的胡子垂挂在胸前，仿佛是从体内流出的一道瀑布。由于长老的白胡子非常显眼，给人的感觉是，白胡子才是他的生命主体，而他的整个身体似乎是胡子后面的一个陪衬。

无穷无尽的时光在流逝，关于影子和追随者的传说也渐渐淡化，消失了，直到再也没有人提起这件事。

就在万物都在老去的光阴里，忽然有一天，村里来了几个过路的陌生老人，这几个老人匆匆忙忙，好像有什么急事，生怕耽误了行程。长老看见这几个奔走的老人，上前盘问，经过几番问答，长老确认，他们就是早年间去追赶影子的那几个年轻人，由于年深日久，他们已经老了，与当年出发时相比，每个人都变成了另外一个人。他们对于故乡的记忆和认识已经非常模糊，甚至一点也不记得当年追赶影子这件事。他们在奔走途中，早已被影子甩在了后面，随着时间的推移，他们对于自己曾经追赶过多年的影子，也产生了怀疑。他们怀疑是否真有这样一个影子，也感到遥远而恍惚。如今，他们之所以还在不停地奔走，是出于行走的惯性，已经停不下来了，即使没有远方这样一个遥远而又不确定的存在，他们也会一直走下去。奔走，从最初的好奇和追赶，逐渐演变成了一种生存方式，最后变成了他们的身体本能，甚至是生命的全部。为了奔走，为了减少拖累，他们不仅脱下了自己的身影，也卸下了所有的心事，不再思考，不再瞻念，最后连自己的灵魂也抛弃了，只剩下一个单纯的身体，在大地上不停地奔走。

这几个老人，路过河湾村时并未停留多久，很快就上路了。长老还记得，当年他们出发的时候，其中一个年轻人还回了一下头。而如今，他们绝然而去，没有一个人回头。这几个生于河湾村的人，似乎与河湾村不再有一丝瓜葛和留恋。长老问他们叫什么名字，要去往哪里时，这几个奔走的老人都茫然无语，不知如何回答。他们早已忘记自己是谁，也不想知道远方在哪里。

又过了一些年，又有一个模糊的影子从村里路过，从走路的姿势看，是个成年男人的影子。人们惊讶地看到，这个影子的后面，跟随着一个庞大的影子人群。长老几乎不敢相信自己的眼睛，他在这个庞大的影子人群中发现了一个影子，是自己的身影，还有一个非常小的身影，是三寸高的小老头的身影。

0

河湾村的人们，每个人都有清晰的身影，这与阳光明亮有关，与月光也有关。经常晒太阳的人，皮肤会有光泽。有人说，皮肤的光泽是出汗所致，并不是皮肤本身发生了变化。也有人说，晒太阳使人光润，晒月光使人白皙，长期走夜路的人皮肤暗黑，而雪白的胡须不是每个人都有资格生长，女人再老，也无法长出茂密而雪白的胡须。

只要提到胡须这个话题，长老总是非常得意，用手捋着自己雪白飘忽的胡须，脸上泛出油润的光泽，高声说，我已经两百多岁啦。他说这话的时候，总是笑眯眯的，善良又慈祥，有时他望着远方，有时望着天空，仿佛他的年龄是上苍所赐。

长老确实是个奇迹，两百多岁了，脸上的皱褶并不多，还微微泛出光泽。这可能与他的油性皮肤有关，他自己体内分泌的油脂，足够滋润他的皮肤，再加上经常晒太阳和晒月光，使他一直保持着健康的肤色，老了也不曾改变。许多老人说，从他们出生时起，长老就是这样，如今依然是这样。人们都说长老可能是个永生之人，河湾村的许多老人都相继过世了，而长老却一次也没有死过，甚至死了也能复活。

有人传言，说长老两岁的时候生过一次大病，差点就要死了，他的母亲把他脚上穿着的一双小鞋脱下来，埋在了地里，他就没走成。多年以后，长老在旷野里找到了这双鞋，神奇的是，两百多年过去了，这双埋在地下的小鞋并没有腐烂，鞋底下还长出了深深的根须。长老找到这双鞋后并没有把它挖出来，而是重新培土埋好，让它继续扎根。人们传说，长老之所以不死，就是因为他的鞋已经在地下扎根了，从此，死神也无法把他从人间带走。

有人问过长老，是否有这样的事情，长老既不肯定，也不否定，他总是笑呵呵地说，我也忘记了。长老笑的时候，脸上总是微微泛出光泽，明眼人可以看出，有的光泽来自于皮肤，有的光泽可能来自于内心。

皮肤上有光泽，并不是长老的专利，河湾村的许多人皮肤上都有光泽，尤其是晒过月光之后，又在河水里洗浴过的女人，身体会微微透明，仿佛体内暗藏着一盏灯。她们往往三五成群，结伴走进月光里，去青龙河里洗浴，那些白得耀眼的女人即使把身子隐藏在水下，也能透出来自身体内部的光晕。青龙河水太清澈了，什么也掩藏不住，河底下有几颗卵石，哪颗卵石是天上掉下来的星星，哪颗假装成土豆，一眼就能分辨。眼睛好的人，甚至能够在月光中看见河里的鱼群，也能根据水滴的颜色分辨出露水和眼泪。

河湾村的女人很少哭泣，因此流到河里的眼泪极少。她们总是能够把水分保留在体内，用于滋润自己的肌肤，以保持身体的透明度。如果哪个女人皮肤暗淡了，只需多晒几次月光，多去青龙河里洗浴几次，就会恢复光泽。

并非只有女人在青龙河里洗浴，男人也去洗浴。男人们往往是在中午，或者傍晚干完活，会顺便到河里清洗。男人洗澡所用的时间很短，只要把汗水洗净就算完事，不会长时间浸泡在河里，也不会像女人一样结伴，嘻嘻哈哈像是一群戏水的鸭子。男人们大多是独往独来，洗完就走，即使水面上漂浮着晚霞的浮光，也不留恋。

有没有女人和男人们洗浴时碰到一起的时候呢？有。大多数时候，胆小的女人们总是在水浅且隐蔽的水域，三五成群地洗浴，除了忍不住的笑声，大多数时候并不十分张扬；而男人们大多在水深且开阔的水域中洗浴，水性好的人可以在水中潜伏很长时间，有的人还能在水中吐出气泡，不知情的人还以为河里出现了大鱼，当他们从水里钻出来时，才让人恍然大悟。倘若男人和女人们发现了对方，就会把身子埋在水下，只露出一个脑袋，然后迅速回避，或者假装没看见，游到别处去。

洗完澡的人们并不急于穿衣服，人们总是要在河边的沙滩上坐一会，有太阳的时候晒晒太阳，有月亮的时候晒月光，让清风把身上的水珠吹干，顺便增加一下身体的亮色。

晒太阳和晒月光，与在河水里洗浴虽然不同，但也有相似之处，一个是浸泡在水里，一个是被光芒所包围。河湾村的阳光和月光都是透明的，空气也是透明的。有一年秋天，天高气爽，阳光明媚，有一丝微风试图隐藏在空气里，自以为毫无破绽，结果还是被人发现了，微风当场解体为细小的颗粒，疏散在空气中。还有一次，有一个不自量力的身影擅自离开他的主人，独自穿过正午的阳光，结果被阳光晒透，融化成一团空气，消失在阳光里。长老经常告诫人们，晒太阳也好，晒月光也好，都要适度，尤其是身体虚弱的人，千万不要把灵魂暴露在体外，一旦被阳光灼伤或者烧毁，有可能彻底融化。身影被烧毁了，还可以再长出一个来，灵魂一旦融化，就不会再生，也没有挽救的可能性。当然，没有灵魂的人，就不用担心这些。在这世上，不是每个人都有灵魂，有的人看似光鲜，实际上根本没有灵魂，只有一个活动的躯体，他们的身体接受本能的支配，没有思考的能力，也不能分辨是非。

一个人没有灵魂是可悲的，但是，倘若一个人的体内有两个灵魂，也是一件麻烦的事情，体内会因为灵魂拥挤和争吵而烦恼。长老对此深有体会。几年前，王老头的灵魂丢失了，这个丢失的灵魂游荡在外，鬼使神差地走进了长老的体内，长老顿时感到有些吃不消。说来也是，外来的灵魂加上长老自己的灵魂，两个灵魂挤在一个人的体内，显得非常局促，尽管长老的心比较大，两个灵魂在他体内相处得还算和谐，没有发生相互谩骂和撕扯，但也给长老的内心造成了一定的拥堵，很是憋闷。好在时间不长，长老就解决了问题，把外来的灵魂排挤到体外，回到了王老头的身体里。后来，长老和王老头多次见面，每次见面都不说话，两人都尽量封住身体上的所有漏洞，以防再次发生灵魂泄漏事件。

并不是所有的努力都能奏效，堵住了体内的灵魂，却有可能泄漏出别的。有一天，几个洗浴过后的女子从皮肤中透出微光，尽管她们穿着衣服，还是从露在外面的脸和手上泄露了身体的秘密。有人说她们吃了过多的露珠，导致体内水分外溢所致。

也有人说她们在青龙河里洗浴时，身体吸收了太多的月光，是皮肤的正常反应。但是别的女人也吃过露珠，也曾经在河水里洗浴，为什么体内的光芒就没有那么明显呢？

同样的事情，在青龙河对岸的小镇上也发生过不止一次，也都是女子，也是发生在洗浴过后，身体透出了微光。后来，有人找到了原因，人们发现，凡是身体透光的女子，皮肤都是又细又薄，经不住反复清洗，晒月光的时间也不能过久，否则就会因为皮肤过于透明而泄漏出体内的光芒。

对此，长老早就有过警告，但是女子们仗着年轻，有着挥霍不尽的精力，想洗就洗，想晒多久就晒多久，很少节制自己的行为，哪怕她们的身体像个透明的气泡，也毫不在意。长老看到这些女子，也不过多劝告，只是捋着雪白的胡须，慈祥地笑着说，这些孩子啊，唉，这些孩子。

看见长老，人们出于尊重，都会认真倾听他说的每一句话，但是有些话，长老只是发出了一些感叹，并没有具体的内容和意义，透明的女子们也都是一边听着，一边笑着，却无法遵从。每当这时，长老也不倚老卖老，他从来不用自己的经验过分地教育后人，他知道这些后生都有自己的命运，不用过多操心。

日子一天天过去，人们依然按照自己的习惯洗浴，晒太阳，晒月光，毫无顾忌地彰显着皮肤的光泽。长老知道自己再活多久也死不了，也就不太在意生老病死，平常也不把自己当做一个两百多岁的老人，反而越活越健康。有时他被整个天空的光芒所包围，也不慌张和躲避，有时他大口地呼吸阳光，并不是为了身体透明，而是为了消除体内的阴影。

长老说，青龙河在地上流淌着，千万年过去了，它从来没有阴影，就是因为它的每一滴水都是透明的。

长老说这些话的时候，总是习惯性地望着远方的天空，仿佛那辽阔的天空里一直有一个跟他对话的人。

0

长老经常遥望天空,而王老头却总是低头走路,有时他站着也低头,他说低头便于思考。这几天他一直在研究手心里的一个黄豆粒,似乎有了重大发现。

王老头发现,黄豆粒看似一个圆球,褪掉黄豆的外皮,里面却是两个扣在一起的半球体。圆滚滚的黄豆粒是豆秧上结出的种子,许多种子,里面都是两瓣的。花生虽然是在地下长大,花生粒的红皮里面也是分成两瓣。而土豆就不是,星星也不是。为什么同样是球形,有的就分成两瓣,有的则不是?

王老头这几天一直在思考一些奇怪的问题,他想不通的地方,就去问长老。长老已经两百多岁了,经验非常丰富,如果他也想不通,他就做梦,去梦里问他的爷爷。他爷爷说,月亮也有两瓣的时候,这不稀奇。人的屁股圆不?不也是两瓣的吗?

王老头觉得长老的爷爷说得有些道理,他也见过半个月亮,这是人们公认的事实。有人说,月亮的另一半可能是掉到地上了,也可能是融化了。早年间,铁匠就曾经在青龙河边的沙滩上捡到过月亮的碎片,月亮不掉下来,地上哪儿来的碎片?

王老头一想,对呀,铁匠确实捡到过月亮的碎片,而且用那些透明的碎片打制了一把宝刀,我为什么不去问问铁匠呢?

王老头找到了铁匠,铁匠说,是有这回事。那都是早年的事情了,那时我经常用拳头打铁。

说着,铁匠举起了自己的拳头,在王老头的眼前晃了晃,说，打铁还需拳头硬。

王老头说，你的拳头也不是完整的，中间有那么多裂缝。

铁匠松开了拳头，反复看了看，说，你不说我还真没细想过，手指之间竟然有这么宽的裂缝，如果没有这些裂缝，我的手指岂不是要粘连在一起，那还叫手吗？

王老头说，鸭子的脚掌就没有裂缝。

铁匠说，还真是，我怎么就从来没想过这些？

王老头和铁匠聊了半天，从月亮的碎片聊到了鸭子的脚趾，话题不断分叉，就像铁匠伸开的手掌。假如铁匠的每根手指是十个骨节，像是树木伸展的根须，说不定王老头的话题会延长到第二天或者第三天，甚至还会节外生枝，延伸到村庄外面的树林。

王老头走后，铁匠陷入了沉思。他想，我整天只顾打铁，从来没有想过自己的手上居然有这么多的裂缝。似乎不只手有裂缝，身上的许多地方也有裂隙，比如头上的眼睛，脸上的嘴，嘴里的牙齿。如果人的牙齿不是一颗一颗分开，而是连成一体，没有牙缝，岂不是更好？他越想越无法理解，他觉得这些问题超出了他的思考范围，他迫切需要找到长老，跟他聊聊这些看似平常而又非常陌生的问题，问问他到底是怎么回事。

铁匠找到了长老，说，我若把脚埋在土里，脚指头会不会生长和扎根？

长老面对这突如其来的问题有些发愣，两眼直直地看着铁匠，思考了一下，说，仅仅埋土可能还不够，还需要浇水，浇灌一些阳光和月光。

铁匠说，浇水多了，我的头发会不会直立起来，像水草一样疯长？

长老说，长太高了就割掉呗，没事的，你看韭菜，割掉一茬还会长出新的一茬。

铁匠说，把手指头全部割掉，可能就长不出新的手指来。

长老说，好多东西是可以再生的，我撕下过自己的身影，后来又长出了新的身影。

铁匠说，撕扯次数多了，会留下永久性伤疤，无法愈合。

长老说，有些天生的伤口并不疼痛，比如嘴。

铁匠说，嘴大的人，往往话多。

长老说，也不一定，月牙就是一张大嘴，从来不说话。

铁匠说，我敲打过月牙，能发出叮叮的声音。

长老说，以后没有要紧的事情，不要老是去月亮上，还是在地上待着踏实。

铁匠说，我怕在地上站立时间长了，脚下会扎根。

长老说，我想起来了，你今天是来问我，脚指头能不能扎根，这个我还真说不准，反正我两岁时穿过的一双鞋埋在地里确实是扎根了。

铁匠说，似乎什么东西埋在地里都能扎根，花生，黄豆，鹅卵石，土豆，鞋，老人……我的脚也应该能够扎根。

长老说，一旦扎根，你就不能随便走动了，作为一个铁匠，还是要考虑长远一些。

铁匠说，我就是问问长老，如果真的让我在一个地方站立几十年，让我脚下扎根，身上长叶，我真的受不了。

长老说，前两天王老头就曾问过我一些奇怪的问题，今天你又来找我，说了这么多，我嘴里的话，都快说没了。

铁匠说，我来之前，嘴里有许多话，见到长老时突然忘记了，好在没有说出的话，肯定还在嘴里，等什么时候我想起来了，再来找长老，从嘴里说出来。

长老说，有什么话就说出来，有些话存放在嘴里时间长了，会被唾液融化掉，变成空气，随着呼吸跑掉了。

正当铁匠和长老聊天时，王老头手里攥着一个东西，笑眯眯地走来。长老看见他手里攥着东西，就问，手里是什么？

王老头呵呵一笑，松开了手掌，掌心里竟然是一粒发了芽的黄豆。

长老说，你拿一颗豆芽做什么？

王老头说，你们看，黄豆发芽以后，竟然长出了细长的尾巴，而黄豆原来的两个半球变成了两片叶子。

铁匠看了后说，千万别提叶子了，我最怕身上长出叶子来。

长老指着铁匠的脚说，他还怕脚下扎根。

长老这么一说，铁匠看了看自己的脚，突然感到脚趾有些膨胀，赶忙说，我可能是在地上站久了，脚下似乎在扎根。说着，铁匠当着长老和王老头的面，脱下布鞋，发现脚趾好像真的变长了许多。铁匠把鞋底翻过来一看，鞋底上竟然长出了细长的根须。

王老头和长老看见铁匠的脚趾和扎根的鞋，不禁呵呵笑起来。铁匠也笑起来，指着王老头说，我和长老聊得好好的，都怨你的豆芽子。

0

在河湾村，每家每户缝缝补补，跟邻居借针借线的事情常有发生，但是借话的事情却很少见，因为每个人的嘴里都有许多话，很少有不够用的时候，一般情况下不用去借。但是王老头却遇到了麻烦，只好出去借话。

平常，人们见了面，晚辈的人会主动跟长辈人说话，问候一句，吃了吗？长辈人回答说，吃了。就这么简单，对话就结束了,再也没有别的话可说了。人们每天都见面,可说的话确实有限,该说的话都说了,不该说的也说了,说完之后,嘴里就空了,也就无话可说了。

王老头家里来了一个亲戚,是个话痨,不停地说,而王老头是个木讷的人,话语很少,聊到最后,嘴里一句话都没有了,无法回答了,而亲戚还在问。无奈之下,王老头只好出去,到邻居家借一些话,以备不时之需。

出了家门口,王老头有些犹豫,去谁家借呢?谁家的话都有限,特别好听的话,人们都不愿意外借,而那些难听的话,借来了也没用,一般人说不出口。王老头正在为难的时候,三婶从胡同里经过,看见了王老头,问,吃了吗?王老头说,吃了。

对话结束后,三婶继续往前走,王老头却跟在后面,说,三婶,我想跟你借几句话。三婶一听借话,就问,是借好听的还是难听的?王老头说,不用太好听,也别太难听,一般的话就行。三婶说,干什么用?王老头说,我家来了一个亲戚,是个话多的人,我的话都说完了,没有话说了。三婶说,真的没有话了?王老头说,我张开嘴让你看看,嘴里真没有话了。

王老头对着三婶张开了嘴,三婶往嘴里看了看,里面除了一些唾沫,确实没有话,就说,好吧,看你是个实在人,我就借你几句话。你把耳朵伸过来,我悄悄地告诉你。

三婶对着王老头的耳朵,悄声地说了几句话,由于声音太小,王老头几乎没有听清楚,但他也不好意思问三婶,就假装听明白了,不住地点头称是,好像是记住了,而实际上,三婶到底说了什么,他也是一头雾水。临走时,三婶还问他,记住了吗?王老头说记住了。三婶说,记住了就好,那我走了,几句话,也不是什么大事,不用着急还我,实在没有,不还也行。王老头说,谢谢三婶,我会还的,有了话就还你。

三婶走后，王老头站在原地不动，想了好半天，回想三婶到底悄声地说了什么，或许是他耳朵有点沉，或许是三婶的声音太小了，他无论如何也回想不起来三婶说的话。

王老头回到家里，并没有主动跟亲戚说话，因为他不知道该说什么，从三婶嘴里借来的话，他并没有听清楚，也不知道怎么说。也就是说，从三婶那里借来的几句话，根本没用，还白白地欠了三婶一个人情。

王老头跟亲戚是怎么度过那些无话可说的日子，这里按下不表。且说时间长了，该到了王老头还话的时候了，欠下的人情，早晚是要还的，不然天天见面，即使人家不主动要求你还，自己的心里也过不去，总觉得比人家矮一截似的。

王老头想，三婶借给我的几句话，必须尽快还给她，现在让他为难的是，他当初就没有听清三婶说的到底是什么，怎么还？

时间一天天过去，王老头一直在回想，他必须回忆起那天三婶说出的话，不然，他无法面对三婶，也无法还给她。有那么几次，他见到三婶在胡同里，他就磨磨蹭蹭假装干活，实际上是在躲避三婶，尽量不与她相遇。实在必须经过的话，他就绕过三婶，哪怕走很远的路。

有一天，王老头实在是躲不过去了，就站在三婶的面前，嘴唇不住地颤动，但是却无话可说。三婶看见王老头似乎有话要说，站在他对面等了一阵，最终也没听见王老头说出一句话。三婶心想，王老头这是怎么了？她只是想一下，但也不好意思直接问，两人就这样面对面站了一会儿，然后相互错开，走了。临走的时候，三婶扑哧一声笑了。这次，王老头听得清清楚楚，三婶确实是笑了，而且那笑声跟平常的笑声完全不一样。三婶是个快嘴人，平时嘴里不但话多，连笑声都是连续的，发出呵呵呵的声音。王老头也有一个嘴，但是话语很少。如果他嘴里的话足够用,也不至于欠下三婶的人情,如此纠结。

自打与三婶面对面以后,王老头的心里发生了很多变化,他感觉面对三婶的时候,手心都在出汗,尤其是听到三婶临走时那扑哧一笑,他似乎觉得三婶的笑,有调侃,也有嘲笑的意思,不然她为什么笑,而不是说话?她不会无缘无故地笑,她的笑声一定有用意。

王老头越想越多,几天时间里都不说话,平时嘴里本来就话少,经过与三婶相遇后,话更少了。有人跟他说话的时候,他就吭一声,没人跟他说话的时候,他就不再主动说话。有人说,王老头是在积攒话语,等待攒多了,一下子说出来。也有人说,王老头老是张着嘴呼吸,有些话还未成型,就随着空气溜出去了,所以他话少。就连三婶也没有察觉出王老头不说话的原因,她不知道王老头内心的变化。

话多了不好,不说话也不好。早年间,曾经有一个人跟人拌嘴,有一句狠话在嘴里打转,始终没有说出来,硬生生地咽了回去,结果一个硬汉子竟然被这句话给噎死了,他到死都没有吐出那句话。

王老头心里憋得慌,不是因为咽下去一句话,而是无话可说,心里空空的。如果他知道三婶说的是什么,用过了,原话还回去,哪怕中间少几个字也行,也不至于如此心虚,甚至不敢见人,见了人,也是嘴里无话,目光茫然,神情无措。

时间像是年迈的蜗牛,爬起来太慢。王老头越是感觉时间漫长,时间越是变得膨胀,仿佛一块糖,变成了棉花糖。他后悔当初不该跟三婶借话,他想,如果当时三婶说话的声音再大一点点,他也不至于听不清楚,再比如,如果当时不是碍于情面,而是及时追问一句,问问三婶到底说了什么,何至于现在无话可还。

但是王老头就是王老头,他当时不好意思问,他假装听见了，假装点头称是，导致含糊不清无法偿还，一拖再拖，日久天长，渐渐成了一块心病。有那么几次，他鼓足了勇气，想问问三婶当时到底说了什么，但是转念一想，当时他不住地点头，说明自己听见了，既然听见了，为什么还要去问三婶，岂不是要被三婶笑话？他也想过，如果那几句话不还给三婶，从此不提了，假装忘记了，会是什么结果？显然也不妥，因为他曾经站在三婶的对面，两人面对面站了好大工夫，而且三婶还发出了笑声。想来想去，他不敢再去问三婶，只好折磨自己，反复想，万一想出来了，把原话还给三婶，岂不是更体面？

没有万一。当时都没有听清的几句话，过了这么长时间，只能越来越模糊。这件事，在王老头心里憋着，越来越沉，越来越重，没过多久，他就失语了，不再主动跟人说话，人们问话他也不再回答了。

许多日子过去了，王老头承受着内心的折磨，不跟任何人说话，仿佛一个木头人。

有一天，他一个人默默地走进村外的树林里，走到了没有人看见，也没有人能够听见的地方，大喊了一声。他尝试一下，看看自己是否还能发出声音。大喊以后，他发现自己有生以来从未喊出过这么大的声音，这喊声传到天空里，又从天空里返回，把他自己给震撼了。他喊了一声之后，接着又喊，一直喊到声嘶力竭，声音郁闷而又悲凉，最后他竟然喊出了眼泪。

流出眼泪之后，他意识到自己哭了。一个饱经沧桑的老人，站在树林里，后来坐在树林里，最后躺在树林里，看见巨大的天空覆盖在自己的身上。看见辽阔的天空，他一下子想开了，他想，活了八十多岁了，不能让一句话憋死。大不了问问三婶，当时她到底说了什么，为了表达歉意，我可以把她说过的话重复两遍，或者三遍，加倍还给她就是。

想开了以后,他不再害怕遇见三婶,甚至想马上见到三婶,一问究竟。真是想什么就来什么,在回去的路上,王老头真的遇到了三婶。他们狭路相逢,王老头与三婶相对而行,正好撞个对面。这次,王老头不再躲避,他主动迎上去,跟三婶面对面站着。三婶看到王老头这个样子,又一次扑哧一声笑了。

王老头说,三婶笑什么?

三婶说,我想笑就笑,没笑什么。

王老头说,我跟你借的那些话,我想还你。

三婶说,不用还了,让我看看就行。

王老头说,怎么看?

三婶说,张开嘴,让我看看。

王老头张开了嘴。三婶说,行了,我看见了。

王老头说,是三婶当时说的原话么?

三婶扑哧一声又笑了,说,我当时对着你的耳朵,什么也没说,只是发出了一些小小的声音,连我自己都没听见,连我自己都不知道说了什么。

说完,三婶哈哈大笑。王老头看见三婶笑得这么开心,也笑了。

笑到最后,王老头感到自己发出的不再是笑声,而是从腹腔里向上喷出的空气通过喉咙时所产生的摩擦音,最后连空气也没有了,无法连续了,只剩一个张开的嘴,嘴里却不再有一点声音。

0

河湾村的人们都知道,夜晚是神灵出没的时间,如果有人提着灯笼从天上走过，不要冲着他大喊，也不要打扰他，也许他是在寻找什么东西。

前几年就曾发生过一次险情，当时有人提着灯笼从天上经过，地上的人们都仰头看着他，其中一人大喊了一声，提灯人一分心，不小心从天上掉了下来，幸好他在下落的过程中长出了翅膀，顺势越过青龙河，在月光中飞过了南山，不然后果不堪设想。

人们不明白，为什么每过几年，就会有来自星星后面的人提着灯笼，到人间来寻找什么东西，他到底在找什么，人们只是猜测，并不知道详情。有人去问村里的长老，长老说，也许提灯人是在寻找一粒灯火，也许是寻找一个人。

长老说话的时候，雪白的胡子几乎拖到膝盖以下，赶上刮风的时候，胡子就会飘起来。

河湾村的人们都相信长老说的话，不仅仅是尊重他两百多岁的年龄，也佩服他的经验。有一年大旱，长老说，老天总会下雨的，结果过了一个多月，老天真的下雨了。还有一年，弯曲的青龙河绕过河湾村后向西南方向流去，由于晚风吹拂，整条河流差一点就要在夕光中飘起来，幸亏长老及时发现，用手按住了河水，至今，河水上面还留有他的手印。

有人说，长老认识天上的提灯人，但是叫不出他的名字。对此，长老曾经解释过，说，提灯人总是匆匆而过，离地面太高，每次经过，都没有机会说话，所以，只是认识而已，我跟他并无深交。

人们不会为难一个老人，让他说出他所不知道的事情。因为人们也都亲眼看见了，天上的提灯人确实是匆匆而过，并没有在村庄上空停留，也没有跟谁说话的意思，他只是往下看了一眼，似乎还用手指了一下，他所指的那个地方，是一家人的屋顶，人们顺着他手指的方向看去，那个茅草屋顶并无什么特别之处，只是月光比别人家的屋顶厚一些，仿佛茅草屋的外面包裹着三层琥珀。人们想，这有什么稀奇呢？谁家的屋顶上不是落满了月光？谁家的月光不是水汪汪的？

可是长老不这么想，他认为天上的提灯人，一定是有用意。

果不其然，随后发生的事情证实了长老的预判。天上的提灯人所指的那个茅草屋，屋顶上落下一只萤火虫，随后又从远处飞来一只，也落在屋顶上，随着月光的加厚，屋顶上聚集了许多萤火虫，不知从哪里来了那么多的萤火虫，都落在这个屋顶上，每个萤火虫都在闪闪发光。在人们的注视下，这些聚集在屋顶上的萤火虫忽然同时飞起，向空中盘旋而上，跟着天上的提灯人走了。

人们仰望着夜空，看见提灯人的周围，聚集了成群的萤火虫，其中有一颗豆粒大的光亮，不是萤火虫的光，而是一粒灯火。

有人说，提灯人是来到人间采集光亮，是为了补充天上缺失的流星。还有人说，他带走那么多萤火虫的真正目的，是为了用萤光掩藏一粒灯火。也就是说，那个豆粒大小的灯火，才是他要带走的重要的东西。

人们的猜测也有一定道理，火苗才是天上稀缺的东西。天上虽然也有星星，也在发光，但是星星的火苗是假火，热量极低，只能用来烤手。而灯火虽小，却是一粒真火，真正的火种，它有可能熄灭，也有可能点燃漫天的大火。

首先发现萤火虫里面夹杂着灯火的，是长老。当他发现那粒灯火时，天空骤然明亮，成群的星星在天顶上盘旋，前来迎接这个提灯人，可见他所带走的灯火，绝不是一般的灯火。

大约是后半夜，跟随提灯人飞走的萤火虫，全部从天空返回，散落在远近的山野和树林中，仿佛是天上下了一场流星雨。这些小虫子毕竟是生活在人间的动物，即使身体上发出一些光亮，也无法冒充星星在天上久留，它们只是被一种光源和力量所吸引，在天空里飞了一程，然后又返回大地。而那粒灯火，却留在了天上，由于混杂在众多的星星中间，凭肉眼几乎无法辨认。

接下来的几天时间里，长老总感到心里有些隐隐的不安，他并不是担心被提灯人带走的灯火会在天空里熄灭，而是担心这粒灯火会把夜空烧毁。长老的担心不是没有一点道理，毕竟许多年前河湾村西北部天空曾经发生过一次坍塌，至今仍然没有找到确切的原因。有人怀疑是闪电撕裂所致，有人认为可能是夜里游走的灯火，不慎把天空烧毁。更有甚者，说是天空太薄了，加上有人在天空背面走动，不踩塌才怪呢。总之，关于那次天塌，众说纷纭，至今没有定论。倘若提灯人带走的一粒灯火引燃天空，河湾村就脱不了干系。

长老担心的事情，终于出现在一天傍晚，人们目睹了一场天灾。日落时分，西部天空的云彩起火了，烧焦的云彩把半个天空都染红了。人们无论如何也不会想到，夜空中那个提灯人从村庄里取走的一粒灯火，竟然是为了点燃天上的云彩。有人说，星星只能把天空烧出一个一个的小洞，不会造成大片燃烧，而来自人间的火苗，无论多么小，都有无穷的能量，甚至可以烧毁整个世界。

看见天上失火，人们非常着急，许多人试图去救火，都被长老制止了。长老说，再等等，如果云彩彻夜燃烧，我们就去救火，如果大火在黄昏后熄灭，就不用担心。果然，随着黄昏降临，云彩渐渐暗下去，最后随着日落而熄灭了。

没想到灯火有这么大的威力，把云彩都烧毁了。有人说。

有一次，我家的灯火快要死了，我用针扎了一下火苗，它又活了。一个人说。

其实星星也可以照明。另一个人说。

论照明，我还是喜欢又大又胖的月亮。站在另一个人旁边的另一个人说。

长老看见人们议论纷纷，说，天火已经灭了，大家都散了吧。

长老话音未落，天空一下子黑了。人们看见一只萤火虫带着它自制的小灯笼在天上飞来飞去，在萤火虫的上方，隐约有一个人从天空里走来，从走路的姿势可以看出，这个人正是几天前经过河湾村上空的提灯人。这次，他的手里没有提着灯笼，而胸脯里面却透出一些光亮。人们从未见过身体内部发光的人，因此也不敢断定，到底是他的灵魂在燃烧，还是心在发光。

0

晚霞会燃烧，人心也会发光，从肋骨和胸脯里透出光亮。然而荒草和木头死死地锁住隐藏在内部的火焰，那么火焰将会永远被困在里面，直到腐烂后变成泥土也无法获得燃烧的机会。但事实并非如此，大多数时候，燃烧是从内部和外部同时发生的，火焰会从木头中喷出来，像是灼热的血液冲出伤口，携带着摧毁一切的力量，在释放热量的同时把自身变为灰烬。

野火的燃烧往往找不到缘由，也许是雷击所致；也许是狐狸炼丹时不慎走火，引燃了周围的荒草；也许是自然脱落的石头滚下山坡，砸在了另外的石头上，迸溅出火星……原因很多，每一种都有可能，人们怀疑，河湾村北部的山坡上发生的那次野火，可能是星星点燃的。因为这天夜里，铁匠出来撒尿，看见天上的一颗星星突然燃烧起来，冒出了红色的火苗。他感到事情有些蹊跷，就赶忙去找长老，长老听到消息后也不耽误，赶忙起身走到户外，果然看见一颗星星在燃烧。

当夜，北山后面的山坡就起火了。

等到人们连夜赶到火场时，野火已经烧光了山坡上的柴草和树木，差不多快要熄灭了，只剩下一些零星的火点和枯焦的树干还在冒着青烟。根据火场情况看，很难判断那次野火与天上的星星有什么关联。对此，长老也仅仅是推测，不敢一口咬定是星星所点燃。长老说，兴许还有别的原因呢，咱不能冤枉了星星。

星星也有被冤枉的时候。有一年，村外的树林里出现一个大坑，有人说是星星掉下来砸出的坑，有人说是一个雷滚落到地上，炸出一个深坑，其结果是，村里的王老头挖树根时在地上留下了一个土坑。还有一次，王老头家的油灯找不到了，他认定被人拿到了天上，说北部夜空中一颗星星就是他家的油灯，结果几天后他的油灯在地窖里找到了，而天上那颗星星至今还在。稍微有点儿脑子的人都知道，油灯里的油是有限的，用不了多久，顶多能够燃烧一两个夜晚，就会油尽灯枯，自然熄灭。而星星里的油到底有多少，人们不得知，似乎取之不尽，用之不竭，已经亮了无数年的星星，至今依然还在发光。油灯和星星，虽然看上去大小差不多，但它们根本不是一种东西，没法对比。

荒草和木头里的火焰也是有限的，因此，野火燃烧不了多久，自己就会熄灭。有人曾经测量过，一根木头的重量，去除燃烧之后所剩的灰烬和冒出的烟雾，剩下的就是内部隐藏的火焰的重量。由于灰烬和烟雾的重量小到可有可无，完全可以忽略不计，这样看来，木头的重量几乎等同于火焰的重量了，这不算少了吧，但是跟星星相比，差距还是很大的。铁匠所看见的那颗燃烧的星星，烧了一整夜，都没见小，也没有变成灰烬，可见里面还有很多油，不是人间的油灯可比的。

长老也知道这个道理，因此总是对星星多一分敬意，不敢轻易得罪星星，除非有确切的证据，证明野火确实是星星点燃的，或者说，有人去天空偷火，借用了星星的火苗，否则不敢轻易下结论。

想到去天空偷火，一下子唤起了人们的记忆。多年前，曾经有一个外乡的莽汉喝醉酒后，从河湾村经过，晃晃悠悠地走到了天上，天黑了也没有回来，等到后半夜，有人看见他手里捧着一颗燃烧的星星走下了天空。难道那次野火是醉汉所为？是他偷走星星引燃了野火？也好像不是。因为那个醉汉已经很久没有路过河湾村了，据说那次他偷走星星时不慎烫伤了手，此后再也没有去过天空。

人们排除了醉汉的可能性，突然想到了王老头。人们觉得，这些天王老头有些异常，走路时总是低着头，目光死死地盯着地面，好像做了什么理亏的事情。有人好奇，偷偷跟随王老头，想看看他到底是怎么回事，结果发现，他低头走路是在地上寻找一根针，他丢了一根针。王老头与野火没有一点关系。

长老说，那天夜里，是铁匠最先看见星星燃烧的，他来找到我，我也看见了，天上确实有一颗星星在燃烧，冒出了火苗。后来，北山就起火了。莫非那颗燃烧的星星是一盏油灯？

铁匠也有些怀疑，说，平时，那颗星星并不太亮，也就芝麻粒大小吧，不像是油灯，油灯没有那么大的火苗，比我的手指还要长。

铁匠伸出了他的又黑又厚的大手，说，那天夜里，我正在用拳头打铁，烧红的铁块，似乎也冒出了火苗。

长老问，多大的火苗？

铁匠说，铁块的火苗非常短，几乎贴在铁块上，一般人看不出来。若论火苗大小，还数木头，星星和铁块都比不上，灯火也不行。

话题又回到了木头，随后回到了野火上。这几天，北山的野火像一个谜，困扰着河湾村的人们。人们无论如何也不会想到，那次野火燃烧，竟然是两棵树相互摩擦引起的。

长老说，幸好我们没有冤枉星星和灯火，也没有冤枉王老头和鲁莽的醉汉。

这件事情并不是在现实中得到的答案，而是长老专程去梦里问他的爷爷，他的爷爷又去问他爷爷的爷爷，最终得到了回复，说，也许，大概，可能，差不多，是北山上的两棵老树，由于靠得太近，有些树枝已经相互穿插，挨在一起。由于天气原因，风干物燥，枝干之间相互摩擦起火，引起了一场野火。长老的爷爷的爷爷还说，树干燃烧了，树也不会死，只要根子还在，来年还会复活，长出一个新的身体，再活一生。草木跟人不一样，不仅有一生，甚至有好几生。

铁匠说，草木不仅有身体，据说还有灵魂。

长老说，草木的灵魂是红色的，火焰就是。

铁匠说，木头的重量几乎等于火焰的重量，这么说来，木头的灵魂可是够重的。

长老说，人的灵魂还不足一两，大树的灵魂很重，有的几百斤，有的甚至几万斤。

铁匠说，难怪树木一生都走不动，原来是它们的灵魂太重了。

长老说，石头都有滚动的时候，星星也有掉下来的时候，树木不行，它们生在哪儿就死在哪儿。

铁匠说，你说树木燃烧了，它的灵魂会不会死？

长老说，这个我也不知道，我需要去梦里问我的爷爷，如果我爷爷也不知道，他会去问他的爷爷，一直问下去，总会有一个答复的。

铁匠说，我感觉我的灵魂可能越来越轻了，我一看见天上的星星就感觉自己要飘起来，尤其是看见燃烧的星星，感觉浑身都在发热。

长老说，热到什么程度？

铁匠说，就是浑身冒火的感觉。

长老说，像烧红的铁块？

铁匠说，是的。

长老说，那你现在感到热吗？

铁匠说，热。

长老说，你如实说，在野火出现之前，你是否去过北山？

铁匠说，去过。

长老说，你去那里做什么？

铁匠说，我感觉那颗燃烧的星星向北山的方向飘去，我就去追赶。当时我正在用拳头打铁，由于着急，我拎着一块烧红的铁就上了北山，到了山上，铁块已经由红变黑，而我的身体却红了。

长老说，红到什么程度？

铁匠说，就是铁块那样透明的红色。

长老说，当时你用手摸树了吗？

铁匠说，摸了。

长老说，是一棵老树？

铁匠说，好像是。

长老说，然后呢？

铁匠说，然后我就转身下山了。

长老说，再然后呢？

铁匠说，再然后，北山就起火了。

长老说，我大概，可能，也许，差不多，知道起火的原因了，你脱下上衣让我看看。

铁匠说，脱就脱。

长老说，你看你，你的身体至今还是透明的，可以看到胸脯里面的心脏。咦？你的心怎么是圆的？好像一颗燃烧的星星？

　　铁匠说，我的心一直是这样，不知是怎么回事。

　　长老说，今天夜里，我们去一次天空，一定要找到那颗燃烧的星星，我怀疑有人偷换了你的心。

　　铁匠说，夜里几时？

　　长老说，子时吧，要不，子时你在北山顶上等我，那里离天空近一些。

0

　　一盏油灯隐藏在星空里，很难被发现。同样，一个人故意隐藏在大雾里，神仙也难以找到，除非他在雾里答应。倘若人们喊破了嗓子他也不答应，人们就很难发现他在哪里。

　　二丫就隐藏在雾里。确切地说，二丫是去天上的云彩里采集露珠，没想到云彩越降越低，最后完全落在了地上，二丫被云彩裹挟着也落到了地上，看上去就像是隐藏在大雾里。

　　平时，赶上大雾时节，河湾村也曾发生过类似的事情。一次，三婶在山坡上采桑叶，没想到从远处飘来一片云雾，把她给罩住了，她顿时失去了方向感，等她从云雾里走出来时，发现自己在天上悬浮着，下不来了。幸好那天二丫也在山坡上采桑叶，及时发现并搭救了她，否则她非掉下来摔死不可。尽管河湾村的铁匠和二丫都有能力在天上自由行走，铁匠还经常去月亮上采集透明的碎片，带回来打制宝刀，但是三婶却不行，她从未在天上行走过，再加上她身体胖，体重大，走不了几步就会掉下来。

三婶非常羡慕二丫在天上行走的能力，也曾央求过二丫，请二丫传授给她上天的技术，但是二丫只是传授给三婶行走几步的技术，而不是全部技能。因为三婶一旦学会了在天上行走，她有可能在夜深人静的时候去天上找她的小儿子。有人传言三婶的小儿子早年从树上掉下来摔死后，去了天上，还在天上做了一官半职，日子过得非常好，三婶听说后就信了，但是她一直没有亲眼见过小儿子在天上到底如何生活。她一直有一个愿望，想去天上看看，她想看看天空的背面到底是什么样。去天上是有风险的，万一三婶去天上迷路了，回不来了，事情就大了，因此二丫对三婶保留了上天的重要步骤和技术环节，三婶始终没有学会在天上行走。

　　天空没有道路，不像走在地上那样踏实。地上有很多条道路，前人已经走过，后人只要在路上不断地迈开左腿然后再迈开右腿，两腿不断交替就会使身体移动，甚至走到你根本不想去的地方，甚至你的身后跟随着连绵不绝的子孙。一个走路风风火火的人，两条腿交替迈步，常常被人形容为神叉子，意思是神的叉子。当然，人的行走不是为了叉地，而是为了身体的位移。二丫说过，在天上行走不仅靠迈腿，主要是靠飘浮，因为天空是松软的，踩在空气里就像踩在棉花上，两腿很难用上力。二丫说这话的时候三婶不在场，也没有人私下里透露给三婶。

　　今天，人们在大雾里寻找二丫，脚踩大雾感觉软绵绵的，终于领悟了二丫曾经说过的话，是有道理的。三婶说，这么大的雾气，二丫到底藏在哪里呢？三婶已经喊了好多遍，都没有听见二丫答应，这有三种可能，一是二丫真的没听见，二是二丫不想答应，三是二丫在大雾里假装睡着了，听见了人们的呼喊也不答应。后者的可能性极小，因为二丫很少搞恶作剧，不可能听见了也不答应。想到这里，三婶似乎感觉到了什么，忽然拍了一下大腿说,坏了!二丫不会是死了吧?说完,她立即就捂住了自己的嘴,然后使劲扇了自己两巴掌,说,我这个臭嘴,我这个臭嘴!

三婶确实是想多了。二丫确实是没死,而是睡着了。人们在弥漫山河的大雾中寻找二丫的时候,谁也没有想到,二丫自从云彩下降到地上那一时刻起,就熟练地在大雾中找到了回家的路,到家后把从云彩中采摘的露珠倒在簸箕里,然后回屋美美地睡了一觉。等她醒来时,隐约听见村庄外面传来喊声,她仔细听,是在喊二丫。她想,是喊我么?为什么有人喊我?她听出了三婶的喊声,经过反复倾听和确认,确实是在喊二丫。她想,三婶喊我一定有事,我要去看看。

等到二丫从家里出来,走到村庄外面时,大雾仍未散去,在雾里呼喊二丫的声音已经越来越小,似乎到了远方。二丫仔细听,确实是在喊她,其中三婶的喊声最恍惚而遥远,在喊声和二丫之间,仿佛隔着一个世界。二丫有些疑惑了,难道这喊声是来自世外的声音?难道三婶已经死了?她是在生命的外面呼喊?

显然,二丫也是想多了,三婶没有死,她只是急于找到二丫,走到了远处。三婶已经走到了大雾的核心,那里天地一片混沌,声音被大雾包围,很难传出去。在大雾中消失的人,会在雾气散尽后重现,而在大雾中呼喊的人,将被返回的声音缠绕和撞击,致使其晕头转向,甚至不辨是非。

从喊声判断,三婶已经走到了远方。二丫想,这么多的雾气,三婶千万别迷路,一旦走到天上去而雾气渐渐消散,三婶会悬浮在天上,随时都有危险。想到这里,二丫有些担心,她知道三婶并不能在天上行走,摔下来后果严重。她必须要把三婶追回来。

二丫经常去云彩里采集露珠,对大雾的属性非常熟悉,毕竟大雾和云彩是一回事,飘在天上的雾气就叫云彩,在地上弥漫的云彩就叫大雾，云彩和大雾只是所处位置不同，本质上没有区别。她顺着三婶越来越弱小的喊声追去，并且发出了呼喊。三婶……三婶……她喊了起来，在大雾中，她的喊声有些细，有些悠长，但是并不影响声音的穿透力。她在大雾中听到了三婶的回音。三婶一定是听到了二丫的喊声，她们在相互呼喊，声音也越来越近。

就在三婶和二丫相互呼喊的时候，二丫感到自己忽然飘了起来，不，不是自己飘了起来，而是大地忽然从她的脚下撤走了，把她的身体留在了空中。她从未有过这样的感觉，以前她去往天空，都是随风而起，而今天，她明显感到是大地在下沉，仿佛大地抛弃了她。当她越飘越高时，雾气也跟着她上升，到达天空成了云彩。她在云彩上往下俯瞰，大雾已经离开地面，河湾村渐渐露出了轮廓，远近的山河在飘移，似乎有逃走的迹象。

二丫知道这是云彩飘移造成的错觉，因此也没有慌张。她并没有忘记在云彩中呼喊三婶。当二丫和三婶在相互呼喊和接近时，云彩忽然裂开了一道缝，从云缝中透出的一道阳光正好照在三婶的脸上和身上，三婶在出现阳光的一瞬间忽然就融化了。

说时迟那时快，二丫看见三婶在云彩的缝隙中出现那一瞬，迅速冲过去，赶在融化之前一把抓住了她。二丫感到三婶非常轻飘，好像没有体重。二丫感觉有些不对，仔细一看，她抓住的根本不是三婶，而是三婶正在阳光中融化的身影。

二丫有些慌了，三婶这是怎么了？她怕的是，三婶不在此处，也不在别处。

后来，云彩中陆续出现了许多人，他们都是跟随三婶去寻找二丫的河湾村人。他们看见二丫在，也就放心了。二丫问，三婶到底是怎么了？其中一个老人回答说，三婶在寻找你的过程中，误打误撞地走到了天空的背面，她在那里打听到了她小儿子的下落，那小子有福，确实是在天上做官了，三婶说她要在天上跟小儿子一起住几天。二丫又问，那我刚才听到的不是三婶的喊声？老人说，是的，你听到的喊声是三婶的影子呼喊的。

二丫恍然大悟，难怪三婶的喊声有一种恍若隔世的感觉，原来如此。

0

木匠本来是要去小镇做活的，结果走到村口的时候，被一阵风给吹了回来。这股风非常蛮横，貌似是在劝木匠回去，实际上已经构成了推搡。大风是从青龙河边的杨树林里突然冲出来的，来不及躲闪，也没有拒绝的可能性，大风直奔木匠而来，不容分说就把木匠给推了回去，倒退着走回了河湾村。幸亏木匠背着工具箱，增加了身体的重量，走起路来较为沉稳，否则有可能被风推倒。据说，多年前有一个纸片那么薄的姑娘路过青龙河边的时候，被一阵大风吹得飘了起来，直接飘过了青龙河，落在了河对岸。当时船工正在摆渡，船上的人也都看见了这令人难忘的一幕。后来这个纸片一样薄的姑娘嫁给了河对岸小镇里的一户人家，她生出的孩子也都像纸片一样薄。

木匠遇到大风以后，改变了原来的观点。以前，他总认为风是世间最为散漫的东西，没有家，也没有固定的住处。现在他似乎领悟到了什么，他感觉风是有家的，风的家有可能就在青龙河边的杨树林里。别看风是由空气所构成，看不见摸不着的，也没有一个具体的形状，但是风的力量却很大，倘若大风跟你较起劲来，一般人根本扛不住。

木匠倒退着走回了河湾村，并不等于就此认输，他是要体验一下风的力量到底有多大。回到村里后，他带了一把板斧，孤身走进了杨树林，他要到树林里看看，这股风到底来自何处。

青龙河边的杨树林，处于青龙河与起河交汇处的下游，一个河流大转弯处，古老的淤积河床上是卵石与沙土混合的土地，不知从什么年代起，地上长满了大片的杨树，其间夹杂着少数的柳树和榆树，树林至少有上千亩。林间空地上除了青草和少许的青蒿一类低矮的植物，几乎没有什么太高的植物。这片树林并不茂密，树干下部的枝丫都被人们砍下来烧柴了，树林里除了高大的树干，很少有障眼的遮蔽物，而树木顶端茂盛的树冠遮蔽住阳光，因此林地里格外清凉，走进树林里反而有一种舒朗的感觉，难怪风愿意住在这里。

木匠手里拿着一把板斧，并不是要跟大风拼命，也没有威胁谁的意思，他觉得带一件趁手的东西是必要的。借他一个胆子，他也不敢用板斧对付大风，他知道其中的利害。早年间，村里的刀客曾经在青龙河上试刀，把河水劈开一道伤口，当时青龙河疼得直哆嗦，上游的水流缩回去，很多天不敢往下流动，而下游的水流迅速逃跑，致使青龙河断流数日，河床底部露出了沙子和浑圆的卵石。而这些都与村里的铁匠有关，若不是他在青龙河边捡到月亮的碎片，若不是他用月亮的碎片打制了一把宝刀，若不是他把宝刀亲手交给了刀客，若不是刀客无处试刀，就选择了青龙河，怎会有如此结果。后来刀客多年都不敢过河。有一年干旱，整个北方少雨，青龙河瘦成了一根绳子，刀客以为这时过河不会有什么危险，不料，他刚到河边，青龙河就一跃而起，像蟒蛇一样缠住了他，刀客使出了缩身术都不管用，若不是船工及时发现并解救，刀客将很难脱身。这些历史的教训，木匠都还记得，他不会犯刀客的错误。

木匠走进树林时，大风早已停息，就像从未发生过一样，树叶没有一点动静。林间非常安静，见他到来，小鸟表示了欢迎，从鸟鸣声可以听出，小鸟是善意的并且乐于他到来。树林是树的家园，也是小鸟的家园，小鸟也是树林的主人之一，它们有权欢迎或者讨厌一个外来者。随着小鸟欢快的叫声，风也来了，这次，风是清风，没有一点鲁莽和暴躁的样子，好像从来不曾推搡过什么人。木匠也不计前嫌，假装什么事情也没有发生过，仿佛是来树林里散步。但是木匠心里明白，风是无常的，它推动空气的力量，山脉都无法阻挡，风若是在天空里引领一片云彩，云彩就休想逆行，除非是云彩不想活了。

种种迹象表明，风的家不一定是树林，也可能是天空。也许是风从远方来，冲出树林的时候用力过猛，也许是风在奔跑的过程中突然加速，控制不住了，恰好此时木匠从树林的边缘经过，赶上了风头，才有如此经历。木匠想开了，他知道风不一定是故意难为他，风没有理由难为他。他不曾伤害过任何事物，哪怕是微小的风，他也未曾得罪过。他曾经做出过许多木匣子，也做过许多棺材，里面并不是为了存放空气，也不是为了囚禁什么，除非是风自己愿意钻到里面去。

木匠走在树林里，由于手里提着一把板斧，小鸟和清风没有多想，而有些树木却吓坏了，树木知道斧子是干什么用的。许多树木死于锯和斧子，树木死后，人们用它们的尸体制作生活器具，或者直接燃烧，用于煮饭或取暖。在人类学会用火以前，再往前说，在人类学会制作工具以前，树木在自然界中是自由生长的，它们生死往复，很少遭受到外力的侵害。但是现在不同了，木头已经成为人类从自然中采集的重要物资，只要木匠指着一棵树说，嗯，这棵树不错，可以制作一口棺材，那么这棵树就死定了，它将面临被砍伐的命运。现在，木匠已经走进了树林，而且手里还提着一把板斧,你说树木会怎么想?

木匠站在了一棵大杨树下,看着粗壮的树干,顺口夸了一句,嗯,这棵树真不错。没想到他话一出口,这棵大杨树就颤抖了,树冠上的树叶也在不停地哆嗦。当他的目光移向别的树木时,看到其他的树都很安静,为何这棵树的树干在抖动?木匠错误地以为,这棵树一定是风的发源地。想到这里,木匠双手合十,向这棵树拜了拜,表示出尊敬的意思,而大树看见木匠的举动,以为是看中了它,变得更加恐惧了,差一点晕倒在地。幸亏有树根牢牢地扎在地下深处,否则这棵树真有可能倒下。从前,树林里偶尔有树木干枯而死,有的是病虫害所致,有的是因为胆小,被人吓死的。还有的树木逃向了远方,背井离乡,至死都没有回到过出生地。

昏过去的大树还会慢慢醒过来,而直接被吓死的树木会在一天内落尽叶子,从此干枯,成为一具尸体。据老人们说,也有死去多年的树木又重新发芽的,那是借助了还魂术,否则不可能死而复生。

树林里发生的这一切,木匠并不知晓。他带来一把板斧并不是为了恐吓谁,也不想跟大风拼命。他只是来树林里寻找大风,没想到引起了整个树林的恐慌。他没有看见大风,大风在推搡他之后,去了遥远的北方。据老人们说,遥远的北方有一座懒惰的山脉,需要向更北的地方挪移,已经有许多大力士推动了多年,但是力量还是不够,还需要大风助推。因此多年以后,免不了还会有大风从树林里冲出,向北方聚集。

木匠在树林里转了一阵,没有什么重要发现,之后就走了。他没有太多的时间闲逛,他还有许多事情要做。他还要去小镇做活,他已经答应了人家,必须践诺。

当木匠走出树林,走到大风曾经推搡他的地方时,身后又来了一股风。很明显，这股风是轻风，但是风中却有一种不可抵抗的力量，穿透了他的皮肤和毛孔，进入了他的身体里，搅动了他的肺腑。他不由得打了一个激灵，看见这股轻风穿过他的身体之后向青龙河的方向吹去。木匠走到树林的外边，站在一块高地上，目光越过青龙河平坦开阔的河谷，看见船工戴着大草帽正在木船上摆渡。清风到了宽大的河谷，慢慢疏散开来，与空气混合在一起，仿佛不存在。这时河流对岸的沙滩上有一个纸片一样薄的姑娘忽然在风中飘了起来，仿佛是一只风筝。

0

夏日正午，晒得发烫的青龙河谷里，平坦开阔的沙滩上升起了地气，远远看去，仿佛是大地在冒烟。这时走在河谷里的人，会有一种不真实的感觉，仿佛随时都会被缥缈的地气融化掉。

多年前，木匠就曾有过一次经历，他走过河谷的时候，虽然没有被地气融化掉，但是身影却消失了。那天，他像往常一样去青龙河对岸的小镇，给一户人家打造棺材，走过河谷沙滩的时候，感觉地上冒出的热气至少有一人高。木匠只顾走路，没有注意别的，当他到了河边准备上船的时候，已经有点儿晕头转向。船工看见他有些恍惚，就问他，你的身影呢？木匠听见船工问话，才忽然醒悟，要上船了。船工见木匠没有回答，又问了一句，你从家里出来的时候没带身影吗？木匠这才想起船工在问他话，然后看了看自己的身上，果然没有身影。他想，我的身影哪儿去了？难道是走路时不小心脱落了？

木匠没有回答船工的问话，也没有上船，而是转身回去找身影。以前，木匠也曾弄丢过身影，被三婶捡到后还给了他。没有身影并不影响走路，但却影响一个人的形象，别人都有身影，唯独你没有，就像身上少了一件东西。其实，对于一个人来说，身影比衣服还要重要，没有衣服，可以做一件衣服穿上，没有了身影，必须从自己的身体里重新长出来一个。必须是一个，不能长出两个身影，如果一个人的身后有两个身影，像是长了一双隐形的翅膀，遇到风的时候，容易借助影子翅膀飞起来。身影是人身体的一部分，甚至比名声还重要。名声是别人的评价，是身外之物，身影却是身上之物，不可丢失。

那天，幸亏船工发现得及时，木匠回到河谷里找到了自己的身影，当时他的身影脱落在沙滩上，被太阳曝晒后，边缘已经开始卷曲和汽化，如果再晚一个时辰，身影有可能被烤焦和彻底烧毁，蒸发在空气里。

今天，木匠还没有被晒晕，他有清醒的意识，知道自己走在河谷里，要去河对岸的小镇做棺材。他忙起来的时候，起早贪黑，不得休息。他每次路过青龙河的时候，都要跟船工嘱托一下，今天晚上回来或者不回来，到了晚上，船工要等到木匠回来，摆渡过河后才肯收工，不然就一直等。有一年，小镇里有一个老人过世了，请木匠去做棺材，由于时间紧迫，到了晚上也没有回来，船工坐在木船里，一直等到了后半夜。那天木匠太忙了，忘了船工在等他这件事，等到他想起船工来，已经快要天亮了，但他依然脱不开身，最后没办法只好让死者亲自跑到河边给船工报信，死者说，船工啊，木匠太忙了，他正在给我做棺材，他不回来了，你别等他了。船工得知木匠不回来，也就放心了。由于夜色朦胧，船工没有看清那个死者长什么样，只见河边出现一个模糊的影子，说完影子就消失了。

木匠的忙是真忙，但也不是一直忙，他也有闲下来的时候。

为了报答三婶捡到身影这件事，木匠利用闲暇时间，特意做了一个精致的小木匣子，送给了三婶。三婶收到木匠送来的珍贵礼物，非常高兴，但是她没有一件首饰或贵重的东西值得放在匣子里，平时只能装空气。三婶说，木匠的手艺是最好的，他做的木匣子严丝合缝，装空气都不漏。

三婶说得一点儿也不夸张，木匠做的棺材也是，只要把死者装进棺材里，盖上厚重的盖子，在盖子上钉进大木楔子，埋进土里，死者就永远也别想出来，就是灵魂也无法找到棺材的缝隙。当然，死者并不一定愿意从棺材里出来，忙了一辈子了，死者最大的愿望就是躺在棺材里埋入地下，睡一个安稳觉。一般情况下，人们也不愿意打扰一个长眠的逝者，除非遇到极其特殊的情况，比如天塌了。早年间，河湾村西北部的天空塌了一大块，若不是一个去世多年的老人从坟墓里走出来帮助人们修补天空，说不定至今还无法补上。那个老人的棺材不是今天这个木匠做的，那时这个木匠还没有出生，如果真是他做的棺材，老人恐怕出不来。

木匠走在青龙河谷蒸腾的地气中，什么也没想，他只顾走路，以便快些走出沙滩，免得忍受地气的蒸烤。此刻他并没有想三婶或死者的事情，他急于走到河边，快些上船过河。他越是着急，走得越慢。在松软的沙滩上，没有人能够快速行走，除非是影子。有一次，一个老人走在沙滩上，行动非常迟缓，而他的影子是个急脾气，情急之下影子超过了老人的身体走到了他的前面，最后彻底脱离了老人，把他远远地甩在了身后。

木匠不想这样造成身体和影子分离的后果，他吃过丢失身影的苦头。常言说，身正不怕影子歪，说实话，影子永远是歪的，它从来就没正过。阴影就是这个属性。如果影子忽然站起来而人却倒在地上，后果不堪设想。尽管影子永远是歪的，人们还不能没有身影。倘若一个人没有阴影,就会显得非常孤单,甚至形成身影内投,造成心理阴暗,人格扭曲,最后被自己所伤害。而河流却不同,河流从来没有阴影,却依然在流动,不曾有丝毫倦怠,古老的青龙河就是如此。

因此,路过青龙河谷的时候,木匠非常在意自己的身影,他多次催促身影要跟上他的步伐,千万不要落在后面太远,也不要单独走在他的前面,否则容易被风吹跑,或者被升腾的地气蒸发掉。影子一生只能跟随一个人,如果主人融化在空气里,影子即使能够单独走到远方,最终也会孤独而死,或者在风中走失,挂在树上仿佛一块破布。有些时候,阴影与灵魂有许多相像之处,甚至难以区分。有人曾经在地上捡到一个影子,拿起来一看,却是一个人的灵魂;有时候,明明是一个灵魂在行走,当你上前用手一抓,结果却是一个人的皱巴巴的影子。

船工在青龙河上摆渡,老远就看见木匠走在沙滩上,船工向他招手,并不是催促他快走的意思,而是礼貌性地打个招呼,意思是我看到你了。木匠看见船工向他摆手,也礼貌性地摆了摆手,算是回应。木匠摆手的时候,是把手举起来,在空中摆动,他看见自己的手在空气中留下了一连串的手影,仿佛几十只手在空中划过去。他意识到自己的眼睛有些恍惚,没有看清自己摆手的动作。于是他再一次举起自己的双手,他惊奇地发现,这两只长在胳膊末梢的分叉的大手,每个手指都在变长,变粗,仿佛身体上突然长出了根须。

木匠意识到自己可能是得了热病,但他凭着坚强的意志,坚持走下去,没有倒下。当他走到河边的时候,没有上船,而是直接走进了青龙河里,扑倒在浅水处,给自己降温。船工看见木匠有些反常,就跳下木船帮助他。过了好一阵子,木匠从浅水里站起身来,伸出自己的手,反复看,问船工,你看我的手指是不是变长了？船工说，长了。木匠又说，你看我的手指是不是变粗了，船工说，粗了。木匠听了哈哈大笑，说，我看什么也没有变，你在骗我！说完，木匠就用手撩起河水往船工身上泼，船工看见木匠的身体恢复了，也就不再手软，往木匠身上撩水，两人在河里打起了水仗，像是两个顽皮的孩子。

夏日正午，青龙河边的沙滩上依旧冒着蒸腾的地气，木匠和船工在河水里嬉闹，他们两人都没有注意，在木船上游不远处，有两个影子也在河水里相互撩水玩耍，由于缺少对应的实体，没法判断这两个影子到底是谁，他们也许是影子，也许是灵魂。

0

很久以前，一个远来的和尚路过河湾村的时候口渴了，由于喝水不便，就把村头的一口水井给扳倒了，水井歪斜后，水从井口自己流了出来。和尚趴在井边喝完水，并没有把井扶正，而是就这样了，也许他是有意为之，为了别的过路者喝水方便，也许是为了彰显自己的能力，让人们看看他的力气到底有多大。

在河湾村，扳倒井算不上什么稀奇，地上能够自然流水的地方有许多，好多低洼的地方都有水泉，一年四季往外冒水，人们把冒水的地方叫做泉眼。据说泉眼里刚刚冒出的泉水有治病的功能，人们喝了这些泉水，就会神清气爽，干活有力气。村里人有一种非常普遍的病，就是口渴。别以为口渴不算病，有时候渴比饿还难受。饿也是一种病，但是比较好治，吃点东西就缓解了，只是无法根治，过一段时间还会复发，还得继续吃饭，如果几天不吃饭，身体就会支撑不住，浑身无力，走路都费劲。渴也是一种病，喝水后就会缓解，时间长了不喝水，嗓子就会渴得冒烟，浑身不舒服。

有了扳倒井，有了用不完的泉水，河湾村很少有人因为饥饿和口渴而病倒。实际上，口渴并不是嘴渴了，而是身体需要补水了。用嘴喝水是最简单的办法，喝下去就行。嘴长在人的脸上，看似是个不大的窟窿，却很难把它填满，因为嘴的下部没有底，是个无底的漏洞，不管从嘴里进去多少东西，最后都会从下面的出口漏掉。因此，有人把吃饭喝水称为喂脑袋，这种说法也没有错，嘴长在脸上，脸长在脑袋上，脑袋长在脖子上，脖子下面还有肢体，对于全身来说，嘴就是一个入口，嘴渴了，嘴饿了，都与全身相关。

说远了，还是回到泉水吧。青龙河沿岸有数不清的泉眼，不停地往外冒水，想堵住这些泉眼也是不可能的。村里有个年轻人曾经跟泉水开玩笑，想把泉水憋回去，直说吧，这个人就是河湾村的铁蛋，这小子习惯了恶作剧，几天不折腾，他就浑身难受。他曾试图用土盖住泉水，用石头压住泉水，结果都失败了。他见来硬的不行，就来软的，甜言蜜语劝说泉水流回去，结果毫无效果。铁蛋真是闲的，泉水自然流动不是很好吗？非要让它憋回去干什么？地下的水饱和了，必须有一些出口流出来，就像人吃多了就必须拉屎撒尿一样，不能憋着。这话说得虽然有些粗俗，但确实有理。

泉水虽小，却关系到青龙河的命运。有些河流是天上掉下来的，而青龙河是从地里长出来的，它是由流域面积内的所有泉水所构成。因此也可以说，没有这些细小的泉水，青龙河就会干枯甚至死去。

铁蛋并不是要伤害泉水，也不会伤害青龙河，他只是个捣蛋鬼，是村里出名的坏小子，但他并不是个坏人，甚至还有些顽皮可爱。他是在跟泉水开玩笑。他经常做一些荒唐的事情，比如他曾经抱住旋风的后腰，把旋风摔倒在地，最后成了旋风的好朋友；比如他曾经爬上悬崖掏鹰蛋，然后把鹰蛋放在鸡窝里，让母鸡孵出了一只雄鹰，最后成为天空的霸主；比如他去蜂巢偷蜜，被蜜蜂蛰肿脸，整个脑袋肿成一个大头娃娃；他还曾试图把和尚扳倒的井给扳回去，结果腰都扭伤了也没有扳动，因为歪倒的井已经习惯了歪斜，甚至觉得这样待着很舒服，不再愿意垂直站立了。铁蛋干的坏事确实很多，但也并不构成伤害，比如，被他劝说的泉眼不但没有憋回去，反而增加了一些出水量。村里人看见铁蛋，就嘲笑他，铁蛋听了也不生气，嘿嘿一下走了，继续去干别的坏事。

　　河湾村的泉水依旧，青龙河也并没有因为铁蛋的捣乱而减缓流动，还是一如既往地流着，遇到了水底的云影也不避让，因为河水根本淹不死云影。有些懒惰的云影一整天都沉湎在河水里，撒网都捞不出来，它们是在河底泡澡么？

　　疑问无人解答。河湾村的人们都有事情做，没人管这些闲事。有时两只鸟在树上吵架，到最后动手打起来，甚至打到空中，人们见了也不劝一句，因为劝说也没用，小鸟根本听不懂人话。再说，小鸟们打完架很快就会和好，在河边一边喝水一边相互梳理羽毛，仿佛是在秀恩爱。

　　有一天，铁蛋发现一只麻雀在泉眼里洗澡，就生了坏心，想去捣乱，甚至想捉住这只麻雀。河湾村的泉眼都很小，出水量不大，有的泉眼看上去顶多只有一碗水的水量，但这足够一只麻雀洗个痛快的泉水浴。麻雀正在洗澡，看见铁蛋走过来，而且一脸的坏笑，吓得扑棱几下翅膀飞走了。麻雀飞走后，铁蛋走近泉眼看个究竟，他发现，冒水的泉眼里有几条透明的小鱼，这些小鱼太小了，比人的眼睫毛略长一些，略粗一些，不细看根本看不见。关于这些小鱼,人们早有说法,有人说小鱼是从地下冒出来的,也有人说早年路过河湾村的和尚往泉水里撒了一把草籽,后来这些草籽就生出了小鱼。铁蛋的说法是最让人怀疑的,他说,小鱼是麻雀生的。自从他看见小鸟洗澡后泉眼里出现了小鱼,他就确信了一个亲眼所见的事实:小鱼就是麻雀所生。铁蛋说话的时候,脸上露出了一丝不易察觉的笑容。

对于铁蛋所说的麻雀生出小鱼的说法人们半信半疑。一个老人说,我活了八十多岁了,从来没听说过小鱼是麻雀生的,依我看,小鱼有可能是雨滴生的,有一次天上下雨落在了泉眼里,从此泉眼里面就有了小鱼,是我亲眼看见的,小鱼像雨滴一样透明,不是雨滴生的是谁生的?老人的话,好像有些道理,有人点头称是,有人表示怀疑,只有铁蛋坚决否定,铁蛋毕竟是亲眼所见,他看见了麻雀在泉眼里洗澡,之后就生出了小鱼,他相信自己的眼睛。

随着人们的传说,越传越离谱,渐渐地,麻雀变成了配角,铁蛋成了故事的核心。说,铁蛋在山坡下面看见一只麻雀,正想追麻雀的时候突然感到口渴,就喝了几口泉水,没想到喝完泉水后他就肚子疼,后来就憋不住了,在水里生出了几条小鱼。铁蛋听了哭笑不得。铁蛋说,我生鱼?我还想生一个胖娃娃呢,我一个男人,有那个本事吗?

不管铁蛋有没有这个本事,传说还在继续,而且传到了外村,一些真正不孕不育的女人听说后,仿佛抓住了救命稻草,纷纷来到河湾村,找到传说中那个神奇的泉眼,喝上几口清凉的泉水,然后回去等待生孩子。还有的女人把丈夫也带来了,说,人家铁蛋是个男人,都能生出小鱼,你也是个男人,喝了神奇的泉水,说不定还能生孩子呢。男人们拗不过女人,只好乖乖地跟着女人来喝泉水。

说来也怪，一个很小的泉眼，顶多也就是一碗水的出水量，来了很多人，却怎么也喝不完，泉眼里依然还是那么多水，水里的小鱼依然在游动，既不游走，也不长大，也许它们不能长大，因为水太浅，鱼太大了水不够喝。

河湾村有很多泉眼，但不是每个泉眼里都有鱼，有的泉眼太小，只有手指肚那么大，一个小耗子就能把它喝干。说不定这些细小的泉眼就是给耗子预备的，它们到处奔波寻找食物，也很不容易，渴了喝口泉水，也是正常的需求。在河湾村还没有形成村庄的时候，耗子就已经在此居住了很多年，它们比人类来得早很多，属于河湾村最老的原住民之一。麻雀也是，鱼也是，兔子，野鸡，蚂蚁等各类昆虫，等等等等，河湾村里居住着无数种生物，它们祖祖辈辈在这里生存，相互竞争又彼此依赖，生生不息。在大型动物中，多数都是四肢行走，只有人站起来，把两个前肢悬在空中，用两个后肢行走。

自从铁蛋生出小鱼以后（姑且就这么认为吧），河湾村就热闹起来，前来喝泉水的人们络绎不绝，人们看见河湾村里不仅有清澈的泉眼，还有一口扳倒井，都羡慕不已，人们回到自己的村庄后也试图把井扳倒，但没有一个成功的。他们扳井的方法不对，力气也不足，最主要的是不能有女人参与，男人属阳，女人属阴，而井在地下深处，也属于阴性，如果女人在场的话，会造成阴阴相克，是最大的忌讳。

扳倒井没有复制成功，生小鱼却实现了。在前来喝水的人里，有一个年轻的女人不慎把泉眼里的一条小鱼给喝进了肚子里，回去后怀胎数月，居然生出了一条小鱼。这件事传开以后，一方面印证了铁蛋生鱼的可能性，另一方面也说明女人喝了泉水以后是可以怀孕的，哪怕生出的不是一个娃娃，而是一条小鱼。

铁蛋生鱼这件事，居然被另外的女人所印证，因此他已经有口难辩了，后来他也就不再辩驳了，他甚至承认了这个传说，并且还添油加醋，增加了许多细节。有一天，铁蛋坐在村口的大石头上，当着许多人的面，正在顺着这个传说往下胡编的时候，天空中忽然飞来一群麻雀，在人们的头顶上空盘旋，其中领头的麻雀正是铁蛋所说的在泉眼里洗澡的那一只。铁蛋看见这只麻雀后，突然有一种心虚的感觉，于是他立即起身逃走。由于他跑得太快，他的身影没有及时跟上，依然愣在原地，黑乎乎的，仿佛是一件被人抛弃的旧衣服。

0

　　河湾村的平静被一条小路打破，人们热闹起来，起因是一条弯曲的小路受到惊吓，像蛇一样逃跑，慌不择路钻进了一个山洞里，长长的尾巴却露在外面。最早发现这件事的是王老头。

　　王老头略显慌张地告诉人们这个消息，人们却并未相信，因为这条小路原本就通向一个山洞，也从来没有小路逃跑这一说。人们知道，小路曾经因为恐惧而发生过痉挛和卷曲，甚至立起来通往天空，却从来没有钻进过山洞里，因为山洞里阴暗潮湿，万一钻进去出不来怎么办？

　　三婶从来不信王老头的话，听他这么一说，就顺势接过了话茬，说，我去北山采桑叶的时候走的就是这条小路，怪不得感觉脚下的小路比往常多出了几道弯，原来它是在爬行啊。王老头没有听出三婶是在奚落他，继续说，可不是嘛，小路在地上爬起来比蛇快多了。说着，王老头解下了拴在腰上的麻绳，在地上抖动绳子的一端，整条绳子就不住地弯曲。王老头指着弯曲的绳子说，看，当时小路就是这样爬行的。人们看见王老头用绳子做起了示范，样子又憨厚又滑稽，不禁哈哈大笑起来。

笑归笑，事实归事实。当人们查看这条小路的时候不禁惊呆了，人们祖祖辈辈走过的乡间小路，人们闭着眼睛也不会走错的一条老路，仿佛是故意跟人找别扭一样，真的多出了许多道弯曲，像是王老头在地上抖动的麻绳。

经过现场查看，人们终于承认了王老头说过的话。有人甚至认为，这条弯曲的小路不是爬进了山洞里，而是很久以前从山洞里爬出来的，那些新近增加的弯曲是它想活动一下僵硬的筋骨。说来也是，一条小路一直那样一个姿势永远不变，确实不舒服，人们夜里睡觉还要翻身呢，小路动一下也在情理之中。

三婶曾经奚落过王老头，如今也不得不承认王老头，她把当时嘲笑王老头的话又重复了一遍，说，我去北山采桑叶的时候，走的就是这条小路，怪不得感觉脚下的小路比往常多出了几道弯，原来它是在爬行啊。

三婶这句话放在这里，听起来反倒像是在肯定王老头。这样一来，三婶的话就两面都占理了，她有点暗自佩服自己这个心直口快的老太婆。

正当人们肯定王老头的时候，小路又恢复了原状，一夜之间变回去了，不免让人有些尴尬。有人说，是王老头在夜深人静的时候，趁人不备把小路给抻直了。这种说法不太可信，人们感觉王老头没有这么大的力气，再说了，抻直一条小路，至少需要两个人，每人拽住小路的一端，用力拉抻，力气太大了容易把小路抻断，力气小了抻不动，反而容易扭伤了手腕。还有人说，可能是王老头用火烧的，小路怕烧，只要用火烧一下，小路就会抽搐和卷曲，久久不会恢复。这种说法也被人们排除掉了，因为小路很快就恢复了，而不是很久以后。

人们的暗自猜测，王老头并不知晓。他说过了也就忘记了，不知道人们去查看小路，并且得到了印证，也不知道小路在一夜之间又恢复了原状。他认为一条小路爬进山洞里很正常，不值得大惊小怪的，谁还没有害怕过？谁不曾在恐惧的时候躲藏起来过？

王老头是个憨厚的人，八十多岁了，从来没有做过亏心的事情，河湾村所有的人都一样，不做伤害别人的事情，捣蛋鬼铁蛋除外。实际上铁蛋也不是故意伤害别人，他就是恶作剧多一些，属于一个淘气的大孩子。一天夜里，铁蛋出去撒尿，借着明亮的月光，看见夜空中有一道炊烟飘向天空，他感到奇怪，大半夜的，谁家会烧火做饭升起炊烟呢？他定睛仔细看，不对，飘向夜空的根本不是一缕炊烟，而是一条小路。对，正是王老头所说的钻进山洞里的那条小路，怎么又飘起来了呢？

铁蛋看见小路飘起来也没有声张，而是走出家门，趁着月光去找王老头，正巧碰见王老头从自家里出来，梦游一般走到了胡同里。两人见面也没说话，都是梦游一般迷迷糊糊的，神不知鬼不觉地走到了河湾村的外面，他们俩几乎是同时看见了那条飘起来的小路。毕竟铁蛋年轻，腿脚快，一个箭步冲到了小路面前。此时小路的末端已经离开地面三尺高了，如果晚来一步，小路有可能彻底飘走，消失在夜空里。他们来得太及时了。铁蛋和王老头面面相觑，不约而同地，几乎是同时出手，拽住了小路的末端。两人被小路带离了地面，幸亏他们死死地拽住小路不松手，终于把小路拽回到地面。由于月光明朗，他们清楚地看见小路晃晃悠悠地倒下来，躺倒在原来的地方，不再动弹，仿佛什么也不曾发生。

次日，铁蛋和王老头都讲述了夜里的奇怪经历，人们都认为，他俩肯定是梦游了，如果小路真的飘起来，凭他俩的力量，根本拽不回来，甚至还会被带到天上去。早年间，村里的木匠曾经锯倒过一棵炊烟，结果炊烟倒地后，炊烟的影子忽然飘起来，木匠使尽了吃奶的力气都没有拽住这个影子，最终还是飘走了。人们认为，一棵炊烟的影子尚且如此难以控制，何况是一条小路？人们说，铁蛋和王老头肯定是在说梦话。听到人们的质疑，铁蛋和王老头也不敢确信夜里发生的事情到底是真实的还是在做梦。

三婶听到铁蛋和王老头讲述的经历，突然一拍大腿，说，小路不会是木匠锯断的吧？或者是他从地上拔起来的？不然小路为什么会逃向天空，而不是钻进山洞里？

三婶的大胆猜测提醒了人们，这几天木匠见人的时候确实有些目光躲闪，不会是真的有什么事情吧？

小路飘起来这件事，目标发生了转移，注意力渐渐离开王老头，莫名其妙地转移到了木匠身上。木匠真是冤死了。他确实锯倒过一棵炊烟，但不是故意砍伐，那次是他从三婶家门口经过，用手比划了一下，炊烟就倒了。木匠也曾在小路上钉过木楔子，那是为了给断裂的小路安装接口，而不是破坏性锯开。还有一次，青龙河发生断流，也是木匠用锛子在河底上刨出一道凹槽，河水才肯流下来。再说，小路从根部断裂，向天空飘去，对木匠也没什么好处。试想，人们走在弯曲的小路上，走着走着忽然发现自己是在往天上去，会是什么结果？人们会犹豫，是继续往上走呢，还是顺着垂直的小路溜下来？

就像王老头一样，木匠也是不知道人们对他的怀疑和猜测，他依然像往常一样，从小路上走出去，去青龙河对岸的小镇做活。他没有感受到人们看见他时的异样目光。三婶见了木匠说，出去啊？木匠说，去小镇。三婶又说，小路弯弯曲曲，好走吗？木匠说，不好走就慢些走呗，走习惯了，没事。三婶又说，真没事？木匠说，真没事，还能有什么事？

木匠的反问让三婶无话可答。三婶说，那就走吧，忙去吧。

木匠继续赶路，真的忙去了。

木匠不知他走后，河湾村发生了许多事情。先是全村人一起出动，把小路从山洞里给拔出来了，到底是人多力量大，大家一齐用力，小路钻进山洞的部分就被拔到了外面。没想到小路已经钻得很深，拔出来的部分比原来的小路长了好几倍，被拔出来的小路又细又长，蜷缩在洞口附近像是一堆绳子。这次拔小路，同时也探知了山洞的深度，是人们无法想象的。有人说，山洞可能通往地府，也有人说，山洞的另一个出口，是一千里外的另一个村庄。

木匠走后，河湾村人还做了一件事情，那就是把村里的炊烟也都给拔出来了，这是三婶的主意。她认为炊烟太密集，密不透风的，影响清风的自由流动，趁着大家拔完小路后还有剩余的力气，不如一鼓作气，回村把炊烟也拔掉算了。人们觉得拔掉炊烟也不是什么大事，拔就拔，但是人们没有想到，炊烟太柔软，并不像小路或者树木那样干脆，人们拔出了炊烟，结果又很快在原地长出了新的炊烟，几乎是绵绵不绝。

王老头也参与了这次集体活动，他看见炊烟太黏稠，无法根除，就想起了木匠，说，要是木匠在就好了，他有锋利的斧子和锯，要不等木匠从小镇回来再说？他经验丰富，兴许会有好办法。这时，人们也都想到了木匠，说，如果木匠在，我们就不会这么费劲了。

就在人们一筹莫展时，铁蛋从村外赶来，人们看见他的肩膀上扛着一棵高大的炊烟，正在快步走来，当他走到近前，人们发现，他扛的根本不是炊烟，而是一棵高大的旋风。人们知道，铁蛋曾经摔倒过一个旋风，后来他和旋风成了好朋友。旋风和炊烟一样，也是从地里长出来的，也可以栽植，一旦栽种成功，就是另一种风景。旋风貌似炊烟，但是它会旋转，不像小路，只会弯曲，即使通往天空，也没有人愿意冒险走在上面。

0

世上大多数卵石都是山脉崩塌的碎石演化而成，河湾村也不例外。为什么说大多数而不是全部呢？因为有些卵石是直接从地里冒出来的，一出来就是圆的，谁也不知道它们是怎么形成的。还有一些卵石不是来自于地下，也不是来自于山崩，而是从天上掉下来的。天上悬浮的石头很多，有人说，天上的星星都是石头变成的，但是说归说，证实起来却很困难，因为去一次天空非常不容易，不是每个人都可以上天的。铁匠和二丫除外。

早年间，青龙河对岸的小镇里有个石匠，曾经到月亮上采集过石头，可惜他死得早。石匠死后，就只有河湾村的铁匠和二丫偶尔去往天空。二丫经常去云彩里采集露珠，铁匠是去月亮上采集碎片，带回来用炉火熔炼，用于打制透明的宝刀。这些早已不是什么新闻，在河湾村，这是人尽皆知的事情。三婶曾经几次央求二丫带她到云彩里看看，二丫就是不带，因为去天空是有风险的，三婶那么胖，体重大，说话也不靠谱，万一不慎摔了，从天上掉下来了，或者因为大嗓门说话不慎，吓到了云彩里的仙女，怎么办？

三婶确实不能上天，但是她从来不死心，一直想着天上的事情。

三婶去青龙河对岸的小镇去赶集，回来时在河边的沙滩上捡到一块浑圆的卵石,看上去略微有些透明,她就顺手带回来,走到村口,路过铁匠铺的时候,她就顺便停下来,让铁匠看看。铁匠正在铺子里打铁,见三婶站在门外,手里攥着一个东西,就停下手里的活计,问,三婶找我有事?三婶说,也没什么要紧的事,我在青龙河边的沙滩上捡到一块小石头,请你看看,是不是天上掉下来的星星?铁匠走出铁匠铺,接过三婶手里的石头,反复掂量和端详,说,这个石头掂量起来很重,我从没见过这样的星星,天上的星星比这个要透明,发出细微的光,这个石头似乎没有发光,不像是星星,但也不像是普通的卵石,这么光滑,不会是三婶下的蛋吧?铁匠的话,把三婶逗得哈哈大笑,说,铁匠啊铁匠,亏你想得出,我若是能够下蛋,我就不养鸡鸭了,我自己下蛋自己吃!三婶说完又笑,铁匠也觉得自己的想法有些荒唐,也哈哈大笑起来。

　　铁匠跟三婶说话从来没正经,三婶也不在意,她顺着铁匠的话茬继续说,既然你认为这块石头是我下的蛋,那你认为这个蛋,放到天上去会不会发光?铁匠说,三婶下的蛋,能不发光吗?三婶说,那就好,下次你再去月亮上的时候,顺便把我下的这个蛋也带去,放在月亮旁边,天上多一个发光的星星,不是很好么?铁匠说,三婶吩咐就是,我一定带上。三婶说,那这个蛋就放在你这里吧,记得上天的时候一定带上。铁匠说,一言为定,我一定带上。

　　就这样,三婶把捡到的小石头放在了铁匠铺里,等待某一天被铁匠带到天空里。

　　此后的很长时间里,铁匠并没有去往天空,因为他从月亮上采集的碎片还足够打制几把宝刀,暂时不需要去月亮上。

　　三婶自从把小石头交给铁匠后,时不时就问铁匠,去了吗?铁匠说,还没去。三婶说,什么时候去?铁匠说,过几天吧。三婶说，你要说话算数。铁匠说，三婶要是不信任我，就当我说的话是个屁。说完，铁匠真的就放了一个屁。三婶听见铁匠真的放了一个屁，当场就笑得前仰后合，说，铁匠啊铁匠，你放屁的时候小点劲，别把蛋崩坏了。铁匠说，蛋还在，结实着呢。

  三婶真的关心自己捡到的石头，自从她把石头交给铁匠以后，随时等待着月亮旁边多出一颗发光的星星。三婶有自己的心事。早年她的小儿子从树上掉下来摔死了，据说他死后去天上，还在天上做了一官半职，日子过得还不错。对此，三婶非常欣慰，没想到她的小儿子死后还这么有出息。有一天她在梦里看见了死去的小儿子，跟他说，你注意一下，过些日子，月亮旁边会多出一颗星星，那是我托付铁匠特意放在月亮旁边的，你看到了那颗星星，就相当于看见了妈妈。她的小儿子说，谢谢妈妈，我看见了就告诉你。

  此后，三婶每隔几天就会梦见小儿子，每次都问小儿子看见星星了没有，她的小儿子为了哄她高兴，就说看见了。三婶听说小儿子看见了她的专属星星，当场就高兴得哭了。醒来时，三婶发现枕头上都是泪水。

  早晨醒来后，三婶急急忙忙地找到铁匠，说，谢谢你，谢谢你把小石头送到月亮旁边，我的小儿子在梦里跟我说，她看见我的那颗星星了。

  铁匠被三婶的一番话给说愣住了，一时反应不过来。过了好一会儿，铁匠在心里转了好几个圈，才似乎有所醒悟，原来三婶让他把小石头安放在月亮旁边，是为了让她死去的小儿子看见。这些日子忙，铁匠根本没有去月亮上，可是，此刻怎么回答三婶呢？既然三婶说她的小儿子已经看见了那颗星星，不如谎称说自己去过天空了，确实把小石头放在月亮旁边了。

  铁匠想好了说辞，就跟三婶说，是，我前几天去了一次月亮上,顺便把你的小石头放在月亮旁边了,三婶不用感谢,我也是顺便而为,再说,石头很小,我带着也不费力气。

尽管铁匠说不用感谢,三婶依然还是非常感谢,抹着眼泪说,从今以后,我小儿子想我的时候,就可以看看那颗星星,也就相当于我们娘俩在天上见面了。三婶说完继续抹眼泪,铁匠也不好再说什么,只好劝三婶回去。

三婶回去后,铁匠却坐不住了,他欺骗了三婶,但是欺骗不了自己。他想,必须尽快把三婶的小石头送到天上去,不然对不起三婶,也无法面对自己的良心。

当天夜晚,趁着蒙蒙月光,铁匠专程赶往月亮,把三婶的小石头送入天空,安放在月亮旁边,回来的时候他看见整个星空在天空中飘移,其中有一颗星星是他所安排的,为此他感到非常骄傲。在返回途中,他还顺便抓住了几颗逃跑的流星,把它们送回到原处。由于抓流星和送流星耗费了一些时间,他回来的时候已经接近天亮。

从此,月亮旁边多出了一颗星星。对此,河湾村的人们并未察觉,因为人们很少观察天象,也不太注意天上的变化。人们认为天空中的星星无数,每天都有流星坠落,也没见星星的数量减少,依然那样密集,有人甚至认为,星星就是为了坠落而生的。

人们没有察觉天空的变化,但是三婶看到了。她看见了月亮旁边确实多了一颗星星,尽管这颗星星很小,小到所有人都看不见,但是三婶却看得非常清楚,她甚至能够看见这颗星星上的花纹,确实是她捡到的那块石头,她还看见了石头上的两束细微的反光,来自于一双眼睛,这两束光正是她小儿子的目光。她确信她的小儿子在天上的某个地方,正在注视着这颗星星。有那么一瞬,三婶的目光和她小儿子的目光在这颗星星上碰到了一起,星星突然闪了一下。在星光爆闪的一瞬间,三婶的心感到了一丝刺痛，像一根细小的针，扎在了她的心尖上。三婶想，疼就对了，说明我的小儿子确实看见了我的星星，我们真正通过这颗星星在做心灵的交流。

自从有了这颗星星，三婶几乎每个有月亮的夜晚，都要仰望星空，并通过这颗星星的反光，把自己的目光投射到她小儿子的眼睛里。她确实做到了。她从未想过自己多年的心愿竟然通过一颗星星，圆满地实现了。从此，她不用在梦里跟小儿子见面和交流了，她有了更为直接的方式，通过目光的对视而直接完成心与心的碰撞，而这个悬浮在月亮旁边的凝聚点——这颗闪烁的星星，竟然是她亲手捡到的一颗卵石。

关于星星这件事，三婶没有告诉二丫，她怕二丫去云彩上采集露珠时，不小心给碰掉。三婶不担心铁匠会碰掉星星，即使真的碰掉了，铁匠也能够捉住它并重新安放在一个妥帖的地方。

0

有些石头飘浮在天上，可以发光，有些石头只能待在河滩里，甚至被泥土掩埋，像是圆溜溜的土豆。王老头家的土地就是如此，地里突然长出了许多圆溜溜的石头，让他费解。早年他曾经在这块地里种过土豆，当时感觉有些土豆非常结实，甚至坚硬，咬不动，长老也试过，确实咬不动。当时两个老人由于眼花，没看清，咬的确实是与土豆相仿的卵石。

这件事情已经过去了很多年，后来王老头家的地里种过高粱、谷子、黄豆等等，都有不错的收成。如今他家的地里突然又长出许多类似土豆的卵石，让他有些疑惑，莫非这些浑圆的石头真是土豆？

王老头找到了长老，说，我家地里长出了许多卵石，跟早年间你吃过的一样，像是土豆，但又不是土豆。长老说，你咬过吗？能不能咬动？王老头说，咬过，非常硬，咬不动。长老说，咬不动，不一定就是石头，用锅蒸一下试试？王老头说，蒸过了，确实是蒸熟了，但还是硬的，咬不动。长老说，那可能真的是石头。

王老头蒸石头这件事，传到了三婶的耳朵里，三婶慌了，她想，不会是铁匠帮我安放在月亮旁边的小石头掉下来了吧？那颗小石头不是已经成为了一颗星星么？一颗星星不会轻易掉下来吧？

尽管三婶尽力为自己解脱，心里还是放不下，毕竟月亮已经十多天没有出现在天空了，月亮不出来，她就无法凝视月亮旁边那颗新出现的星星，因此也就无法判断王老头蒸煮的石头是不是自己在青龙河边捡到的那个卵石——那个出现在月亮旁边的星星。她想，铁匠是个靠谱的人，他经常去月亮上采集透明的碎片，带回来打制宝刀，对于他来说，把一个小石头安放在月亮旁边的天空里，应该是比较稳妥的，不会轻易掉下来的，就算是真的从天上掉下来，也不会这么巧吧？偏偏就掉到了王老头家的地里？

三婶在担心中度过了十多天，但她不敢问王老头，也不敢问长老。因为月亮旁边多出的这颗星星，是她心里的秘密，永远也不会说出。她嘱托过铁匠，关于星星这件事，不要跟别人说，铁匠说，我知道了，不说。铁匠是什么人？铁匠是用拳头打铁的人，是个硬汉子，他答应的事情，是绝对可信的。

铁匠确实是一个可信之人，他把三婶捡到的小石头送入天空，安放在月亮旁边，成为一颗新星，没想到给三婶带来了巨大的心灵安慰。自从有了这颗星星，三婶的心情好多了，只要是有月亮的夜晚，三婶都要仰望夜空，通过这颗星星与她的小儿子沟通。自从三婶的小儿子从树上掉下来摔死后，她在许多年里缓不过神来，后来听说她的小儿子死后在天上做了一官半职，日子过得还不错，也就放心了。如今通过这颗星星，她与小儿子建立了直接的联系，只要有月亮的夜晚，她就可以仰望天空，通过这颗星星实现母子间的目光交流。有那么一些日子，她为了与小儿子交流方便，真想搬到天上去住，后来被铁匠反复劝说，才停了这个念头。

　　在等待月亮出来的这段时间里，三婶陷入了焦虑。她总感觉王老头蒸煮的石头与自己有关，王老头的身上一定隐藏着什么秘密。近些日子，王老头走路时经常自言自语，由于声音很小，近似于嘟囔，别人无法听清。有好几次，三婶与王老头在胡同里相遇，想问个究竟，当她真正开口的时候却说，吃了么？王老头说，吃了。然后就没有话说了。河湾村的人们都是这样，见面问候一句，然后就各自忙去。人们整天见面，该说的话早已说尽，不该说的也都说了，已经无话可说，可是见面时不说一句话，又显得没有礼貌，于是就礼节性地相互问候一句，吃了么？具体吃与不吃，人们并不认真，也不会细听。

　　王老头说，吃了。然后又说了一句，吃了。这多出的一句，让三婶心里嘀咕了半天，心想，平时都是回答一句，今天他竟然回答了两句，到底是什么意思？

　　三婶不仅动了心思，还要付诸行动。一天夜里，她借着一颗萤火虫的光亮，偷偷潜入王老头家的地里，看看他到底种的是什么。她用手在土垄上扒出几个土豆，她确认过了，确实是土豆，而不是卵石。再扒土，露出来的还是土豆，她想挖出一个土豆带回去，又一想，不能拿走别人家的东西，一个都不允许。河湾村的人们从来没有人占过别人家的便宜,也不做昧良心的事情。于是,她把扒开的土又重新培好,用手拍实,不能让人看出来被人扒过土。

三婶的行动非常隐秘,几乎是神不知鬼不觉。为了不暴露目标,三婶抓住一颗萤火虫,借助这微小的光亮,完成了行动。但是,问题恰恰就出在这个萤火虫身上。由于萤火虫的光亮引起了星星的关注,天上的一颗星星以为是同类,就从夜空中飞了下来,来到了三婶的身边,其他的星星看见后,也跟着飞了下来,一时间,三婶的身边聚集了很多星星,仿佛一群萤火虫围着她乱飞,把她照得通亮。

就在三婶被星星照亮这一刻,王老头手拿一块石头,悄然出现在三婶的身边,把三婶吓了一跳。这时,一切都暴露在纷乱的星光下,再也无须隐瞒了,也隐瞒不住了。三婶干脆一不做二不休,直接挑明了问,王老头,你手里拿的卵石是从你家地里挖出来的吗?王老头说是。三婶又问,是啃不动吗?王老头说是。三婶又问,你确信这个石头不是从天上掉下来的?王老头说,是不是从天上掉下来的我不知道,反正我从地里挖出来的时候就是这样,不信你看?三婶看也不看,继续问,深更半夜的,你来这里干什么?王老头怯生生地回答说,我,我,我是来看看,是不是有星星落在我家地里。

三婶本来是偷偷摸摸来到王老头家的地里扒土豆,没想到竟然在此碰见王老头,本来应该是王老头质问三婶摸黑来此干什么,反而变成了三婶质问王老头,而且还如此大义凛然,理直气壮。王老头只顾回答三婶的提问,看上去既憨厚又委屈,仿佛做了什么理亏的事情,他回答三婶问话的时候声音都是怯懦的,嗓子眼里仿佛憋着一个大疙瘩。

三婶眼珠不转地盯着王老头,伸手接过了他递过来的小石头，看了看，掂了掂，感觉分量很重，确实像是一块卵石，与她在青龙河边捡到的石头相差不多，但看上去很像土豆。

三婶明知这是一块石头，还是追问了一句，你确信这不是一个土豆？

王老头说，我也觉得这是一个土豆，但就是咬不动。

三婶说，你咬一下我看看？

王老头说，我不咬，我的牙已经崩了一个豁口，再咬一次，牙就掉了。

三婶说，好吧，不让你咬了。

正在三婶问王老头的时候，他们身边的星星越聚越多，似乎整个星空都在他们的头顶上空盘旋，其中一颗星星乱了方寸，不慎落在了王老头家的地里，很快就沉入了土壤里，看不见了。三婶指着那个星星落下的地方，以命令的口气指着王老头说，快，还不赶紧挖出来，还等什么！？

王老头已经被三婶训斥蒙了，愣了好一会儿，才缓过神来，走过去，在地上扒土。他没有挖到星星，只挖出一个土豆。

王老头说，一个小土豆。

三婶说，看见了，还没长大，把它埋回去吧。

王老头遵从三婶的吩咐，把刚刚挖出来的小土豆又埋回到原来的土垄里。

三婶也感到纳闷，明明是从天上落下来的一颗星星，落进了地里，眼看着王老头挖出来，却是一个土豆。她自言自语地说，真是怪了。

正在他们说话的时候，远处传来了脚步声，近前一看，是长老。长老说，我夜里起身的时候，发现河湾村的夜晚比往常亮几倍，我就知道一定发生了不同寻常的事情，我不放心，就到村外查看，看见许多星星聚集在你们这个地方，到底发生了什么事情？

三婶说，没事。王老头从地里挖出了一个土豆。

长老不理解三婶说话的前因后果，但他看见三婶和王老头相安无事，也就放心了。

回去的路上，星星们逐渐散去，回到了它们应有的位置，河湾村的夜空又恢复了黑暗，只有三婶手里的萤火虫还在发光，为三个夜行人照亮。走到半路的时候，三婶突然想起，落进王老头家地里的星星，不会是月亮旁边的星星吧？

想到这里，三婶转身就往回走，她要去找王老头刚才挖出来的那个土豆。王老头和长老看见三婶莫名其妙地又回去了，并不知道她的意图，出于对她的保护，也只好返回，悄悄跟在她的后面。

0

三婶借助一颗萤火虫的光亮，去王老头家的地里寻找卵石，结果只挖出几个土豆。她无功而返，回到家后就把萤火虫放了。萤火虫是有神性的虫子，它们自己发光，混杂在星空里仿佛是移动的小灯笼。

不是所有的昆虫都会发光，也不是所有的昆虫都很美丽。许多弱小无害的昆虫，为了自身防御，长相很凶恶，看上去一副惹不起的样子，实际上它们非常脆弱，一击殒命。有的蝴蝶，翅膀张开后，上面有两个大斑点，仿佛是两个大眼睛在瞪着你，让你不敢接近。还有一些毛毛虫，身上长着很长的毛刺，用来吓唬别的猎食者，意思是，千万别碰我，我非常厉害，或者我有毒。而真正具有杀伤性的动物,看起来可能是一副亲和友善的样子,让人感觉非常容易接近,一旦你真的接近它,你就被它欺骗了,它将迅速出击,把任何它认为可以吃掉的东西变成它口中的猎物。

有些昆虫长大后会慢慢变硬,不再会爬,也不会动了,身体僵硬甚至长出外壳,看上去就像是死了一般,可是它经过一段时间的变化会破壳而出,长出翅膀,变成会飞的昆虫。当然,天上飞的不一定都是昆虫,也可能是一只雄鹰,也可能是河湾村的铁匠。铁匠就经常去月亮上采集透明的碎片,带回来打制宝刀。铁匠是如何在天上飞的,一直是个谜。人们只见铁匠背着布袋从天上回来,至于他是怎么上去的,从来没有人见过。他可能不像昆虫那样飞,但是具体怎么飞,无人知晓。另外,铁匠的长相也不像昆虫那样吓人,他的大胡子是用来遮挡脸皮的,不是用来吓唬人的;他的大拳头也不是用来打人的,而是在必要的时候,用拳头来打铁。因此可以说,铁匠不像是昆虫变的。

虫子变成人的可能性非常小,但也不能说绝对没有。如果一口否定,那么蚕神张刘氏吃下很多桑叶后,在夜深人静的时候把自己织在了一个硕大的蚕茧里,该做如何解释?幸亏她的家人及时发现,把蚕茧剪开,她从蚕茧里出来后变成了一个新人。人们说,如果再晚一步,张刘氏很可能就会在蚕茧里变成一个大肉虫了。还有人说,三婶可能是个大肉虫,她的一身肉,看上去就像个大肉虫。三婶对此从来不置可否,你说她是个大肉虫,她还很开心,故意做出张牙舞爪的动作,张开大嘴吼叫着吓唬你。

说三婶是昆虫变的,确实有些牵强,她太胖了,世上没有这么大的肉虫,但是从另一点上说,她与昆虫也有相像之处,她跟许多昆虫一样,也有一副惹不起的样子。据说三婶曾经在青龙河边捡到一个身影,是铁匠路过河边的时候不慎脱落的身影,因为影子上面有些细小的漏洞,是铁匠打铁的时候溅起的火星烫出的漏洞。三婶回到河湾村给铁匠送身影的时候，站在铁匠铺的外面喊铁匠出来，铁匠一看三婶就笑了，感觉她就像一个大肉虫。铁匠心想，三婶真是个好心的肉虫，而当三婶甩开浑身的肥肉时，却是一副惹不起的样子。

三婶回去的路上，碰见了蚕神张刘氏。张刘氏的实际年龄比三婶大好几岁，但是看上去只有三十岁上下的样子，自从她从蚕茧里出来后，就返老还童了，许多年过去根本不见老。三婶见了张刘氏，问，你现在还吃桑叶吗？张刘氏见三婶上来就问桑叶，有些唐突，也没有正经回答，就敷衍一句说，吃。三婶说，我也想吃，我回去就吃。走过身的时候，张刘氏回复了一句说，吃吧，新鲜的桑叶好吃。

三婶说到做到。以她的性格，如果她能够长出铁匠那样结实的拳头，她敢打铁。三婶用她一身的赘肉和泼辣的性格，让所有人都望而却步，根本不用像昆虫一样长出浑身的毛刺。

三婶回到家后，约上二丫，就去了北山去采桑叶。她和二丫是好伙伴，也都是河湾村里养蚕的能手，因此她俩经常一起去北山采桑叶。三婶和二丫年龄相差甚远，完全是两代人，说话却毫不客气，既相互斗嘴，也相互照顾。早年，三婶的小儿子从树上掉下来摔死了，她哭干了体内的水分，是二丫经常去云彩里采集露珠，给三婶做药引子，三婶身体才逐渐恢复，重新成为一个胖子。

三婶和二丫走在去往北山的路上，一前一后走着，三婶大，二丫小，以三婶的体量，把两个二丫装进她的身体里，也不会拥挤。三婶说，我想吃桑叶，像张刘氏那样，变成一个蚕神。二丫说，三婶变成蚕神，也一定是个胖蚕神。三婶说，你个臭丫头，竟敢奚落我，你信不信，我也能变成蚕神那样年轻貌美的女人。二丫说，我还真不信。三婶说，不信，你就等着瞧。

世上没有做不成的事情，哪怕是一个人已经死了，也可以继续做事情，大不了活过来就是。早年间河湾村西北部天空不是塌陷过一次吗？塌陷之后，不是有一个死去多年的老人从坟墓里出来帮助人们修补天空吗？补天之后这个老人不是又回到了坟墓里继续睡觉吗？谁说死人不能复活？谁说人不能变成虫子？谁说虫子不能变成人？蚕神张刘氏不就是虫子变的吗？她不也是活得好好的吗？而且还那么年轻，简直让人羡慕得要死。

三婶一连串的反问，好像是说给自己的，也像是说给二丫的，把二丫给问住了，她一下子无法回答三婶这么多的问题，只好说，三婶尽管吃桑叶就是了，不用想那么多。

二丫说与不说，都不会影响三婶吃桑叶，她以前不是没吃过，只是吃得少，量不够，不足以吐丝结茧。当时她没有下决心，觉得一个老太太，就应该有一个老太太的模样，如果真的变成了一副新模样，还怕人们见了不认识。现在三婶想好了，她看见蚕神那年轻貌美的样子，是真心羡慕了，她想，变就变吧，说不定还能变成一个仙女呢。三婶想到自己会变成一个仙女，顿时羞得脸都红了，幸好她背对着二丫，没让她看见，不然二丫肯定会笑话她。

到了北山，三婶一边采桑叶一边吃，篮子里始终是空的，她把采下的桑叶全部塞进了嘴里。二丫看见三婶吃桑叶那种狼吞虎咽的样子，仿佛几辈子没吃过饭。吃到最后，二丫看见三婶的脸都绿了。

三婶先是站在桑树底下采桑叶，后来胳膊够不着了，就爬到树杈上采，她一边采一边吃，看她那个吃相，仿佛桑叶是世界上最好吃的东西。二丫在另外的一棵树上采，时不时喊一声三婶，三婶就在远处答应。

过了好一阵，三婶停住了采桑，没了动静。二丫喊了几声，没有听见三婶回答，就走过来看看，不看不知道，一看吓一跳。二丫看见三婶正坐在树杈上吐丝，已经把自己囚在了一个蚕茧的轮廓里，由于是刚刚开始织，蚕茧仅仅是菲薄的一层，仿佛是一层轻纱，能够清晰地看见三婶在里面吐丝的动作。看见这一幕，二丫惊讶得不知所措。她不敢再喊三婶，因为这时三婶已经不是三婶，而是一只正在织茧的大肉虫。她也不敢离开，她怕三婶万一坐不稳，从树杈上掉下来，岂不是耽误了她织茧，说不定还会掉下来摔死。二丫后退了一步，就那么站着，眼见着三婶在桑树上织茧，眼见着蚕丝一层层加厚，直到看不见三婶了，树杈上结出一个硕大的蚕茧。

时间不知不觉过去，天色渐渐黑下来，二丫认为这样等待下去不是个办法，必须回到村里告知人们。毕竟二丫还小，她没有见过蚕神张刘氏结茧的过程，她不知道三婶在蚕茧里时间长了，会不会闷死在里面。她几乎是跑步下山回到了河湾村。

等到河湾村的人们在二丫的带领下找到三婶结茧的那棵桑树时，月亮已经悬在半空，借着朦胧的月光，人们看见悬挂在桑树杈上的一个巨大蚕茧，已经成为空壳。人们发现，蚕茧顶端有一个圆形的出口，不知什么时候，三婶已经从蚕茧里出去了。她到底去了哪里，出来后是一个肉虫，还是一个长着翅膀的飞蛾，或者像蚕神张刘氏那样，是个仙女似的新人，人们不得而知。蚕神张刘氏也来了，人们问她，三婶有可能去往哪里？张刘氏也说不清，因为她当年织茧的时候是在自家的土炕上，而不是在树杈上，她没有在树杈上织茧的经历，不敢推测和断定。

后来的日子里，铁匠在去往月亮的途中，看见夜空中有一只硕大而肥胖的飞蛾在月光中飞翔，看上去体型很像是三婶，但他又不敢确信。

0

　　三婶从蚕茧里出来后，变成了一只飞蛾，在夜空中向月亮飞去。若不是铁匠去月亮上采集碎片，在夜空中遇见了三婶，恐怕三婶飞到了月亮旁边，也无人知晓。自从铁匠把三婶捡到的一块小卵石放在月亮旁边，变成了一颗星星之后，三婶就有了飞向天空的想法，没想到她吃了桑叶之后真的吐丝织茧，把自己织在了一个硕大的蚕茧里，然后破茧而出，长出了翅膀，飞进了天空。

　　三婶本来是羡慕蚕神张刘氏，也想从蚕茧里出来后变成一个年轻貌美的新人，没想到事与愿违，她没有变成美女，却按照一只蚕的正常演化规律，先是织茧，然后化蛹，接着羽化，出茧，变成了一只蛾子。由于三婶本身的赘肉无法消化，变成蛾子后依然很胖，是一只肥胖的飞蛾。本来蚕蛹化成的飞蛾空有一双翅膀，没有飞翔的能力，只能在地上抖动翅膀打转，然后求偶和产籽。产完籽后，蛾子就会死去，一个生命也就完成了循环，进入新的周期。但是三婶不同，她不是一只真正的蚕蛾，她是河湾村的一个老太太，一个活生生的大活人，她变成蛾子后，有许多自己的想法，她不甘于变成一只蛾子后产卵死去，她想借助一双翅膀飞到月亮旁边，看看那颗属于自己的星星。

　　实际上，三婶的想法还不止于此，她去月亮旁边有可能是个借口，她真正的目的可能是去往天空的背面，去见她的小儿子。他们母子分离已经好多年了，自从她的小儿子从树上掉下来摔死后，被接到天上去，她一直想跟小儿子见面。如今有了翅膀，三婶不会善罢甘休，她一定会去天上看看。

三婶的这些想法，铁匠是知道的。铁匠和三婶是老对手了，一个住在村西，一个住在村东，两人只要见面，必将相互奚落，一般都是三婶发起挑衅，铁匠被动应对，很难占上风。两人之间，打嘴仗是表面的游戏，内心里并不是真的相互对抗，而是相互帮助。一次，铁匠的身影不慎丢在了青龙河边的沙滩上，正好三婶路过，捡到后叠好，还给了铁匠。铁匠也帮助过三婶。比如月亮旁边的那颗星星，就是三婶在青龙河边捡到的一颗卵石，是铁匠帮助三婶，把这颗卵石放在了月亮旁边，成为一颗星星。三婶借助这颗星星，与她的小儿子多次交流眼神，实现了灵魂的沟通。

自从三婶通过月亮旁边的星星与小儿子进行灵魂沟通以后，她就有了飞天的想法，但是她不知道通过什么样的方法去实现这个理想。三婶以为她这辈子也没有上天的机会和能力了，她跟铁匠不能比，铁匠是个特殊的人，能够用拳头打铁，还能到月亮上去采集透明的碎片，带回来打制宝刀。她也不能跟二丫比，二丫是河湾村里最善良的丫头，也是一个养蚕能手，她在北山上采桑叶的时候，经常到了山顶还要继续往上走，到云彩里采集露珠。二丫苗条体轻，在云彩里自由来去，从来没有掉下来过。三婶不行，她太胖，是河湾村最胖的老太太，根本没有上天的可能性。三婶曾经央求过二丫，教给她上天的技术，二丫没有应允，她怕三婶从天上掉下来。她的小儿子就是摔死的，三婶不能再摔死。三婶是村里嗓门最大的人，也是最心直口快的人，少了她，村里就少了不少热闹。

现在三婶就在天空里奋力地飞着，看上去很吃力。一般的蛾子，都是在地上抖动翅膀，用翅膀做出一些求偶的动作，然后产籽。蚕蛾的翅膀，不是用来飞的，也从未见过任何一只蚕蛾在天空里飞翔。三婶飞得非常勉强，说白了就是拿自己的生命在冒险。铁匠看了非常担心，但是在天空里阻拦三婶飞翔更危险，她的脾气人们是知道的，不达目的不罢休，另外，她还有去天上看望小儿子的强烈愿望，强行阻止她飞翔会适得其反，弄不好还有可能直接掉下来。

铁匠刚刚从月亮上回来，身后背着一个布袋，里面装着从月亮上采集的碎片。他看见三婶正在向月亮的方向飞行，正好在空中相遇了。三婶假装没看见铁匠，她想，即使铁匠看见她了，也不一定能够认出她来，因为她现在变成了一只蚕蛾，已经面目全非了。三婶想得太简单了，她没有想到她身上的肥肉暴露了她的身份，她即使成了一只蛾子，也是个胖蛾子，依然还保留着三婶的大部分身体特征。铁匠看见三婶后，也没有声张，也是假装没看见。他若是大喊一声，三婶肯定会吓一跳，如果是在地上，顶多三婶会坐在地上，手捂着胸口骂几句，而现在是在天上，在月光朦胧的天空，铁匠为了救三婶，也不能莽撞。

事态非常急迫，容不得太长时间的思考，铁匠急中生智，想出了一个好办法，他假装说锤子丢在月亮上了，需要回去找锤子，正好顺路，与三婶一同飞往月亮，顺便保护三婶，同时也帮助三婶完成自己的心愿。说起来三婶也挺可怜的，为了与死去的小儿子见一面，也是拼了，独自冒险飞向月亮，根本没有考虑自己的体重到底能不能飞到目的地。她高估了自己的能力，简直是一意孤行了。

铁匠与三婶在空中见面，简单交流了几句，然后铁匠转身回返，与三婶结伴飞向月亮。他们到底是如何交流的，是用人的话语还是蚕蛾的语言，已经不重要。一路上，铁匠不能飞太快，因为三婶翅膀小而体重大，飞得很慢。大约到了后半夜，他们离月亮还有一段距离的时候，三婶已经疲劳至极，翅膀振动明显减慢，随时都有可能掉下去。看见这种情形，铁匠做好了准备，随时准备救驾，保护这个肥胖的大蚕蛾。

三婶毕竟是三婶，不到山穷水尽，她不会放弃自己的努力。她使出蛮力，在空中奋力地飞着，尽量不让铁匠看笑话。就在这极度疲倦之时，三婶看到了月亮旁边的星星，这颗她经常仰望的星星，已经近在眼前，由于距离近，这颗星星的光亮比往常大几倍，非常明亮。她通过这颗星星，近距离地看见了星星的反光中有两束目光，正是她小儿子的目光。也就是说，她的小儿子此刻也在看着这颗星星。一想到她的小儿子正在看着这颗星星，她立刻感到一股来自生命本底的能量，瞬间给她注入了活力，使她精神倍增，有了冲刺的信心和力量。

当铁匠和三婶回到河湾村后多日，三婶还在回忆当时的情景，说，铁匠真是好样的，他是为了保护我才返回到月亮上的，他的锤子就在布袋里，根本没有丢在月亮上。铁匠也夸赞三婶，说，三婶更是好样的，凭着那么小的翅膀，居然完成了去往月亮的飞行，没用我帮一下，完全凭自己的实力。

铁匠和三婶在相互夸奖，但是他们没有说出三婶在天空背面是否见到了她的小儿子，她不想说，人们也就不问究竟，人们不想追问她心里的秘密。

三婶坐在村口的大石头上讲述这次神奇经历的时候，又恢复了原来的模样，不再是一个大蚕蛾，只是她背部的翅膀脱落后，留下了两个类似伤疤的印痕，由于穿着衣服，她自己不说，没有人能够看见。

0

在河湾村，一个老太太长出翅膀后飞到月亮旁边，不足为奇；一个身影在地上独自奔跑，也不会引起人们的议论，因为这是很平常的事情。

一天，一群影子在青龙河宽阔的河谷里奔跑，明眼人能看出是人的影子，由于影子非常恍惚，粗心的人还以为是一阵虚幻的风从河谷里经过。

铁匠没看见，或者说他根本就没有抬头，他的注意力主要集中在河滩上，希望能够捡到一些月亮的碎片，带回去打制透明的宝刀。早年间他曾经捡到过几片，他想再次碰碰运气。这时，有一个过路人喊，快看啊，前面，就是那里，看，有一群影子在奔跑。铁匠顺着他手指的方向看去，却什么也没看到。铁匠说，是风吧？路人说，不是风，是一群人影，大概有十多个人，一个一个的，分散开，在奔跑。铁匠揉了揉眼睛，仔细看，还是什么也没有看到。

铁匠看不到，不等于不存在。有些事物隐藏在空气中，很难被人发现，比如微风，比如灵魂。有些灵魂被反复使用，已经变得非常空虚，一旦受到惊吓就会灵魂出窍，跑到身体的外面，倘若赶上一阵风，就可能被吹走，甚至吹散。

能够被人看见并且奔跑的灵魂，一定是健康的灵魂。虚弱的灵魂走路都会气喘吁吁，不可能在河谷里奔跑。有时，灵魂在外面走动，看上去就像是影子，你上手一摸，却发现是个灵魂。有时你发现身边有一个空虚的人在跟你打招呼，你觉得是灵魂在跟你交流，出于礼貌正想回话，结果发现是你自己的身影。

过路人见铁匠太笨，怎么提示都看不见那些奔跑的影子，也就失去了兴趣，不再指给他看，说，既然你看不见，我说了也没用，还不如我自己看。

过路人望着河谷中的一个方向，再次惊呼，哎呀，看，十几个影子，就在那里奔跑，跑得不太快，对，就是十几个人影，你怎么就看不见呢?

铁匠低下头去,眼睛继续盯着河滩,他的目标是月亮的碎片。他要的是实打实的东西,敲起来叮叮响的东西,而不是那些虚幻的影子,影子再多,对他来说也没有实用价值,捡到了也没用,何况他们还在远处奔跑,追不上,也抓不住。

铁匠是个硬汉子,练就了一身打铁的本事,是个敢于硬碰硬的人。每当遇到上好的材料,比如月亮的碎片、陨铁等等,他都要撂下锤子,用拳头打铁。只有用拳头打铁,才能打制出宝刀。有人问过他,炉火烧红的铁块,不烫手吗?铁匠说,只要速度足够快,就烫不着手。说这话的时候,铁匠总要习惯性地把他那个大拳头在眼前晃一下,他的拳头又大又黑,真像一个铁锤。

过路人见铁匠不看远处的影子,就扫兴地走了,继续赶路。铁匠继续在河滩里寻觅,开阔的河滩里除了沙子就是卵石。有一些透明的石头,貌似月亮的碎片,但不是,这种石头性脆,两块石头相碰就会冒出火星,可以用作打火石,却无法打制任何东西。真正的月亮碎片并不浑圆,而是见棱见角,透明度非常高,明眼人一看就能认出,这是月亮的碎片。

月亮很少掉下碎片,据说铁匠捡到的那些碎片,是当年天狗吃月亮的时候掉下来的,天狗的吃相不好,狼吞虎咽的,吃的没有糟蹋的多,因此掉到地上一些。后来,铁匠也曾到月亮上去采集碎片,用布袋背回来。到月亮上去毕竟不是容易的事情,也不是谁都能够上去,自古以来,到过月亮上的人和动物屈指可数,有嫦娥,兔子,天狗,青龙河对岸小镇里的石匠,还有河湾村里变成蚕蛾的三婶,再一个就是铁匠。小镇里的石匠已经过世很多年了,他临死的时候把灵魂锁在了体内,哪儿也去不了;而三婶吃下桑叶后吐丝结茧变成了一只蚕蛾,确实飞到了月亮上,她只去过一次,还是在铁匠的保护下飞上去的。三婶回来后就褪掉了翅膀，变回一个老太太，早已失去了飞翔的能力。

既然去月亮上太遥远，那就在河滩里找找看，倘若运气好，说不定就能捡到一两块月亮的碎片。月亮的碎片从天上掉下来时会发光，唰的一下把夜空照亮，人们根据光亮滑落的方位，大致可以判断掉在了哪里，而白天掉下来就难说了，太阳的光会把天上所有的光全部淹没，就是整个月亮掉下来，人们也不容易发现，只有敏感的灵魂能够感觉到。天上掉下来东西的时候，灵魂会事先有所感知，他们会提前躲避甚至奔跑，跑到相对安全的地方，以免被苍天落物所砸伤。

想到这里，铁匠似有所悟，突然一拍大腿，说，莫非刚才过路人看到的那些影子，是一群灵魂？他们为什么奔跑？莫非天上要掉下什么东西？是流星，还是月亮的碎片？

一想到月亮的碎片，铁匠立刻来了精神，抬起头来，朝着刚才过路人所指的方向观望，这回他真的看见了，在河谷上方，在青龙河对岸，确实有一群影子在奔跑，而且是在逆风奔跑，其中一个影子已经离开了地面，被风吹得飘起来。随着风越来越大，这些影子全部飘了起来，模模糊糊的，像是用雾气做的一群风筝。

铁匠看得非常清楚，这些飘起来的影子中，感觉有一个影子非常熟悉，他仔细看，竟然是自己的影子。他感到奇怪，我的影子怎么在河对岸？他立即低头查看自己的身影，不看不知道，一看吓一跳，他的身边没有身影。前后左右都没有，毫无疑问，他的身影已经离开了他。

铁匠并没有慌张，他曾有过身影脱落的经历，后来被三婶路过时捡到，还给了他。铁匠的影子非常独特，因为他打铁时溅起的火星把身影烫出了许多小洞，明眼人一看就知道是铁匠的影子。影子即使丢了也不用怕，别人捡到了也没用，现在他最担心的是，那个模糊的影子不会是自己的灵魂吧？

铁匠有点蒙了，心想，刚才过路人跟我说话的时候，我一直心不在焉，魂不守舍的样子，难道是灵魂不在体内，跑到了别处？

就在他担心的时候，天上掉下来几个发光的东西，落在了青龙河对岸，发出了不同寻常的声响，地上溅起了碎石和尘土。幸亏那些影子在风中飞了起来，不然有可能被砸伤，或者被地上溅起的碎石击中。

看到天上落下来发光的东西，铁匠又惊又喜，心想，说不定就是月亮的碎片。这时，他看见青龙河对岸，飘在空中的一个影子转身回落到地上，急急忙忙地去查看什么，铁匠分明感到，那是自己的影子。

看见自己的影子在河对岸寻找什么东西，铁匠也想去看看。可是他没走几步就气喘吁吁，感觉非常吃力，仿佛自己的身体变成了一个空壳。他知道，如果一个人的灵魂不在体内，呼喊自己的时候，不会有回应。于是他试探着喊了几声自己的名字，果然没有答应。这时他发现，他的灵魂已经不在自己的身体里。

铁匠发现自己的灵魂不在体内，也没有失落感，反而笑了，自言自语地说，这个一直隐藏在我身体里的老家伙，竟然未卜先知，赶在我的前面，跑到了河对岸，他一定是知道今天天上会掉下珍贵的礼物，提前去迎接了。

想到这里，他伸出了大拇指，有点佩服自己的灵魂。

这时，铁匠想起了刚才那个过路人，便转身望去，只见那个人走路飞快，已经到了河滩的边缘，远远看去，有些缥缈和虚幻，再仔细看，他只剩下一个影子，真身已经走到了明年。

0

被风吹走的身影和灵魂，会飘得很远，而被风吹起的胡子，无论如何飘浮，也离不开人的下巴。

长老的白胡须被风吹拂着，来回飘浮。他已经好长时间没有修剪过了，如今已经拖到膝盖下面，再过几个月，怕是要拖到地上。胡须太长了会有许多不方便的地方，比如坐在村口的大石头上乘凉的时候，他的胡须需要用手缠绕一下，放在膝盖上。他蹲在地上的时候，需要把胡须甩到身后，搭在肩上，不然就会拖在地上沾染尘土。还有，刮风的时候，长老雪白的胡须就会飘起来，像是从下巴上抽出的丝。

长老的胡须是一道独特的风景。在河湾村，有胡须的人不止长老一人，只是他的胡须是最长的。有人说，只有长老这样两百多岁的人，才有可能长出这么长的胡须。也有人说，三婶也曾经长出过胡须，但是考虑到自己是个老太太，不应该长胡须，于是她已经长出的胡须又慢慢缩了回去，后来那些憋回去的胡须从头顶上冒出来了，变成了头发。三婶长胡须这件事，她自己从未说过，她嫌丢人，是别人看见的，但是看见她长胡须的这个人，后来得了健忘症，时间长了也就忘记了，若不是人们提起长老的胡须，没有人会想到三婶。

有人传言，说长老出生的时候就有胡须，他的父亲一看这孩子刚生下来就像一个小老头，于是当即给他取名为长老，意思是：长得老。没想到这个孩子活到了两百多岁还不死，成了一个真正的长老。

人们不相信这个传说，因为说这话的人当场就否定了自己，说，不是我亲眼看见的，我出生的时候长老就已经两百多岁了，没有人能够亲眼看见父亲的出生，更不用说长老这个年龄的长者。在长老面前，我们都是孩子。

正当人们议论长老胡须的时候，三婶挎着一篮子桑叶从旁边经过，也不问前因后果，上来就插了一句，说，谁说小孩子没有胡须？山羊刚生下来就有胡子。三婶这么一说，还真把人们给说愣住了，无法回答。三婶说话的时候也没有停留，说完就走了，她一身的肥肉里仿佛蕴藏的都是学问。

三婶对胡须的敏感，来源于她曾经长过胡须。有人说，三婶的小儿子从树上掉下来摔死后那些年里，三婶哭干了身体里的水分，为此她吃了不少药，其中有的药副作用很大，也不知是哪一味药作怪，促使三婶长出了胡须。前面已经说过了，一个老太太长出了胡须是非常尴尬的事情，如果不是三婶凭着强力的意志把胡须憋回去，三婶现在也将是一脸胡须，你说让她怎么见人？

长老与三婶不同，长老是个男人，是河湾村最年长的老人，他的胡须越长，人们越是觉得这才是一个长老应该有的样子。试想，一个两百多岁的老人，没有一根胡须，即使不算是缺陷，也绝对算不上完美。如今，人们看见长老快要垂到地上的雪白的胡须，都羡慕不已。人们羡慕他的胡须，仿佛只要有这样瀑布般垂挂在脸上的白胡须，胡须后面那张脸或者整个人是不是存在都无所谓。

长老的存在是必需的，他已经成为一个活着的身体遗址，是河湾村人长寿的象征。外乡人谈论起老寿星，首先要谈论长老的胡须，然后再谈论长老这个人。人们说，没有那么长的胡须垂挂在胸前，一个人休想活到两百多岁。还有人说，要想活到两百多岁，必须是一出生就带着胡须，而且必须有几根白胡须。人们越说越离谱，长老听了就嘿嘿笑，也不说话，他慈祥的笑容里包含着无限的内涵。

早年的一天，三婶曾经在村口截住过长老，问，怎样才能让胡须往回长？长老听到三婶的问话，感到有些奇怪，说，我只知道胡须如何往长了长，还从未听说过胡须往肉里长，难不成还要让长出来的胡须再缩回去？这个我还真没听说过。三婶说，长老都不知道的事情，就不会有人知道了。后来，三婶再也没有问过别人。她凭自己的意志，暗自使劲，硬生生地把脸上长出来的胡须给憋了回去。

不是什么东西都可以缩回到人的身体里，比如眼泪，就很难止住，有那么一些年，三婶身体里的水分，几乎全部变成了眼泪，流到了身体的外面。直到有一天，有个女人说她做梦的时候，梦见了三婶的小儿子死后被接到了天上，在天上还有差事，做了一官半职，生活得很好，三婶听说后喜出望外，从此就止住了眼泪，再也没有哭过。有人说三婶的眼泪已经哭干了，再也没有眼泪了。还有人说，三婶吃药起了作用，但是，是药三分毒，副作用很多，致使三婶的脸上长出了胡须。

三婶的胡须缩回去了，而长老的胡子却越长越长，而且白如蚕丝。有人怀疑长老吃过桑叶，说他的体内有抽不尽的丝。虽然这个说法不足为信，但是河湾村已经有人吃过桑叶，身体发生了巨大的变化。当年蚕神张刘氏吃过桑叶后，吐丝结茧，从蚕茧里出来后变成了一个新人。三婶也吃过桑叶，并且织茧羽化，出壳后变成了一只巨大的蚕蛾，在天空里飞了一夜，据说飞到了月亮上，甚至到过天空的背面。长老从来没有飞过，他体内所有的丝都变成了胡须，从脸上和下巴上垂下来，形成了悬挂在身体高处的一道永不消失的瀑布。

在人的脑袋上，长在头顶和后脑勺上的毛发叫做头发，长在脸上的毛发统称为胡须。如果细分，从两鬓和两颊上垂下来的毛发叫做髯，长而下垂的眉毛叫做须眉，长在嘴唇上下周围的毛发叫做胡子。长老的胡须接近于垂挂到地上，可以称为仙翁了。

长老是一个尊称，至于长老到底叫什么名字，很少有人提起，人们从来都称呼他为长老，似乎没有别的名字。长老自己也认为，名字已经不重要了，只要就这样活下去，叫他什么都行。人们尊重长老，把他看作是村庄的灵魂，他的存在，似乎是山川自然的一部分。有时候，人们用长老胡须的飘浮状态来判断风向，有时用他的人生经验来验证自然规律，更多的时候是坐在村口的大石头上，听他讲述那些遥远的传说和神话，重复一百遍也愿意听下去。

长老讲故事，从来都是一次性讲完，绝不在关键处停下来，吊人们的胃口，他怕人们着急，产生悬念，替古人担心。他讲故事的时候，会情不自禁地用手捋着自己雪白的胡须，仿佛那些胡须里保存着久远的记忆，需要他轻轻理顺。他从来不像别的老人那样，大汗淋漓的时候用大手盖住自己的脸，然后狠狠地一抹，眉毛胡子一把抓。

一天晚上，长老讲完了故事，人们在月光中懒洋洋地散去，准备回家睡觉，当人们走到半路的时候，忽然有一股风从地下升起，把长老的胡子向头顶上方吹去。在月光的照耀下，长老的胡子显得非常苍白，在他的头顶上方倒竖起来，飘浮着，抖动着，看上去像是胡须下面悬挂着一个人。这时，三婶离长老最近，想去扶住长老，她怕长老竖起来的胡须把他拽到天上去。三婶毕竟变成过蚕蛾，曾经在天空中飞翔过，她知道如何借助风力，如何在风中稳住身体。三婶伸出了胳膊，快步走过去，想抓住长老的胳膊，但她总是够不着。就在这时，三婶自己的身体却在风中晃动起来，仿佛是河流中一棵摇摆的水草。

来自于地下的风，大多是阵风，不会长久，长老很快就在风中稳住了脚跟，三婶也没有在风中飘起来。等到她抓住长老的胳膊时，阵风已经过去，长老的胡须已经从天空中落下来，向东飘，向北飘，向西飘，向南飘，但是不再往天上飘了。这时，人们渐渐围拢过来，聚集在长老身边，一个老头说，这股风来得很突然，差点把我吹起来，三婶也说，我也是。

长老伸手在空中抓住了自己的胡子，像是抓住了一把乱麻。风还在继续吹着，显然已经乱了方向。风一旦失去方向也就难以形成合力，顶多也就是开玩笑一般对人的头发或胡须构成蹂躏，侮辱性极强，但伤害并不大。

但是长老不这么看，他知道这股风不同寻常，一定在酝酿什么事情。就在他这样想时，长老的胡须再次向天空飘去，在明晃晃的月光中，像是流向天空的一缕白色的炊烟。人们顺着长老胡须所飘去的方向仰头望去，只见头顶上空一个大月亮，忽的一下被风吹走，仿佛吹走一张飘在空中的纸片。

也就是一闪之间，月亮就飘到了远方，整个夜空忽然暗下来，人们感到脚下的大地在快速下沉，最后掉了下去。由于大地突然掉落，人们没有一点心理准备，身体反应慢了一步，无法跟上脚下的土地，于是，这些在风中摇晃的人们似乎被大地遗弃了，突然悬在了空中，仿佛时光退去后遗留在空中的影子。

传说，这些悬浮在空中的人们落下来后，有的人当即就老了，长老变得更加苍老。后来，为了牢牢地抓住土地，长老的胡须垂到地上，渐渐在土地里扎了根，从此，他的胡须就变成了根须。

0

夏日雨天，山坡陡峭的地方容易打雷，而相对平坦的地方则雷少。打雷对庄稼有好处，凡是雷霆滚过的土地，就像施了肥一样，庄稼比别的地方要旺盛许多。

长老说这话的时候，并不望着天空，他就是低着头，也能判断乌云的厚度，大概什么时候会打雷，什么时候会下雨。长老还说，月光明亮的地方，庄稼长得快。他说这话的时候，也不一定是在月光下，月亮不常有，他在星光下也会这样说。他还说，星光密集的地方，地上的庄稼也会受益，禾苗的叶子上会长出星星大小的露水。最后他说，萤火虫可能是星星的亲戚，所以会发光。

长老的经验是常人的几十倍乃至无数倍。他不光有两百多岁的年纪，还有一个隐藏在时间深处的祖先部落，凡是他不知道的事情，他会在做梦的时候去请教他的爷爷，他的爷爷也不知道的事情，会请教他爷爷的爷爷，以此上溯，他的身后有一个不可穷尽的人群，这些祖先部落里蕴藏着无穷无尽的经验和智慧。这些经验，一部分通过肉体直接遗传给后人，还有一些保存在精神世界里，需要灵魂沟通才能传递。

三婶去北山上采桑叶，路过村口的时候看见了长老，问，天上这么多云彩，会不会打雷？长老说，放心去吧，今天没雨。三婶听了长老的话，就放心地去了，果然没有下雨。

河湾村是山村，有山坡，也有平坦的沙地和河边的千亩树林，青龙河从东南西三个方向环绕过村庄，向西北方向流去。云彩大多来自于西北或东南两个方向，老人们能够从云彩的形状和颜色判断出里面是否隐藏着雷霆。有的雷霆非常干脆，咔的一声把云彩炸开，在天空中留下一道裂缝；有的雷霆沉闷而遥远，仿佛有人在天空里滚动着巨石。每当这时候，鸟群会从云端回来，掠过乌黑的天空，就像是被雷霆驱赶的精灵，回到树林里。树林外面的高粱和玉米在风中起伏，有如大地上掀起的绿色波浪。

天上有没有雨，是不是打雷，老天说了算，长老只是凭经验感知和预测天气，并不能左右天气的变化。老天要下雨，祈祷也没用。有一年干旱，地里的庄稼都黄了，人们到青龙河边求雨，祈祷了好几天，都没管用，等到庄稼旱死后，老天才肯下雨，而且非常不均匀，有的地方只下了三滴雨，有的地方发生了洪涝，大片土地被冲走。

下雨少的地方，往往雷声大。正应了那句谚语，雷声大雨点稀。有时，雷霆是用来吓唬人的，胆小的人可能被直接吓死，而胆子过大的人，容易被雷霆追击，造成灵魂出窍，很长时间都回不到身体里。铁蛋就遭遇过雷霆的追击，幸亏他跑得快，没有被劈开。据说那天乌云压顶，青龙河谷上方聚集了一群雷霆，其中一个盯上了铁蛋，死追不放。铁蛋在河谷里拼命奔跑，雷就悬在他的上方。据船工说，他当时正在木船上摆渡，眼见铁蛋已经跑不动了，随时都可能被雷霆击中，就在这时，铁蛋的身边突然出现了一股旋风，这个旋风摇摇晃晃地伸向天空，仿佛是对雷霆的挑衅，把雷霆给吸引了过去。雷霆一怒之下劈开了那个旋风，铁蛋躲过了一劫。

后来，铁蛋回忆起那次遭遇，说，确实是旋风救了他。他认识这个旋风，他曾经抱住这个旋风的后腰，把它摔倒在地。不打不成交，后来这个旋风成了铁蛋的好朋友。当时，雷霆被旋风激怒了，放弃铁蛋，转而去追赶旋风，只见从云彩底部伸出一道闪亮的鞭影，啪的一声击中了旋风，把这个旋风从中间劈开，旋风当场倒地，变成了一股烟雾。但是不用担心，旋风并没有真的死去。旋风是一股旋转的气流，没有实体，劈开以后还会重新聚合，只是聚合以后中间会留下一个永久性的裂缝，就像是灵魂的伤口，每到阴天的时候就会隐隐作痛。

河湾村的人们都知道铁蛋的这次经历，也没有过多担心，因为他的腰带上拴着一个透明的小铁人，是铁匠用剩余的一块月亮的碎片打制的一个大头娃娃，自从铁蛋携带了这个护身符以后，就很难死去，就是死了也能够复活。铁蛋天性顽皮，自从有了这个大头娃娃以后，变得更加肆无忌惮，有恃无恐，成了河湾村里最淘气的一个大孩子。

铁蛋这个名字不但是他性格的标志，也是他身体的标志，他真的像铁球一样结实，圆滚滚的，身上的肉非常瓷实，摔在地上都能够弹起来，嘿嘿一笑，继续玩耍。

长老说，让他淘吧，淘气的孩子长大了有出息。但是，也有一些淘气的孩子长不大，因意外而死。三婶的小儿子就是。如果当时他不是爬到树上掏鸟蛋，如果不是鸟窝里有一条蛇，他也不会从树上掉下来摔死。他若不摔死，三婶也不会因为失去了小儿子而哭干了身体里的水分。如今三婶已经想开了，她得知小儿子死后被神仙接到了天上，还在天上当差，做了一官半职，三婶得知这些情况后，不但不伤心了，还经常为此而感到骄傲。

三婶经常在村口遇见长老，就问他，我想去北山上采桑叶，今天会不会下雨？长老看看天空说，下雨倒不会，打雷倒是有可能的。三婶说，大晴天会打雷吗？长老说，有可能。

长老说话从来都留有余地，不把话说死。他说有可能，就是可能性很大，但也不完全肯定，万一不打雷，而晴空中却飘下了一些零星的小雨，怎么办？

河湾村不是没有过这样的经历，莫说是晴天里落下雨滴，就是晴朗的夜空中掉下星星也是常有的事。星星掉下来还可以派人送回去，重新安放在天空里，天空若是塌了，就很难补上。早年间，河湾村西北部天空塌陷那次，全村人都出动了，最终是一个死去多年的老人从坟墓里出来，帮助人们补好了天空。那次补天，由于材料不足，补得并不结实，在之后的好多年里，天空中总有一些细小的裂缝，漏下天光，看上去就像是被固定在天空里的闪电，夜晚的时候尤其明显。

传说，河湾村的雷霆比别处多，就与那些天上的裂缝有关。闷雷不可怕，人们最担心的是突然炸响的雷霆，会不会把天空炸裂？如果赶上深夜，人们正在睡梦中，突然一个炸雷在窗户外面响起，把窗户纸震得哗哗响，再好的梦也会碎裂，无法再还原。有时，雷霆就在房子上面翻滚，如果滚落到地上，就会把地面炸出一个坑。

也不是所有的雷霆都会炸响，三婶就遇到过哑雷。一次，三婶在北山上采桑叶，亲眼见过一个雷霆从山坡上滚下去，落进了一道沟渠里，一直没有炸响。她感到好奇，就走下山坡，到沟渠里去寻找，结果发现这个雷霆早已死去，变成了一块僵硬的大石头。

三婶说起这个雷霆的时候绘声绘色，但是有人提出了质疑，认为那个滚下山坡的东西原本就是个大石头，不一定是雷霆。说这话的人是个老头，他说，雷霆有时候像是一道鞭影，有时候是个飘忽的火球，在空中飘忽，或者在地上滚动，并不爆炸。三婶问，你说的火球有多大？老头用手比画了一下，这么大。三婶说，按你的比画，有西瓜大小。老头说，差不多吧。三婶说，我看见的那个雷霆，是有棱有角的，我用一块石头敲了敲，还发出了响声。老头说，真正的雷霆，就是死了也不能敲，一敲就会爆炸。

长老也没有支持三婶的说法。长老说，雷霆有天怒之威，千万不可随意敲打和碰撞，否则后果不堪设想。

三婶的说法被人们否定了。三婶自己也不敢肯定那个滚落到沟渠里的东西到底是不是雷霆。后来，她多次去北山，只要见到带有棱角的石头就想敲一下试试。终于有一天，这个闲不住的老太婆遇到了意外，当她正准备敲击一块石头时，这块石头突然从地上翻了一个身，然后顺着山坡滚下去，逃走了。三婶心想，我还没敲，你竟然自己滚蛋了，我到底要看看你能逃到哪里去。三婶顺着山坡往下追赶，当她跑到半山腰的时候，听到山下的沟渠里爆发出一声巨响。三婶吓得立即收住脚步，愣在了那里。三婶吓坏了，自言自语地说，幸亏我腿脚笨，跑得慢，如果是铁蛋，肯定能追上，还不得把屁股炸成两瓣？

0

雷霆主要在夏天炸响，到了深秋，雷霆就会冻僵，变成石头，滚落到山沟里，使劲敲打也不会爆炸。同样，被人遗漏的忘了收割的庄稼，也会在深秋里变得僵硬，仿佛一个站在地上的尸体。

河湾村，收割后的田野里一片荒凉，总有那么一两棵被人遗落的高粱，孤零零地站在地上，看上去像是土地坚守者，而实际上它是大地的遗孤，被人抛弃在田野里。究其原因，是这棵高粱太晚熟，到了晚秋乃至霜降时节，都可能无法抽穗，或者勉强抽穗，在入冬前也无法结出成熟的籽粒，不值得人们收割。小鸟们也瞧不起它，知道它不可能长出粮食，因此对它不屑一顾，甚至从它的头顶上飞过去，也不看它一眼。

河湾村的鸟类，最多的也是最狂的，是麻雀。秋后时节，麻雀们个个都吃得肥胖，可是在秋收以前，它们为了能够提前吃到几粒粮食，需要跟地里的看守草人反复周旋，即使草人发出空虚的喊声，也会吓得它们不敢接近。现在不必了，仅仅是遗落在地上的粮食籽粒，就足够它们饱食无忧，剩下的时间在天上成群结队闲逛，即使天空一无所有，也乐此不疲，毫无遗憾。

地里的庄稼被收割以后，秸秆也很快被人们收走，当做烧柴，垛在院子外面或是村庄外面的空地上。春夏秋三季都很茂盛的田野，收割后变得空空荡荡。这种空旷，对于伤心的人来说是一种凄凉，对于草人来说却是视野开阔，一览无余。尽管草人在夏秋时节也是高于庄稼，以便观察那些前来偷盗的鸟类掠食者，但是那种高于众生，跟收割以后的土地无法相比，现在是土地裸露，田野上没有任何遮蔽，草人更显得高高在上，无人可以比肩。这时的草人，就像一个孤君，臣民都已不在，它成了孤家寡人，在享受开阔视野的同时也承受着孤独。

草人必须面对和承认自己的处境，它的使命就是坚守。幸好有一棵青绿的高粱还站在地上，没想到这棵晚熟的或者说不熟的庄稼，被人嫌弃和抛弃在田野里，竟然成了草人唯一的伙伴，尽管它们之间相距甚远。

麻雀们在天上玩够了，偶尔也落在田野上，有时也尝试着落在草人附近，假装在地上啄食草籽，而实际上是在观察和试探草人，看看它到底有什么反应。草人一动不动就自带威严，对麻雀们构成一种精神压制，不敢在它面前造次。

麻雀们天生胆小，哪怕是草人轻轻地眨一下眼睛，麻雀们也会惊慌失措，轰然而起。实际上草人的眼睛是人们画上去的，不可能眨眼，也不会转动眼珠。它不眨眼，反倒像是一直在盯着麻雀，让它们畏惧。麻雀们以为，这个长相潦草的家伙，既不走动，也不躺下，即使是睡着了也一直睁着眼睛，它从来不困么？

草人也困倦。据说这个草人在地上站了几年，实在是太困了，有一天躺在地上睡着了，被一只路过的狐狸给拖到了另一个山坡上，当人们找到它时还没苏醒。也有人说，这个草人没有睡觉，是在追赶一群麻雀时，被脚下的石头绊倒了，它仅仅是摔晕过去了，但并没有摔死。一个草人是不会轻易摔死的，因为它的身体是草扎的，非常松软，就是后脑勺着地，也不可能摔死，除非它掐住自己的脖子，把自己弄死。

草人不可能掐死自己，它的双手没有那么大的力气，它也不可能把自己从地里拔出来，跑到另一个山坡上，尽管它曾经尝试过逃跑。人们怀疑是狐狸干的，但也没有确凿的证据。草人从来没有吓唬过狐狸，狐狸也从来没有欺骗过草人，它们之间没有恩怨。但是一个晕倒的草人是如何跑到了另一个山坡上，不免让人猜想，确实是个谜。

草人晕倒这件事，麻雀们当时就在现场，看得非常清楚。在人们议论纷纷时，麻雀们也参与了议论并说出了实情，怎奈人们听不懂鸟语，还认为它们叽叽喳喳在添乱，给轰走了。麻雀们一哄而散，再也不管人们的闲事。

后来，这个草人被人抱了回来，又回到了原地，被人重新插在地上，开始了漫长的站立，直到又一个秋天过去。

人生百年，或者几十年，而草人的一生顶多超不过五六年，就会变成一个老人，因为风吹雨打而松散和脱落，散落在地上，变成一堆腐朽的乱草。主人会把地上的乱草抱走，扔在沟渠里，任它继续腐烂，或者一把火烧掉。一代草人结束了自己的一生，替代这个草人的将是一个年轻的草人。

麻雀也是一样，也在生死，代代不息。麻雀在鸟类中属于小鸟,以草籽和昆虫为食,偶尔也偷吃或者捡拾一些人们遗落的粮食。麻雀的需求很小,它们一生的努力就是为了填饱肚子,亲手建造一个小窝,有一个终生相守的伴侣,然后在窝里下蛋和抚养后代。麻雀们一生只穿一身衣服,而且这身衣服是从自己的肉里长出来的,其颜色和款式服从于遗传,自己无法随意更改,哪怕是一根细小的羽毛。它们从来不储存粮食,也不添置家私,看上去并不富有,但也不算贫穷。简单的生活,有吃有喝就已经足够。它们在地上安家,却享受着辽阔的天空赐予它们的快乐。草人则不然,它必须坚守一生,即使在梦里奔跑,也会被捉回去,守护主人的田园,哪怕是田园已经收割,大地一片荒凉。

这就是命运。作为一个草人,它没有命运的选择权,它不一定想成为草人,却被人强行捆扎,成了草人;它成为草人后还没活够,还不想死的时候却不得不在时光中老去,直至死亡。麻雀也一样,如果让它自由选择,它可能会愿意成为一只鹰,而命运却让它成为一只布满斑点的鸟卵,然后出壳变成一只小麻雀。一只鹰可能愿意成为一个人,但命运给了它翱翔的翅膀,同时也成为一个空中杀手,对于麻雀来说,鹰就是死神。

没有什么比死亡更决绝,无论贫穷或富贵,无论帝王还是乞丐,在死神面前一律平等。这样说来,死神是公平的,没有人能够僭越生命的法度。

面对死亡,活着就是抗争。一棵被人遗落的高粱,在空旷的田野里,独自面对萧瑟秋风,无异于一个舍身就义的勇士。而一个经历过风霜雨雪的草人,已经活过了四五个冬天,如今已是草人中的老人。有人说,新扎一个草人吧,这个草人太老了,需要换一下了。主人说,再坚持一下吧,它还能活一两年,来到世上一回,也不容易,让它顺其自然吧。主人没有把草人拔掉或烧毁的意思,也是对草人的尊重,毕竟这也是一生。

河湾村不止这一个草人，几乎家家地里都有草人，它们的年龄不同，长相不同，但是它们的使命却大致相同，都是田园守护者。对于麻雀而言，草人是神一般的存在。它们熟悉每一个草人的长相，也熟知它们的年龄，知道应该如何躲避它们。而鹰不然，鹰从来都不怕草人，但也不轻易招惹草人，鹰之所以如此，可能是出于对人的尊重和敬畏。毕竟，草人也是人，说不定哪一个草人，是神的亲戚。

有人曾经看见，在晦明的星光下，一群草人聚集在一起窃窃私语，不知在谈论什么，等到他走到近前，却发现它们像影子一样虚幻，在瞬间解散，无声地回到了原来的位置，仿佛什么事情都没有发生。草人们聚集在一起，到底讨论了什么，无人知晓。麻雀也不知道。夜里，人要睡觉，麻雀也要睡觉，只有星光在走动，把细微的摩擦声隐藏在夜空里。

后来，这个看见草人聚集的人，走访了河湾村的每一个草人，试图从它们身上找出破绽，引诱它们说出实情。草人们装作没事一样，凝视着他，无论如何也不说话。直到有一天，他把自己的身上捆上乱草，假装成一个年老的草人，在夜色的掩护下走进田野，站在地上一动不动，他终于发现了草人聚集的秘密，但是从此他失去了语言，再也无法说出。

这个装扮成草人的人，以为自己的行动非常诡秘，不料被一棵孤独的高粱发现了，应该说是相互发现。当时他就站在这棵高粱旁边，借着幽暗的星光，他看见高粱的叶片闪出了刀锋。这棵无人收割的高粱，身上的每个叶片都透着寒光，仿佛一个两肋插刀的义士；而他一个大活人，却浑身捆扎着乱草，空有一身草人的模样，却没有草人的灵魂，他成了一个真正的草包。这一切，被一个做梦的麻雀梦见了，禁不住发出了鸟的笑声。

0

　　河湾村里有一个三寸高的小老头，这是人所共知的，三寸高的小老头有一个哥哥，人们也知道，但只是恍惚听说，却从未见过。据说他为了躲避三寸高的小老头，在投胎的时候就选择了另一个村庄，另一个家庭，另一双父母，他一出生的时候就是个小老头。这个传说中的村庄与河湾村相距甚远。

　　如果这只是一个传说，也就不足为奇了。有一天，这个传说中的小老头，这个三寸高的小老头的远方的哥哥，突然出现在河湾村的一块土地里，而且是从土壤里长出来的，有点让人怀疑其真实性。

　　事情是这样的，一天早晨，王老头去自家的地里干活，发现种植土豆的垄上鼓起一个大包，他想，这个鼓包里一定长着一个大土豆，出于好奇，他扒开了上面的土，发现里面竟然藏着一个小老头。

　　王老头说这个故事的时候，人们只是笑，但没有一个人相信，认为他是在说笑话。人们知道，王老头家的地里曾经长出过土豆，也曾经长出过卵石，当他说出他家地里长出了一个小老头，这就太离谱了，他就是把唾沫都说干了，也没人信。

　　第一个站出来反对的就是三婶。三婶说，我去过你家地里，对吧？你也在场，对吧？我扒开土垄，只见过卵石和土豆，没见过别的，哪来的小老头？土里长出来的？王老头说，确实是土里长出来的。三婶问，多高？王老头蹲下身子，用手比画了一下，说，这么高。三婶说，哈，我还以为是多高的小老头呢，原来不足半尺高。

长老也怀疑王老头说话的真实性，说，我见过的人太多了，我也听说过三寸高的小老头有一个哥哥，出生在另一个遥远的村庄，有另外的父母，但是你说一个小老头从地里长出来，打死我也不信。

王老头说，怎么会打死长老呢，要不大家先把我打死吧。人们听到王老头说把他打死，发出一阵哄笑。

正在人们满腹怀疑、议论纷纷的时候，王老头所说的这个不足半尺高的小老头从小路上走来，出现在人们的面前，让人眼前一愣。三婶看见小老头，有些怀疑自己的眼睛，说，这是真的吗？小老头回答说，我是真的，不信你摸摸。三婶蹲下来摸了摸小老头的脑袋，揉了揉他的头发，惊讶地说，还真是一个小老头！说话间，还有一个人把小老头抓了起来，说，还挺沉，真是一个小老头。

小老头的出现，成为一个铁证，证实了王老头没有撒谎，但是这个小老头是不是他家地里长出来的，人们还是半信半疑，因为地里长出土豆和卵石，是正常的事情，地里长出一个活人来，还是第一次听说，尽管他不足半尺高，毕竟也是一个人啊。

王老头说，刚开始，我也不信，当我把他从土里扒出来时，我还以为是个大土豆呢，没想到他还会说话，说是来找他从未见过面的弟弟。我问他，你的弟弟是谁？哪个村的？他说，就在河湾村，一个三寸高的小老头。我说，原来他是你的弟弟啊，他说，我来看看他。

王老头指着小老头说，我说得对吧？都是实情吧？当时你是这样说的吧？小老头说，是的，我确实是来找我的弟弟的。

三婶说，快把三寸高的小老头找来，就说，他的哥哥来看他来了，就在村口大石头这里。三婶说完，就有腿快的人去找三寸高的小老头去了，而人们的议论才刚刚开始。

人们围拢着这个小老头，感到非常好奇，有的摸着他的衣服，有的目不转睛地看着他，仿佛注视一个大土豆。

长老问，你是怎么钻到王老头家地里的？小老头看见长老雪白的胡子飘在胸前，一看就是个德高望重的老人，诚实地回答说，我来到河湾村的时候已经是夜晚，因为我的身高不是一个正常人，我怕我突然出现会打扰人们的安宁，本想偷偷看一眼我的弟弟就走，没想到夜晚太黑了，找我弟弟也不方便，就藏在了路边的一块地里，半夜里，我听见野兔从我身边跑过，我很害怕，就藏在了一棵土豆秧下面，我用手挖了一个坑，把自己埋了起来。后来我就在里面睡着了，再后来，来了一个老头，把我从土里扒出来了。事情的经过就是这样。

听到这个小老头的讲述，人们都信了，人们都认为这是一个体谅人的小老头。

小老头说，我这么矮小，没有吓到你们吧？

王老头说，吓倒是没吓着，就是当时我把你从土里扒出来时，我一下子蒙住了，还以为是做梦呢，原来是真的。

三婶说，我也没吓着，就是觉得有点新奇。我们村里的三寸高的小老头比你小多了，对，就是你的弟弟，他只有三寸高，我们都叫他三寸高的小老头，叫习惯了，都忘了他叫什么名字了。一会儿你就会见到他。

长老看着三婶说，去人找了吗？三婶说，已经去人找了，估计一会儿就到。

人们一直以为三寸高的小老头是个孤儿，没想到他还有一个既不同父也不同母的哥哥。除了身高比较接近，没有相像的地方。说是身高接近，也是从普通人的角度来说的，实际上，他的身高至少有六寸，比三寸高的小老头高一倍，他的长相也与三寸高的小老头完全不同,如果他不说他俩的关系,没人会想到他们是兄弟。

三婶是个粗人,平时嘴大心直,说话不过脑子,大嗓门直接喊出来,可是今天,她竟然动了脑筋,指着小老头说,你和三寸高的小老头既不是同一个父亲,也不是同一个母亲,这还算是亲兄弟吗?

三婶这么一说,人们似乎都有所醒悟,对呀,这不算是亲兄弟吧?

小老头说,我就知道你们会问起这个。本来我应该比我弟弟晚出生两年,而且应该是同一个父母,但是我性子急,等不及了,就选了另外一个不错的人家,提前出生了,因此我就成了哥哥,我弟弟本来应该是我的哥哥,由于他不急,按部就班地出生了,他反倒成了我的弟弟。我俩没有选择同一个父母,也没有血缘关系,但是我们在前世就约定好了,来生一定要做兄弟。

长老听他说到前世的约定,点着头称赞说,真是说话算话的人。三婶也说,这么守约,你真是一个有情有义的人。

王老头一直听着人们的议论,插嘴问了一句,说,那你们为什么都这么矮小呢?你不足半尺高,你的弟弟只有三寸高。

小老头说,本来,我们都应该有一个正常人的身高,但是造物主创造我们的时候,材料不够用了,用别人剩下的下脚料造出了我,用我的下脚料创造了我的弟弟,所以我弟弟比我还小很多。据说,我弟弟的下脚料也没白费,造物主用那些琐碎的东西创造了一群蚂蚁。

听到这里,三婶实在是忍不住了,说,你们太可怜了,如果知道你们这种情况,把我身上的肉匀给你们一些多好,省得我这一身赘肉,甩不掉也扔不掉的,长在身上,一辈子都受累。

听见三婶说到了自身,人们都笑了。这时,谁也没有注意到，三寸高的小老头早已到来，由于他太小，来到了人们的身边也很难发现。他没有急于见自己的哥哥，而是躲在大石头后面，在偷看和偷听，当他听见自己的身世时，忍不住突然放声大哭。这时，人们才发现，三寸高的小老头已经来了。

0

  河湾村南部的千亩树林，几乎在一夜之间落尽了叶子，其间还夹杂着一些小鸟。秋后的天气，一场秋雨一场凉，北方进入了萧条的季节，树叶飘落是很正常的事情，但是小鸟也随着树叶落到地上，就不正常了。有人猜测，可能是小鸟在树枝上站久了，不慎摔下来的，常言说，常在河边站哪有不湿鞋的，在树上也一样，一不小心摔下来，也是正常的吧？

  有人说，问问木匠吧，他对这片树林最了解，兴许知道是什么原因。确实，木匠非常熟悉这片树林，他知道什么样的树适合打造棺材，什么样的树适合制造窗户。他经常去树林里查看树木，被他看中的树，基本上离死不远了。为了不被锯掉，有的树假装生病，树皮外面流出脏兮兮的汁液，甚至长出丑陋的伤疤，仿佛树干里面生了虫子，一看就不是个好材料，不适合做任何东西。有的树直接躲开他，甚至逃走，跑到青龙河对岸去，至死都不回到出生的地方。

  谁去问木匠？自然是心直口快的三婶，话在她嘴里，保存半个时辰都会自己蹦出来。她找到木匠，不问青红皂白，劈头就问，木匠，听说南边树林里的树叶一夜之间都落了，这个不怨你，据说还落下了很多小鸟，你说，是不是你干的！木匠看见三婶一脸的肥肉，严肃中带着藏不住的滑稽，就感到好笑，于是笑嘻嘻地说，三婶算是问对人了，确实是我干的，当时小鸟们正在树上聊天，有的在天上玩耍，我说，都下来，咱们开个会，商量一下秋后怎么过日子，它们听见我的号令，就都落到了地上，围在我的周围开会，你说我厉害不？三婶盯着木匠，说，别贫嘴，跟你说正经事呢。

在木匠看来，三婶从来就没有什么正经的事情，也不用严肃回答，笑嘻嘻地对付了几句，就把三婶糊弄走了。三婶从木匠这里没有得到一句有价值的答案。

三婶走后，木匠带了一把斧子，直接就去了树林里，看看三婶说的是真是假，到底是怎么回事。当他走进树林的时候，不禁感叹，确实是秋凉了，整个树林变得非常通透，前几天还是枝繁叶茂，此刻已是满地落叶，大多数枝头已经光裸，仅有少数叶子还挂在枝头，在风中颤抖，随时都可能掉下来。

仔细打量过后，木匠确实在树林里发现了一只死去的小鸟，是麻雀，看上去是一只衰老的麻雀。他在树林里转悠了大约一个时辰，又发现了一只死鸟，也是麻雀。总的说来，死鸟很少，并不像三婶说得那么邪乎。

河湾村南部的树林约有上千亩，大多数是杨树，其间夹杂着零星的几棵柳树。很显然，树林经历了一场突如其来的风寒，把杨树的叶子全部冻掉了。从地上的落叶可以看出，落下的杨树叶，大多数还是绿色，很少有枯萎和黄色的叶子，说明它们还不到落下的时候，遭遇了突然袭击。杨树的叶子落了，而柳树的叶子还完好如初，都在枝条上。有人说，柳树的叶子是小鸟的羽毛变的，只有风寒加上小鸟的咒语，才能脱落。

河湾村有许多传说，木匠从来是半信半疑，他只相信自己的眼睛，对于离谱的传说，只是听听，既不相信，也不求证。今天，他亲自来到树林里，很快就否定了三婶的传言，他走遍了树林，只发现了几只死鸟，并不是三婶说得那么多。他想，回去有话对付三婶了。就在他暗自得意时，前面不远处的一棵大杨树下，地上的落叶忽然起飞，纷纷回到了树上，重新站在枝头，不下来了。木匠被眼前忽然出现的奇迹惊呆了，他不敢相信自己的眼睛，本能地后退了一步，打了一个激灵，随后把手背到身后，抽出了掖在后腰上的板斧，握在手里。

有了板斧，木匠的心里稍微有了底。待他回过神来，看见刚才那些飞回到枝头的树叶，不是一般的树叶，它们非常活跃，一个个都在动，有的还跳到了别的枝头上。难道说，这些树叶不甘于落在地上，还要还魂，回到往日的枝头？他从未见过如此规模的树叶起死回生，仿佛一场生命的暴动。

这些树叶确实不同寻常，他一定要看出个究竟，否则回去后在三婶面前说话就没有底气，更不用说吹牛了。想到这里，他强作镇定，走近一些，仔细再看，他惊讶地发现，这些回到枝头的树叶并不是树叶，而是一群麻雀！

木匠当场就嘲笑了自己。心想，真是眼花了，竟然把麻雀看成了树叶。平时他所看见的麻雀，没有这么大规模，也没有见过它们同时从地上起飞，回到光裸的枝干上。这次，是他走进树林里，惊扰了地上觅食的麻雀，才有眼前这惊魂的一幕。

这个麻雀的群体数量太大了，它们把一棵大树的枝头全部站满，仿佛夏日里繁茂的树冠。看到这些飞上枝头的麻雀，木匠的心立刻放松下来，不再那么紧张了。他和麻雀之间没有过不去的仇恨，虽然早年间因为伐树，木匠遭到过麻雀的集体谩骂，但是木匠觉得那次是自己有错在先，锯倒了带有鸟巢的大树，被小鸟们骂一顿也是正常的，他并没有记恨麻雀。对于麻雀来说，这么多年过去了，老麻雀们早已过世，新生的麻雀未必知道早年的历史，说不定早就忘记了。

木匠想得太简单了，麻雀们之所以飞上枝头，未必不是一种示威，或者是拼命的守护，因为这棵大杨树上，有两个鸟窝，两个鸟窝涉及两个家庭，两个家庭又连带着许多亲戚，亲戚又连接着别的亲戚，也就是说，这棵树上的两个鸟巢几乎涉及整个树林的麻雀群体，是一个庞大的部落。

一个庞大的麻雀部落，是一个惹不起的部落。木匠也不想伤害它们，但是凭木匠的性格，就这么过去，好像还缺少点什么乐趣，于是他手握板斧，慢慢地朝大树走去，对准了树干，抡开了臂膀，上去就是一斧子。实际上，落到树干上的是斧头而不是斧子的刃口，大树被木匠的斧头震了一下，并没有留下伤口。

木匠跟麻雀们开了一个玩笑。

在木匠的斧头落到大树上以后，一件意想不到的事情发生了，这些落在枝头上的麻雀并没有飞走，而是应声而落，像树叶一样哗啦哗啦地飘落到地上，直到一个不剩。木匠仔细一看不禁吃惊，这些落下来的根本就不是麻雀，而是真正的落叶。

麻雀们跟木匠也开了一个玩笑。

见此情景，木匠再一次惊呆了。他弯下腰，捡起地上的落叶仔细观看，他要看看这些落叶到底是什么，就在他松手的一瞬间，从远处来了一阵风，把他手里的落叶吹飞了。他眼见着这片落叶向天上飞去，并且在空中渐渐长出了翅膀。随后，刚才从树上落下来的那些叶子也都纷纷从地上起飞，向天空飞去，像往日出发的鸟群，越过整片树林，消失在远方。

木匠站在树林里，望着树叶飞去的方向，呆成了一根木头。过了好一阵子，他才缓过神来，扔下了斧子。他不知道这些麻雀是如何在瞬间变成落叶的，也不知道为何飞走的树叶会在风中长出了翅膀，他简直无法区分这些飞走的叶片到底是落叶还是麻雀。

木匠百思不得其解，心想，难道树叶真的会飞？他也想试试，看看自己能不能飞起来，于是他学着树叶飞翔的样子，张开了双臂，上下反复扇动，没想到他的身体真的离开了地面，由于他体重太大，不适合飞翔，他只是离开了地面一尺多高，就再也飞不上去了。

木匠想，如果我的身体也是树叶那样薄，我一定能够飞起来。于是他再次张开了臂膀，又尝试了几下。

这时，一个粗声大气的女人的声音出现在不远处，她喊道，使劲，使劲飞！

木匠顺着喊声的来路望去，发现一棵树干后面露出了一个女人的半个身子，她已经笑弯了腰。这个女人是三婶。

0

落光叶子的树林，来年还会长出新的树叶。木匠从地上捡起一片落叶，反复查看，也没看出什么门道。他知道这些树叶已经不止一次从树枝上冒出来，然后度过春秋，落到地上。也就是说，每一片叶子都不是原生的，而是上一年那片叶子的再生品，或者说复制品。一棵树的枝干里藏着多少片树叶是有定数的，不能多一片，也不能少一片，每一片叶子都对应着一个芽苞，尽管树叶长出来也许没什么用处，但是到时候必须发芽长大，由绿变黄，最后脱落，而且年年如此。

木匠熟悉木头的纹理，他曾经仔细观察和研究过木头，想找出那些树叶到底隐藏在木头的什么部位，但始终没有找到。木纹紧密地挨在一起,几乎没有缝隙,看不出哪里有树叶的藏身之处。有一些问题,他一直弄不清楚,一棵完整的树,到底是为了年年长出树叶而活着,还是树叶在空中生活,需要一些具体的支撑和陪衬?后一种可能性极大。你想吧,假如一棵树的树干和所有细小的枝丫突然间全部撤走或者融化掉,那些繁茂的树叶就会停留在空中,成为无根无本之叶,就像一群飞翔的麻雀忽然定格在空中,岂不成了悬念?

所有的树叶都需要具体的支撑,它们没有办法独自悬浮在空中。树叶不是麻雀,树叶也没有翅膀,尽管它们也能在风中飞翔。为了把树叶举得更高一些,吸收到更多的阳光,树干总是尽量长得高大和粗壮,以便给叶子们提供一个高处的落脚点。树叶们要成长,于是树木提前做好准备,长出了枝干。树叶需要营养,于是树木的枝干里长出了细小的纤维管道,向枝头输送水分和元素。从某种意义上说,树叶才是一棵树的主体,而枝干只是给树叶提供支撑和输送养分的管道。

木匠坐在一棵树下,手里拿着一片落叶,反复查看,觉得这个世界非常神奇。树叶需要生长,地上就长出了树林,小鸟要在高处飞翔,于是出现了天空。一把板斧需要力量和攥住它把柄的大手,于是木匠及时出现,并且掌握了劈砍的技术。一切都有因果,但是人们往往分不清主次,把习惯当成了自然。

在河湾村,与木匠这样想法相近的人,还有船工。船工认为,青龙河需要一条木船,地上就长出了可以造船的树木;木船需要河流,山川就让出一条水路,在河谷里聚集起上游的流水。木船需要一个年轻的摆渡者,老船工就用最原始的方法创造了一个孩子,并授予他祖传的技艺,成为摆渡的传承人。

木匠在过河的时候问过船工,假如一个人的身上长满了树叶,会不会变成木头?

船工被木匠不着边际的提问给蒙住了，他从来没有想过这么离谱的问题，一时无法回答。在船工看来，一个人的身上长满了树叶，还不如长满羽毛，有了羽毛，人就可以飞起来，人们都会飞了，过河的时候就可以从河流上方直接飞过去，也就不用摆渡了。

木匠想的是人会不会变成木头，而船工想的是如何飞到河对面。他们考虑问题，都是以自己的老本行为出发点，带有个人的局限性。船工说，人的身上长出的零碎已经不少了，别再长了，倘若身上长满了树叶，站在地上时间久了，脚下会不会扎根？

木匠听了船工的话，觉得他并没有回答一个人会不会变成木头这个问题。他关心的不是一个人的身上能不能长出树叶，而是长出树叶以后，人的体内会不会出现年轮，人体会不会变成硬邦邦的木头。木匠对木头的软硬非常在意，在没有出现更加锋利的板斧之前，硬木对他的技术和能力都是个考验。

木匠看着船工，又追问了一句，你认为一个人变成木头以后，胳膊和手指是树枝那样往上长，还是像原先一样下垂？

船工觉得木匠成了死心眼儿，钻进木头里出不来了。就回了一句，为什么非要变成木头？身上长出羽毛不好么？

羽毛？木匠看着船工，睁大了眼睛说，我还没想过，你算是提醒我了。前几天我亲眼看见一片树叶被风吹起来，飘得很高，并且在空中长出了翅膀，后来一群树叶都跟着起飞，像是一群麻雀，飞到了树林的外面。

船工说，你说的这些我都听说了。

你听谁说的？

是三婶过河的时候告诉我的。船工说，三婶还说你在树林里张开双臂练习飞翔，只飞起来一尺多高，简直笑死她了。

木匠说，这个三婶真是嘴快。

船工说，三婶还说了，你练习飞翔的时候，有一棵柳树的叶子忽然变成了羽毛，纷纷飘到了天上。

木匠说，如果我身上能够长出柳树那样的树叶，我肯定能飞起来。

话题绕了一圈，又回到了树叶。

就在木匠和船工谈论树叶的时候，从他们的头顶上空飞过去一群树叶，这些树叶掠过高空的时候，发出了若有若无的叫声，那些声音仿佛是从天空背面漏下的针孔，细微而尖锐。木匠和船工不约而同地望着青龙河的西面，那里，光裸的树林正在西风中摇晃，仿佛随时都会拔地而起。

木匠说，这么大的风，如果不是树叶落尽的话，这片树林肯定会飞起来。

船工说，这个我信。因为青龙河也曾经飘起来过。有一天夜里，我把木船拴好，准备收工回家，结果从上游来了一股神秘的风，把我的两个胳膊都给刮起来了，我回头一看，发现青龙河在月光中飘了起来，像是躺在空中的一缕炊烟。到了后半夜，风停了，青龙河才慢慢落下来。

等一下，刚才你说你的两只胳膊被风刮起来了？是这样吗？

木匠举起了自己的双臂，让船工看。船工说，是这样。木匠说，哎呀，你那双臂不是要飞翔吧？船工说，当时确实是飘起来三尺多高，但是很快就落下来了。木匠说，三尺多高？你比我飞得高多了，看来你有飞翔的天赋，你不飞，太可惜了。船工说，我就是个摆渡的命，飘起来未必是好事。

木匠看着船工，对他羡慕不已，说，你的身上若是长满了树叶，不，长满了羽毛，你一定能够飞到天上去。

船工说，别，我感觉还是在木船上踏实。

木匠和船工说话的时候，忽悠一下，三婶出现在了河谷里，说她走来，不如说是被西风吹进了河谷，她几乎是脚不着地地从开阔的沙滩上飘浮而来，向青龙河接近。木匠说，看，说谁谁就来了。船工指着三婶说，她的身后好像有翅膀。木匠说，我看不像是翅膀，似乎是背部长着两个身影。也不对。莫不是她的身上长出了羽毛？不，也许是树叶。

0

河湾村是个奇怪的村庄，每到夜晚睡觉之前，人们都不约而同地打哈欠，然后睡觉，在梦里做白天没有做完的事情，好像夜晚是白天的延续，或者白天是夜晚的延续，总之具有连续性。到了凌晨，村里的公鸡也是不约而同地鸣叫，好像谁打鸣晚了，就是个懒公鸡，不配做一个河湾村的公鸡，白天出窝后都低头走路，没脸在母鸡面前昂首阔步。

河湾村有几十户人家，每家都有一群鸡，每个鸡群里都有一只公鸡，是母鸡的首领，也是母鸡的大丈夫。到了夜晚，公鸡的责任重大，要报晓三次，鸡鸣丑时是第一次，第二遍鸡叫是寅时，第三遍鸡叫是辰时，此时天已大亮，叫与不叫已经无所谓，因为人们大多已经起来了，叫了也听不见，或者忽略掉，不像子夜鸡鸣那样突兀，悠长，让人在似梦非梦中，翻身，倾听，然后再次朦胧入梦。

夜晚的鸡叫也不是一齐鸣叫，总有一只鸡最先叫一声，声音传遍了整个村庄，随后其他的公鸡应声而起，此起彼伏，鸡鸣一片。就在这和谐的鸡鸣声中，一只母鸡打鸣了。母鸡打鸣就像公鸡下蛋一样，让人觉得不安。母鸡打鸣的声音非常短促，声音细小而又怪异，听上去很不舒服。村里人认为，母鸡打鸣是不祥之兆。

果不其然，母鸡打鸣这家人，出了奇怪的事情。这家的老人听到母鸡的叫声，就从梦里起身，穿好衣服，迷迷糊糊地走出家门，不知所以地在外面绕了一圈，又迷迷糊糊地回到家里，躺下继续睡觉。夜里发生的事情，早晨一点也不记得。由于他睡觉的节奏被打乱了，每到夜晚，人们都打哈欠的时候，他不打哈欠，他与常人不一样，他打不出来哈欠。

这个不打哈欠的老人姓王，人称老王。人们见面后问他，你家母鸡打鸣了？他既不回答，也不否定，而是扯别的，总之就是不提母鸡打鸣这件事。人们见他有意回避，也就不再问了。

自从母鸡打鸣以后，老王每天夜里都梦游，他自己却不知道。他梦游的路线非常清晰，永远走的都是一条路，而且越走越远，最后走到了山上。起初，山上本没有路，他走的次数多了，就隐约出现了一条小路。这条由梦游者踩出来的小路，非常弯曲，沿着山坡盘绕而上，把一个山头盘绕了三圈，老王自己也不知道，他为什么要这样做。

老王梦游走出来的小路，谁也没有发现。

老王家的母鸡自从打鸣以后，并没有遭到责备，反而还受到公鸡的宠爱，有时公鸡发现地上的虫子，自己舍不得吃，专门招呼这只打鸣的母鸡来吃。打鸣的母鸡受宠后，把打鸣作为自己的专利和本事，坚持打下去，渐渐成了习惯。

老王的梦游也成了习惯。由于他晚上梦游，要到山上去，沿着小路走很远的路，得不到充足的休息，白天就变得迷迷糊糊，经常做梦，白天也梦游。人们发现他的异常，就劝他的家人，说老王近期有些不正常，还是把你家那只打鸣的母鸡宰了吧。母鸡听到有人要宰了它，当天就消失了。

谁也不知道老王家那只打鸣的母鸡去了哪里。自从这只鸡消失后,老王减少了夜里梦游的次数,隔三岔五梦游一次,到山上转一圈,路上也不耽搁,很快就回来。又过了一段时间,他就不再梦游了,夜里彻夜睡觉,做梦。尤其是到了晚上,人们都打哈欠的时候,老王也跟着打哈欠,他与人们的生活保持一致了。恢复了打哈欠以后,老王才感觉自己是个正常人,这时,他才如梦初醒一般,想起了那只打鸣的母鸡,和自己梦游的过程。

老王梦游期间,除了山上多出一条小路,河湾村没有发生什么异常的现象,人们照常打哈欠、做梦,在梦里做白天没有完成的事情。偶尔有人睡醒翻身,起来扒着窗洞或者门缝看看北极星,然后继续睡去。

打鸣的母鸡消失以后,人们忽然觉得夜里少了什么声音,尽管这声音不正常,但是已经成为河湾村夜晚的一部分。没有了这不好听的母鸡的鸣叫声,人们反倒心里有些隐隐的不安,甚至有人开始睡不着觉了,夜里反复地想,这只母鸡不同寻常,它一定是发现了什么秘密,它觉得自己有责任叫醒人们,尽管它的叫声非常难听,它也一定要叫出来,喊出来,发出自己的声音。这么说来,这是一只负责任的母鸡,它除了正常下蛋以外,还担当了某些公鸡的职责。它不应该受到人们的指责,反而应该得到赞许。而这样一只有责任心的母鸡,却面临被宰杀的命运,被迫逃亡在外,过着离群索居的孤单生活。难道人们不该把它找回来吗?不,应该是把它请回来。

老王也越想越感到不对。我为什么要在夜里上山?我为什么要在山上绕三圈然后返回?我为什么听到母鸡的叫声就要起身?他想起来了,是母鸡的叫声提醒了我,让我去寻找,具体要找什么,他却没有弄清楚。

关于这只逃亡的母鸡,人们的认识逐渐趋同,认为它没有什么错,是人们误会了它,应该把它找回来。

老王开始了寻找母鸡的历程,他不想按照正常的路子去找,他回想起从前,子夜过后,每次都是听到母鸡的叫声以后,从梦里起身出走,去梦游。他沿着原来的路线,离开家门,走到一座山前,然后上山,在山头上盘绕三圈,然后下山往回走。这些路程看似复杂,绕来绕去的,但是线条却非常简单,抻直了,也就是一条线。

他沿着自己曾经梦游的路线,重复了多次,也没有任何发现。他没有找到那只逃亡的母鸡。河湾村的人们也都没有找到。有人猜测,它或许已经死了,或者被什么动物吃掉了,说法很多,没有一个是亲眼所见。

多年以后,从远方来了几个探矿的人,在老王当年梦游时盘绕的山头上发现了金矿,还在一个山洞里捡到了一个天然的金块,是一只母鸡的形状。这只天然的金鸡,上缴给官府了。

联想到从前母鸡打鸣和逃走,联想到老王梦游时在山头上绕圈,联想到这一连串的神奇故事,河湾村的人们这时恍然大悟,原来是金鸡!那只打鸣的母鸡是一只金鸡!天啊,当时我们只顾打哈欠和做梦了,谁也没有想到那是一只金鸡在反复地提示我们,山上有金矿。真是的,谁也没想到。

金矿开采那天,老王成了人们议论的传奇人物。人们传说,老王感觉到山上可能有金矿,他一直在秘密探矿,但是他不敢公开进行,就假装夜里梦游,到后山上去,独自探查。老王听到人们在编造他的传奇经历,嘿嘿地笑着,既不肯定,也不否定。他只是说,我就感觉那不是一只普通的母鸡,原来它是一只金鸡。我家的金鸡啊,它曾经是我家的鸡。我曾经抱过这只鸡,当时只是觉得它非常沉,不是一般的沉,比铁还要沉。但是我无论如何也没有想到,它是一只金鸡。

0

扳倒一口井算不上什么本事，抓住自己的头发把自己拔起来，离地三尺，也并非难事，但是要把一个哭泣的人劝住，仅凭力气是不行的，需要慈悲，需要善解人意，还需要说到心里去，把疙瘩解开，一个哭泣的人才能停止抽泣，把脸从膝盖上抬起来，屁股从石头上站起来，慢慢走开，让原野恢复原来的空旷。

这个哭泣的小男孩，仅仅是因为丢了一根绳子。本来是上山割柴，把绳子拴在了腰上，不知怎么没拴住，路上丢了，他就坐在石头上哭了起来。起初，伙伴们劝他，慈悲，善良，善解人意，都用上了，就是不管用，没想到越劝他越哭，反而来劲了，最后放声大哭。后来伙伴们不劝了，等他哭够了，慢慢就停住了。这就是智慧。对于一个想哭的人，不能强劝，要让他释放，哭够了，哭累了，他必停住。看他抽泣得差不多了，这时，伙伴们抓住他的胳膊，把他从石头上拽起来，他也半推半就地站起来，擦干眼泪，继续走。

这个小男孩，顶多也就六七岁。

河湾村的孩子们，都是早早就替父母分忧，自觉担起一些家庭负担，都非常要强，不甘落后。丢了一根绳子，就是丢了拾柴的重要工具，没有绳子，就只能用荆条等拧成绳，既耽误时间，又不好用，捆不结实，半路还会散开。

小男孩有三个伙伴，也是六七岁，最大的一个也不过七八岁。在荒野上，他们的小，使四周显得空旷，除了空气，就是天空，而天空不是谁都可以上去的。凡是上过天的孩子回来后，都受到了父母的责备,因为太让人担心了,一脚踩空就可能掉下来,后果不堪设想。因此,即使是非常淘气的孩子,也很少去云彩上面玩耍,因为有可能下不来,而人们看着干着急,却无法救助。

这个弄丢绳子的小男孩,有一个哥哥,就是因为太淘气,走到山顶以后继续往上走,结果越走越高,越走越远,最后消失在了天空里,至今没有回来。有人说,当时若是有一根绳子,或者是一根丝线,拴在腰上,也不至于走丢。可是,事后说这些还有什么用。

在河湾村,绳子是用来捆柴火的,不是用来捆人的。注意,这里所说的捆柴火,主要是捆柴,而不是捆火。虽然绳子也可以把火捆住,但是捆不多久,绳子就会弯曲和抽搐,甚至融化。小男孩弄丢的绳子,是麻绳,没有捆过火焰,但是曾经捆住过一个灵魂,也算是非常神奇和珍贵了。

那是一年秋天,一个走夜路的人,看见天空中的月亮突然掉下去,吓了一跳,他的灵魂从身体里慌忙逃出,跑到了远处不敢回来,从此这个失魂落魄的人,整日蔫蔫的,打不起精神来。后来小男孩的父亲拾柴时经过旷野,不经意间看见了一个灵魂,就用绳子捆住,带了回来,经过人们确认,正是那个人丢失的灵魂,就还给了他。那人灵魂归体后,立刻就有了精神。

小男孩觉得,这样一根神奇的绳子,被自己弄丢了,无论如何都是罪过,甚至不可原谅。为了给父母一个交代,他想出了许多理由,甚至在内心里编造了谎言。他又想,我是个诚实的孩子,不能撒谎。村里曾有一个人因为撒谎,舌头当场裂成两瓣,说话时嘴里会发出两种声音,一个是原音,一个是辩解,他的一生都在挣扎中。所以,撒谎的代价太大了,而且舌头一旦裂开,就不可恢复,很容易暴露自己的谎言。

丢了绳子的小男孩，在纠结和自责中度过了半日。他尽力多割柴，弥补自己的过失。其他几个孩子除了安慰他，还帮助他割柴，以免他想起自己的过错后再次哭泣。

小男孩因为丢了绳子，哭过之后，忽然变得坚强了，好像在瞬间成长了许多。他背负着比平日沉重很多的柴火，也没觉得累。他想，不能再哭了，一个男子汉哭泣是丢人的事情，尽管自己才六七岁，还不是一个男子汉。

接下来发生的事情符合人们的期待。小男孩在回家的途中，又在路边捡到了自己丢失的绳子。这失而复得的绳子让他喜出望外，其他几个小伙伴也都跟着高兴，毕竟找到了绳子，回家后不用解释了，因为任何缘由都不如手里攥着一根传家的绳子最有说服力。

回到家后，小男孩为了证实自己没有弄丢绳子，就把绳子拴在腰上，故意在父母的面前走来走去，而他的父母没有理解他的意图，也不知道绳子曾经丢过，所以对他异常的行为没有在意，甚至连余光都没有看他。小男孩的良苦用心和动作设计，本来是一次宣告，却成了一场没有观众的表演。

尽管没有人注意他的行为举动，但是小男孩的心理还是得到了满足。他认为，绳子没有丢失，今后还可以用这根绳子捆柴，如果用得着，也可以再次捆束灵魂，他不必因为找不到绳子而受到责备，与他一起割柴的小伙伴们，也不必因为他丢失了绳子而为他遮掩和编造理由。有绳子在，什么理由都不用了，绳子就是最好的证据。

在后来的岁月里，小男孩怕绳子再次丢失，就捆在了自己的腰上。后来，他干脆就用这根绳子当做裤带，使用了很多年。在他用绳子当裤带这些年里，他即使被吓死，也不会丢魂。可见这根绳子真的有捆住灵魂的作用。后来，人们劝他不要长期使用，怕时间长了，影响他的人格。也就是说，灵魂丢了并不可怕，还会找回来，可是身体被捆时间太久了，会习惯性受限，做事情放不开，灵魂也有可能出现勒痕。

从后来的事实可以得知，小男孩长大后并没有留下绳子捆束的后遗症，做事情也不拘谨，只是他的腰却比一般人都要细。这里所说的细，只是比较细，绝不是像马蜂的腰那样细。在河湾村，只有二丫的腰是马蜂那样细。

在后来的岁月里，这根绳子不再用于捆柴，而是专门用于捕捉灵魂。小男孩长大后，故意把绳子丢失了，或者说是假装被抛弃在荒野里，做成了一个圈套，一旦谁的灵魂不慎出走，误入这个圈套，就会被套住，越收越紧。河湾村的人们也用这种方法捕获野兔，只是兔子落入圈套时拼命挣扎，而灵魂误入圈套后，会发出传遍旷野的空虚的喊声。

0

一个人隐藏在黄昏里，还算不上隐士，隐藏在地下，哪怕是与泥土融为一体，变成泥土本身，也算不上真正的隐士，因为他毕竟留下了曾经生活的痕迹，产生了属于他自己的历史以及与这个世界的关联。尚未出生的人才是真正的隐士，这个世界一直在等待着他，有他的名额和位置，但是他慢条斯理，迟迟不到位，只要他缺席，这个世界就不够完整。可见他是多么重要。

河湾村就有一个名叫王土的人，一直没有出生，到现在也没有出生，有人说他要等到一万年后才可能出生。那是多么遥远的年代啊，太久了，但是他愿意等，他一点也不着急。他不是慢性子,而是对当下的生活不感兴趣,他要等到一个有意思的年代才肯出生。有人说,王土可能永远也不出生了,他不想出生了,他也许会等到最后,也就是说,他是这个世界上最后一个出生的人,他将目睹人类的灭绝。他将是一个空前绝后的人,在他之前,人类的所有文明都是遗迹;在他之后,是人类的断崖,一个种类在他身后彻底消失。

现在,王土虽然没有到场,但是他这个人却广为人知,茶余饭后,人们都在议论他。一天,木匠正在打造棺材,问旁边的人:你说王土会什么时候来?旁边的人也无法准确回答,只好敷衍说:谁知道呢,有人说他不来了,不来了也好,省得活一辈子,到头来还是死。

木匠一边打造棺材,一边没话找话,议论起王土。好像王土是村里的一员,说不定就是谁的亲戚,只是他还没有出生。人们觉得,一个很久以后才会出生或者永远也不出生的人,才值得议论,才有想象力。可是他为什么叫王土呢?这个还真不知道,这个名字是从老辈子人那里传下来的,据说,几百年前,河湾村的人们就开始议论王土了,话题若有若无,断断续续,老的话题消失了,新的话题随之而来,随着生活的变化,总有新的内容被人提起,议论纷纷。木匠也不是一个爱说话的人,他在说话之前,总爱用斧头在木板上敲一下,制造一点声响,一是告诉人们,我要说话了,二是说明他说话是坚定的,掷地有声。

木匠给人打造的这口棺材,也不是为了当即埋人。这家里有一个老人,活得好好的,家里人请来木匠给他提前打造一口棺材,是为了冲病。这是河湾村的一种风俗,意思是,提前备好棺材的老人,即使有病了也能够不治自愈,健康长寿。因此,提前备好棺材的老人非常多,活得也很结实。

木匠一直有一个心愿,他想给王土打造一口棺材。他嘴上不说，心里盘算的事情超出了常人。他想，给人类的最后一个到来者打造棺材，是多么意义深远的事情。木匠之所以迟迟不动，就是在考虑，王土到底什么时候出生，是今年？明年？十年以后？十万年以后？如果时间太久了，他打造的棺材一直闲置着，而王土却不来，棺材肯定会腐朽的，到时候王土会嫌弃甚至拒绝使用这个棺材，岂不是白费了工夫？木匠的想法是有道理的，确实要考虑周全，否则做好了棺材也没用，因为谁也不知道王土到底什么时候出生。如果他真的太任性，拒绝出生了，那么一口棺材做好了，却永远也等不到它的主人，将是一件非常不吉利的事情，让人忌讳。

一口棺材必须对应一个人，正如一颗星星，必须找到它的受命人。

河湾村的人们做事有规矩，善良而有度，从不做越界的事情。

木匠又在木板上敲了一下，说：我想王土一定会来。旁边的人接了他的话，说：应该能来，细想想，这个世界也是挺有意思的，反正闲着也是闲着，没事到世上逛游一趟也挺好，不来岂不是亏了？

木匠又在木板上敲了一下，坚定地说：他能来。

就在他们说话之间，天色渐渐暗下来。以前，黄昏都是不知不觉地翻过远处的山脊，带来迷蒙的暮色，而今天，黄昏仿佛从地下泛起，像是从大地上冒出许多暗色的颗粒，一点点升上了天空，越来越密集，逐渐弥漫，笼罩了整个山村。这时，耕种的人们或走在小路上，或是疲惫地回到家里，只有孩子们这时最活跃，在胡同里玩耍，时不时发出尖声的叫喊，把木匠敲打木板的声音，淹没在喧嚣中。

木匠并不姓李，他是王家的孩子，出生三个月后过户给李家，李家是他的姨家，到了李家后就随了李姓。木匠本姓是王，但他从来不知道,他的亲生父亲曾经在他出生不久后给他取名叫王土,只是一瞬间,还未叫出口,他的父亲就想起了传说中的王土,于是立即改变了主意,给他取了另外一个名字。过户给李家后,又变成了李姓的名字,叫到如今。但是,就是他父亲非常短暂的一个想法,就宣告了王土的到来,而王土本人却浑然不知,只知道自己是木匠。

可见,王土并不是人们传说的那样矜持和慢条斯理,他也不是什么了不起的人物,他就是一个平凡的木匠,而且已经到来。在河湾村,木匠属于人人都用得着的手艺人,有人建造房子的时候,他就去制作木架和门窗之类;有人需要住进棺材里的时候,他就打造棺材。棺材是一个人居住的最后的也是最小的房屋,被埋葬在土地里。当你看到村庄附近荒野里那些隆起的小土堆,不要轻易冒犯,那可不是普通的土堆,那里每个土堆下面都埋着两口棺材,棺材里居住着长眠的人,他们生前是夫妻,死后合葬在一个土堆下面,成为永久的伙伴。当然,如果一个人一生未娶或一生未嫁,死后就没有伙伴,只能一个人居住在土堆里,孤寂到永远。

木匠对自己小时候的历史一无所知。他凭直觉和本能做事,在浑然不知的情况下,坚定地,鬼使神差地,给王土打造了一口棺材。做好了棺材那天,他用斧头敲打了一下棺材盖子,说:王土,我信你已经来了,你就在这个世上。

说这话的时候,他的影子仿佛受到了惊吓,忽的一下从地上站了起来,离他而去,大步走向了远方。人们这才恍然意识到,真正的隐士,并不一定是那些迟迟不到位或者拒绝出生的人,真正的隐士,很可能一直住在人们的体内,它不一定是人类的种子,不一定是一直住在身体内部的死神,也不一定是跟随人一生的影子,而是人的灵魂。

0

对于一个小女孩来说，拥有一个彩色的身影并不是什么过分的要求，因为许多人都曾经拥有过，后来由于褪色而变成了灰黑色。她曾经看到过鲜花的影子是红色的，叶子的影子是绿色的，她就想，我的花衣服也应该是花色的影子。

在河湾村，一个永远也长不大的小女孩，有理由得到一个彩色的身影。大概是十二岁的时候，她为了等待去远方找马的一个年轻人，怕他回来后不认识她，从此她就停止了生长，等到老了，她还是十二岁的样子，几十年没有丝毫变化，人们依然叫她小女孩。这样一个特殊的女孩，就是拥有两个身影，也不算过分。河对岸的小镇上，那个某某某，不就是有两个身影吗？他仗着后背上长有两个身影，经常像鸟一样在空中飞来飞去，如果把他的身影减掉，看他还能不能飞？答案是肯定的，不用说减掉两个身影，就是减掉其中的一个，他就无法飞起来，即使勉强飞起来，也会因为偏沉而从天空掉下来。

小镇上的这个人，因为有两个身影，人们都叫他双影人。在小镇和河湾村人看来，这种会飞的人也算不上什么大本事，只有活到几百岁的人，才会让人羡慕。

小女孩的高祖的高祖爷爷就是河湾村里德高望重的长老，已经两百多岁了，依然是河湾村的核心人物，他靠一生的积累，拥有丰富的生活经验。由于长老的辈分太高了，小女孩已经无法称呼他的辈分了，就简称长老为老爷爷。长老劝小女孩说：彩色的身影好是好，就是容易弄脏，还不如灰黑色的，不容易脏，还厚实。有一年冬天，我赶路去山口迎接一个灵魂，那天非常冷，幸亏我把身影披在身上挡风，否则非冻死不可。

小女孩问，是谁的灵魂？接到了吗？

长老说，接到了，那时你还小，不记事，是三婶家小儿子的灵魂，接来后也没用，他从树上掉下来摔死了，灵魂回来后看了看，身体摔坏了，实在不能用了，灵魂待一会就走了，后来一直没有回来。

小女孩感到非常惋惜，心想，三婶的小儿子若有两个身影，从树上掉下来也不至于摔死，他在下落的过程中，完全可以扇动两个身影飞起来。这个想法，更坚定了她想要彩色身影的决心，她甚至想，要，而且要有两个身影，必需的，万一哪天我也从树上掉下来，或者从云彩上掉下来，我就可以张开背后的两个身影开始飞翔，像一只鹰在天空盘旋。

想到这里，小女孩不再纠缠她的老爷爷，而是趁人不备溜走，去小镇找那个双影人去了。小镇离河湾村只隔一条河，船工永远都在船上，渡了河就是。双影人在小镇上算不上什么名人，顶多算是一个有名字的人吧。小女孩找到了双影人，但也没从他那里得到什么有效的秘方，因为双影人根本没有秘方，他是生来就有双影，不是靠自己的本事修炼得来的，而是父母遗传给他的，因此人们对他的特殊能力并不怎么佩服。他的父母都不是双影人，不知怎么到了他身上就出现了特异性。据说，自从他出生后，他的父母就失去了身影，有人说是他的父母把自己的身影给他了。这话虽然不足为据，但事实摆在那里，人们也不得不承认，可能有这种事吧。时间长了，人们也就没有兴趣议论他，渐渐地，拥有双影，似乎成了非常普通的事情。

小女孩去找双影人，无功而返，回来的途中遇到三婶，三婶也是去小镇上办事，走到半路两人相遇了。三婶见到小女孩，问，去哪儿了？小女孩说，我去小镇刚回来，三婶这是去哪儿啊？三婶说，我也去小镇，听说那里有一片云彩飞走了，影子落在地上却不走，我想把云彩的影子扫下来，放在我家的院子里。小女孩听说三婶是去小镇打扫一片云彩的影子，感到非常好奇。说，我刚从小镇回来，怎么没有听说这件事？三婶说，是我的小儿子托梦告诉我的，不然我也不知道。

提到她的小儿子，三婶的脸上微微泛起了一种骄傲的神情，因为她的小儿子多年前摔死后，去了天上给人当差，至少是了解云彩的一些行踪。她说，我的小儿子在天上做官了，不然他不会把有关云彩的事情告诉我。

小女孩对三婶有了一些佩服，觉得她的小儿子真是有出息，死后还这样照顾家人，有什么好事及时通知母亲。

小女孩和三婶在路上相遇，寒暄几句之后相背而行，各自赶路。到了下午，三婶挎着一篮子云影回来了，村里好多人出来围观，有羡慕的，也有不以为然的。其中一个女人说，我家院子里的阴影够多了，不用增加了。也有的说，三婶就是勤快，跑那么远路去打扫云影，多么好看的云影啊，看上去像是棉花的影子。

三婶挎着一篮子云影，被人围观，多少有几分成就感。但是她一句没提她的小儿子给她托梦的事。

在围观的人群中，唯独没有小女孩。三婶还特意用眼睛的余光扫了一下周围的人，也没有发现小女孩。就在她纳闷的时候，人们抬头，发出了惊呼。人们看见，小女孩扇动着两个身影，正在天上飞，比小镇上的那个双影人飞得还要高，而且非常轻盈。人们不知道她是怎样获得两个身影的，但是她确实是在飞，她的理想真的实现了。

人们仰头观望小女孩在天上飞翔，最高兴的是长老，他从人群中走出来，他并不担心小女孩会从天上掉下来，但是本能还是驱使他产生了前去护卫的想法。他不自觉地向前走着，有些着急，加快了脚步，尽管他已经走得很快了，但是他的灵魂还是嫌他走得太慢，情急之下，他的灵魂一下子冲出了他的身体，向天上奔去。当人们看见长老的灵魂在天上护卫着飞翔的小女孩时，说，到底还是老爷爷啊，放心不下，去天上保护她去了。

说这话的时候，有一个女人从三婶的篮子里抓起一把云影，凑到鼻子前闻了闻，她感觉到一股香气进入了体内，随后就醉了，等到小女孩和长老的灵魂从天上回来时，这个女人还没有苏醒。

0

河湾村人建造的房子，只有四种材料：石头、木头、黄泥、茅草，如果说还有什么重要的东西的话，那就是人的力气了。有了这些东西，建造一座茅屋就足够了。

建造茅屋的石头来自于河滩，用于垒墙；木头来自于山上或河边的树林，用于做木架和门窗；黄土加水搅拌，就是黄泥，用于垒墙时固定住石头，也用于涂抹墙缝；茅草出自山坡，用于铺在屋顶，遮风挡雨。建造房子所需的人，都是本村人。谁家盖房子，全村人都出手帮忙，无偿劳动，不取任何报酬。

自从有人烧窑，制作出了砖瓦，村里逐渐有了瓦房，但毕竟瓦房还是少数，人们认为，还是茅草屋暖和，每过几年，茅草腐烂了，主人就换上新的茅草，看上去就像新建的房子一样。

三婶家的房子就是茅草屋。二丫家也是茅草屋。船工家也是茅草屋。铁匠家也是茅草屋。木匠家也是茅草屋，窑工家是瓦房。七妹家也是茅草屋，在青龙河对岸。蚕神（张刘氏）家也是茅草屋。小女孩家也是茅草屋。长老家也是茅草屋。死者家也是茅草屋，自从他住进了墓穴里，就变成了土屋，此后很少出来，只有西北部天空塌陷那一次，他从墓穴里出来帮助人们补天，他是河湾村的功臣，回去后依然住在地下，屋顶是个土堆。河湾村的人们死后都住在地下的坟墓里，地上只露出一个土堆。住在地下是最安稳的，可以无限期睡觉，没有什么特别重要的事情，一般不会有人叫醒。

三婶家要扒掉屋顶上腐烂的茅草，换上新的茅草，人们都来帮忙。毕竟她的小儿子从树上掉下来摔死了，家里少了一个劳力，人们出于怜悯之心，更是多出工，多出力。再说，三婶的人缘很好，她的老头也是一个厚道人，人们帮助三婶家，出力越多心里越舒服，都觉得自己在做善事。

在帮忙盖房子的人中，多出了几个女人，起初人们各忙各的，也没有注意，后来发现她们长得过于美丽，人们这才发现，是几个陌生人。人们以为是三婶家的亲戚，也就没有多想，顶多是村里的女人们瞟了一眼，心里嘀咕，长得都这么好看，还不娇气，三婶家的亲戚真是能干。等到晚上快收工的时候，几个漂亮的女人不见了，有人问三婶，你家那几个亲戚走了？这时三婶才醒悟过来，说，我家亲戚没来啊，我也看见了那几个女人了，长得那么好看，我还以为是别人的亲戚来帮忙呢。

几个漂亮的女人，不是三婶的亲戚，那是谁家的亲戚呢？人们这才想起来，好像在哪里见过，但是谁也记不清了，没有人能够准确说出她们的来路，也许是仙女吧。

有人说，船工应该知道，他见过的人多，记性也好，只要他的大草帽不把脸完全遮住，只要他看见了，就不会忘记。

人们只是这么说，但是没有人真的去找船工问这件事，因为大家都在忙。盖房子是个累活，没有一个闲人，人们一边擦汗一边说笑，三婶的笑容最多。三婶是用脸上的皱纹在笑。

第二天，来的人更多了。一个女人开玩笑说，三婶，把你从小镇扫来的云彩影子分给我们一些呗。

三婶说，上次那些影子早就融化了，以后再去扫的时候叫上你，咱们一起去。

女人说，再有那样的好事，别忘了我啊。

三婶说，下次去的时候，你背一个大花篓，我不跟你抢。

说完，她们哈哈大笑。其他的人们听见了，也都跟着笑。有的人没有注意听，但是看见人们都在笑，不知是怎么回事，也都跟着笑起来。一个男人脸上沾着泥巴，还在用手抹汗，结果越抹越脏，成了花脸。人们看见了花脸，笑得更厉害了。

在人们的笑声中，只有二丫心里有数。她想，昨天来的那几个漂亮女人，绝不是一般人，从她们的体貌和穿戴就可以看出，她们有可能是传说中的仙女。她恍惚记得，在河边洗衣服的时候，似乎出现过这几个女人的面孔。但是一想到这些，就什么都记不清了，仿佛在时间的后面蒙上了几层纱布，看似有这回事，细想却非常模糊，无法准确地描述自己的记忆。

经过两天的忙活，三婶家的房子换上了新的茅草，看上去就像新房子一样。事情很快就过去了，趁着春天，人们还有许多设想要去实现，盖房子的，纺线织布的，张罗娶媳妇的，开染房的，烧窑的，人们各有各的计划，好像家家都在忙，不是忙自家的活计，就是帮助别人，总之都在忙。但是有一件事情，却没有因为忙而被人忘记，那就是，给三婶家帮忙的那几个漂亮女人，留在了河湾村女人的心里。女人们想，那几个女人真好看，我也要长成这样的女人。男人们嘴上不说，心里却在想，哪来的几个女人，长得那么好看，若是娶上这样一个女人做媳妇，该是几辈子修来的福啊。

二丫经过考证，得知三婶没有说实话，她认为，三婶知道这几个女人的来路，而且关系不一般。

事实是最好的证明。有一次，三婶挎着篮子，又要去小镇上扫云影，二丫得知后就偷偷跟在后面，在暗中观察。她发现，三婶清扫的不只是云影，其中还有散落的花瓣。难怪那天有人从三婶的篮子里抓起一把云影，用鼻子闻了一下就醉了，原来是云影里面掺杂了奇异的花香。而这些散落的花瓣根本不是来自于地上，而是从天上落下来的。二丫亲眼看见云彩上面有几个仙女正在往下抛撒花瓣，当她们转过脸来时，二丫恍然记起，她们正是在三婶家帮忙的那几个漂亮的女人。

三婶确实没有说实话。她说扫来的云影铺在院子里，用于加厚阴影，而实际上她是把云影装在自己的枕头里，由于里面有醉人的香气，能够帮助人睡眠。

起初，三婶扫的云影确实是铺在了院子里，这些人们都看见了，可是后来，她看见天上飘下一些花瓣，落在云影里，散发着醉人的芳香，回来后，她就舍不得把这些云影铺在院子里了，她尝试着把这些带有花香的云影装在枕头里，结果晚上睡觉特别香，从此，她就不再失眠了。自从小儿子摔死后，她一直睡不好觉，没想到几个花瓣就治好了她的失眠症。她也在想，这是什么花，这么神奇呢？

三婶至今也不知道这是怎么回事，她真的不知道是仙女在暗中帮助了她，赐给她神奇的花瓣，让她有一个安稳香甜的睡眠。仙女们认为，她失去了小儿子，不能再失去梦境。

二丫后来还发现，这些仙女并非住在天上，而是住在离河湾村不远的另一个山弯里，她们的家也是茅草屋，屋前有溪水，水里有月亮和云影。而这些，只有二丫窥见了天机，可是二丫永远也不会说出这个秘密。

0

牧羊人把羊群赶到了山巅，山巅上有白云，白云里有青草。

牧羊人放牧的羊群有几十只羊，有白羊，也有黑羊。黑羊经常进入白云里吃草，时间长了就会变成白羊。白羊进入云彩后，羊毛会变得更白，而且有些微微透明，仿佛自身在发光。牧羊人早就发现了这个秘密，因此他经常把羊群赶到这个山巅放牧，原来他的羊群里至少有一半是黑羊，现在，只剩几只黑羊了。远远看去，他的羊群几乎就是白羊群。

尽管羊群渐渐变成了白羊群，但是人们并没有发现这些变化。人们不是在忙自家的活计，就是在帮助别人干活，对于羊群的变化没有注意，也没有时间观察这些微妙的变化。整个河湾村都仿佛生活在一个巨大而漫长的梦幻中，每个人都是梦中人。

但是有一个人注意到了这些变化，这个人就是三寸高的小老头。因为他个子矮，在他眼里，羊就是庞然大物，即使是一只小羊羔，也比他高大无数倍。三寸高的小老头并不因此而自卑，他已经习惯了自己的身高，对人们善意的玩笑习以为常，三寸高的小老头是个性格开朗的人，在村里人缘非常好，人们都愿意跟他相处，也经常拿他的身高开玩笑，他就呵呵笑，从来不生气，有时候他还经常自嘲。

三寸高的小老头因为身高的原因，当羊群从他身边经过时，他首先是躲到远处，生怕羊脚踩到他，然后观察每只羊的高矮、胖瘦、颜色，他甚至能从羊的胡子分辨出羊的年龄。一天他跟牧羊人说，不对，你的羊群里白羊多了，黑羊少了，是怎么回事？

牧羊人假装不知道，假惺惺地说，是吗？有这事吗？我怎么不知道？牧羊人说完，就冲三寸高的小老头做鬼脸，露出狡猾而顽皮的笑容。

终于有一天，事情瞒不住了，整个羊群全部变成了白羊，再也没有一只黑羊了，人们这才发现了羊群的变化。还是三婶嘴快，问牧羊人，听说你的羊群没有黑羊了，都变成了白羊，是怎么回事？

牧羊人知道再也瞒不住了，只好实话实说。可是他说了人们也不信，因为河湾村从来没有发生过这样的事情。有人去问长老，长老也说这事有些奇怪，他只听说过小姑娘在云彩里待时间长了，会成为仙女，但是从未听说黑羊变成白羊这样的事情。

长老都说不清楚的事情，问别人也不会知道。长老是河湾村里最老的人，已经两百多岁了，不管谁死，他也不死，用他自己的话说，长老了。

长老把牧羊人叫到身边，问他到底是怎么回事，牧羊人把以前说过的话又重复了一遍，长老听后还是半信半疑，他觉得这个山巅的云彩不同寻常，应当去看一看。

长老办事从不拖拉，第二天，他与牧羊人一起赶着羊群上山，去看白云。可是，天有不测风云，一连几天，山巅上都没有出现白云，甚至连一丝云彩也没有，只有羊群在山巅上吃草，羊群集中到一起的时候，倒像是一片飘忽的白云。

羊群虽然白，但是与真正的白云相差甚远，完全不是一回事。羊群在山巅上散落开来，很难聚集到一起，羊群并不是人们想象得那样乖巧，可以说是非常散漫，就像一篇抒情散文。

长老的一生，经历无数，但是他没有放牧过羊群，这在他的经历中，也算是一个缺陷吧。

长老和牧羊人坐在山巅的草地上，远近的群山和山谷尽可展望,唯独看不见河湾村,因为河湾村在山的拐弯处,不到近前,很难发现。长老虽然没有看见白云,但是眼前的风光也是难得一见,尤其是羊群在山巅上悠然地吃草,看上去让人心情放松,非常舒展。他问牧羊人,你经常来这里放羊?牧羊人说,是,这里山高,草多,地势开阔,适合放牧。有时候云彩也来这里。有一天我还在草地上捡到一颗星星。长老问,什么样的星星?牧羊人说,就是天上的星星,我捡到后放在手心里,太烫手,扔了。长老说,可惜了,以后再捡到星星别扔,放在地窖里,可以当灯用。牧羊人说,好,以后我再捡到星星不扔。您也嘱托铁匠一下,他若再捡到月亮的碎片,别打制宝刀了,留着照明比宝刀用处大。长老说,铁匠不听话,他看见什么都想打造,还经常用拳头打铁。你没发现他的拳头比别人的硬?牧羊人说,还真没注意铁匠的拳头。

　　长老与牧羊人聊天,几天来所说的话,超过了他们之前说过的所有的话。

　　一连几天,长老都和牧羊人一起来山巅放羊。长老是个做事认真的人,他想,总有一天,我会在山巅上看见白云。他越是这么想,云彩越是不来,好像对他是一种考验。这期间,有些羊在慢慢长大。羊这种动物,像是哲学家,无论公母,都留着胡须,即使是刚出生的小羊羔,也假装有学问,留起胡须。尤其是白羊,身穿一件白色的羊毛衣服,看上去干净美观又贴身,让人产生抱一抱的想法。

　　终于有一天,长老和牧羊人在山巅上等来了白云。这是一天下午,最先出现的是一丝云,像是纺织的女人们抽出的一条棉絮。女人们似乎天生就喜欢丝状物,她们纺线,养蚕抽丝,实在没有丝的时候,就长头发,从头顶上抽出丝。羊也是,羊从身体里长出绒毛,相当于自己给自己长出一件毛衣。云彩也是,一丝一丝长出来，云彩是天空的绒毛，当绒毛越聚越多，就成了云团，仿佛一座座棉花垛，堆积在天上。当白云飘到山巅上，与牧羊人的羊群混在一起时，你就分不清哪些是云彩，哪些是白羊。长老感叹道，难怪黑羊变成了白羊，云彩这样白，怎能不染色呢？

正在长老感叹的时候，从云彩中走出一个仙女，长老当场认出，这个仙女是七妹，是七仙女中的最小的七妹。

长老问，是七妹吗？

是。七妹回答。

长老又问，你在云彩中做什么？

七妹说，我来白云中采摘一些小雨滴。

长老说，我听说你用雨滴养月亮？

是。七妹也不隐瞒，回答道。

长老又问，那你知道白羊是如何变成的吗？

七妹也不回答，用手撕扯一团白云，当场用云彩做出一只白羊。做好的白羊跪在七妹脚下，仰头叫道，妈，妈，妈妈。七妹也不答应，她用手抚摸着这只白羊，仿佛自己亲生的孩子。

牧羊人看到七妹用白云做出一只白羊，当场就惊呆了。

长老也惊呆了，他立即醒悟，原来白羊是仙女的孩子。

长老和牧羊人回到村里后，闭口不谈白羊的事情，就像没有这回事一样，但是内心里却发生了巨大的变化。为此，三寸高的小老头追问过长老和牧羊人，他们都含糊其词地说，可能与仙女有关，但是具体是怎么回事，我也不清楚。三婶也问过长老，长老说，你去问三寸高的小老头吧，我跟他说过，他或许知道。

0

河湾村的东南西三个方向，都被青龙河缠绕，北面是一脉低矮的山梁，山梁的后面是连接北方的起伏的群山。河流的对面有几个村庄，其中一个村庄叫小镇。穿过小镇，往东再走几天的路程，据说就是大海，村里的人们只是传说，但是都没有见过大海。

河湾村东面的河流岸边，有一面相对平整的悬崖，会学舌，你喊什么，悬崖就喊什么。每到夏天，孩子们在河里玩水嬉闹，尖锐的喊声从悬崖上折回来，散发在空气中，会飘到很远的地方。有时，这些孩子的喊声会传到第二天，才慢慢减弱后消失。因此，在河湾村，人们听到最多的声音，是人的叫声。

在乡村，狗也叫，鸡也叫，鸟也叫，但是都比不上人的叫声。动物们的叫声不会引起人们的注意，就像星星在夜晚也会发出细小的尖叫声，但是很少有人能够听到，即使听到了也不以为意，认为那是天上的事，人们管不了太远的事情。人们最关心的是人的叫声。一旦有人叫喊，一定是关系到人的事情，一定是重要的事情，你就必须注意倾听。

当一个老人的叫声在原野上回荡，你会有天地洪荒，无可凭依之感。

一天，长老在原野上发出了叫声。

人们很少听到长老的叫声。长老已经两百多岁了，他的声音粗重，沙哑，里面似乎混杂着沙尘暴的回音。听到长老的叫声，人们撂下手中的活计，从四面八方向他聚拢。人们在聚拢的过程中，为了回应长老的叫声，每个人也都发出了叫声，一时间，人的叫声此起彼伏，在原野上弥漫，飘浮，被风送到远方。

人们陆续聚拢到长老的身边，问他何事，为何发出叫声。长老说，我正在干活，忽然听到有人喊我的乳名，我前后左右看，没有别人，整个原野只有我一个人。我感觉这声音不像是来自四周，好像来自高处，我就仰头往天上看，发现我的父亲正在天上赶路，他看到我，就喊了我的乳名，我就答应了。至少有两百多年没有人叫过我的乳名了，自从我的父亲死后，就没有人知道我的乳名了，今天我看见了我的父亲，并且喊了我的乳名，我就答应了，我只是轻轻地答应了一声，没想到你们也会听见。

人们仰头看天，发现天上确实有一行脚印，这才知道，长老的父亲真的从天上经过。

三婶走近长老，问，你答应的时候，是否用手指天了？

长老说，没有。

三婶又问，你答应的时候，你的父亲是否用手指你了？

长老说，也没有。

三婶长舒了一口气，说，那就好，没事。没事了。大家散了吧。

三婶的小儿子从树上掉下来摔死后，她就有些神神秘秘，对高处有一种恐惧感，尤其是天上的事情，她格外敏感。她认为，人不能用手指天，那是不敬。天上的人也不能用手指地上的人，如果指了，可能就会把地上的人叫走。所以，长老只是答应了一声，不会有生命危险。三婶这么一说，人们觉得也有一定道理，都信了。人们听说长老没事了，就放心了。长老已经两百多岁了，真要被他的父亲叫走，也没办法，但是人们还是希望长老继续活下去，活到八百岁才好。

长老说，我没事，你们都回去吧。回去吧。

人们看到长老确实没什么事情,也就慢慢散去了。长老一个人留在原野上,继续干活。这时,有一个人忽然想起了什么,又返回到长老身边,问长老,你在这里到底在干什么?

长老说,我在这里挖坑,找一件东西。

找什么东西?

鞋。

鞋?

嗯。鞋。

谁的鞋?

我的鞋。

你的鞋怎么在这里?

我小时候生病了,差点死去,我妈就把我的鞋埋在了地里,不让我走,我就没死。

埋在这里了?

大概就是这个地方吧,我曾多次梦见我的鞋,应该还在。

好。那你慢慢找吧,我回去了。

长老一个人留在原野上,继续挖土,找他的鞋。

长老没有找到他的鞋。

第二天,长老又出现在那片原野上,远远看去,只有小手指肚那么大,他的四周除了空气就是荒草,荒草的上面,是掠过天空的看不见的凉风。

一连几天,长老都是独自一人在原野上,挖他的鞋。人们说,两百多年过去了,一双布鞋,早就腐烂了吧,即使找到了,也穿不下,是他小时候的鞋,很小。可是长老非要挖,就让他挖吧,我们想帮忙,他还不让。

人们议论归议论,长老照旧挖他的鞋。

一天夜里,天上传来杂沓的脚步声,一个老人起夜,隐约看见有人提着灯笼从天空走过,由于夜色朦胧,他不敢确信那人是谁,也就没有吭声,回屋后继续睡觉。第二天醒来,以为是自己夜里做了一个梦,也没有当回事。第二天上午,人们又一次听到了老人的叫声,仔细分辨,又是长老的叫声。循着叫声望去,人们看见长老在原野上,正大步往村庄的方向走。这一次,人们听到了他的叫声,也没有向他聚集。长老一边走,一边叫,声音依旧是那样苍凉,甚至有些荒凉。

当长老回到河湾村,人们看到他异常兴奋,说话的声音都变了,简直就是喊叫,说,找到啦,找到啦,我找到我小时候的鞋啦。

找到了?

是。找到了。

在哪里?

在地里。

为什么不拿来让我们看看?

拿不出来了,埋藏太久,鞋底下已经生出了根子,扎根了。

找到了就好。

人们看见长老兴奋的样子,也都跟着高兴,只有三婶显得有些阴郁,她跟长老说,你的鞋找到了,还应该把它埋好,只有这样,你才能长寿,一直活下去。

人们这才得知长老长寿不死的秘密,他的同辈人纷纷过世,只有他一直活着,而且非常健康,原来是谁也无法把他叫走,因为他的鞋埋在地里,已经扎下了根子。他的父亲从天上经过,就是想把他叫走,后来有人在天上提着灯笼来回走,也是想把他叫走,但是,只要他的鞋埋在地里,并且扎根了,他就走不了。

人们知晓这个秘密后,都发出了唏嘘声。长老也感觉自己是个幸运的人,他因病得福,反而成了一个不死的人。想到这里,他不禁哈哈大笑，他笑的时候，正好有人从天空的背面经过，听到了他的回声。

0

窑工的弟弟是个编织能手，给他一捆荆条，他就能给你编出花篓、挑筐、篮子等多种器物，但是他的外号却是因为说话而得名，人们都不叫他的名字，而是叫他胡编。因为他除了会编织各种器物，还会讲故事，他讲的故事，有神话，有传说，大多数都是他自己胡编的，因此人们称他为胡编，也不算冤枉他。

胡编有四大本事，在河湾村是出了名的，一是编筐织篓，二是讲故事，三是挨媳妇收拾，四是嬉皮笑脸。听他讲故事的多数是小孩子，大人们都忙，没时间听他胡说，他说了，人们也不信。一个经常胡说的人，不会有人把他说的瞎话当回事，他也不把自己说的话当回事，嘻嘻一笑，一笑了之。

除了在自己家里编织，有时候，胡编也会坐在井边编织。井边有两个大石槽，一个是给牛羊饮水用的，一个是胡编用于泡荆条用的，泡荆条的石槽非常宽大，是小镇的石匠送给他的，石槽上面常年盖着一块木板，怕是牛羊喝了浸泡荆条的水，会中毒。胡编坐在井边的石头上编织，总有孩子们围在他身边，听他讲瞎话。在河湾村人看来，讲瞎话就是胡说，胡说就是胡编，胡编就是信口瞎说，没有真的。但是孩子们不求真，吸引人就行。

三婶从井边经过，说，又在胡编啊。

胡编见三婶跟他说话，也不停下手中的活计，随口回答，是，瞎编呢。

说完，胡编继续编织，继续讲他的故事。

胡编和窑工这哥俩，真是有意思。窑工平时爱唱歌，但是他只会唱一句大花公鸡咯咯叫，别的就不会了，弟弟胡编，却有讲不完的故事，就像他编织不完的花篓和挑筐。河湾村人用的编织器物，几乎都是出自胡编之手。村里用不完的，他就拿到小镇的集市上去卖。他和小镇的石匠关系非常好，经常有来往。石匠主要是打造石磨、石碾、石槽一类，远近村庄的石器，都是石匠的作品。石匠只会雕凿一些粗糙的石器，很少在石头上雕花，而胡编却能用荆条编织出各种花样，除了传统的花篓，他还经常创新样式，深受人们的喜爱。孩子们不关心他的编织，只关心他讲的故事，有时候他讲鬼故事，吓得孩子们不敢回家，他就只好一个一个送回去。

胡编的媳妇从井边经过，胡编也不停下编织，也不停下讲故事。胡编的媳妇看见他又在给孩子们胡编故事，就跟孩子们说，别听他胡编，没有真的。

胡编听了也不生气，嘻嘻一笑，说，别捣乱，我正在胡编呢。

胡编的媳妇是去采桑叶，没有时间听他胡编，只是路过时随口说了一句，就忙去了，她走过以后，胡编瞟了一眼媳妇的背影，看见媳妇走路时屁股一扭一扭的，忍不住又笑了一下。

孩子们催他继续讲，胡编问，刚才我讲到哪儿了？

孩子们提示他，讲到水神媳妇了。

对，是讲到水神的媳妇了。胡编接着讲水神媳妇的故事。实际上他已经讲不下去了，他看到自己的媳妇走路时屁股一扭一扭的样子，已经想入非非了。

胡编的故事确实不可信，但是胡编的编织技术却是远近闻名的。河对岸七妹的篮子就是出自胡编之手，篮子里盛满雨滴，一滴也不漏。河湾村的人们采桑叶的花篓，男人们用的挑筐，都结实耐用，多年也不松散。有人用他编织的花篓在河边打水，结果捞上来一条鱼。此后，他就把花篓改变一下，专门编织出一种自动捕鱼的鱼篓，把鱼饵放在鱼篓里，沉在河里就行了，鱼会自动钻进去。这种鱼篓肚大口小，进口处有倒刺，鱼很容易钻进去，但是进去后就出不来。他的编织技术，还得到了水神媳妇的夸奖。

一次，胡编梦见了水神的媳妇，往他的鱼篓里驱赶鱼群，他醒来后去河边，发现鱼篓里满了，一篓子鱼。回家后他跟媳妇说，水神的媳妇不光长得美，心眼儿还好，还帮助我捕鱼。她还亲了我一口。

媳妇嘲笑他说，你做梦呢吧？水神的媳妇是仙女，怎么会看上你这样的人？

他笑嘻嘻地说，是做梦。我在梦里看见了水神的媳妇，走路时屁股也是一扭一扭的，跟你一样。

媳妇听到他取笑自己的屁股，上手就揪住他的耳朵，说，你再说一句，看我不揪下你的耳朵，把你的好东西也揪下来。

胡编说，媳妇饶恕，不敢瞎说了。

媳妇松手后，胡编依然还是嬉皮笑脸，说，要是水神的媳妇也这样揪我，我就忍着，揪掉了也不说疼。

媳妇瞪了他一眼，眼里的嗔怒中暗藏着涌动的情欲的波澜。

胡编过着快乐的日子，故事越讲越多，都是他自己胡编的。有人说，胡编太能瞎编了，死人都能让他给说活了。

可是突然有一天，胡编不讲故事了，也不编筐织篓了，而是闷在家里，一连十多天，连屋门都不出，从此性格都变了，变得郁郁寡欢，沉默不语。媳妇问他什么原因，他就是不说，因为他说了，媳妇也不会相信。

过了一年多,胡编才慢慢地转变心态,恢复了原来的性格。后来,他给人们讲了发生在他自己身上的故事。他说,这么长时间,我一直闷闷不乐,不是因为我的媳妇,也不是水神的媳妇,也不是窑工,也不是听我讲故事的孩子们,而是石匠。

小镇的石匠死了,他说,石匠是我的好朋友。

石匠死前的很长时间,人们没有见到石匠,有人说在采石场见过他,人们就去采石场找他。将近一年多时间,石匠一直在采石场干活,人们以为他是在那里采石头,并不知道他在做一件惊人的事情。当人们找到石匠的时候,发现他已经躺在棺材里。这是一口非常特殊的棺材,这口棺材就在采石场的山顶上,整个棺材与山体连在一起,也就是说,石匠把山体上一块突出的巨大岩石,雕成了一口棺材。原来,石匠本来只会做一些粗活,并不会雕刻花纹一类细活。有一天他做了一个奇怪的梦,梦醒后,他就按照梦里看见的样子,开始在山体上雕刻,历经寒暑,他居然雕出了一个貔貅。远远看去,一个巨大的貔貅卧在山顶上,仿佛一头从天而降的神兽,人们走到近前才发现,这个貔貅竟然是一口棺材。

石匠在貔貅的侧面凿出一个小口,然后钻进这个小口,在貔貅的体内凿出一个宽敞的空间,他躺在貔貅的肚子里面像是在睡觉,而实际上他已经死去。

胡编说,石匠在死去的第二天,给我托梦,说,胡编啊,我已经死了,我的棺材就在采石场的山顶上,你来看我一下,顺便把我棺材的进口封住,封口的石头我已经雕好了,你只需来这里封一下就行。

胡编接着说,梦醒后,我觉得这个梦有些奇怪,就去找石匠,结果发现他真的死了。

胡编坐在井边的石头上,一边编织,一边讲,孩子们围在他的身边，几个大人也坐在他的旁边，听他讲瞎话。人们已经好长时间没有听他讲了，因此他讲的时候，孩子们听得非常专注。他接着说，石匠确实是死了，可是事情并不是人们看到的这么简单。石匠死后一年，也就是前些日子，我去看望他，顺便给他烧纸，祭奠他去世一周年。当我登上山顶，走近那个巨大的石雕貔貅，结果发现貔貅的侧面封口已经打开，里面的人不见了。石匠不在里面。

孩子们睁着好奇的眼睛，问，石匠不是死了吗？那他去哪儿了？

胡编说，我也不知他去哪儿了。

这次胡编说的是实话，他真的不知道石匠去哪儿了。

孩子问，他没有给你托梦？

托了，梦了。我梦见他从棺材里出来，先是往东走，然后往南走，然后往西走，然后又往北走，然后又往东，他到底是要去哪里，把我也弄糊涂了，我真的不知他去哪里了。

这时，坐在胡编旁边的一个大人说，我知道他去哪儿了。前几天夜里，我出来解手，听到天上传来叮叮的凿击声，我感到奇怪，天上怎么还有声音？我仰头一看，一个人正在用锤子凿击月亮，我一看那个人就是石匠，以前我在小镇上见过他，我家的猪槽子就是他做的，我认得他。

胡编说，你敢肯定那个凿击月亮的人就是石匠？

肯定。我敢肯定。

胡编听后沉默了一会，长舒了一口气，说，你这么说，我就放心了。

胡编得知石匠复活的消息，回家后告诉他的媳妇，媳妇说，你又在瞎编。

胡编的媳妇并不相信胡编说的话，但是看到胡编的心情突然变好了，甚至带着嘲弄的口气，学他哥哥窑工唱歌的样子，愣头愣脑地大吼了一句，大华耶，共计耶，哥哥叫哎。歌词大意是，大花公鸡咯咯叫。

媳妇看见他滑稽的样子，忍不住哈哈大笑。

胡编唱得非常难听，窑工若是看见弟弟在学他，非揍他一顿不可。

0

初夏时节，天气开始燥热，地气上升，远远看去，仿佛大地在冒烟。人们零零散散地走在路上，或是在农田里干活，在蒸腾的地气中，人影恍惚，犹如一场梦幻。

越是在这样的时候，铁匠铺子里越忙，定制镰刀的，锄头的，锹镐的，总是应接不暇。由于铁匠的功夫好，打制的东西结实耐用，远近村庄的人们都来他这里订货，他总是能够按期交货，从不拖延。有时忙到夜里，铁匠铺里还是炉火通明，锤声叮当。

铁匠正在铺子里打铁，外面来了一位陌生人，自称来自远方，是慕名而来。

来人带来一块陨铁，说，我知道你曾经用月亮的碎片给刀客打造过一把宝刀，今天我带来一块陨铁，请你给我打造一把宝剑。

铁匠接过陨铁，用手掂量一下，说，至少有十斤，哪来的？

来人回答，天上掉下来的。

铁匠说，不像是月亮上的。

来人说，是北极星方向的一颗星星，掉下来了。当时我正在赶夜路，这颗星星掉在了我的前边，天空唰地一亮，一声巨响，地面被砸出一个大坑。我还以为天上掉下一个馅饼呢，走过去一看，原来是一块通红的铁块儿，幸亏没有砸着我的脚。

铁匠说，这个不是通红的。

来人说，当时是通红的，捡回来后它就变成黑色的了。

铁匠说，月亮的碎片不褪色，打造成宝刀后还是透明的。你的这块铁，打造宝剑费时可能比较长，需要反复锻打和淬火，没有几个月时间，做不成。

来人说，没事，我能等。半年以后，我来取宝剑。

铁匠说，好，半年以后，你来找我。

铁匠送别来人后，就把陨铁投入到炉火中，开始了打造宝剑的历程。

铁匠无论如何也没有想到，这是一块特殊的铁，他的熔炉无法熔化它，一连几天煅烧，这块铁只是微微改变了一点颜色，整体看上去还是黑色的，硬度也没有变化。也就是说，铁匠遇到了真正的硬货。

铁匠发愁了，打了这么多年铁，从未遇到过这样一个软硬不吃的东西，竟然不怕烧，几天几夜不熔化。铁块不熔化，他就打不成铁，到时候交不出宝剑，岂不让人笑话？

铁匠遇到了难处。

在河湾村人眼里，没有什么是解决不了的事情，天塌了，几天就可以补上；一个死去多年的人，遇到村里有重要的事情，也必须起来帮忙……一块铁，难不住铁匠。

铁匠做了多种试验，在铁块上滴血，念诵祖传的咒语等等，都试验过了，都没有奏效，无论怎么折腾，这块顽固的陨铁，就是不熔化，甚至连烧红它都无法做到。它在炉火中，一直还是那么黑，那么坚硬，锤子砸上去，没有一丝痕迹。它的硬度，超过了铁匠的想象。

铁匠傻眼了,坐在门墩上发愁,心想,我打铁这么多年,什么样的铁没见过?什么样的刀没打过?难道说我就对付不了一块陨铁?

事情还真不是他想象得那么简单,这块铁,从天上落下来时,经过了燃烧,剩下的都是精华,已经练就了一身不怕烧的筋骨,仅凭铁匠铺的炉火,还真是拿它没什么办法。

接下来的几天时间里,铁匠又做了多种试验,都无济于事。说好的到时候来取宝剑,可是他连烧红铁块都做不到,到时候怎么交差?铁匠的脸丢不得,河湾村人的脸也丢不得。想到这里,铁匠真的发愁了。

这时,他想到了自己的父亲,心想,为什么不问问父亲?说不定他的在天之灵,会有解决的办法。晚上,他做梦去找父亲,在梦中向父亲说明了情况,父亲说,我也没有遇到过这种情况,要不你去问问长老,他年岁大了,说不定会有办法。铁匠醒来后就去找长老,长老说,我也不知道怎么解决,要不,等我晚上做梦了,去梦里问问我的爷爷。过了一天,长老告诉铁匠说,我在梦里问过我爷爷了,他说,天上掉下来的东西,不能烧,只能使用咒语,可是咒语已经失传了。

铁匠心想,这种说法,纯粹是糊弄人,什么天上掉下来的东西不能烧,难道说月亮不是天上的东西吗?我用月亮的碎片打造出了宝刀,天上掉下来的星星应该也行。长老爷爷的这种说法,显然是在糊弄小孩子,我才不信呢。

不信归不信,但是事到如今,铁匠还真的没有想出一种办法。一块铁,难住了他。

时间在一天天过去,留给铁匠的日期越来越少。不是说什么问题都会有一个满意的结果,有些问题是人们无法解决的,超出了人的能力，急也没用。

一块陨铁，一直在炉子里，从来不曾软化，让铁匠束手无策。

从初夏到秋末，河湾村在蒸腾的地气中人来人往，每一个人影的出现和消失，都似乎是对铁匠的探访和疏离，对他构成了巨大的精神压力。铁匠把拳头伸进炉火中，反复煅烧，他想，也许我的拳头，能够砸开这个顽固不化的陨铁。他把自己的拳头烧红，然后运足了力气，使出平生之力，向这个铁块狠狠地砸下去，只听当的一声，拳头弹起来，砸在自己的额头上，铁匠当场被自己的拳头砸死，而陨铁，丝毫无损。

铁匠没有死，他是被反弹回来的拳头砸晕了，过了一会儿他又醒过来，额头上留下了一个血印。

一晃半年过去了，等待中的外乡人如期而来，找到了铁匠铺，按约定日期，来取他的宝剑。

这天，铁匠早早就在门口等待，外乡人也不迟疑，两人见面后也没有寒暄，而是直奔主题，等待铁匠拿出寒光闪闪的宝剑。

铁匠手里捧着那块陨铁，愧疚地说，兄弟，我对不起你，我没有打出宝剑。实话跟你说，我在炉火中烧了半年，这块陨铁都没有熔化。对不起你了。要不，我赔钱。

外乡人满怀欣喜地等待铁匠拿出宝剑，没想到他拿出的还是那个铁块，不免大失所望，非常沮丧。但是面对铁匠的道歉，外乡人也无话可说，所有责备的话立刻烟消云散。他赶忙说，兄长何苦这样，做不成宝剑也无妨，不用赔钱。

铁匠和外乡人在铺子里聊了很长时间，河湾村的许多人围在外面，并非是来看热闹，而是想帮助铁匠化解一下失约的尴尬。没想到两人并未冲突，甚至亲如兄弟，聊至半晌后，惜别而散。

铁匠最终也没有熔化陨铁，更没有打造出宝剑，一场历时半年的试验和煎熬，以失败告终。好在外乡人懂得礼数，没有责备铁匠，但是铁匠的自尊心仍然受到了极大的伤害，同时也让他知道了世界上还有他做不成的事情。

外乡人带着他的陨铁回去了。后来有人传说，那块烧不化的陨铁，回到了星空，成为一颗星星。实际上，什么奇迹也没有发生，陨铁一直还是陨铁，仍然收藏在那个外乡人家里，还是那样坚不可摧。

后来，铁匠把自己的铺子取名为恨铁铺，以纪念这次失败。他的这次失败，也是河湾村多年来的第一次失败。

面对这次失败，铁匠又一次把自己的拳头烧红，举过了头顶。

0

也许是上午，也许是下午，总之是一个不确定的时间，两只鸟争吵了起来。起初，它们在树枝上谈论一件事情，也许是观点不一，也许是早就有仇，它们各说各的理，逐渐由说理演变为争吵，然后两只鸟从各自的树枝上跳起来，相互靠近，有大打出手的架势。果不其然，其中一只鸟大声叫骂着，起身从树枝上跳了起来，呼啦着翅膀直奔另一只鸟而去。那只鸟也不示弱，大叫着，起身迎接，在树上打了起来。由于树枝遮挡，打起来很不方便，它们就在打斗中逐渐离开了树冠，在空中纠缠到一起，它们在打斗中忽上忽下，不分胜负，非常激烈。它们打斗的武器是嘴、爪子、翅膀，相互攻击时也不忘了对骂。它们扭结在一起，逐渐降落，其中一只鸟似乎力不可支，一只翅膀张着，另一只翅膀闭合，好像受伤了，但是打斗还在继续，翅膀受伤的鸟，用嘴应战。突然，它的两只翅膀又恢复了，一个弹跳从地上跃起来，再次打到空中，似乎不弄死对方绝不甘休。

两只鸟的互殴，在窑工眼里，是一场免费的比武演出，厮杀越激烈，他越是觉得有看头。如果他劝一下，也许就有和解的可能，但是他知道小鸟的力气有限，谁也打不死谁，就让它们打吧，打累了，必住手。

这场热闹，真是越来越复杂，两只鸟在打斗时，又来了一只鸟，这只新来的鸟不但不劝架，还加入了战斗，三只鸟纠缠在一起，已经分不清是谁在打谁，三只鸟演化成了一场混战。

窑工坐在土窑旁边的石头上，专注地看着，目不转睛，生怕错过了某个精彩的细节。他看到三只鸟在空中相互纠缠着，逐渐又回到了树冠。由于树枝遮挡，不便于打架，也许是太累了，需要休息一下，它们停止了互殴，站在树枝上，相互对骂。它们究竟骂了些什么难听的话，窑工听不懂，但是从语气上听来，非常尖锐，强硬，甚至是极端的愤怒。

秋后的田野已经收割完毕，秸秆都已运走，土地裸露出原来的面貌，看上去无遮无蔽，有些荒凉。这时节，虽然庄稼已经收走，对于鸟儿来说，仍然是一年中食物最充足的季节，随便落在一个地方，就能找到吃的。显然，三只鸟打架不是为了吃的，而是有别的原因。

窑工站在第四方的角度，观看了一场激烈的三只鸟的混战。他觉得这场热闹虽然好看，但是时间有点短，看起来还不是很过瘾，如果打上一两个时辰，那就有意思了。他希望它们继续打下去，毕竟这样的热闹并不常见，一般都是两只鸟打架，三只鸟打在一起的，非常少见。

打架的鸟儿似乎觉察到了有人在一旁观看，不知出于什么原因，不打了，也不吵了，安静了一会儿之后，在树上发出了不一样的叫声。这种叫声与骂架的声音明显不同，声音清脆，温和，响亮,类似于问候和交流。随后,这三只鸟先后落在泉水边,四下看了看,发现没有什么危险,开始低头喝水。泉水非常小,如果一群牛一起喝,有可能把水喝干。但是这些水,对于鸟儿来说,无异于汪洋大流。这三只鸟喝完水,凑到一起,先是鸣叫,然后用嘴相互梳理羽毛。看来它们是和好了,那亲切的样子,仿佛从来不曾争吵过,更不像是刚刚打过架,甚至打得你死我活。

窑工的土窑坐落在山脚下的小土坡上,离泉水非常近,鸟儿的这些举动,窑工都看在眼里。他怎么也想不到,这三只鸟刚才还打得那么厉害,竟然这么快就和好了,好到相互梳理羽毛的程度,就差亲嘴了。是啊,是该梳理一下羽毛了,刚才打架的时候,羽毛都乱了,甚至还啄掉了好几根绒毛。

三只鸟在泉水边喝足了水,鸣叫着,不知说了些什么,然后一起飞走了,飞到山后,直到看不见了,窑工才转过头来,忽然想起,应该往窑里添加柴火了。

这场小鸟之间的互殴与和好,不光窑工看见了,山坡上的草人也看见了。庄稼收割以后,地里空荡荡的,原来就高出庄稼的草人,如今视野更加开阔了,也更加孤零了。草人也是人,除了吓唬鸟儿偷吃成熟的谷穗之类,草人已经习惯于站在田野里,四处观望,有时也走动。草人是潦草的人,粗糙的人,只是大概具备一个人的雏形,但是哪个部位也不准确,甚至是缺胳膊少腿,甚至没有准确的性别,甚至没有父母和兄弟姐妹,尽管如此,他站在田野里,依然是草人。他的角色是一个管闲事的人,若论职责,草人很重要,若论完成任务情况,草人自己也说不清楚。因此,草人非常尴尬,又不能不站在地上守候,忍受孤独和寂寞。

鸟儿吵嘴,是经常的事情,但是动手打架,打到地上和空中,撕扯到一起,并不常见。草人目睹了一场热闹,也算是一件开心的事情。他希望小鸟们再多打一会儿,或者不打了,吵嘴也行，总之是有热闹看，就不寂寞。可惜小鸟并不是为了配合他而打架，小鸟是因为内部纠纷，动手真打，而不是表演。

窑工比草人强不了多少，一个人烧窑，也是闲极无聊，看完一场小鸟打架，觉得还不过瘾，他看看附近没有人，于是顽皮地学起了小鸟打架的动作，一个人在地上耍了起来，闹得尘土飞扬，浑身是土，非常滑稽。他在耍的过程中，除了夸张的动作，嘴里模仿小鸟的叫声，仿佛是一个人与自己的影子在摔跤、撕扯和纠缠，不分胜负。就在他耍得开心的时候，山坡上传来了哈哈大笑。窑工听到笑声后，知道自己的玩耍被人看见了，还没来得及停下动作，脸就红了。他想，这么大个人，还这么玩耍，真是太丢人了。

窑工停止了玩耍，四下看了看，远近并没有人，刚才的笑声那么大，难道说笑话我的人隐藏起来了？可是附近也没有什么藏身之处啊？他想，可能是我听错了，附近没有人。于是他余兴未尽，又耍了几下。这时，又传来了哈哈大笑，这次他听得非常清晰，确实是有人在笑，而且这个人就在附近。他循着笑声的方向望去，只见不远处的山坡上有一个草人，张着一张大嘴，还在笑。

窑工的脸更红了。心想，原来是草人在嘲笑我。正应了那两句话，山外有山，人外有人；若要人不知，除非己莫为。

窑工万万没有想到，笑声来自于草人。看来，他烧窑和看鸟儿打架的所有行为举动，包括刚才的玩耍，都在草人的视野之中。他早就知道附近的山坡上有一个草人，也没有把他当回事，没想到他居然会嘲笑我，而且是哈哈大笑。被一个草人嘲笑了，怎能不让人脸红？

草人也是，一直在山坡上待着，一动不动，看上去挺老实的，没想到感情还如此丰富，看到窑工的耍闹，实在是憋不住了，突然爆发出大笑。笑完之后，草人自己也惊讶了，他还从来没有说出过人话，也没有发出过笑声，今天算是开口了。草人知道自己是个假人，却因性情使然，突然暴露出人性，让他自己也感到震惊。

窑工用手指着草人，说，原来是你小子在背后嘲笑我，我还真是把你给忽略了，刚才你也看到了，我耍得怎么样？还不错吧？

草人毕竟是草人，能够发出大笑已经不简单了，除了笑，他还不会说话。草人看到窑工跟他说话，继续笑。

窑工和草人在一处僻静的地方相处已久，没想到竟然是以这样的方式开始交流，倒也愉快。从此，窑工继续烧窑，草人继续守护田野，两人各干各的，却因这次愉快的交流，彼此都不再孤独。

过了一段时间，小鸟又一次打架，窑工发现后立即告诉了草人，于是窑工和草人一起看热闹，看到精彩处，两人都忍不住哈哈大笑。有时，窑工闲得没事，就要出一些自己都感到奇怪的动作，草人看了就笑，有一次还笑出了眼泪。

天凉以后，窑工看到草人的衣服非常褴褛，就找了一件自己穿过的旧衣服，披在了草人身上。草人顿时感到暖和了许多，不禁心头一热，又一次流出眼泪来。

窑工站在草人身边，搂着草人的肩膀，共同观看远近的风景，两人的长相完全不同，却像是一对好兄弟。

0

老头需要一根针。他本来家里有针，但是不小心弄丢了。针虽小，却是家里常用的东西，一时缝缝补补的，总不能老是跟邻居借。家里常备一根针，是必需的。比较宽裕的家庭，常备两根针或者三根针的，也是有的。他想去小镇赶集，主要是为了买一根针。

老头是张福满的堂兄弟，本来也有名字，因为他出生的时候就显老，像是一个小老头，人们就叫他老头，如今他真的老了，人们还是叫他老头，人们早已忘记了他的名字。

河湾村有许多叫老头的人，都是因为年老而得名，其中一个是三寸高的小老头，因为身高而得名，叫三寸高的小老头。而这个老头就叫老头，前面不加身高尺寸，人们直呼他老头，他早已习惯了老头这个称呼，如果有人突然喊他一声大名，他会不知所措，甚至感到遥远而陌生。当然，这是假设，实际上从来没有人叫他的大名。

河湾村到小镇，中间隔着一条河。小镇每逢一、六，都有集市，附近的人们去赶集，有的是需要买卖东西，有的纯属是逛一趟，没事凑个热闹。老头赶集是真的有事。一根针对于一个家庭，虽然不算什么大事，但是没有针，就不能缝补。老头觉得早就应该买一根针了，就是因为这件事情比较小，老是忘记。

老头走在去往小镇的路上，心想，集市上人多杂乱，不能忘记买针这件事。他在内心里反复叮嘱自己，一定要记住，买针。买针。买针。

过河坐船的时候，船工问他，去小镇赶集呀？

老头点头称是，说，去买一根针。

船工说，我家就有一根针，是铁匠打的，用了多年了，还是很好用。你要是买不着，就先用我家的针。

老头说，还是买一根吧，早就应该买了，老是忘。

过了河，老头还是反复提醒自己，千万不能忘。

一路上，遇见了很多去小镇赶集的人，有熟人，也有不熟的，人们各有各的需求，或急或缓地走着，络绎不绝。

集市在小镇东部的一块开阔地上，一个尘土飞扬的地方。由于赶集的人多，市场显得不够用，小镇上整条街的两旁也都摆满了各种杂货。在这个集市上，有临时搭起的铁匠铺、有银匠的摊子、钉马掌的人、磨刀磨剪子的人、剃头的人、卖牲畜的人、裁缝、皮匠、修鞋匠、算命先生、编筐的、织苇席的、炸油饼的、做胰子的、变戏法的、说书的、耍猴的、放风筝的、做糖人的、卖粉条的、卖红薯的、卖土豆的、赶车的、搓绳子的、卖布的、卖种子的、卖菜的、卖肉的、卖锛子和凿子的、卖菜刀的、卖年画的、写对联的、写状子的，还有牛、驴、猪、羊、鸡、鸭、鸡蛋、鸭蛋等等，人和牲畜混杂在一起，熙熙攘攘，人们遵守着古老的风习和内心的道德，公平交易，有时以货换货，不欺不诈，谁也不做昧良心的事情。整个集市，看上去有些混乱，而实际上非常有序。

老头进入集市后，并没有被各种货物和拥挤的人群干扰，他的心里只想着一件事，买针。以前赶集，他见过一个卖针的，但是那时家里的针还没有丢失，他只是看了一眼，没买。他大概记得当时卖针的那个方位，一路上也不多停留，先把针买到手，有时间了再看看别的东西。

事情往往是这样，你不需要的时候，一件东西会经常出现在你眼前，当你需要这件东西的时候，却怎么也找不到。老头就遇到了这种情况，他在一个地方转了好几遍，都没有找到那个卖针的人，问邻近卖东西的人，人们都说不知道。

老头最终也没有找到那个卖针的人，只好空手而归。过河时，船工问，买到针了吗？

老头嘿嘿一笑，说，没买到。没有找到卖针的人。

船工说，你要是着急，就用我家的针。

老头说，不急。要不，我也让铁匠打一根针吧。

船工说，铁匠做活很细，他打的针，几辈子都用不坏。

下船后，老头没有直接回家，而是去了铁匠铺，正好铁匠在打铁。老头说，我需要打一根针。

铁匠说，是缝麻袋的针，还是缝衣服的针？

老头说，缝衣服的针。

铁匠说，好吧，缝衣服的针比较小，费工夫多，你不急就行。

老头说，不急。

铁匠说，打好了我给你送去。

老头说，不用，过些日子我来取。

说完，铁匠继续打铁，老头回家了。老头虽然没有买到针，但是在铁匠这里订了货，老头心里也算有了着落，踏实多了。

铁匠也不含糊，按照约定，接下来的日子开始打制一根针。别看是很小的一根针，打起来却不容易，越小越不好打制，主要是力度和分寸不好拿捏，用力轻了重了都不行，由于针太小，在烧制的过程中，弄不好掉到炉火里就找不到了，所以需要格外细心。尤其是针鼻儿，是穿线的地方，大小要适中，还不能粗糙。针鼻儿太粗糙了，割线，用不了几下，线就断了。所以说，针鼻儿是个见功夫的地方，比针尖还要考验技术。

过了大约十几天，铁匠把针用布包好，送到了老头的手里。老头打开小布包一看，是一根又细又尖的黑色的针，他拿起针在自己的手指肚上试了试，立刻就出血了。老头嘿嘿一笑，说，好针。

为了不让这根针再次丢失，老头又特意请木匠做了一个小木匣，专门存放这根针。为了不让这个存放针的小木匣混同于别的物件，他又特意在屋子角落里做了一个用泥坯搭造的土囤子，专门存放这个小木匣。

有了这些层层保护，老头心里踏实多了，有了囤子，有了木匣，针就有了地方，有了针，衣服破了就随时可以补上。他感觉，有了这根针，才是一个完整的家庭。

老头在家里鼓捣这鼓捣那，他的老婆也没注意，不知道他在干什么。当他一切都准备好了，万无一失了，他才开始实施下一步计划，缝补。

他找出一件旧衣服，说，老婆，今天我要穿这件衣服，你看，袖口都坏了，给我缝补一下吧。

老婆说，没有针。

老头指着屋子角落里的一个泥土囤子说，你看这里是什么。

老婆也没多想，说，一个囤子呗。

老头把老婆叫到跟前，嘿嘿一笑说，你打开囤子看看。

老婆打开囤子，发现里面有一个小木匣子，说，一个木匣子。

老头得意地说，你拿出小木匣子，打开看看。

老婆按他说的，拿出小木匣子，看见里面有一个小布包。

老头又说，你打开这个小布包看看。

老婆瞪了他一眼，说，啥东西，神神秘秘的。

老头说，打开看看你就知道了。

老婆打开了小布包，看见布包上面有一个破洞，除此，里面什么也没有。

老头看见布包里的针不见了，只有布包上面的一个破洞，这是怎么回事？他想给老婆一个惊喜，可是那根针却不见了。

老婆抖落开那块破布，说，我还以为是啥好东西，就是一块破布，有啥好看的？

老头这才意识到问题的严重性，针没了。

他在地上反复找，并没有针，看来针并没有掉在地上。他拿起木匣子，发现匣子的侧面上也有一个洞，再看，泥囤子底部也有一个洞，再看，泥囤子旁边的地上也有一个洞，直通向地下。看到这一切，老头不禁后退了一步。

老婆也后退了一步。

老头指着那个洞口说，耗子偷走了我的针。

0

张福全走到自家的田地里，感觉身体在开裂，然后他就支撑不住了，整个人坍塌在地上，突然融化成了一堆泥土。

他融化的前几天，有过一些前兆。一天夜里，他感觉腋窝有点痒，用手一摸，发现是一棵小草从皮肤里面钻了出来，已经长出了枝叶。当他把小草拔出来时，由于根须较深，带出了体内的一些土块。他当时就感到纳闷，心想，平时皮肤开裂时，并未发现有草籽落进缝隙里，用泥土抹平后就没事了，不想从皮肤里面长出了小草，难怪这几天腋窝下面一直有点痒，原来是这个东西在作怪。

还有，他听到身体内部发出过粗糙的喊声，他很少听到这种声音，以为自己是在做梦，但他明明是醒着，在走路，并未睡觉。多年前他跟人比赛抱起千斤重的石头时，体内曾经发出过这种喊声。他和弟弟张福满，并不肥胖，体重却是普通人的几倍，力气也是普通人的几倍。人们都说他们哥俩是泥做的，说归说，但是也没有根据。今天他又听到了体内的这种喊声，仿佛身体里囚禁着一个老人。他想，喊就喊吧，反正我是不会放你出去的，你也没有什么办法走出我的身体。

这些前兆，并未引起张福全的足够重视，过后就忽略了。因为他力大过人，没有谁能够把他击垮。这次，让他坍塌的致命原因是，他心里埋藏已久的一件事情无法排解，几十年时间里一直淤积在心底，已经变成了一块沉重的化石。随着时间的变化，这块化石越来越大，越来越沉，几乎压垮了他。他一直想寻找一个机会，找人倾吐一下，以解心头之块垒，但是每到事前，他就犹豫，觉得无法开口。就这样一拖再拖，天长日久，他的内心越来越沉重，甚至连走路都不敢抬头了。

事情的起因并不大。那是几十年前的一天，那时张福全还不老，他的衣服破了，家里没有缝衣服的针，他就去老头家借一根针。那时老头还不算老，只是他出生时额头就有皱纹，他的父亲就给他取名老头。老头家里并不富裕，但是却有一根针，是铁匠打制的。在河湾村，家里有一根针，就不算贫穷。家境好的，甚至有两根针或者三根针的。张福全从老头家借走了一根针，把衣服缝好后，并没有及时还给老头，时间长了，事情也多，就把这件事给忘了。过了很久，张福全的衣服又破了，需要缝补，这才想起这根针还没有还给老头。他想，这么长时间过去了，老头也没有跟他讨要，是不是忘了？也许是不要了？于是张福全的心里渐渐地有了一丝侥幸的想法，他把针留下来，不想还了。

有一天，老头的衣服破了，需要缝补，可是怎么也找不到针，翻遍了所有的地方，也没有找到。他把针借给张福全这件事彻底忘记了，以为是自己把针弄丢了，或是掉在地上，找不到了。老头在自己的身上找原因，埋怨自己太粗心，怎么把针弄丢了呢？由于丢了针，老头几天时间睡不好觉，身体都瘦了一圈。这些，张福全都看在眼里了，可是他就是不说，他想，只要老头不直接跟我要针，我就装糊涂，假装不知道。

一晃几年过去了，老头也没有跟张福全要这根针，因为他真的忘记了。而张福全却是心存侥幸,认为自己可以悄悄地昧着,不还了。

自从张福全昧下了老头的这根针,他的心里就有一种隐隐的不安。他想,万一哪天老头想起了这根针怎么办?他若是前来索要怎么办?他想了很多种推辞的说法,就说忘了,或者说没有这回事,或者说丢了……他想了几十种理由,最后又一一推翻,觉得不妥。

有一天,张福全做出了一件让他自以为得意的事情,他高调宣布,他去小镇赶集,买回了一根针。也就是说,他的家里有针了。这等于是明确宣布,他家所拥有的这根针,完全属于他自己,而不是借来的,其中暗藏的意思是,这根针肯定不是老头家的针。他宣布了这件事情以后,觉得从老头家借针这件事情就算有了一个了结,可以说是过去了,不用再内疚了。

可是,尽管张福全宣布自家买了针,老头还是没有想到这件事与他有关,也没往心里去,因为他坚持认为,他的针是自己不小心弄丢的。丢了就丢了吧,他已经认命,不想这件事了,也不责备自己了,因为针已经丢了,责备自己也没用,慢慢地,他已经想开了,身体也逐渐恢复了,从内心里,他把丢针这件事彻底翻过去了,永远不再想了。

老头的心里早已踏实了,可是张福全却开始了漫长的忧虑。自从他宣布自家买了针以后,他发现人们看他的眼光,总有一些异常,也说不出哪里有什么不一样,但就是感觉不一样,好像总有一双眼睛看透了他的心事,但是却不说出来。人们越是不说出来,他越是心里不安,甚至发慌,有时感到一丝隐痛,仿佛这根针,扎在了自己的心上,拔不出来。

有一天,三婶从张福全家门口经过,咳嗽了一声,什么也没说,就走过去了。张福全却慌了,心想,三婶咳嗽了一声,是什么意思？莫非她知道了什么底细？莫非她想说什么，却不知如何开口？总之，三婶咳嗽这一声，看样子一定是有用意。整整一天，张福全都在思考三婶的这声咳嗽，肯定是与针有关。

还有，老头闭口不谈借针这件事，也让张福全心里不安。这么多年过去了，老头从来一句不提借针的事，他的心里到底是怎么想的？他会不会哪一天当着众人的面揭穿这件事？如果他说出了实情，我该如何应对？曾有一个非常危险的想法，让张福全自己都感到害怕，他想趁人不备，在人不知鬼不觉的时候，把老头领到悬崖上，然后推下去。他的这个想法在内心里只是一闪，就被自己制止了，他狠狠地扇了自己几个耳光，在心里骂了自己一句：臭不要脸的，昧下了人家的一根针还不算，还想杀人灭口，真不是个东西。

张福全在忧郁和纠结中度日，心情越来越沉重，见人时说话也少了，生怕谁提起针这个字。尤其是见到老头，目光总是躲闪，不敢正视，说话的声音也很小，即使是用力说，声音也只是在嗓子里回旋，听起来细小而怯懦，仿佛一声嘀咕。因为他觉得，这绝对不是一根针的事，而是关乎一个人的德行。他简直不敢想，倘若事情败露了，整个河湾村的人会如何看他，如何议论他。想到这里，他不禁打了一连串的寒战。

这件事，在他高调宣布自家买了一根针以后，就没有反转的机会了，他把自己的路给彻底堵死了，没有给自己留下一丝回头的余地。在以前，还可以说出许多理由，比如忘了，丢了，还不起了，都是理由，但是现在情况完全不同了，他设计好了一个周密而完整的圈套，把自己牢牢地套在了里面，再也出不来了。

张福全在内心的挣扎中度日如年，如坐针毡。他觉得自己这样活着，非常不光彩，活得窝囊、憋屈、压抑。他多次想过，他要恢复原来的生活，坦荡地活着，不亏欠别人，也不亏欠自己的良心。他想哪一天，一定要彻底揭开自己的真面目，当众承认自己昧下了老头的一根针。为此，他请铁匠特意打制了一根针，想在众人面前把这根针交给老头，然后跪下，请他原谅。

他在等待机会。

这一天终于到来。人们像往常一样，坐在村口的大石头上，听长老讲故事，老头也在其中。这时，张福全小心翼翼地赶来了，他的手里攥着一根针，额头冒着热汗。他趁着长老讲故事说完一个段落的空当，想办法插话，然后把话题引到一根针上来，趁机说出自己藏在心里多年的一件不光彩的事，当着众人的面，请老头原谅，也请长老和村里人原谅。事到如今，他不能不说了，他再不说出来，这件心事就要把他压垮了。

人们看见张福全非常紧张地走到老头身边，对着老头，也像是对所有人，脸色刷的一下红了，嘴唇颤动着，似乎有话要说。人们的目光都集中在他的脸上，等待他说话。

张福全终于鼓足了勇气，说：今年，我的地里打算种土豆。

人们莫名其妙地看着他，觉得他说出这句话，非常突兀，与现场的气氛毫不沾边。

说完这句话，张福全自己也蒙了。本来是早就想好了一句话，甚至在心里已经重复了几十遍了，可是等到见面开口说出时，却突然变成了完全不同的另一句话。说完，他没等人们做出反应，就默默地离开了，独自向自家的田地走去。人们望着张福全的背影，以为他要去地里种土豆了。

张福全离开了人们，神鬼不知地走到了自家的田地里。他的内心紧张到了极点，感觉体内有无数条树根在纠结中越绷越紧，几乎到了不能动弹的程度。他站在自家的田地里，感觉再也走不动了，就停下脚步，站在那里。他听到自己的身体里有一个人在大喊。这次他清晰地听到了喊声，正是以前他听到过的那种声音，粗重，沙哑，撕心裂肺。这喊声太大了，在他的心里形成了巨大的回声，冲撞着他的肺腑，似乎在寻找一个出口。正当这时，他身体的表层出现了一些细小的裂纹，随着裂纹慢慢变大，他感到了来自身体内外的剧烈疼痛。这时，他感到有一根无形的针，扎在了他的心上。这根针越扎越深，最后扎到了心口上。顿时，他感到有一股血流顺着这个针眼，喷涌而出，冲出了自己的心脏。这些热血，混合着他肺腑中巨大的回声，形成了一种要命的力量，砰的一声爆开，瞬间炸毁了他的身体。他明显地感到自己的身体在碎裂，正在一块块地向下脱落。这时，他再也坚持不住了，他想躺下，休息一会儿，只是已经没有躺下的力气了。他感到两眼忽然一黑，什么也看不见了，但是，他的耳朵还能听到声音。他听到了自己的耳鸣，随后，他又一次听到了体内的喊声。这是他从未听过的绝命的喊声，声音由巨大变得细小，最后像游丝一般向远处飘去，越过千山万水，仍没有消失。随着这喊声越来越弱，越飘越远，他感到自己的身体轰然坍塌，堆积在地上。

张福全在坍塌的那一刻，正好被附近烧窑的窑工发现。当窑工走过去看他时，发现张福全这个力大无比的人，已经瘫在地上，变成了一堆土。

0

张福满的哥哥张福全，因身体开裂坍塌而死，变成了一堆土。人们说他们哥俩是泥人，是有根据的。张福满的体重超过常人几倍，身上经常出现裂纹，有时还从身上掉土渣，是典型的泥人特征。张福全虽然没有这些特征，但是他死的时候，完全暴露出自己的本性，证实了人们的猜测。

一天，河湾村的人们按照正常的作息规律，起来干活。人们直立着，在地上走来走去，就像是从土地里长出来的一块肉，被衣服包裹着，不停地忙碌。但是，并非所有的人都是肉，有的人看上去是肉，而实际上可能是土。张福全和张福满就是这样的人。

张福全最后一次走向自家田地的时候，完全没有要死的征兆。可是当他走到田间地头的时候，他忽然感到一阵头晕，但是他坚持住了，并没有倒下。他站在地头上不动，想缓和一下，不料，他听到了来自自己身体内部的喊声，然后是剧烈的疼痛。这种疼痛由外而内，不断加深。他想伸手摸一下自己的脸，当他抬起手的时候，发现自己的手上出现了细微的裂纹，起初，这些裂纹又细又密，随着疼痛的加剧，裂纹越来越深，裂缝越来越大，最后全身都出现了裂纹。他感到自己的大限已到，但是他坚持着，忍住了疼痛，往前走了几步。他想，即使是死，也要死在自家的田地里。当他走到他家的田地时，他再也坚持不住了，他听到了身体内部的开裂声。

这时，正好窑工从近处经过，看见张福全在田里，就搭话问候一句，没有想到张福全没有回应，窑工又问了一句，还是没有回应。窑工感到有些不对，就走过去看看究竟。就在窑工走近张福全的时候，看见张福全像一块松散的土块，哗啦一下散落在地上。一个人，瞬间变成了一堆土。窑工愣住了，不敢相信自己的眼睛，他走过去，抓起了张福全的衣服，往起一拎，衣服里的土块全部掉落出来，裤子里也都是土，土落尽后，他的衣服和裤子都是空的。也就是说，张福全成了一堆土。

窑工并没有害怕，而是想，这个人肯定不是张福全，这一定是人们为了吓唬鸟兽做的一个假人。但是他又一想,不对呀,现在正是耕种季节,有的地里还未播种,庄稼还没有长出来,根本用不着做假人吓唬鸟兽,去年的假人早就在风中散架了。再说,人们做的假人,一般都是用秫秸扎一个人形的架子,然后在上面缠绕一些废弃的布条之类,非常简单而粗陋,经过一年的雨雪风霜,早就破烂了,从未见过人们用土做假人的。窑工感到有些奇怪,但也没有多想,拍了拍手上的土,走了,忙自己的事去了。

窑工无论如何也想不到,他看到的这一切,很快就被证实是真的,那一堆土,就是张福全。据说张福全的父亲就是这么死的,估计将来张福满也会这样死去。人们这才相信了,这个世界上真的有泥人,他们看上去与常人区别不大,但是死的时候非常直接,没有任何腐烂的过程,身体开裂,然后松散,直接变成土。

人们安葬了张福全。所谓安葬,就是就地掩埋。说白了,连掩埋也说不上,就是把他散落在地上的土堆整理一下,用铁锹拍一下,弄结实一些,不然经历几次风雨,土堆很快就会缩小,甚至消失。

安葬完张福全,人们纷纷散去,各忙各的,人们会在茶余饭后议论一下,时间长了,也就慢慢淡忘了,除非村里再死人的时候,人们会想起张福全,顺便议论一下张福满。

张福全的死,对于窑工的影响却持续了很长时间。毕竟是他亲眼所见,毕竟张福全是在他的眼前松散坍塌,成为土堆的。他反复回忆那个场面,忽然想起来,早年似乎有人说过,张福全的父亲就是死在自家的田地里,好像就是张福全死的那个地方。后来,老人们说,没错,张福全的土堆就在他父亲的土上面,父子俩的土确实是重叠了。正所谓来于土,归于土,来于父亲,归于父亲,张福全真是个孝子,死都与父亲死在一起。

让窑工真正感到不安的是,去年他曾经从张福全的田里取过土,正是张福全坍塌的那个地方,早年那里曾有一个土堆,他想,田里多出一个土堆,耕种多别扭,张福全也不铲掉,我就替他铲了吧,正好离窑这么近。于是他就把土堆铲掉了。没想到去年他铲掉的土堆,今年又起来了,张福全用自己的身体,又重新堆起一个土堆。

那天,窑工实在是莫名其妙,他用铲掉的那些土,做成了一个泥人,顺便在烧砖瓦的时候放在窑里烧了,烧制成了一个坚硬的陶人。如今这个陶人一直放在窑里,烧了几窑,他都没有取出,他认为,自从把这个陶人放在窑里,烧窑的成功率很高,似乎这个陶人,给窑工带来了好运气。

窑工越想越后悔,心想,如果我不铲掉那个土堆,也许张福全就不会死。他真的不知道他铲掉的那个小土堆是张福全父亲的坟冢。这时,他恍然明白了什么,他想起来了,田里那样一个小土堆,历经风雨,为什么一直存在着,而没有被风雨磨平?肯定有原因。这个原因,关乎一个人的生死。

让窑工更加后悔的是,他不该用铲掉的土,做成了一个泥人,而且还烧制了,成了一个陶人。窑工想,不行,我要找到这个陶人,我要把它砸碎,还给那块土地。那些土,毕竟是张福全父亲的身体。

窑工在焦虑和盼望中度过多日,终于,又一窑砖瓦烧制完毕,要出窑了。窑工急切地想找到那个放在窑底角落里的陶人,当他搬运完窑里的全部砖瓦,却没有见到那个陶人。陶人不翼而飞了?装窑的时候,窑工还特意拜了一下放在角落里的陶人,开玩笑说,老兄,再受一次热吧,别怕,越烧越结实。说完,他似乎看见陶人还眨了一下眼睛。

窑工把窑里的东西都搬空了,也没有见到陶人。分明是在里面，却怎么也找不到了。真是见了鬼了，难道说，他跑了不成？

还真是说对了，陶人真的跑了。

这里补充一下张福全死亡那天发生的事情。张福全坍塌在自家的田地里，死了，就在他死的那天，那一刻，他的重孙子出生了。可以说，张福全一家，在那一天之内，经历了死与生。在河湾村，出生是小事，死亡才是大事，人们只顾死者张福全了，没顾上孩子的事。孩子总会长大的，有命的孩子，想死都死不了，因此不用担心。

但是窑工却不这么认为，这件事太巧了，张福全死的那天，就在那个时辰，他的重孙子正好出生，哪有这么巧的事情？更让他无法理解的是，窑里反复烧制的那个陶人不见了，无论如何也找不到了，让他百思不得其解。

多年以后，张福全的重孙子长大了，人们发现，他的身体是灰黑色的，敲击他身上的任何一个地方，都能发出陶器的声音。窑工恍然大悟，终于猜到了陶人失踪的原因，但是却因证据不足，一直不敢说出实情。

0

河湾村一个老人跳井了，他的名字叫老四。

老四被人从井里捞出来后，几个人押着他的脚和腿，颠倒着，用力拍打他的后背，当他的嘴里吐出了许多水之后，才发出一声沉闷的叹息声。这一声叹息，仿佛不是来自于喉咙，而是从肚子里传出来的，叹息声还带出了许多水，吐出这些水之后，他的肚子才真正瘪下去，仿佛淹死他的除了井里的水，还有一声叹息。他发出叹息以后,人们把他放平在地上,说,没事了,他发出声音了,说明他还活着。

老四跳井这件事,毫无征兆,也毫无理由,突然之间,他就跳下去了,幸亏三婶去水井打水,发现井里漂着一个人,于是大喊救命,人们才把人捞上来,一看,是老四。

老四已经六十多岁了,平时种地,老婆也种地,两个儿子都已分家另过,也都种地。老四家的日子还算过得去,住三间草房,家里有农具,有锅,有碗,炕上有炕席,墙角有土坯囤子,此外,家里还置备了油灯,还有一根针。在河湾村,这已经是不错的家庭了,还有什么想不开的,突然就跳井寻死了呢?人们议论纷纷,找不出老四寻死的理由。好在他又活过来了,活过来就好,好死不如赖活着,那就继续活吧。

被人救活以后,经过很多天,老四的身体看似恢复了正常,但是精神却非常萎靡,反反复复只说一句话:到底怎好啊,到底怎好啊。从白天到夜晚,只要是醒着,他的嘴里只说这一句话,到底怎好啊。

村里人说,老四自从跳井后,嘴里吐出了许多水,顺带着把话也吐出去了,所有的话都没了,嘴里只剩下一句话,幸亏嘴里还剩下一句话,要不然,他会成为哑巴。人们说得似乎有一些道理,但是让人不解的是,为什么剩下的是这样一句话,而不是别的话?

尽管如此,人们也知足了,好歹这是一句完整的话,倘若当时再吐出一些,嘴里只剩下一个字,不也得接受?

老四虽然是救活了,但是他的家,从此却陷入了黑暗,夜晚从不点灯。起初,人们以为是老四精神不正常,怕光,所以晚上不点灯,摸黑睡觉。但是老四白天为什么不怕光?他整天在阳光下行走,在村子里到处走,几乎是不停地走,一边走,嘴里一边嘟囔，到底怎好啊，到底怎好啊。

晚上不点灯，家里一片黑暗，好在家里的每个角落他都熟悉，就是闭眼也能找到屋门，出入还不至于撞到墙上。另外，每个月还有几天有月亮的时光，借着月光，也能恍惚看见一些东西，并不是伸手不见五指。老四和他的老婆，在黑暗中过了很久。这里所说的很久，不是一年两年，而是多年。

在多年的时间里，老四每天除了走路和说话，身体状况也很差，勉强活着，什么活计也不干了，地里的农活和家务全部落在了他的老婆身上，好在平时有儿子儿媳和邻居们帮忙，没有把老婆累到起不来的程度。

慢慢地，人们已经习惯了老四的状态，见面也不跟他打招呼，因为打招呼也没用，老四只会说一句话，不会说别的话。

大概到了七十多岁以后，有一天，老四像往常一样，在村子里走动，走到他当年跳下去的那口井边，停下来，两眼直勾勾地看着井口，仿佛想起了什么事情，突然大喊了一声，然后从嘴里喷出一口水，溅在地上。这一切动作，正好被路过的三婶看到。三婶怕是老四再次跳井，吓怕了，于是本能地喊了一声，救命啊！

听到三婶喊救命，人们知道村里又出事了，纷纷从家里跑出来，看到三婶用手指着老四，人们这才知道，是老四出事了。人们围上去想问个究竟，这时，老四似乎突然从梦中醒来，开口说话了。这次他说的不是"到底怎好啊"，而是别的话。

自从老四跳井以后，十多年来，第一次说出另外的话，而且说得没头没脑，谁也听不懂他说的是什么意思，但是也不好意思劝阻他，最好让他说下去。

这些年来，老四瘦得已经不像人，只是保持了一个人的大致形状。他的嘴唇，已经瘪下去，嘴里只剩下几颗松动的牙齿，因此说话时漏风，吐字也不清楚。但是他想说，人们围在他身边，也想听听，这么多年了，看看他到底想说些什么。老四也不管人们是否听懂，一口气地说下去，好像憋在肚子里的十几年的话，一下子全部吐出来。

老四说：我的手上扎了一根刺，总得用针把刺剜出来吧？剜刺，总得点灯吧？黑灯瞎火的，我又看不清楚，不点灯能行吗？我说，二他妈，你把灯点着，我要剜刺。二他妈说，白天再剜吧，黑夜看不清。我说，不剜不行，扎在手上，忒疼。二他妈不让我点灯，我就自己点灯，我要剜刺。哪想到，地上的猫，绊了我一脚，我就倒了，灯掉在地上，摔碎了。我的灯啊，我的灯啊。

老四一边说，一边捶打自己的胸脯，显然内心里充满了悔恨。他继续说：我的灯啊。二他妈，你埋怨了我一宿，你说那是你娘家的陪嫁，可是我给摔碎了，我也不想摔碎啊，你当我愿意把灯摔碎吗？那年，家里的针丢了，你埋怨了我好多天，好在后来又找到了，可是这个油灯碎了，我能怎么办？家里最贵重的东西啊，我能怎么办？到底怎好啊，到底怎好啊？到底怎好啊？

老四倾吐到最后，捶胸顿足，老泪纵横，最终又回到了"到底怎好啊"这句话。人们从他的话语中，大致听出了一些意思，摔碎的油灯，可能是他当年跳井的主要原因。

人们围在老四身边，听他诉说，从中得知他这些年的苦衷。三婶说，难怪这些年老四家一直黑着灯，原来是没有油灯了，唉，这么多年，是怎么过来的。

这时，老四的老婆也赶来了，人们都叫她四婶。四婶虽然不过六十几岁，但是看上去至少有八十岁以上，非常苍老，满脸深深的皱纹。她急忙赶来，看见胡同里围着一群人，老四在人群中正在说话，而且一下子说出了许多话，而且话语中提到了二他妈，她听到后，当场就哭了。她哭的时候并没有呜咽，而是毫无声息。当人们看到四婶时,她已经哭得直不起腰来,从她眼睛里流出的泪水,汪在地上,顺着地上的斜坡向下流动。人们发现,四婶至少哭出了十几斤泪水。随着眼泪的流出,四婶的身体当场就干瘪了,皮肤变得极度松弛,像是一个倒出粮食的布袋。

三婶看见四婶当场就哭瘪了身体,忽然想起当年儿子从树上掉下来摔死时,自己也是当场就哭瘪了身体。想到这里,三婶不禁悲从中来,赶忙把四婶从地上扶起来,抱住四婶放声大哭。

三婶和四婶抱在一起大哭的时候,两人都哭出了声音,但是她们已经没有眼泪。

0

一天夜里,河湾村所有的人都做了同一个梦,梦见一个叫做死的无形的人来了。他来的时候,所有人的身影都发生了卷曲,像一块模糊的布,包裹在人们身上,仿佛是人的身上多穿了一层衣服。而死走过的小路,突然膨胀,生出了许多叉子,人们走在路上,有一种莫名的虚无感,好像是在一场可有可无的梦里。

长老说,这个叫做死的人,我也不知道他长什么样,也不清楚他是什么时候来的,反正我看到他的时候,时间已经出现在村庄的周围,就像飘过来的一场雾。

人们坐在村口的大石头上,纷纷议论着。长老说,这个梦有点奇怪,我在梦里,好像是一个假人。

木匠也说,我也是。

长老说,你听到他说话了吗?

木匠说,听到了,声音是从四周同时传过来的,慢慢地包围了我，我都不知道怎么回答了。

长老说，没回答就好，我也没回答。

木匠说，那你听到他说什么了吗？

长老说，听是听到了，但是他的声音很模糊，我没听清楚。

人们纷纷插嘴，都说听到了，也都没听清。

长老说，他说话，好像是一群人在同时说话，声音乱糟糟的，很低沉，我没听清楚。

人们也都说，是，就像是一群人。

长老说，有谁梦见他走的时候是什么样？

一个老头说，就跟刮风差不多吧，一阵风，就走了。

另一个老头说，像是风，但又不是风，就像空气一样，突然就散开了，没了。

木匠说，我感觉也像是空气散开了。

长老说，看来大家对他的感觉都差不多。不管他了，大家都去忙吧，如果谁再次梦见他了，一定仔细听听他到底说些什么。另外多留意一下，看看他到底是怎么来的，又是怎么走的。

木匠说，好，如果我能够抓住他，就用绳子把他拴住。

长老说，如果抓住了，千万也别勒太紧，别勒死，看看他究竟是什么。

人们听到长老说别勒死，都笑了。说，捉活的。

死，有活的吗？

不是活的，他是怎么来的？

又是一阵议论。

长老说，不议论了，抓住再说。

对，抓住再说。有人附和着。

人们说笑着，渐渐散去了。

河湾村一如往常，人们没有因为梦见死而出现什么意外，慢慢就忘记了这件事，不再议论了。偶尔有人提起夜里做梦的事，会顺便想起来，有过这回事，但也并不觉得跟过日子有多大关系。死并不可怕。有人甚至希望全村人再来一次集体做梦，最好是梦见娶媳妇，当然，女人就不用娶媳妇了，被娶就可以了。

日子不紧不慢地过着，不觉又到了夏天，到了晚上，人们聚集在村口的大石头上，讲传说，唠家常，晒月光。没有月亮的晚上，人们就坐在星光下，一个故事讲了好几遍，还是有人愿意听。

人们在月光下聊天，一个老头说他昨天睡觉的时候，灵魂被人带走了。人们这才想起来，他说话慢吞吞，走路也有些飘飘忽忽，确实是有些魂不守舍的样子。

长老听后有些着急，问，谁带走的？

老头说，好像就是那个叫做死的人，我也没看清楚，他从我的身体里带走一个空气一样轻飘的东西，走了。顺着小路走了。

哪条小路？

就是村西那条小路。

不行，必须追回来，不能让他带走。

说着，长老从石头上站起来，跟大家说，必须把老头的灵魂追回来，没有灵魂，老头会变得蔫巴、枯萎，慢慢死去。

刻不容缓，一支自愿参加的寻找灵魂的队伍，很快就在月光下出发了。长老虽然老迈，但是身体健康，腿脚灵便，走在前头，其他十几个人跟在后面，向西而去。走了一夜，也没有遇到可疑的迹象，到了次日早晨，在一处山崖的阴影里，人们发现空气中有一团微微发亮的不一样的空气，长老走过去喊了一声老头的名字，没想到这团微微发亮的空气听到喊声，随后就飘了过来，像一个走失的孩子，依偎在长老的身边。人们这才发现，这团空气，就是老头的灵魂。看来，是死把他带到了这里。

当长老和众人正要带着老头的灵魂回去时，死出现了，挡在了人们的面前。

这时，人们看见一团密度很大的阴影，发出了乱糟糟的声音。这个声音，正是人们在梦里听到过的那个名叫死的人发出的声音。长老和其他人当场断定，这个阴影，就是死。原来死长的是这样，是由众多灵魂组成的一个松散的集合体，看上去比阴影要暗很多，但比夜色要浅淡。人们没想到，死竟然没有一个完整的形象，只是一团类似阴影的空气，并不是传说中那么可怕，甚至有些虚弱和可怜。看到死是这个样子，人们心中的畏惧感顿时消失了。长老站出来，指着这团阴影说，你就是传说中的死吧，我们都曾梦见过你，今天我们终于见面了。今天，我们没有别的意思，就是要带回老头的灵魂，他不能跟你走。

长老说话的口气非常坚决，没有商量的余地。这时，死又说话了。死说话时，是一群人同时说话的声音，混杂而嘈乱，根本听不清楚到底在说些什么，虽然他们也在争辩，但是由于人多嘴杂，发不出一个具体的声音。死，与活人相比，显然非常混乱而又虚弱。

长老听到乱糟糟的声音，举起他的大手掌，坚定地说，不管你出于什么理由，我们都要把老头的灵魂带回去。今天，我们也不打算伤害你，你也知道，我一旦咬破中指，流出鲜红的血，弹到你身上，你立刻就会烟消云散，再一次死去。可是我不想这样做，我给你留一条活路，请你赶快走开，否则我绝不客气。

没想到长老的这一番话，立刻镇住了死。随后，死，这个浓郁的阴影，像一阵风，突然在空气中解体和消失了。

长老和众人，成功制服了死，并追回了老头的灵魂，但是木匠带去的绳子，却没能用上，如果他真的拴住了死，把他带回河湾村，那倒真的成了一个奇迹。

在回来的途中，人们非常轻松，走了很远的路，也没觉得累,老头的灵魂跟在长老身后,抓着长老的一根手指,像一团微微发光的空气。

人们问长老,咬破中指,流出鲜血,弹在死身上,真的可以让鬼魂消散吗?

长老说,我也是听老人说,从来没有试过,没想到我这么一说,真的把死给镇住了,看来鲜血确实是厉害。

木匠说,鲜血是活人的血,有生命力。有一次我给人打造棺材,没想到一根木刺扎破了我的中指,鲜血滴在死者身上,那个死者当场就活了,我至今还以为是死者自己醒过来的呢,莫非是我的鲜血无意中救了他?看来鲜血真是辟邪的东西。

长话短说,人们把老头的灵魂领回到河湾村,灵魂回到了老头的身体里后,老头立刻就恢复了元气,和原来一样了。

但是死,并没有因为惧怕人们而消失。有一次,木匠在村庄外围看见过一团特别浓郁的阴影,他感到这个来历不明的阴影有些异样,于是停下来用手一指,厉声喝道,站住!阴影当即就站住了,可是当他继续前行,发现那个阴影又跟了上来。可见,死离人们并不遥远,但也不敢轻易地接近人们。因为人们的身体里,流动着鲜红的血。

0

晚上,月光下,一群孩子在玩捉迷藏,其中一个藏在干草垛里,由于藏得太久,躺在里面睡着了。等到人们都散了,他还没出来,等到月亮都下山了,他还没出来。

大人们晒完月光后回家准备睡觉,发现孩子还没回来,就出来找,找不见,就喊,铁蛋,铁蛋……听到喊声,邻居们也都出来找铁蛋,井里,地窖里都找了,都没有。只要不是掉到井里,或者被狼叼走,人们就不用担心,即使不出来,也死不了。人们知道,铁蛋的腰上拴着一个小铁人,有这个护身的小铁人,铁蛋不会轻易死掉。

可能是睡得太香太沉了,下面有厚厚的干草,上面盖着干草,铁蛋睡在草垛里,没有听到人们的喊声。

找了一阵,没有找到,大人们就不找了,回到家里等。果然,到了后半夜,铁蛋自己回来了。

你去哪儿了?

我在草垛里睡着了。

今天不打你了,睡觉吧,以后再这样,决不轻饶。

由于太晚了,后半夜不能打孩子,如果打了,孩子的哭声容易招鬼。铁蛋被训斥了一顿,乖乖地躺下睡觉了。

人们知道铁蛋找到了,也都安心睡觉了。河湾村的夜晚,终于安静下来,爱做梦的人们开始做梦;不爱做梦的,开始打呼噜,吧嗒嘴;爱说梦话的,开始说梦话;爱梦游的,开始梦游。有时候几个人同时梦游,恍恍惚惚地走出家门,在胡同里转悠,相互见了面,也不打招呼,因为是在梦里,他们只关注梦里的情节和内容,两个梦游者即使见面了,也不一定看见对方。最多的一次,河湾村有一半以上的人在夜里梦游,有下地干活的,有在山上采桑的,有织布的,有打铁的,有做木匠活的,有烧窑的,有染布的,看上去,月光下的村庄里熙熙攘攘,许多人在忙碌,而实际上,这些人是在做梦。

有一天夜里,几个孩子也梦游了,在梦里玩起了捉迷藏。跟平时一样,藏在这里,藏在那里,其中铁蛋藏在了干草垛里。铁蛋不知道自己是在梦游,在草垛里睡着了,好在那天夜里铁蛋的家人也都在梦游，各忙各的事情，没有人喊铁蛋，铁蛋可以专心梦游，安静地睡在草垛里，一直到天亮。

有时，梦游的时间长了，会持续到白天。如果一个人神情恍惚，走路飘飘忽忽，说话很慢，或者莫名其妙地冲你微笑，这种情况多半是在做梦。梦游者很少知道自己是在梦游，他们做事情与平时没有太大的区别。要想分辨一个人是醒着还是在梦游，最好的办法是看他的眼睛。如果这个人目光涣散，注意力不集中，或者面向你时却不跟你说话，仿佛没看见，就可以断定他是在梦游。

梦游者并不总是在走动，有时他们停下来，站在那里，会有白昼或星空迎面而来，仿佛时空是流动布景，向人们展示着多彩的世界。

铁蛋还小，还不懂这些，他梦游的时候，总爱去干草垛，因为那里松软，易睡。有时，他爹找到他，张开嘴巴喊他，却发不出声音，因为他爹也在梦游。他爹以为自己喊了，实际上，他只是做了一个喊的动作，并没有发出声音。在梦里，不是所有人都能发出声音，只有爱说梦话的人才能发出真正的喊声。

有一天，月亮也梦游了，下降到干草垛的顶上，一不小心从上面出溜下来，幸亏铁蛋及时发现，用手接住了，他捧在手里仔细一看，月亮像个透明的梨，他咬了一口，里面还流出了酸甜的汁液。

0

铁蛋原来的名字叫木锁，小的时候体弱多病，家里人觉得木锁这个名字还不够结实，就给他改名为铁蛋，并且请铁匠给他打制了一个小铁人，拴在裤带上，从此，他的身体逐渐好起来，长得越来越结实，真的像铁蛋一般。

自从改名为铁蛋以后，铁蛋就像得到了护身符，怎么折腾都没事，上山、爬树、下河，甚至从山坡上滚下来，都没事，即使死一两天，也能活过来。有一次，村里的孩子们玩耍，有人拽着他的脚，有人拽着他的脑袋，把他的身体当成绳子，玩起了拔河比赛，两边的孩子们都使足了力气，最后把他的身体抻到一丈多长，真的像是一根绳子，但是没过几天，他就恢复了，又还原为原来的铁蛋，不但身体更加结实了，比原来还增加了弹性。

这时，人们是真的服气了，没想到一个名字和挂在身上的一个小铁人，居然有这么大的魔力，可以让一个顽童随意折腾，而不必担心死去。因此，许多人羡慕铁蛋这个名字，甚至也想改名，但是改不了，即使改了，也叫不出口，总是一开口就喊出原来的名字。铁蛋这个名字，似乎成了铁蛋的专用，别人不可使用。

铁蛋这个名字对他的身体确实起了作用，但是铁匠打制的小铁人，作用也不可低估。这个小铁人是个小孩大拇指大小的一个大头娃娃，头顶上有一个小铁环，可以拴绳子，戴在身上，憨态可掬，非常招人喜爱。据铁匠说，这个小铁人使用的材料，不是普通的铁，而是当年给刀客打制宝刀时剩下的一小块月亮的碎片，一直放在匣子里，时间长了，几乎都忘记了，后来找东西时翻出来了，还是像月亮那样透明。于是，他就用这个月亮的碎片给铁蛋打制了一个小娃娃，不细看的话，还以为是一块玉雕，实际上比玉要结实，是一块微微透明的铁。

凭借铁蛋这个名字和拴在腰上的小铁人，铁蛋历经坎坷而不死，一直活到现在。两年前，铁蛋和村里的大力士张福满比试摔跤，结果被张福满抓住肩膀后把他的身子给抡起来，在空中转了好几圈，然后甩出去十几丈远，挂在了一棵树上。

三婶路过时看见铁蛋在树上挂着，就问铁蛋，你在树上干什么呢？

铁蛋骑在树杈上，往下看着三婶，说，你看，树上有一个鸟窝，我爬上来看看窝里面有没有鸟蛋。

三婶明明知道铁蛋是被张福满给甩到树上去的，还故意取笑他，说，注意点你身上的蛋，别让树杈给硌碎了。

铁蛋说，放心吧三婶，我的蛋早已经孵出小鸟，飞了。

三婶仰头望着树上的铁蛋，说，飞了？你让我们看看。

树下看热闹的人们一阵哄堂大笑。

三婶走后，铁蛋从树上爬下来，树上的两只小鸟这才放心了，它们在树枝上一直不停地叫，显得非常慌张，飞来飞去的，但始终不离开树冠，有时叫声非常急促，可能是在骂铁蛋，它们担心铁蛋会威胁到它们的鸟窝，因为窝里真的有鸟蛋。

张福满看见铁蛋从树上爬下来，走过去问，没摔坏吧。铁蛋说没摔坏。张福满说，要不再摔一跤？铁蛋说，不摔了，我今天有点蛋疼，要不然，你不一定能胜我。

张福满说，你的蛋不是铁的吗？还会疼？

人们又是一阵哄堂大笑。

铁蛋也不害羞，冲着张福满做了一个鬼脸，拍拍屁股走了。

人们看见铁蛋那顽皮的样子，再次大笑。

铁蛋的顽皮，与他的长相有关，他天生就长着一副娃娃脸，一个大脑袋，看上去就像他身上拴着的小铁人。自从他佩戴铁匠给他打制的这个大头娃娃以后，他的长相就与这个小铁人逐渐接近，最后竟然长得完全一样，好像他是小铁人的复制品，只是比小铁人大而已。铁蛋非常喜欢这个小铁人，因此，当他的长相与小铁人接近时，他感到非常满意，甚至有几分自豪。他经常得意地亮出拴在裤带上的小铁人，说，你们看，我们俩长得一模一样，像不像是哥俩？

铁蛋说得正高兴的时候，拴在他裤带上的小铁人哈哈大笑起来，周围的人们都听到了小铁人的笑声，唯独铁蛋听不到，他还以为是自己的笑声。

0

只要是不怕疼，不怕死，捅了马蜂窝也无所谓，大不了被蜇死就是。一般情况下，只要捅完之后快速奔跑，并且穿戴严实，也蜇不了几下，顶多是整个脸肿起来，比往常大一倍而已。

铁蛋出现在人们面前时，像一个大头娃娃，人们就知道他被马蜂蜇了。他曾经上树掏鸟蛋，去悬崖上掏鹰蛋，甚至抱住旋风的后腰，把旋风摔倒，有过不错的战绩。但是，他在捅马蜂窝时，不慎失手了，被蜇了好几针。被蜇一天后，疼痛逐渐减弱，而肿得最厉害，他的整个脸又大又鼓，像是里面吹了气，眼睛肿成了一道缝，目光已经被肿胀的上下眼皮挤死，彻底封住了，什么也看不见了。他站在胡同里，只能听人们说话，却看不见人。他在笑，人们从他的声音中感知他在笑，但是他的脸上已经无法做出任何表情，他的脸上全是鼓胀胀的肉，已经无法表达一个笑容。

三婶看见铁蛋，说，哎哟哟，这是谁家的胖娃娃，长得这么有福气呀！

铁蛋一听是三婶在说话，就知道她的嘴里没有好话，肯定会奚落他，就说，三婶啊，是我，铁蛋。我吃了蜂蜜，就胖起来了，要不三婶也吃点？

三婶知道是铁蛋，故意说，原来是铁蛋呀，几天不见，就胖成这样了，这是吃了多少蜂蜜呀？告诉三婶，哪里有蜂蜜呀？

铁蛋说，三婶喜欢吃，我告诉你，北山的悬崖下面，有一棵大松树你知道吧，松树边上有一片红荆你知道吧？红荆上面有一个大马蜂窝你知道吧？蜜蜂正在那里造蜜呢。

三婶说，蜂蜜那么好吃，还是留给铁蛋吃吧，你吃得再胖一点，更招人喜欢。

铁蛋说，三婶喜欢胖的，那我以后就多吃点，胖起来给三婶看。

三婶说，这样胖，怕是有点疼吧，说吧，脸上被蜇了几针？

铁蛋说，不多，也就三针。

三婶说，要不再抓几只蜜蜂来，再蜇几下？

铁蛋说，不劳三婶了，等我眼睛能够睁开了，能看见路了，我自己去。

三婶说，我摸摸你的脸，看看肉瓷实不？

铁蛋一听三婶要摸他的脸，本能地后退了几步，赶忙说，不劳三婶了，我自己摸，自己摸。挺瓷实的。

三婶看见铁蛋害怕的样子，哈哈大笑，挎着篮子扬长而去。

三婶已经约好了二丫，一起去北山采桑叶，因此不会跟铁蛋纠缠太久，但也不会轻易放过铁蛋。因为平时铁蛋干的坏事太多了，不嘲弄他几句就会觉得缺少点什么。

三婶和二丫去采桑叶，总是挎着一个篮子，一次每人只采一篮子，因为养蚕有限，桑叶采多了吃不了，浪费掉非常可惜。另外，蚕喜欢吃新鲜的桑叶，因此养蚕的人每天都要去山上采桑。三婶采桑时也曾遇到过马蜂窝，惹不起就躲开，马蜂不会轻易蜇人。

二丫说,这个时节,马蜂窝里根本就没有蜜,铁蛋说采蜜,那是瞎说,他一定是招惹了马蜂窝,被蜇了,脸肿了,还假装是个胖子。

铁蛋在一天之内变成了一个胖子,而且只是脸胖,别处都没变,看上去像个大头娃娃,非常滑稽好笑。村里所有的人,见了铁蛋肿胀的脸,都想笑。不只是三婶想摸铁蛋的脸,二丫也想摸一下,许多人都想摸一下,铁蛋就嘿嘿笑,仿佛自己是个可爱的玩具。

木匠看见铁蛋如此可爱,就动了心思,回到家里,很快就用木头做出一个胖脸娃娃样的面具。木匠以前也做过面具,因为河湾村人过年的时候都要组织秧歌队,扭秧歌的人都戴面具。由于那些面具都是用纸糊的,非常难看,村里有一个识字的人就把这种面具称为傩,意思是:人字旁,加上一个难看的难字,意思是非常难看。

木匠做的面具几乎与铁蛋肿胀的脸完全一样。当木匠戴着自己制作的面具站在铁蛋身边时,人们几乎分不出哪个是木匠,哪个是铁蛋。当三婶和二丫采桑回来,看见两个铁蛋时,笑得直不起腰来。三婶说,铁蛋啊,你怎么成精了?不到半天的工夫,你就变成两个人?木匠戴着面具,听见三婶和二丫说话也不吭声,只要他不吭声,三婶就不知道其中一个是木匠。

三婶是个大嗓门,由于笑声过于响亮,引得围观铁蛋和木匠的人渐渐增多,大家正在猜测哪一个是真正的铁蛋时,又一个大头娃娃出现在胡同口,人们一下子愣住了,怎么会有这么多的大头人?

在人们的惊呼中,木匠摘下了面具,铁蛋勉强把眼睛睁开了一道缝,人们都惊讶地望着胡同口。人们发现,这个新出现的大头娃娃并不是一个真人，而是一个草人，他的脸是怎么肿起来的无人知晓。当他走近时，人们看到围绕他的头部有几只蜜蜂在飞，其中一只蜜蜂落在了木匠的面具上。人们只顾看草人了，没有注意到木匠雕刻的面具也被蜜蜂蜇了，面具突然间肿胀起来，比原来胖了一倍。

三婶看见木匠的面具突然肿大，吓得扭头就跑，逃跑时还没忘记拽着二丫一起跑。

0

木匠经常去青龙河对岸的小镇做工，因此他的经历似乎比别人多。一天，他坐在村口的大石头上，跟长老讲述自己的经历，说，那天我去小镇赶集，过了青龙河以后，恍惚感到有人在后面贴身跟随，我猛一回头，看见自己的身影忽然从地上站起来，直挺挺地站在我的对面。我虽然经历过许多事情，但是还从来没有遇到过这样的情况，当时真的把我吓晕了，一下子倒在地上。不知过了多久，当我醒过来时，发现那个身影还在地上站着，一动不动地注视着我。我一个骨碌从地上爬起来，拔腿就跑，没想到这个身影看见我奔跑，也跟着我奔跑，并且紧追不放。我累得气喘吁吁，实在是跑不动了，坐在路边的一块石头上喘息，影子随后也来到我的身边，站在我的对面，看着我。我实在忍不住了，就问他，你是谁？到底想干什么？可是，他既不走开，也不回答，就那么站着，让我感到非常害怕，不知如何应对。你说，我这是怎么了？我是不是遇到鬼了？

长老说，他没打你吧？

木匠说，没打我，他就那么站在我对面，比打我还吓人。

长老说，以后再遇到这种情况，不要怕，也不要跑，你越跑，他越来劲，无论你跑多快，他都能追上你。有一次铁匠也遇到过这种情况，铁匠的黑拳头你知道吧？他举起那个打铁的拳头，一拳就把影子给打倒了，从此那个影子再也没有站起来过。

木匠说，我没敢打他。当时我就想，我是不是做了什么亏心事？可是我无论如何也没有想起我做过什么对不起人的事情。你说他追我到底想干什么？

长老说，也许是跟你闹着玩儿呢，不用怕。你若跑到阴凉的地方，他就消失了，但是你回到阳光下，他还会跟踪你。影子就是这么一个赖皮，并不坏，一般情况下，他不会伤害你。

木匠跟长老讲述的时候，三婶从此路过，听到一个故事的尾巴，就搭话说，你的身上阴气太重，应该多晒晒太阳。

木匠听见三婶这么说话，觉得是在嘲弄他，就笑着回话说，我身上要是有阴气，我就变成女人，生个孩子给你看。

木匠说完，长老和三婶都笑了。三婶说，你个没正经的，人家跟你说真格的，你却拿人开玩笑，真应该让影子追死你。

三婶说完就笑着走了。长老说，三婶说得有道理，多晒晒太阳有好处。你看地里的庄稼，还有荒野上的青草，一晒太阳就会长高。

正在木匠和长老说话的时候，只见从远处走来一个清晰的阴影，这个身影逆着风，克服着空气的阻力，费力地一步一步走过来，当他走到村口大石头附近时，停下来，并没有参与长老与木匠之间的交谈，而是伸手拉住木匠的身影，向远处走去。这个身影，仿佛是专程来接木匠的身影的。木匠眼睁睁地看见自己的身影离他而去，跟那个身影走了，两个身影并肩而行，好像还在边走边聊似的，绕过山弯，直到再也看不见了，木匠才回过神来。看到眼前发生的一切，长老和木匠面面相觑，不知该说些什么。

等到三婶回来路过村口时，长老和木匠还在说话，但是木匠已经没有了身影。三婶看见木匠站在长老面前，光秃秃的一个人，没有身影，就取笑他说，木匠，你别生孩子了，生一个身影让我看看呗。

木匠笑着说，你等着，不出几天，我就生出一个几丈高的身影给你看看。

三婶说，好，你说话要算数。

木匠说，算数。

几天后，果然不出所料，那个领走木匠身影的影子又回来了，他领回来一个巨大的身影。人们发现，这个巨大的身影，正是几天前出走的木匠的身影，没想到几天时间，竟然长得如此高大，足有一丈高。这两个身影在夕阳的映衬下，向河湾村走来。最先发现这两个身影的不是三婶，而是木匠本人。木匠好像事先有所感觉，一直站在村口等待着，当他看见自己的身影出现在远方时，不顾一切地急速奔过去。在他和影子相互接近的一刹那，是木匠主动地向影子靠近，然后一下贴在影子身上。那一刻，仿佛影子才是一个真正的人，而木匠不过是身影的一个附属品。

三婶看见木匠与自己的身影合一了，而且身影确实非常高大，她当场就伸出了大拇指。她发现自己的大拇指，被夕阳的光线穿透，通红而且完全透明。

当木匠带着自己高大的身影返回到河湾村时，人们看见他的身影里长出了纹路清晰的血管，在影子的左上方，还有一颗模糊的心在均匀地跳动。

0

　　木匠的影子回来了，而村里的一只狗为了甩掉自己的影子，已经累得筋疲力尽。

　　一只小狗在野地里玩耍，它在地上转圈，想咬住自己的尾巴，由于狗的尾巴不太长，加上狗的身体柔软度不足，它转了好一阵子，也没能咬住尾巴，最后以头晕而结束，站在地上不动了。相比于狗来说，一条蛇能够成功地吞进自己的尾巴，直到把自己的大部分身体吞掉，只剩下一个头部。狗不行，但是作为一种玩法，小狗倒是经常这么干，虽然一次也没有成功过。

　　每一条狗都有自己的童年。有的狗不停地转世，并且总是在狗生里循环，因此就有了许多次童年。这只玩耍的小狗，在没有伙伴的时候，就跟自己玩，咬不到自己的尾巴也不灰心，这只是一种玩法而已。这只小狗是在阴天里出生的，从出生以来，还没有见过太阳，因此也就从来没有见过自己的身影。一天，天空突然放晴了，它的身边出现了一个影子，它从未见过这个东西，不知如何是好，就想甩掉它的跟踪，却怎么也甩不掉。这只小狗吓坏了，于是它奔跑，跑到了很远的地方，这个身影还是跟着它，它冲着身影狂叫，吓唬它，但这一切都没用，这个影子似乎粘在了它的身上，一刻也不离开。

　　说起来，小狗的奔跑速度还是有些慢，如果它跑得足够快，就会甩掉身影。早年，河湾村有一个牧羊人，奔跑的速度超过了风，他曾经在奔跑的过程中把自己的身影甩开一里多，若不是他有意慢下来，他的身影有可能累死也跟不上。

牧羊人是在放牧中练出来的本领，一般人是做不到的。再说，把身影远远地抛在身后，对自己也没什么好处，弄不好还会造成永久性损伤，形成身影错位，人与身影之间出现一道缝隙，很难愈合，看上去若即若离的，就像是魂不附体。

人们知道身影是个拖累，跟在身边也没什么用处，但也没什么坏处，孤独的时候，好歹也是一个陪伴。因此，没有人愿意把身影撕下来，或者随意践踏，倘若身影忽然从地上站起来，即使它不打你，也会吓你一跳。

小狗可能还不懂这些道理，加上它从来没有见过自己的身影，它本能地奔跑，有人说它是想甩掉身影，还有人说它被身影追击，无论是奔跑还是逃离，最终的结果都是一样的，小狗失败了。它停在路上，气喘吁吁地伸着舌头，好像舌头是个多余的东西，恨不得一下子吐掉。

身影紧贴在小狗身边，像个赖皮。小狗无奈地面对自己的身影，不知如何是好。

狗有狗的生活，狗有狗的游戏和快乐，也有狗的焦虑和忧愁。有的狗宁可躺在地上睡觉，或者在村庄的外围溜达，也不犯傻，让人们看笑话。它们认为，狗要有狗样，一般情况下不要站起来用两条腿走路，也不要没事瞎叫喊，让人心烦。它们高兴的时候，可以约上三两个好友，在村庄的外围玩耍或奔跑，既开心，又锻炼了身体，顺便还能欣赏风景。这样的狗，即使不算是好狗，至少也是一条正常的狗。

凡事不能一概而论，有的狗性格外向，非常活跃，无论如何也不能安静地待一会儿。它们喜欢蹦跳，喜欢管闲事，做些分外的事情。比如抓耗子，比如把鸡追赶到墙上，有时它们还跑到河里抓鱼，出来的时候浑身水淋淋的，啥叫落水狗，一看就知道。

这个被身影纠缠的小狗，还没有走出自己的童年，就遇到了解不开的疑惑。它被自己的身影跟踪了，它无助地看着这个世界，想不明白这些难缠的事情到底是怎么回事。以前从未出现过的东西，一经出现就是如此黏人，如此虚幻，让它蒙头蒙脑，无法摆脱。

小狗毕竟是小狗，经历的事情有限，怀疑狗生也是正常的。当它跑回去的时候，看见村庄依旧，人们在阳光下劳作，一切安详，并没有什么意外，它的心情也渐渐平复下来。尤其是当它看到树有树影，草有草影，人有人影，一条转圈追尾巴的小狗，也有狗影，它发现自己的身影虽属多余，但也正常。所有的事物都有了阴影，如果单单是它没有阴影，岂不是缺少了什么？

小狗并不是明白了什么道理，而是接受了现实，不再驱赶和追逐自己的身影。后来它发现，身影并不影响它的生活，也不干扰它的行动，也就不再害怕和烦恼，时间长了，它渐渐忘记了身影的存在。

但是有一件突然出现的事情，还是让它不解。那是晴朗的一天，小狗在阳光下玩耍，它看见不远处的一片空地上，从地下的土壤中慢慢地渗出一片人影，而对应这片阴影的，并没有任何人，也没有任何具体的事物。这个凭空出现在地上的人影忽然站起来，摆动着胳膊，迈着双腿向它走来。它本能地警觉起来，竖起了耳朵，盯着这个人影。当这个人影逐渐向它接近，它一下子蒙了，本能地叫了一声，后退了一步。它不知道这是怎么回事。身影已经出现，而人还未现身，是谁在走？

0

在河湾村，有灵性的动物还有很多，会飞的，不一定有翅膀，会走的，也可能是几个小雪人，而在天上抓兔子的，不一定都是天狗，也可能是一只翱翔的鹰。

一年冬天，河湾村下了一场大雪，雪后的村庄一下子胖了许多。二尺深的雪，覆盖在茅草屋上，覆盖在农家院子里，覆盖在远近的山川田野，松软而舒适，除了白，就是胖。雪住下以后，天还阴着，太阳并不急于出来，仿佛那个发光的火球，不适合出现在雪乡上空。

这时，一只黑鹰在天上盘旋。鹰不是在看风景，而是在俯瞰雪地上哪里有野兔。茫茫大雪地，如果有一个东西不是白色，而且在动，那注定是野兔或者山鸡之类，太容易发现了。有时，鹰停止盘旋，固定在空中，一动不动，仿佛一张剪纸贴在天上。这是别的鸟无法做到的。鹰似乎不属于鸟类，而是天空中的神。

雪后的河湾村，比往常安静多了，由于雪刚刚停下来，还没有人出来扫雪，如果老天还要继续下雪，扫了也没用。另外，人们也不忍心破坏这干净的雪景，有时甚至一整天，村庄里都没有一个脚印，仿佛大雪覆盖的不是一个村庄，而是一个洁白的梦幻世界。

就在这过分的洁白中，一个雪人出现在村子里，肯定是谁家孩子堆起来的，一个胖乎乎的雪人，站在院子里，又萌又憨，非常可爱。大人们很少参与堆雪人，每到这时，大人们都是做一些室内的活计，或是干脆躺在炕上睡大觉。

孩子们堆积的雪人，都比较大，至少跟孩子们的身高相仿。但是还有一些小雪人，只有三寸高，也就是说，跟三寸高的小老头身高差不多，他们站在雪地里，一般人很难发现。有一次，长老就曾在雪地里发现了几个三寸高的小雪人，正在玩耍，幸亏他走路轻手轻脚，没有踩到这些小雪人。小雪人出现的时间很短，一般情况下，他们只出现在大雪刚刚停下，或者傍晚的朦胧时分，仅仅是一闪，他们就不见了。据说，能看到小雪人的，必须是两百岁以上的老人，因此，很少有人能有这样的眼福，人们只是在传说中，听说过小雪人的故事，没有真正目睹过。

长老虽然见过一次小雪人，但是那天他的视力比较模糊，小雪人出现的时间也很短，他没有看得十分清楚，因此他也无法准确地形容小雪人的样子，只是说，太小了，太矮了，太白了，太可爱了。

人们知道小雪人的出没行踪比较神秘，他们很少出现，即使出现了，也不是谁都有资格看见的。长老已经两百多岁了，他看见是正常的，别人的福气还不到。

长老说，那天，几个小雪人正在雪地上玩耍，可能是玩得太专注，玩入迷了，没有注意到我的到来，当我经过他们身边时，他们发现了动静，一闪就不见了，不知去哪儿了，也许是钻到雪里去了吧。

长老讲述小雪人的时候，一手捋着雪白的胡须，眼睛笑眯眯的，仿佛在讲梦里的事情，带有很强的迷幻性。你很难确信他说的是真实发生的事情，但是你也没有足够的证据证明他说的是瞎话。

任何事情，只要是发生了，不管多么神秘，多么严谨，总会有百密一疏，留下一些破绽。长老说的小雪人，就因为贪玩和粗心而露出了马脚，被人们逮个正着。

说来事情也巧，雪后，三寸高的小老头衣服破了，要去邻居家借一根针，缝补一下。由于他的身体矮，体重非常轻，走在雪地上几乎没有什么痕迹。另外，以他的身高，正常的人不低头，很难发现他。邻居听到外面有动静，就出去开门，发现敲门的是三寸高的小老头。让人惊讶的是，三寸高的小老头的身后还跟随了几个小雪人，这些小雪人也都是三寸高，长得跟三寸高的小老头非常相似。邻居看见这些小雪人，非常惊奇，但是转念一想，这些雪白的小精灵，一定有什么秘密，还是不说破为好，于是假装没看见，说，借一根针啊，等我去拿。

不一会，邻居找到了针，说，要不我给你缝上吧，省得你费事了。

三寸高的小老头说，也行，那我就省事了。

邻居蹲下来，几个针脚就把三寸高的小老头的衣服缝好了。

三寸高的小老头回去后，跟他一起来的小雪人也随之回去了。但是，无论如何三寸高的小老头也不会想到，邻居在给他缝补衣服的时候，偷偷地把一根线缝在了一个小雪人的身上。顺着这条线，邻居顺藤摸瓜，找到了小雪人的藏身之处，就在三寸高的小老头的家里。

原来，三寸高的小老头看见孩子们在地上堆雪人，感到好玩，于是也用雪做了几个跟他身高差不多的小雪人，没想到他做的这些小雪人都活了，他走到哪里，小雪人就跟到哪里。他已经不止一次做小雪人了，那年长老看见的小雪人，就是三寸高的小老头所做。当时，三寸高的小老头就在其中，只是天色昏暗，长老没有发现而已。

这时，人们见天上的云彩慢慢变薄，有些地方露出了缝隙，看样子不会再下雪了，这才陆续清扫院落，然后走出家门，开始在胡同里扫雪。

扫雪，仿佛是一个特殊的节日，人们都出来参与这个活动，其中孩子们最为活跃，堆雪人的，滚雪球的，打雪仗的，一时间好不快乐。

三寸高的小老头也在扫雪。人们知道了小雪人的秘密，见了三寸高的小老头就嘲笑他，说，原来小雪人是你做的，他们是你的孩子啊还是兄弟？三寸高的小老头感到有些羞愧，红着脸说，是朋友。

人们问，都是你的朋友？

三寸高的小老头说，是的，我还给他们每人做一身衣服，但是小雪人怕穿上衣服后会融化，所以都没穿，就那么赤身裸体的，真是不好意思。

三寸高的小老头居然还有不好意思的时候，又引得人们一阵大笑。

就在人们仰头大笑的时候，突然发现，一直在天上盘旋的那只黑鹰，不知什么时候变成了雪白色，当它向下俯冲的时候，仿佛是划过天空的一道闪电。

0

凡是来自天空的东西，都是神秘的，包括翅膀划过的痕迹，夜空中赶路的飞鸟，无声坠落的流星……

春天的一个夜晚，人们坐在村口的大石头上聊天，看见天上掉下一颗流星，直奔河湾村而来，这颗流星越来越近，越来越近，眼看就到了村庄上空，最后砰的一声，掉在了村里的干草垛上，草垛当场就起了大火，把天空都映红了。

河湾村好多年没有起火了，上一次起火是几年前，晴天里突然出现了一个闪电，直接击中了干草垛，尽管人们及时救火，干草垛还是烧光了。那天，有人发现一条蛇钻进了草垛里，据说那是一个蛇精，被闪电追击，最终被闪电劈死了，一条蛇，殃及了干草垛。如果那个蛇精钻进了石头下面，闪电就会把石头劈开。一个人被闪电追击，几乎无处可逃。有一年一个闪电落在了青龙河里，突然爆炸，把青龙河吓蒙了，当场就昏过去了，人们以为青龙河死了，没想到过了几天，又活过来了。

干草垛被流星击中，还不知道是什么原因。人们也顾不上多想，赶紧去救火。一时间，全村的人们都在呼喊，失火啦，失火啦，随着喊声，人们陆续向火光聚集，有打水的，有挑水的，有泼水的，人们围着干草垛开始紧急救火。实际上，干草垛不是什么贵重的东西，也不是非救不可。这些垛在一起的干草，除了冬天喂牲畜，另外的用处就是给小孩捉迷藏提供藏身之处。干草垛处于一个相对孤立的位置，即使着火了也不会连累附近的房屋，但是人们还是要拼命救火，生怕大火在风中蔓延，引起全村火灾。在河湾村，不管哪里着火了，不管这火是不是危险，都必须扑灭。如果谁见火不救，他将无法在村里立足，人们见了面就会不理他。当然，河湾村没有这样的人。

经过一个多时辰的扑救，火灭了，干草垛也烧得差不多了，黑乎乎的，无法喂牲畜，也不能捉迷藏了。不管怎样，火灭了，人们也就放心了。

在参与救火的人群中，长老也在。当救火的人们纷纷散去，他还没有走，他还在围着烧毁的草垛转悠，一是看看会不会死灰复燃，二是想看看天上到底掉下了什么东西，把草垛给点着了。

除了长老，铁匠也没走。

长老说，你回去吧，回去睡觉吧，我在这里再守一会儿，没事了我再回去。

铁匠说，我想看看天上掉下来的到底是什么东西。

铁匠对于天上的东西都感兴趣。自从他捡到过月亮的碎片以后，他就经常观察天空，希望天上再次掉下一些东西。他曾经用月亮的碎片打制出一把宝刀，老刀客带着那把宝刀走遍北方，都没有遇到对手。如今天上掉下流星，让他异常兴奋，他想找到这个流星，看看能不能用它打制一件东西。

铁匠曾经有过失败的经历，远方一个人送来一块陨铁，请他打制宝刀，结果这块陨铁在炉火中烧了半年都没有熔化。铁匠没有制服陨铁。越是制服不了的东西，越是激起他的欲望。人们说，陨铁就是天上掉下来的流星。今天流星掉到了村里的干草垛上，岂不是天赐良机？

铁匠围着烧毁的干草垛，用木棍扒开乱草和灰烬，借着月光寻找流星。长老看见铁匠这么执着，也跟着找流星。功夫不负有心人，铁匠真的找到了，在干草垛的底部，一个坑子里，铁匠发现了一块拳头大小的透明的石头。

一般的流星落到地上后，时间长了就会变黑，而这颗流星不变色，一直是透明的。也就是说，这颗流星与月亮的碎片有着相同的颜色和质地。铁匠捡起流星后，借着月光端详了一下，说，是一颗透明的流星。

长老接过流星看了看，说，真好看，这么透明。

长老和铁匠回家的时候，快到后半夜了。

铁匠得到了流星，回家路上，他边走边想，这么好看的流星，足够打制一把小刀了。看这个透明度，应该能够熔化。对于流星，铁匠有过一次失败的经历，生怕炉火无法熔化它，因此没有足够的信心。

回到家后，铁匠把流星放在了院子的角落里。他想，不行，万一被谁家的狗叼走了，就不好找了，需要放在一个稳妥的地方，明天白天再仔细端详，看看到底用它打制什么东西最合适。于是，他把流星放在了一个木匣子里。刚放好，他又想，流星是透明的，万一流星燃烧了，木头匣子会不会被烧坏？不行，不能放在木头匣子里。他觉得不放心，又把流星取出来，准备在院子里的地上挖一个坑，把流星埋在坑子里。对，说干就干。他起来在院子里挖坑，挖了一个一尺多深的坑，然后把流星放在坑子里，准备培土。就在他准备往坑子里填土的这一瞬间，他看见放在坑子里的流星突然闪了一下，接着又闪了一下。他不敢相信自己的眼睛了，是不是出现了错觉？没错，流星确实是在闪烁。他本能地后退了一步，不敢填土了，他目不转睛地看着土坑里的流星，看看会发生什么样的奇迹。就在他这么观看时，这颗流星从土坑里飘了出来，仿佛一根羽毛那么轻。铁匠在一旁看着，既不敢上前，也不敢走开，愣在了那里，他眼见这颗透明的流星慢慢向天上飘去，最后唰的一下变成一道亮光，消失在夜空里。

铁匠傻了。到手的一颗流星，就这样不翼而飞了。他庆幸自己没有把流星埋起来。他想，流星乃是天上之物，怎能埋在土里。他感到自己是愚蠢的，不该给流星挖坑，应该把流星供奉在高处。可是，再高的地方，也没有天空高，流星应该回到天空，只有天空才是星星的家园。想到这里，铁匠突然想开了，他看见流星有了合适的归宿，心里一下就踏实了。

铁匠看见满天的星星中，有一颗星星是自己亲手摸过的，或者说，差一点被他亲手埋葬的，心里突然有一种既惭愧又骄傲的感觉。这时他意识到，给星星挖坑是错误的，星星是天上的灯盏，不可以埋葬，也不可以种植。

他望着夜空，正在出神，听到身边有动静，一回头，发现长老出现在身边，也在望着夜空。

铁匠说，你怎么来了？

长老说，我不放心，就过来看看。

铁匠说，你知道我要做什么？

长老说，我不知道你要做什么，但我就是有些不放心。

铁匠说，流星回到天上去了。

长老说，我已经来了一会儿了，都看见了。

铁匠说，幸亏我没有把它埋葬。

长老说，刚才我又去了一趟干草垛，上面聚集了一群星星。

铁匠说，一群星星？

长老说，是，你再看看天上。

铁匠仰起头，看见夜空中的星星又大又密，所有的星星都在燃烧，其中一颗看上去非常熟悉，仔细观察，正是他捡到的那颗流星，此刻，它正在空中燃烧，像炭火一样通明。

0

不是所有的神明都在天上，有的神住在村庄里，住在山里，或者住在河流里，船工的结拜兄弟水神，就住在青龙河里，一个闹饥荒的年月，水神曾经救过人们的命。

有一年北方发生大旱，粮食歉收，入夏后就有些吃紧，入秋前明显出现了饥荒，家家缺粮，人们勒紧腰带过日子。有的人实在挺不住了，开始了啃青，吃了正在地里生长的尚未成熟的粮食。幸好河湾村靠山又临河，人们上山采集野菜，下河抓鱼，度过了艰难的时光。

没想到天不饶人，第二年又发生了干旱，这就不是饿肚子的事情了，上一年的粮食都不够吃，家里没有一点存粮，紧接着又来了干旱，真是要命了。人们每天都必须吃东西才能活命，可是吃什么呢？

长老虽然两百多岁了，经过了许多灾难，还是有些挺不住，已经瘦得皮包骨头。他说，榆树的皮可以吃。于是人们扒下榆树的皮，晒干后碾成面，与野菜混在一起，熬成面糊，或是用榆皮面包成野菜团，蒸了吃。他说，野菜的根子可以吃，于是人们上山采集野菜，并挖出野菜的根子，回来后洗净切碎，生吃或煮熟吃。他说，青龙河的水可以喝，于是人们去喝河水。他说，有的村庄已经饿死人了，人们都不说话，默默地看着他，希望他还能想出活命的办法。

最艰难的日子里，有人从山坡的石缝里挖出了非常细腻的黏土，尝试着吃了一些，没死，其他人也吃了一些，也没死。三婶把黏土做成饼，放少量盐，用火烤熟，味道比生吃好很多，于是有人就效仿她的做法，也烤熟了吃。

长老听说有人吃了土，就说，那东西不能多吃，吃多了拉不下来屎。

果然，吃土的人，都出现了拉屎困难，因此受了很多罪，不敢再吃了。

正在人们彻底断粮，只能吃水和空气的时候，船工找到了长老，说，由于他常年在青龙河上摆渡，他和青龙河的水神混熟了，早年结交为兄弟。昨天他梦见了水神，水神的媳妇听说河湾村发生了饥荒，从下游驱赶来一群鱼，大概明天可以到达河湾村附近，请我们做好准备，抓住这些鱼。

长老听到船工的消息，真是喜出望外，长舒了一口气，说，真是天无绝人之路啊，谢谢水神，谢谢水神的媳妇，真是救命来了。

次日，人们早早等在青龙河边，见下游真的来了许多鱼，人们在浅水处，用荆条编织的筐，扣住了许多鱼。

水神和水神的媳妇，果然守信用，真的驱赶鱼群来了。人们感激不尽，说了不少好话，同时也感谢船工，说他结交了水神这样一个好兄弟，顺便还夸奖了水神，说他娶了一个善良的媳妇。

长老说，河里来了鱼，我们不要一网打尽，够吃就行，不要多抓，等吃没了再去河里抓鱼。

人们听了长老的话，并不多抓鱼。

野菜，树皮，根子，土，鱼，让河湾村的人们度过了饥荒。后来，为了感谢水神的救命之恩，人们用石头在青龙河边搭建了一个水神庙，庙虽小，也是人们的一点心意。经常有人给水神供奉一些水果、野菜、粮食等，但人们从不烧香，因为水神生活在水里，香火毕竟也是火，水火不相容，相互避讳，所以人们从来不给水神烧香。

度过了饥荒的人们一直牢记水神的恩德，有时人们路过青龙河时，想起水神，就在河边松软的沙滩上，面朝河水跪一下，嘴里也不多说，跪，是个心意，是个礼数。

大约过了三年，船工找到长老，神色有些慌张，说，他梦见水神病了，需要多种草药，水神体弱不便，而水神的媳妇常年在水里，并不认识草药，因此他们给船工托梦，希望得到他的帮助。

长老听说水神病了，意识到事情的严重性，说，水神救过我们全村人的命，我们要尽全力帮助他。

于是，全村的人们上山采药，然后在长老的带领下，来到青龙河边，把采集的草药全部投进了河水里。

草药在水面上漂着，并不沉入水里。这时船工站在船上，拱手说，水神兄弟，人们给你送药来了，别客气，快收下吧。

船工说完，那些漂浮在水面上的草药当即就沉进了河水里。人们这才放心，知道水神收下了草药。

就在草药下沉的一瞬间，站在河边的人们都看到了令人惊奇的一幕，在一段平静的水面上，突然站起两个人。这是两个透明的裸体的人，一男一女，像是水做的雕塑，站在河面上。他们双双向船工行了一个弯腰礼，随后又转向河边，向抛撒草药的人们弯腰行礼，然后这两个人双手抱拳，直直地沉入到河水里。

看到这神奇的一幕,人们都惊呆了,一句话也说不出来,生怕一眨眼,就错过了细节。

当这两个透明的人沉下去好久,人们才缓过神来,面面相觑,说,水神!

0

荒年里,河湾村的人们得到过水神的救助,度过了艰难时期。大多数年景里,人们依靠自己的种植,靠勤劳和上天的恩赐,也能获得好的收成。

河湾村的老头都是种植能手。河湾村有许多个老头,都叫老头,但人们心里有数,不会因为都叫老头而发生混乱,这个老头不是那个老头,每个老头都是不同的老头。其中一个老头在自家的地里种植了土豆,到土豆发芽长叶的时候,老头发现,有些冒出了芽子,还有一些没有发芽。他感到纳闷,莫非是遇到了虫害?或者是种下的土豆有毛病?他想弄明白是怎么回事,就蹲下来,用手抠出了没有发芽的土豆,结果让他惊讶,他从田垄里抠出来的竟然不是土豆,而是卵石。

老头想,一定是搞错了,我明明种下的是土豆,怎么会变成了圆溜溜的卵石?他继续抠,凡是没有发芽的土坑他都抠了,抠出来的竟然都是卵石,而不是土豆。

老头站在田里,愣住了,他百思不得其解。

消息传开后,人们议论纷纷,说,老头糊涂了,竟然在种植土豆的时候,稀里糊涂地在地里种下了一些卵石,由于这些圆溜溜的卵石长得与土豆非常相似,种植的时候也没有注意,结果等到土豆都发芽了，才发现许多没有发芽的，是卵石。

还有一种说法是，老头留下了一些土豆做种子，堆放在空屋子里，打算春天播种，结果被兔子偷走了许多，为了不让老头发现土豆少了，兔子就找来一些卵石放进土豆中。种植的时候，由于土豆和卵石长得非常相似，又加上老头粗心，没有发现什么异常，就种在地里了，等到土豆发芽的时候才发现，那些没有发芽的是卵石。

还有一种说法，说可能是人为所致，说老头种植的原本就是土豆，但是在夜晚被人偷换了，挖走了刚刚种下的土豆，在原来的土坑里埋下了卵石，假装里面仍然是土豆。等到土豆发芽时，才发现了问题。这种说法最不可信。因为河湾村没有这样的人，多年来，河湾村从来没有谁丢过任何东西，就是送给人东西，如果不是急于需要，人们都不会接收，即使接收了，也会在适当的时候还给人家，并表示感谢。所以，土豆被人偷换的说法最不可信。

不管是哪一种说法，有一点是确定的，那就是地里确实抠出了一些卵石。

老头开始了回忆。他想起来，种土豆那天，确实有一只兔子蹲在远处的山坡上，盯着他看，他想，兔子一定是好奇，在看热闹，也没有在意，心想看就看吧，只要不捣乱就行，随便看。莫非是我种完土豆，被兔子偷走，然后在土坑里做了手脚？

老头想起来了，种土豆那天，他从地里刨出了许多卵石，莫非是自己糊涂了，把卵石当做土豆种在了地里？

老头愣在田里，使劲想，仍然没有头绪。

这时，长老从田间经过，看见老头在发呆，就过来，与他搭话。

长老说，又在想你的土豆？

老头说，我还没有想明白到底是怎么回事。

长老说，我小的时候，我爹跟我说过，说是有一年他种下的土豆，许多没有发芽，他挖出来一看，这些没有发芽的土豆都变硬了，摸上去像是石头。

老头说，莫非我种的土豆也是变硬了？

长老说，你再仔细看看。

老头蹲下来，重新挖出那些没有发芽的土豆，仔细看，果然不是卵石，确实是土豆，只是变硬了，变沉了。

长老说，也并不是所有的卵石都不发芽，也不是所有的卵石都愿意埋在土里。你还记得不？有一年铁匠捡到一块从天上掉下来的石头，他想把这块石头埋起来，结果石头从土坑里飘了出来，又回到了天上。不想待在地里的石头，是埋不住的，它最终还得回到天上。

老头说，我不关心天上的事情，我就是纳闷，我种下的这些土豆是怎么变硬的，跟石头一样。

长老说，可能是你播种的时候，土豆就变硬了，不然怎么会不发芽？

老头说，变硬了，肯定就不会发芽了。

长老说，不是所有硬的东西都不发芽。你看，人的脑袋硬吧？这么硬的脑袋，竟然也发芽，能够长出这么多头发。所以发不发芽，不在硬度。

长老说着，摸了摸自己的脑袋，把自己的头发揪起来，比画着，生怕老头不明白。

老头说，我还是不明白，我的土豆是怎么变硬的。

长老说，你砸开一个变硬的土豆看看，里面是什么样的？

老头这倒听话了，顺手从地上捡起两个类似卵石的土豆，用力相互一磕，结果两个土豆啪的一声都裂开了。土豆裂开以后，老头和长老同时发现，土豆还是土豆，只是里面变得更瓷实了。老头在衣服上擦了擦，擦去土豆上面的土，尝了一口，还能吃，而且味道有些甘甜。长老也吃了一个土豆，觉得味道不错。

老头又从地上捡起一个土豆，想再吃一个，结果没有咬动，他仔细看，他捡起的这个土豆，是个真正的卵石。

长老看到老头咬到了真正的石头，没咬动，不禁哈哈大笑，老头看见长老哈哈大笑，自己也笑了起来。

吃过了石头一样的土豆，长老和老头突然觉得浑身充满了力量。长老想起刚才揪着自己的头发，觉得好笑，于是再一次抓起自己的头发，没想到他一用力，竟然把自己给拎了起来，离地有三尺多高。他觉得非常好玩，就抓着自己的头发，脚不着地，走了起来。老头看见长老这样，也尝试着抓起自己的头发，也把自己拎起来了。老头也是脚不着地，离开了田地，在后面喊，长老，等等我。

两个老人，都抓着自己的头发，在空中行走，像是两个老神仙。

一路上，人们看见他们在空中行走，都觉得好玩，但也没有呼喊和围观，因为这样的事情发生在河湾村，并不稀奇，也没有人大惊小怪。

后来，老头种植的土豆，成了神话，人们也想吃到这样的土豆，获得特殊的能量，也想抓着自己的头发离地三尺，在空中行走。但是人们只挖出了一些卵石，没有挖到真正的土豆。据说真正特殊的土豆，只有那么几个，都让长老和老头当时给吃了，没有了。有人试图模仿这种土豆播种技术，都没有成功，就是老头本人也没有复制成功。

还有一种说法是，长老和老头吃下去的不是土豆，而是卵石。那几个卵石不是普通的卵石，它们貌似土豆，而实际上是天上掉下来的石头,是曾经闪烁的星星。只有吃下星星的人才会在空中飘浮,因为星星具有特殊的浮力,它们假装成卵石或土豆,在土坑里歇息,实际上是在聚集能量,终有一天它们会飞起来,重新回到繁星密布的天上去。

0

  有些石头假装成土豆,而实际上是卵石,也可能是伪装成卵石的星星,最终还会回到天上去,而有些石头似乎很少移动,河湾村村口的大石头就是。

  夏天的一个夜晚,河湾村的人们正坐在村口的大石头上乘凉,突然大石头似乎移动了一下。最初,人们以为是幻觉,但是,人们都感觉到了移动,这就不是幻觉了。

  村口的大石头,可以同时坐几十个人。说是一块大石头,实际上是露出地面的一块隆起的岩体。曾经有一年,张福满、铁蛋、木匠、铁匠、窑工,还有村里的几个年轻人,大家联手一齐用力,想把大石头挪动一下,结果以失败而告终。后来人们发现,不是这个石头太大太沉,而是这个石头的根子是与山脉长在一起的,是山体的一部分。

  既然是与山体长在一起的,这个巨大的石头怎么会移动呢?人们问长老,长老说,他爷爷的爷爷小的时候,据说这个石头曾经沉下去一次,整个大石头沉到地下去了,不见了,后来过了多年,这个石头又慢慢地从地下拱出来了,而且比原来还高出许多,大了许多。后来有人受到启发,也尝试着把石头种在地里,希望它能够长大,可是多年以后扒出来一看,石头不但没有长大，还闷死了，看上去没有一点生气。这样的石头，要经过风吹日晒几年后才能慢慢恢复一点活力。凡是经过埋葬的石头，活过来后都比别的石头懒，你就是劝说它一整天它也不会挪动一步，除非你把它搬走。

但是，村口的大石头真的移动了一下。人们都感到了这次移动，而且幅度不小。长老最先感到了，还以为是自己的身体移动了，但是他仔细一想，我没有动啊！我好好地坐在石头上，并未移动，那么是什么在移动呢？当所有的人都感觉到移动，并说出自己的感觉后，长老确认，确实是石头移动了一下。由于是整体性移动，大石头周围的事物比例和尺寸并未发生变化，还是那么宽，那么长，什么也没有变化，变化的只是人们的感觉。

伴随着大石头的移动，天上的月亮旁边，一片薄云也加速了移动。本来这片薄云已经非常松散，几乎是薄如蝉翼了，如果月光突然爆闪一下，这片云彩肯定会吓一跳，说不定会当场融化。人们看见这片云彩慢悠悠地飘浮着，经过月亮时，还故意停留了一会儿，以显示自己透明的边缘，那种透和白，在夜晚的天空里，散发出一种空灵和神秘的气息，让人对自然之美醉心和倾倒，同时也充满敬畏。可是，就在这片云彩飘过月亮的一瞬间，不知道是云彩突然加速飘移了，还是月亮跳了一下，云和月，瞬息拉开距离，仿佛一次毫无征兆的决绝的离婚，相背而去，不再有一丝留恋和牵挂。

这奇异的天象与大石头的突然移动，几乎是同时发生的。就在大石头移动的一瞬间，人们投在地上的影子，在突然的移动中不知所措，愣在原地，一时间反应不过来，没有跟上人们身体的突然位移。也就是说，人体已经随着大石头移动了，而影子还在原地，与人体隔开了一段距离，因此在人体与影子之间产生了一个宽大的缝隙，其疏离的程度比离婚还要绝情和果断。

长老也是头一次经历这样的事情，没有切身的经验，因此他只能用传说回答人们的提问。当人们问到他无法回答的时候，他就说，等夜里做梦的时候，我去问问我的爷爷，然后让我爷爷去问他的爷爷，看看他们是否经历过类似的事情。当他提到他爷爷的时候，人们就知道，这件事等于没有一个准确的答案。长老已经两百多岁了，他爷爷的爷爷已经过世多年，即使说出了遥远的经历，又有谁能够去验证呢？所以，人们对于长老的回答，从来不求甚解，有个大概意思就行了。

就在人们不断地向长老发问的时候，谁也没有注意，大地正在向天空逐渐抬升，星星越来越大，最早是芝麻大小，后来变成鸡蛋大小，当满天的星星大于西瓜的时候，人们这才发现，离天太近了。

长老说，天不早了，我们都回家吧。

长老感觉到这个夜晚不同寻常，就劝说人们早早散去，回到家里，早点做梦。他知道，梦里是最安全的地方，即使梦见自己从天上掉下来，惊醒后发现，顶多是掉在炕上，绝不会摔死。有梦的保护，就是大地从他的脚下突然撤走，他也会悬在空中，站在那里，仿佛是留在天空的人。

正在他劝说人们散去的时候，一股风从远处刮过来，风中有一颗星星在飘浮，仿佛是一个烧透的灯笼。

长老起身，人们也都起身了，准备回家。这时，有一个非常苍老的老人从飘浮的星星后面露出一张脸，在笑眯眯地与人们打招呼。这个人太老了，没有人认识他是谁。长老说，我也不认识，可能是我爷爷的爷爷吧，也有可能是老天爷。

0

据说老天爷一直在天上,却轻易不会露出他的脸,寻常人不会看见。天地之间,有些事物是永远也无法看见的,比如刮过身边的风。

无论是哪个季节,风都是看不见的。你只能看见树在动,草在倾斜和颤抖,却看不见风。即使你看见了风,也不一定是真的风,而只是流动的空气。你也不可能找到风,风没有家,因此也没有归宿。

长老在旷野上看见了风。

那天,长老去山上,把一粒灯火藏在了山洞里,回来的途中遇到了一股风。这股风先是吹拂他的衣服,然后把他的头发弄乱,把他雪白的胡子吹起来,往左飘,往右飘,往前飘,往上飘,就是不让自然下垂。这股风围着长老转了很多圈,然后哈哈大笑离开了。平时,风都是呼呼的声音,这次,长老真真切切地听到了哈哈大笑的声音,这声音有些沙哑,有些空洞,但绝对是笑声,而不是呼呼喘气的声音。

长老心想,可能是我老了,肯定是耳朵有问题了,不然,怎么会把风声听成了笑声?可是过一会,风又来了,这次,风还没到长老身边,笑声却先到了,确实是哈哈大笑的声音。长老听得非常真切,不再怀疑自己的耳朵。长老停下来,站在旷野上,四下看了看,远近没有一个人,除了风,什么也没有。他断定,就是风在笑,而且就在身边。

风又一次掀起了长老的头发,长老说,不能弄乱我的头发。

可是风根本不听话，一边笑着，一边继续乱吹。长老用手抓住自己的头发，用力一拔，就把自己拔起来，悬在了空中。前几天，长老吃过了老头种植的土豆，也有说不是土豆而是卵石，总之是吃了以后力气大增，能够把自己从地上拔起来。

长老悬在空中，而风停了下来。风看见长老这种悬空的本事，不敢再继续胡闹，一溜烟跑了。没想到长老这一招，居然把风给吓跑了。

长老从空中落下来，心想，不行，我得回到山洞去看看，我藏在那里的灯火，可别让这顽皮的风给吹灭了。

长老快步走着，有一段时间，甚至走到了风的前面。长老猜对了，风确实是在去往山洞的路上。长老虽然能够抓着自己的头发把自己拔起来，但毕竟是两百多岁了，与风竞走，还是吃力。走了一段，长老落在了风的后面。长老着急了，如果风先于他赶到山洞，那盏细小的灯火就有可能被风吹灭。不行，我不能落后于风，否则灯火有危险。随后他加快了脚步，但是腿脚还是显得慢了，刚才把自己拔起来悬在空中也消耗了一些力气，渐渐地，他还是落在了风的后面。

长老心想，如果风找到了山洞，肯定会玩弄火苗，那个豆粒大的灯火，经不住风吹，说不定就熄灭了。那盏灯火，无论如何不能熄灭，那是他特意为村里一个病人祈福的，如果灭了，病人怕是有生命危险。灯熄人灭，灯不熄，人就不会灭。

长老越想越着急，眼见风跑到了前面很远的地方，正在向山坡接近，他肯定是追不上了。他心想，完了，灯若灭了，病人也就完了。怎么办呢？怎么办呢？他实在是跑不动了，他绝望地停下来，站在旷野上，为自己的衰老感到内疚。他想，若是再年轻一百岁，他绝对会跑到风的前面，现在真的老了，跑不动了。

就在他自责的时候，他看见自己的身影刺啦一声，从他的身上撕下来，离开了他的身体，随即向前狂奔。这个身影，像一个无所畏惧的猛士，在旷野上奔跑，几乎是眨眼之间，就跑到了风的前面。影子到了风的前面，并没有截住风，而是把风给领了回来。影子领着风，在旷野上奔跑，撒欢，仿佛天生就是顽皮的一对，玩得非常开心。当风经过长老身边时，偶尔还要骚扰一下，发出哈哈的笑声。

长老看见自己的身影在旷野上玩耍，解除了灯火的危机，心里就踏实了。他想，病人有救了。为此，他默默地感谢自己的身影，同时也深深地佩服这个影子。他没想到，整天跟在他身边的这个赖皮，竟然在关键时刻挺身而出，为他排忧解难，而且是如此的勇猛和智慧，仿佛是露在身体外面的灵魂。

他暗暗地佩服自己的影子，不知不觉地伸出了大拇指。

没想到，风又来了，风看见长老伸出了大拇指，以为是在夸它，就围着长老转起来，风越转越快，渐渐形成了一股旋风，长老处在旋风的中央，仿佛是一个运转的轴心。影子站在远处，是唯一的观众。

0

有的旋风非常顽皮，跟人开玩笑，会把人卷起来，而有的旋风却倔强而固执，像一个鲁莽的醉汉，很难制服，很少有人把一股旋风按倒在地。有的旋风可以达到十几丈高，摇摇晃晃的，你只能抱住它的脚，而抱不住它的腰，它的腰太高，够不到。因此，摔倒一股旋风，不仅需要足够的力气，还需要智慧。

每到春天时节，河湾村都要来几个高大的旋风，也许没有什么事情，旋风就是来转一下，一是显能，看看谁能把我抱住；二是到老地方看看，应付差事，证明自己来过了。旋风没想到会有人挑战它，但是挑战者已经做好了准备，随时等候旋风的到来，与它一决高下。

河湾村的愣小子铁蛋，以勇敢和有劲著称，虽然他摔不过张福满，但是他的智慧绝对在张福满之上。铁蛋的腰带上拴着一个小铁人，是他的护身符，有这个护身符保护，他就是摔死了也能活过来。他不怕死，也死不了，所以他敢于和旋风比试一下。

一天下午，旋风出现了，刚开始，旋风非常小，甚至不足三尺高，旋转的转速也很慢，仿佛转也可，不转也可，有随时解散的可能性。旋风带有一定的迷惑性，你以为它真的要解散了，但是，它突然加快了旋转的速度，从山脚下向开阔的地带缓慢移动，并在移动的过程中逐渐长高，卷起地上的浮土，形成一个柱状的核心。远远看去，旋风是傲慢的，它用高度彰显自己的存在，毫不在意人们的议论，仿佛它才是这片土地的主人，而居住在此的人们不过是匆匆的过客。

旋风来了。它已经从一个缓慢旋转的小漏斗迅速成长为一个高大的通天巨柱，走过旷野的时候还晃动了几下肩膀，仿佛在告诉人们，我来了，我想来就来，想走就走，无人可以阻挡。

张福满首先发现了这个旋风。虽然张福满是村里力气最大的人，但他毕竟老了，奔跑的速度跟不上，追赶一个旋风已经力不从心。他把旋风到来的消息及时告诉了铁蛋。铁蛋听说旋风来了，也不迟疑，撂下一切，立刻向旋风逼近。人们听说铁蛋要挑战旋风，都想看热闹，看看究竟谁胜谁负。铁蛋在追赶旋风，生怕它跑掉，人们在追赶铁蛋，生怕看不见铁蛋与旋风搏斗的场面，错过精彩的细节。

铁蛋在奔跑的过程中，摸了摸腰带上的小铁人，有小铁人在，他心里就有底。

旋风依然在旋转，它根本不在意是否有人到来，就是河湾村的人们都来，它也不会退缩。旋风所到之处烟尘四起，仿佛是一棵巨大的炊烟。

铁蛋逼近了旋风，他毫不犹豫地冲上去，死死地抱住了旋风的根部。旋风也不是好惹的，看到有人抱住了它，就拼命挣扎，它没想到一个人会有这么大的力量，还真的把它拖住了。

铁蛋抱住旋风不放，旋风在挣扎，有挣脱的迹象。这时，铁蛋手疾眼快，迅速解下自己的腰带，缠在了旋风身上。铁蛋勒紧这个腰带，越来越用力，居然把旋风给勒断了。人们站在稍远的地方，看见了这场精彩的搏斗。人们看见这个旋风变成了两节，上面的旋风与根部脱节后，失去了支撑，摇晃了几下，轰然倒下。

旋风倒地之后，铁蛋才意识到，自己的裤子因解下腰带而脱落下来，知道自己出丑了，立即把裤子提溜起来，扎好腰带。他查看了一下，小铁人还在腰带上，牢牢地拴着。

这时，人们也不顾旋风倒下后在地上溅起的烟尘，纷纷向铁蛋走去，仿佛拥戴一个英雄。

张福满说，铁蛋好样的。

三婶也来了，她走近铁蛋身边，笑眯眯地说，刚才我看见你和旋风打架的时候，裤子掉下来了，你身上的东西没丢吧？

人们知道三婶是在戏弄铁蛋，忍不住爆发出笑声。

铁蛋说，刚才我是和旋风摔跤，不是打架，我们是好朋友，怎么会打架呢？

人们点头称是，说，就是，铁蛋是在摔跤呢，不是打架。

就在人们围着铁蛋议论纷纷时，又是张福满，在第一时间看见了惊人的一幕。这个倒地的旋风，并没有摔死，它聚集着散开的尘土，又一次形成了旋风。这个旋风从地上慢慢地拱起身，又站了起来。人们仰望着这个巨大的旋风，顿时傻眼了，莫非它要报复？

正在人们惊慌失措的时候，这个重新站起来的巨大的旋风，旋转着向远处走去，然后停在一片开阔地上，向人们弯下身来。如此反复三次。没人理解这是什么意思，只有铁蛋从人群中走出来，对着旋风抱拳说，对不起了，如果凭力气，我赢不了你，刚才我使用了腰带，而腰带上有一个小铁人，是他帮助了我，不然，我赢不了你。实际上，还是你赢了。

听到铁蛋这样说，旋风一下子折叠在一起，跪在了地上。铁蛋看见旋风跪下了，他也跪下来，双手抱拳说，从今天起，我们结为兄弟吧。

真是不打不成交，没想到一场较量过后，一个高大的旋风，与铁蛋结成了兄弟。

人们站在旷野上，用默许见证了这个结拜的场面，内心里对旋风充满了敬意，同时也为铁蛋的勇猛和智慧感到骄傲。

从此，铁蛋多了一个兄弟。

河湾村的人们，因为铁蛋多了一个旋风兄弟，仿佛村里多了一个人。只是这个人不常来，只在春天多风的季节来几次，转一下就走。旋风来的时候虽然并不声张，人们看见后仍然要奔走相告，说，与铁蛋结为兄弟的那个旋风，又来了。

后来，每次旋风到来的时候，小铁人都会事先发出轻微的喊声，声音虽小，铁蛋也能够听见，并因此知道，旋风又要来了。旋风来的时候，铁蛋每次都要前去迎接，全村的人们也都跟在铁蛋身后，前去接应，仿佛迎接一个归乡的浪子。

0

一条小路,在哪儿拐弯,在哪儿不能转弯,是有原因和定数的。如果一条小路围绕一座房子绕了三圈,还不能走开,说明这座房子有强大的吸引力,或者不是一般人的住处。

铁蛋的家就是如此。一条小路围绕他的家绕了好几圈,好像小路本身迷路了,走不开了。长老听说后,扒着铁蛋家的窗户往里一看,屋里亮着一盏灯。长老纳闷了,心想,大白天的,点灯干什么?

不一定是灯火吸引了小路。在山村,火,确实能够让小路弯曲,但是别的东西也能改变小路的走向和粗细,比如炊烟,凡是冒烟的地方必有房屋,房屋的外面必有小路,凡是小路都有弹性,夏天的时候因松弛而舒展延伸,冬天时因寒冷而卷缩,甚至绷断。

那么炊烟是怎么来的?说到底,还是与火有关系。是火,产生了炊烟。

火是草木的灵魂。

长老知道这些道理。长老今天来不是讲道理来了,他是要了解一下小路缠绕房屋是怎么回事,结果看见了铁蛋的家里白天还点着油灯。

看到长老扒着窗户观望,铁蛋从屋里捧着油灯出来了,说,长老请到屋里坐吧。

长老感到纳闷,说,你白天点灯是怎么回事?

铁蛋说,我要点三天灯,不能灭。

长老说，为什么？

铁蛋说，你不也是在山洞里藏过灯火吗？

长老说，是啊，我把灯火藏在山洞里，是为一个病人祈福。

铁蛋说，我也是，昨夜我梦见我爷爷病了，我要给我爷爷祈福。

长老说，你爷爷不是死去多年了吗？怎么又病了？

铁蛋说，他是死去多年了，但是他死后又病了，给我托梦，说怕黑。

长老说，我还以为是你怕黑呢。

铁蛋说，倘若我爷爷的魂灵回家，我要让他看见光亮。

长老说，但愿你爷爷的病情早点好。你爷爷过世有些早，我已经一百多年没有见过他了，说起来还挺想念的。

铁蛋说，我爷爷若是再回家，我让他去看望你。

长老说，好，我都老成这样了，见了面，他也不一定认识我了。

说到这里，长老突然想起来了，他是来了解小路的，不是专程来看灯火的。他看见灯火后就打岔了。他怕忘了，赶紧说，那小路围着你家绕了好几圈，是怎么回事？

铁蛋说，昨天夜里，我做梦的时候，我爷爷来了，他是沿着小路走来的，他已经好多年没有回过家了。他到家后，犹豫不决，不想进家门，怕是突然到来会吓着我，于是他围着房子转了好几圈，他走到哪里，小路就跟到哪里。

长老说，原来小路绕圈是这么回事，这我就放心了。

铁蛋说，放心吧长老，我已经给我爷爷祈福了，我点三天油灯，我爷爷的病情就会好转的，他死不了的，因为他已经死了，不会再死了。

长老说，那可不一定，有的人死后得病，没治好，结果又死了一次,还有死好几次的,什么情况都有。所以,你爷爷的病,还必须当回事,不能含糊。这样吧,我回去后,去一趟山洞,把藏在那里的油灯点亮,让你爷爷的病情尽快好转。

铁蛋说,谢谢长老。

长老从铁蛋家出来后,就去了山洞。长老说话算话,从不含糊。他走的时候,有好几条小路跟在他身后,有时几条小路拥挤到一起,差点拧成绳子。长老只顾走路,也不管身后的事情,他也管不了。曾经有一条小路在夜深人静的时候试图去往天空,结果被梦游的人给拽回来了,否则后果不堪设想。

长老去山洞里点灯,回来的时候已是黄昏。他走在小路上,听到一个陌生而又似乎有点熟悉的声音,轻声地对他说,谢谢。谢谢。

长老回头一看,并没有人。四下都没有人。他想起来了,刚才说谢谢的这个人,声音有点熟悉,正是他一百多年不见的铁蛋爷爷的声音。

随后,黄昏包围了长老,像混浊的空气抱住一个人。

0

黄昏到底是从哪里冒出来的,人们一直有着不同的说法。长老认为黄昏是从地下升起的,他看见过翻耕的土地里泛起的暗色,比炊烟还要浓郁;而木匠认为黄昏来自于山洞,他去过一个山洞,里面一片漆黑,比黑夜还要黑,黄昏和黑夜都藏在那个山洞里。这些说法都有根据,即使不信,也很难反驳,唯一一个不靠谱的说法是,黄昏是太阳燃烧后留下的灰烬。而说这话的,竟然是铁匠。

铁匠说，我的炉子里烧过很多煤，再好的煤，燃烧后都有煤灰，太阳在天上燃烧了一整天，不可能没有一点灰烬。

木匠说，你看见太阳燃烧了？

铁匠说，看见了，最亮的火苗不是红色和白色，而是黄色，有时候还有一点蓝色。你们肯定看不见，但是我能看见。我经常盯着炉子看火苗，因此我能够看见太阳的火苗，有时能达到一尺多高，太阳最热的时候是黄色的，跟我炉子里的炭火差不多。

木匠说，你能看见太阳上的火苗，还不算厉害。我是木匠，经过我手的木头太多了，我用肉眼就能看出，一根木头里有多少火焰。所有的木头里都隐藏着火焰，但是你看不见。只有木头燃烧了，你才能看见它们释放出来的火焰。硬木里面火焰多，软木里面火焰少，还有一种木头，只冒烟，没有火苗。

长老听见木匠和铁匠比起了能耐，就呵呵笑了。说，木匠啊，你能知道木头里有多少火焰，还不算厉害的，你知道树是从哪里来的吗？树是长在地上的，木头活着的时候都是树，树是从土里长出来的，因此，土地里暗藏的火焰，比树还要多。

长老这么一说，还真把木匠给镇住了。看来还是长老最厉害，说到了根子上。

这时三婶挎着一篮子桑叶从村口经过，看见几个人正在议论，当她听见长老说到土地，就顺嘴接过了话茬，说，长老说得在理，土地不光能够长出大树，还能埋人呢。

三婶心直口快，说话从来不过脑子，竟然说到了死，就把话题给说没了。在河湾村，人们忌讳谈论死，也不谈论与死有关的话题。当三婶说到埋人，人们就不接茬了。三婶说完，也知道自己说走了嘴，就自己给自己下台阶，说，我回家给蚕喂桑叶去。

三婶走后，长老和木匠和铁匠，像是木头一样呆在那里，不知道说什么了。

这时,出现了一股风,这股风似乎是从地下刮出来的,幸亏有大石头压着,否则这股风会直接从地下钻进人们的裤腿里。随着这股风的出现,远近的土地里隐隐约约冒出一些灰暗的雾状阴影。

长老和木匠和铁匠,几乎是异口同声地说,黄昏来了。

随着黄昏的到来,河湾村升起了炊烟,最初是一棵两棵,仿佛村庄里突然长出了质地松软的大树,不一会儿,炊烟就多起来,形成了一片炊烟的树林。当这些树林的树冠在空中逐渐膨胀和相互连接,没过多久,整个村庄上空的烟雾就连成了一片。这时正好赶上夕光染色,高处的浮光中就出现了烟霞。这些飘忽的烟霞,更加深了黄昏的浓度。

长老说,你们仔细看看,黄昏到底是从哪里来的。

木匠说,我还是认为黄昏是从山洞里来的,山洞里那个黑呀,没见过那么黑。

铁匠说,太阳一走,黄昏就来了,可见黄昏与太阳有关。我还是觉得黄昏是太阳的灰烬。

长老说,你没去过地下,你怎么知道地里不是黑的。地里更黑。我爹给我托过梦,说地里漆黑一片,点灯都没用。所以说,黄昏是从土地里冒出来的,到时候你们就知道了。

木匠和铁匠都愣住了,一齐问,到什么时候?

长老又重复了一句,到时候你们就知道了。但是到底是什么时候,我也说不清。

铁匠说,不仅说不清,我还看不清了。刚才从我身边过去一个人,转身就消失了,不知道是我看不清了,还是他真的没了。

木匠说,我也看不清了,我看长老就像是一个模糊的影子。

长老说,天快黑了,咱们都回家吧。

话音刚落,远处的山顶上突然出现一颗星星,好像是谁家点亮了油灯。

铁匠说,凡是最亮的光,都出现在天上。

木匠说,木头里也有光,点着了你才能看见。

长老说,还是土地深厚,长出了那么多能够发光的树木,却把黑暗保留在土地里。我死了,就埋在土地里。

木匠和铁匠说,离死还远着呢,长老是老寿星,不死了。

长老说,哪有永远不死的人。

说完,三个人哈哈大笑,顷刻间就被夜色掩埋了,仿佛不存在,仿佛从来不曾存在。

0

夜里,河湾村北部的山坡上传来了狼的叫声,长老听到后也叫了起来,他要用比狼更大的叫声与狼回应,试图把狼群赶走。长老凭借自己两百多岁的年龄,有足够的经验应对狼群。他能够发出多种叫声,粗重,沙哑,叫声中带着原始的空虚和凄凉,狼群听到他的叫声后,会伤心流泪,悲戚而去,几天都缓不过神来。

狼群知道河湾村的人们发出的叫声会让它们伤心,因此每次经过河湾村的时候,都是悄悄赶路,尽量不发出叫声,避免河湾村的人们回应。狼是有感情而又守规矩的动物,除非是必须叫,比如呼唤狼崽,或者是小狼呼唤妈妈,否则不会随便叫喊,更不会打扰人们的安宁。

长老的叫声是跟他爷爷学的,他爷爷是跟一个死者学的,那个死者活着的时候曾经在狼群中长大。据说这个死者小的时候有病死了，尸体被父母抛弃在一座山上，狼群经过的时候看见山坡上有一个死孩子，正想吃掉，结果发现这个孩子还会动，还活着，就决定留下来，把他收养了。这个狼群养大的孩子后来又回到了河湾村，虽然学会了说人话，但经常会发出狼的叫声。他的叫声非常复杂，有狼的野性，有人世的悲凉，也有死而复生的心灵内伤，听到的人们无不落泪。

长老继承了狼人的叫声，但是叫声中还有一些细小的区别，他的声音中加入了个人的生命擦痕，在悲凉中隐隐透出一丝温暖，而正是这若有若无的一丝温暖，油然唤起了人们心中的古老乡愁，让人牵肠挂肚，身心俱损，一时间无法承受。有一次狼群从北山经过，听到长老的叫声后，集体沉默，然后放声大哭。狼的哭声类似人的哭声，有些呜咽，有些沉闷，仿佛内心里淤积着无法排遣的忧愁，听起来更加让人伤心。

听到长老的叫声，人们知道是狼来了，不然长老不会这样惨叫。人们纷纷走出家门，学着长老的叫声，也都跟着叫了起来。一时间整个河湾村充满了人的叫声。人们的叫声夹杂着各自的辛酸苦辣，在叫喊的过程中默默流泪，当叫喊达到高潮时，全村的人们再也承受不住，集体放声痛哭。人们不知道为什么要哭，只知道这个时候最适合大哭，甚至可以一次哭个够。平时，即使内心的郁闷变成了石头，人们也不会哭出来。河湾村的人，隐忍之心超过了自身的承受力，达到顽强甚至顽固的程度，也只有在狼来了的时候，内心的淤积才在叫喊声中得到爆发，在集体痛哭时一次性释放出来。哭过之后，人们觉得心里舒服多了，就像卸下了沉重的心理负担，走路时腿脚都轻快了不少。

狼群并不是每年都经过河湾村，它们经过的时候，河湾村的人们心里有些矛盾，一是担心狼群会糟蹋牲畜；二是盼望狼群经过，人们可以集体喊叫和大哭一次，仿佛是过一个尽情宣泄的节日。

看到人们大哭，村里的狗也跟着莫名其妙地伤心，哭了起来。狗哭的时候不叫，只是默默地哭泣，泪如泉涌。看见狗也哭了，人们也不安慰它们，等人们哭够了，狗也会停止哭泣，默默走开。

一个孩子匆匆跑过来，告诉长老说，狼群走了，离开北山了。

长老听说狼群走了，就停止了哭泣。他又一次用叫声引领了全村人的叫声，把狼群赶走了，同时也成功地引领全村的人们大哭一次，释放出内心的苦闷。

狼群走后的这个夜晚，长老睡得很晚，他总有些不放心，披衣走到户外，查看天上的星星。正在他仰望星空的时候，从遥远的天空深处，传来了狼哭的声音。长老听到这声音，身体突然打了一个激灵，意识到这不同寻常的哭声，不是来自狼群，而是来自某个星星。长老听说过天上有一颗星星叫做天狼星，但他不知道这颗星星的具体方位，也不知道它到底隐藏在哪里。他循着声音的来处遥望，看见一颗星星正在向他眨眼，仿佛一只狼眼在天上凝视着他，但他不敢确定是不是这颗星星发出的哭声。

随着这来自上苍的哭声，晴朗的夜空里突然飘落起零星的小雨，雨滴落在长老的脸上和手上。长老把双手举起来，像是祈祷，也像是拥抱，更像是承接。他感到这些雨滴是热的。他听老人们说过，天狼星哭泣的时候，别的星星也会落泪。

长老自语道：没想到星星的泪也是热泪。

0

狼是一种非常胆小和多疑的动物，遇到一点点可疑之处，他就要停下来，观望，判断，甚至知难而退。狼群路过北山的时候，河湾村的人们用集体的喊声和哭声引起了狼群的悲哀甚至大哭，但是狼群哭过之后，还有回来的可能，它们不会轻易就走掉。

因此，北山上出现狼群以后，河湾村家家户户的门口都竖起了一道虚设的假门，用于防止野狼在夜里进入门户。这种架设在门口上方的所谓的门，是用一根比较长的秫秸折弯后，架设在家门口的栅栏或土墙上。别看就是这么一个假门，就能把狼唬住。狼看到这个架设在门口上方的东西，不知为何物，以为是狼夹子，不敢贸然闯入。

长老说，这几天北山上有狼群经过，村里的人们要注意防范一下，于是家家户户都做了准备。有了这道假门，人们晚上就可以放心睡觉，高枕无忧了，绝对不会有野狼敢进入家门。

除了假门，村里的狗也都是负责任的狗，遇到野狼进村，狗会狂叫，给主人报信，然后是与狼对峙。狗看见狼，大多是一边狂叫，一边后退，随时准备扭头逃跑。但只是随时准备逃跑，并不真的逃跑。狗的胆量还不如狼，但是一旦主人出现在身边，狗就会有仗势，有后援，立即胆量倍增，向前冲去。狼看见狗的势头比较凶猛，就停止前进，然后知难而退，转身离开。狼走后，狗要表示一下自己的勇敢，狂叫着向前追击几步，表示自己不可战胜，但追击的距离一般都很短，只是做做样子，适可而止，绝不会冲出很远。

夜里，狗的叫声有紧有慢，常言说，紧咬人，慢咬神，不紧不慢咬鬼魂。在这种说法中，不包括遇到狼时的叫声。狗遇到狼，实际上已经乱了分寸，叫得不像样子，叫得有些惨，也就是说，如果主人不出来助阵，狗的叫声就会由狂吠转变为恐惧和嚎哭。幸亏主人总是及时出现，让狗有了一些底气。

狗咬人的时候，叫声紧凑而密集，那种威胁的声调和气势，是在警告陌生人，你若胆敢再往前走一步，我就会扑上去吃了你。假如你并不怕狗，或者手里拿着一根棍子或是镐把之类，毫不畏惧地盯着它，向狗迎面走去，狗的胆量就会立刻崩溃，边叫边后退，甚至后退不及，一屁股坐在地上，变成一副熊样。

有时，狗在夜里叫，老半天才叫一声，似乎叫也可，不叫也可，据说，这是狗遇到了神。因为它不确定自己真正看见了什么，只是感觉到一些莫名的信息，就叫一声，停顿很久，再叫一声。神在夜里来到村庄，是到人们的梦里去，因此总是静悄悄地来，静悄悄地走，从不打扰村庄的安宁。即便如此，感觉灵敏的狗，还是能够察觉到一些模糊的信息，本能地发出缓慢的叫声。

在河湾村，一只狗遇到了狼，发出狂叫，其他的狗也会跟着叫，意思是，我们也都醒着，都已经做好了准备，休想在夜晚偷袭村庄。一旦全村的狗都叫起来，也是一种呼应和震慑，足以让狼心生畏惧，不敢轻易冒犯。

长老手里拎着一根大棍子，出现在夜晚的胡同里，站在狗的身后，月亮在天上给他照明，光亮突然增加了许多。

借着明亮的月光，长老发现，狗之所以如此狂叫，是因为它面对的是一群狼。

村里的人们也都纷纷起来，走到胡同里。这次，人们不再用喊声和哭声驱赶狼群，因为这种办法只能使用一次，不能常用。当狼群逼近胡同口的时候，人们必须态度强硬，不留余地。人们聚集在胡同里，手里都拿着木棍，都默不作声，面对着狼群，摆出一副决斗的架势。人们不仅仅是摆出架势，只要狼群真的向人们发出挑战，不管结局如何，都将是一场恶战。人们已经做好了充分的准备，对于狼群，肯定不会客气。

长老咳嗽了一声，表示要说话。听到长老发出声音，狗立刻停止了狂叫，两眼看着长老，听他说话。

河湾村突然陷入了出奇的宁静。狼群一声不吭地站在胡同口，人们手握木棍堵在胡同里，狗也停止了叫声，整个河湾村万籁俱寂，只有月光带着微微的摩擦声飘下天空，仿佛给山村披上一层银粉。

长老说，狼也不容易，只要它们不进村，不糟蹋村里的牲畜，我们就不要伤害它们。

面对人们的堵截，狼群悄声撤退了。

狗看见狼群撤退了，又一次发出了叫声。这次的叫声有点怪，不紧不慢，不狂不躁，像是在送别狼群，叫声中似乎携带着一种古老的哀愁。

狼群并没有真的撤退，它们只是暂时离开了胡同口，集结在村庄外围，等待新的机会再次进村。人们看见狼群离开，也没有放松警惕，人们知道狼群的习性，因此仍然堵在胡同里，默不作声，仿佛月光下的一群泥塑。

到了后半夜，人们清晰地听到了天狼星的叫声。那极其微弱而又遥远的声音是从密集的星空里传来的，如果不细听，你会误以为是掠过夜空的似有似无的一缕游丝，飘忽而神秘。这种细微的声音让狗陷入了宁静和倾听，并开始了沉思，从此再也不叫了。

听到了天狼星的叫声，长老这才放心了，说，大家都回去睡觉吧，狼群不会再来了。

人们问，为什么？

长老说，你们去村外看看，狼群肯定撤退了。天狼星在召唤它们回去。这些狼，都是天狼星的子孙。天狼星在呼唤它们回去，它们能不走吗？

人们问长老，你见过天狼星吗？

长老说，我还真没见过天狼星，它肯定在天上，但我不知道哪颗星星是天狼星。有一年夜里，村里也是这样，来了一群狼，听到天狼星的叫声后，狼群就撤退了。

人们问，是哪一年？

长老说，是我爷爷的爷爷小的时候，那时候天空还不是现在这么高，那时人们站在山顶上伸手就可以够到星星，有些狼登上山顶后继续往上走，就走到天上去了。

正在长老说话这时，人们看见整个星空忽悠一下，垂直降下来，落到河湾村的屋顶上方。星星们又大又亮，看上去有些透明，仿佛灯火的外层包裹着气泡。

长老指着一颗星星说，你们谁有本事，把那颗最小的星星摘下来？

长老的话音未落，只见一个人从人群中站出来，大声说，我去。

人们不用看清他是谁，在月光和星光下，人们听声音就知道这个人是铁蛋。

0

狼和狗的长相非常相近，它们在远古时期属于同一个家族。狗与人类成为朋友后，虽然依然保持着狼的模样，但心里已经有了人性，甚至是神性。

二丫家的大黄狗就是如此。一天，大黄狗咬住了窑工的身影，一直不松口，窑工使劲挣脱也走不开。窑工说，大黄狗啊，你今天这是怎么了？我又没有招惹你，你咬住我的身影不松开，到底要干什么？

不管怎么说，大黄狗咬定了窑工的身影，甚至把身影撕开了一道口子也不松口。大黄狗也不叫唤，因为它一张嘴，窑工就会趁机溜走。正好三婶路过，看见窑工被大黄狗纠缠住了，就开玩笑说，它是跟你要好吃的呢，你赶快把家里那些好吃的都拿出来吧，不然它非把你的身影撕下来不可。

窑工说，大黄狗啊，你快跟三婶去吧，你看，三婶胖，她家有好吃的。

三婶看见窑工一脸无奈的样子，窃笑着说，大黄狗，别松口，他这个人太抠，咬住了才能给你好吃的。

在村口，大黄狗和窑工就这么僵持着，一个走不成，一个咬住不放，路过的人们都笑窑工，说，你是怎么得罪它了，今天跟你较上劲了。窑工说，我从来没有惹过它。

大约纠缠了一个时辰，大黄狗终于松开了窑工的影子，窑工挣脱后，也没有生气，而是感叹大黄狗的死心眼儿。窑工临走的时候说，大黄狗啊，你等着，我有好吃的会给你的，以后别这样纠缠，耽误了我好多事情，我还等着去窑上干活呢。

大黄狗冲着窑工摇了摇尾巴，低低地叫了一声，像是哼唧，又像是撒娇，总之是善意的回应。

窑工解脱了大黄狗的纠缠以后，直奔土窑而去。

窑工回头看见大黄狗跟在他的后面，心想，今天大黄狗有些反常，跟我没完没了了，难道还想纠缠我？但是他看见大黄狗一脸的温顺，没有丝毫恶意，也就放心了。跟就跟吧，反正我没做对不起你的事情，你若再纠缠，那就是你的错。

窑工和大黄狗一前一后地走着，来到了土窑。窑工老远就看见土窑有些不对劲，走到近前一看，一下子呆住了，愣在那里，老半天说不出话来。

土窑塌了！

太悬了，如果窑工正好在里面干活，赶上这样的塌方，性命难保。

大黄狗站在窑工身边，冲着塌方的土窑叫了几声，窑工听不懂它的话，但是能够感到大黄狗的叫声与土窑有关。他恍然大悟，难道说大黄狗咬住我的身影不放，是预知到危险，有意阻止我？看来是大黄狗救了我一命，否则我就完蛋啦。

想到这里，窑工心头一热，当即跪在大黄狗的身边，用手抚摸着大黄狗的脖子和脸，说，大黄狗，好兄弟，今天是你救了我，你是我的救命恩人啊。我还以为你咬住我的影子不放，是跟我耍赖要好吃的呢，原来是我遇到了危险。你是怎么知道的？你真是个灵通的家伙，谢谢你，谢谢你。

窑工对着大黄狗，跪着，往地上磕了三个头。

大黄狗看见窑工给它磕头，也不吭声，使劲地摇着尾巴。

正在这时，二丫赶了过来。二丫听说大黄狗在纠缠窑工，不知是怎么回事，忙匆匆赶来解救，却看见了窑工跪下磕头的一幕，感到莫名其妙。再一看，土窑塌了。

看见二丫来了，窑工站了起来，说，今天多亏了你家大黄狗咬住我的身影，拖住我一个时辰，不然我就完蛋了，土窑塌了，我要是在里面干活，就死定了。

二丫走过去，摸了摸大黄狗，说，我听说大黄狗在纠缠你，我就赶来了，它没咬你吧？

窑工说，它没咬我的肉，它咬住了我的身影，不让我走，我就没走成。

二丫说，我家大黄狗不是一般的狗，可灵通了。

窑工说，真是神奇了，它竟然知道土窑将要塌方，生生地把我给拦住了，不然，我在窑里干活，小命就没了。

二丫说，土窑怎么就塌了呢？

窑工说，前几天那场雨，把土窑上面的水沟冲毁了，水把土泡软了。

二丫说，幸好你没在里面。

窑工说，是啊，要不是大黄狗救了我，我现在就是土窑里面的一块肉饼了。

正当二丫和窑工夸赞大黄狗的时候，三婶从山上采桑叶回来，看见窑工和二丫在一起说话，就背着花篓走过来，也不问究竟，取笑窑工说，怎么了？大黄狗还是不依不饶吗？我就说嘛，你把你家里那些好吃的给大黄狗吃，你看，大黄狗都追到窑上来了，你还舍不得给？

二丫看见三婶，也没接话茬，用手指了指土窑。

三婶瞟了一眼土窑，立刻愣住了，还未惊呼，就捂住了自己的嘴。

0

二丫家的大黄狗，是个有灵性的狗。它在关键时刻，显现出通晓生死的能力，而在平时，它看起来就是一只普通的狗，也贪玩，也贪睡，有时还管点闲事。狗拿耗子这样的事，在河湾村也曾出现过，但是抓住了耗子也不是什么了不起的功劳，不一定获得主人的表扬，狗自己也不吃耗子，抓住了也没用，只能让猫从中得了便宜，所以，在一般情况下，狗不会费力去追一只耗子，如果有机会和兴趣，追赶并抓住一只兔子倒是不错的游戏。

狗抓兔子并不是深思熟虑，而是机遇突然来临，想都不想，一个箭步就冲出去，迅速展开一场生死角逐，当然，失败的肯定是可怜的兔子。它将耷拉着四肢和脑袋，被狗叼回来，成为一件战利品，而咬死兔子的狗，将得到主人的表扬甚至物质奖励。

二丫家的大黄狗，就有这样辉煌的战绩。二丫采桑叶的时候，大黄狗也跟去了，大黄狗没有任何事情，纯粹是闲极无聊，跟着二丫去闲逛，结果在山上遇到了兔子。兔子前腿短后腿长，上山跑得飞快，一旦遇到下坡，立即处于劣势，而大黄狗正好在兔子的上方，兔子慌不择路，只好往下跑，连滚带爬，没跑多远，就被大黄狗叼住了。别看大黄狗平时温顺，遇到兔子时突然恢复了原始的野性，其凶猛和捕猎的本领不亚于一头狼。

抓住兔子那天，三婶也在山坡上采桑叶，目睹了大黄狗捕猎的全部过程，因此回到家后，她也分到了一碗香喷喷的兔子肉。

三婶吃了二丫送给她的兔子肉以后，说，兔子肉太好吃了，让你家大黄狗再抓一只兔子呗。

二丫说，好，我跟大黄狗说一下，让它再抓一只。

三婶说，你真说了，我就给你保媒，把你嫁到一个兔子多的地方去。

二丫看到三婶在取笑她，就红着脸走了，边走边回了一句：没正经的老太婆。

三婶看着二丫的背影，捂着嘴偷笑。

在河湾村，时间和空气一样，有着清晰的透明度，人们根据季节的变化，明确地做出安排，预知自己的未来将要做哪些事情。整个村庄在悠然平静中保持着稳定的生活节奏，既不快一天，也不会慢一拍，一切都恰到好处。

二丫和三婶吃掉了大黄狗抓住的兔子，也没觉得有什么不妥。大黄狗也没有因为咬死了一只兔子而内心愧疚，它依然安静地趴在自己的窝里，享受时光，如果趴够了，就起来在村庄里随便转转。大黄狗轻易不会叫喊,因为村里都是熟人,几乎一年也来不了几个陌生人,它把看家护院的事情早就给忘记了,它已经不觉得自己是一条狗了,它认为自己就是村庄里的普通一员,只是长得与人有些差异而已。

让大黄狗丢失面子的事情,发生在一个下午。

二丫带着大黄狗上山采药,又一次遇到了兔子。这次,大黄狗遇到的是一只有经验的兔子,在激烈的追逐与搏斗中,兔子居然借助一丛长满尖刺的荆棘,躲闪周旋,甚至一度占了上风,咬伤了大黄狗的一个脚指头,然后成功逃脱了。大黄狗什么也没抓住,反而一瘸一拐地负伤而归。

从此,大黄狗跟兔子结下了仇恨。

夏天的一个夜晚,皓月当空,人们坐在村头的大石头上乘凉,安静的村庄里突然响起了狗的叫声。不是一只狗在叫,而是全村的狗都在叫,人们知道一定是出了不同寻常的事情。

二丫听见大黄狗也在叫,就想看看究竟。借着明亮的月光,她看见大黄狗正在冲着天空狂叫,难道是天上发生了什么事情?

二丫仰头望着夜空,觉得一定是天上有什么动静。因为前几年,曾经发生过月亮突然掉下去的事情,害得全村人举着火把到西山的后面去寻找月亮,结果并未找到,第二天夜晚,月亮又从东边的山坳里跳出来了。难道今晚又是月亮出事了?她把目光集中到月亮这个目标,果然发现了异常,她看见巨大的月亮上,有一只兔子在活动。这个发现让她紧张而激动,她看见月亮上的这只兔子,与咬伤大黄狗脚趾的那只兔子完全一样。难怪大黄狗在叫,原来是遇到了仇人。

大黄狗止不住地冲着月亮狂叫,而且跃跃欲试,一次次做出冲向前去的姿势。本来,二丫想安抚一下大黄狗,没想到竟然本能地喊出了一句,追!听到这个指令以后,大黄狗像是得到了允许，或者说接到了主人的命令，一个箭步就冲了出去。让二丫也没有想到的是，大黄狗居然冲入了夜空，在天上奔跑，直奔月亮而去。

河湾村的人们也都看见了这一幕，都为大黄狗喝彩，只有三婶从大石头上腾的一下站起来，用手指着天空说，二丫养的是一只天狗！

后面发生的事情，是人们都知道的，这只天狗吃掉了一块月亮。

大黄狗并不是仇恨月亮，它撕咬月亮，是想抓住月亮里面的那只兔子。

由于月亮像是一个飘浮的气泡，包裹着里面的一切，大黄狗冲入天空后，并不能抓住包裹在月亮里面的兔子，于是，它开始了撕咬。

人们看见大黄狗在天上撕咬月亮，就把它叫做了天狗。

天狗始终没有抓住月亮里面的那只兔子，也没有回到河湾村。天狗消失在了夜空里，成了一个传说。在所有人中，只有二丫依然叫它大黄狗。有时，二丫想念大黄狗了，就望着夜空，希望它哪一天能够回来。有一天夜晚，夜深人静的时候，二丫清晰地听见了从遥远的天空深处传来的狗叫声，是大黄狗的叫声，那熟悉的声音，来自月亮的背面。

0

二丫家的大黄狗撕咬月亮以后，留在了天空，一直没有回来。自此，二丫更加关注天空的变化，是出于两种考虑，一是观察云彩的动向，以便选择适合的天气去云彩上采摘露珠，二是说不定哪一天大黄狗会从天上回来。

一次细雨过后，远近的天空蔚蓝而透明，连底色都露出来了，眼睛好的人，可以看到天空的背面。二丫发现，正对着河湾村上空，有一小片白云悬浮着，既不飘走，也不降落，好像被人贴在了那里，从早晨到晚上，一直没有动过。

第二天，这片白云还在那里，整个天空只有这一片云彩，好像其他的地方都不配拥有云彩。经过了一个夜晚，这片云彩似乎变得更薄了，看上去又轻又软，越来越透明的边缘与蓝色的天空已经没有明显的界线，仿佛有人加重一下呼吸，它就会立即融化。

河湾村的人们都在忙碌，似乎没有人关心这片云彩，哪怕它在天空悬浮一个月，也没有人仰头看它一眼。而实际上不是这样，二丫早就注意到这片云彩了，她上山采桑叶的时候，发现天上有一片轻纱，乍一看，还以为是谁把一团揉乱的蚕丝晾晒在天上。

二丫的心里装满了心事，看了这片云彩后，继续采桑，也没有多想。这时三婶背着花篓也来山坡上采桑，看见二丫站在树杈上，就问二丫，你看见天上那片云彩了吗？二丫说，看见了。三婶说，昨天它就在那里，今天还在那里，是不是来看你的？二丫听出三婶是在取笑她，就回一句，云彩是来看三婶的。三婶说，我是老婆子了，没人愿意看我了，你还小，长得又好看，云彩喜欢看小丫头。

二丫一听三婶说她长得好看，脸颊一下子就红了。因为张武也说过她长得好看。张武比二丫大两岁，是张福满和蚕神张刘氏夫妇俩的小儿子，也是河湾村最帅的小伙子，经常故意和二丫搭话，二丫脸一红，就躲开。等到张武走了，二丫又后悔，跟上去再找一个理由，跟张武说话。

二丫的心里已经装满了张武的身影，不管张武在哪里，张武都在二丫的心里。因此，云彩停留在天上，哪怕是停留一年，二丫也不会在意，因为她的心在别处。

三婶在另一棵树下，因为年岁大了，腿脚毕竟有些笨，就没有上树，而是站在树下，扬起胳膊采摘最下层的桑叶。三婶满肚子都是趣味，不逗一下二丫，她自己都感觉憋不住。三婶说，二丫，什么时候出嫁呀，等你出嫁那天，我就吃一花篓桑叶，亲自吐丝，给你织一个头巾。二丫说，你还别说，怎么看三婶都像是一只又大又胖的蚕，难怪你那年吐丝结茧，从蚕茧里出来后变成一只大胖蛾子。

二丫和三婶在逗趣中，不知不觉已经采满了花篓。桑叶很轻，即使花篓装满了也不太沉。三婶和二丫在说笑中，背着花篓走下山坡。当她们走到空旷的地方时，感觉一股清凉的气息从天而降。她们抬头一看，天上的那片云彩正好悬在她们头顶上方，给她们遮阴。她们走，云彩也走，她们停下，云彩也停下。

三婶说，二丫，我沾你光了，云彩给你遮阴，我也跟着凉快了。

二丫仰头望了望云彩说，你不是一直在天上贴着吗？怎么又动了？

二丫的话音刚落，云彩忽的一下飘到了别处，二丫和三婶的头上没有了阴凉，阳光洒在她们身上，仿佛披上一层金粉。

等到二丫再次仰望云彩的时候，这片透明的薄云变成了一张笑脸，在看着她们。

二丫忽然感到，这张笑脸，有点像是张武的脸，她想细看一下，笑脸又消失了，又恢复为一片薄云。

二丫知道自己想多了，脸一下子就红了。

三婶似乎看透了二丫的心思，用手指头戳了一下二丫的额头说，你说，脸怎么红了？心里想什么呢？

二丫确实感到自己的脸上有些热，说，想你呢。

三婶坏笑着说，你这个丫头啊。

三婶和二丫说说笑笑，走在回村的路上，太阳照着她们，天上那片云彩，也在俯瞰着她们。

0

铁蛋在空阔的河谷里奔跑，他的身后追来了一场暴雨。

铁蛋去小镇赶集，路过青龙河乘船的时候，船工说，天要下雨，过了河你要快些走。

铁蛋说，下雨就下雨，正好让老天爷给我冲个澡。

可是没想到话音刚落，乌云就悬挂着雨幕从河谷上游呼啸而来，仿佛在追击一个不要命的人。铁蛋一看这阵势，下船后撒腿就跑。

在空阔的河谷里，铁蛋孤零的身影显得渺小，尽管他的两条腿像剪刀一样在快速开合，但由于河谷太宽，而且还有一片必须经过的松软的沙滩，减慢了他奔跑的速度，很快，乌云就追上了他，在天上打着漩涡，悬在了他的头顶。

跟乌云赛跑，没有胜者。

据说木匠早年曾经在河谷里被暴雨追击，差点被一个雷劈死，幸亏他摔了一个跟头，趴在地上了，沉雷落在他脚后跟不远处的一块石头上，轰的一声把石头劈成两半。

后来才知道，雷不是奔木匠来的，雷是专门冲着那块石头来的，因为石头里还有一块石头，在里面已经孕育多年了，本来早就应该出生了，可是大石头死死地包裹着它，就是不肯松开。老天爷看不下去了，派来一个雷，把石头的外层劈开，从里面救出了那块小卵石。

河滩里的卵石，是悬崖之子。还有一些小卵石，是大卵石生的。小卵石出生的那一刻，它的妈妈必须因开裂而死去。

此刻，天上轰轰作响，声音异常沉闷，仿佛一群鲁莽的人在乌云中滚动巨石，说不定哪一块石头掉下来，正好砸在人的脑袋上。

铁蛋在河谷里奔跑，被暴雨追击，其中一片乌云抓住了他的头发，反复蹂躏，像是闹着玩儿，实际上挺吓人的。幸亏铁蛋的裤腰带上拴着一个小铁人，若是没有这个护身符，乌云敢把他拎起来，提到空中也说不定。

铁蛋的奔跑是出于自身的心理恐惧。此刻，沉雷只是在空中翻滚，并未落到地上，雨也在空中悬挂着，将落而又未落。尽管如此，铁蛋还是吓坏了，他心想，我曾经对天空有过不敬，莫不是找我算账来了？

有一年天降大雪，铁蛋对着天空说，老天啊，你不是会打雷吗？怎么不打个雷让我看看？

那天老天爷非常生气，但是怕引起众生的恐慌，还是忍住了，没有打雷。

今天的乌云里，隐藏着无数个雷，而且每个雷都在铁蛋的头顶上转来转去，像是一个个巨石，随时都可能掉下来。

铁蛋在河谷里奔跑，感到身后有不同寻常的动静。他猛然回头，看见一道白色的裂缝从青龙河的水面上升起，经过几次折断后依然向天空延伸，当这个裂缝连接到乌云的底层时，立即把云层撕开一道缝隙，这个缝隙穿过云层，继续向云端延伸，所经之处全部开裂。随着这道裂缝的瞬间加长和加宽,天空突然爆燃,咔的一声,形成了耀眼的白光。这之后,是连续的震天动地的轰鸣。铁蛋被这刺目的强光和振聋发聩的声音震蒙了,顿时眼前一片漆黑,晃了一下身子,但他没有倒下。

这时,天塌了,又黑又厚的天空,直接掉在了地上。

水,从云层里流出来。

铁蛋被乌云埋没了。青龙河也被埋没了。虽然有连续不断的闪电,船工和他的小木船仍然被雨幕挡在了后面,几近于消失。

铁蛋摸了摸裤带上的小铁人,还在。有小铁人在,他就不怕。有小铁人护身,死了也能活过来,何况还没死。

铁蛋借助闪电的光亮,艰难地走出了河谷,当他走到一片高地时,天空又回到了高处,天地分开了,雨也变成了细线,一扯就断。雷已经离开河谷,集中到远方的山顶上,只有少数的雷滚落到山坳里,像是一些堆积的石头。

这时,青龙河依然仰面躺在河床里,下雨会使河水突然发胖,但也会很快消肿。船工依然戴着他的大草帽,坐在木船上。木船是不怕水的,河水涨了,木船就漂浮得高一些,河水落下去,木船就贴在水面上。木船依赖于河流而存在,它的价值就在于供人们摆渡,一旦离开河流,木船就等同于死去的木头。

铁蛋被彻底淋湿,衣服完全包裹在身上,正如他所说,老天爷真的给他洗了一个澡。想到这里,他忽然觉得老天爷非常眷顾他,答应了他无意中的请求。他心里默默地说,老天爷啊,今后我再也不嘲笑你了,今后你再给我洗澡的时候,雨水还可以更大一些,但是千万别把闷雷堆在我的头顶上,真把我吓坏了。幸亏我有小铁人护身,没吓死。

说到这里,铁蛋顺手摸了摸拴在腰带上的小铁人,没想到小铁人突然张开嘴,轻轻地咬了一下他的手指头。铁蛋说,嘿,你还敢咬我？遂用手掐了一下小铁人，没想到小铁人发出了空虚的喊声。

随着这空虚的喊声，铁蛋看见河谷里的卵石都动起来，向下游滚动，那些圆乎乎的小家伙，仿佛松软的土豆。

卵石怎么会自己滚动呢？铁蛋定睛一看，原来是风从上游吹来，推动着河谷里的卵石，仿佛流水经过人间。

0

早晨，太阳还没出来，河湾村南面的树林里有一群喜鹊在叫，听叫声是一大群，至少是几十只以上甚至更多。它们并不飞起来，只是在树林里叫。平时，喜鹊们各住各窝，各找各的食，即使有聚集，也是三五个亲戚或好友，见面聊聊天，商量事情，很快就会散去，不会大规模聚集。

木匠一大早就起来，来到树林里找一棵树，准备把它砍倒，用于打制木箱。他想，这么多喜鹊聚在一起，肯定是在欢迎他。昨天木匠已经来过树林，相中了一棵树，他之所以相中这棵树，并不是因为它长得多么好看，而是当时树上有一只喜鹊在叫，他觉得这是很吉利的事情。喜鹊是招人喜欢的鸟，它叫，就有喜事。

木匠怀着喜悦的心情来到了树林里，寻找那棵喜鹊叫过的树。让他想不到的是，这棵树竟然跑了，找不到了。他记得清清楚楚，这棵树的前面有一棵树，后面有一棵树，左面有一棵树，右面也有一棵树，这棵树处在许多树的包围之中。今天他来到树林里，发现树林里所有的树都有前后左右邻居，每一棵树都在别的树的包围之中，所有的树都有树冠。这棵喜鹊叫过的树，隐身在许多相似的树中，藏起来了。

木匠后悔，昨天看中这棵树以后，应该在树上做一个记号。他想，跑就跑吧，一棵树还能跑多远，肯定还在树林里，不定藏在哪棵树的后面，我一定能够找到它。木匠是个执着的人，被他看中的树，就算活到头了，跑多远都能捉住。但是树有树的生存智慧，它们长得尽量形貌相似，以便迷惑人，让人难以分辨，甚至陷入树林的迷魂阵。

木匠开始了寻找，他在树林里转悠，他相信自己，总会找到这棵隐藏起来的树。在他寻找的过程中，喜鹊一直在叫，他不知道喜鹊的叫声是否与自己有关。

木匠在树林里转了好多来回，也没有发现那棵逃跑的树。有好多次，他又转回到原来的地方，走了许多回头路。这时，太阳刚刚从地下冒出来，新鲜的阳光从宽阔的青龙河对岸横扫过来，给晦暗的树林送来晨光，也给树林带来了阴影。有的树早已在鸟鸣中醒来，有的树木依然困倦，似乎还沉浸在昨夜的梦中。树木从来都是站着睡觉，如果它站着不动，你无法分辨它是在睡眠还是在思考。

树木的睡眠姿势误导了小鸟，有些小鸟由于慵懒，不愿回到窝里睡觉，困倦了就在树枝上打瞌睡，这是一种非常危险的行为，每年都有小鸟不慎从树上掉下来摔死。木匠亲眼见过一只麻雀站在枝头上睡觉，在睡梦中从树上掉下来，幸亏它在落下的过程中忽然惊醒，又奋力飞回到树上。麻雀体轻，很难摔死，即使真的掉到地上，顶多是摔昏过去，过一会儿还会苏醒，重新飞走。但也不是所有的鸟都这么幸运，如果一只衰老的喜鹊从树枝上仰面摔下来，可能凶多吉少。在下落的过程中，喜鹊往往会因为恐惧而发出垂死的大喊，把生命的元气一次用尽，因此喜鹊的死,往往不是摔死,而是因为元气尽失而气绝身亡。

今天有这么多喜鹊聚集在一起,气氛非常活跃,不像是死了喜鹊,听那欢快的叫声,倒像是在娶亲。

树林是一个鸟群的社会,有死也有生,每当小鸟们结婚迎亲的日子,同类的鸟们就会聚集在一起,前来贺喜,祝贺一番。办喜事这天,气氛祥和,鸟们或是飞翔,或是站在枝头上,借此机会相互问候,加深感情,在一起聊天或者唱歌。鸟们在一起,并不总是一片祥和,偶尔也有打架的时候。鸟们打架,往往从争吵开始,发展到怒不可遏的程度,会相互怒骂直至大打出手,相互撕咬,拳打脚踢,一副拼命的样子。鸟们打架,由于力量有限,一般不会致命,只是受些轻伤而已。真正的猎手从来不会跟你争吵,它没时间跟你扯淡,它不允许你还嘴,也不会给你争辩和反抗的机会,它会在你毫无察觉的情况下,忽然从天而降,伸出粗壮而锋利的爪子,一下抓住你的身体要害,爪子抠进肉里,一击毙命,连挣扎的机会都没有。鹰在狩猎时就是如此。

一只鹰从天而降,即使没有抓住小鸟,也可能把小鸟吓死。那是一种血脉压制,仅仅是一道目光,就足以杀死一只小鸟。

而今天,鹰没有来。鹰不是有了慈悲之心,而是鹰发现树林里有人在转悠,不便下手。木匠来到树林里,反而给小鸟们带来了安全感。而这些,木匠并不知晓,他依然在转悠,他要找到那棵逃跑的树,在找到它之前,他没有心思倾听鸟鸣,即使听了也不懂。

临近响午时分,太阳已经接近头顶,由于时已入秋,少数树叶已经飘落,树林变得非常舒朗,树木之间并不拥挤,阳光透过树林,所有的树木都得到了阴影。树木需要一个影子,证明自己的存在。砍断一个树影,就会倒下一棵树。这绝不是危言耸听。木匠曾经用斧子砍在树影上,结果一棵树疼得当场昏过去,树冠猛烈晃动，差点晕倒。树影是树的灵魂。也有人说，那天风大，树冠晃动是在招风，根本不是木匠砍伤树影所致。木匠也不承认是他干的，他不想当树木的天敌，每次在砍伐树木之前，他都要说明原因，征得树木的理解，尽量不跟树木结仇。

尽管树木没有记恨木匠，但也有些忌惮，被他看中的树木逃跑，就是一种被动的反抗。小鸟也是如此。小鸟对鹰的惧怕，已经渗透到骨子里，即使在背后也不敢提鹰这个字，更不敢议论和辱骂，哪怕是心里想一下，都感到瑟瑟发抖。鹰对小鸟构成了精神威慑，比死神更可怕。

木匠在树林里一直寻找到正午，也没有找到那棵树，后来，他看到每棵树都似曾相识，都像是他要找的那棵树，又似乎不是。他看得眼花了，干脆不找了，坐在树荫下歇一会儿。说来也巧，他正好坐在了喜鹊聚集的这棵树下，看到了成群的喜鹊在树枝上鸣叫，喜庆的气氛非同往常。由于他不再转悠了，心也就静下来了，他安静地坐在树荫下，听到喜鹊的叫声比往日明亮，仿佛声音中掺入了阳光。喜鹊并不害怕木匠，看见木匠坐在树下，喜鹊叫嚷的时候还故意提高了声音，仿佛专门是给木匠听的。

就在喜鹊们沉浸在喜庆的气氛中时，鹰出现了。几乎没有任何迹象，也没有一点声音，天空中忽然出现了一个黑影，这个黑影几乎是垂直而下，降临到树林上空。最先看见这个影子的是一只年老的喜鹊，它大叫一声，从树枝上跌落下来，当场死去。可以肯定的是，它不是摔死的，而是被天空中的黑影吓死的。

树上的喜鹊听到一声惨叫，知道是什么来了，几乎是同时起飞，本能地四散逃命。一只老喜鹊用临死前绝命的惨叫，向同伴们发出了危急信号，使得这个聚集的群体得以逃脱。

这次灾难，不能说与木匠无关。由于他不在树林里转悠了，他坐在树荫下歇息，身影被树冠完全遮住，以至于住在天空背后的一只鹰，视线受到阻碍，以为树林里没有人了，就从天顶上俯冲而下，直奔这片树林而来。

这次突袭事件，除了一只年老的喜鹊被当场吓死，其他的喜鹊们一哄而散，都逃脱了。从天空中垂直而下的鹰，收获甚微，它只在空中抓住了一片飘起的落叶。

木匠也是一无所获，等到鹰返回天空的时候，木匠已经失去了寻找的兴趣，失望地走出了树林。

临走时，木匠在地上挖了一个坑，把死去的老喜鹊埋在了树下。当他走到树林外面的时候，忽然感到后背一阵发凉，他回头望去，只见身后阵风忽起，整片树林都在摇晃，风中夹杂着各种鸟的叫声，却没有一只鸟飞出树林，随风飘来的只有几片落叶。

这些风中飘浮的落叶，越过木匠头顶上空时，忽然长出了翅膀。

0

冬天来得有些突然。一场大雪过后，天气放晴，恰好赶上月圆之夜，河湾村被一尺厚的积雪覆盖，平日里灰黑的茅草屋变得又白又胖，一下子膨胀了许多。此外，拐弯的胡同，石头垒的井沿，低矮的碾坊，破漏的牲口棚子，凡是地上的东西，都白了，放眼望去，大地一片白茫茫，反射着朦胧的月光。

每当雪后，不管地上有多厚的积雪，长老都要出来看雪。他看雪不是为了观赏风景，而是查看一下有没有被雪压塌的草棚、断裂的树枝。他不放心，他必须在村里走一遍，如果不是亲自查看，他睡不着觉。这件事情，他已经坚持了两百多年，年年如是。有一年，大雪把河湾村彻底埋在了雪下，茅草屋变成了一个个模糊的鼓包，等到人们从雪里钻出来时，仿佛是生活在地下的动物。那一年，长老试图在雪下挖洞，到外面看看，结果发现雪地里没有外面，只有上面。

并不是每一次雪后都有月光，赶上圆月也是少数，也不是所有的人都愿意在雪后出来，因为一旦鞋踩湿了，没有可以更换的鞋，就只能那么穿着。长老有一双狼皮的高桩靴子，是用一头狼的皮做的两只靴子，毛朝里，可以护到膝盖，因此不太深的雪，灌不到鞋里去。有了这双狼皮靴子，他走在雪地里既不冻脚，也不怕靴子里进雪。

提起狼皮靴子，还要从早年前说起。有一天，长老在雪地里捡到了一头冻死的狼，背回村里，剥了皮，用狼皮做了一双靴子，平时他根本舍不得穿，只有下雪的时候穿一两次，然后收好，等待下次雪后再穿。

对于弱小的动物，大雪就是一场灾难，兔子，狐狸，野鸡，狼，獾，等等，在大雪融化以前，可能它们要忍受漫长的饥饿。地鼠和耗子可能好一些，它们的窝里，一般都有粮食储备，一两个月都饿不死，甚至丰衣足食。

说来奇怪，雪后的天气，往往比下雪的时候还要冷，可能是大雪散发的寒气，加重了寒冷。对于野生动物来说，饥饿是最要命的，寒冷倒是其次。到了冬天，野生动物们都会长出厚厚的毛发，它们能够从自己的身体内部长出一身皮大衣，而且非常保暖，合身，耐用。狼皮是狼的衣服，羽毛是鸟的衣服，肉虫没有衣服，因此肉虫必须在冬天来临之前完成生命的转化和更替，否则就会被冻死。

长老穿着狼皮靴子，在雪地里走着，查看完村庄之后，走向了村外的树林。

河湾村南部的千亩树林，大多是杨树，光裸的枝丫上已经挂满了积雪，在月光中透出神秘的反光，远远看去，仿佛是挂在夜空中的一幅画。在这美丽的表象后面，是树林最难度过的寒冷。北方的树木都是实心的，这也造成了它们大多缺心眼儿，在夏日里只顾长叶子，没有像动物那样在冬天来临之前长出一身皮衣服。每遇大雪或极寒天气，树木非常难熬，有的小树可能活不过冬天。长老对树林有些担心，就去查看一下，只要他用手摸一摸树干，就能知道它们的体温，以此来判断这棵树是冻僵了还是冻死了。

长老踩着厚厚的积雪，每走一步都要从雪地里拔出后腿，然后迈出去，在前面的雪地里踏出一个深坑。常言说一步一个脚印，现在长老走在雪地上是一步一个深坑。尽管如此，长老还是来到了树林的边缘，这时孤独的月亮悬浮在空中，好像是专门在天上等待长老，而长老的心思不在天上，而是大雪覆盖的树林。

长老穿着狼皮靴子，踩在雪地上几乎是无声的，但是树林里栖息的小鸟，还是听到了动静，有一只鸟可能还没有入睡，或者是刚好醒来，听到了树林外面的动静，忽然飞了起来。随着一只鸟的起飞，树林里所有的鸟都从梦中惊醒，慌不择路地向天空飞去，它们几乎是一哄而起，乱成一团。让人惊奇的是，这些突然飞起的群鸟，居然没有一丝叫声，仿佛是一群蒙面的黑客，悄无声息地冲入夜空里，隐没在飘忽的月光中。

这时的夜空，像一面虚无的镜子，照见了大地上所有的事物，却没有一点反光，也没有任何投影。天空吸收了一切倒影并把万物融化在虚无之中，不留一丝痕迹。一群惊飞的群鸟，很快就消失在夜空里，只把树林留在白雪覆盖的大地上。

长老曾经怀疑过，天空可能是一个巨大无边的空门，凡是误入者都将深陷其中，无力自拔，永远留在那里，无论是太阳，月亮，星星，还是那些一去不回的灵魂。

看到群鸟忽然惊飞，长老的内心有些不安，他忽然产生了一种负罪感。他想，是他惊动了这些沉睡的小鸟，是他扰乱了树林的安静，如果这片树林也因惊吓而拔地而起，飞到天上去，他将不知如何是好。

幸好树林已经冻僵，没有缓过神来，即使树木有逃走的想法，也没有从冻土中拔出自身的力气。大树的根子已经扎到了地下深处，不是想走就能走的，假使真的趁着夜晚逃走了，也会在雪地上留下明显的痕迹。有些兔子就是因为在雪地上留下脚印，被猎人追住；还有一些逃走的流星，在夜空中留下深深的划痕，以至于暴露出明确的方位和落点，被人捉住后装进布袋里。

看见树林尚好，没有一棵树因为大雪覆盖而冻死，长老的心稍微宽慰了一些。他知道，那些飞走的群鸟终归还会回到地上来，天空中虽然有细小的星星可以啄食，但是那些发光的小东西未必好吃，有的还可能烫嘴。没有食物，鸟们在天空里待不了多久。太阳和月亮都因劳累过度而掉到地上，何况是血肉之躯的一群小鸟？

想到这里，长老的心放下了。刚才，他的心都已经悬起来了，如果不是肋骨拦挡，有可能从胸脯里飘出去。不要以为身体上有护栏就是安全的，其实什么都可能飘走。有人看见落叶在飘向天空的过程中长出了翅膀，也有一些东西没有翅膀，也能从天空中飘落，雪花就是如此。

大雪落了一地，长老走在雪地上非常吃力。他忽然想起，早年间他曾因为吃了一颗类似于卵石的土豆而力气大增，拔着自己的头发走了好几里路。如果现在还能那样，他就可以飘在空中，不在雪地上留下脚印。

想到了就试试，长老抓住自己的头发，用尽浑身的力气，只把自己的身体拔起来三寸高。真是岁月不饶人，几年过去，长老已经无法像当年那样拔着自己的头发离地三尺在空中行走了。长老感叹自己老了，或许是好久没有吃过卵石般的土豆？或许是穿着狼皮靴子太沉？不管什么原因吧，长老始终没有把自己的身体拔起足够的高度，最后只好松手，又把自己放在地上，只能靠迈步行走了。

长老一步一个脚印，又踩着来路的脚窝向村里走去。他在村庄和树林里查看的过程，没有人知道，人们都在安睡，只有睡醒的公鸡在按时报晓。长老听见鸡叫，知道时间已经过了子夜。

快要进村的时候，长老感到身后有些动静，就回了一下头，他看见身后的雪地里有一条狗在跟随他，狗腿深陷在雪中，只露出身子。他觉得这只狗有些异样，不像是普通的狗，仔细一看，不是狗，竟然是一头狼。长老并不怕狼，他知道狼是胆小多疑的动物，即使饿了，也不敢轻易对人下手。他想，这头狼跟随他，一定有事情，就问狼，你是想吃我？狼摇了摇头。长老又问，你是想跟我回去？狼依然摇头。长老又问，你要吃点东西？狼还是摇头。长老走近狼的身边细看，发现这头狼的身上没有皮毛，是一副光裸的肉身。长老忽然明白了，当年他在雪地里捡到一头冻死的狼，背回村里，扒下了狼皮，做成一双狼皮靴子。他怕死狼的尸体有毒，没敢吃狼肉，扒完皮之后又把狼的尸体扔回到山上去了。这么多年过去了，难道它又活了？它是怎么活下来的？想到这里，长老吃惊了，他的眼睛紧紧地盯着狼，猜到了它想要什么，于是赶紧把穿在脚上的皮靴脱下来，用手从缝补针线的地方猛力撕开，把两个皮靴还原成狼皮，披在狼的身上。没想到这张被人扒掉了很多年的狼皮，做成了皮靴后穿过无数次的狼皮，如今又展开披在狼身上的两个半张皮，到了狼身上后，立刻与狼的肉身长在了一起。这头狼重新得到皮毛后，凝视着长老，似乎有话要说，长老也静静地等待着它说话，然而它终究是一头狼，它不会说话，默默地低下头去，转身走了。长老看着狼远去的背影，才忽然想起自己光着脚，由于寒冷，小腿已经有些麻木了。

此时，河湾村的人们都在梦中，大雪覆盖的山村里万籁俱寂，他能听到星星在天空里飘移的声音，其间夹杂着飞鸟翅膀的摩擦声，他知道，一定是那些飞进天空的群鸟又返回了树林。他已不再担心天上的事情了，此刻真正让他震惊的是这头默默走远的狼，回想它刚才光裸着肉身，站在雪地里望着他时的目光。他从未见过这样的眼神。在月光中，他看得非常清楚，这是一种特殊的眼神，让人无法言说，又深入骨髓，好像两把尖刀，深深地刺进了他的心脏。他感觉这头狼的目光里，有乞求，有悲哀，有剧痛，有绝望，有渴望，还有深不见底的空虚。

长老光着脚，站在一尺多深的雪地里，望着狼的背影渐渐消失，直到踪影全无。狼走后，他的眼里只剩下大雪地和雪地边缘模糊的树林，四野一片白茫茫。

这时村庄里再一次传出了悠长的鸡鸣，这次鸡鸣比上一次声势浩大，几乎所有的公鸡都参与了鸣叫，像是一次集体的呼唤。没有人知道它们在喊什么，它们的声音会穿透人们的梦境，到达另一个世界。长老知道，这是第二遍鸡叫，此时月亮已经偏西了，一束一束的月光从风中斜飘过来，有如天空里正在下着一场透明的细雨。透过这蒙蒙月光，忽然间，长老听见遥远的天空里传来若有若无的狼嚎声，声音极其细弱，仿佛是虚无中的一缕游丝，似乎在呼唤或者回应什么，又像是被时间过滤的隐忍的呜咽。

长老的灵魂似乎被这来自天空尽头的声音给勾走了，他的脑袋里一片空白，已经无法判断这声音是自己的耳鸣，还是天狼星在嚎叫。

长老好久才缓过神来,面对着茫茫雪地,他感觉自己是一个异物,多余地站在雪地上。

0

有一年夏秋交替时节,青黄不接,河湾村的人们得了一种病,这种病的症状是肚子饿,每隔一段时间,人们就会感到饥饿,吃下一些解药后就会好转。解药品类非常多,粮食,蔬菜,肉类,什么都行,吃下去就管用,但是不到一天时间,人们又饿了,不吃就难受。最初,人们对此不以为意,没有当回事,觉得吃下东西就能缓解,不算什么,大不了继续吃就是。可是,当人们断了粮食,没有什么可吃的时候,这个病的症状就越发明显,饿到严重程度时,人就会浑身无力,甚至日渐消瘦,走路都费劲。

长老年岁大了,饿病最严重,由于食物短缺,整个人缩小了一圈,已经变得形销骨立,好像白胡子后面长着一张薄片。有人从青龙河对岸的小镇里请来了郎中,没想到郎中也得了饿病,也瘦成了一张薄片。郎中见了长老,又是把脉,又是问诊,最后从木匣子里掏出一张毛边纸,在纸上画了一张饼,临走时交代说,实在饿得难受,就看看这张饼。

长老得到了郎中画的一张饼,消息很快传开了,村里的人们感到好奇,纷纷前来观看,都想目睹一下这张饼长什么样。人们已经好久没有吃过像样的东西了,都是靠野菜充饥,当一块饼出现在纸上时,长老也是心头一震,觉得看到了希望。长老看了一眼画在纸上的饼,肚子似乎好受了一些,但是过了一会儿,似乎感觉更饿了。

长老的家里来了很多人，都是来看饼的，由于人多，人们只好排队，按先后顺序陆续进屋观看，看一眼就走，不能耽误下一个人观看。画了饼的纸就放在炕上，是很大的一张饼，看上去很脆，焦黄的饼上还画出了一些芝麻，看一眼就让人流口水。有的人看一眼之后不想走，故意拖延时间，有的人走后又回了一下头，看了第二眼。

所有看过画饼的人，都有一种幸福感，觉得精爽了一些。但是画饼就是画饼，并不能真正充饥，反而刺激了人们的食欲，更加饥饿了。轮到铁蛋进屋的时候，已经过晌，当他看见焦黄酥脆的大饼上面粘着芝麻，口水止不住地往上涌，都被他咽回到肚子里，没让人看见。铁蛋看了一眼纸上的画饼，觉得这块饼实在是太好了，一定非常好吃，于是临走时又回头，看了第二眼。当他走到门口的时候，忍不住再次回头，看到第三眼的时候，他再也无法控制自己，转身一个箭步冲回去，一把抓住这张纸，把它揉成一团，塞进了嘴里。等到长老反应过来时，铁蛋已经把画饼吃下去，吞进了肚子里。由于吃得太快，噎得他直伸脖子。

长老看见了铁蛋吞饼的全过程，他毕竟是两百多岁的人了，反应终归还是有些慢，还没来得及制止，事情就已经结束了。铁蛋出手的速度确实是太快了，莫说是长老，就是木匠在场，或者铁匠在场，恐怕也来不及制止。有人说船工也许能够制止，但是船工正在青龙河的水面上摆渡，哪有时间跟铁蛋争抢一张画饼。

长老的画饼被铁蛋给吃了，吃了也就吃了，还能有什么办法？铁蛋是河湾村里出名的顽皮蛋，他曾爬上悬崖掏鹰蛋，也曾在青龙河的河谷里被闪电追击，有一年他还摔倒过一个旋风，春天的时候捅马蜂窝，被蜂蜇脸，肿成一个大头娃娃，凡此种种，几乎没有他不敢做的事情，因此，他若是不吞下长老的饼，倒是反常的事情。铁蛋吃完了饼,哼着不着调的小曲,摇头晃脑地走了,后面排队的人们看见铁蛋后,非常失望地解散了。

一张画饼,并不能缓解饥饿,人们的病情在逐渐加重,北山上的野菜也快要采光了,村庄南部的树林里倒是有一些野菜,但是由于光照不足,本来野菜就很少,经过人们的反复寻找和采摘,已经所剩无几。地里的庄稼尚未成熟,吃掉非常可惜,但是眼看就要饿死,人们也顾不了那么多了,只好啃青,撸下还未成熟的高粱穗子或者谷穗,煮饭充饥。还有人扒下榆树的皮,然后晒干,把树皮碾碎,去掉里面的筋脉,用榆皮面熬粥或者烙饼,用来充饥。吃榆树皮的坏处是,吃多了拉屎困难,因此人们不敢多吃。

长老失去了画饼,也没有埋怨铁蛋,而是想办法解救危机。他忽然想起早年间河湾村也曾发生过饥荒,是船工的结拜兄弟水神出面解救了人们的危机。水神住在青龙河里,是河水的保护神,水神的媳妇住在另一条河里。那年,是水神的媳妇从远处领来了鱼群,让人们在河里捕鱼,度过了饥荒。要不找船工试试?

说做就做,长老派人找到了船工。船工说,我确实是水神的结拜兄弟,但是我已经好多年没有见过水神了,更没有见过水神的媳妇,要不我试试看?

事情的进展总是超乎人们的想象,还没等船工请求水神,青龙河里就出现了大量的鱼群,而且这些鱼专门往浅水处游,仿佛特意等待人们的捕捞。河湾村的人们发现鱼群后,也不贪婪,够吃就行,绝不过度捕捞。人们依靠捕鱼度过了饥荒。船工知道是水神帮助了人们,为此感谢了不止一次。

饥荒得以缓解,但是饿病并未得到根治,每过一段时间,人们的肚子还会饿,必须吃下东西才能缓解。为此,长老再次去梦里问他的爷爷,请求良方。他爷爷说,饿是一种古老的病,我出生的时候就有这种病了，据说祖先的祖先那时候，饿病就开始流行了，一直没有根治的秘方，除非死了，否则总会饿，而且不管吃下去多少东西，肚子也存不住，都会从屁股漏出去。

除了饿，人们还有一种与生俱来的病，一直没法治愈，那就是一到夜晚人们就困倦，昏昏欲睡，必须倒下睡觉。白天，人们垂直地立在地上，走动或耕作，到了晚间，人们就必须与大地平行，躺下睡觉，如果不看呼吸，睡着的人们就跟死者没有什么两样。如果夜里不睡觉或者睡不好，第二天整个人就会精神萎靡，蔫乎乎的。

饥饿和困倦，都属于遗传病，自古就已存在，流传至今，一直没有根治的办法。这两种古老的病代代遗传，伴随着人的出生，存在于人的血脉里，只要是人，你就必将受此困扰。为了填饱肚子，人们一生都在劳作，不断耕种和收获，都是为了吃。因为不吃就会饿，饿时间太长了，人就会死掉。因此也可以说，饥饿是一种普遍存在的非常严重的病，甚至威胁人的生命。

人们活着的时候，除了劳作，大约有一半的时间是在睡觉，因此困倦这种病也非常让人烦恼。然而，比睡觉更恼人的，是睡不着觉，睡不着也是一种病。长期失眠会使人记忆力减退，神志恍惚，注意力不集中，做什么事情都难以专心。人不但活着的时候深受睡觉的困扰，死后还要陷入永久的沉睡中，如果没有什么特殊的事情，一般人不会醒来。人死后，也不是一无是处，饿病会随着死亡而消失，没有一个死去的人说饿，因为他们不再排泄了，也就不需要吃东西了。

这样说来，饿是因为排泄所致？长老似乎悟到了什么深刻的道理，以为自己找到了病根，于是差人去青龙河对岸，请来郎中，说明了自己的观点，与其探讨治病的秘方。郎中听了长老的话，不以为然，他认为死人的身体感受没有参考价值，他更关对于河湾村人来说，死，不是最大的事情，论起重要性，出生要排在死亡的前面。因为没有生也就没有死，只不过一个人出生时没什么动静，仿佛是偷偷潜入人间，而死的时候往往比较热闹，受到所有活人的关注。当人们听说一个老人死了，全村的人都要前去吊唁，买一些黄纸，烧给死者。黄纸是冥币，有了村里人送的纸钱，死者进入黄泉路上，就有了盘缠，同时也可以添置一些衣服用项之类。一个人活着的时候，可能一辈子也没见过几次钱，死后却发了一笔横财，而且数额特别巨大，一副富可敌国的样子，这也是河湾村人对死者的精神安慰和终极关怀。

死去的这个王姓老人，就不用说他的名字了，说了外人也不认识。他一辈子都在村里种地，去过最远的地方就是青龙河对岸的小镇，去那里赶集，一般都是早晨去，中午回来，然后接着种地。大多数河湾村人都是这样，在哪里出生就在哪里死去，他的行迹不出方圆十里。

河湾村人，如果论谁走得最远，只能说铁匠了，他经常去月亮上采集透明的碎片，装在布袋里背回来，用于打制宝刀。然后是三婶，三婶凭借自己长出的翅膀，也去过月亮上一次。那是三婶吃了许多桑叶后吐丝结茧，把自己织在了一个大蚕茧里，她从里面出来时长出了翅膀，变成了一只硕大而肥胖的蚕蛾。她凭着坚强的毅力，勉强飞到了月亮上。如果不是铁匠在天空中护驾，三婶有可能会掉下来摔死。

除了铁匠和三婶，二丫经常去云彩里采集露珠，也算是到过远方的人了。

说起远方，长老去过，他到底去过哪里，走了多远，一直是个谜，因为他自己也不知道他走到了哪里。此外，还有四个去远方寻找马的年轻人，据说到了草原以北，看到了长翅膀的马，但也为此付出了生命，他们一生都在奔走，都死在了路上。

心他画的饼,治病效果如何。他问长老,我给你画的那张饼吃了吗?长老说,我没吃,铁蛋吃了。郎中说,铁蛋是谁?长老说,铁蛋是河湾村的一个嘎小子。郎中说,他吃了以后有什么感觉?长老说,他差点噎死。郎中听到长老说铁蛋差点噎死,就咽了一口唾沫,说,我画的饼太大了,如果我画小一点,可能就不会噎人了。

郎中说着,从木匣子里掏出一张毛边纸,然后把纸对折,裁开,变成两张小纸,然后每张纸再次对折,这样,一张大纸就变成了四张小纸。郎中掏出笔墨,在两张纸上各画了一块很小的饼,在另外两张纸上各画了一条小鱼。他边画边自言自语地说,这次画的饼很小,不会再噎人了,鱼更小,也不噎人。他画好以后,把四张纸放在一起,用火烧了。长老不解其意,问他为什么烧掉。郎中说,这是四张符,烧掉以后,就变成了灵符。人们之所以感到饥饿,不仅是身体饿,心也饿,我画的饼和鱼,是管心病的。有了这四张灵符,人们的饥饿感就会减轻一些。长老说,管用吗?郎中说,灵符只是起一些辅助作用,若想治病,主要还得靠吃。长老说,吃灵符?郎中说,不,吃饭。

0

河湾村死了一个王姓老人。说这个人老,实际上岁数并不太大,也就是九十多岁,跟他年纪相仿的人,村里还有好多,如果跟长老比,那就相差甚远了。长老已经两百五十多岁了,也有说是两百六十多岁,一个九十多岁的人,若论年龄,在长老面前还是个相隔七八层辈分的孩子。

死去的这个王姓老人，是夜里去世的，有人在梦里看见他往西走了，结果醒来时听说他已经死了。据说，一个人死后会去往另一个世界，那个世界离人们并不遥远，不属于远方，甚至有可能近在咫尺，甚至几步就迈过去了。人们送给死者纸钱，路上也许用不上，就那么几步路，哪有什么花销。因此，死者一次性地收了太多的纸钱，反而是一种负担，想想都累。每张纸钱都是深厚的人情，而死者已经躺下，既无法推辞，也无法谢绝了，只能被动收下。另外，纸钱一经烧毁，就相当于在冥界流通了，死者拒收也是无效的。一个人死后还欠下了人间的一笔无法拒绝也无法偿还的人情债，无论多么沉重也得背着。一个人活在世上，没有钱不行，一个人死后，得到的钱太多了也是个累赘。

尽管如此，村里的人们还是纷纷去吊唁，给他烧纸钱，借此最后再看他一眼，哭几声，表示哀悼和纪念。这时，人们往往会念起他生前做过的好事，不再提起他犯过的错误。人们原谅一个死者，是真正的宽恕。如果一个人从来没有伤害过任何人，也没做过一件坏事，人们也不会过度夸奖他，因为这样的人是大多数甚至是全部。河湾村没有恶人。

王姓老人死后，村里的人们都开始了忙碌，不管是亲戚还是邻居，都来帮忙，有人奔丧，有人搭制灵棚，有人挖坑，有人打造棺材，有人看阴宅，有人哭泣，所有的人都在为死者的发丧做准备。木匠从一大早就开始了忙碌，他要日夜不歇地给死者打制棺材，铁匠赶紧打制钉子，用于钉棺材盖。也有的棺材盖不用铁钉子，而是用木楔子凿孔的方式固定。船工也忙起来了，外村的亲戚有前来吊唁的，往返过河需要摆渡。三婶忙前忙后，张罗着一些琐碎的事情。蚕神张刘氏也跟着大家一起忙，用到针线的时候，她就去借，线不够的时候，她就吃几口桑叶然后吐丝，她吐出的丝非常绵长柔润，比普通的棉花线要结实。二丫去云彩上采集新鲜的露珠,带回来给死者洗眼睛,说是露珠可以明目,以便去往阴间的时候眼睛明亮,看得清楚。三寸高的小老头也在忙,帮助人们做些杂事。三寸高的小老头太矮了,在人多的地方反而添乱,不小心会被人踩死。长老也来了,他在院子里转悠了一阵就走了。

长老来过死者家里,在灵棚前烧了一些纸钱就走了,后来一直没有出现,等到死者快要出殡的时候,长老才从河湾村西面的一条小路上回来。人们见了长老,问他去哪儿了,长老说,我去西面看看,如果运气好,就能碰见死者的灵魂,说不定还能把他叫回来。长老说,一个人死后,灵魂会离开他的身体,但也并不是立刻就走,而是在村庄附近转悠,有的甚至转悠一两天时间。听见长老说起灵魂,三婶赶忙凑过来,着急地问,长老碰见灵魂了?长老说,我还真是碰见了,当时他(死者)的灵魂非常虚弱,看上去很疲惫,我一眼就认出是他的灵魂,于是就把他截住了,劝他回去,再活一些年。三婶睁大了眼睛说,他是怎么说的?还能回来吗?长老说,回不来了,他的灵魂里有一股真气,被人抽走了,就是回来,人也不能复活了。三婶说,为什么?谁给抽走的?长老说,我问了,他不说,我也没有再追问。

三婶失望地叹了一口气,说,这就是命,算了,没希望了,大家各自去忙吧。三婶说,长老都劝不回的灵魂,看来是没有希望了。

对此,长老也没抱太大的希望,他只是去碰碰运气,劝几句是人情,劝不回也算是努力过了,不后悔。

对于一个九十多岁的老人,去换一个新生,也是可以理解的事情。毕竟此生已老,再活下去也没有什么盼头了,另外,他灵魂里的真气已经被人抽走,他已经由不得自己了,只能被动接受,但是他将投胎何处,来生怎样,对此他一无所知。

听了长老的话，三婶几乎是断然宣布，没指望了，继续准备出殡吧。实际上，人们不知道长老出去找灵魂，大家都在忙碌，挖坑的挖坑，烧纸的烧纸，哭的继续哭，做法事的阴阳先生画好了灵符，木匠在做棺材，铁匠在打制钉子，蚕神张刘氏吐出了很多丝，搓出的线又长又结实，说是这次用不完，以后还能用。

死者死后第三天，一大早，人们就做好了准备，要赶在日出以前出殡，因为死者不能见太阳。因此，河湾村的人们老早就起来了，都聚集到死者家里来送行，送死者最后一程。

送葬的人们准时启程。墓地离村里大约一里多地，抬重的人们都是青壮年，几乎是一路小跑赶往墓地。当人们抬着棺材走到半路时，忽然停了下来。后面跟随的人们不知是怎么回事，还以为人们太累了，停下来歇歇肩膀，不料是前面出现了一个灵魂，把送葬的人们截在了半路。

后来的事实证明，这个突然出现在送葬队伍前面的灵魂，只是一团模糊的雾气。由于当时正是早晨，空气中湿度很大，再加上有的人已经眼冒金星，所以出现了误判，以为前面出现了飘忽的灵魂。

一场虚惊过后，人们继续抬着棺材赶路，因为时辰已定，不容耽搁，必须在指定的时辰下葬，否则对死者家人不吉利，对河湾村也不利。

接下来的路程比较顺利，没有出现磕绊，人们准时把棺材抬到了墓地。王家这个墓地，是个大墓地，从祖坟往下排，已经是几十个辈分，可见这是一个庞大的氏族部落，聚居着曾经生活过的人们，今后，还将有人不断地向这里聚集，过起隐居的生活。这是一个由死者组成的地下村庄，人们安静地躺在地下，没有特别重要的事情，不会有人来打扰，除非是天塌了。

早年间,河湾村西北部天空塌陷那次,据说就是王氏家族的一位早已过世的老人从坟墓里出来,帮助人们修补了天空,然后回到坟墓里继续睡觉。如今,人们已经忘记了那个神秘的老人到底居住在哪个坟墓里,只记得他回到了王家的老坟地。

到了坟地以后,人们很快就把棺材安全下葬到墓穴里,然后开始填土。参与安葬的人很多,因此很快就在墓穴上填起一个土堆,这个新出现的土堆,就是王姓老人的新居了,这个新家虽然很小,但也足够一个人居住了。从此,他躺在地下,可以长眠不醒,实现真正的永久性安居,直到地老天荒,与大地融为一体。

从墓地的角度看人生,一个人的出生只是个报到,死亡才是真正的还乡,而这生死之间的人间活剧,也仅仅是个序幕,真正漫长的是安居之后永恒的沉默。

在回去的路上,送葬人们匆匆疾走,谁也不回头,也很少说话。人们不愿承认墓地是另一个村庄,即使知道这些也不愿说出。

木匠和铁匠都参与了埋葬,三婶是女人,按乡俗,女人不能参与埋藏,只能留在村庄里。木匠忽然想起来,在刚才埋葬的时候,有一个填土的陌生老人,身上浑身都是土,好像是刚从土里钻出来似的。这个陌生人是谁?由于当时正忙,人们七手八脚地忙于填土,有人看见他了,也没有多想。木匠感觉有些疑问,就问铁匠,说,刚才你看见那个浑身是土的老人了吗?铁匠说,看见了,感觉他有四五百岁的样子,他是谁?木匠说,我也不知道他是谁,要不怎么会问你呢?铁匠说,反正我以前没见过。

木匠低头走路,反复回想,他忽然一拍大腿,说,不会是传说中补天的那个老人吧?

0

几天时间里，河湾村又死了一个老头，这次死的是种土豆和卵石的王老头，他是晚上做梦的时候死的。王老头平时就爱做梦，只要闭上眼睛，立刻就能睡着，然后开始做梦，一刻也不耽误。因为梦里的生活比现实精彩，河湾村的人们都爱做梦，如果谁夜里做梦少了，或者不做梦了，需要到河对岸的小镇上去找郎中看病，吃过一些草药后，慢慢恢复做梦，直到有一天做一个长梦。

据说，王老头在做梦的时候进入了长梦，再也叫不醒了。他的死，与张福全的死完全不同，张福全是走到自家的田里，浑身崩溃，碎裂坍塌成了一堆土；而王老头的死是完整的，他的身体也不僵硬和冰凉，脸色也不改变，只是不再呼吸了，不再起来了，谁叫也不答应了，进入了深度睡眠。对于这样的死者，人们不能打扰他的安宁，也不能在他身边哭泣，而是静悄悄地把他装入棺材里，悄悄地埋葬。如果有人惊醒了他，他将忽的一下坐起来，两眼直勾勾地看着你，也不说话，愤怒地表示出自己的不满。遇到这样的情况，需要阴阳先生在他的脑门上贴一道符，口念几句真言，他才能重新躺下，继续做梦。

王老头的死是安静的，没有遇到特殊情况。他活着的时候也是默默无闻，没有做过什么让人记住的事情，唯一可以让人回忆的事情就是他曾经把圆乎乎的卵石当做土豆种在了地里，虽然没有发芽，挖出后吃下去却很甘甜。老头和长老吃下这样的土豆以后，浑身充满了力量，抓着自己的头发离地三尺，在旷野上走了很远。那天，人们看见王老头和长老在空中行走，也没觉得多么稀奇，但是现在想起来，确实不一般，后来人们模仿他种下卵石，没有一个成功的，也没有人能够抓着自己的头发离地三尺，更不用说在空中行走。

除此之外，王老头的一生就没有什么特别精彩的事情了。如果非要给他的一生做一个总结，倒是也可以列举出一些事情。比如，他曾经参与过寻找月亮的过程。那天铁匠看见月亮从天上突然掉下去，河湾村的人们举着松明火把去西山的后面寻找月亮，王老头也去了，但他只是一个参与者而已，没有什么特殊的建树。那次，所有的人都没有找到掉在地上的月亮，不能指望在王老头身上发生什么奇迹。还有一次，青龙河的水面上出现了一行脚印，王老头也去看热闹了，到最后人们也没有明白那行脚印到底是谁留下的，所以说，王老头看了也是白看，不明所以。还有一次，王老头在月光下梦游，回头看见自己的身影跟在身后，他就劝说身影不要跟随，连他自己也不知道当时说了些什么，居然真的把身影给劝回去了。身影离去以后，他继续梦游，走到了不可知处，被一只胳膊拦住，而那只拦住他的胳膊，正是他自己的手臂。至于其他的事情，也许有可圈可点的，但是人们都忘记了，或者说与梦境混在一起了，难以区分哪些是现实生活，哪些是虚幻的梦境。梦境与现实非常近，只有一个眼皮的距离。人们睁开眼睛走在村庄里，也不一定是醒着，也许是在梦游；而闭上眼睛，肯定会做梦，没有人愿意浪费宝贵的睡眠时间而一个梦也不做。

王老头的一生，从出生的那一天起，就注定了死亡的命运，但是河湾村的人们只想活着的事，从来不想哪一天死，因此每个人都活得津津有味。再说，即使是死了，死者也都埋在村庄附近，只是换一个地方睡觉而已，而且可以无忧无虑地大睡，如果不是遇到极其特殊的事情，人们不会叫醒一个躺在地下长眠的人。因为即使叫醒了死者，他们也发挥不了什么作用，只能是添乱，还不如不叫。有一年河湾村西北部天空出现了塌陷，就叫醒了一个死去多年的人，帮助人们去补天，但是这样有能力的人毕竟是少数，大多数死者都能力低下，只适合睡觉，而且无论他们梦见什么精彩的内容，都缄默其口，永远也不说出来。如果你迷路的时候遇到一个人，你向他打听道路，而他看着你不说话，那么这个人不是梦游者就是死者，死者走路时脚步轻飘，而梦游者也是脚步轻飘，唯一的区别是，梦游者有身影，而死者没有。

王老头的一生，从来没有去过远方，他到达最远的地方就是河对岸的小镇，但是他的腿，并没有闲着，也在走动，也有疲倦的时候。他的嘴，除了吃东西，偶尔也说话，说的都是吃喝拉撒睡之类，没有什么重要的内容。他嘴里的牙齿，已经掉了好几颗，记得他在观看河水上面的脚印那天，扑哧一笑，把一颗牙笑掉了，他当场从地上捡起来，在裤子上擦了擦，然后装在了衣兜里，说是下辈子还能用。这个糊涂的老头，不知道下辈子会更换一个身体，会长出新的牙齿，他留下的牙，根本用不上。

王老头的一生，是默默无闻的一生。与大多数人一样，留下了子女，留下了家人，从死亡这天起，开始了独居的生活。等到他的老婆也死了，会与他合葬，埋在同一个土堆下面，但只是并肩躺下，各人躺在各人的棺材里，要想说话和聊天，非常困难，两人只能通过梦境进行交流，或者灵魂互访。也有的人死后只顾睡觉，老两口躺在同一个土堆下面，成了最近的邻居，永居在一起，却老死不相往来，不再说一句话。

王老头死后，也算是归队了。他进入了一个祖传的地下村庄，按辈分排列，各得其所，不再忙碌，不再忧愁，也不再梦游和困顿，可以一直睡下去了。在这个地下村庄里，人们安静地躺着，仿佛原本就该如此。如果把死亡看作是永恒的归宿，那么在世的过程，不过是一个短暂的序曲。人的一生，所有的忙碌也都不是白费，毕竟上天给予一个人活动的时间是有限的，该活动的时候还得活动，不然死后想动也动不了了。人死后，只能老老实实地躺着，不能胡乱走动，灵魂回家探望子孙，也只能在夜里，而且不能滞留太久，一旦天光大亮，或者遇到鸡叫，灵魂就回不来了，只能等待下一次天黑才能回去。至于那些灵魂有缺陷的人，可能连回家探望子孙的机会都没有，因为他的灵魂有缺损，容易漏风，甚至破碎。

在河湾村，生者和死者的界限，就是居住地不同而已，生者住在村庄里，死者住在坟墓里。生者是临时的，死者是永恒的。王老头进入了永恒的行列，后人们会陆续跟随，最终走向那个安静的墓地。

安葬王老头那天，全村的人们都去送他，比出生还要隆重。长老也去送他了，等到王老头入葬完了，新鲜的土堆渐渐隆起，坟前摆好一块石桌，长老从衣服兜里掏出一个土豆形状的卵石，摆放在老头的坟桌上。

长老说，王老头啊，这是你当年种下的土豆，也就是咱俩吃下去的那种土豆，我暗中留下一个，一直没舍得吃，现在我还给你，等你饿了的时候，就吃吧。

听到长老的话，王老头的坟堆忽然动了一下，人们都看到了，也没有惊讶，因为人们知道，王老头听见了长老说的话，肯定会有回应。

0

王老头葬在了河湾村西面的坟地里。从此，坟地里又多了一个人，村里又少了一个人。

河湾村是一个由石头、茅草、木头、泥巴组成的村庄，村里有几十户人家，大多数都是茅草屋，屋顶是茅草覆盖的，墙体是石头垒的，墙缝是泥巴填充和涂抹的，门窗是木头做的，人和牲口是肉长的，村庄外面的青龙河是泉水聚集形成的河流，村庄北面连绵起伏的山峰是连成一体的大石头，石头腐烂后形成了覆盖山体表层的泥土，泥土被雨水冲刷，淤积在平坦的地方，构成了人们耕种的土地，也是埋人的地方。

在河湾村的西面，有一片坟地，那是由逝者组成的村庄，是村里所有人死后集合的地方，每一个鼓起的土堆下面都有人永久居住。逝者们居住的房间非常狭小，只能容纳一个人的躯体平躺在里面，人们把那种居室叫做棺材。棺材是木头做的，木头大多来自于村庄南面的树林，树林是从土里长出来的。

河湾村南部的树林，占用的是一片沙土地，由青龙河的冲积泥沙所构成，沙土里混杂着大小不等的卵石，不适合耕种，但却是生长树木的好地方。上千亩树林，是人们用取木材的宝库，也是鸟的家园。鸟们大约有一半时间在天上，另一半时间在树林里玩耍吃饭睡觉下蛋养育孩子，说起来，鸟的一生看似悠闲，实际上也挺忙的。

长老指着村庄西面的坟地说，我死了以后也去那里，那才是睡觉最踏实的地方。早年间，长老曾经跟家人商量，说，我已经两百多岁了，岁数太大了，也没什么用处了，如果没有什么要紧的事情，我就先死了。家人自然是不会同意他死去，结果他就没死成。当时他请求死去的原因，主要是想睡懒觉，他觉得躺在坟墓里睡觉才是最踏实安静的。家人拒绝他的请求以后，他就一直活到了如今。除此之外还有一个原因，据说他小时候得了一场重病，眼看就要不行了，他的父母不想让他死，就把他脚上穿的一双鞋埋在了自家的院子里,他就没走成。后来,这双埋在地下的鞋自己走到了村庄外面的荒野里,长老费尽周折从土里挖到这双鞋的时候,发现这两只埋在地下两百多年的布鞋不但没有腐烂,而且鞋底下都扎下了很长的根须,就像是扎根在他脸上和下巴上的胡须。长老见鞋底已经扎根了,就不再挖了,又填土把鞋埋好,让它们在地下继续扎根。长老之所以活到两百多岁依然不死,据说与这双鞋有很大关系,鞋底都扎根了,他想走也走不成了,他的死将遥遥无期,甚至可能不再死去。

长老一想到自己小时候的鞋还在地里埋着,就感到心里踏实,有一天他想给埋鞋的地方培点土,却发现鞋已不在原处,可能又往前走了,不知走到了什么地方。

土地是个神奇的东西,它是万物的归宿,也是万物滋生的源头。长老深知土地的博大和深厚,不然,他也不会请求提前去土地里安眠。当年他想死去,还有一个很现实的考虑,那就是在祖坟里居住,离父母和爷爷以及爷爷的爷爷近在咫尺,一个家族住在一起,有什么事情好商量,省得去梦里请教祖先。

并不是所有的合理请求都能得到人们的理解,河湾村的人们还需要长老,都愿意他继续活在世上。在村庄里,他就是活着的祖先,只要他雪白的胡子在风中飘浮着,人们做事情就有底数。

随着日出月落,长老的年岁在增加,他目睹了许多河湾村的先人们,陆陆续续到墓地里集合,归于土地。人们生生死死,村庄也在衰老,有些房屋已经居住了百年以上,屋顶上的茅草更换了无数次,垒墙的石头也老了,上面已经长出老年斑,涂抹在墙上的泥土,年久脱落,也经历了反复的涂抹,在这样一个老村庄里,新人却在不断到来,总有孩子们在哭声中临盆,来到世上,经历自己的一生。

随着新人的到来和老人的逐渐消逝,河湾村的茅草屋略微有些增加，村庄变大了一些，与之相关的墓地也在变大。出生和死亡是相等的，有多少人出生，就有多少人去往墓地，墓地是人生的终点站。生者和死者不同的是，一个家庭拥有一个茅草屋，一个茅草屋里可以住好多人，孩子多的家庭甚至达到十几口人，而人死后，各人住在各人的坟墓里。北方的习俗是夫妻合葬，也就是说，夫妻死后将葬在一起，这种合葬方式，看似夫妻埋在同一个土堆里，但是由于夫妻各自拥有各自单独的棺材，他们并排躺在一起，实际上每个人都是独居者，夫妻之间顶多算是居住最近的邻居。孩子们死后，会按照辈分另起一行，在父母的坟墓下面依次排列。也就是说，住在一个茅草屋里的一家人，死后会变成多个坟堆。因此，坟地的扩张速度超过了村庄的扩张速度。从这一点上说，人们活着的时候是群居在一起，而死后每个人都获得了属于自己的唯一的棺材，每个人都成了独居者。

一个人死后陷入了孤独，若从肉体上说，活着的时候更孤独。一个人离开母体后，身体就变成了独立的个体，个体的孤独是原生孤独，每个人都必须在这个唯一的身体里面度过一生。在孤独的个体里，皮肤就是人体的边疆，没有人能够越界走到自己身体的外面。灵魂除外。

河湾村很多人都有灵魂出窍的经历，就像身影离开主人走到远方，在风雨中飘忽不定，人们从来不怕灵魂和身影远走他乡，能回来就行。同样，一个人从生到死，其间会到处走动，只要最终回归到祖坟里，入土安眠，就不算是浪子。如果一个人孤身流落他乡并且死在他乡，身边没有一个亲人，那才是致命的孤独。

河湾村有足够的土地埋人，因此人们都愿意死在家里。新去世的王老头就是如此。一天，他找到长老，说，我想在秋后死去，那时节，地里的庄稼已经收割完了，土地裸露出来，适合人们挖墓穴，也便于人们抬棺材下葬。长老说，秋后时节确实不错，适合死，如果赶上冬天，天寒地冻的，给死者挖坑确实很费力。

果然，王老头选择秋后这个适合下葬的时节，安然去世了。他死之前，去过祖坟好几次，在自己墓穴的位置，一坐就是半天，后来竟然留恋起这块土地，不想回家了。他想，过几天就要来这里居住了，永远不走了，这里真好。他长时间地凝视坟地里的土壤，想象自己埋在地下的情形。他对坟地的位置和土地都很满意，这是一面平缓向阳的山坡，土壤肥沃而松散，非常适合逝者永久安息。

在一个天清气朗的日子里，王老头安静地走了。他走之前，长老就已经有所察觉，因为他的心颤动了一下，似乎被某个灵魂撞到了。长老知道河湾村里有人将要离世，也猜到了可能是王老头，并且去他家里看望了他。长老和他聊了半天，从生聊到死，聊到坟地里的土壤，甚至聊到坟地上面的天空。长老安慰他说，你死后，要经常回来看看，你回不来，灵魂可以回来，如果灵魂已经投胎，有了新的主人，那就算了。王老头说，我死后，不想急于投胎，我想到青龙河对岸的小镇里转转，我还想去别的村庄看看，到时候看情况吧，我会回村看望的，毕竟我在村里生活了一辈子，死后也不会忘记我的亲人和乡亲们的。

长老信他的话，在安葬王老头那天，长老望着送葬的人们，目送他离去。

由于地里的庄稼都已收割，挖坑和下葬都很顺利。据送葬回来的人说，新埋的坟墓是一个很圆满的土堆，土壤也很松散，没有多少土坷垃，他睡在里面一定很舒适。

长老对王家的祖坟非常了解，那是从山坡上淤积下来的泥土，土壤里几乎没有沙子和石头，最初选择在那里埋坟的先人也是看中了这一点。如今,那里已经是一个庞大的地下部落,定居着王姓家族的所有男人和他们的妻子。他们每个人都有一口棺材,每个人都居住在土堆下面,棺材上面覆盖的土,比活着的时候居住的茅草屋厚实很多。每一座坟前,都有一块相对平整的石头,叫做石桌,是供后辈们上坟用的,以便在上面摆放一些贡品。那些坟前的石桌都来自于青龙河的河谷。

长老捋着他雪白的胡须,望着王家坟地的方向,想象着王老头已经入土安息,心里顿时感到一种安稳和踏实。他觉得生之忙碌,死之安宁,都值得拥有。生而为人,他并未感到生死孤独。

0

过日子是一个漫长的过程,好也过,不好也得过。一个日子,就是一天的时光。二十八天,或二十九天,或三十天,或三十一天,累计起来就是一个月。过完了一个月,人们还要重新开始,过下一个月,过完了十二个月,就算过完了一年。

过日子也是一个费心的过程,需要用心铭记,因为每个月的时间长短不一,二月的时间最少,比别的月份少好几天,其他月份也是多少不等。由于阴历和阳历的算法不同,每过几年时间,阴历年就会出现闰月,也就是说这一年中要多出一个月,变成十三个月,用以弥补阳历和阴历之间的时间差。

河湾村的人们过日子非常简单,太阳出来就干活,太阳落下了还不歇息,夜晚,女人们要纺线或者织布,男人们要搓绳子或者干别的活计,总之闲不下来。不管多忙,日子也是一天一天地过,至于一个月是多少天,人们懒得去计算。有时,人们忘记了今天是什么日子，就去问木匠，因为他经常去青龙河对岸的小镇做活，他需要记住日子。有时木匠也过糊涂了，人们只好去问长老，可是长老毕竟是已经两百多岁的人了，记忆力再好，也有记不准的时候，免不了出错。长老说，反正昨天是过去了，明天还没到，今天是什么日子，你们自己去琢磨吧。长老让人们去琢磨，人们就遵从长老的旨意，琢磨了一整天，等到一天过完了，也没弄出个究竟。

阴历和阳历同时使用，经常出现混乱，有时还容易造成意见分歧。有人问，今天是阳历几月几号？有人回答说，今天是阴历几月初几，往往是答非所问，但是人们不愿因此伤了和气，就说，爱几号几号吧，反正太阳落下去，今天就算过得差不多了。

可是，历法是个严肃的事情，时间必须准确无误，不能多一天，也不能少一天，否则人们将无可遵从，造成混乱。

那么，有没有一种简单的方式呢？有。河湾村人发明了一种日历，把阴历省略掉，只过阳历，然后把阳历的月份也省略掉，直接按天计算，从年初的1号2号3号这样依次往后排，到了30号也不停下，31号32号33号34号继续排下去，一直排到365号，也就是说，过完了365天，就算一年。

省略了一年中的月份以后，也就不用计较每个月的长短了，人们把时间的更替权交给了太阳，从一个日出到另一个日出，就算是一天，这样一天一天过下去就行了，过完了365天，就是下一年。至于闰月，就更不用担心了，取消了阴历，就没有闰月这一说了。

这种历法得到了长老的认可，他说这个好记，简单，不用费心。长老同意了，人们也都同意了，那就慢慢地过吧。

新的历法施行以后，河湾村成了一个独立的小世界，人们过起了简单的日子，把一年过成了连续的365天，不再有月份的分割，不再有阴历闰月的累赘，从整体上看，一年变得完整而又规制，而分解到每一天，又非常具体而实在。人们只要抬头看见太阳升起来，就知道新的一天已经来了，如果是阴天，人们透过云彩，也能推想出太阳的大概位置，总体上不会有太大的差错。

为了记住过往的每一天，不至于出现差错，河湾村选出了专门计时的人，由一位头脑清醒的老人担任，每过一天，他就在自家的泥墙上刻划一道痕迹，通过这些刻痕，人们就能准确地计算出日子过到了哪一天。如果某一天他因为太忙而忘记了在泥墙上刻划痕迹，第二天他会补上。如果他卧病不起，无法刻划，他就让他的家人替他刻划。他会嘱托家人，一天只能刻划一道痕迹，刻多了不算数。

村里有一个孩子出生于301号，过了三十天以后，家长抱着孩子去找长老，请长老给孩子取名。人们认为，长老是两百多岁的老人，是村里的寿星，请寿星给孩子取名，孩子一生都有福气，也能长寿。长老看见孩子很结实，是个健康的男孩，再看看天气，感觉时间大概已经到了冬天，就根据天气变化，给孩子取名为冬生。还有一个女孩生于215号，当时天气正热，感觉应该是夏天，长老就给这个女孩取名为小夏，意为夏日所生。

取消了月份以后，时间不再有大的起伏，所有的时光都是平等的，均衡地分布在过往的每一天，日短则夜长，日长则夜短，但一个昼夜的时间长度是恒定的。随着时间节奏的变化，人们的心情也渐渐发生了改变，性情变得更加平和。在人们的感觉中，似乎每一天都在重复着前一天，忽忽悠悠太阳飘过去了，忽忽悠悠太阳又来了，仿佛时间并不是什么宝贵的东西，而是充斥在空气里的散漫之物，漫不经心地到来，又毫不留恋地远去，不留下一丝痕迹。人们不知道时间到底是什么东西，也不关心它的来路和去向，人们稀里糊涂地活着，不知不觉一代代人老去，总有一些不怕死的人纷纷闯入人世，带着哭声降临，给生活带来新的活力和气息。

对于新的历法，长老最初有些不太适应，尤其是取消了月份以后，人们的生日也随之消失了，虽然大体上有一个对应的日子，但由于日子过于平滑，很容易溜过去，被人忽略。有时，长老坐在村口的大石头上，问，现在是几月了？路过的人们就说，没有月份了，今天是183号。长老说，我都忘了过生日了。说完，他捋着雪白的胡须，回忆他往年的生日。在平滑的时光里，人们都感觉自己的生日可有可无，慢慢也就不过生日了。不过生日也一样生活，村里没有哪个人因为忘了过生日而死去。

从前，阴历是人们根据月亮的出没规律而制定的时间法度，自从河湾村取消了月份以后，月亮就不再是一个时间的参照物，而是回归为一个具体的大星星，从天空飘过，它并未因取消月份而改变其惯常的出没规律，该出来的时候还是按时出来，该躲避的时候及时躲避，一躲就是十几天。村里的人们，如果谁特别在意过生日，会根据月亮的出没规律和天气的冷暖变化，粗略推算出一个与往年的生日大致相近的时间，而不再计较一个具体的确定的日期。

河湾村有嫁到外村的姑娘，回到娘家后，发现河湾村的时间变了，感觉很是新鲜，说回到婆家后，也要过这样的日子。由于新的纪年方式非常简便，一段时间后，山外的一些村庄也有效仿的，取消了月份，过起了日复一日又一日的连续的生活。这种时间历法给人的感觉是，一天的时间还是原来的长度，而一年的时间似乎变长了。同样的年龄，同样是过一年，河湾村的人们似乎比别处的人们多活了许多时光，在时间上占了便宜。以前，人们是一个月一个月地过日子，如今是连成一串的日子，一过就是365天，这是多么漫长的时光啊。

自从有了新的时间历法，河湾村发生了许多变化，日子过得更加安宁，老人慈祥，年轻人平和，远近的山河也变得沉稳。新出生的孩子们有了不一样的生日，比如冬生的生日是 301 号，小夏的生日是 215 号，这是多么大的数字啊，若是从前，这是人们想都不敢想的数字，如今通过新的时间历法而轻松实现了。

长老说，下辈子，我还想出生在河湾村，我希望是 365 号那天出生。说完，他就嘿嘿笑，好像这件事情已经定了，他似乎已经感觉出下辈子拥有了一个巨大数字的生日。

但是新的时间历法给木匠带来了一些麻烦，因为他要经常去青龙河对岸的小镇做木工活，而小镇的历法没变，还是原来的阳历和阴历混合使用。这样一来，他既要遵守河湾村的时间历法，按天过日子，同时也要跟外边的人打交道，随时切换成带有月份的阳历时间和阴历时间。也就是说，木匠要遵守三种时间。时间的复杂性确实让他有些头痛，好在他头脑清醒，没有因为时间切换而混乱，他总是能够准确地知道具体的日期。

实际上，人们即使忘记了日期也不怕，村里不是有一个老人专门负责记录时间么？他每天都要在自家的泥墙上刻划一道痕迹，只要找到他，一问便知。人们最怕的情况是泥墙脱落，或者是谁手欠，在墙上多划了一道痕迹。

人们生活的世界，是个奇怪的地方，越是担心的事情，越是容易发生事故。有那么一天，记录日期的泥墙由于年久失修，再加上老人刻划时用力过度，泥墙上的一大块墙皮脱落了，带有刻痕的土块碎落在地上，无法恢复。老人惊愕，后悔，发呆，但已无济于事。

墙皮脱落了，但是河湾村的人们依旧在日出之前起身，开始一天的劳作，并没有影响正常的生活，一切照旧。每天早晨，太阳照常飘上天空，村里的鸡在叫，狗在闲逛，鸭子们扭着屁股奔向青龙河，铁匠依然在打铁，木匠在干活，采桑叶的女人们结伴走向山坡，长老捋着雪白的胡须，干活的人们走向田野，刚刚打完架的小鸟飞上树枝，在相互梳理羽毛，村庄内外万物祥和，没有丝毫改变。但是，这里必须说但是了，记录日期的泥巴脱落了，日期失去了准确的依据，人们不再知道今夕是何夕。

长老得知日期出现了问题，内心感到有些不安，但表面上依然平和，没有露出焦虑的神情。他找到老头，安慰他说，不要紧的，日期虽然没了，但时间还在，太阳还在，有太阳在，就不怕。

长老没有埋怨老头，但老头依然在自责。他皱着眉头，在尽力回忆，他想凭记忆确定一下今天是什么日子，但他绞尽脑汁也没有回忆起来。因为平时他只是在墙上刻划痕迹，并不用心记忆今天是几号，人们也都不关心具体的日期，人们认为日期跟自己的身体和生活没有什么太大的关系，仿佛时间是身外之物，不用费心去关注，只要一天天过下去就行了。如果谁家生孩子或娶亲了，需要知道具体的日期，就会来到老头家里，在墙上数一遍刻痕，如果没有什么重要的事情，那个记录日期的泥巴墙壁只是一面墙壁而已。

记录时间的墙壁脱落了，事情关系到整个村庄，关系到每一个人，总是瞒不住的，消息很快就在村里传开了，没想到人们并没有因此而惊讶或者失落，反而非常平静。有人提议，既然墙壁脱落了，今后就不用再记录了，因为失去了以前的记录根据，再坚持记录下去也不准确了，还不如就此取消记录，或者把一年中的所有日期全部取消，省得人们费心记忆那些没用的东西。

取消一年中的所有日期，这是一个天大的想法，没想到河湾村的人们竟然都同意了。长老也同意了。长老说，既然每一天都是唯一的一天，也就没有必要排序了，那就不要再记录日期了，今后，我们过好每一天就行了。

河湾村的时间历法，就这样一再地简化，先是取消了阴历，然后取消了月份，按顺序连续排号，如今又取消了所有的日期，不再记录此前和此后，只有今天，只有当下，一天就是一天，简单到极致了。也就是说，从墙壁脱落这天起，河湾村的日期，只有当天，随着日出和日落而无限循环。

随着所有日期的取消，年也不存在了。长老说，所有的日期，都是人规定的，既然月和日都取消了，年份也就算了吧，不记录也好，这样，活到哪天算哪天，不再想年岁这件事。

长老提议的取消年份的说法，也得到了人们的普遍认同。至此，人们的年龄只有先后，不再有年月日，省去了很多麻烦。最高兴的是记录日期的老头，从此不再记录日期，即使墙壁的泥巴全部脱落，也不是什么大事。他甚至庆幸，幸亏墙壁脱落了，不然哪能引出这么多的变化。

过了一些年，河湾村取消所有日期的做法，慢慢传到了附近的村庄，并且得到了一定范围的效仿。人们认为，一年365天，也是一天一天地过，取消了日期，没有了时间排序的烦恼，安心度过当下的每一天可能更好。

又过了一些年，215号出生的小夏和301号出生的冬生已经长大，他们是一天一天长大的，由于河湾村的人们取消了年月日，因此他们的生日也就成了短期内的历史记录，此后没有再延续。当一个锔锅锔缸的外乡人路过河湾村，问起他们现在是几岁时，他们都不知晓，因为他们早已不再记录年月日，只活在当下。在河湾村人看来，历法中的年、月、日，有一种时间断裂感，是人为制造的时间裂隙，一个锔锅锔缸的人，就是手艺再好，也无法缝补时间的裂缝，因此告诉他具体的年月也没用。

0

河湾村里，有一个永远也长不大的小女孩，一直被人忽略，平常的日子里，她这个人几乎不存在，也很少被人提起。自从早年间村里四个年轻人去远方看马那时起，她就开始暗恋其中最英俊的那个老大，她怕自己长大了，老大看马回来后不再认识她，她就停在了十二岁，不再长大了，这么多年来，她一直还是个小女孩的样子。

当年，河湾村里的人们都没有见过马，四个不到二十岁的年轻人提出要去远方看马，得到了长老的默许和支持，并嘱托他们，你们到了远方，看到了马，一定给村里报个信。后来这四个年轻人中的老二、老三、老四都回来报过信，唯独其中的老大一直往前走，走到了不可知的地方，也许见到了马，也许一直在寻找马，总之，他的身体一直都没有回来。

时间不知过去了多久，也许几十年，也许百年多，小女孩一直过着若有若无的生活，依然像个孩子，没有出嫁，也没有去过远方。她一直生活在河湾村里，等待着去往远方看马的老大，她相信有一天老大一定会回来。早年间，她曾经在村口的大石头上，亲眼看见天上的白云里有一匹长着翅膀的白马，马背上有一个英俊的骑手，但不是她久久期盼的老大本人，而是老大的灵魂。也就是说，老大的灵魂曾经骑着飞马从天空里经过，据说还喊了小女孩一声，小女孩还没有来得及答应，飞马和骑手就隐没在飘浮的白云里。

老大的灵魂乘着飞马从天空里经过，河湾村的许多人都看见了，当时长老也看见了，长老还夸赞了他，说，这个年轻人真是有出息，他终于看到了马，而且还是一匹长着翅膀的飞马，他本人没有回来报信，但是他的灵魂骑在马背上回来了，也算是一次还乡吧。

小女孩看见骑在马背上的灵魂，当场就认出这个灵魂是老大的灵魂，由于激动和长久的期盼，当时她的内心里忽然涌起一股暖流，这股暖流向上喷涌，冲上了她的头顶，她一下子蒙了，傻傻地呆立在那里，等她缓过神来时，云彩已经飘到了远方。让她至今后悔的是，当时她的灵魂没有从身体里冲出来，追随飞马而去，落下终生的遗憾。

这件事已经过去了几十年，小女孩始终相信，老大还会回来的，既然他的灵魂能够回来，他的身体也一定能够回来。只要等下去，一定会有那么一天，老大从远方归来，看见她，依然还是当年他临走时的样子，小女孩还是个小女孩，老大一定会认出她来。她等的就是这一天，她相信会有这么一天，只要这一天存在，她就值得等下去。

河湾村的人们在日夜轮回中生生死死，有人到来，有人归去，人们在一代代更替，唯独小女孩躲在了时间的外面，永不老去。有人说，小女孩之所以永不衰老，是她的身体在不断蜕皮，每蜕皮一次，就更换一次人生。这种说法不足为信，因为没有人看见小女孩蜕皮，也没有人见过她偷吃桑叶，像蚕神那样吐丝织茧，然后蜕变成一个新人。也有人说，小女孩心有期待，心不老，人就不老。对此，长老也疑惑了，自言自语地说，我已经活了两百多岁了，心也老了，人也老了，按年龄我早就应该死去了，可是却迟迟不死，莫非我也是在等待什么？

长老等待的是一个叫做死神的家伙，人们知道他的存在，但是谁也没有见过死神，不知他长什么样。早年间，河湾村一个老头的灵魂丢了，人们在西山的后面找到了他的灵魂，是被死神带走的。当时人们截住了死神，看到的死神是一团密度很大的阴影，并没有具体的形状，所以，人们没有看清死神到底长什么样。后来，有一个死后又复活的人说，他终于见到死神了，原来死神并不是一个具体的人，死神是寄居在活人体内的一个隐者，一个人从出生的那一刻起，就与死神合为一体了。没想到吧？死神就是人的自身。

长老听了他的话，有些半信半疑，毕竟长老还没死过，没有亲眼见过死神，不敢完全确信。长老试探性地问小女孩，你见过死神吗？小女孩说，我这么小，怎么会见过死神？长老说，也是，你已经停在十二岁了，还小，等我做梦的时候，去问问我爷爷吧。长老感觉到自己的问话有些唐突，觉得不该问一个小女孩这么残酷的问题，于是给自己下了一个台阶，实际上他说完就忘了这件事，并没有去梦里问他的爷爷。长老的爷爷已经过世很多年了，经常往来于生死两个世界，通晓许多事情，但是他未必告诉长老实情，因为一个人死后就会见到死神了，不告而自知，而一个人活着的时候没有必要知道死神长什么样，过早地知道了反而不一定是好事。

小女孩从来不考虑生死的问题，她只有一门心思，就是等待去远方看马的老大回来。她生而为人，一生的任务好像就是为了等待一个人。她已经习惯了在等待中生活，觉得这样的人生才是真正有意思的人生，有期待，有思念，有不确定的未来。与那些没有盼望的人们相比，她觉得自己是幸福的。

小女孩活在自己的内心世界里，因其希望的单一和执着，活得非常单纯而幸福。除了理想和期盼，她不再需要别的。自从她见过老大的灵魂骑着飞翔的白马冲出白云，又隐没在白云里，她就坚信，下一次，老大一定还会从天上回来，还会骑着白马。因此，她只关心云彩上面的事情，对于地面上发生的一切都不太关心。她曾经说过,有这么多人在地上生活,已经够多了,也不缺少我一个。她说这话的时候,长老也在场,长老说,地上有多少人活着,就会有多少人死去,这是我爷爷在梦里告诉我的。说完,他看着小女孩的反应,没想到小女孩没有丝毫反应,就像没听见一样,依然沉浸在自己的心灵世界里,幸福地微笑着。

人们知道,小女孩永不衰老,但是有一天,当她听到了一个传说之后,一夜之间就老了。消息是从小路上传来的,经过许多人的嘴,最后传到了小女孩的耳朵里。人们传说河湾村早年间去看马的四个年轻人都死在了寻找马的路上,没有一个人活下来,包括见到了真正的马的老大。听到这个消息后,小女孩并没有哭泣,也没有悲伤,只是在一夜之间,头发全白了,皮肤也松弛了,浑身都是皱褶,小女孩突然变成了一个百岁的老妇人。当她出现在胡同里的时候,没有人认出她是谁。

人们看见一个从未见过的苍老的妇人,从小女孩的家里走出来,失神地望着天上的云彩,自言自语地说着话,只见她的嘴在动,却听不清她说的是什么。人们觉得好奇,就跟在她这个陌生人的后面,想看看她究竟是谁,到底要干什么。

这是平常的一天,河湾村里如同往常一样安静,人们走在地上,像影子一样飘忽,没有多少动静,天上的薄云也非常安闲,一丝丝一片片的,仿佛透明的棉絮。人们看见这个老妇人一直望着云彩,以为天上有什么值得关注的东西,也都跟着望向天空。

就在人们的仰望中,隐隐约约地,从一片薄云中冲出一匹长着翅膀的白马,马背上有一个透明的骑手。看见这奇幻的一幕,人们都惊呆了。这时再看那个老妇人,只见她已经脱掉了衣服,裸露出皱巴巴的身体。目睹这个老妇人,人们更加茫然了,不知她要干什么。人们看见她冲着天空大喊了一声,然后双手用力抠住自己胸前的皮肤,刺啦一下,把自己的皮肤撕开了,从那带血的伤口里，走出了一个新人。这个新人，是一个十二三岁的小女孩，人们一眼就认出来，这个从皮肤里走出来的新人正是村里那个永远也长不大的小女孩。

这次，小女孩没有犹豫，也不再羞涩，而是在天马下降的那一刻，飞身跃上马背，抱住那个骑手的后腰，然后随着天马飞上天空，隐没在缥缈的云彩里。长老当即认出，马背上那个透明的灵魂骑手，正是当年去看马的老大。等到天马杳无踪影，人们才缓过神来，纷纷围拢过去，看那个小女孩脱下来的皮囊，这才发现她撕下的皮囊早已经融化在地上，成为一个人形的阴影。

长老感叹地说，看来那个去远方看马的老大没死，小女孩等了他这么多年，终于还是等到了，她没有白等。

人们纷纷议论着，说，以前人们传说小女孩会蜕皮，没想到是这样一种蜕法，真是干脆而决绝，太不可思议了，难怪她永远那么年轻。也有人赞叹小女孩的勇敢和执着，觉得她这种活法非常神奇，但是由于心中没有什么期盼，因此也无法效仿。

人们陆续散去以后，长老没有走开，他久久地望着天空，感觉那深不可测的地方，一定还隐藏着别的人。他记得他的爷爷有一次就是从天空里来的，等到他醒来的时候，他的爷爷却消失在梦里。

长老自言自语地说，我也想去天空里生活一段时间，但是现在还不是时候，我还没有见过死神。死神不在我的身体里，也不在别处。

0

2019—2021 于石家庄

后 记

《原乡史》是一部敞开的书，因其无结构，你随便掀开一页读下去，都不会影响全书的整体性。这与人生不同。人生有无数个出口，无论有多少种选择，你只能走其中的一条路径。这种不可重复和回返的生命设计并不合理，但是人们没有怀疑和拒绝权。

宿命限制了肉身，而文学却没有边界。我用文字建立了一个共时性的时空，以期在多层次、多联通的世界里，寻找生死互通的路径。我知道人类的总和是未知的，在场者并非全部，那些已经离场的人和未来者，总是躲在生命的外边，不肯与我们交集。在我的小说中，我看见了他们，我一直注视着这些缺席者，他们既在生命之外，也在生命的深层，离我们并不遥远。我喜欢他们的不确定性和超然物外的自由。他们似乎不是被我唤醒的，而是自动现身，为生存而作证。他们面目模糊，似是而非，却是大地上的原生物，一直存在或从未离开。我发现了他们并呈现出他们虚幻的生活，并非冒犯现实，而是对于现实的穿透和补充，指认出那些被遮蔽和忽略的层面。

在我看来，众生即众神。我无意为诸神塑像，我只是沉入到一个原始的村落中，像空气一样融入人们的呼吸，身处其中体验其时空浑浊、生死不明的人间幻象。在那里，人们过着不可能的生活，仿佛失散的影子重聚梦乡并回到了人类的幼年。

所谓原乡，除了万古的山河，地上的村庄，明灭的灯火，还有人们古老的身体。肉身乃是生命本体的故乡，已然留下了巨大的废墟，而生命仍在延续，每个人都是故乡的一部分。因此，原乡史也是人的身体史。即使人潮退去，只留下一些飘忽的云烟，即使那些看不见的人们一直隐藏在深处，由于我的注视和书写，他们必须到场，必须存在，并且还原我们生命中丢失的部分。

2022.9.6. 大解

图书在版编目（CIP）数据

原乡史 / 大解著 .—北京：作家出版社，2023.8
ISBN 978-7-5212-2246-3

Ⅰ.①原… Ⅱ.①大… Ⅲ.①长篇小说—中国—当代 Ⅳ.① I247.5

中国国家版本馆 CIP 数据核字（2023）第 052953 号

原乡史

作　　者：大　解
责任编辑：秦　悦
装帧设计：薛　怡
出版发行：作家出版社有限公司
社　　址：北京农展馆南里 10 号　　邮　编：100125
电话传真：86-10-65067186（发行中心及邮购部）
　　　　　86-10-65004079（总编室）
E-mail:zuojia @ zuojia.net.cn
http://www.zuojiachubanshe.com
印　　刷：三河市紫恒印装有限公司
成品尺寸：142×210
字　　数：365 千
印　　张：14.75
版　　次：2023 年 8 月第 1 版
印　　次：2023 年 8 月第 1 次印刷
ISBN 978-7-5212-2246-3
定　　价：68.00 元

作家版图书，版权所有，侵权必究。
作家版图书，印装错误可随时退换。